中国楚辞学

第十五辑

（2007年浙江杭州屈原及楚辞学国际学术研讨会论文集）

中国屈原学会　编

北京哲学社会科学首都国际文化传播基地
江苏南通大学楚辞研究中心　主办

學苑出版社

图书在版编目（CIP）数据

中国楚辞学．第15辑/中国屈原学会编．—北京：
学苑出版社，2010.12

ISBN 978－7－5077－3695－3

Ⅰ．①中…　Ⅱ．①中…　Ⅲ．①楚辞－文学研究－中国－丛刊
Ⅳ．①I207.223－55

中国版本图书馆CIP数据核字（2010）第233658号

责任编辑：战葆红
出版发行：学苑出版社
社　　址：北京市丰台区南方庄2号院1号楼　100079
网　　址：www.book001.com
电子信箱：xueyuan@public.bta.net.cn
销售电话：010－67675512、67678944、67601101（邮购）
印 刷 厂：北京欣睿虹彩印刷有限公司
开本尺寸：787×1092　1/16
印　　张：25.75
字　　数：450千字
版　　次：2011年1月北京第1版
印　　次：2011年1月北京第1次印刷
定　　价：70.00元

编 委 会

目　录

汉代楚辞作品研究

屈原与周秦两汉文化研究

屈原与魏晋六朝文化研究

屈原与唐代文化研究

屈原与宋代文化研究

《天问》研究

《天问》意旨、文体与诗学精神探原

中国传媒大学　姚小鸥

一、《天问》的命篇之意

《天问》是屈原所作楚辞二十五篇中的一部奇文。然而又是屈赋研究中疑问最多的一部作品。东汉王逸在其所著《楚辞章句》《天问》篇后的《叙》中说:“昔屈原所作,凡二十五篇,世相教传,而莫能说《天问》。以其文义不次,又多奇怪之事,自太史公口论道之,多所不逮。至于刘向、扬雄,援引传记以解说之,亦不能悉。所阙者众,日无闻焉。既有解说,乃复多连蹇其文,蒙澒其说,故厥义不昭,微指不晰,自游览者,靡不苦之,不能照也。”王逸这段话的大意是说:屈原的作品虽然世代流传、转相教授,但其中的《天问》一篇却没有人能够很好地解释。究其原因,是《天问》多有错简,且文中所述颇有非常可怪之事,自从司马迁讲论它,就已经有许多地方没弄明白。西汉末年的刘向和扬雄凭借古书来解说它,也不能够尽知其意。阙如的地方既多,解说中又有许多纠缠不清的地方。所以历来它的大旨不能昭显,内涵不能彰明。这样就使得读《天问》的人都苦于难懂,不能洞明其意。王逸称经过他的整理,《天问》“章句决断,事事可晓”,其实,一直到今天,《天问》仍然存在着相当多的复杂问题没有得到解决。

首先是《天问》的命篇之意。《楚辞章句》对《天问》的命篇之意与成篇之由有如下论述:“《天问》者,屈原之所作也。何不言问天?天尊不可问,故曰天问也。屈原放逐,忧心愁悴。彷徨山泽,经历陵陆。嗟叹昊旻,仰天叹息。见楚有先王之庙及公卿祠堂,图画天地山川神灵琦玮僪佹,及古圣贤怪物行事。周流罢(疲)倦,休息其下,仰见图画,因书其壁,呵而问之,以渫愤懑。舒泻愁思。楚人哀惜屈原,因共论述,故其文意不次序云尔。”这里,王逸以“问天”释“天问”。在上引文中,王逸还认为《天问》乃屈原面对楚“先王之庙及公卿祠堂”图画的零散即兴呵问而已,不过借以抒泄自己胸中的愤懑,所论既无系统,所言亦未必有深意存焉。

按:王逸关于“楚有先王之庙及公卿祠堂,图画天地山川神灵琦玮僪佹,及古圣贤怪物行事”的说法,可以从传世文献与出土文物及文献中找到旁证。王逸的儿子王延寿在所著《鲁灵光殿赋》中,说鲁灵光殿的墙壁上:“图画天地,品类群生。杂物奇怪,山神海灵。写载其状,托之丹青,千变万化,事各缪形。随色象类,曲得其情。上纪开辟,遂古之初,五龙比翼,人皇九头。伏羲鳞身,女娲蛇躯。鸿荒朴略,厥状睢盱。焕炳可观,黄帝唐虞。轩冕以庸,衣裳有殊。下及三后,淫妃乱主。忠臣孝子,烈士贞女。贤愚成败,靡不载叙。恶以戒世,善以示后。"①《鲁灵光殿赋》所描述的画面与《天问》颇有相似之处,且这一记载与考古所见汉代祠堂如著名的汉武梁祠画像,以及出土古墓所见汉画,如南阳汉画像石、徐州汉画像石以及洛阳汉墓壁画等的体制内容大体相类。若干内容还可与长沙楚墓帛画、马王堆汉初帛画相互印证,故可知王逸所述必有其本。另外,王逸关于《天问》的创作动机及其情感因素的描述也不无启发意义。尽管如此,对照《天问》的全部内容,以"问天"来概括"天问"之意并十分不恰当,故后世学者对此多有异见。

后世学者以王逸之说未能尽得屈原命篇之意,故又各有发挥。较具代表性的有洪兴祖、王夫之诸说。洪兴祖《楚辞补注》说:"《天问》之作,其旨远矣。盖曰遂古以来,天地事物之忧,不可胜穷,欲付之无言乎?而耳目所接,有感于吾心者,不可以不发也。欲具道其所以然乎?而天地变化,岂思虑智识之所能究哉?天固不可问,聊以寄吾之意耳。楚之兴衰,天邪人邪?吾之用舍,天邪人邪?国无人,莫我知也。知我者其天乎?此《天问》所为作也。"王夫之《楚辞通释》说:"原以造化变迁,人事得失,莫非天理之昭著,故举天之不测不爽者,以问憯不畏明之庸主具臣,是为天问,而非问天。"按:洪兴祖与王夫之所论,都涉及《天问》意旨中对于宇宙人生根本问题的内容,与《天问》题意皆有联系,尤其是洪兴祖说,颇为近是。然而洪兴祖的"聊寄吾意"说与王夫之的"天理昭著"说,或因过具主观色彩而有随意之嫌,或囿于性理之论而失于穿凿,所以都没有得到后世学者的普遍赞同。

近人游国恩先生在综述前人诸说的基础上对《天问》命篇之意有所折中。他说:"屈子以《天问》题篇,意若曰:宇宙间一切事物之繁之不可推者,欲从而究其理耳。故篇内首问两仪未分,洪荒未辟之事;次问天地既形,阴阳变化之理;以及造化神功,八柱九天日月星辰之位,四时开阖晦明之原;乃至河海川谷之深广,地形四方之径度,昆仑增城之高,冬暖夏寒之所,皆天事也。天事之外,旁及动植珍怪之产,往古圣贤凶吉之事,理乱兴衰之故,又天道也。盖天统万物,凡一切人事之纷纭错综,变幻无端者,皆得摄于天道之中,而与夫天体天象天算等,广大精微,不可思议者,同其问焉。"②孙作云表达了与游先生大略相似的见解。他说:"《天问》是屈原关于宇宙形成、天地开辟、人类开始历代兴亡以及种种神怪迷信所提出的总疑问。"③游、孙所论在《天问》内容的归纳方面较前人具体,但"同

① 费振刚等校:《全汉赋》,北京:北京大学出版社,1993 年,第 529 页。关于这一问题,参看潘啸龙《〈天问〉的渊源与艺术》,《中国社会科学》1988 年第 6 期。

② 《游国恩学术论文集》,中华书局,1999 年,第 119 页。

③ 孙作云:《天问研究》,中华书局,1989 年,第 116 页。

其问”、“总疑问”的概括未尽达意，故其说亦皆难成定论。

前代学者关于《天问》命意的研究都是有益的探索。但王逸的“问天”说以下及至近人的“同其问”、“总疑问”说，或不与《天问》全部内容相合，或与其精神实质有一定距离，皆未得到学界的普遍认同。我们认为，探寻《天问》命意，司马迁《史记·屈原列传》中的一段话极富启示意义。《屈原列传》说：“屈平疾王听之不聪也，谗谄之蔽明也，邪曲之害公也，方正之不容也，故忧愁幽思而作《离骚》。《离骚》者，犹离忧也。夫天者，人之始也；父母者，人之本也。人穷则反本，故劳苦倦极，未尝不呼天也；疾痛惨怛，未尝不呼父母也。屈平正道直行，竭忠尽智以事君，谗人间之，可谓穷矣。信而见疑，忠而被谤，能无怨乎？屈平之作《离骚》，盖自怨生也。”一般认为，这段话所直接涉及的只是《离骚》的命篇之由，但实际上，其中“夫天者，人之始也；父母者，人之本也。人穷则反本，故劳苦倦极，未尝不呼天也；疾痛惨怛，未尝不呼父母也”一段是相对独立的，试将其取出，上下文意、文气仍然贯联无碍。姜亮夫先生曾疑《屈原列传》颇有错简。传文此处虽不必定为错简，但其所言“天为人始”、“人穷反本”、“倦极呼天”等语定不止为《离骚》而发，亦含有太史公对《天问》命意的概括。[①] 回头来看，王逸《天问》章句所言屈原“忧心愁悴。彷徨山泽，经历陆陵。嗟叹昊旻，仰天叹息”、“周流罢（疲）倦”，故呵而问天的说法与此正相映合。由于王逸的《楚辞章句》是在两汉屈赋研究者的工作基础上所成，所以可以肯定地说，王逸《天问序》必据有传自司马迁等汉代中期以前屈赋专家们的见解，而绝非凿空之说。

另外，大家都知道，在《屈原列传》中，太史公往往将《天问》与《离骚》相提并论。在《屈原列传》的赞语中，司马迁说：“余读《离骚》、《天问》、《招魂》、《哀郢》，悲其志。”洪兴祖在论及《天问》命意时已经提出过“太史公读《天问》悲其志者以此”，虽洪兴祖未明确其说与《史记·屈原列传》的渊源关系，然其间的内在联系是显而易见、不可否认的。

除《屈原列传》以外，司马迁的其他著作如《报任安书》亦可帮助理解太史公所言“悲其志”的思想内涵。在《报任安书》中，司马迁将屈原与周文王、孔子、左丘明等人相提并论，以为“此人皆意有所郁结，不得通其道，故述往事，思来者”。终不可用时，则“退而论书策，以舒其愤，思垂空文以自见”。太史公后半生以此自励，勉力著作《史记》，欲以“究天人之际，通古今之变，成一家之言”。此与《天问》所示屈子之志何其相似！真乃“推其志也，虽与日月争光可也”（《史记·屈原列传》）。

当然，以上所述还只是屈原创作《天问》的内在心理基础，讨论这部作品之得名，还当联系当时的社会哲学思潮与该篇著作的文本具象。在屈原所生活的时代，百家争鸣之流风余韵尚存。屈原所熟悉的稷下学派中，“谈天”即为热门话题之一。当时齐国著名学者

---

① 姜亮夫：《楚辞学论文集》，上海古籍出版社，1984 年，第 17 页。又，汉人往往以《离骚》为屈赋之总名，如王逸：《楚辞章句》即如此。

邹衍有"谈天衍"的美称。《史记·孟子荀卿列传》附邹衍本传载其学说为:"乃深观阴阳消息而作怪迂之变","先序今以上至黄帝,学者所共术,大并世盛衰,因载其禨祥度制,推而远之,至天地未生,窈冥不可考而原也。先列中国名山大川,通谷禽兽,水土所殖,物类所珍,因而推之,及海外人之所不能睹。称引天地剖判以来,五德转移,治各有宜,而符应若兹。以为儒者所谓中国者,于天下乃八十一分居其一分耳。……"邹衍既以"谈天"称,而《史记》所载其学说,实非狭义之"天",而颇与《天问》所言相类。此足为探索屈原《天问》命意之参考。

与《天问》时代相近的另外一部古代重要典籍《素问》之得名亦对《天问》命篇之意颇有参考价值。《素问》亦名《黄帝内经素问》,盖借黄帝问歧伯医理而得名。关于《素问》命篇之意,《重广补注黄帝内经素问》引全元起说云:"素者,本也。问者,黄帝问歧伯也。方陈性情之源,五行之本,故曰素问。"①统观全书,《素问》虽以"性情之源,五行之本"为提纲,而内容却囊括"五脏生成"、"经脉"乃至"气厥"、"咳论"等医学本枝源流。两相比较,《天问》以"天"命篇,实广泛涉及宇宙及历史人生。可见古人往往以开篇首要问题作命篇的主要根据,苟能提领全篇,不求处处服贴,否则就难免有胶柱鼓瑟之讥了。

综上所述,可知《天问》命篇之意,既非一般意义上的"问天",亦不可笼统地说是对"宇宙形成、天地开辟、人类开始历代兴亡"等"所提出的总疑问"。而是在屈原"正道直行,竭忠尽智以事君","谗人"离间,陷于穷途之时所作。人穷反本,坎坷的人生遭遇引起屈原对宇宙、社会和人生的深刻思考,从而企图通过以《天问》的疑问方式对"天人之际、古今之变"进行的探索和总结。由这一创作动机所决定,诗篇中饱含着作者面对苍天痛心彻骨的情感倾诉。

二、《天问》的文体特征

关于《天问》的文体性质,褚斌杰先生总揽诸家,归结为以"问句体"写成的"咏史诗"。② 此说固得其大旨,但我们认为,说《天问》采用了"史诗"的形式似更为恰当。因为"史诗"代表了《天问》所用文体的更古老的文化传统。

下面,我们从《天问》一篇的开端形式入手探讨这一问题。《天问》开篇引人注目地用了一个"曰"字,前代学者对此多有讨论,然皆未中肯綮。这一问题似小实大,影响到对《天问》文体性质的认识,故需首先予以辨明。

明人汪仲弘说:"曰者,屈子发问之词。"这代表了一种普遍的看法,所以游国恩先生

① 《黄帝内经素问》,人民卫生出版社影印明翻刻宋本,1956年。

② 褚斌杰:《楚辞要论》,北京大学出版社,2003年,第203页。

据以在《天问纂义》的按语中说："此曰字，自是发端叩问之辞，其上当省一问字。"[①]孙作云先生《天问研究》将"曰：遂古之初，谁传道之？"译为："我说，那些远古的，最初的事情，是谁传下来的呢？"这种译法与游先生的看法实质相同，与《天问》原意并不十分贴切。

实际上，《天问》的"曰"字，既非作者一般的"发端叩问之辞"，亦非作者用于表明自己意见的语词。以"曰"开端，表明《天问》采用的文体是一种古老的叙事文体。因为"曰"是中国古史开篇的惯用语。"曰"字的这种用法，从内容来讲，表明《天问》所记述的历史的来源可追溯到遥远的口传历史时期，[②]同时表明其文体形式亦有所本。下面我们钩稽文献，对此试加说明。

以"曰"开端，在传世文献中，数见中国最古老的历史文献《尚书》。

《尚书·尧典》："曰若稽古帝尧，……"

《尚书·皋陶谟》："曰若稽古皋陶，……"

《尧典》和《皋陶谟》是所谓《古文尚书》，历来被认为是可靠的历史文献。在被认为后出的《今文尚书》中也有类似的用法。

《尚书·舜典》："曰若稽古帝舜，……"

《尚书·大禹谟》："曰若稽古大禹，……"

《舜典》和《大禹谟》被称为《今文尚书》，其可信性虽然在历史上有所争议。但其文中亦采用以"曰"开端的表述方式，却足以表明其编者对《尧典》等为代表的上古史书体例的认可。

出土文献中叙述古史的篇章，也有与前述《尚书》相类的文例。如著名的《史墙盘》，其开篇说："曰古文王，初盭和于政。上帝降懿德大甹（屏），匍（敷）有上下，会受万邦。索圉武王，遹征四方。达殷畯民……"（《殷周金文集成》16.10175）《兴钟》："曰古文王，初盭和于政。上帝降懿德大甹（屏），匍（敷）有上下，合受万邦。雩武王既哉殷……"（《殷周金文集成》1.251－6）地上与地下的双重古史文献足以说明了《天问》文体特征的历史来源。

内容、形式和产生地域、文化背景都与《天问》有着密切血缘关系的出土文献当属1942年出土于长沙东郊子弹库楚墓的"长沙楚帛书"甲种。[③] 该文亦以"曰"字开篇，全文如下：

"曰故（古）[黄]熊包戏（伏羲），出自□震，居于睢□。厥□鱼鱼，□□□女。梦梦墨

① 游国恩：《天问纂义》，中华书局，1982年，第10页。

② 参见李学勤：《简帛佚籍与学术史》，江西教育出版社，2001年，第48页。

③ 李学勤先生称该文为帛书：《四时》篇。董楚平先生称为：《楚帛书"创世篇"》（董楚平：《楚帛书"创世篇"释文释义》，《古文字研究》第二十四辑，第347页）。本文参考了各家释文，并尽量用通行字体。

墨,亡章弼弼。□每水□,风雨是阏,乃取□□子之子,曰女娲,是生子。四□是襄(壤),天践是格。参化法度,为禹为契,以司堵襄(壤),咎(规)天步廷,乃上下朕(腾)传(转)。山陵不疏,乃命山川四海,熏气百(魄)气,以为其疏,以陟山陵。泷汩凼漫,朱(殊)有日月,四神相弋(代),乃步以为岁,是惟四时。长曰青□干,二曰朱□兽,三曰□黄难,四曰□墨(黑)干。

千有百岁,日月允生,九州不平,山陵备侧,四神□□,□至于复。天旁动攼,畀之青木、赤木、黄木、白木、墨(黑)木之精。炎帝乃命祝融,以四神降,奠三天,□思乳,奠四极,曰:非九天则大侐,则毋敢蔑天灵(命)。帝允,乃为日月之行。

共攻(工)□步十日四时,四时□□,□神则闰,四□毋思,百神风雨,晨祎乱作,乃□日月,以传相□思,有霄有朝,有昼有夕。"

将《天问》与楚帛书相对照,我们不难看出,两者不只在开篇用语的形式方面相似,而且在内容方面同样首先描述宇宙生成时的混沌状态,继而叙述阴阳参化与四时生成。这种现象不是偶然的。学者们指出,在《淮南子》的多篇内容中,都可以找到类似的思想和语言表达形式。李学勤先生指出:"《淮南子·俶真训》云:'至伏羲氏,其道昧昧芒芒。'与帛书'梦梦墨墨'相合。"①其他如《精神训》开篇:"古未有天地之时,惟像地形,窈窈冥冥,芒芠漠闵,澒蒙鸿洞,莫知其门。"《天文训》开篇:"天地未形,冯冯翼翼,洞洞灟灟,故曰大昭。"与帛书所叙述的天地未形之时的状况更是颇为一致。《天文训》与帛书同样谈到在宇宙开辟之初,首先需要确立"四时"。《淮南子》是西汉前期在楚地形成的重要文献,这些相似之处证明帛书与《天问》有着共同的历史渊源。由此可见楚地所传古史在内容方面与《天问》所述的一致性。

回头再来看《尧典》。我们在前面曾指出的它与《天问》在开篇形式方面的相同,其实,与楚帛书甲篇一样,《尧典》与《天问》在内容方面也可资比较。李学勤先生曾指出:"《尧典》的内容,在一些地方同帛书也有共通之处。《尧典》前半的中心思想,正在于'钦若昊天,历象日月星辰,敬授人时'。谈到了四时,而且讲到了'期三百有六旬有六日,以闰月定四时成岁',刚好与帛书所言'四神相代,乃步以成岁'相应。"②凡此种种,都从形式和内容两个方面说明了《天问》史诗特征不只限于楚文化的狭小范围,而是在中国文化史上具有更普遍的意义。

当然,无论是《尚书》、《史墙盘》等金文文献还是楚帛书,都是散文叙事文体,而《天问》却是韵文的问句体裁,这是二者的明显相异之点。关于史诗的问句体,饶宗颐先生在《〈天问〉文体的源流》一文中曾列举《梨俱吠陀》、《奥义书》、《火教经》、《圣经旧约》等多

---

① 李学勤:《简帛佚籍与学术史》,江西教育出版社,2001 年,第 48-49 页。

② 李学勤:《简帛佚籍与学术史》,江西教育出版社,2001 年,第 48-49 页。

种域外文献,说明世界各民族早期所传历史文献多采用问句体。还有研究者认为《逸周书·周祝解》中含有的问句段落也属此类。[①] 我们现在引用其他材料来进一步说明上述问题。

在属于巴基斯坦联邦直辖北部地方的巴尔蒂斯坦至今流传着一种被称为《索玛莱克》的对话体创世歌。它包括150个问题及其回答。在这篇创世歌的开头部分,和世界上许多民族的早期史诗一样,是有关宇宙的起源。该对话歌的开头说:

> "这世界和宇宙是建立在什么东西上的?哎,索玛莱克。/这世界和宇宙建立在大海的上面。哎,索玛莱克。/在蓝色大海的上面又产生了什么?哎,索玛莱克。/从蓝色大海里升起了尘埃。哎,索玛莱克。/尘埃(云彩)又变成了什么?哎,索玛莱克。/尘埃(云彩)变出了三个世界。哎,索玛莱克。"

巴尔蒂人为藏族后裔。在藏语/巴尔蒂语中,"索玛莱克"是"新钥匙"的意思。也就是说,创世歌《索玛莱克》意即"帮助开启宇宙秘密的新钥匙"。[②] 与饶先生所引各民族早期文献相比,《索玛莱克》引起我们兴趣的主要有两个方面。一是传唱它的民族所操语言与我们的语言同属汉藏语系;二是这一创世歌全篇具有完全的问答形式,而非如其他文献包括《逸周书》,仅存片断的问句成分。

对照《淮南子·地形训》,可以发现更多的有趣现象。在《地形训》中,帛书所述伏羲、共工的"推步规天"变成了禹的规步大地。《地形训》说:"禹乃使太章步自东极至于西极,二亿三万三千五百里七十五步。使竖亥步自北极,至于南极。二亿三万三千五百里七十五步。"可以形成鲜明对照的是《天问》:"东西南北,其修孰多。南北顺椭,其衍几何?"在天问中,没有明确禹规步大地的事,但却提出了与之相关的问题,并认为天地的南北较之东西要长一些。尽管尚缺乏具体准确的描述,从当代科学的观点来看,《天问》关于大地形状的思考要比《淮南子》深刻得多。这一方面体现了传说时期到历史时期中国古代宇宙观念的发展变化,另一方面显示《天问》展现了更为浑朴的古代思想的光芒。

总之,由于古史必有关宇宙、人类本身及本部族起源的探寻内容。结合各种传世文献与出土文献,可知《天问》所采用的文体形式是史诗的形式。其以纯问句的形态出现,则除了历史传承以外,还有诗人自身的选择和创造因素在内。

---

① 参见过常宝:《楚辞与原始宗教》,东方出版社,1997年,第32-34页。

② 古拉姆·哈桑·罗布桑:《巴尔蒂斯坦的创世歌——索玛莱克》,陆水林译。《民族文学研究》2004年第4期。

三、《天问》的诗学精神

一篇诗作,流传2000多年仍能对读者产生强烈的吸引力,最根本的在于其诗学精神即艺术特质和内在精神世界。那么什么是《天问》的诗学精神呢?我们认为《天问》的诗学精神可以从三个方面来概括,那就是哲理性、隐喻性和悲剧性。而这三个方面在诗篇中是彼此依赖而各自显彰的。

所谓哲理性,是指出《天问》全篇蕴含着深刻的哲理。从本质上来说,它是采用史诗形式的哲理诗。我们说《天问》是采用史诗形式的哲理诗,首先在于诗篇内容本身所示思想的深刻性和诗人选择这种艺术形式的自觉性。我们前面曾指出《天问》在内容和开篇形式方面与楚帛书的类似之处,但《天问》对宇宙和人生探索的全面深入,从整体上来说,是帛书所无法比拟的。另一个可资比较的物件是《淮南子·原道训》。《原道训》描述"道":"高不可际,深不可测。包裹天地,禀授无形。原流泉波,冲而徐盈。混混滑滑,浊而徐清。""日月以之明,星历以之行,麟以之游,凤以之翔。泰古二皇,得道之柄,立于中央,神与化游,以抚四方。是故能天运地滞,轮转而无废,水流而不止,与万物终始。风兴云蒸,事无不应,雷声雨降,并应无穷。鬼出电入,龙与鸾集。钧旋毂转,周而复匝。""其优天地而和阴阳,节四时而调五行。"《原道训》所言"道"之要领乃以哲学方式叙述的宇宙(包括其原初状态)和自然。对比之下《天问》以历史方式叙述了作者的哲学观念和人生理想。帛书和《淮南子》都是楚地文献。帛书和《天问》产生时代相近;《淮南子》虽晚于《天问》,但上引内容的韵语形式说明它有较早的传承根据。它们和以富于哲理著称的《老子》、《庄子》等春秋战国楚地文献一起构成了《天问》哲学品格的历史背景。

我们之所以着重指出这一点,是因为许多人对《天问》表达方式的意义存在误解,以为《天问》的精神主要仅仅是怀疑甚至否定。有学者认为,《天问》开篇"曰:遂古之初,谁传道之?上下未形,何以考之?"等语,乃诗人用以"揭穿""某些神灵在辽远的荒古所开辟、创建"天地世界这一"传说的无可稽考的荒谬性。"①这种认识有待商榷。因为《天问》固然富于怀疑精神,但其怀疑精神的深刻性并不依赖其文体的问难形式来表现。《天问》采用这一表达方式乃是一种自觉的选择,诗人既非缘于对其所问缺乏认知而被动提问,亦非对所问事物持简单的怀疑和否定。相反,在问难的背后,有作者的深刻思考和明确答案。

《天问》较一般史诗体的作品更富于抒情性,还由于其疑问句体的隐喻性质。它构成《天问》诗性特征的基本内涵之一。由于对这一点认识不够,以至在历史上曾发生过柳宗

---

① 潘啸龙:《〈天问〉的渊源与艺术》,《中国社会科学》1988年第6期。

元撰写《天对》,逐一回答《天问》问句的事例。今天看来,柳宗元的"对"未免过于拘谨。因为如果说,长沙楚帛书等所传"遂古之初"的开辟鸿蒙过程尚不能满足屈原探索宇宙起源的好奇心,当时众所周知的政治历史事件,如三代的兴替盛衰,重要历史人物的传奇事迹,屈原焉能不知?比如针对《天问》"穆王巧梅,夫何周流?环理天下,夫何索求?"《天对》回答说:"穆懵《祈招》,猖洋以游。轮行九野,惟怪之谋。胡给娱戴胜之兽,觞瑶池以迭谣!"《天对》所依据的文献是《左传》和《穆天子传》。《左传·昭十二年》楚国的右尹子革曾以之说灵王,这是楚国历史上的重要典故,屈原岂有不知之理?即如《穆天子传》,以"博闻强识"著称的屈原也未必不曾涉猎。孙作云先生《天问研究》已经指出:《离骚》及屈原其他赋作内容已经回答了《天问》中的不少疑问。更不要说《天问》有些问句之间,本身就互含答案。比如《天问》既问:"彼王纣之躬,孰使乱惑?"又问:"殷有惑妇,何所讥?"后一问句本身就构成了前一问句的答案。凡此种种,可知"问"非求答,而在于以通过这种隐喻的方式引起人们对相关问题的深入思考。如"受赐兹醢,西伯上告。何亲就上帝罚,殷之命以不救?师望在肆,昌何识?鼓刀扬声,后何喜?武发杀殷,何所悒?载尸集战,何所急?伯林雉经,维其何故?何感天抑地,夫谁畏惧?"暴风雨般的高密度问难与春秋笔法式的隐喻性构成了《天问》的独特艺术风貌。

作为通篇采用问句体史诗形式的哲理诗,《天问》与一般叙事体史诗的最大不同在于它使诗人由第三人称的叙事者变为第一人称的发问者。孙作云先生认为《天问》中的若干内容"暴露出作者自己,及作此文的企图"。发现隐蔽在作品中的作者具有很大的理论意义,因为第三人称叙事者所表现的是纯客观的外部世界,而第一人称的发问者表现的是主观的内心世界,而诗人内在世界的充分表达,或曰诗人主观精神的张扬,表明了中国诗歌已充分成熟。郭杰教授在论及从《生民》到《离骚》的中国诗歌进展时曾指出,从第三人称到第一人称的叙事视点的变化,"不仅标志着群体传唱向个人独白的转变和过渡,更重要的还在于,这也是具有哲学意义的'自我意识'在中国诗歌史上最初的然而是伟大的发端"。① 郭杰教授的上述论断虽然以《离骚》为中心,但它对于我们认识《天问》的诗性特征具有同样重要的意义。

关于《天问》的悲剧性特质,已有不少学者进行过论述。② 所以我们在此不再强调《天问》创作的背景——历史要求与社会现实之间不可调合的矛盾,其中所包含的悲怆情感因素等问题,而主要是谈一谈《天问》诗篇崇高意旨的历史渊源。

《天问》的诗学精神与诗篇形式及作者思想的历史渊源之间有着不可分割的关系。读者不难看到,作为"楚辞"的重要组成部分和屈赋代表作之一,《天问》并未采用"骚体"

---

① 郭杰:《从〈生民〉到〈离骚〉》,《文学遗产》2001 年第 4 期。

② 殷光熹:《从〈天问〉看屈原的历史观》,《中国楚辞学》第一辑,学苑出版社,2003 年。

而采用了《诗经》的四言句式,透露出中原文化对该篇的影响。从《天问》所述内容来看,也与《离骚》等屈原其他作品一样,与中原文化密切相关。形式和内容两方面都表明,《天问》的诗学精神中浸透着中原文化对楚文化的深刻影响。

最早注意到这一问题的近代学者是王国维先生。1906 年王国维先生在《教育世界》发表《屈子文学之精神》一文,阐述了南北文化交融对屈赋的诗学精神的影响。

王国维先生认为,我国古代的思想,大略而言,可以分为南北两派。北方派热情入世,学者往往称道尧、舜、禹、汤、文、武,其文学以诗歌为长,代表作品是《诗》三百篇。南方派冷性出世,称其学出于上古之隐君子,其文学以散文见长,代表作品以老子及庄、列散文为主。诗歌本以描写人生为事,"且北方之人,不为离世绝俗之举,而日周旋于君臣父子夫妇之间,此等在畀以诗歌之题目,以与作诗之动机。此诗歌的文学,所以独产于北方学派中,而无与于南方学派者也"。至于屈原则"南人而学北方之学者也"。所以他才能综合南北文化之长,成为横空出世的大诗人。[①] 王国维关于屈原赋作产生原因的分析,实根基于前代学者而有所发展,[②]其论足以成为我们今天研究《天问》诗学精神历史渊源的出发点。近年来公布的出土文献,为其提供了新的证据。

20 世纪末所陆续公布的《郭店楚简》及"上海楚简"中,有不少传自中原地区的儒家学派著作。其中有传世文献,如《礼记》的《淄衣》《孔子闲居》等篇;也有未见传本的宝贵文献,如《唐虞之道》、《穷达以时》与《性自命出》等。将它们与屈原作品相比勘,不但说明了屈原作品中儒家思想的来源,而且有助于解释屈原作品的思想特征和艺术品格,即以南人之浪漫想象而兼表现出北人的"坚忍之志,强毅之气,恃其改作之理想"。就本文所论而言,还可以从思想倾向方面帮助人们理解屈赋其他作品如《离骚》与《天问》之间的异中之同。

《郭店楚简》的《穷达以时》篇是理解《天问》思想的绝好钥匙。该篇说:"有天有人,天人有分。察天人之分,而知所行矣。""有其人,亡(无)其世,虽贤弗行矣。""遇不遇,天也。""穷达以时,德行一也。[③]"屈原不是坐而论道的人。正因为"察天人之分"可"知所行",所以屈原才会花大力气创作"究天人之际,通古今之变"的《天问》。然而"有其人,无其世,虽贤弗行",面对现实,人们必须有所选择。屈原的行为和思想都对此作出了回答,即:"穷达以时,德行一也。"无论境遇如何,我之为我,终不可变。如果说"遇不遇,天也",系传自殷周以来的天人相合的思想。那么"察天人之分,而知所行矣",则含有天人相分的思想,它体现了春秋战国以后崛起的士人群体的主体精神。"薄暮雷电,归何忧?

① 《屈子文学之精神》,《王国维文集》第一卷,中国文史出版社,1997 年,第 30 – 33 页。

② 参看《汉书·地理志》和《文心雕龙·辨骚篇》等。

③ 《郭店楚墓竹简》释文,文物出版社,1998 年,第 145 页。

厥严不奉,帝何求?伏匿穴处,云何爰?悟过更改,我又何言!"此二章孙作云先生认为当系《天问》的结尾,是很有见地的。正因为屈原"动非为达",一举一动非出一己之私利,故能"穷而不怨,隐非为名"。[①]《天问》与屈原其他作品体现出的崇高精神的来源从这里得到很好的解释,这也是其成为千古传唱的名作的内在精神依据。

(附记:本文写作过程中曾与周月亮教授讨论,多所获益,谨致谢忱。)

① 张立文:《〈穷达以时〉的时与遇》,《郭店楚简研究》,辽宁教育出版社,2000年,第218页。"穷而不怨,隐非为名"中"怨隐非"三字据李零:《郭店楚简校读记》,北京大学出版社,2002年,第86页。

《天问》的文学特质及其修辞艺术

台湾成功大学 陈怡良

一、前言

《天问》是屈原所有作品中,最为奇特谲怪之一篇。全诗三百七十四句,一千五百五十三字,完全以问句的形式写成,内容自天地开辟、宇宙洪荒写起,而后神话传说,其次是奇闻异物杂举,历代兴衰,政治风云并列,最后是楚国历史与现实之思考,可谓是包罗万象、纵贯古今,思想性颇高。后世学者、评家,或评其为"祝辞系统"的"问卜型文学"([日]藤野岩友《巫系文学论》),或认为是一种"传承史诗"([日]星川清孝《楚辞之研究》),或以为是"神话文学"(梁启超《屈原研究》),又或以为类似"瞽史之歌",甚至以为是"域外文化知识的总汇"(苏雪林师《天问正简》)、"巫诗"(郑在瀛《楚辞探奇》)等等。因而有人界定其为非有意写成的文艺作品,不过多数评家则仍界定其为咏史诗、拟史诗,或咏怀诗、哲理诗等不一,可谓是仁智互见,莫衷一是。

由于有人认为《天问》充满着无条理的问语,有如试题,或有如备忘录一般,或甚而判定《天问》"文理不通,见解卑陋,全无文学价值",是"后人杂凑起来的",作者并非是屈原。[①] 导致有人不认定其为《楚辞》,为文学作品[②],不认同其有文学价值,即使有价值,亦远远不如《离骚》,以为《天问》仅在古史和神话学的研究上,占有极重要之地位。[③] 或认定它的文学价值,在《楚辞》中为最低,但亦有绝好的一点,而为《楚辞》中各篇所不及的,便是错综变化,最不单调[④]云云,是否如此? 个人以为有待商榷,前个人曾撰述《天问体制特色及其渊源浅探》、《天问的思想内容及其文学价值》二文,有所驳正,并判定其文学价

---

① 胡适:《读楚辞》《胡适文存》(远东图书公司,1983 年 9 月,第 94 页。按:不认同《天问》是屈原所作者,近人除胡适外,另陈钟凡:《楚辞各篇作者考》,《陈钟凡论文集》(上海古籍出版社,1993 年 8 月第 1 版),第 369 - 374 贾。谭介甫:《屈赋新编》(里仁书局,1982 年 1 月 15 日),以为"《天问》虽有屈原参加(按:指屈原出使齐国时,与稷下学士共同提出的一些问题),还不算是屈作",第 399 - 403 页。又唐一乔:《屈原——真的没有这个人》(丽人书屋出版社,1969 年 3 月),否定屈原有此人,《天问》自然非屈原所作,第 67 - 183 页。

② 陈钟凡:《楚辞各篇作者考》,《陈钟凡论文集》,上海古籍出版社,1993 年 8 月第 1 版,第 369 - 374 页。

③ 刘大杰:《中国文学发展史》,华正书局,1984 年 8 月,第 114 - 115 页。

④ 游国恩:《楚辞概论》,商务印书馆,1968 年 6 月第 1 版,第 117 页。

值是:(1)体制独创。(2)内容繁富。(3)结构严谨。(4)章句多变。(5)修辞自然。(6)表情奔迸。即肯定《天问》,无论在内容、结构、体制、感情、修辞等方面,无不令人击节赞赏,宜称其为古今第一等奇诗,[①]实际古代诗人、学者,已有所称扬,如:唐诗人李贺即赞叹道:

> 《天问》语甚奇崛,于《楚辞》中可推第一,即开辟来,亦可推第一(明·蒋之翘《七十二家评楚辞》)。[②]

清·刘献庭亦评云:

> 夫《天问》一篇,在其分中,不过一时寄托不得于君之衷,一一书而问之,遂成千古万古至奇之作。遂将千圣万圣之传心秘密藏,尽情写出面目(《离骚经讲录·离骚总论》)。[③]

清·夏大霖亦大加称誉其为"奇文"云:

> 其创格奇、设问奇、穷幽极渺奇、不伦不类奇、不经不典奇、颠倒错综奇,载在史册之事,问过又问,说了重说更奇。一枝笔排出八门六花,堂堂井井,转使读者没寻绪处,大奇大奇(《屈骚心印·发凡》)。[④]

以《天问》"语甚奇崛",加上"创格奇、设问奇",确实是一篇"千古万古至奇之作",多所玩味,思考其形式、内容之后,更觉其奇,当胜过《离骚》,不过亦因其奇,致被近代学者,视为"文学史上的怪物"[⑤]、"诗坛的怪谜"[⑥],由此可知,该文有颇多之疑问,由于争论纷

---

① 陈怡良:《天问体制特色及其渊源浅探》、《天问的思想内容及其文学价值》,《屈原文学论集》,文津出版社,1992 年 11 月初版,第 234 – 353 页。

② 司马迁等著:《楚辞评论资料选》,长安出版社,1988 年 9 月初版,摘录李贺(引自明·蒋之翘《七十二家评楚辞》)语,第 417 页。

③ 司马迁等著:《楚辞评论资料选》,长安出版社,1988 年 9 月初版,摘录(清)刘献廷:《离骚经讲录·离骚总论》评语,第 427 页。

④ 司马迁等著:《楚辞评论资料选》,长安出版社,1988 年 9 月初版,摘录(清)夏大霖:《屈骚心印·发凡》评语,第 430 页。

⑤ 游国恩:《楚辞概论》,商务印书馆,1968 年 6 月第 1 版,第 110 页。

⑥ 林庚:《民族诗人屈平传》,《诗人屈原及其作品研究》,上海古籍出版社,1981 年 7 月第 1 版,第 8 页。

纭,甚多歧见,有待厘清,这些歧见,包括作者、创作时地、呵壁写成、错简、题义、文字释义,及是否为文学作品等林林总总问题。

在此本人要进一步澄清《天问》是否为文学作品的问题?此当然须先辨明其是否具有完整之文学要素?而后始能评估其艺术成就与价值,以下特分:一、自文学特质检视《天问》。二、《天问》修辞艺术举隅。分别论述之。

二、自文学特质检视《天问》

《天问》是否为文学作品?历来学者,自不同角度解读,各具心得与判定,以致争辩不休,难有定论,不过若依上述拙作《天问的思想内容及其文学价值》一文之探讨,不论就其形式与内容而言,则已可判定《天问》确为一古今罕见之创格奇诗,应是毋庸置疑,不过既判定其为文学作品,则《天问》当已具有十足之"文学特质"才是,而"文学特质",即是判定作品是否为文学作品之主要依据,以下个人即就《天问》具备之文学特质,重新论证。

所谓文学特质,即是指构成文学的必要原质,而文学既被认为是以言词作为外在标志,以表达作者之感情,并能感染读者的一种艺术,因之文学理论家,乃自中外各家之文学定义中,获得三点共性,并以之判定文学须具备三大特质,亦三大要素,即文学之形式、内容与目的。[①] 当然亦有学者更明确指出文学之三种要素:一是意识(即文学的内容);二是意象;三是文字(意象与文字,即是文学的形式,亦即表现的技巧)。[②] 二者定义,其实差距不大,可合并来看,并以之检视《天问》。

任何文学,必然有一种固定之形式,若无一种固定之形式,自然就不可能视其为文学。《天问》之形式,即其体制,虽是以问句形式写成之四言诗,尽管全篇无一"兮"字语助词,连"些"、"只"助词,亦皆阙如,更无"乱曰"、"倡曰"、"少歌曰"等音乐性之文字,不过在押韵方面,全篇共用一九八韵字。凡换韵九十一次,其基本型态,仍是两句一韵,当然亦有四句相押一韵,可视为两两相押,或四短句为韵,一二四句押者,可谓是转韵多式,音律协美之诗歌。此种形式奇特之《楚辞》体裁,表面上看,虽是创格,似乎一空依傍,实际屈原这种体式,有其因袭,亦有其开拓与创新,个人曾撰文略考其渊源,略分七项,是(一)初民怀疑心理之自然反映。(二)《诗经》体裁之有意仿效。(三)祝祷文辞之揣摩习作。(四)往古歌谣之因袭传承。(五)古籍群书之理路引道。(六)阴阳学派之思想启迪。(七)诗人才情之伟大呈现。[③] 而正所谓"若无新变,不能代雄"(梁·萧子显《南齐书·文

---

① 涂公遂:《文学概论》,旋风出版社,1958年11月初版,第47页。

② 李辰冬:《文学新论》,东大图书公司,1975年8月初版,第12页。

③ 陈怡良:《天问体制特色及其渊源浅探》,《屈原文学论集》,文津出版社,1992年11月初版,第234-295页。

学传论》)，“凭情以会通，负气以适变”(《文心雕龙·通变》)，“因情立体，即体成势”(《文心雕龙·定势》)，屈原即因能体认“能废前法者乃为雄”之义谛，而融会古今，集其大成，终能破旧立新，另创新体式，此即“取镕经意，亦自铸伟辞”(《文心雕龙·辨骚》)是矣。

文学之形式与内容，本就不可分割，而形式既然为表达内容之手段与方法，今依上述，已厘清《天问》之形式，并探究形式之渊源，接着自是审视《天问》之内容。内容即指文学之实质，亦是任何文学之主体，当然须透过作者之心灵活动，方能表达出来，而作者之心灵活动，其在文学上所呈现者，不外是思想、感情、想象、技巧，此四种内容之要素，对照《天问》，又是如何呢？今再依思想、感情、想象、技巧此四种内容之要素，分别查核之。

(一)思想

任何文学作品，必有其思想，因思想为创作之南针，有了某种思想，且是正直之思想引导，必然促使创作，走上正确之途径。而文学之思想，亦是来自诗人作家之智慧、学识、经验而来，诗人作家之智慧愈高，学识愈深，经验愈丰富，则作品中之思想，亦必愈崇高、坚定与正确。文学既是诗人作家最佳思想之记录，衡之《天问》，自然是屈原心思之记载。究竟《天问》之内容为何？屈原在《天问》中，到底要表达出何种思想、意识？在未答复上述问题前，对《天问》之某些背景问题，宜先有所理清，譬如：《天问》如何产生及文句杂乱之问题、《天问》写作时地、《天问》题义及屈原写作之旨意何在？

《天问》在两汉时代，刘向、扬雄曾援引经传，加以解读，惜两书均已亡佚，无法了解其内容。据另保存较完整下来之王逸《楚辞章句》，以为该诗是屈原在被放逐时，因忧心愁悴，彷徨山泽，“见楚有先王之庙及公卿祠堂，图画天地山川神灵，琦玮僪佹，及古贤圣怪物行事”，“因书其壁，呵而问之”，目的是“以泄愤懑，舒泻愁思”，此即所谓之“呵壁说”。

古今以来，赞同或反对“呵壁说”者甚多，甚至亦有提出修正，以为《天问》乃受壁画激发而创作者云云①，此处不详引述，不过所谓之“呵壁说”，确实有甚多之疑点，苏雪林师在所著《天问正简》中，亦反对此说，并认为“天问是一篇有首有尾，结构井然的大文章，而且还是一篇通篇有韵的长诗”，不可能是在墙壁上涂鸦而出，亦不可能是在旅行中，胡诌写出，而是诗人端居多暇时，“翻阅了无数参考书籍，耗费了无数推敲思索的时间，惨淡经营而后写成的，而且是材料搜集齐备，思想酝酿成熟之后，神来兴到，一口气写了出来”，②决非陆陆续续，片片断断凑合而成的。

---

① 有关《天问》呵壁之说，赞成或反对，又或修正之说，可参阅高秋凤博士论文：《天问研究》，台湾师范大学国文研究所博士论文，1991年5月自印，第41－56页。另见陈怡良：《天问的思想内容及其文学价值》，《屈原文学论集》，文津出版社，1992年11月初版，第306－314页。

② 苏雪林师：《天问正简》，广东出版社，1974年11月初版，引言，第6页。

近人楚辞学者姜亮夫所著《楚辞通故》一书,虽认为王逸呵问楚王庙堂之画,“固不必可信”,然有鉴于王逸之子王延寿撰《鲁灵光殿赋》,所言“与《天问》一篇所陈事迹,所言大义,若合符节”,因而以为“叔师呵壁之说,亦有不可废者”,因之再予判定云:

> 然《天问》除天地日月山川灵异诸问外,其涉及人事者,多有现实意义,必非依客观事象而为之,必有其主观之选择,且先后次序自天地自然至三代史实,而以楚之贤愚君臣为结,则自有作者自己之思想结构在其中,不得纯以呵壁之客观现象为主,而置此主观现象于不顾也(《楚辞通故》第三辑)。①

姜氏所论,不无道理,颇有可取。而另有近人台静农,亦不以为呵壁“说”为是,而云:

> 王叔师谓《天问》为屈子呵壁之辞,楚人哀之,因共论述,故其文意不次云尔。予不谓然,《天问》自有文理,其不次序处,由错简故。其文体,殆出于民间体制,今西南苗族之开天辟地歌,一问一答,实类乎《天问》(《楚辞天问新笺》)。②

《天问》,王逸以为是“呵壁之作”,古今学者,不免争论不休,今暂不问《天问》是否为“呵壁之作”,而其为结构井然,层次有序,且是作者有其主观意识及当代楚民族背景之创作,应是不容置疑,汤炳正云:“要说《天问》仅仅是‘呵壁之作’,则未免是脱离了战国时代潮流的狭隘之见。如果一定要找出屈原当时提问的证据,那就是流行于楚民族的传统的古老的神话故事与历史传说”③,言之诚然。

有关《天问》文句杂乱之问题,王逸既认为是“呵壁之作”,又以为是“楚人哀惜屈原,因共论述,故其文义不次序云尔”(《楚辞章句》),洪兴祖则以为无次序问题,云:“天地之间,千变万化,岂可以秩序陈哉”(《楚辞补注》),不过古今学者大多认定《天问》所以有文句错乱之问题,乃是由“错简”之故,如清·屈复云:“《天问》通篇起结,尽人了然,细玩中间,屡起屡结,次序井井,其为错简明甚”(《楚辞新注》)④,苏雪林师亦谓:“谓《天问》的杂乱,是由于‘呵壁’,不如说是‘错简’”(《天问正简·引言》),当然以为文句杂乱之疑问,不能否认,可能是由于错简,亦有可能是由于楚人转述传抄时,有所倒置脱漏,然亦有

---

① 姜亮夫:《楚辞通故》第三辑,齐鲁书社,1985年10月第1版,第877页。

② 台静农:《楚辞天问新笺》,艺文印书馆,1972年5月初版,《序》,第1页。

③ 汤炳正:《楚辞类稿》,贯雅文化公司,1991年1月,《八二、天问是否“呵壁之作”》,第277-279页。

④ (清)屈复:《楚辞新注》《百部丛书集成续编,关中丛书》卷三,艺文印书馆,1971年,第2页。

以为《天问》段落秩然不紊,后人所以认为"文义不次序",乃是由于"对原文未做深入寻绎所致",而其叙述之法,有四例,即类叙法、顺叙法、回叙法、杂叙法[①]云云,则或可另备一说。

至于《天问》写作时地问题,诸家说法,亦极分歧,以写作年代言,如[日]竹治贞夫以为是屈原年轻修学时代所作(《楚辞研究》),或以为是在屈原遭谗见疏后,未放逐于汉北之前作,持此主张者,有梁启超(《屈原研究》)、游国恩(《楚辞概论》)、姜亮夫(《楚辞今绎讲录》)等;亦有主张是屈原流于汉北时作者,如朱熹(《楚辞辩证》)、林庚(《天问论笺·天问笺释》)、聂石樵(《屈原论稿》)、陈子展(《楚辞直解·天问解题》)等。又有主张作于怀、襄之际者,如黄文焕(《楚辞听直·合论》)、毛奇龄(《天问补注》)、王闿运(《楚辞释·离骚序》)、孙作云(《天问研究·前言》),另有主张作于顷襄朝放于江南时者,甚或主张作于自沉之前者。[②] 而个人之观点,则较赞同《天问》于屈原未放逐之前,约在怀王十一年至十三年,屈原年在廿六至廿八时作,理由是(一)以屈原作品之进程观之,《天问》属四言诗,与《诗经》形式相同,属屈原未自创《楚辞》体之前之作品。(二)审阅其内容,未见有只字提及被放逐事。(三)自表现语气与态度看,全文仅见有愤懑、不平、疑惑、激昂等之语气,可能在屈原被谗去职时,其内心颇为不平,兼及对时局、流俗不满,对当时之知识界,亦表愤慨,因而才有《天问》之写作。[③] 不过姜亮夫则判定作于怀王十八年,屈原年三十三岁时(《屈子年表》),或可另备一说。[④] 又《天问》之写作地点,虽歧见不少,不过个人既判定为屈原被放之前作,则其写作地点,自是以郢都为近是。

再者,《天问》题义及屈原写作之旨意为何?有关《天问》题义,历来学者异议亦甚多。王逸释为"天尊不可问,故曰天问"(《楚辞章句》),虽有承之者,然亦有质疑而提出新说者,如提"天问"即"问天"说者;"天问"即"天在问"说者;"天问"即"天之问题"说者;"天问"即"难天"说者等不一,[⑤]不过大部分学者,仍是以为往古知识分子,无不以为天无所不包,所谓"天者,万物之总名"(《庄子》郭象注),又以为天为一切之主宰,所谓"天者,统理万物"(《周礼》郑玄注)是,以《天问》中之天,乃属广义之天,既蕴有自然现象之天体之

① 汤炳正:《楚辞类稿》,贯雅文化公司,1991 年 1 月,《八四、天问的段落次序问题》,第 284 – 285 页。

② 以上诸说,请参考高秋凤:《天问研究》,台湾师范大学国文研究所博士论文,1991 年 5 月自印,第 19 – 28 页。

③ 陈怡良:《天问的思想内容及其文学价值》,《屈原文学论集》,文津出版社,1992 年 11 月初版,第 316 – 318 页。

④ 姜亮夫:《屈原事迹续考》,《楚辞学论文集》,上海古籍出版社,1984 年 12 月第 1 版,《屈子年表》,第 58 页。

⑤ 以上诸说,可参见高秋凤:《天问研究》,台湾师范大学国文研究所博士论文,1991 年 5 月自印,第 87 – 109 页。

义,又含有人事祸福之天道之义,则其义当如游国恩所释为近是云:

《天问》者,举凡天地间一切显象事理以为问,犹今人曰自然界一切之问题云尔。……盖天统万物,凡一切人事之纷纭错综,变幻无端者,皆得摄于天道之中,而与夫天体天象天算等广大精微,不可思议者同其问焉,此天问之义也。[①]

有关《天问》之写作旨意,亦不免言人人殊,历来有所谓之抒愤说、诘问说、究理讽谏说等说法[②],这些说法实际可综合起来研判,依全诗之内容,包罗万象,上自天文地理,中则神话传说,下及历史人事,林林总总,全部以反诘语句究问,作者内心必有无限之悲愤、怨情,方结撰此诗,急切地抒发一己之不平,有所讽劝,不但代表着诗人切盼"以史为鉴"之苦心,与满腔之爱国赤诚,亦借作者"博闻强志"之学识,睿智思路之引道,对当时之知识分子,有所提示与警告,希望借此诗有所规诫与启迪,能对楚国共同负起救亡图存之重责大任,不能说没有这种可能。而此亦正是司马迁在《屈原列传》中说:"夫天者,人之始也;父母者,人之本也。人穷则反本,故劳苦倦极,未尝不呼天也;疾痛惨怛,未尝不呼父母也"之寓意,亦是诗人其后所作《离骚》中,"恐皇舆之败绩"、"忍而不能舍也"之忠悫表露,与"路曼曼其修远兮,吾将上下而求索"之焦虑呈现,明·汪瑗即下断语云:"楚之兴衰,天邪?人邪?吾之用舍,天邪?人邪?国无人,莫我知也,知我者,其天乎?此《天问》所为作也。太史公读《天问》,悲其志者以此。"(《楚辞集解》)[③]所论探奥抉隐,言之成理。

《天问》主题既具多义性,又具批判性与质疑性,则其所欲表达之思想究竟为何?通过对其内容之了解后,吾人知文中所提一百七十几个有关宇宙自然人生等种种疑问,不能只看字面有谁、何、胡、焉、几、孰、安等作疑问代名词、询问副词、疑问形容词、疑问副词等用者,即以为屈子真的是不明不白,心有所疑,故才设问提出,其中虽有些问题,如宇宙之生成,或某些天体天象,屈原本人,或当代任何人,亦无从作答,然有些疑问,却是屈原并非不知答案,其所以明知故问,是因"事有未明,理有未究,自然要问,即事极易明,理极易究,而众人不明不究,更是要问";如"至立身行己,治乱兴亡之事,乃是必明必究的,世人偏懵懵然,昧昧然,不知明,不知究,所以屈原要问"[④],今自屈原提出之疑问中,可以看出,有些答案,已经在屈原某些作品中,隐隐透露,如《离骚》、《招魂》(按:依司马迁《史记·屈原列传》之见,归属于屈原作,而非宋玉作),诚如朱熹《楚辞集注》云:

---

① 游国恩:《天问题解》《楚辞论文集》,九思出版社,1977 年 11 月 1 第 1 版),第 153 页。

② 褚斌杰:《情理兼备的咏史之作——屈原〈天问〉探赜》《楚辞要论》,北京大学出版社,2003 年 1 月第 1 版,第 204 页。

③ (明)汪瑗《楚辞小序》《楚辞集解》,北京古籍出版社,1994 年 1 月第 1 版,第 29 页。

④ 何敬群:《楚辞精注》,正中书局,1998 年,《天问第三》,第 79 页。

此篇所问，虽或怪妄，然其理之可推，事之可凿者，尚多有之。①

一如朱熹所研判，某些疑问，属“理之可推，事之可凿”者，所在多有，并非全无法作答，而尚有某些疑问欲加解读，恐非易事，盖年代相隔遥远，加上古籍散佚甚多，若无近世甲骨文史料佐证，更为不易，再者若拘于今存经传，恐有失原意。为何今世欲解读《天问》，如此不易呢？原因可能一如台静农所言：

《楚辞·天问》中神话及史事与今之古籍，多有不同；或有源于经传而间有歧异者，或有异于经传而与诸子书合者，或有源于《山海经》而间有演变者，或有异于先秦撰述而合于秦、汉人说者，盖楚人所接受之历史文化，未必悉合于两周文献，而解说《天问》者，若拘于经传，反失旨意(《楚辞天问新笺》)。②

台氏所论，切中肯綮，所言“楚人所接受之历史文化，未必悉合于两周文献”，确有至理。盖楚民族自北方迁移至南方云梦大泽后，与中原周民族，因时空遥隔，楚民族所接受之历史文化，必有某些与周民族所保存者，有某些差异，乃理所当然。而屈原所作颇为“奇崛活突，冠绝千古”之奇文《天问》，自然是注入诗人之思想，运用寓理于象之高超技巧，一连提出一百七十几个与宇宙自然及历史、人事等相关之疑问，在此，屈原到底要表达什么样的思想？今不问其中所涉及，而为某些学者所判定，是代表着“屈子的学术思想”③，又或是反映屈子之宇宙观、天道观、政治理念、爱国思想、怀疑思想等，其文学思想之源头与出发点，究竟为何呢？

先就《天问》之全篇内容观之，以其体制是别开生面，当是屈原有其动机而撰述的咏怀之作(按：若界定为咏史之作亦为允当)。历来诸家分段不一，去繁就简，个人以为或可略分三大段，④第一大段，自“遂古之初，谁传道之”至“羿焉弹日？乌焉解羽”？凡一百十二句，乃就有关天体、天象、天事，乃至地事等发问，其中有天地之形成、日月之运行、神话、大地之形状、传闻、河川之流布、走向、治水之传说、天地异闻、灵物奇谈等。屈原自最

① 朱熹：《楚辞集注》，文津出版社，1977年10月，《天问第三》，第49页。

② 台静农：《楚辞天问新笺》，艺文印书馆，1972年5月初版，《序》，第1页。

③ 姜亮夫：《楚辞今绎讲录》，北京出版社，1983年，《天问概说》，第90页。

④ 按：《天问》内容，约可概分为三大段，(明)黄文焕《楚辞听直》，将《天问》分：天、地、人事之治乱等三大段。刊入杜松柏编：《楚辞汇编》第二册，新文丰出版社公司，1986年3月台1版，第165-262页。李陈玉：《楚辞笺注》亦分三段，见游国恩：《天问纂义》，中华书局，1982年10月第1版，摘录，第2页。另褚斌杰仍概分三段，参见所著：《楚辞要论》，北京大学出版社，2003年1月第1版，《四、情理兼备的咏史之作——屈原〈天问〉探赜》，第204-205页。

远古之创世神话问起,至大地山川人物之奇诡者以为问,让读者扩大思路,以宏观之角度,面对天地间之种种奇特现象,因确实存在不少疑点,而引导人们思考往古之诡秘,应勇于提出质疑。

全诗第二大段,则自“禹之力献功,降省下土方”,至“易之以百两,卒无禄”,凡二百四十四句,以夏、商、周三代兴亡史事发问。此中段部分,就其所占篇幅,与立意而言,当为全文之主体、重心所在。诗人在此部分中,列举夏、商、周三代,其所以兴亡之史实,多所举证,多所问难,除以君王之成败或其传闻为问外,另亦穿插臣属忠佞正邪相比之事诘问,均寓有深意,表达作者个人之观点。强调对往古史实,应有所反思与醒悟,亦不免流露诗人对楚国当前之困境,有所忧患之情怀。

全诗最后一段,则自“薄暮雷电,归何忧”至收笔“何试上自予,忠名弥彰”止,共十八句,此段,甚多学者皆以为有错简。此段乃屈原以楚国史事为中心,并与现实相结合,以为诘问。警告怀王,宜以先公先世灭亡之例,有所鉴诫,以为讽劝。对诗人自身之处境,与楚国之近忧,寄予无限之慨叹与悲愤,几乎不能自已而作结。

自上述《天问》之内容中,吾人可以略见其中表露之思想,无愧为屈原智慧、学识与经验之所累积而成。今不问其思想,或涉及宇宙、或批评历史,又或质疑神怪,而其核心思想当是在历史,即在探讨历史上朝代兴亡之原因为何。王夫之即云:

> 篇内言虽旁薄,而要归之旨,则以有道而兴,无道则丧,黩武忌谏,耽乐淫色,疑贤信奸,为兴废存亡之本。原讽谏楚王之心,于此而至(《楚辞通释》)。①

林云铭亦云:

> 若细味其立言之意,以三代兴亡作骨,其所以兴在贤臣,所以亡在惑妇,惟其有惑妇,所以贤臣被斥,谗谄益张,全为自己抒胸中不平之恨耳。(《楚辞灯》)②

王、林二氏所研判,以为《天问》内容尽管广泛,而其要旨,其实即在朝代“有道而兴,无道则丧”,“兴在贤臣,亡在惑妇”而已,屈原遇谗斥离,乃借此文讽劝,亦借此文以抒胸中之不平,而若由文学角度考量,则其文学思想又是为何?梁启超判定云:“《天问》所起

① 王夫之:《楚辞通释》,里仁书局,1981年10月,第46页。
② 林云铭:《楚辞灯》,广文书局,1971年12月再版,第176页。

疑问,对于万有的现象和理法怀疑烦闷,是屈原文学思想出发点”(《屈原研究》)。[①] 诚然,文学既是“最好的思想记录”,而《天问》即是屈原抒发其内心不平与悲愤之记录,屈原一心要在政治上施展才华,力求改革,改造现实,他追求完美,狂热地企盼辅佐国君,实现“美政”的理想,惜事与愿违,受到党人进谗,楚君斥离,世俗与朝廷,上上下下,处处充满着无知、盲从,得过且过,人人都是糊里糊涂,不去深思,不知反省,而在周围尽是“不完美”之人、事、物下,他岂能不满腔愤懑?岂能不心怀愁苦,就在屈原哀叹人生之多艰,愁与忧相接,感慨遭斥离之遭遇,是人生过程中,一段极不愉快之受挫,再盱衡当代,一切万有现象,又皆是布满着缺憾与疑难,就在如此一连串之激情、悲愤下,诗人终于写出此篇空前绝后之第一等奇文《天问》。

以思想乃为见地、识力、理想三者之综合,在追根究底下,个人因之以为《天问》之文学思想,亦是屈原文学思想之出发点,是“追求人生的完美与理想”[②],进一步言,《天问》因有此思想而贵,而其思想亦因有文学之价值而益贵矣。

(二)感情

文学创作乃属智性之精神活动,亦属高级之感性活动,智性活动即属思想,感性活动即为感情作用,此二者乃是奠定文学创作之两块基石,若缺少其中一种,则文学作品即无由产生。而感情等于是文学之一种酵素,屈原将感情注入《天问》中,必然是选择能体现其感情之文体形式,而诗人选择的,即是诘问之句型,方使《天问》洋溢着充沛而活跃之生命,且因之感染读者,而产生共鸣。刘勰即云诗人什篇,“志思蓄愤,而吟咏情性,以讽其上,此为情而造文也”(《文心雕龙·情采》),旨哉是言。今试探在《天问》中,屈原对万有现象与理法提出质疑诘问,到底诗人如何抒发其感情?而情绪之波动,又是呈现何种状况?

在《天问》中,屈原遣用“谁”、“何”、“焉”、“胡”、“安”等疑问代名词,或疑问副词、形容词等,组成反诘句,借用语言以表达其内心波涛汹涌之感情,可说是多层次、多角度、多侧面地表露复杂丰富之心灵世界。《天问》以反诘语句组合,提出一百七十几个疑问,可想而知,在写作当时之诗人,其内心情绪之激动、愤慨、不平、痛心,可谓已到极点。譬如《天问》起笔,首先即以天地开辟之前之景象发问,盖天地未开辟时之情况,先秦之经传,殊少言及,以此提问,惊天霹雳,必具震撼性,而云:

曰:遂古之初,谁传道之?上下未形,何由考之?冥昭懵暗,谁能极之?冯

① 梁启超:《屈原研究》,《饮冰室文集》之三九,中华书局,1970年台2版,第54页。

② 陈怡良:《天问的思想内容及其文学价值》,《屈原文学论集》,文津出版社,1992年11月初版,第325-326页。

翼惟像,何以识之?

洪荒太古,天地未辟之时,其情况如何?必是一片混沌朦胧,无形之元气弥漫,斯时有谁能加传道?能加考定?能加穷究?能加辨识?对世俗、对朝廷、对愚昧君臣有所不满之屈原,在强烈之感情激发下,以“谁”、“何”疑问代名词,面对天地形成之疑,提出质疑,气魄浩大,确实,天地未开辟前,岂有人类存在?因之诗人以“谁传导之”?“何由考之”?二语发问,情绪之激昂,胸膛之震荡,不问可知。

在情绪已被激起下,诗人不平之气,一如火山之爆发,是不可能在短暂间平息的,接着问及昼夜之更替,生命之起始,生民之起源,天体之构造、日月星辰等问题,甚至是属于自然现象之某些神话,如洪水传说、鲧禹治水之问题等,均为诗人之提问,诗人之质疑,一波接着一波,情绪更是不能平复,问天、问地完毕后,让诗人感情更掀起波涛,更为奔腾起伏的,是全文质疑之核心所在,即属夏、商、周三代之历史人事问题,如问曰:

汤谋易旅,何以厚之?覆舟斟寻,何道取之?桀伐蒙山,何所得焉?妹嬉何肆,汤何殛焉?

前四句乃问有关少康与浇事,谓少康始谋灭浇时,人少力薄,何以能取胜?且浇曾与斟寻氏大战,浇曾覆其舟灭之,勇力如此,而少康又有何能灭之?后四句乃问桀讨伐蒙山,究竟何所得?妹嬉本有功于商,然其有何放恣处,商汤竟加诛杀?以上所问,皆属夏、商兴亡之史事,诗人在此表露“天佑天罚”之原则,乃以当事者之行为善恶为转移,所谓“应之以治则吉,应之以乱则凶”(《荀子·天论》)是矣,诗人表达其思想理念,亦流露出对历史定律“顺天者昌,逆天者亡”之认同,在质疑之中,感情上却是感慨万千的,的确,殷鉴不远,天理昭昭,值得人们深思。

由商到周王朝历史,屈原对其朝代之更替,亦是集中在盛衰、兴亡之大事上,如续提问云:

授殷天下,其位安施?反成乃亡,其罪伊何?争遣伐器,何以行之?并驱击翼,何以将之?

诗人提出疑点,实际亦是明知故问,谓上天既将天下授于殷,又何以移位于周?纣之部众,倒戈致国亡,其罪状又是为何?诗人之感情,仍是激动不已,再续问,武王之将士,人人乐于执戈以战,究竟是以何法行之?皆能并驱齐进,又是如何率领他们向前作战的?疑问归疑问,道理其实最明白不过,不可否认,诗人希望的,是借此问,激起人们多所反思，而不应得过且过，敷衍了事，虽是感性之提问，却能引导智性，使人头脑冷静，有所分析与判断，感情在此真的进入另一高峰。

对于殷商纣王之倒行逆施，沉迷于酒色，不辨忠奸，杀害忠良，嬖幸小人，诗人是极不以为然的，因为自己受到小人进谗，君王不察，以致遭受斥离，身受其害，对此，自然感受特别深刻，因之对殷纣之覆亡，诗人亦发问云：

> 彼王纣之躬，孰使乱惑？何恶辅弼，谗谄是服？比干何逆，而抑沈之？雷开阿顺，而赐封之？

探究纣王以帝王之尊，究竟有谁能使之惑乱？对忠直之臣辅弼，何以如此憎恶？而对谗谄之徒，又是如此专任？据《尚书·泰誓下第三》，记武王数纣之过，是："自绝于天，结怨于民"，是"崇信奸回，放黜师保"，另《史记·殷本纪》亦载纣王："知足以拒谏，言足以饰非"，"好酒淫乐，嬖于妇人，爱妲己，妲己之言是从"，纣王之刚愎自用，拒谏饰非，惑于女色，致结怨于民，史载极为明确。诗人在《天问》此处，仍是明知故问，要非纣王自惑，才会惑于妲己，否则谁能惑之？即憎恶贤良，重用小人者，实亦出于自惑矣。底下更具体指出贤臣受害，佞臣重用之实证发问，谓比干何所抗逆，而竟遭抑沈？佞臣雷开如何谄谀，竟受赐封？非仅"比干谏而死"（《论语·微子》），其他忠良，亦难逃灾难，宜"梅伯受醢，箕子详狂"。面对史上暴君之行径，诗人岂能不疾首痛心，为忠良之死之冤，提出愤怒之控诉？而对周朝，仍是对某些国君提出谴责，譬如周昭王为寻求白雉，竟盛游至南土，以致溺死于水（"昭后成游，南土爰底？厥利惟何，逢彼白雉"？）穆王贪求过甚，周游天下，既已统治天下，又何必索求其他？（"穆王巧梅，夫何为周流？环理天下，夫何索求"？）。幽王废申后及太子，以褒姒为后，另以褒姒所生之子伯服为太子，使之朝纲不振，终为犬戎所杀（"周幽谁诛，焉得夫褒姒"？）可见西周之覆灭，乃由于女祸。诗人之质疑，句句都含着极深长之感叹与惋惜！

诗人在本篇后半，既历叙夏、商、周三代兴亡之事，并提出兴亡之关键，一如前引林云铭所评是"兴在贤臣，亡在惑妇"（《楚辞灯》），可谓是一面历史之明镜，依篇中提及之贤良，如伊尹、太公、梅伯、箕子、比干，等于是在为自己写照，另提及之惑妇，如妹嬉、妲己、褒姒，等于为怀王之宠姬郑袖写照，另再点出佞臣，如雷开，即为曾与诗人同朝任职之子兰、上官大夫、靳尚写照。[1] 篇末即转入楚人楚事，如云：

---

① 林云铭：《楚辞灯》，广文书局，1971年12月再版，第176页。另见褚斌杰：《楚辞要论》，北京大学出版社，2003年1月第1版，第213页。

伏匿穴处,爰何云?荆勋作师,夫何长?悟过改更,我又何言?吴光争国,久余是胜?

篇末某些词句,可能因有脱漏,或文献缺佚,较难铨证,不过上引诸句,可能是诗人自喻深居遁迹,未蒙重用,今又有何言以对?显现诗人情绪,颇为懊恼,颇为无奈,独能哀伤,有稍许之低沉,然后情绪再转为高亢,谓楚尝为诸侯师,以攻秦,屡建功勋,然又何能长久?在此屈子仍是在勖勉怀王不可傲慢,理当戒慎恐惧,发愤为雄才是。而楚君若能悔过,以挽家邦之危亡,则屈子亦不必多费唇舌,哓哓不已,屈子之忠荩赤诚,在此表露无遗,其情感已涨升其忧国忧民之心。再者,吴公子光(即阖庐)与王僚争国自立,何能大胜吾国,在此语气虽仍是诘问,然屈子言下,似颇有极大之遗憾。①

篇末收笔云:

吾告堵敖以不长。何试上自予,忠名弥彰?

本小节或谓乃错简伪脱,以致词义不属,韵复不谐,故有者将"悟过改更,我又何言"句,列于最末,而将此小节列于前,个人以为本小节是否错简,尚未论定,故仍暂以篇末收笔释之。在此文之结句,屈子虽仍是以楚事发问,笔端在此,顿宕作收,而在情绪上,仍是处于高昂态势,谓告知吾君者,是楚文王子堵敖,若不顾亲情,杀其弟熊恽(即楚成王),必难逃天谴,不能久长,今自我以忠谏用于君上,乃由于有所感,不得不发,岂是在自干忠直之名,为显彰后世?在作结时,可知屈子以"正道直行,竭忠尽智,以事其君",反因"谗人间之"(《史记·屈原列传》),致受斥离,其内心之冤曲,当可测知,中心之激愤与不平,更是难以言状。

衡之全文,屈子表达与发泄之情感波涛,一波接着一波,虽皆以诘问方式提问,其中则夹杂有疑、责、憾、怨、怒、愤、忧、伤等种种复杂之情绪,在收笔时,诗人之情感,更发展至最高点,可谓是诗人在仕途上、心灵上、愿望上,经历重大之创伤,情感受严重之撞击后,最后积聚的集中体现,孤臣心事,在作结时,亦极力写尽,才戛然而止。明·周拱辰云:"一段真恳痛哭之怀,最为溢露"(《天问别注》)②,清·吴世尚亦云:"结言及此,可谓

---

① 按:《天问》云:"吴光争国,久余是胜"?刘永济释云:"按此言吴光与王僚争国而得立,此取之不以道,何以能大胜楚耶?诸家多说为与楚争国,失问义矣",兹从之,见所著:《屈赋通笺》,刊在杨家骆主编:《楚辞新义五种》内,鼎文书局,1974年10月初版,第145页。

② 周拱辰:《天问别注》语,收录于游国恩:《天问纂义》,中华书局,1982年10月第1版,第476页。

长歌当哭”(《楚辞疏》)[1],确实,屈原的自嘲口吻,其中当有无限之苦楚辛酸,含有诗人“痛哭之怀”,真可“长歌当哭”。

《天问》主要是铺叙屈原在仕途上受挫,抒发内心悲愤、苦闷之一篇抒情、咏怀诗,为诗之目的,一则欲以讽劝国君能及时醒悟,翻然更张;一则亦在表达自己之理想、人格与智慧,虽不以咏史、咏怀、感遇等词汇命题,而实际上可谓是政治抒情、咏怀之作品,是真正“为情而造文”,且史与论兼备,情与理交融,刘勰云:“情理设位,文采行乎其中”(《文心雕龙·镕裁》),创作绝不能缺乏丰富之情感,文既是循情而生,然亦不能缺乏作者所欲表达之思想。刘勰又云:“情动而言形,理发而文见”(《文心雕龙·体性》)、“情者文之经,辞者理之纬”(《文心雕龙·情采》),可见情理是不能偏废的,均为文学作品内容之重要组成部分,《天问》自是没有例外,表面上似乎都在申发自然之理、历史之理,事实上是寓情于理,借史咏怀,笔端处处,仍是离不开情。

职是之故,《天问》既是规模宏伟之文艺作品,其感情表现艺术,就有如下一些特点:

1. 语调保持统一,情绪感染力强

《天问》可说是以血和泪书写完成的,因而其情感表现,可说如前所言是“长歌当哭”,是以近乎哭诉之语调写成,语句全以质疑、诘问之口气发问,自远而近,自大而小,极有层次地激发人们之反思与探究,因为世人,甚至知识分子,对天下事理不是太懵懂,就是没有胆识,没有智慧去深入追究,去掀开自然、历史人事之隐秘。虽说屈原本人之际遇,其心情有其愁苦,有其忧怨,而更多的是愤慨、不平,因之其主题并非仅是为宣泄愤懑,又或表达其宇宙观、哲理观、历史观而已,更重要的是企盼知识份子,多思考历代兴亡盛衰之史实,得到经验,以承担救亡图存之大任。尤其更希望楚君能从历代兴亡成败之中,汲取教训,有所警惕,以致其诘问、质疑之语调,贯穿全篇,未曾中断或改变,不问如何?诗中之情感,是极为丰富的,具有统一之语言色彩,形成一种特殊而全是反诘之语言情境,容易诱导读者,如历其境,如面对作者,而激发读者之同情心,更因全诗并非在强制说教,在严肃说理,使之其诗更大大地增强情绪之感染力。

2. 不同事理之诘问,使情绪多变而复杂

表面上,《天问》似乎是语气一致,全篇皆是诘问之口气,既不答覆,亦无变化,然若加沉潜玩味,深入其中,必定会发现随着不同之时空情境,不同事理之诘问语调,其中诗人之情绪,就会有微妙之变化,譬如篇首发端,问及天地开辟之事,虽气魄宏伟,出人意表,问所不信,虽是质疑,情绪却非立即上扬,而是渐进升高,起笔语气,则犹然是平和纾徐,带有引导入题之意味,且此一问题,亦极易引起人们探讨之兴趣。续问及有关天象事,如云:“夜光何德,死则又育?厥利维何,而顾菟在腹?”言月亮究竟有何德何能?死后竟能

---

① 吴世尚:《楚辞疏》语,收录于游国恩:《天问纂义》,中华书局,1982年10月第1版,第480页。

复生?而月亮里究竟有贪图何种好处?使兔子竟然愿意藏身其中?此属月之盈亏,与月中有兔之神话,除增强人们探索之兴趣外,情绪已渐增强。对传统之说法,屈原虽未否认,然其辛辣之诘问,颇令人大为讶异,诗人情绪之不平,确能发人深省。

等到愈往后,针对往古史事发问时,诗人之情绪更加扬升,其中有慨叹、有赞赏、有谴责、有讽刺,如云:"启棘宾商,《九辩》《九歌》,何勤子屠母,而死分竟地"?禹之子启执戟而舞,并以美女祭祀天帝,竟窃取天帝之乐《九辩》、《九歌》下用,其母涂山氏之女,何以爱其子,反为子所屠,身躯竟分散遍地?此虽属神话故事,然在屈原看来,颇为愤慨,自然提出谴责。而在其后问及夏、商史事时,对荒淫残暴之夏桀与殷纣,更严厉地抨击,情绪尤为激动,如前引用之"桀伐蒙山,何所得焉?妹嬉何肆,汤何殛焉"?"彼王纣之躬,孰使乱惑?何恶辅弼,谗谄是服"等句,即可知诗人对桀、纣暴君之实行暴政,滥施酷刑,是深恶痛绝的。再如:"伯林雉经,维其何故?何感天抑坠,夫谁畏惧"?言申生自缢而死,究为何故?又何以能感动天地?谁能不畏惧?此虽是故意设问,然其情绪中,则含有谴责与讽刺之意涵,由此可见诗人在《天问》中,感情之表露是起伏与多变,并非一成不变。

3. 质疑中夹抒情,抒情中寓哲理

由于《天问》中所诘问之问题,均是有关自然现象、神话传说、灵物奇谈,又或远古、近古之史事,并无作者屈原之际遇、心事之叙述,因之或有人将其视为一种纯客观性之作品,却忽略作者为何要发问之用心,及其在一连串之反诘句中所蕴涵之情感,个人在前文中,已举实例,说明《天问》中提问之问题,实际皆含有作者充沛之感情,而这种感情,亦随著不同事理之发问,而使情绪亦随之起伏多变,而情绪中更含括有悲、怒、斥、讽、评等各种感情在里面,因而《天问》确实是"质疑中含抒情"。不过一如上节所论,情与理本不可分离,此"理"乃指诗人个人之天道观、人生观、政治观、历史观等,以致更有学者视《天问》为哲理诗,认为文中设难发问,多属哲学上之问题,是作者屈原"集合南国诸哲人之问题,而综为一篇"①,"还应当作为宝贵的哲学遗产来研究,特别是《天问》在古代哲学中,它是一篇罕见的奇作。②"

不过《天问》一如前节个人所判定,当是诗人之咏怀诗,只不过屈原在咏怀中,亦在抒情,抒情中亦寓有哲理即是,而它绝非是一篇哲学著作。如前已引证,屈原问及宇宙天地如何形成之疑问,乃是涉及宇宙本体与对立生成两个不同之哲学理念,它是哲学的,亦是

① 李翘:《楚辞天问管见》,《文澜学报》第二卷第1期,浙江省立图书馆,1936年3月24日出版,第6页。

② 胡念贻:《屈原的哲学思想》,《先秦文学论集》,中国社会科学出版社,1981年12月第1版,第401页。

神话的。[1] 而作品中所包孕之哲理思想，自然与当代之思潮攸关，譬如老子所云："天地不仁，以万物为刍狗"。"以道莅天下，其鬼不神"(《老子》)，首先破除天鬼之迷信，其后有阴阳家邹衍出现，是"先验小物，推而大之，至于无垠"。"先列中国名山大川，通谷禽兽，水土所殖，物类所珍，因而推之，及海内外人之所不能睹"(《史记·孟子荀卿列传》)云云，均见古来已有一种"演绎的时空推论法"，且对自然界之怀疑，《庄子》中《天运篇》与《知北游篇》等，已有论及，均见当代一般思想家、文人已有此怀疑思想，因之诗人在《天问》中，有所质疑，实不足以怪，而《天问》问句，"抒情中寓有哲理"，其"哲理"乃是通过具体形象，而加以体现出来。

4. 抒情具有内在情感之波动，亦显现出有其根源所在

吾人其实可将《天问》中之质疑、抒怀之过程，视为是自诗人胸中源源流泻之情感流。此股情感流之特色是高低潮交错，而又持续保持一贯之激情，此内心之波动，有其源泉，有其曲折，勾画出心灵之冲激过程，亦表现出诗人抒情艺术之不凡。

自上述可知《天问》是针对天地开辟、自然现象、神话传说、历史人事等问题，以诘问句提出怀疑，而此反诘句本身，即是充满着极为复杂情绪之语法，虽说整个《天问》之基调，乃筑基于怀疑上，不过随着不同事理之质疑，可发现一些如省悟、反思、失望、愤慨、叹惋、赞扬、惊奇等等不同之情绪，亦随之呈现出来。原文前半，遽读之下，或许尚难正确掌握住作者屈原创作之动机、主意何在？等到后半问及夏、商、周三代兴亡之史实，以及涉及楚国自身之史事时，则作者创作之意图，可说已有所表露，再看本文文末之"悟过改更，我又何言？""何试上自予，忠名弥彰？"则作者屈原之创作微旨，可说已昭然若揭矣，盖自上节中，屈原对历代君王之信谗，女祸之伤害，与天命无常之警惧，可谓深有体悟，凡此种种，无不在寄寓诗人所宣泄之复杂感情，而此，实际均有其根源在，此根源即来自诗人对祖国之忠爱精神，为屈原一生把柄，亦是千古忠臣把柄，更是屈原永远坚持，永久奉行不渝、至死不变之铁律。

(三)想象

如果说思想是诗歌之灵魂，则感情必是诗人创作之动力，而想象则成为诗人作家心灵之陶铸，思想之再造，亦是诗人作家必具之徽章。如果没有想象，任何一种艺术，即不可能产生，文学若缺乏想象，必会僵死，因而一位愈有才华之诗人作家，其想象力必愈是丰富，其创作之作品，亦必更为成功，衡之屈原之于《天问》，亦然。

屈原之想象力，是极为惊人的，简直是不可思议，梁启超曾评论云：

---

① 周延良：《楚辞天问与原始文明—天问中的原始哲学内涵考释》，《中国文化研究》总第33期，2001年秋之卷，第11－12页。

文学还有第二个生命,曰想象力,从想象力活跳出实感来,才算极文学之能事,就这一点论,屈原在文学史的地位,不特前无古人,截到今日,仍是后无来者。

又云:

他作品中最表现想象力者,莫如《天问》、《招魂》、《远游》三篇。……《天问》纯是神话文学,把宇宙万有,都赋予他一种神秘性,活像希腊人思想(《屈原研究》)。①

由于屈原才情特高,又接受过完整之贵族养成教育,因之"博闻强志,明于治乱,娴于辞令"(《史记·屈原列传》),自然亦吸取不少荒诞不经,又是艺术之母的神话传说素材,于是手握着想象之"魔杖","精骛八极,心游万仞"(陆机《文赋》),得能"思接千载"、"视通万里"(《文心雕龙·神思》),而去创作《天问》,梁启超称颂屈原之想象力,又判定《天问》是屈原所作最表现想象力之作品之一,可谓慧眼独具。

《天问》前半问及天体、天象、天地、神话传说、灵物奇谈等,即是屈原展现其想象力之奇妙处。如前节提及《天问》首问宇宙天体如何形成、万物如何起源之问题,以洪荒时代之初民,不具现代人之科学知识,当然无法了解天体如何形成,仅能依想象来编织神话,于是就有盘谷开天辟地,或由女娲补天与抟土造人之女神创造说等创世神话②出现,即使到了屈原所处的战国时代,阴阳造物论者,曾提出"体"、"化"之问题,如《吕氏春秋》云:"万物所出,造于太一,化于阴阳"(《大乐》)③,不过天地如何形成,万物如何造成,其实仍是云雾一团,简直是个谜,屈原在起首处,故意提此问题发问,代表着其中疑问重重,才会再提出"阴阳三合,何本何化"?表示若言阴阳参合而生万物,然何者为本体,何者为变化?因而此问题,颇为新奇,亦即有趣,必能激起甚多人之思考,即若当代楚国是天文学最发达的诸侯国之一,楚国职官中,设有太史与卜尹,负有观察星象、研究天文之职责④,相信彼辈对此天体如何形成之问题,甚至是万物如何起源之疑问,必然亦是无解,仅能凭着各人之想象与推测而已。

而涉及星辰之神话,屈原仍是凭着想象,将其记忆表象中所吸收之天文素材,进行加

---

① 梁启超:《屈原研究》《饮冰室文集》之三十九,中华书局,1970年台二版,第68页。

② 陶阳、牟钟秀:《中国创世神话》,东华书局,1990年10月台初版,第145-166页。

③ 王范之:《吕氏春秋选注》,中华书局,1991年10月第三次印刷,第55页。

④ 熊传薪主编:《楚国的天文学》《楚国、楚人、楚文化》,艺术家出版社,2001年11月初版,第95页。

工改造,以创造出新的形象来,如云:

> 女歧无合,夫焉取九子?伯强何处?惠气安在?何阖而晦?何开而明?角宿未旦,曜灵安藏?

女歧,王逸注为神女(《楚辞章句》),又清·丁晏以为是歧母,或称九子母(《楚辞天问笺》),台静农注为"某一民族母系社会传说之人物"(《楚辞天问新笺》),闻一多以为"歧母即女歧,九婴即九子,皆古民族推源论中之神话人物,或为人名,或为地名","《史记·天官书》曰:'尾为九子',……九子又为星名"(《天问疏证》),游国恩判定:"今按《天问》于问月之后接言九子,或即指此九子星也"(《天问纂义》),可证"女歧"为星名,亦即九子母,则自《史记·天官书》文中,知尾有九星之天象,乃逐渐演化为女歧九子之神话。

又伯强,王逸注"大厉,疫鬼"(《楚辞章句》)。闻一多注:"伯强为风神,无可疑也,然古又谓箕星主风","知女歧、伯强皆列星之精,然后知《天问》所以二事连问者,非偶然也"(《天问疏证》),游国恩亦注:"伯强,则生风之神,犹风伯飞帘之类也"、"伯强之为禺强,为风伯"(《天问纂义》)。

自上述诸家辩证,可知女歧、伯强皆本为星名,而演化为神话。因之此处,屈原即将其天文知识,配合搜集之神话,加入想象之中,而发问谓并无婚配丈夫之女歧,怎能育有众多子女?而暴厉之风神伯强,今居于何处?和畅之惠风,又自何处而来。接着又问,为何天门(即角宿、东方星、晓星,古天文家谓为天门)阖闭,天即晦冥?天门开启,天即晓明?而天门未开时,太阳(即曜灵)又藏于何处?

除上述所举有关宇宙、天象、星辰之疑问外,《天问》中屈原亦举出大地、山川、方物等与神话、传说、怪异事物相关者以诘问,仍是凭借其丰富之想象力,与神话传说素材结合,均见诗人对神话传说之运用,并非重在故事事实之本身,而是屈原自身借此来表达对生活、生命之感叹,甚而是一种嘲弄或排解,以指陈内心之价值观,又或作为自我之慰借,与信不信神话传说本身是无关的。譬如屈原再提出质疑的,谓:

> 何所冬暖?何所夏寒?焉有石林?何兽能言?
>
> 焉有虬龙,负熊以游?雄虺九首,儵忽焉在?

游国恩以为此处乃问大地之上,何处虽冬犹暖,何处虽夏犹寒,以其"因神话中有冬暖夏寒之说,而疑其果在何处也",因之不必去解释为何有冬暖夏寒之理,或去探究宇内究竟何处,确为冬暖夏寒之地(《天问纂义》)。再问何处有石林。何种野兽能言语?此处与前述一样,皆不必去探究何处确有石林?何种野兽竟能言语?盖重要的,是屈原以此问题问所不知,借此引发人们探讨之趣味,亦可谓借此问难,以启发人们能举一反三,省察其他事物,且经由此问,提升鉴赏者之想象力,以发挥欣赏者之主观能动性、创造性,而想象本是任何艺术、文学创造的重要条件,没有想象就没有创造。

另者再问何有虬龙,负熊兽以游?雄虺生有九首,往来疾速,究竟何在?前二句所问,诸家所释,可能皆为臆测,游国恩以为此二句与上下韵均不谐,且与本篇四句一节之例不合,故疑"前后必有脱简",故此当属"神怪之物"(《天问纂义》)。后两句所问,亦有依据,即《招魂》"雄虺九首,往来儵忽"之事,清·蒋骥更征引《山海经·海外北经》云:"共工臣曰相柳,九首人面,蛇身而青,食于九土,所抵即为泽谿,禹杀之"(《山带阁注楚辞》)。此处诘问,借各种动物之有言谈与行为质疑,实际却是对人生世相之讽刺与比喻,充满着机智与幽默。

由此可见,屈原运用想象,创作文学,必有其依据与经验,不脱现实生活之范畴,然绝不是凭空杜撰或臆造,有人称此为再现之想象或创造的想象。由于屈原拥有丰富之想象力,因之能将人类最原始之想象世界——神话传说之素材,加以分析、综合,而后突破时空之藩篱,海阔天空,将心灵世界扩展到广漠无边,无远弗届。

根据上述,可以了解《天问》前大半内容尽是奇异怪诞,一则充分展现人类之想象能力,一则是屈原吸收往古无数之神话传说素材,经过一番提炼加工之工夫,此种工夫,即是想象,组合成极为特殊之诘问句型。而《天问》之后半,内容虽是有关夏、商、周、吴、楚、秦等历代兴衰存亡之史事,屈原仍是以一贯之诘问句型造句,含义尽是批评、质疑、感叹、讽刺、颂扬等,而这些创作,需要靠屈原将种种旧材料予以新组合,所谓点铁成金,而能点铁成金者,当然唯诗人高超之想象是赖,正如陆机云:"观古今于须臾,抚四海于一瞬"(《文赋》)是矣。而由此吾人可得以下几点认知:

1、《天问》中各色各样之素材,亦即各种形相,有属历史上的、简册上的、或代代相传之神话、传说的,又或有现实社会中的,然经过屈原之组合后,即成为完整之意象,而意象是由作者之意识来组成共种形相,若无屈原出色之想象力,就不可能创造此中国诗歌史上之瑰宝。

2、学识愈丰富,想象亦愈丰富。作者之意识,虽为创作之原动力,然亦须借丰富之学识,使其见闻广博,成为诗歌想象之材料与客体,亦始能组合丰富之形相,有丰富之形相,作品始有充实之内容,而《天问》正是如此,要非作者屈原"博闻强志"(《史记·屈原列传》),否则岂有可能?而文学之想象,本是作家之主观意识与客观现实,经过融汇之后的产物,《天问》之令人感到离奇动人,可自内容之曲折诡谲,窥见屈原对宇宙、人生之想象,是如何之丰富与神秘。

3、想象不同于幻想,因为幻想是毫无凭依,随意妄想。而想象则须根据经验与现实,绝不可能凭空捏造,无中生有。想象亦不同于梦境,因为梦境里,毫无理智之成分,纯粹是白日作梦，空虚不实际。而想象则是经由理智来完成，由此足见《天问》是经由作者在现实人生中受尽挫折，乃经由逻辑思考之层次，极理性地反思宇宙、自然、历史、人事等种种疑题，而提出诘问，充满着科学之求真精神，与表现卓越文人之伟大胆识，因之《天问》之创作虽经由想象，却是合情合理，流露出睿智之理性。

4、《天问》之可贵，乃在有其深度，有其强度，除了在形式上独特，在思想上超越，在感情上沸腾，在内容上丰美而多彩多姿外，更主要的，是借屈原之想象，而完成此千古未有之奇作，可以说《天问》乃依据现实而又超越现实，而此一超越之作用，即是创新，就凭着作者屈原丰富之想象，始能创造出依据真实而又超越真实之惊奇世界。一般读者去看《天问》，或许认为冷僻怪异，高不可攀，然而若能对作者屈原之际遇、困境有所了解，并自善读原典，以体会作品神髓之所在，必能体会诗人内在之心灵，感受其忧患与悲情，发现屈原磅礴之生命力，与崇高之人生境界。

（四）技巧

文学作品之思想内容，须要借著某种形式来表现，方能达成创作之目的，可见形式与内容之密不可分，而一向被视为文学形式之方法与手段，亦即文学技巧，有人认为是文学之生命，因没有形式，没有技巧，文学作品，即无由产生，文学技巧之重要性，不言可知。而技巧乃借文字组织而成，则文学或可视为文字之魔术，有赖作者巧思妙手，千变万化而成，因之技巧乃成为文学之四大特质之一，岂可加以轻忽与漠视？

在前节中，曾提及《天问》是以谁、何、胡、焉、几、孰、安等疑问字，组成一百七十几个诘问句型，有问无答，全篇一致，此种特殊之手法，是一种创格，宜古今学者，无不交相称颂为“千古万古至奇之作”，亦可谓作者屈原勤思勉力，鉴古通今，苦心经营，着意创造而成，此亦刘勰谓“虽取镕经意，亦自铸伟辞”（《文心雕龙·辨骚》）是矣。清人章学诚亦谓“学文之事，可授受者规矩方圆，其不可授受者心营意造”（《文史通义·内篇二·文理》），“规矩方圆”是固定的，是制式的，亦可说是呆板的，然真正下笔时，却不可徒守死法，而不知变通，此即须为文者之“心营意造”，而此亦是任何人所难以授受者。后世学者即云：“起伏照应，承接转换，自神明变化于其中”（清·沈德潜《说诗晬语》卷上）。可见屈原以其天纵之才情，不为规矩所囿，勇于破旧立新，独辟蹊径，且善能匠心独运，依靠其超乎常人之高超技巧，始能在写作《天问》时，大显身手，而后底定成功。以下再自用字、遣词、造句三项分别论证，以呈现《天问》之写作技巧。

1. 用字

为文要讲求变化，讲求技巧，《天问》除以诘问句型创新外，其虽以四言为基调，属四言体，却以多达四分之一左右之句式，打破四言限制，求其变化，因之四言之中，起首一言，余另杂有二言、三言、五言、六言、七言，甚至达八言等不同句式，形成语言上的错落之美；另者基本上，出现之疑问代名词、疑问形容词、疑问副词等用字者，虽仅谁、何、胡、焉、几、孰、安等字,然随着不同之问义,与情绪之反应,其语气即随之调整,譬如"何"字遣用最多,凡一百二十六见,因而以"何"字构成之疑问句,在《天问》中最多,其组成之词汇,如何不、何云、何由、何所、何故、何为、爰何、夫何、几何、伊何、惟何等,且疑问词之用法上,或置于句首,或嵌于句中,又或置于句末,可谓巧用变化之能事。①

又《天问》虽是屈原二十多篇之作品中,唯一不用"兮"字调者,然诗人则运用虚字以组词成句,以表语言上之神情声气,且使语句更具音韵节奏之美,尤其虚字含义空灵,用法灵活,若非为文熟练,功力老到者,实无法驾轻就熟,达于炉火纯青之境,而诗人竟能随意挥洒,运用自如,亦可见诗人在下字造句造诣之深厚,如"之"字,《天问》凡五十见,然其用法与意义,多少有些差异,如有者遣用于两名词或代名词之间,表其从属之关系,相当于口语"的"字者,如:

"遂古之初":"遂古"、"初",皆表时间名词,由"之"(即"的")连接。

"九天之际":"九天"、"际",皆表方位名词,由"之"(即"的")连接。

另有用于名词后,状词或动词前,表示物之某些形态或动作,虽亦同口语"的"字,然细加体会,当如同口语"这样的"、"那样的",方能充分表达完足之语气。如:

"何羿之射革":"之"应释为口语"那样的"。全句是"何以羿那样的善射,能射穿皮革"。

又有用在名词后,状词前,不但表事物之情状,而是表此情状形成之时间,或其他相关之情况,故"之"虽亦同口语"的",然应补足其意,释为口语"的时候"。如:

"羲和之未扬":"之"应释为"的时候"。全句是:"当羲和(太阳)未升起的时候"。

甚而有将"之"用在句末或句中,性质同于指示之代词,所指示的,即系上文已说的事物,但有专指与泛指之分别,如:

"谁传道之":"之"指上文"遂古之初"的事。

"何由考之":"之"指上文"上下未形"的时候。

---

① 褚斌杰:《楚辞要论》,北京大学出版社,2003年1月第1版,第218页。

“谁能极之”:“之”指上文“冥昭懵暗”的道理。

“何以识之”:“之”指上文无形的“像”。

其他虚字,如“而”字,《天问》凡二十五见,作连接词用,其意义等同“又”字、“与”字、“并”字、“且”字等,有时“而”字仅表其顺下之语气,与口语“就”、“便”、“才”等字同,亦同于文言“遂”、“则”、“即”、“以”等字。然又有表其转折之口气用者,其意义又等同“却”、“则”、“尚”、“犹”等字,而有口语“但是”、“反而”、“还会”、“仍然”等之意思,不过“而”字,应用何义方恰当,则须视全句之意义,方能确定,如下列:

“何勤子屠母,而死分竟地”:“而”作“并且”解。

“何阖而晦?何开而明”:“而”作“则”(即口语“就”)解。

“焉得彼涂山女,而通之于台桑”:“而”作“遂”(即口语“于是”)解。

“何羿之射革,而交吞揆之”:“而”作“却”解。

尚有其他虚字,如“以”字,《天问》凡二十三见。“其”字,《天问》凡十二见,其用法亦颇多,均须依据全句之语意而判定。而发语词“夫”字,又谓“句首助词”,《天问》凡十八见,或用在句首,乃因在未出语之前,口中作声如“夫”,若《天问》云:“夫焉取九子”、“夫何三年不施”、“夫何以变化”等;或用在句中,多作“于”字用,文法家谓之“介词”,《天问》云:“安得夫良药,不能固藏”、“牧夫牛羊”、“焉得夫服牛”、“焉得夫褒姒”等①。上举不同意涵之虚字,适当地遣用在不同语气与含意之文句中,协调语气,而使诗文之气脉流转,全神灵活,且可借“所用助字,开阖变化”(洪迈《容斋随笔》语),由此益见屈原因善用虚字,使《天问》之文气不致窒塞,文章不致落入滞相,此皆善用虚字之效应。

另前所举如“何”、“胡”、“谁”、“孰”、“焉”、“几”、“安”等疑问代名词、疑问形容词、疑问副词等,屈原亦能确切地遣用在适当之位置上,足以见诗人下字之不轻苟。近代学者已有评述,如闻一多云:“本篇《天问》通例,凡表方位之疑问代名词,皆用‘安’、‘焉’”,又云:“本篇词例,凡言‘如何’者,皆曰‘何以’,言‘为何’者,皆曰‘何’”。② 游国恩亦云:

本篇文例,凡致诘一事,必用一谁、何、焉、安等词;二句中有两问词者,必为两事,四句中有三问词者,亦必为三事,其所问恒视问词之多寡以为差,通篇无

① 以上有关《天问》中虚字之用法,参见刘永济:《屈赋音注详解》,嵩高书社,1985年5月出版,附《屈赋释词·释虚词》,第233-331页。

② 闻一多:《楚辞斠补》,华正书局,1977年5月初版,第39-40页。

不如此。[①]

又苏雪林师亦云:

《天问》所用发问代名词,区别异常严格,有"谁"、"孰"、"何"、"焉"、"安"诸词。"谁"为对人身的问词,等于英文之 who;"孰"为对事物——有时亦对人——的问词,等于 what;"何"为对事理的问词,等于 why;"焉"为对地方的问词,等于 where;"安"为对地点区别词,或方向的问词,等于 which 或 in which、at which。[②]

闻、游与雪林师三氏,言之诚是,《天问》中之疑问词,依质疑不同之人、事、物、地等问题及诗人情绪之起伏高低,予以恰当遣用,尽可能避免下字犯重,且能在属文铸句之法度上,求其新奇多变,不同于凡俗,如此当能平添几许意趣。

又《楚辞》常用楚地方言,结合汉字以造句,表现其乡土文学之特色,亦见其用字之灵巧。如宋. 黄伯思《翼骚序》云:"屈宋诸骚,皆书楚语,作楚声,纪楚地,名楚物,故谓之'楚辞'"(陈振孙《直斋书录解题》引),今查《天问》中,遣用之楚地方言虽不多,不如《离骚》遣用之众,然仍可稽考出某些字、词,即是运用楚地方言,如下列:

狶:《天问》云:"封狶是射"。

按:王逸注:"封狶,神兽也"(《楚辞章句》),洪兴祖注:"狶,虚岂切。方言云:豬,南楚谓之狶"(《楚辞补注》),可见"狶"乃南楚方言,而用为名词者。

怀:《天问》云:"干协时舞,何以怀之"?

按:王逸注:"怀,来也。言夏后相既失天下,少康幼小,复能求得时务,调和百姓,使之归已,何以怀来之也"? 今人傅锡壬引《说文》云:"怀,念思也",《尔雅. 释诂》云:"怀,至也",又《释言》云:"怀,来也",又考之《方言》云:"怀,至也。齐楚之会郊或曰怀",续引《方言》二云:"仪,来也。自关而东,周郑之郊,齐鲁之间或曰怀"。因而傅氏乃判定"怀

① 游国恩主编:《天问纂义》,中华书局,1982 年 10 月第 1 版,第 48 页。
② 苏雪林师:《天问正简》,广东出版社,1974 年 11 月初版,第 25 - 26 页。

训为来者,亦楚方言矣"[1],由此知"怀"乃楚地方言,用为动词者。

《天问》除"豨"、"怀"为楚地方言外,又傅锡壬另判定"冯",或作"凭"(《天问》中凡三见)均为楚方言,而谓"冯训为满、为怒,皆楚语矣",另"修"字(《天问》中凡二见),傅氏亦以为是楚方言。近人姜书阁亦考订"天何所沓"之"沓","释舟陵行"之"陵","吾告堵敖以不长"之"敖"等,皆属楚地之方言[2],又近人朱季海除辩证前他人已判定"沓"、"豨"、"陵"、"怀"为楚语外,另考辨"隅隈"、"衢"、"服"("黎服大说"之"服",他句之"服"则非)、"爰何",亦是楚语。[3] 以此见出诗人之用字,不避俚俗方言,其乃采取语文结合,却能化俗为雅,追求语言之美感,均足以见屈原下字之有心与工巧。

刘勰曾云:"句之清英,字不妄也"(《文心雕龙.章句》)、"善为文者,富于万篇,贫于一字"(《文心雕龙·练字》),可见行文不可草率,用字务必求切当,然用字其实欲求精当并不易,所谓"一字见工拙"是。以屈原才情高,学识博,经验富,其驾驭文字,已达行云流水,左右逢源之境地,而其下字,更是精确,如《天问》云:

> 斡维焉系?天极焉加?

按:其中"斡"字,依王逸说其本义为转(《楚辞章句》),个人以为作动词较当,诸家或说"斡"为斗柄(北斗七星之柄),或以为"斡维"为名词"轮轴",皆思之太过,失之原义。[4]盖"古人不知地球之旋转,反以为运行者天体"(台静农《楚辞天问新笺》),宜游国恩谓"《章句》说是,《补注》以下,坐实斡义,已嫌稍滞"(《天问纂义》)是。另"极"一字,洪兴祖注曰:"极谓八极也。一说云八极,天之中也"(《楚辞补注》),戴震云:"天极,《论语》所谓北辰"(《屈原赋注》),闻一多释天以为"极",为室之中心,天盖谓之天极,天之中心亦谓之天极,因之判定"极者中也"[5],个人以为"极"训天之中,较训八极为长。则上举二句可释为天体旋转之纲维,到底系于何处?而天之中心又架于何处?由此见"斡"、"极"二字,屈原用得极为允妥、传神之至。

另如《天问》云:

> 不任汩鸿,师何以尚之?佥曰:何忧,何不课而行之?

---

① 傅锡壬:《楚辞方言考辨》,《山川寂寞衣冠泪——屈原的悲歌世界》,时报文化出版公司,1987年6月初版,第173-183页。

② 姜书阁:《屈赋楚语义疏》,《先秦辞赋原论》,齐鲁书社,1983年9月第1版,第95-97页。

③ 朱季海:《楚辞解故》,宏业书局,1972年11月再版,第101-131页。

④ 陈怡良:《楚辞天问研究》,第一书局印行,1981年2月初版,《天问校释》,第19页。

⑤ 闻一多:《天问疏证》,木铎出版社,1982年2月初版,第4-8页。

按:例句中"尚"字,王逸注曰:"举也"。"课"字,王逸注曰"试也"。"尚"、"课"二字,屈原亦下得切当。上举例句,言鲧才不任治理洪水,何以众人要加以推举?尧知其不能,而众人偏说:"何必忧虑?让他试试又何妨"?此处所问,与《尚书·尧典》符合。《尧典》曰:"帝曰:'咨,四岳,汤汤洪水方割,荡荡怀山襄陵,浩浩滔天,下民其咨,有能俾乂'?佥曰:'于,鲧哉'!帝曰:'吁,咈哉!方命圮族'。岳曰:'异哉。试可,乃已'。帝曰:'往,钦哉'!九载,绩用弗成"。[1] 可见上举《天问》中之例句,乃屈原据《尧典》简括其句意而成,诗人以"尚"字代替"佥曰:『于,鲧哉』句,以"课"字,代替"试"字,在下字工夫上,诗人可谓独到。

总之,诗人在《天问》中之用字,当是自然高妙,除上举例句中之"斡"、"极"、"尚"、"课"字外,其他各句之下字,亦莫不"行于所当行,止于不可不止"。据刘勰云:"夫设情有宅,置言有位"(《文心雕龙·章句》),由此得知为文用字,巧拙但看调度,以屈原善于控引情理,又有天巧,因之驾驭文字,皆能从容合度,本乎自然,而确保无失矣。

2. 遣词

所谓"因字而生句,积句而成章,积章而成篇"(《文心雕龙.章句》),诗人作家下字遣词,为其基本工夫,基本工夫扎根良好,行文起来,文句必能文从字顺,应口能诵,流畅酣适。屈原下字工夫,既能卓越绝人,其造词遣词,或"自铸伟词",或袭自经传诸子,无不是精炼纯熟,挥洒自如。如《天问》首节云:

遂古之初,谁传道之?上下未形,何由考之?

按:遂,王逸注曰:"往也"(《楚辞章句》),王夫之注曰:"遂与邃通,远也"(《楚辞通释》),屈原将"遂"、"古"二字合成一词,意即往古,应是首创。宜近人蒋天枢谓"遂古,屈子创语",后世遂加习用,如"班固《典引》:『尹考自遂古』。《鲁灵光殿赋》:'上纪开辟遂古之初'"(《楚辞校释》)。[2] 南朝·梁·江淹有《遂古篇》等。

另"上下"一词,指天地,诸家所注,皆无异议,屈原《离骚》:"吾将上下而求索"句,亦曾遣用"上下"一词,意亦指天地。不过"上下"并非屈原自创,经查此"上下"乃袭自《尚书》,如《尧典》云:"光被四表,格于上下","上下"意即天地。其实"上下"另有别义,如《尚书·舜典》:"畴若予上下草木鸟兽",此句"上下"则指山泽。另《尚书·周官》:"宗伯掌邦礼,治神人,和上下",此"上下"则指尊卑。以"上下"在《尧典》中,意为天地,屈原乃

① 《十三经注疏》,《尚书正义》,艺文印书馆,1981 年元月 8 版,《尧典》,第 26 页。

② 蒋天枢:《楚辞校释》,上海古籍出版社,1989 年 11 月第 1 版,第 176 页。

加以袭用,由此足见诗人之遣词,有其依据及考量。再如《天问》云:

九天之际,安放安属?隅隈多有,谁知其数?

按:"九天",王逸注曰:"东方皞天,东南方阳天,南方赤天,西南方朱天,西方成天,西北方幽天,北方玄天,东北方变天,中央钧天",即将天宇分成中央与八方。此"九天"一词,曾见于春秋.孙武著《孙子·军形》云:"善守者,藏于九地之下;善攻者,动于九天之上",《离骚》亦云:"指九天以为正兮,夫唯灵修之故也",《九歌·少司命》云:"登九天兮抚彗星",九天,王逸注曰:"中央八方也"。台静农谓"'九天'亦即'圜则九重'之意也。又'九重'一词除本句外,《天问》有'增城九重',《九辩》:'君之门以九重',是'九重'、'九天'殆楚人之习语"(《楚辞天问新笺》)①,可见屈原能将"楚人之习语",写入作品中,均见诗人能多方取用词汇。

又"隅隈"一词,王逸未注,洪兴祖注曰:"隅,角也。《尔雅》:厓内为隩,外为隈。《淮南》曰,天有九野,九千九百九十九隅,去地五亿万里"(《楚辞补注》)。隈,《说文》注曰:"水回隩也",《淮南子·原道训》云:"以曲隈深潭相予",高诱注:"曲隈,崖岸委曲",知隅隈,即指角落与弯曲之处。而"隅隈"一词,前所未有,当是诗人自创,后世诗人作家,曾加引用,如晋·潘岳《笙赋》云:"隅隈夷险之势,禽鸟翔集之嬉"是。

屈原在《天问》中遣用之字汇、词汇极为丰富,特举例如下:

有属联绵词者:如重言:明明、暗暗。双声:咨嗟、切激。叠韵:周流、儵忽。遣用尚不多。有属天文者:如日月、列星、十二(即十二辰)、角宿(星名,东方七宿之首)、夜光(月亮)、曜灵(太阳)等。

有属地理者:如羽山、河海(地方)、九则(九州土田)、九州、川谷、南岳(即衡山)、重泉、回水、南土(即荆楚之地)、丘陵、岐、蒙山等。

有属神话传说者:如八柱、九天、顾菟、女歧、伯强、应龙、汤谷、蒙汜(即蒙水)、黑水、玄趾、三危、昆仑、县圃、增城、烛龙、羲和、若华、虬龙、鲮鱼、鬿堆(堆当为雀)、长人、雄虺、河伯、雒嫔、女娲、蓱(蓱翳、屏翳)等。

有属历史者:国家:如夏、殷(商)、周、有莘、斟寻、有扈(有易、有狄)、吴、荆(楚)、秦("兄有噬犬,弟何欲",注:兄,秦伯;弟,秦伯弟针)。

人物:如喾、尧、舜、禹、羿、简狄、浞、鲧、浇、少康、该(王亥)、季(冥,王亥之父)、汤、桀、妹嬉、伊挚、纣、昏微(上甲微)、旦(周公)、昭王、穆王、周幽(幽王)、褒姒、齐桓、比干、雷开、梅伯、箕子、稷(后稷)、伯昌(文王、西伯)、武发(武王发)、师望(吕望)、伯林(即长

① 台静农:《楚辞天问新笺》,艺文印书馆,1972年5月初版,第4页。

君、太子)、阖(吴王阖庐吴光)、梦(阖庐祖父寿梦)、彭铿(彭祖)、子文(楚令尹)、堵敖(杜敖)等。

其他方面,亦有属动植物者:动物类如鸱、龟、黄熊、蛇、象、鸟、鹿、鼇、犬、玄鸟、牛羊、鹄、繁鸟(注释家或谓"繁"为"击"之误,或谓"繁"与"蕃"古通,"番"即"鹗"等)、苍鸟(苍鹰)、封豨(大豕)、朴牛、蠭蛾(即蜂蚁)等;植物类如靡蓱、枲华、秬黍、莆雚、棘、薇等,又或有器物类者等。尤其某些数词、方位词之组合,更见诗人遣词之造诣,数词如:"一蛇"、"一德"、"二女"、"两男子"、"三年"、"三合"、"三危"、"四方"、"八柱"、"九天"、"九州"、"九辩"、"九歌"、"九会"、"九重"、"九衢"、"九首"、"九子"、"九则"、"十成"、"十二"(指十二辰)、"百两"等。方位词如:"东南"、"西北"、"中央"、"东西南北"、"南北"等。

屈原遣词之丰富广泛,若追溯其渊源,除楚地之方言、习语,甚而自创外,其实吸取最多的,是来自读书受教时,所读的经传诸子百家书,如前引刘勰言屈原:"虽取镕经意,亦自铸伟词"(《文心雕龙.辨骚》),说明屈原遣词,确有依据,且亦能自创,如下列:

(1)冯翼:《天问》云:"冯翼惟像,何以识之?"

——源于《诗经·大雅·卷阿》:"有冯有翼,有孝有德"。

(2)阴阳、三合:《天问》云:"阴阳三合,何本何化?"

——源于《易·系辞上》:"阴阳不测之谓神"、《穀梁传》庄公三年:"独阴不生,独阳不生,独天不生,三合然后生"。《老子》:"道生一,一生二,二生三,三生万物,万物负阴而抱阳,冲气以为合"。

(3)明明:《天问》云:"明明暗暗,惟时何为?"

——源于《诗经.小雅.小明》:"明明上天,照明下土"。

按:"暗暗"重言,为屈原自创,经传中,仅句中有一"暗"字,如《礼记·祭义》:"周人祭日,以朝及暗"。《礼记.曲礼》:"孝子不服暗"。

(4)羽山:《天问》云:"永遏在羽山,夫何三年不施?"

——源于《山海经·海内经》:"帝令祝融杀鲧于羽山之郊,复生禹"。

按:"复生"即"腹生"。

(5)黑水、三危:《天问》云:"黑水玄趾,三危安在?"

——源于《尚书·禹贡》:"华阳黑水惟梁州。……黑水西河惟雍州。……三危既宅,三苗丕叙。道黑水,至于三危,入于南海"。

(6)阻穷、黄熊:《天问》云:"阻穷西征,岩何越焉?化为黄熊,巫何活焉?"

——源于《左传》襄公四年:"昔有夏之方衰也,后羿自鉏迁于穷石。"《左传》昭公七年,子产曰:"昔尧极鲧于羽山,其神化为黄熊,以入于羽渊"。

按:“阻”即“钽”;“穷”即“穷石”,皆地名。

(7)蒙山、妹嬉:《天问》云:“桀伐蒙山,何所得焉?妹嬉何肆,汤何殛焉?”

——源于《国语·晋语》:“昔夏桀伐有施,有施人以妹喜女焉”。又《太平御览》百三十五引《国语》云:“桀伐蒙山而得末嬉”。

按:妹一作末。嬉,音喜。王逸注:“蒙山,国名也”。台静农引《国语·晋语》注云:“有施,嬉姓之国,妹喜其女也”,谓“是末嬉乃有施国女,王注误”又引徐文靖《管城硕记》云:“岷山即蒙山,其音同也”(《楚辞天问新笺》),有施国处于蒙山。

(8)望、鼓刀:《天问》云:“师望在肆,昌何识?鼓刀扬声,后何喜?”

——源于《战国策·秦策》曰:“太公望,老妇之逐夫,朝歌之废屠,文王用之而王”。

按:“望”即指“太公望”,“朝歌之废屠”,则言太公望为屠夫,与“鼓刀”意同,《战国策·秦策》所载,与《天问》本文符合。

据上举《天问》之例句,可见诗人常撷取经传诸子中之成语、句意,或镕铸原文,脱化新句,或檃括句意,不露痕迹,又或妙引典故,自然成章者,无不一一显现诗人遣词之神乎其技。而妙引所涉及之书籍,有《尚书》、《老子》、《诗经》、《左传》、《易经》、《礼记》、《国语》、《战国策》、《山海经》等,可谓已网罗了中国固有文化之精随,以此即可了解屈原在写作上,阅读之广,奠基之厚。

3. 造句

孙作云在所著《天问研究》中,曾评论《天问》之语句,是“文词精练,高度概括,运用古书成语,民间寓言,自铸新词,句法变化多端,文笔活泼生动”,[①]其中言及《天问》“句法变化多端,文笔活泼生动”,所评良是。尽管《天问》是一篇属于思想性较高之四言诗篇,文体质朴,词藻无华,似仍未完全脱离古歌谣与战国时代以前一般古文之范式,表面上看,或许有人以为《天问》“文义晦涩”、[②]“晦涩难解”、“朴拙过甚”[③],虽有道理,然仔细思量,不难发现其所以造成“晦涩”印象之因素,当与时代乖隔,且间有错简讹字相关,清.蒋骥即曾为之辩解云:

> 古人重辞达,屈子之文,本皆平易正大,《天问》亦然,间有艰深佶屈之言,乃当时故实,经秦火后,荒略无稽,或间有错简讹字,故使人难晓。
>
> 柳子《天对》,乃务为奇僻,欲以拟《骚》,此震霆塞聪之智也。[④]

---

① 孙作云:《天问研究》,中华书局,1989年3月第1版,《天问意译.说明》,第99页。

② 陆侃如:《屈原评传》《陆侃如古典文学论文集》,上海古籍出版社,1987年1月第1版,第272页。

③ 何敬群:《楚辞精注》,正中书局,1978年4月台初版,《天问第三》,第80页。

④ 蒋骥:《楚辞余论》卷上,《山带阁注楚辞》,广文书局,1971年7月3版,第31页。

某些史料,有所残缺,加之古今字义有别,后人读古书,不免以今说古,必会发现有不可通者,有不可通而强说之,或曲解之,自是会感受"文义晦涩",然无论如何,《天问》在行文造句上,确实"变化多端",黄维章即云:

通篇一百七十二问,以何字、胡字、焉字、几字、谁字、孰字、安字为字法之变。以一句两问,一句一问,三句一问,四句一问,为句法之变。

以或于所已问者,复问焉,或于正论、本论中,忽然错综他语而杂问焉,或于已问之顺序者,复而逆问焉,以此为段法之变(陈本礼《屈辞精义》引)。①

黄氏所言,确实已将《天问》在字法、句法、章法之变的关键掌握住,可谓是打开《天问》句型错综多变之锁钥。正如前节已提过,《天问》诘问句,以"谁"、"何"、"焉"、"胡"、"安"、"孰"、"几"等疑问代名词、疑问副词、疑问形容词等组成,别出心裁,灵巧运用,已展现出"极文之变态"(明·孙鑛评语)。以句型言,亦一如前节所略提,《天问》虽为四言为基调之形式,然四言之中,仍间有一、二、三、五、六、七、八言(按:若依某些学者之校勘,则"八言"应取消)。如以下例句:

一言:"曰"。(凡一例)

二言:如:"佥曰":'何忧·何不课而行之'(按:"佥曰"二字标点,乃依本文出处《尚书.尧典》之原典文字标点)?(凡二例)

三言:如:"迁藏就岐,何能依?殷有惑妇,何所讥"?(凡二十例)

五言:如:"女岐无合,夫焉取九子"?(凡四十九例)

六言:如:"何肆犬体,而厥身不危败"?(凡十一例)

七言:如:"康回冯怒,坠何故以东南倾"?(凡四例)

八言:如:"何环穿自闾社丘陵,爰出子文"?(凡一例)

(按:八言之例句,若依姜亮夫《屈原赋校注》、刘永济《屈赋通笺》、闻一多《天问疏证》、陆侃如《楚辞校勘记》所校勘,则八言例句,应改为"何环闾穿社,以及丘陵,是淫是荡,爰出子文"?则《天问》句型,即无八言之句例)。

---

① 陈本礼:《屈辞精义》,广文书局,1971 年 12 月再版,卷之二《天问》,引黄维章(即黄文焕)评语。第 33 页。或见司马迁等著:《楚辞评论资料选》,长安出版社,1988 年 9 月初版,摘录黄文焕:《楚辞听直》语,第421-422 页。

除四言之基调，有所改变外，屈原撰写《天问》中之诘问句，即依问句之位置及多寡，亦变化不定，游国恩曾加探讨，并分成两方面：

（甲）句法的变换：

篇中每节约有四句，每四句中包含一个或数个问题，其问句之位置及多寡极变化无定，归纳起来共得十二例：（子）第一句问例。（丑）第二句问例。（寅）第三句问例。（卯）第四句问例。（辰）第一、第三两句问例。（巳）第一、第四两句问例。（午）第二、第三两句问例。（未）第二、第四两句问例。（申）第三、第四两句问例。（酉）第一、第二、第四三句问例。（戌）第二、第三、第四三句问例。（亥）四句全问例。

（乙）句法的参差：

篇中虽以四言为主，但最短的有三言（按：笔者以为最短的是一言，即起笔之"曰"，不然，则是二言，即第二段问地形等诸事之"佥曰：何忧"？）最长的有七言，又有五言及六言，它们都是四句一韵，每韵之中，除普通的全为四言外，其余的句子大半参差不齐，错综相间，归纳起来，共得二十例，如第一句用五言例，或第二句、第三句、第四句，又或一三两句、一四两句、二三两句、三四两句，二、三、四三句用五言例。另有第一句五言第四句用六言例等（《楚辞概论》）。①

近人刘永济，亦曾对《天问》句法，予以探究，所撰《屈赋释词卷下·释句例》，提出《天问》中有倒装句，或有因谐韵而倒用者，或有因加强语气而倒装者。对其疑问句各式，据其疑问词位置、用法之不同，虚词之运用，及造句方式之差别，亦归纳《天问》之疑问句式，共得二十七式，如"谁传道之"？"何由考之"？"何以识之"？"惟时何为"？"何本何化"？"天极焉如"？"二女何亲"？"孰知其故"？"天何所沓"？"所行几里"？"夫焉取九子"？"何阖而晦"？"师何以尚之"？"鲧何听焉"？"安得夫良药不能固藏"？"胡为此堂"？"其谁从焉"？"焉有石林"？"何所得焉"？"云何而逢"等。②

游、刘二氏，对《天问》之诘问句式，可谓已探索得十分清楚，由此见出屈原在《天问》中之造句，对其句型之修饰，必定极为重视，盖屈原为突破平板之整齐方式，以使词句在法度中，能新奇多变，形成文辞之美，必定在造句手法上，呕心沥血，以求突破，个人以为屈原在写作《天问》之造句上，为求其变化，乃采取以下之技法，如：

（1）参差：

将长短不等之句子，夹杂排列，或增减上下句之字数，故意变动整齐之句式，使之在

---

① 游国恩：《楚辞概论》，商务印书馆，1968年6月台1版，第117-122页。

② 刘永济校释：《楚辞音注详解》附《屈赋释词》，嵩高书社，1985年5月，第419-431页。

整齐之中,寓有变化之辞格,即谓“参差”。①

如《天问》云:“不任汩鸿,师何以尚之?佥曰:何忧?何不课而行之”?首句为四言,属基本句式,次句为五言诘问句,第三、四句为二言,末句则采六言诘问句,五句之中,短长不同,形成交错之语次,所谓“随言短长”(柳开《应责文》语),乃呈现参差之美。

又如《天问》云:“惟浇在户,何求于嫂?何少康逐犬,而颠陨厥首?女歧缝裳,而馆同爰止。何颠易厥首,而亲以逢殆”?此八句皆言浇事,首二句为四言,下接二句五言,再承接一句四言,末则续接三句五言,因之虽言浇被杀之始末,然因本事件曲折复杂,而屈原乃借参差之文句铺叙诘问,使音节亦随之更改,足以见诗人为文之奇宕恣肆,直可独步一时。

(2)倒装:

文句或句中文字颠倒,使平板之言辞,去熟生新,既增强语势,又变化常序,必更能引人注意,此种修辞法,即谓“倒装”。上举“参差”例句中,依文义,“何少康逐犬”两句,应在下句“女歧缝裳”两句后,今故意倒置,“或相反为言,言逐犬之不可能,今乃死于一犬之逐”(姜亮夫《屈原赋校注》),另句中“馆同爰止”,亦属倒装句,此句原为“爰止同馆”,即“止于同馆”之意,今故意倒置,一则为与下句“殆”字谐韵(同押“之”韵),一则因有此倒装,便觉生气横出,别具另一种风姿。

又如《天问》云:“昭后成游,南土爰底。厥利惟何,逢彼白雉”?此节“南土爰底”,属倒装句,原作“爰底南土”,即“至于南土”。“厥利惟何”两句,本作“逢彼白雉,厥利惟何”?然所以倒置,仍是为求谐韵,“底”与“雉”同押“脂”韻,且本寻常之诗句,经仰仗于倒装法后,更加强作者屈原对昭王伐楚之诘难与讽刺,达到唤起注意之目的。

(3)变换:

行文时,为避免字之重出,或句之复叠,乃变换字面,既可免于犯重,又能使文句有变化,文情更活泼,此种辞格,谓之“变换”。

如《天问》云:“胡终弊于有扈”、“有扈牧竖”、“有狄不宁”句,前二句中“有扈”(即“有易”)已重出,于其后乃改“有扈”为“有狄”,有易即有狄,狄、易通假(王国维言),经改字后,字句乃较灵动。

另如《天问》云:“舜闵在家,父何以鳏?尧不姚告,二女何亲”?前句讲“舜”,其后不宜再称“舜”,乃抽调字面,改为“姚”,姚为舜姓,指舜之父母,经此改字,字既不重复,字义更有区别。

再如《天问》云:“何繁鸟萃棘,负子肆情?眩弟并淫,危害厥兄,何变化以作诈,后嗣

---

① 按:自“参差”至以下“互文”等六类文句变化之法,其释义参见黄永武:《字句锻炼法》,商务印书馆,2000年4月2版第三次印刷,《(五)怎样使文句变化》,第76-90页。

而逢长”？句中之“肆情”，乃放纵情欲，“并淫”意同“肆情”，台静农言：“据上文言‘肆情’，此又言‘并淫’，是不特上甲微有淫行，且其弟亦有淫行，卒因兄弟并淫，弟害其兄，致上甲微不得其死也”（《楚辞天问新笺》）。此节言上甲微兄弟有淫行事，字句经更改后，不仅句较巧妙，意亦更为明白。

(4)省笔：

凡有词意重复之字句，若连续使用，必令人感到繁缛，于是或承上文而省笔，或探下文而省笔。省笔之目的，不在求语气之遒劲，而在求文句之不板重，就修辞之作用来分，“省笔”与“节短”是不同的。

如《天问》云：“梅伯受醢，箕子详狂。……受赐兹醢，西伯上告”。此节上句言梅伯被剁成肉酱而死之事，而下令者纣王，即省略之，而后明白指出下令者乃“受”，即纣王，“兹醢”即指“梅伯受醢”事，以省笔避免重复，此与用“变换”以避重复者不同，“变换”是改易重出字为他字，而“省笔”则仅简略重出之字，不必用他字来代替。

又如《天问》云：“初汤臣挚，后兹承辅。何卒官汤，尊食宗绪”？此节首句言初汤以小臣视伊尹，次句则省略“伊尹”，言受重任为辅佐，三句则又省略“伊尹”，言何以终乃以为相，而配享于宗庙？以上二、三两句，若将“伊尹”重说一遍，文便板重，即因运用省笔，使文句简而能当。

(5)错综：

就句内文字排列之次序，交错词序，不相统一，以改变刻板之对称，而造成词位之变化，因之凡在整齐之中，糁有变化，此种修辞法，即谓“错综”。惟“错综”与“参差”、“变换”之不同，乃在“参差”着重在字数之长短，“变换”着重在字面之抽调，而“错综”则着重在排列之交错。

如《天问》云：“周幽谁诛？焉得夫褒姒”？此二句顺言，当是“周幽焉得夫褒姒”，以致“谁诛”，“谁诛”暗指犬戎入侵，幽王被杀。原文若顺言，必落俗套，音节亦不美，经词序一颠倒，既先强化周幽王被杀之震撼，后再启人深思是幽王如何得到褒姒，以致为美色所惑，而身死国亡？如此一错综，文句既有变易，文意亦得强化。

再如《天问》云：“成汤东巡，有莘爰极。何乞彼小臣，而吉妃是得”？此节顺言则是“成汤东巡，爰极有莘。何乞彼小臣，而得吉妃”？顺言虽文从字顺，然句平稳有余，劲道则不足，且韵亦不谐，经句子重整后，“得”可谐前“极”韵，既可使文句变化，亦可增强笔力。

(6)互文：

为求节省文字，变化字面，有用参互见义之方法，相备相释，此种修辞法，谓之“互文”。

如《天问》云：“日月安属？列星安陈？出自汤谷，次于蒙汜。自明及晦，所行几里”？

此节前两句,问日月系属何处?众星又陈列何处?乃针对天象而问,而日月星辰本属一事,今分开二句而问,运用互文之手法,相互见义,意更充足。后四句则专问日之运行,“出自汤谷”二句,王逸谓“日出东方汤谷之中,暮入西极蒙水之涯也”(《楚辞章句》),“自明及晦”二句,王逸又谓“言日平旦而出,至暮而止,所行凡几何里乎”(《楚辞章句》),举此而见彼,互有详略,知此亦为“互文”之例,含意互相备足,既节省字句,又能避免犯重,而使文句变化。

另《天问》云:“师望在肆,昌何识?鼓刀扬声,后何喜”?上下两句,参互见义,而为“互文”之例。首句中“望”即太公望、吕望,“肆”谓市肆,盖太公望曾隐于屠市,而为屠夫,故下句言“鼓刀扬声”,即指此事,“昌”乃文王之名,“后”指文王,上下二句似异,而实指同一事,彼此补足文义,亦见诗人在造句上,变更常法之迹象。

前人尝谓“作文如用兵,兵法有正有奇,正是法度要部伍分明,奇是不为法度所缚”(明·王文禄《文脉》)。[①] 屈原深知为文之法,不可为“法度所缚”,要能“望今制奇,参古定法”(《文心雕龙.通变》),“变则通,通则久”(《周易·系辞下》),于是在为文造句时,尽量改变常法,以求变化,上述六类使文句变化之法,无疑的,是屈原具超人之技,用心揣摩,敢于创新,才能达于“巧意如神变化生,大笔若椽任纵横”之境地。当然,实际屈原在《天问》中,运用在谋篇、表意、锻句、炼字之手法,尚不止此述六种(按:上述六种,仅是其使文句变化之法而已),以下当再继续探讨屈原,在《天问》中,所运用更多更高妙之修辞艺术。

三、《天问》修辞艺术举隅

近人黄侃曾云:“人有思心,即有言语;既有言语,即有文章。言语以表思心;文章以代言语。惟圣人能尽文之妙,所谓道者,如此而已”(《文心雕龙札记》)[②],语文本来就是表情达意之用,所谓“辞达而已”(《论语·卫灵公篇》),黄氏肯定“惟圣人能尽文之妙”,可见任何体裁之文学作品,若要得到“文之妙”之称誉,必须通过完美之修辞艺术,才得以实现。自古以来,圣贤亦不免讲究修辞,如云:“其旨远,其辞文”(《易·系辞下》),“修辞立其诚”(《易·乾·文言》),“情欲信,辞欲巧”(《礼记·表记》)云云,古人之重视修辞,由此可见。

生于战国末期之屈原,研读经书百家典籍,岂能不深受启发与影响?难怪屈原“娴于辞令”(《史记·屈原列传》),且善能“取镕经意,亦自铸伟辞”(《文心雕龙·辨骚》)。而

---

① 吴调公主编:《文学美学卷》,江苏美术出版社,1990 年 6 月第 1 版,摘录明·王文禄:《文脉》语,第 289 页。

② 黄侃:《文心雕龙札记》,华东师范大学出版社,1996 年 12 月第 1 版,《原道第一》,第3 页。

《天问》之所以为伟大之文学创作，亦是旷古绝今之第一等奇文，个人除在前节已就思想、感情、想象、技巧四大文学特质，有所论证外，在此再就“技巧”方面，补述《天问》手法高超之修辞艺术，进一步确认诗人卓异不凡之才情。

《天问》之修辞艺术，自谋篇、表意、锻句、炼字之角度探讨，举其荦荦大者，约可归纳以下各项：

（一）设疑法：质疑无答，体制首创

张严师曾解释所谓“设疑”，是“乃将自明之句子，故作疑问体，借以增强文势，而冀耸人听闻”，且谓“妙在设疑之后，使人释然自解，且所涉主旨，有余韵也。故设疑一词，取义差胜，且意境尤多赅博”尤可注意者，是“设疑，初非制作者胸无所见而然，亦冀于所涉之主旨，逗人注意而已”。[①]

屈原之“天问”，自修辞格而言，即是一种“设疑法”，且是一种“激发式之设疑，用意在激发本意，且其反面必有答案”。[②] 在《天问》中，屈原提出自天文、地理、神话传说，到历史人物等类别繁多之疑问，他并非真的不明不白而问，而是明知故问。盖“原之所问者，皆无一可答焉。……无可答之故有四：曰问所不必问，问所不肯问，问所不宜问，问所不敢问，是皆原之绝人于欲答也”（黄文焕《楚辞听直》）。[③] 目的当然是要激发起人们之反思，尤其是有关“立身行己，治乱兴亡之事”，是必明必究的，屈原更是要问，而全文虽见种种疑问，且数目多至一百七十几个，却未见任何答复，不过全文虽未见任何答案，其答案在当时文人学士心中，应是呼之欲出，心中已有腹案才是，屈原所以“绝人于欲答”，良有以也。

《天问》体制之主要特色，乃在全文皆以问句组成，且是有问无答，自“曰”字起，又无乱辞，亦无《楚辞》之特征，“兮”助辞，单篇直陈，一气贯注，文体之奇特，在中国文学史上，独树一帜，别创一格。历来甚多之学者，均要探索其渊源，然翻遍先秦古籍，民间歌谣，甚至外国文献，结果是无一雷同，其独创性之高，可想而知。若强要探求此一诗坛奇葩之文体渊源，个人以为任何文学体制，绝难无中生有，有可能略有因袭，或有所依傍，及某方面之影响，如某种心理之反映，或古歌谣之某种特殊形式，又或某种先秦典籍之表达方式，甚至于可说是某种学术思潮之熏染等，正如前节已言，个人曾探索其渊源，归纳七项，然

---

① 张严师：《修辞论说与方法》，商务印书馆，1975 年 10 月初版，第 141－142 页。

② 按：“设疑”可分激发式之设疑与提醒式之设疑二类。激发式之设疑，“反面必有答案”。而提醒式之设疑，“用意仅在使人注意，故下文必有答案也”，《天问》自是属于激发式之设疑，参见张严师：《修辞论说与方法》，第144 页。

③ 司马迁等著：《楚辞评论资料选》，长安出版社，1988 年 9 月初版，摘录（明）黄文焕：《楚辞听直》语，第 422 页。

最主要的,是诗人伟大之才情。[①] 可以说,世上一切文学创作,皆须经模仿而后创新,一如画家之绘画,书家之临池,乃是必经之程序,进一步而言,任何创作均有其限度,易言之,世上没有绝对之创作,因而衡之《天问》文体亦然。吾人当承认《天问》体制,是屈原集大成之创造,既然是前无古人,当然应当确认其为首创,方是实至名归,当之无愧。

(二)层递法:秩然有序,精心设计

《天问》自起笔"曰"字,领起全文,而后滔滔百千言,单篇直陈,一气直贯而连发一百七十几个疑问,就其疑问铺陈之方式,是否即依事物大小轻重比例之秩序,层层递进之行文手法,及修辞格之所谓"层递法"撰写?个人以为答案应是肯定的。

前节曾论及王逸以为《天问》是屈原呵壁之辞,楚人哀之,因共论述,故其文义不次序云尔(《楚辞章句》),近代学者颇多不以为然者,盖《天问》内容繁富复杂,可谓网罗万象,上至天文,下至地理,中及神话、传说,及历史人事,无所不包,自其形式而言,当是一完整而统一之结构。作者非要学问知识渊博,才情特高,且善于组织,平素即喜于储积与准备,方可按部就班,逐步完成,否则欲在短短时间内,没有充分之蓄材贮思下,即欲一气呵成,一挥而就,恐怕大不易,故壁图之说,可能应予存疑为当。

某些学者判定《天问》有文意不次序处,因而颇多主张有错简或夺误处,如明·汪瑗、清·蒋骥、夏大霖、陈本礼、屈复、近代学者如姜亮夫、游国恩、孙作云、林庚、谭介甫、苏雪林师、台静农等,当然亦有学者不认为有错简失序之问题,如明·黄文焕,清·王夫之、林云铭等,以为《天问》未尝无次序,反对呵壁说。近人汤炳正认为《天问》确有错简,故韵不协调,又因用事隐晦,文义难解,古今注家,人言人殊,如《天问》末段原文:"伏匿穴处,爰何云?……何试上自予,忠名弥彰"一段,汤氏以韵求之,并参以《章句》、《补注》二本,以为此段原文次序当为:"荆勋作师,夫何长先,悟过更改,我又何言?吴光争国,久余是胜,何环闾穿社,以及丘陵,伏匿穴处,爰何云?是淫是荡,爰出子文,吾告堵敖以不长,何试上自予,忠名弥彰"?又谓《天问》全文内容繁富,而段落秩然不紊,若深入寻绎其叙述之手法,则有四:

1. 类叙法:即以性质相同的事类为分段标准。

2. 顺叙法:即以史事时代之先后为叙述之次第。

3. 回叙法:即言及某一朝代之事,而回环叙述,反复追问,以畅其义。

4. 杂叙法:即杂取性质不同的事类,缀于一篇之末。

汤氏于各项叙述手法,均各举原文例句说明,尤其对前人谓《天问》于叙述夏、商、周三代事迹外,便混淆不清一事,有所辩驳云:"此皆以不明'回叙法'所致。其实这三大段

---

① 陈怡良:《天问体制特色及其渊源浅探》,《屈原文学论集》,文津出版社,1992 年 11 月初版,第 266 - 291 页。

叙事最有条例。即叙三代之兴,皆溯至尧舜时代,而迄于灭亡之时。如问夏事则起于禹而终于桀,问殷事则起于契而终于纣,问周事则始于后稷而终于幽王被杀”。①

个人以为《天问》原文,历经辗转传抄,不能避免有错简、脱漏之事发生,而所问各种问题之层次、条理,依《天问》整体结构而言,所有问题,是极有层次的,且互有蝉联,由天而人,由远古而近古,可以见出必经作者一番深思熟虑,苦心经营,历经相当一段时间,方能有此体大思精、缜密组合之长篇奇作,明·陈深即云:“今读其文,章句之短长,声势之佶堀,皆有法度,似作也,非辑也”(明·蒋之翘《七十二家评楚辞》引)②,清·王夫之云:“篇内事虽杂举,而自天地山川,次及人事,追述往古,终之以楚先,未尝无次序存焉”(《楚辞通释》)③,苏雪林师亦云:“《天问》自混沌未辟,问到日月星辰,自大而小,由远而近,顺次问来,秩然有序”(《天问正简》)④,陈、王、苏三氏所判定,《天问》结构,确有法度,内容亦极有条理秩序,是组织甚为严谨之文学作品,若无屈原一支生花妙笔,他人恐无可能。

(三)错综法:巧妙多变,活泼多样

古人创作诗文,为避免板滞单调,以求错落有致,因之最重“错综”,不过“错综”是一种须历经千锤万炼,却又一无痕迹,超越天工造化之“巧”的修辞格,亦非寻常人所能。“错综”法可以运用在很多方面,如用在避免上下字面之重复,换上同义或近义词语之“字面错综”,另有为避免上下语言结构雷同而换上不同结构之“结构错综”(按:又可分“语序错综”与“句式错综”两种形式),又有为避免上下语气一致,而换上不同语气之“语气错综”等。⑤

《天问》中,屈原运用“错综法”以遣词、造句、表意之手法,确实是灵巧多样,生动而引人注目,如前在论述“造句”之小节中,已论证《天问》如何在句法上,有所变换,或有所参差,以改变原有之整齐形式,皆属“错综”。其后又论证《天问》在文句方面,如何求其变化,所举出之“参差”、“倒装”、“变换”等,其实亦属广义之“错综”。甚至更换人名,变换称谓,如“到击纣躬”之“纣”,后改成“受赐兹醢”、“受礼天下”之“受”(按:纣即受),如“伯昌号衰”之“伯昌”(即周文王,姬昌,殷时为西伯,故称伯昌),后改为“西伯上告”之“西伯”、“师望在肆,昌何识”之“昌”。如“胡终弊于有扈”、“有扈牧竖”之“有扈”,后改称“有狄不宁”之“有狄”(按:“有扈”当作“有易”,“有狄”即“有易”,“狄”、“易”古多通用)等,皆属“错综”。

另在表意写法等方面,如《天问》中提及夏、商、周之史事时,在“禹之力献功”至“而

---

① 汤炳正:《楚辞类稿》,贯雅文化公司,1991 年 1 月初版,第 284、285、313、314 页。

② 司马迁等著:《楚辞评论资料选》,长安出版社,1988 年 9 月初版,摘录蒋之翘:《七十二家评楚辞》引,第 424 页。

③ 王夫之:《楚辞通释》,里仁书局,1981 年 10 月出版,第 46 页。

④ 苏雪林师:《天问正简》,广东出版社,1974 年 11 月初版,《引言》,第 19 页。

⑤ 杨春霖、刘帆主编:《汉语修辞艺术大辞典》,陕西人民出版社,1996 年 8 月第二次印刷,第 718 页。

黎服大说”一段,乃叙夏代之兴亡。另“授殷天下”至“又使至代之”一段,皆言周代之兴亡。而其中第一节至“卒然身杀”,叙及武王伐纣,昭穆征战,直至周幽被诛,与齐桓之尊王。第二节至“箕子详狂”,则又追叙纣之淫乱,为周室能取天下之缘由。第三节至“又使至代之”,则又追述周之开国始祖后稷之兴,接着又叙文王被囚,直至武王伐纣为止,汤炳正以为此史事,往而复始,不断追问,致使读者迷惘,实际此种写法,可称“回叙法”,而非某些学者所谓之“文义不次序”,①个人以为若自修辞格检视之,此岂非即是“错综法”之巧用?诚如清·陈本礼云:“正于无次第中见其错综变化之妙,断续起伏之奇”(《屈辞精义》)②是矣。盖在不损害原意主题之前提下,将类似之史事,交错其间,互为比对,可使中心意旨突出,增强语意,形成语言之侧重美,亦是形成一种活泼多姿,情节生动,而又引人入胜的语言变化美,如此有何不可?

当然《天问》中不论是字面、句式、结构、语气,虽是错综多变,却仍是能与上下文协调一致,而使人耳目一新,加深印象。

(四)讽托法:超越时空,寓意深刻

《天问》之作意,一如前节所提,当是屈原遇谗受挫,乃借此文讽劝,亦借此文以抒胸中不平之愤,惟较特殊,亦是楚辞专家所难解者,是全文不见作者屈原叙述其乖舛之际遇,虽是全文以一百七十几个疑问组成,提出质疑,可以推知“作者一定是富于怀疑精神而心灵又有无限苦痛的人”(刘大杰《中国文学发展史》)。③

以《天问》本文内容而言,似乎是尽在叙述有关天文、地理、神话、传说、历史等故事,则吾人若自修辞学之角度,加以查对,实际屈原运用的,正是修辞格中所谓之“讽托法”。而所谓“讽托法”,即是“凡不用正言,而以微辞托意者,谓之讽托。换言之,假故事或寓言以寄讽者,谓之讽托”,且讽托之辞,往往不露形迹,而语中有刺,盖作者遇事不便直言,于是托以故事,或以虚构之事实讽谕之,使闻之者憬然而悟,翻然而改之。《天问》以“讽托法”书写,乃是属“不点破主旨之讽托法”(按:另一项是“点破主旨之讽托法”)。④

《天问》以“曰”字起笔,一如《尚书》“曰若”、金文“粤”,同为发端语辞,总领全篇,以下即连续发出一百七十几个疑问,亦如有人以涉及天文、地理之大自然形成之传说为问,虽为问话体,然若改变质疑语气,则就形成似乎在演述故事一般,而后续问及有关人间盛衰兴亡之历史传说,可谓轮廓分明,且以其先问有关天地开辟之事,次问有关人事兴亡事,次序井然,甚有层次,而其故事情节超越时空,尤其令人觉得气势不凡,印象深刻。至于本文之主题

① 汤炳正:《楚辞类稿》,贯雅文化公司,1991年1月初版,第284、285页。

② 陈本礼笺注:《屈辞精义》,广文书局,1971年12月再版,卷之二《天问》、《发明》,第1页。

③ 刘大杰:《中国文学发展史》,华正书局,1984年8月版,《第四章、屈原与楚辞》,第114页。

④ 张严师:《修辞论说与方法》,商务印书馆,1975年10月初版,第135-140页。

重点,实际乃在后半问及远古之夏、商、周,近古之吴、秦、楚事上。林庚即云:

《天问》它的内容实质,则正如史诗一般地集中在历史兴亡的故事上(《天问论笺》)①

此评慧眼独具。试看《天问》在问及夏、商、周、吴、秦、楚等史事时,即费了不少篇幅在历史兴亡之故事传说上可知,而论点既集中于历史兴亡、盛衰、治乱之大事上,则其寓意,其实已隐藏其中,表面上主题似毫无痕迹,全文虽未点破屈原为文之动机为何?而屈子创作之动机,已是情理之中,一呼即出矣。诚如近人蒋天枢云:

《天问》之作,本系有所为而发,无论其所问者为神话故事抑上古史事,必有其所以致问之因,亦即其所问之古事,必有其与今事相印证者在,则所问之意为主而古事为从。固不必悉依照古事之本来次第。②

蒋氏言"《天问》之作,本系有所为而发",良是,又谓"其所问之古事,必有其与今事相印证者在",见地可谓独到,虽《天问》本文某些文句,或因有错简、脱漏,或因年代久远,某些可为佐证之古籍,亦已佚失殆尽,致使后代注家,对某些文句之诠证,不免仁智互见,争讼不已。而《天问》写作之动机,已有如前节所谓之抒愤、讽谏、究理、综合目的四说,个人以为虽异说纷纭,而其撰述动机,必离不开"讽托"一法,其运用技巧,即"因不便直言,于是乃托之以故事讽谕之",期盼楚王能及时觉醒,憬然更改,不然可能重蹈历代衰亡之覆辙,因而在以反常之一连串诘问句中,叙述故事时,作者屈原表露之语意,难免掺杂有怀疑、谴责、讽刺、赞扬、惊奇、愤慨、叹惋等种种复杂情绪,而其目的,即在激发人们之反思、醒悟,揭示某种哲理,某种史观,予人启迪与诱导,虽未点破主旨,而讽谏、讥刺、规劝之意涵,已是隐隐呈现。

(五)虚实法:虚实相成,别创妙境

"虚实法"本为修辞格中之重要技巧,"虚"是作品间接提供给读者之审美内容,"实"是文章直接提供给读者的具体可感的审美内容。因此"虚"的最大特点,是想象性(间接性),"实"的最大特点是直观性(直接性),两方面的巧妙组合,可以收到很好的艺术效果。③ 屈原创作之奇文《天问》,可以说是即是除《离骚》之外,运用"虚实法"一个成功的

① 林庚:《天问论笺》,人民文学出版社,1983 年 6 月第一版,《三读天问》,第 6 页。

② 蒋天枢:《楚辞校释》,上海古籍出版社,1989 年 11 月第 1 版,《天问传第四》,第 175 页。

③ 成伟钧等主编:《修辞通鉴》,中国青年出版社,1991 年 6 月第 1 版,第 825 页。

范例,在先秦修辞手法上,不得不承认屈原确实是运用此一手法之第一流高手。

屈原曾在《离骚》中,运用“虚实法”,创造出前半偏重写实(按:即多叙述出身之世系、抱负、理想与遭遇等),后半则侧重于幻游,大胆运用虚笔,编织一段神游仙乡之历程,全文虚实结合,创造出一幕令人疑真似幻、诡秘难测之奇境,增添了无比浪漫之想象。而在《天问》中又如何?屈原仍是运用“虚实法”来创作,不过“虚”、“实”之配置,则适与《离骚》相反。《天问》前半则着重在神话传说之问题质疑上,后半则着重在历史人事问题之问难上。

譬如《天问》首先就宇宙开辟、天象、日月、星辰相关之神话传说提问,其中有日月之神话,如云:

出自汤谷,次于蒙汜。自明及晦,所行几里?

夜光何德,死则又育?厥利维何?而顾菟在腹

此乃先言及,日是出自汤谷,而入于蒙汜之运行,《山海经·海外东经》、《淮南子·天文训》等,均有叙述。以下再问及月之盈亏,及月中有兔之传说。其后再问及有关地形、山川、方物诸事之神话传说,其中鲧禹治水之神话云:

鸱龟曳衔,鲧何听焉?顺欲成功,帝何刑焉?永遏在羽山,夫何三年不施?

伯禹腹鲧,夫何以变化?纂就前绪,遂成考功。何续初继业,而厥谋不同?

此或以为鲧之筑堤障水,视雉(按:台静农注云:“鸱”或为“雉”之误,“雉”在经传为尺度之称《楚辞天问新笺》)之飞止,以计距离,依龟之所蹑,以择土壤,因而以事工筑。不过后来因鲧治水失败,乃被尧处死于羽山,其尸竟经三年而不腐,又问及鲧既生禹,何以死后三年不腐其尸,竟变为黄龙(按:或以为“变化”乃指禹治水之法,有所更改)?另其后又提及古代神山昆仑山相关之神话云:“昆仑县圃,其尻安在?增城九重,其高几里?四方之门,其谁从焉?西北辟启,何气通焉”云云等。

屈原在《天问》上半之发问,是以“历史推演法”,在追溯荒远无稽之古史中,编入奇特怪诞之神话传说故事,可说是“实”中有“虚”。而所铺叙之神话传说故事,屈原皆是有所依据,并加择取,可说是“虚”中有“实”。而这些神话传说,均可作为文学典故来看,有些可能是寓有诗人感叹生命之短暂,不如天地长久之意。有些则可能是诗人借古喻今,象征其在现实世界中之挣扎、与世路之颠踬。

而《天问》后半,则集中在历史人事之提问,属于直接可以反映在现实世界中之具体陈述,结合上半尽是神话传说之问题,从而形成更加丰富之生动艺术形象。不过有时虽

问及史事，却加入相关神话之发问，“实”与“虚”之再次结合，反而能引导人产生某种必然之联想，别创一种奇妙引人之胜境，如《天问》云：

阻穷西征，岩何越焉？化为黄熊，巫何活焉？

在此提及鲧往穷石西行，岩险如何能超越？既被殛毙，神巫又如何使其复活？《左传》昭公七年与《国语·晋语八》皆记载其事，足证春秋、战国时，有此神话流传。

神话传说之素材，在屈原看来就是现成的，而属较为客观之幻想，将其编入其作品中，可以借此抒发个己之生命情感，可以借此展开一瑰丽浪漫、深邃幽秘之诗性世界，甚至可以弥补人世间之遗憾，满足自己之愿望。可以说，《天问》中之虚实结合，虚实相参，虚中有实，实中有虚，自然产生“虚实相生”之艺术效果，予人引发无穷之遐思。

（六）引用法：据事类义，援古证今

近人蒋天枢云：“中国文学中用典之风，盖托始战国末季，而屈原为最能表见用典之特色者”、“屈原宋玉文除一般用事外，时用典言事，而以《天问》为最”（《楚辞新注道论》）①，所言可谓卓识。以屈原“博闻强志”、“娴于辞令”（《史记.屈原列传》），因之其为文时，不但善于“据事以类义，援古以证今”（《文心雕龙.事类》），说明屈原为文，善于“用典言事”，亦擅长于“自铸伟辞”，而在屈原之作品中，最能显现“引用”这种修辞特色的，确实是“以《天问》为最”。

所谓“引用”之修辞法，亦可谓“事类”、“用典”等。在行文时，多取故事、成语者称之，故诗文中，无论用事、用字、用意，无一字无来历，无一字无根据。② 而“引用”之好处，是或可增加风趣之气氛，或可用来影射难言之事，又或可借摭拾鸿采，使之文字华美，风格雅致。不过“引用”务必贴切、适当，否则弄巧成拙，反而不美，文章自然失去可信性与说服力，能不谨慎？

“引用”之种类甚多，依形式分，有明引、暗引、化引三种；依内容分，又可分正引、反引、意引、引经、稽古、出新等③。或谓“用典”可分明典、暗典、活典、翻典四种。④ 今试举《天问》之例如下：

1、属于“化引”之例者：

如《天问》云：

---

① 蒋天枢：《楚辞新注道论》《楚辞论文集》，崧高书社，1985 年 4 月出版，第 41 页。

② 张严师：《修辞论说与方法》，商务印书馆，1975 年 10 月初版，第 77 页。

③ 成伟钧等主编：《修辞通鉴》，中国青年出版社，1991 年 6 月第 1 版，第 429 页。

④ 黄永武：《字句锻炼法》，商务印书馆，2000 年 4 月 2 版第 3 次印刷，一、《锻句的方法》，5《用典》，第 40 页。

启棘宾商,《九辩》《九歌》

此句虽未明告出处,然识者必知其依据,即《山海经·大荒西经》云:“开上三嫔于天,得《九辩》与《九歌》以下”,句中“宾商”,当作“宾帝”,字乃形近而误。“宾”、“嫔”古字通。“开”即“启”,乃汉人避景帝(刘启)讳改。此属“明典”,亦为“稽古”之例,盖引用时,文字已经过增减、调整,化入自己之行文之中,形式上已看不出是引用。而其文义与《山海经·大荒西经》中之句意相同,乃“化引”之例。

再如《天问》云:

稷维元子,帝何竺之?投之于冰上,鸟何燠之?

据王逸注云:“言后稷之母姜嫄,出见大人之迹怪而履之,遂有娠而生后稷”。又注云:“言姜嫄以后稷无父而生,弃之于冰上,有鸟以翼覆荐温之,以为神,乃取而养之。《诗》曰:‘诞置之寒冰,鸟覆翼之’”(《楚辞章句》)。

按:原文未告知出处,然其用《诗经》典故,极为明显,故亦为“明典”之例。王逸据《诗经·大雅·生民》,及《史记·周本纪》释此章后稷生时神话,知此神话确有依据,惟虽明白用典,然《天问》引用,并未全依《诗经》原文,亦已加以镕铸化用,然故事文意不变,故亦属“稽古”之例。

以上二则例句之引用,确使本文言简意赅,句意更为充实而凝炼。

2、属于“反引”之例者:

如《天问》云:

简狄在台,喾何宜?玄鸟致贻,女何喜?

按:句中“喜”字,当从一本作“嘉”,“嘉”与“宜”韵,若作“喜”,则失其韵矣。戴震《屈原赋注》、蒋骥注《楚辞》,皆作“嘉”。王逸注失之。玄鸟,燕也。嘉,嘉祥而有子。简狄相传乃帝喾之妃,商始祖契之母。洪兴祖注引《诗经·商颂·玄鸟》云:“天命玄鸟,降而生商”。谓简狄见玄鸟堕其卵,吞而生契,故《天问》本文两句,屈子问以简狄于九成之台,帝喾何以能与之匹偶婚配?而玄鸟遗卵,简狄何能知为吉兆而吞之生契?屈原虽引用《诗经》中之神话故事资料,然行文却以诘问句,有所质疑其事,与《玄鸟》作者观点相反相对,则其为“反引”之例可知。

综合言之,屈原在《天问》中引用古代神话传说故事,多不可数,傅锡壬曾撰《楚辞天问篇与山海经比较研究——附淮南子》一文,曾将《天问》所问之事,持与《山海经》、《淮南子》(按:两书记载古代神话传说故事极多)相似记载,作一比较,竟达十七事之多[①],此处不再赘引。至于《天问》在后半引用夏、商、周三代与吴、秦、楚史事,其引用更是指不胜屈,由此足见上举蒋天枢言"用典言事,而以《天问》为最",可谓肯綮切中。

(七)借代法:化直为曲,文字生新

任何文学创作,欲求新颖动人,有其艺术魅力,必须要求之有精炼新奇之表现。以诗之语言而言,必如沙中炼金,去除陈言滥调,成为最洗炼最美之精华,才能创作隽语与诗境。因之诗人理应运用其敏锐之感受力与觉察力,致力于创新语言、创新想象之新生,当其跳脱老套之联想,将一些常用字,另外用新鲜之语言写出来时,必可使读者,眼睛为之一亮,在心灵意外惊愕中,探索新鲜语言之变化巧妙,享受吟诗之快意,为达到此目标,则诗人作家确可善用"借代法"来化直为曲,推陈出新。

所谓借代,即凡不直用本名,而以他词称之者谓之,亦可称代称词,[②]或称"换名"、"代替"、"换喻法"、"提喻法"等。借代依据借体与本体之关系,大体可分为:旁代、对代、相关代三种。[③] 屈原在《天问》中,运用借代法,可谓百变其姿,精妙无比,以下特加举例,如:

1、旁代(借主体事物所伴随或附属之事物,即代体,来代替事物之主体及本体)。

(1)借人物所属朝代,或其称号(代体),以代人物本身(本体)。如《天问》云:

受赐兹醢,西伯上告。
武发杀殷,何所悒?

按:首例句中"西伯",指文王,为文王受封之爵号。此处即以"西伯"借代文王本人,以免与上句"伯昌号衰"之"伯昌"(即文王姬昌,封为西伯)重复。次例:"杀殷"之"殷",借代纣王,以免与首例句之纣王名受重复使用。人物名字,如在精炼之诗中,重复出现,难免板重,而不能灵动、变化,因此屈原在此运用"借代"法,以求更新,求其新辟有味,盖熟见则无奇矣。

(2)借事物之情状(代体),代替事物本身(本体)。如《天问》云:

---

① 傅锡壬:《楚辞天问篇与山海经比较研究》,《山川寂寞衣冠泪——屈原的悲歌世界》,时报文化出版公司,1987年6月30日初版,第253-288页。

② 张严师:《修辞论说与方法》,商务印书馆,1975年10月初版,第150页。

③ 成伟钧等主编:《修辞通鉴》,中国青年出版社,1991年6月第1版,第394页。

夜光何德,死则又育?

角宿未旦,曜灵安藏?

何乞彼小臣,吉妃是得?

殷有惑妇,何所讥?

眩弟并淫,危害厥兄。

按:首例“夜光”,王逸注:“月也”(《楚辞章句》),清·丁晏注云:“《事类赋》注引《淮南子》:‘月,一名夜光’”(《楚辞天问笺》),《广雅·释天》亦有“夜光谓之月”之训。以月在夜晚始发其光亮之特征,乃以“夜光”代称月本身。次例“曜灵”,王逸注:“日也”。《广雅·释天》云:“朱明、曜灵、东君,日也”,何以称“日”为“曜灵”?蒋骥注云:“光曜而有神灵,故名”(《山带阁注楚辞》),日光耀在白昼,古人亦视其为神灵,有此两大特征,乃以“曜灵”借代“日”。

第三例句中之“小臣”,王逸注云:“伊尹也”,据《墨子·尚贤中》:“伊挚,有莘氏女之私臣,亲为庖人”;《尚贤下》:“昔伊尹为莘氏女师仆”。又云:“汤有小臣”,又《贵义篇》云:“伊尹,天下之贱人也”。“小臣”本为旧封建主贱役者之称,此指伊尹,即以伊尹为庖人,地位卑贱,故以“小臣”,借代“伊尹”本人。另“吉妃”,王逸注云:“得吉善之妃以为内辅也”,则吉妃者,犹贤妃也,指有莘之女。此即以有莘之女有贤德,乃以“吉妃”代称,而句中之“臣”与“妃”两名词,则属“对代”之用法,亦是以“泛称”借代“专指”之用法。

第四例句之“惑妇”,王逸注云:“妲己也”,《尚书·牧誓》记武王誓师时,曾谴责纣“唯妇言是用”,“惑妇”谓以色惑纣之美妇,借代“妲己”本人。第五例句中之“眩弟”,指亥与其弟恒,“弟”亦为上甲微之弟,此处即以“眩弟”代为上甲微及其弟恒。

以上五例,均见因借代而使新词,更见生动雅驯。

(3)借事物之成因或来源(代体),以代事物本身(本体)。如《天问》云:

冯珧利决,封豨是射。

按:例句中之“珧”,王逸注曰:“弓名也”。洪兴祖注云:“《尔雅》弓以蜃者谓之珧,注云,用蜃饰弓两头,因取其类以为名”。又引《说文》注云:“珧,蜃甲也,所以饰物”(《楚辞补注》),此处即以“珧”代“弓”,实即以事物之来源,代事物本身。

(4)借事物之动态(代体),以代事物本身(本体)。如《天问》云:

缘鹄饰玉,后帝是飨。

按:例句中之“鹄”,汤炳正依《尔雅·释器》所释“象谓之鹄”,知其为施治象牙之专称,在此例句,以“缘鹄”与“饰玉”对举成文,则“鹄”字即指象牙,故判定其为加诸事物之动态,代替事物名称之“借代”格。①

2、对代(事物两个相应方面的互相代替):

(1)以具体实数(代体),代抽象(本体)之虚数。如《天问》云:

圜则九重,孰营度之?
增城九重,其高几里?
靡萍九衢,枲华安居?

按:《天问》中,以数字“九”成词者,有实数、虚数之分。上举三例之“九”,为数之极,皆喻其多或高。首例“九重”,言天体如层层叠合。次例“九重”,言增城之高。三例“九衢”,即九歧,指萍之枝茎,纵横牵萦之多。上述三例皆以具体之数字“九”字,借代事物之高、多之虚数,即属具体与抽象之借代。

为文若平铺直叙,不求变化,读来便觉索然,感到既无蕴藉,又无余味,然若运用“借代法”,稍加改易,文便饶有意趣,清新可喜。

(八)排比法:句型严整,增强气势

《天问》是以四言为基调之长篇诗歌,虽间有长短不齐之句型,加入其中,不过就整体而言,仍属有限,因而其句型,即易于形成整齐划一之特色,亦予“排比”有更挥洒之空间。

而所谓“排比”,即指凡用结构相似之句子,连串表之者称之。其作用乃在使句子安排稳密妥帖,所谓稳密,是句调与语气之讲究;所谓妥帖,是文意与文势之讲究。② 一般修辞著作,均以为“排比”须运用三个或三个以上,结构相同或相似之词组成句子,逐一排列起来。③ 不过亦有学者主张只用两句,即可互相排比的,此与对偶最相类似。④ “排比”一般略分为词组排比、句子排比、段落排比等。“排比”之为法,可使意象作交替或流动之方式浮现,且使笔势呈现遒劲雄壮之精神,因而历来诗人作家,无不对此修辞格,在意用心。屈原在《天问》中运用此修辞格不少,兹举例如下:

---

① 汤炳正:《屈赋修辞举隅》《屈赋新探》,齐鲁书社,1984 年 2 月第 1 版,第 323 - 325 页。

② 张严师:《修辞论说与方法》,商务印书馆,1975 年 10 月初版,第 168 页。

③ 按:界定“排比”,须要三个或三个以上结构相同或相似、语气一致的语句,成串地表达相关内容的方式之修辞著作,如成伟钧等主编:《修辞通鉴》,中国青年出版社,1991 年 6 月第 1 版,第 609 页。杨春霖:《汉语修辞艺术大辞典》陕西人民出版社,1995 年 1 月第 1 版,第 528 页。黄丽贞:《实用修辞学》,国家出版社,1999 年 3 月初版,第 428 页。郑颐寿、林承璋主编:《新编修辞学》,鹭江出版社,1987 年 10 月第 1 版,第 184 页。

④ 陈望道:《修辞学释例》(原名《修辞学发凡》),学生出版社,1968 年 8 月初版,第 202 页。

1、单句排比之例:如:

斡维焉系?天极焉加?八柱何当?东南何亏?

何阖而晦?何开而明?

何所冬暖?何所夏寒?

鲧何所营?禹何所成?

以上或四句单句排比,或二句单句排比,诵读起来,但觉音节短促,强劲有力,对其文意之会通必有帮助,而音律之和谐,更不在话下。

2、复句排比之例:如:

圜则九重,孰营度之?惟兹何功?孰初作之?

东西南北,其修孰多?南北顺椭,其衍几何?昆仑县圃,其尻安在?增城九重,其高几里?

干协时舞,何以怀之?平胁曼肤,何以肥之?

萍号起雨,何以兴之?撰体协胁,鹿何膺之?鼇戴山抃,何以安之?释舟陵行,何以迁之?

按:第四例句中之"撰体协胁,鹿何膺之",闻一多《楚辞斠补》以为当作"撰体胁鹿,何以膺之"。以上不论是两组复句排比,或四组复句排比,均见其句法严整,予人有十分雄快之感。而《天问》中任何简短之排比,均能得见壮声势,广文义之效果,若是属连续性之排比,亦见产生逐节推进,气势磅礴,感情激昂之作用。而在不同层次之排比中,其所造成之和谐匀称美感,亦能形成风致典雅,铺陈俪辞之格调,成为后代辞赋家学习之榜样,屈原善于运用"排比"之手法,确实不同凡响。

(九)对偶法:自然成双,均衡工整

刘勰于《文心雕龙·辨骚》中,称美《天问》是"瑰诡而惠巧"(按:"惠"字,唐写本作"慧"),瑰诡言文辞,瑰丽奇诡,慧巧言文思,灵慧工巧。《天问》写神灵怪异,反映于文辞,自然是雅丽诡异。而欲形成雅丽诡异之文辞,"对偶"修辞格,必是诗人所善加运用之手法之一。

何谓"对偶"?即凡两个句态相同,字数相等,意义、声调、轻重悉称者谓之,亦有人称之为"对仗"或"俪辞"。对偶与上节所论之"排比"不同,对偶字句必须相等,组织亦须相类;上下联意思,必须相辅;而平仄又须相谐,字眼未许相同。而排比,则但以相似或相对之数意，连串为语法相同之数句，而各句字数，有时不必相等。① 对偶之分类颇多，自内容划分，有正对、反对、串对三种基本形式，亦有自对、互对、倒对等特殊形式。自形式划分，则有工对与宽对两类，另有当句对、隔句对、倒装对、回文对、叠字对、数字对、排比对等特殊形式。而南北朝文评家刘勰，则粗分“对偶”为四类：“言对”、“事对”、“正对”、“反对”（《文心雕龙·丽辞》）。对偶因形式整齐，结构匀称，加之音韵谐和，使人易于讽诵与记忆，先秦以前，曾被广泛运用在散文、诗歌上。屈原写作《天问》，当然会随其笔性，自由发挥。

屈原在《天问》中如何运用“对偶法”？今以较宽松之角度视之，举例如下：

1、正对：亦称平对、正名对、名对等。两个语言单位之间，是平列关系，在内容上相似、相关，互相补充，起到强调、充实内容之修辞作用。②《天问》之例句，如：

日月安属？列星安陈？

角宿未旦，曜灵安藏？

按：首例“日月”为特定之星辰，“日”为恒星之一，即“太阳”。“月”今人皆知其为地球之卫星，而古人仅知其为发光之星球。“列星”为泛称之星辰，指众星。“安属”谓系属何处？“安陈”谓陈列何处？“日月”、“列星”均为名词，意义相近，内容亦同，两句互有补充与充实内容之作用，故即属“正对”之例。次例“角宿”，星名，为东方七宿之首，或以为是“晓星”，以其与日并晨出于东方，古天文家谓为“天门”。“曜灵”谓“日也”，近人蒋天枢以为“《广雅疏证》除引王逸注外，别无例证，岂屈子遣词多本楚语”（《楚辞校释》），言之成理。“未旦”言未现身发亮，有隐藏之意涵，或谓天门未开之时，“安藏”谓藏于何处？“角宿”、“曜灵”皆为星辰之专有名词，内容亦接近，两句有互补作用，亦属“正对”之例。

2、反对：两个语言单位之间是相反关系，在内容上相对，相反相成，互相对比映衬，具有感情强烈，形象鲜明之效果。③《天问》之例句，如下：

何所冬暖？何所夏寒？

何阖而晦？何开而明？

按：首例句，前节曾亦举此例，以为是“排比”修辞格。不过在此处，其实亦属“反对”

---

① 张严师：《修辞论说与方法》，商务印书馆，1975年10月初版，第118、168页。

② 郑颐寿、林承璋主编：《新编修辞学》，鹭江出版社，1987年10月第1版，第192页。

③ 郑颐寿、林承璋主编：《新编修辞学》，鹭江出版社，1987年10月第1版，第192页。

中之“单句对”。在例句之部分而言,“冬”与“夏”,均属季节名词,平仄相对。“暖”与“寒”,均为意义相反之形容词,亦平仄相对,彼此意义既相反,却能彼此对比,相映成趣。次例,前节亦举其例为“排比”修辞格,实亦可列为“反对”之单句对,“阖”对“开”、“晦”对“明”,属意义相反之动词与形容词,形象对比明显,颇见出色。

其他如“伯强何处?惠气安在”?或可亦视为“反对”之例,盖伯强、惠气,虽皆为风属(游国恩《天问纂义》引周拱辰注),然或以为伯强为“生风之神”,或为“大厉、疫鬼”(王逸注),其传播戾气可知,则伯强、惠气,一为大厉疫鬼,散播戾气,惠气为和惠之气(台静农《楚辞天问新笺》注云:“伯强为大厉疫鬼,则惠气当为神人”,可备一说),虽同属气,然含义相反,形象有别,内容为相对关系,宜列为“反对”之例。

3、事对:刘勰谓“事对者,并举人验者也”(《文心雕龙.丽辞》),说明“事对”是要用两件事例相配,即是以掌故来对偶之意。《天问》中之例句,如:

(1)单句对:如:

鲧何所营?禹何所成?

梅伯受醢,箕子详狂?

鲮鱼何所?鬿堆焉处?

羿焉弹日?乌焉解羽?

按:首例“鲧”与“禹”父子两人,均为治水之人物,亦为神话传说中之典故,其治水事迹,传闻甚多,今将父子二人对偶,整体而言,亦属“排比”手法,然“鲧”对“禹”,是人物对人物,“营”与“成”,是屈原问其何所营度?何所成就之事,乃动词对动词。

次例,梅伯是纣诸侯,为纣所杀而醢之;箕子,殷时贤者,亦商纣诸父,因纣剖比干以观其心,乃惧而佯狂避祸,亦属人物对人物之对偶,即“事对”。

第三例,前二句中之鲮鱼,为人面鱼身之鱼类(洪兴祖《楚辞补注》引《山海经》注),鬿堆,为白首鼠足之鸟类鬿雀(洪兴祖《楚辞补注》据《山海经》注),一为怪鱼,一为怪鸟,两者均属神话传说中之怪物,彼此相对,各有其掌故。至于后两句,其中羿,非指历史上有穷后羿,而是指神话中尧时后羿,尧时十日并出,草木焦枯,乃命羿仰射,中其九日,日中乌皆死,堕其羽翼。整体而言,此亦属“排比”修辞,然依部分而言,羿与乌,名词相对,“弹日”与“解羽”事,均有其典故,故属于“事对”。

(2)句中对(当句对):如下列:

启棘宾商,九辩九歌。

天命反侧,何罚何佑?

齐桓九会,卒然身杀。

按:首例言启急欲宾于天帝也(商,帝之误字),据《山海经·大荒西经》云:“夏后启,上三嫔于天,得《九辩》与《九歌》以下”,即其事是矣,依内容而言,宜为“事对”。句中“九辩九歌”,郭璞注云:“皆天帝乐名也,开登天而窃以下用之也”,知二者皆乐曲名,形式上,一联中有字词形成对偶,即属“句中对”之技法。

次例,言天道无常之义。齐桓公力能九合诸侯(按:“九”为实数,据《史记·齐世家》云:“寡人兵车之会三,乘车之会六”。又《国语·齐语》云:“兵车之属(按:属亦会)六,乘车之会三”,会义与合同,其数相加亦为九),却终然遭祸身杀(按:桓公后因重用易牙等小人,致生乱事,而气愤渴馁而死,则与“身杀”无异)。前二句中,“何罚何佑”质问惩罪与福祐属“反对”,惟依内容言,则为“事对”,兼为“反对”辞格,若依形式言,“罚”与“祐”,当句相对,乃属“句中对”。

(3)隔句对(双句对):如下列:

简狄在台,喾何宜?玄鸟致贻,女何喜?

争遣伐器,何以行之?并驱击翼,何以将之?

按:首例言简狄因吞燕卵而生商始祖契事,有其神话故事,依内容而言,所运用者,两相对仗,成为“事对”。整体而言,乃是运用“排比”之手法,呈现故事之重点情节。而就部分而言,形式上,因上一联“简狄在台”被“喾何宜”隔开,而与“玄鸟致贻”相对,“喾何宜”又被“玄鸟致贻”隔开,而与“女何喜”相对,形成“隔句对”,参差交错,别具一格。尤其在音韵上有节奏感,却有其引人入胜之处,作者若不具高才,岂有可能?

次例言武王伐纣,各路诸侯争相会师之事。依内容言,乃属“事对”。以形式言,亦属“平列排比法”,又第一句“争遣伐器”与第三句“并驱击翼”互成对偶,第二句“何以行之”与第四句“何以将之”,亦互成对偶,即属“隔句对”,自其意涵观之,有表现递进之层次,可谓文情活跃,句句变化。

除上述二例外,另《天问》云:“比干何逆,而抑沉之?雷开阿顺,而赐封之?”言贤臣比干忠谏而被剖心,佞臣雷开,则善阿顺,竟受赐封事,依内容言,属“事对”,一忠一奸对比,亦为“反对”之例,且以“衬映”、“排比”之手法,将其主题呈现,以形式而言,一、三两句对偶,二、四两句对偶,亦属“隔句对”之辞格。要之,对偶因形式工整,予人视觉上匀称美之感受,加之其间,对偶处隔开,既有璧合珠联之情趣,亦有错落参差之美,其技巧变化,确非庸才所能。

(十)映衬法:交相映发,显豁事理

文评家曾谓“放言落纸,气韵天成”(萧子显《南齐书·文学传论》),可见诗人作家为文之道,既能感召于无象,亦能求变化于无穷,所谓“神而明之”者是。屈原在写作上,涉猎群籍,体会深刻,因而在身遭挫折、激愤之下,写作《天问》时,思绪之发,往往兴乎中怀,出乎自然,而今世所谓之文章修辞,亦出自天成,表现多样,“映衬”一法,亦为其手熟生巧之一。

凡将两个相反之事物,彼此相待,使所说之主旨分外明显,或使所说之两面,相得益彰者,谓之映衬,[1]亦称衬托。映衬法一般分两类,一为将相反之事物,托出正意者曰“反衬”。若将相似之“事物”,托出正意者曰“正衬”,某些修辞专著,则再增加两种,一曰“对衬”,凡用与主体事物相关的事物来相衬,即称为“对衬”。另一曰“双衬”,凡对同一个人、事、物,用两种不同的观点,加以形容描写的,即叫“双衬”。[2] 映衬与对比不同,构成衬映关系的主体和衬体双方是主从关系,构成对比之事物,双方则是平等关系,又映衬主要是揭示主体,对比则主要是显现差异。[3]

今将《天问》运用之“映衬法”,列举如下:

1、反衬:如《天问》云:

初汤臣挚,后兹承辅。何卒官汤,尊食宗绪?

按:游国恩谓“此问伊尹五就汤五就桀事”(《天问纂义》),盖汤初得伊尹而用之,其后乃复以尹进为桀之辅弼,惜桀不能用尹,卒复相汤,而有天下,死后尊荣,得以配享宗庙。汤与桀用尹与不用尹,正反相对照,托出正意是桀之亡乃由佞臣辅弼,汤之兴以得贤臣辅弼,而关键之人物,即在伊尹一人身上,主意即谓辅弼之臣之重要,由此可见,此即属“反衬”辞格。

2、正衬:如《天问》云:

东西南北,其修孰多?南北顺椭,其衍几何?

按:此节乃问大地之四方修短广狭,上二句乃问大地之东西南北四方,其里数究竟何者为长?下二句则谓南北之形属椭圆,其宽度究竟几何?乃以方向衬方向,即以大地之

---

① 张严师:《修辞论说与方法》,商务印书馆,1975年10月初版,第188页。

② 黄庆萱:《修辞学》,三民书局,1975年1月初版,第294页。

③ 成伟钧等主编:《修辞通鉴》,中国青年出版社,1991年6月第1版,第815页。

东西南北四方，与单以南北方，相互衬托对照，形成主体与衬体，因而相互映发，而使要询问之主题，即大地之形状，更为明显，此即为“正衬”之辞格。言简而意赅，表现作者神话传说知识之丰富，与思考之周延。

其他如“四方之门，其谁从焉？西北辟启，何气通焉”？乃问何人能由此昆仑四方之门出入？又问何种气能通其西北之门？以门衬门，彼此对比，互为映衬，前者为主体，后者为陪衬，形成了主从关系，主题乃为古神话中之神山昆仑山之巨大与神秘，亦属“正衬”之法。

3、对衬：如《天问》云：

鲧何所营？禹何所成？

按：前曾举此例为“单句排比之例”，若自另一辞格检视之，则此亦为“对衬”之例，即以父子二人均曾治水来相衬。据朱熹云：“鲧禹治水之不同，事见《洪范》。盖鲧不顺五行之性，筑堤以障润下之水，故无成。禹则顺水之性，而道之使下，故有功”（《楚辞集注》），鲧、禹父子二人，皆具治水之才，而成败相反。在此既以父子二人，均从事同一之治水工作相衬，当属“对衬”辞格。

其他如前已举例，判定为“对偶法”中之“事对”，亦为“隔句对”之例句：“比干何逆？而抑沉之？雷开阿顺。而赐封之”？在此处，亦可视为“对衬法”之运用，以身为纣诸父，亦为贤臣之比干，与专事阿顺之佞臣雷开相衬，并以前者因直谏而遭剖心，后者因谄谀而获赏，两相衬托，形成强烈之对照，益见暴君之昏庸，贤臣无畏之可贵。

4、双衬：如：《天问》云：

天命反侧，何罚何佑？齐桓九会，卒然身杀？

按：前曾举此例句为“对偶”中之“事对”，属“句中对”之例证，今自另一辞格查核之，则此亦可谓“双衬”之修辞格。以齐桓公任管仲，九会诸侯，一匡天下，建立霸业，管仲卒，却因误用小人，致五公子各树党争立。桓公竟渴馁而死，“荣”“辱”两极，天道之无常可知，屈原以“何罚何佑”形容且质疑，可谓精确。

“女歧无合，夫焉取九子”？以无婚配丈夫之女歧，竟获有众多之子女，以同一人物，而有“无”（无婚配丈夫）与“有”（有众多子女）相对之事，则属“双衬”辞格。另如“武发杀殷，何所悒？载尸集战，何所急”？谓武王发伐纣而射尸斩首，何以如此愤怒？而文王刚死，武王竟载其木主伐纣，何以如此急迫？屈原对武王一人，伐纣一事，有两种不同之批判，亦属“双衬”之例。而以上“对衬”、“双衬”之例，其妙处不仅使对比强烈，且能摛布雅致之辞采。

(十一)对比法:对照鲜明,凸显主题

任何创作,总是作者思想情怀之表露,心志意趣之抒发,因之,凡为文必先立意,所谓"意奋而笔纵","意深而后工",当作者在集中心力,殚精竭虑后,必定认真寻思出一个好的,可以发挥之主意来,亦因主意已定,即可以意定章,以意行文,使之气脉贯通,首尾相应,最重要的,是使主题突出,而非混沌不明。而若欲使主题凸显,势必要讲求笔法、技巧,而简而易行之手法,则莫过于"对比法"。

所谓"对比",即是将两种互为矛盾,互为对立之事物,或同一事物之两个不同方面对照比较,以收到语意鲜明之表达效果之技法。① 而"对比"可分两类,一是对比叙写,含人物、事件、景物、数量、情境之对比。二是对比议论。亦有修辞论著,将"对比"自性质上划分为反比、正比,另自"对比"所属范围上划分为一物两面对比,与两物对比两种类型者②。不过"对比"与"对偶",总有其异同,对偶句式十分工整,两两对称,主要由形式决定。而对比在语言形式上,较无严格要求,主要由内容来决定,然对偶中之"反对",在内容上互相对比映衬,可以说是对偶与对比之兼格。③

在《天问》一文中,屈原如何运用"对比法"? 试举例如下:

1、正比:又称"类比"。对比体之间,是一种相对关系。相对的两个事物,或者方面相互补充、映衬、烘托,从而使各自的特点,更加鲜明突出。④ 如下列:

(1)人物对比:如《天问》云:

何圣人之一德,卒其异方? 梅伯受醢,箕子详狂。

桀伐蒙山,何所得焉? 妹嬉何肆,汤何殛焉? ……彼王纣之躬,孰使乱惑? ……殷有惑妇,何所讥? 受赐兹醢,西伯上告。何亲就上帝罚,殷之命以不救。

按:"圣人",乃指下文之梅伯、箕子,同遭暴君,而使梅伯以谏受醢而死,箕子虽不死而佯狂以避祸,是异其方术。以二人俱为贤臣,又被屈原肯定为"圣人",故作为对比,愈益凸显暴君之残暴不仁。

次例则以桀因伐蒙山而得妹嬉,以致朝政失轨,亡国败家,桀终被汤放之南巢。而纣

① 成伟钧等主编:《修辞通鉴》,中国青年出版社,1991 年 6 月第 1 版,第 848 页。

② 杨春霖、刘帆主编:《汉语修辞艺术大辞典》,陕西人民出版社,1996 年 8 月第二次印刷,第 480、481 页。

③ 郑颐寿、林承璋主编:《新编修辞学》,鹭江出版社,1987 年 10 月第 1 版,第 197 页。

④ 杨春霖、刘帆主编:《汉语修辞艺术大辞典》,陕西人民出版社,1996 年 8 月第二次印刷,第 481 页。

则因惑于妲己致暴虐无道,使文王以祭告上帝,甚至纣终因武王伐而败亡。桀、纣二位国君,皆因惑于女色,而结怨于民败亡,持以对比,警示美色害政,以为当代楚君,取为殷鉴,以免自取灭亡。此处以同样耽迷美色之两位国君对比,使彼辈形象,更为突出明显,当可加深读者之印象。

(2)事件对比:如《天问》云:

日安不到,烛龙何照?羲和之未扬,若华何光?

按:例句中之"烛龙",为神话传说中,人面蛇身而赤之神人。汤炳正等注,以为"烛龙"盖北极光,古人神异之(《楚辞今注》)。"羲和",日御,日神之名。此处言依理日光乃普照天下,亦有何照射不到之处?须烛龙照之使明?而日未升上时,岂真有神木若木之花,代日光照耀四方?以烛龙、羲和两者皆能发光,使天下均能获得照明之事件,加以对比,互为烘托,而使两者皆为发光体之形象,更为强烈,而相得益彰。

2、反比:是将两个对立之事物,或为同一事物,两个对立之方面进行对比的方式。

(1)人物对比:如《天问》云:

浞娶纯狐,眩妻爰谋。何羿之射革,而交吞揆之?

按:此例句言羿相寒浞,因惑于羿室纯狐氏,乃谋而欲杀羿,而羿仗恃强弓,巧用利器,其射,力能贯革,却不幸竟为寒浞交结羿之弟子逢蒙,加以吞灭,屈原以此问题,提出质疑。此例以后羿与寒浞对比,依理,羿既有强力,何以竟为其臣寒浞所诛?二人比对,本有矛盾,与强弱之落差,而结果是出人意表。有此对比,人物情态,自然浮现人们脑际,而其结局,则令人深思,可作教训。

其他如前节已作"事对"与"对衬"例句之"鲧何所营?禹何所成"?亦可为"反比"之例,乃屈原以鲧禹治水为成为败之对比而为问。又前节另作"事对"与"对衬"例句之"比干何逆,而抑沉之?雷开阿顺,而赐封之"?亦可作"反比"之例,乃屈原以贤臣比干,竟遭剖心,佞臣雷开,因善逢迎,而得到赐封,乃以二人之贤佞,昏君赏罚之不公,加以对比为问。

(2)事件对比:如《天问》云:

初汤臣挚,后兹承辅,何卒官汤,尊食宗绪?

按:前曾举此例句为"映衬法"中之"反衬"例,实际此例句亦可作"对比法"中"反比"

之"事件对比"例。本例句谓伊尹初获汤赏识任用,后汤推荐予桀,以为辅弼,惜桀未能重用,而后汤由伊尹辅佐,终得天下,且庙祀世世不绝。今将桀因不用贤而亡,汤则用贤而兴之事件,一反一正,互为对比,用与不用,成与败,均得以充分揭示,通过对比,使此一事件之正反两面,造成国之兴衰存亡,则后人岂能不加戒惧与借鉴?

屈原在《天问》中,运用"对比法",既多且巧,姜亮夫曾针对此事,有所评价云:

> 《天问》百余问中,举事物之相反、相成、相矛盾而成对比之衡断者,于量为最多,此足以明示屈子盖自"比量"以得"结""断",此逻辑思维与辩证方法,复有何疑?……比量者,亦衡之一法,可概者曰量,无尺度可衡,则以事物之相类者为之差池,则义在是矣(《天问问例述》)。[①]

姜氏之言,一针见血,正如所言,屈原能自"比量"中,而得"结""断",足以见出诗人之"逻辑思维",颇能领悟思路之有序,而在"辩证方法"上,更能以敏锐之洞察力,体认"对比"手法之运用,以使事物之本质,分晓而凸显,掀起文章之波澜,其为文之有得,能不令人赞叹?

(十二)重现法:活用重出,饶生意趣

刘勰对用字修辞之观点,在所著《文心雕龙》中,有一小节精辟之论云:

> 缀字属篇,必须拣择:一避诡异,二省联边,三权重出,四调单复。……

重出者,同字相犯者也。《诗》《骚》适会,而近世忌同,若两字俱要,则宁在相犯(《练字》)[②]。

刘氏以为在《诗经》、《楚辞》中,偶然会用重复之字句,如果有其必要性时,则无妨,宁可重复,因之刘氏乃提出"权重出",即衡量重出之主张。行文遣词,文人作家均注意到避免重出,然而有时却有其必要,因之若有其必要性时,并不以重复为嫌,反而是以重出为能。

所谓"重出",或谓重现、反复,是为了突出某个意思,强调某种感情,有意使同一词语或句子,甚至是段落,反复出现的修辞方式谓之。[③] 自结构形式上划分,重现有连续重现

① 姜亮夫:《天问问例述》《楚辞学论文集》,上海古籍出版社,1984年12月第1版,第337页。

② 刘勰著,范文澜注:《文心雕龙》卷八,台湾开明书店,1968年7月台6版发行,《练字》,第15页。

③ 杨春霖、刘帆主编:《汉语修辞艺术大辞典》,陕西人民出版社,1996年8月第二次印刷,第586页。

与间隔重现两种;若自语言单位上划分,则重现有词语重现、句子重现、段落重现三种形式。为文若恰当地运用"重现",可将迫切之愿望与强烈之感情,加以表达与抒发出来,且可突出语意中心,分清层次,贯通脉络,而在音律上,其在协调音节、增强节奏、制造气氛方面,亦有不可低估之作用,因之对"重现",实不可轻忽。

在屈原作品中,即常有同样或相似之句子重复出现,有人甚至以为是后人所抄袭屈骚之伪作,又或认为是屈骚在语言艺术上之"疵累"。汤炳正以为屈骚中,经常有同样或相似之词句,重复出现,此"绝不是偶然现象,它正标志着诗歌在一定发展阶段上的历史特征","由于作者勇于吸取民歌的营养,而上述民歌的修辞习惯,也被继承了下来。①"今暂不论某些字句重复出现于不同之诗篇,所谓异篇"重现"者,单以《天问》一篇而言,其中即有一些词句,屈原是以"重现"辞格表现者,如:

1、全句重现者,如《天问》云:

厥利维何,而顾菟在腹?厥利惟何,逢彼白雉?

按:首例之"维",次例之"惟",作语气词,二字皆从"隹"得声,古人所谓声同通用例,二例句之首句重现,意为"其利益为何"?均针对某事物之利益而言,如二例句,首例使"顾菟"在腹。次例,为能逢彼"白雉"。二例首句重出,均反应出一种趋利之心态,意义相同,语气一致,有其必要,写来毫不费力,极为自然。

2、部分字词重现者,如《天问》云:

九天之际,安放安属?日月安属?列星安陈?

按:二例句中"安属"一词重现,首例言九天之间之边际,各至何处?又相连接于何处?"属",作"连接"解。次例之"安属",仅就日月言,言其在天何所系属而不坠云,二例句之"属"同义,惟两"安"字字义有别,"上安字以处所言,下安字以方法言"(游国恩《天问纂义》),因之语气亦有区别,词虽重出,然各有其强调之主题,自是各有其表现之力度。又如《天问》云:

八柱何当,东南何亏?

康回冯怒,坠何故以东南倾?东流不溢,孰知其故?东西南北,其修孰多?

南北顺椭,其衍几何?西北辟启,何气通焉?北至回水,萃何喜?

---

① 汤炳正:《屈赋修辞举隅》,《屈赋新探》,齐鲁书社,1984年2月第1版,第353-355页。

按:以上六处例句。均涉及方向,因之属于形容方向之字词,例句中出现之“东南”、“东”、“东南西北”、“南北”、“西北”、“北”自然会有部分重出,难以改换,不过因置于不同之主体运用,因之属形容方向之字词,虽是部分重出,然亦见分清条理,突出某一主题,引发作者某种感情,丝毫不会觉得其拙滞难通。再如:

惟浇在户,何求于嫂?何少康逐犬,而颠陨厥首?女歧缝裳,而馆同爰止。何颠易厥首,而亲以逢殆?

按:此八句皆言浇事。其中“颠陨厥首”与“何颠易厥首”二句,字有重出,主要是前者指少康袭杀浇而断其首事,后者谓少康袭杀浇时,因在夜晚,致亦误杀女歧首事(或谓“女歧”乃鬼女之名。或谓“女歧”即女艾,形近而误等)。本例句之重出,推断可能是诗人因少康之行动,既断浇首,又误断女歧首,断首事件,接踵发生,乃以近乎全句重出之句型出现,一则营造气氛,增强效果,一则强化人物之间之密切关系,且亦呈现了语言回环之美,以见屈原在此处运用“重现法”之必要性,及表现“得之于心,应之于手”之写作素养与自信。

其馀部分字句重出者,如“伯禹腹鲧,夫何以变化”?与“何变化以作诈,后嗣而逢长”?“受寿永多,夫何久长”?与“荆勋作师,夫何长”?又或某些问词之式,亦见部分字词重出,如“何以识之”、“何以坟之”、“何以兴之”、“何以应之”、“何以安之”、“何以迁之”、“何以厚之”、“何以怀之”、“何以行之”、“何以将之”等,及“鲧何听焉”(或谓“听”当作“圣”)、“帝何刑焉”、“岩何越焉”、“巫何活焉”、“汤何殛焉”等,均可见出屈原遣用“重现法”,并未削弱语言之感染力,反而借其重出字,以饶生意趣,强化论点与情绪、语气,令语言之节奏美、旋律美,更是展现得淋漓尽致。

以上个人粗略归纳《天问》中,屈原运用之十二项修辞技法,以见《天问》在文学技巧上,文笔之灵活,匠心之精到,更重要的是深厚之素养,与高远之才情,实际《天问》中,屈原尚不只运用上述之十二项技法,若再稍加探究,尚有多项技法,亦可略举,如:

1. 倒置法:

或为加强语气,或为谐韵而倒置者,前已略举数例,今再举他例如下:“尧不姚告”:顺言是“尧不告姚”。“干协时舞”:顺言是“舞以干协”。“何恶辅弼,谗谄是服”:为使“服”谐上“弼”韵,否则顺言是“何恶辅弼,而服谗谄”。“吴光争国,久予是胜”:此以“胜”谐后“陵”韵,否则顺言是“吴光争国,久胜于予”等。

2. 联叠法:

可使形象简炼,音节匀称,具音律之美,如“闵妃匹合”:为四字同义单词平列连用,

“闵妃”，闵，婚之同音借字。妃，配之本字。匹合，亦婚配义。如“明明暗暗”：指昼明夜暗。又如“冥昭瞢暗，谁能极之”，冥昭瞢暗，皆言混沌未辟之象，四字同义，即为联叠之例。

3. 夸饰法：

借艺术加工，耸动视听，增强艺术魅力。如“圜则九重”，指古人想象天体高远，犹如由许多层叠合。如“女歧无合，夫焉取九子”，指女歧未有丈夫婚配，竟生育许多子女。又如：“隅隈多有，谁知其数”？指天地广大，角落甚多，确实无人能知其数等。

4. 比拟法：

联想为比拟之桥梁，通过比拟，可以表现人们之想象力，创造意境，使许多事物，变得富有艺术魅力。如以物拟人者，若“玄鸟致贻，女何喜”，其中“贻”即是以人之动态写物，即属拟人。以物拟物者，若“何阖而晦？何开而明”？其中“开”、“阖”，即是以物拟物之手法，将对一般事物之动作，施诸于天体等。

5. 比喻法：

运用比喻，可将抽象、深奥之事理，具体化，浅显化，可收点平为奇，化入为出之作用。《天问》中，亦多所运用，如“何繁鸟萃棘，负子肆情”？繁鸟，鸮也，王逸注引有鸮萃止为释。肆情，言纵其情欲，游国恩以为此“屈子用诗文为辞，意谓淫秽之行，人未有不知者”（《天问纂义》），可知此乃运用比喻之法。又如“苍鸟群飞，孰使萃之”？苍鸟乃喻武王所率诸侯之师，如苍鸟（即“鹰”）一样，群飞而至。再如“蠭蛾微命，力何固”？此句颇有争议，或谓“蠭蛾”喻百姓，虽微命，而其力何为坚固若是，盖指合力袭逐厉王之事，或喻为小虫，虽微命，然能群策群力，其力又何固耶，不问如何，其为比喻之用，应无疑。

6. 特称法：

故意改变平称之称谓，以收褒贬效果之修辞方法。如“康回冯怒，坠何故以东南倾”？康回，奸邪也，此指共工，乃“特称”法，贬称贬用，亦可谓“借代”，盖屈原在此或以德性代人名。又如“殷有惑妇，何所讥”？惑妇指妲己，谓其以色惑纣，亦属“特称”，贬称贬用。另如“何圣人之一德，卒其异方”？圣人，指下文之梅伯、箕子，为“特称”，褒称褒用。

7. 转品法：

为文时，将某一类品词，移转作别一类之品词来使用者，称为“转品”。如“地方九则，何以坟之”？坟，土之高者，属名词，此处用作动词，乃积土使高之义，故为“转品”之用。又如“厥萌在初，何所亿焉”，萌，《说文》注云，草木发芽，引申泛指发生、初始，本为动词，今在此转名词用，通“氓”，民也，亦属“转品”。再如“胡为此堂”？堂，《说文》注云，殿也，属名词，此处转为形容词用，谓犹堂堂，高显貌，形容仪容之盛，以上例句，均为转品之用。

8. 回环法：

即运用回环往复之语句，表现两种事情或情理之相互关系称之，亦称“回文”。如“阻穷西征,岩何越焉?化为黄熊,巫何活焉”?汤炳正等注《楚辞》,即谓“前两句问羿事,此二句又问鲧事,此乃《天问》文例,对于一代之事,往往用回环往复法追问”(《楚辞今注》)。又如“天命反侧,何罚何佑?齐桓九会,卒然身杀”。汤氏又谓“以上四句言天命反覆无常,究竟何所佑又何所罚?齐桓公有九会诸侯之霸业,而又终于被杀身亡。此段问周代之事,使用了回环叙述法”(《楚辞今注》)。

又或尚有“双关法”,如“何乞彼小臣,而吉妃是得”之“吉妃”,近人程嘉哲以为“有莘当是以吉为姓,《天问》很多双关语,汤娶有莘女子,后来竟作了天子,因此这个词,又含吉利的配偶之意”(《天问新注》)等。“开阖法”,如《天问》之问序,先自天地开辟问起为始,即“开”,末则以楚国人事为问而收笔,即“阖”。或另有“婉曲法”、“擒纵法”、“警策法”、“呼告法”、“直陈法”、“截断法”等,可谓参伍以变,错综灵动,集修辞技法之大观,令人不得不感佩屈原之一支生花妙笔。

四、结语

屈原是一位“千古奇人”(明·李陈玉《楚辞笺注》),其坎坷之生命历程,是有血有泪,可歌可泣,可谓“绝世之奇事”。所创作之奇文《天问》,以其“博而赡”(明·汪瑗《楚辞集解序》)、“辞严义密,最为难诵”(宋·黄伯思《翼骚序》),以致不论是创作动机、创作时、地,篇题释义、如何完成、字句训诂、体制结构、内容思想、文学价值等等问题,莫不引起后世学者之争讼纷纭,难有定论,不过屈原是奇人,其事是奇事,其《天问》亦是奇作,独步千古,是古今学者所一致具有之共识与评价,应为无可争辩之处,后人若欲有所仿作,恐怕是望风披靡,追之莫逮,即如明·汪瑗云:

> 盖楚山川奇,草木奇,故原人奇,志奇又文奇,发乎辞章,敻立千古,沿规袭武,无能仿佛其片言(《楚辞集解·自序》)。①

汪氏评语中,“志奇又文奇,发乎辞章,敻立千古”一句,誉美屈原其志、其文,如其所言,确为高见。而有关《天问》创作时地,及如何产生,又或创作动机等种种疑点,个人亦在前节中,略表管见。至于《天问》是否为文学作品,又是否有其价值,个人自文学之四大要素、四大特质,即思想、感情、想象、技巧(文字、形式)四项,加以检视,加以论证,判定其确为极高明而杰出之文学创作,亦为文学史上独一无二、难得一见,文学评价极高之作品,或可据以确定。至于后半再稍加举证《天问》之修辞艺术,更是以此证明《天问》之修

① (明)汪瑗:《楚辞集解》,古籍出版社,1994年1月第1版,《自序》,第40页。

辞手法，确实变化多端，多彩多姿，衡之他人，实难与之相比，明·孙矿亦曾评道：

或长言、或短言、或错综、或对偶，或一事而累累反复，或联数事而镕成片语。其文或峭险、或淡宕、或佶倔、或流利，诸法备尽，可谓极文之变态。①

孙氏所评，正是见得深入之精辟高论，"极文之变态"一语，可谓是洞见屈原用字、遣词、造句、写法之妙处总评。细读《天问》，虽有些字句训诂、神话故事，尚难定论，惟其中文脉起伏，但觉波澜纵横，风云奇变，似乎是作者屈原将天地开辟起，至夏商周三代，以迄吴、秦、楚之史事，亿万年来之沧桑史，予以解剖，予以诘问，千奇百怪，难以让人回应作答，其实此正是"千古诗神"屈原之胸中丘壑，腕底风云，写半生块垒，完成此一篇万世不朽之诗篇，再无他人能及。东汉·王逸曾赞颂屈原云：

故智弥盛者，其言博，才益多者，其识远。屈原之词，诚博远矣。②

屈原创作之《天问》，确如王逸所评，是"博远"，是精深博大，是有文学以来之"创格"，"怪怪奇奇，邈焉寡俦，卓乎高品"（《诸子汇函》引杨慎语），虽有云雾，不过"屈子千古奇才，加以忠孝之思，吐于至性"（杨金声《楚辞笺注定本序》），有至性，方能蕴真情，蕴真情，乃有至文。尤其《天问》"每一问发人多少想路"，"掀开天地间无数文人胆识"（陈本礼《屈辞精义》引金蟠语）③，影响之巨大，百世无匹，更是弥足珍贵矣。

① 司马迁等著：《楚辞评论资料选》，长安出版社，1988年9月初版，摘录（明）孙矿（引自明·蒋之翘）：《七十二家评楚辞》评语，第419页。

② 王逸：《楚辞章句》、洪兴祖：《楚辞补注》，大安出版社，1995年6月出版，《离骚经·后叙》，第71页。

③ 陈本礼：《屈辞精义》，广文书局，1971年12月再版，卷之二《天问》，摘录金蟠评语，第33页。

屈原《天问》与古人“天体观”

江苏东台市地震局　吉家林

所谓古人“天体观”,相当于今人之“宇宙观”。屈原对古人“天体观”有许多不解和怀疑之处,故而在其代表作《天问》中进行了一系列的述问。《天问》开篇之首问为:“曰遂古之初,谁传道之?”紧接首问之后,屈原用52句诗句(简称“天体观”诗句)提出了32个关于“天”的问题。在52句(32问)“天体观”诗句中,前26句(17问)是对古人“天体形观”的质疑,后26句(15问)是对古人“天体神观”的质疑。

一、《天问》“天体观”诗句的层次

(一)“天体形观”诗句的层次

《天问》中述问古人“天体形观”诗句共有26句(17问),这些诗句可分为两个层次:

“上下未形,何由考之?冥昭瞢暗,谁能极之?冯翼惟像,何以识之?明明暗暗,惟时何为?阴阳三合,何本何化?”10句(5问)为第一层次,述问的是古人时间尺度上的“天体形观”。

“圜则九重,孰营度之?惟兹何功,孰初作之?斡维焉系?天极焉加?八柱何当?东南何亏?九天之际,安放安属?隅限多有,谁知其数?天何所沓?十二焉分?日月安属?列星安陈?”16句(12问)为第二层次,述问的是古人空间尺度上的“天体形观”。该层次还可分为两节,第一节为前8句(6问),是对古人纵向空间“九层天说”的述问;第二节为后8句(6问),是对古人横向空间“九块天说”的述问。

(二)“天体神观”诗句的层次

《天问》中述问古人“天体神观”的诗句共有26句(15问),这些诗句可分为四个层次:

“出自汤谷,次于蒙汜。自明及晦,所行几里?”“羿焉彃日?乌焉解羽?”和“天式从横,阳离爰死。大鸟何鸣?夫焉丧厥体?”10句(5问)为第一层次,述问的是古人“太阳神观”。

“夜光何得,死则又育?厥利维何,而顾菟在腹?”4句(2问)为第二层次,述问的是古人“月亮神观”。

“女岐无合，夫焉取九子？伯强何处？惠气安在？何阖而晦？何开而明？角宿未旦，曜灵安藏？”8句(6问)为第三层次，述问的是古人“星宿神观”。

“蓱号起雨，何以兴之？撰体胁鹿，何以膺之？”4句(2问)为第四层次，述问的是古人“风云神观”。

二、《天问》“天体观”诗句的注译

(一)字词注释

“圜则九重”中的“圜”

洪兴祖《楚辞补注》：“圜与圆同，《说文》曰‘天体也’。”朱熹《楚辞集注》：“圜，谓天形之圆也。”洪、朱之释虽无误，但未尽善也。《晋书·天文志》引《周髀算经》：“天似盖笠，地法覆盘。天员(圆)如张盖，地方如棋局。”斛律金《敕勒歌》：“天似穹庐，笼盖四野。”杨炯《浑天赋》：“天如倚盖，地若浮舟。”上述文献之说反映了中国古人“盖天说”和“天圆地方说”的宇宙观。按古人之说，天的空间形状如同圆穹形的盖子，笼罩着平坦的四方形大地。由此可见，“圜”的空间形状并非通常所说的圆平面，而是圆穹形的曲面，形如立体几何中的半球面或球冠。因此，我释“圜”为“圆穹形的天盖”。

“九天之际”中的“九天”

朱熹《楚辞集注》：“九天，即所谓‘圜则九重’者。”朱熹的见解是错误的，“九天之际”句中的“九天”与“圜则九重”句中“九重圜”的空间体系是不相同的。中国古人是从三维空间尺度上来描述“天体形态”的，一方面在纵向空间尺度上将“天体”设想为“九层”，即“圜则九重”；另一方面又从横向空间尺度上将“天体”划分为“九块”，即“九天”。因此，我释“九天”为“横向空间上的九块天”。

“斡维焉系”中“斡维”

注家对“斡维焉系”句中“斡维”的解释不一，大体上有三种说法：

一说以王逸为代表。王逸《楚辞章句》：“斡，转也；维，纲也。言天昼夜转旋，宁有维纲系缀其际？”当今学者认为，“纲”的本义为总绳，引申为对事物起决定作用的部分，故“斡”指天体的运转，“维”则指决定、制约天体运转的枢纽。按此说，“斡维焉系”之意为“真有制约天体运转的枢纽系缀着昼夜转旋的天吗？”

二说以丁晏、闻一多为代表。丁晏《楚辞天问笺》、闻一多《天问疏证》释“斡”为蠡柄、杓柄(斗柄)，均指北斗七星柄部的三颗星；“维”指绳子。按此说，“斡维焉系”之意为“斗柄的绳子到底拴系在哪里？”因《汉书·天文志》中有“斗柄后有三星名曰维星”之说，故当今学者又将古人的“天体运转模型”解释为：“斗柄是天体运转的枢纽；维星就像一根绳子，上端系在天极，下端系在斗柄；斗转则维转，维转则整个天体都随之而转。”

三说以汤炳正、李大明等为代表。汤炳正、李大明《楚辞新注》认为,古代“盖天说”中有“天似盖笠”之说,故“斡”指伞盖顶端的保斗,“维”指盖(伞盖)橑(盖弓,即盖篷的骨架)间相连系的绳索。

我认为,“斡维焉系”句是屈原对古人“盖天说”和“天圆地方说”的质疑。因为,“盖天说”和“天圆地方说”中最不可理喻的问题是,圆穹形的天怎样与四方形的地相吻合?正因如此,东汉时的张衡才会改进古人之说,提出“浑天如鸡子(指鸡蛋),地如卵中黄(指鸡蛋黄)”的“浑天说”,从而把天和地比作鸡蛋和蛋黄的关系。身为先秦的文学家和思想家,屈原自然也会对古人“盖天说”和“天圆地方说”中的缺陷产生怀疑,从而发出“斡维焉系”之问。

洪兴祖《楚辞补注》亦释“斡”为转,但指出“斡”音“管(guān)”而不音“乌活切(wò)”;又释“维”为“四维”,指东北报德之维、西南背阳之维、东南常羊之维和西北蹄通之维,并指出“天圜地方,极植中央”。《淮南子 · 天文训》“天柱折,地维绝”;《史记 · 三皇本纪》“天柱折,地维缺”。参洪兴祖及古代文献之说,我释“斡(guān)”为“旋转”,指旋转的圆穹形天;释“维”为“地维”,指四方形地的四个角。

“隅隈多有”中的“隅隈”

注家通常释“隅隈多有”中的“隅”为角落、“隈”为弯曲。按几何学定义,我释“隅”为交角、“隈”为曲边。

“天何所沓”中的“沓”

王逸《楚辞章句》:“沓,合也。言天与地合会何所?”王闿运《楚辞释》:“沓,重也。”游国恩《楚辞论文集 · 屈赋考源》:“按,‘沓’借为‘踏’。《说文》:‘踏,践也。’盖谓天际所到的地方何在。”由此可见,注家对“沓”的注释是有差异的,王逸释为“会合”,王闿运释为“重合”,游国恩释为“践踏”等。我的曾祖吉城在《楚辞甄微》中说:“沓,冒也。《诗 · 邶风 · 日月》:‘下土是冒。’《传》:‘冒,露也。’《易 · 系辞上》:‘夫易,开物成务,冒天下之道。’”我取吉城释“沓”为冒之说,“冒”有显露、统括等意,我释“沓”为显露。

“羿焉彃日”中的“羿”

中国古人对羿的传说是多样化的:有说羿是上古“五帝”时的一位神奇射手,帝喾(帝俊)曾赐弓箭给羿,让他体恤民间、造福于民,羿用弓箭射杀了猰貐、凿齿、九婴、大风、封豨、修蛇等害人的动物;又说羿是天神,帝尧时有 10 个太阳同时出现在天上,植物枯死、民无所食,被羿用神箭射落了其中 9 个;又说羿是夏初东夷部族的首领、有穷国国君,他与夏王朝争霸,赶走了夏王太康而统治中原,由于他酷爱狩猎、荒淫残暴、不理民事,故而被部下寒浞等合谋所杀(有说是被家众或徒弟所杀)。鉴于传说中的羿有多重身份,《楚辞》注家往往将羿分为天神羿、有穷羿(夷羿)、尧时羿、太康时羿等。《天问》“羿焉彃日”中的“羿”当指神话传说中的“天神羿”。

“阳离爰死”中的“阳离”和“大鸟何鸣”中的“大鸟”

《楚辞》注家对“阳离”和“大鸟”的解释不一,我释“阳离”为脱离了天上的阳气;释“大鸟”为太阳中的神鸟,即古代神话传说中栖息在太阳里并负载太阳神运行的“三足乌”。

“顾菟在腹”中的“顾菟”

按传统《楚辞》注家之释,“顾”为顾望,旋视;“菟”为兔(王逸、洪兴祖之释)、蟾蜍(闻一多之释)或蟾蜍与兔(吉城之释)。1972 年在长沙马王堆 1 号汉墓出土的帛画里,发现了蟾蜍和兔子并见于月腹的图像。该墓年代属西汉前期,即公元 2 世纪后半叶。1978 年在湖北随县擂鼓墩曾侯乙墓出土的漆衣箱图像里,发现了象征月亮的头似虎而身尾似兔的兽形。从葬制及出土文物考查,该墓年代为战国初期,约公元前 433 年或稍晚。据此,汤炳正、李大明等《楚辞》学者认为,“顾菟”即楚人所谓“于菟”,指的是虎。

“女岐无合”中的“女岐”

《楚辞》注家对“女岐”的解释不一,王逸释“女岐”为神女,说她没有丈夫却生了 9 个儿子;徐焕龙等释“女岐”的“释教之号”为“九子母”;吉城释“女岐”为歧母、女丑,是兽类,居于太阳之下、山顶之上的高空处,其状如蟹、如手,呈歧形(即分叉状);萧兵等按“九子母”之说,释“女岐”为天上“尾为九子”的“九子星”。萧兵之释较能体现古人的“星宿神观”。

“伯强何处”中的“伯强”和“惠气安在”中的“惠气”

当今《楚辞》注家释“伯强”为“隅强(禺强)”,认为古代神话传说中的“伯强”原为北方的风神,后又演化为东方的箕宿星神,其动物化身为“鲲鹏鸟”。

按《尔雅·释天》、《淮南子·地形训》、《吕氏春秋·有始览》之说和闻一多之释,“惠气”为凉风、寒风、厉风;按王逸、洪兴祖、吉城之释,“惠气”为和气、顺气、仁气。古代文献和注家对“惠气”的两类不同解释,反映了古代神话中“伯强”的两种不同身份,“凉风、寒风、厉风”之说体现了“伯强”北方风神的特征,而“和气、顺气、仁气”之说则体现了“伯强”东方箕宿星神的特征。我按“伯强”箕宿星神的身份,释“惠气”为“和顺之气”。

“蓱号起雨”中的“蓱号”

《楚辞》注家对“蓱号”的解释不一。王逸释“蓱”为蓱翳,指雨师名;释“号”为呼。洪兴祖在补注《天问》时释“蓱号”为屏号,又称之屏翳,为天神使——雨师;但在补注《九歌·云中君》时又释“屏翳”为云神丰隆。吉城释“蓱”为屏翳,并指出屏翳非雨师而是云神。

1977 年,在湖北江陵天星观一号楚墓出土了一批记录楚人祭祀及卜筮情况的竹简,其中记载了楚人祭祀“云君”事,经当今学者肯定,“屏翳”为云君(云中君),即楚人心目中的云神。由此可见,当释“蓱号”为云君屏翳。

“撰体胁鹿”中的“撰”

《楚辞》注家对“撰体胁鹿”的解释不一,王逸释为“一身八足两头的天撰十二神鹿”,吉城释为“前足鹿、后足兔的邛邛岠虚”等。之所以有歧解,是因为没有将“撰体胁鹿”中的“撰”的含义弄清。《三辅黄图》中有“鹿身雀头合为一体的神禽飞廉”之说,《吕氏春秋》中称“飞廉”为风师,通常称之谓风伯。我取游国恩《天问纂义》“撰通巽”之说,释“撰(巽)”为八卦中的“风卦象”,指的是“风伯飞廉”。“体”为身体,“胁”为身体两侧从腋下到腰上有肋骨的部分(据蒋骥《山带阁注楚辞》),故“撰体胁鹿”之意为“风伯飞廉为雀头鹿身合体且翅膀长在肋骨两侧。”

“何以膺之”中的“膺”

《楚辞》注家对“膺”的解释不一。王逸、洪兴祖等释“膺”为受、当;吉城释“膺”为胸;我释“膺(yīng)”通应,指回应、呼应。

(二)诗句译文

《天问》“天体形观”诗句的译文

天地尚未形成之时,人们能从何处考察那时的状况呢?昼夜不分时到处模糊昏暗,有谁能穷究那时的根底呀?宇宙浑沌时元气充盛弥满无定形,凭什么去辨识那时的景象呀?天地既分后白天明亮、夜晚黑暗,为何是这个样子呢?若说阴气与阳气渗合而衍生万物,这阴阳二气中何为本始、何为化生呢?

若说圆穹形天盖的形制在纵向空间上有九层之高,这是谁环绕着天穹测量出来的呀?构建此“九层天”是何等之功业,这是谁最初制作的呀?旋转的圆穹形天与四方形地的四个角是怎样联缀的?最高层天的顶端是怎样安放的?地上八根撑天的柱子对着天的何方?大地的东南方为何低陷?

若说圆穹形天盖在横向空间上分为九块,这“九块天”的边际是怎样设置、如何连接的?“九块天”的连接之处当有很多交角和曲边,有谁知道其详细数目呀?天是从何处显露出地面的?太阳与月亮一年十二会的“十二辰”是如何划分的?运行的太阳和月亮是怎样附着在天上的?众多星宿是如何陈列于“九块天”的?

《天问》“天体神观”诗句的译文

传说太阳神每天早晨从东方的汤谷出发,夜晚则息宿于西方的蒙汜。从天亮到天黑这段时间内,太阳神所行走的路程是多少里?天神羿是如何箭射太阳神鸟的?那太阳神鸟“三足乌”翅膀上的羽毛是怎样散落的?自然法则与规律无处不在,万物脱离了天上的阳气就会死去。那太阳神鸟为何要鸣叫?它怎么就丧失了自己的躯体呢?

月亮神得到了什么灵丹妙药,竟能每月死一次而后又复生?月亮神贪图的是什么,而抱只老虎在怀中呀?

传说神女女岐没有婚配,她如何生出“九子”而衍变为尾宿星神的?主管北风的风神伯强究竟居住于何处？伯强衍化为东方箕宿星神后所吹的和顺之气又从何而来？什么东西一关闭天就黑？什么东西一开启天就亮？在角宿二颗星之间的东方天门未开启、天尚未亮时，太阳神躲藏在哪里？

传说云君屏翳能起雨，他是怎样发动的？传说风伯飞廉为雀头鹿身合体且翅膀长在肋骨两侧，它是如何呼应云君起雨的？

三、演绎与评说古人“天体形观”

（一）演绎古人时间尺度上的“天体形观”

“上下未形、冥昭瞢暗、冯翼惟像、明明暗暗、阴阳三合”是《天问》“天体形观”诗句中的五句。这五句诗反映了古人在时间尺度上对天地成形前后“天体形态”的想象和描绘。我参照现代“宇宙时间观”，依照这五句诗意，按宇宙演变时间的顺序，对古人时间尺度上的“天体形观”作如下演绎：

“冯翼惟像”的演绎

“冯翼惟像”之意是“元气弥漫、宇宙浑沌”。英国著名天体物理学家史蒂芬·霍金（StephenW. Hawking）在《时间简史》中指出：“宇宙初始时没有有形的物体，只有“量子态”的基本粒子和自然的力，基本粒子在“量子态”时处于一种浑沌泡沫状态。参照这种现代“宇宙时间观”，我们可将古人想象的“元气弥漫、宇宙浑沌”的“天体形态”，演绎为150亿～130亿年前量子混沌的“初始宇宙”时态。

“阴阳三（参）合”的演绎

“阴阳三（参）合”之意是“阴气与阳气渗合而衍生万物”。按照现代“宇宙时间观”，今天的宇宙是从初始时“量子态”的基本粒子和自然力中产生的，宇宙初始时就有电子、夸克等基本粒子，而夸克很快就衰变成质子和中子。宇宙开始后的1分钟，质子和中子就聚变成原子核；宇宙开始100万年后，电子与原子核相结合而形成原子。因此，可将古人想象的“阴气与阳气渗合”的“天体形态”，演绎为宇宙开始100万年后，初始宇宙中带负电的电子（阴）和带正电的原子核（阳）相结合而形成“原子态”。随着原子的形成，宇宙中逐步衍生出了万物，这包括随后的恒星、星系及星系团的形成，地球跟随着太阳系的形成，地球上生物的出现，等等。

“冥昭瞢暗”的演绎

“冥昭瞢暗”之意是“模糊昏暗、昼夜不分”，究其原因乃是“天上无光、暗无天日”。按照现代“宇宙时间观”，天上的光来自像太阳一样的恒星。因此，可将古人想象的“模糊昏暗、昼夜不分”的“天体形态”，演绎为100多亿年前第一代恒星系形成以前的“婴儿宇宙（baby universe）”时态。

“上下未形”的演绎

“上下未形”之意是“天地尚未形成”。参照现代“宇宙时间观”,可将古人想象的“天地尚未形成”的“天体形态”,演绎为50 亿 ~ 40 亿年前地球跟随着太阳系形成以前的“早期宇宙”时态。

“明明暗暗”的演绎

“明明暗暗”之意是“白天明亮、夜晚黑暗”。按照现代“宇宙时间观”,“白天明亮、夜晚黑暗”乃是地球跟随着太阳系形成以后的“天体形态”。由于太阳发光而地球自转的原因,自从 50 亿 ~ 40 亿年前地球跟随着太阳系形成以后,地球上就有了昼与夜、明与暗交替的景象。

(二)演绎古人空间尺度上的“天体形观”

演绎古人纵向空间“九层天说”

从《天问》“圜则九重,孰营度之? 惟兹何功,孰初作之? 斡维焉系? 天极焉加? 八柱何当? 东南何亏”这八句诗中,我们可以得知,早在屈原生活的战国时期,人们对纵向空间的“天形态”已经有了比较系统的认识,如圆穹形的天在纵向空间上有九层之高,最高层天的顶端乃为天极,旋转的圆穹形天笼盖着四方形的平地,地上有八根柱子支撑着天,等等。我们可将古人的这些认识称之为“九层天说”,此说当源自中国古代的“盖天说”和“天圆地方说”。

为了阐明屈原述问古人“九层天说”的本意,我将上述八句诗意演绎为“屈原与古人的一场辩论会”。在这场“辩论会”中,屈原担当反方代表,他与虚拟的正方(古人)就纵向空间的“天体形态”进行了激烈的辩论。

正方(古人)一辩:我们认为,天是圆穹形的,地是四方形的。

反方(屈原)一辩:天昼夜都在旋转,既然你们说“天圆地方”,那么,旋转着的圆穹形的天怎样才能与四方形地的四个角相联缀呢(即“斡维焉系”)?

正方(古人)二辩:不管怎么说,天都是笼盖着地的,我们暂且搁置对“地方”的认知,先来辩论天体的形态。天体的形态如同圆穹形的盖子,圆穹形的天在纵向空间上有九层之高啊(即“圜则九重”)!

反方(屈原)二辩:凭什么说天高九层,这是谁环绕着天穹度量出来的呀? 再说,构建此“九层天”是何等之功业,这又是谁最初制作的呀(即“孰营度之”和“惟兹何功,孰初作之”)?

正方(古人)三辩:我们辩论的主题乃是天体的形态,谁度量、谁构建天的问题不属此次辩论的范畴,反方代表应尽快回到辩论主题上来。我们认为“天极”是天的极点,位于最高层天的顶端。

反方(屈原)三辩:众所周知,房屋的顶盖必须架设在墙柱之上,所谓最高层天顶端的

“天极”是怎样安放的呢(即“天极焉加”)?

正方(古人)四辩:地上有八根支撑天的柱子,相当于八座高山或八根高耸入云的铜柱,“天极”就安放在这“八柱”之上。

反方(屈原)四辩:八根撑天柱对着天的何方?既然有了“撑天柱”,大地的东南方却为何低陷呢?对于你们古人的“九层天说”,我还有很多疑问呀!既然你们无法解答我所提出的问题,只好暂且将这些疑问汇集到我的《天问》中,留待后人去解疑吧(即“八柱何当”和“东南何亏”)!

由于中国古人的“九层天说”语焉不详,故屈原表示不解,并在《天问》中提出质疑。无独有偶,大约400年后,古希腊的托勒密于公元140年左右提出了“地心说”,从而描绘出一幅惟妙惟肖的“九层天”图像。托勒密认为,我们居住的地球是宇宙的中心,日月星辰均围绕着地球旋转,地球外面有“九层天”,一层层地包围着地球,月球、水星、金星、太阳、火星、木星和土星依次位于前七层天上,第八层天是“恒星天”,“恒星天”外的第九层天则是“最高天”,“最高天”为“众神”居住的地方。

演绎古人横向空间“九块天说”

从《天问》“九天之际,安放安属?隅隈多有,谁知其数?天何所沓?十二焉分?日月安属?列星安陈”这八句诗中,我们可得知,在屈原生活的战国时期,人们对横向空间的“天体形态”也已有了比较系统的认识:如圆穹形的天在横向空间上分为九块(中央一块、八方八块),九块天的连接处有许多交角和曲边,天显露于地面之处乃是天地之交界,附着在天上的太阳和月亮在运行中一年相会12次,陈列在天上的众多星宿分布于九块天,等等。我们可将古人的这些认识称之为“九块天说”,此说当源自中国古人的“九方”概念。

为了阐明屈原述问古人“九块天说”的本意,我对古人“九块天说”的来龙去脉作如下演绎:

> 除屈原《天问》之外,在中国古代《尚书·禹贡》、《周礼·职方》、《吕氏春秋·有始览》、《淮南子·天文训、地形训》、《史记·夏本纪》等文献中,都有“天有九野、地有九州”的记述。中国古人为什么要把天和地都分成“九块”呢?其根源在于中国先民的“五方”概念和在“五方”基础上而发展起来的“九方”概念。

早在商周以前,中原地区华夏部族的先民就认为“自我一族”居住在“中央”,而“周边”则是“四夷”,并由此而建立起“东、西、南、北、中”的“五方”概念。《礼记·王制》中说:“五方之民,言语不通,嗜欲不同。”孔颖达疏:“五方之民者,谓中国与四夷也。”由于“五方”概念的二维空间图(见“五方”示意图)不够完整,古人又在“五方”的基础上增添了“东南、西南、东北、西北”四方,合为“九方”。由于“九方”概念的二维空间图(见“九方”示意图)完整无缺,故而取得共识。当古人建立起“九方”概念后,就凭此经验来推测巨大而不着边际的天和地,从而构思出“天九野、地九州”的“九块天说”和“九块地说”。

“五方”示意图

“九方”示意图

中国古人当初的“九块天说”只是一种构思原则,并无具体分割“九天”的规则。正因如此,屈原才针对古人“九块天说”的缺陷而提出疑问,如“九天之际,安放安属”和“隅限多有,谁知其数”,问的是“九块天”的边界如何连接;“天何所沓”问的是天与地交界于何处;“十二焉分”和“日月安属”问的是运行中的日月怎样附着于天;“列星安陈”问的是众多星宿怎样分布于“九块天”的。

为了弥补古人“九块天说”的一些缺陷,自战国晚期时起,中国观星学者开始将分布在天上的“二十八宿”①分别划属到“九块天”中去了。如《吕氏春秋·有始览》和《淮南子·天文训》中都说:“何谓九野(九天)?中央曰钧天,其星角、亢、氐;东方曰苍天,其星房、心、尾;东北方曰变天,其星箕、斗、牵牛;北方曰玄天,其星婺(须)女、虚、危、营室;西北方曰幽天,其星东壁、奎、娄;西方曰颢(昊)天,其星胃、昴、毕;西南方曰朱天,其星觜、巂参、东井;南方曰炎天,其星舆鬼、柳、七星;东南方曰阳天,其星张、翼、轸。”如此一说,也算是解答了屈原《天问》“列星安陈”的问题。

评说古人“九层天说”和“九块天说”

按照现代“宇宙空间观”,古人的“九层天说”和“九块天说”与当今“可见宇宙”②的

① “二十八宿”指的是“角、亢、氐、房、心、尾、箕、斗、牛、女、虚、危、室、壁、奎、娄、胃、昴、毕、觜、参、井、鬼、柳、星、张、翼、轸”28 个星宿,每个星宿都有若干颗星。中国古人对“二十八宿”的记载最早见于战国初期(西元前 5 世纪),其后,《吕氏春秋》和《淮南子》等文献将“二十八宿”分别划属于“九天”。

② “可见宇宙(the visible universe)”的定义为:我们周围的一个球形区域,半径约为 3 × 1027 厘米(相当于 150 亿光年),自从宇宙开始膨胀以来,光刚好有足够的时间从该区域的外缘到达我们这里。

空间形态并不相符,因而是不科学的。但是,古人从空间尺度上将天分层、分块的构思原则,在当今天文学中仍有其应用价值。例如,根据当今天文学家的实际观测,整个“可见宇宙”空间的星球总数约为1万亿亿颗(1后面加20个0),这些星球分别构成了众多大大小小的“星系”。宇宙中的“星系”是有层次的,从小到大“星系”的层次大体上可分为:卫星系→行星系→恒星系→银河系→河外星系→可见宇宙。再如,天文学上有“天球面”①之说,此“天球面”乃天文学家为划分天上“星座”而假想出来的一个闭合球面,现今国际通用的88个“星座”都是用“天球面座标”来界定其区域的。

四、剖析与演绎古人“天体神观”

(一)太阳神观

按照中国古代“阴阳说”,日为阳、月为阴,故古人视太阳为男性神,从而建立起各种“太阳神观”。

“太阳神行走”之说的实质是“地球自转”

古人不解太阳东升西落的原因,认为大地是不动的,而太阳是行走的,由此而产生了“太阳神行走”的神话传说。传说在大地的东方有一汤谷,又称旸谷、温源谷,这里是太阳升起的地方;而在大地的西极则有一蒙汜,又称昧谷,这里是太阳降落的地方。传说太阳神每天早晨在汤谷沐浴后就开始行走,行走到傍晚时则息宿于蒙汜。

基于古人“地不动而天旋转”的认知,屈原在《天问》中提出“太阳从早到晚行走多少里”的“行程”问题,此即古人所谓的“周天”问题。王充《论衡·谈天篇》言“周天73万里”,《洛书·甄曜度》及《春秋·考异邮》都说“周天107万1千里”,皇甫谧《帝王世纪》则谓“周天积107万913里、径35万6971里(圆周率取3)”等。

按照当代科学观念,太阳以每秒217千米的速度围绕着银河系的中心运行。不过,古人所谓的“太阳行走”问题与太阳绕银河系公转无关,其实质乃是“地球自转”。我们在地球上看好像是太阳每日绕地球运行一个“周天”,而实际上是地球每日自转一周。地球的赤道周长为80110里,地球自转一周就相当于地球赤道上的物体运行了8万多里,这正如毛泽东诗句所言的“坐地日行八万里”。

“太阳神鸟三足乌”之说的实质为“太阳黑子”

对于“羿弹日、乌解羽”之说,除《天问》外其他古代文献中亦有记述。《归藏易》:“羿弹十日。”《淮南子·本经训》:“逮至尧之时,十日并出,焦禾稼,杀草木,而民无所食。尧乃使羿……上射十日。”《山海经·海外东经》:“汤谷上有扶桑,十日所浴,在黑齿北。居

---

① 天文学上假想的“天球面”是以地面观测者为中心、以无限长为半径,在宇宙空间所作的一个“坐标球面”。

水中,有大木,九日居下枝,一日居上枝。"注云:"羿射十日,中其九。"《春秋元命苞》:"阳成于三,故日中有三足乌者。"《淮南子》:"日中有踆乌。"《山海经·海内西经》:"大泽方百里,群鸟所生及所解,在雁门北。"《穆天子传》:"比至旷原之野,飞鸟之所,解其羽。"

按照古人"太阳神观",太阳神是由棲息在太阳里的神鸟"三足乌"负载而行的。"三足乌"又称踆乌、金乌等,其形状像乌鸦,有三只脚爪。因此,"羿弹日、乌解羽"之说乃指"棲息在太阳里的三足乌被天神羿射落而解羽"的神话传说。

"太阳神鸟三足乌"之说的实质为"太阳黑子"。中国古人在长期观察太阳的过程中,发现太阳中有时有斑点,便将其想象为棲息在太阳里的"乌鸦",从而产生了"日中之乌"的神话传说。当今世界公认,首先观察到太阳中黑子现象的是中国人,中国在汉成帝河平元年(公元前28年)时已有了最早的、正确的太阳黑子记录。

按照当代科学观念,太阳是由太阳核、对流层、光球层、色球层和日冕5大层圈所组成。太阳中心的强大能量传输到外层,使外层产生许多剧烈的活动现象,太阳黑子就是其中的一种。太阳的光球层上经常出现一些漩涡状气流,致使光球中间凹进去几百米,形成大小不一的黑窟窿,这就是天文学家所说的"太阳黑子"。太阳黑子由本影和伴影构成,黑窟窿中间特别黑的部分为本影,四周不太黑的部分为伴影。伴影由许多纤维状纹理组成,这些纹理是磁力线造成的。其实黑子本身并不黑,其温度一般也有4000°C~5000°C,但比起周围温度要低1500°C~2000°C,在更加明亮的光球衬托下而显得黑暗。太阳光球上的漩涡形态是黑子群发展到一定阶段时才出现的,当大黑子群具有漩涡结构时,就预示着太阳上将发生剧烈的变化。太阳黑子有11年的活动周期,天文学上通常以黑子出现的多少来表示太阳的活动水准。

"羿射日、乌解羽"之说还可演绎为"恒星解体"

按照当代科学观念,所谓"羿射日、乌解羽"的神话传说可演绎为"恒星解体"。当代科学家提出了一种"宇宙热大爆炸"的模型,认为在宇宙大爆炸100多万年以后逐步产生了第一代恒星系;第一代恒星系中的核聚变反应进行得很快,大约1亿多年后恒星中的氢就被用光而剩下氦,恒星的中心区域坍缩成非常紧致的状态,从而解体为中子星或黑洞。第一代恒星系解体时抛出去的元素形成气体云,经过一段时间后气体云里大部分气体又形成第二代恒星系,而气体云里少量的重元素则聚集在一起形成绕恒星运转的行星。太阳是在第一代恒星系解体后形成的第二代或第三代恒星,它最终也会解体。太阳的寿命约为100亿年,至今已有50亿年,其内部的氢元素还能再燃烧50亿年;50亿年后太阳将会解体为一颗"红巨星",再过几十亿年后则变成一颗半径只有几千英里、密度为几百吨/立方英寸的"白矮星"。

"天上阳气"之说可演绎为"阳光与空气"

《天问》中的"大鸟鸣、丧厥体"与前面的"羿射日、乌解羽"之说相关,仍然是"太阳神鸟三足乌被天神羿射落而解羽"的神话传说。鸟之将亡,其鸣也哀,故太阳神鸟在"解羽"时发出了悲哀的鸣叫声。按照古人"阴阳二气"说,"阳气"上升而成为天,太阳神鸟"三足乌"乃是靠天上的阳气而生存的,脱离了天上的阳气,就会丧失自身的躯体而"解羽"。

按照现代宇宙观,地球是太阳系的一颗行星,是50亿~45亿年前跟随着太阳系而形成的,地球上的一切生物都离不开阳光、空气和水,故人们常言"万物生长靠太阳"。因此,我们可把古人所谓"天上阳气"演绎为"阳光和空气",天上的鸟与地上的人及其他生物一样,一旦"阳离"就会"丧厥体"。

(二)月亮神观

按照中国古代"阴阳说",月亮又称"太阴",故中国古人视月亮为女性神,从而建立起各种"月亮神观"。

"月亮神死则又育"之说的实质为"月相变化"

中国古人把月亮每月的盈亏圆缺想象为"月亮神死则又育",除屈原《天问》外,《归藏》、《山海经》、《淮南子》、张衡《灵宪》等文献中均有"后羿乞药"和"嫦娥奔月"的神话传说。传说讲的是古代有一个射日的英雄叫羿(后羿),为了追求生命的永恒而乞到"不死药";羿的妻子嫦娥(又称常娥、姮娥)偷吃了"不死药"而奔上月亮,因而成了"死则又育"的"月亮女神";从此以后,月亮神死了又能再生,实现了生命的永恒不死。

按照当代科学观念,"月亮神死则又育"之说的实质为"月相变化",即人们在地球上所见的月球盈亏圆缺之变化。由于月球本身不发光,因反射太阳光才被我们看见,在月球绕地球而地球又绕太阳运转时,三者相对位置在改变,当月球恰好运转到地球和太阳之间时,月球以黑暗半球对着我们,因此看不见它,这时的月相叫新月;到月球和太阳在正相反的方向时,便可看到整个月面,这时的月相叫满月。月相更替的周期平均等于29.5天,即一个朔望月。

"月亮神顾菟在腹"之说的实质是"月面凹凸"

人们在满月时都能看到月亮中有一大块弯弯曲曲的阴影图像,古人就凭感觉将"月中阴影"臆想为在月亮中生活的某种动物,并由此而产生了各种神话传说。传说嫦娥奔月后终年住在月中"广寒宫"内,她为了解除寂寞,就在宫中豢养了一只玉兔(或说是蟾蜍、老虎)并时刻抱在怀中。屈原怀疑"月亮神顾菟在腹"的传说,因而在《天问》中提出"厥利维何"的问题。

就同类神话的不同传说而言,把"月中阴影"想象成兔子、蟾蜍或老虎等,都是古人头脑中"月亮神观"的反映。按照当代科学观念,"月中阴影"产生的原因是:由于月球的自转周期和它绕地球公转的周期相等,故月球永远以同一面对着地球。月球对着地球的一面上有"海(实际是平原)"、环形山、月面辐射纹和山系等结构,致使月面凹凸不平。月球的背面和正面结构有相当大的差别,"海"的面积小,而环形山较多。人们在"满月"时之所以能看到“月中阴影”,是因为月球正面(即对着地球的一面)凹凸不平而产生的视觉效应。

(三)星宿神观

古人把天上的日月星辰均视为“天体神”,故古人除“日月神观”外,还有“星宿神观”。《天问》中的“女岐(尾宿)、伯强(箕宿)、角宿”等都是中国古代“二十八宿”中的“星官”①,而在古人心目中都是天上的“星宿神”。

“女岐无合生九子”之说的实质为“尾宿有9颗星”

古人神话传说中的“女岐”乃“尾宿星神”,尾宿是“二十八宿”中东方苍龙七宿的第六宿,亦称天鸡、析木。因为“尾宿”有星9颗,古人就凭感觉将这9颗星臆想为尾宿星神“女岐”的9个儿子。若按“女岐由神女衍变为尾宿星神”之传说,把“尾宿”的9颗星喻为尾宿星神的“九子”,这在神话传说或文学修辞上都是说得通的。因此,“女岐无合生九子”之说的实质为“尾宿有9颗星”。

“伯强发惠气”之说可演绎为“箕星幅射粒子流”

古人对于“伯强发惠气”的神话传说是有其演变过程的。按《淮南子》之说,“伯强”即隅强,为“不周风之所生”,故古人传说“伯强”是北方的风神;按《书·洪范》之说,箕星是好风之星,故古人又将传说中的北方风神“伯强”演化为东方好风的星神“箕宿”,并以为“伯强”能发出“惠气”。

按照当代科学观念,地球上的风是空气流动而形成的,西北风寒冷、东南风柔和;箕星或其他一些星球上的所谓“风”或“气”,则是指星球向外辐射的“粒子流”,如“太阳风”就是“日冕”因高温膨胀而向外抛出的粒子流。日冕是太阳大气的最外层,由极稀薄的带电气体——等离子体所组成。当其中粒子速度足够大时,就会摆脱太阳重力场,以高温带电粒子流状态向外扩散而形成太阳风。太阳风是1958年由人造地球卫星测得,并为美国科学家派克等人首先发现。1962年,从“水手2号”探测器获得的资料中进一步证实了太阳风的存在。太阳风不停地“吹”向行星际空间,运动速度很快,低速达150万千米/小时,高速达300万千米/小时,如此之高的速度从何而来,天文学家至今未能作出满意的解释。

箕宿是“二十八宿”中东方苍龙七宿的末一宿,有星4颗,即国际通用星座“人马座”的“γ、δ、ε、η”四颗星。箕宿的星球是不可能发出“惠气”的,如果真有“箕星风”向外“吹”,那一定是相当激烈而可怕的。

① 中国古代的“星官”相当于现代天文学中的“星座”,中国古代“二十八宿”中的“星官”尾宿、箕宿、角宿,在当今国际通用“星座”中乃为天蝎座、人马座和室女座中的若干颗星。

“角宿与天门开阖”之说的实质为“太阳发光和地球自转”

按中国古人传说，天上有四大天门，其中“东天门”位于“角宿”的两颗星之间，当角宿星神打开天门后地上就明亮，阖上天门后地上就晦暗。剖析“角宿与天门开阖”之说的起因有二:其一，因为“角宿”是“二十八宿”中东方苍龙七宿的第一宿，位于太阳最先升起的地方，古人因此而将“角宿”想象为东方的“天门神”；其二，古人依据日常观测经验，把太阳每天的“升起与降落”联想为太阳神进出天门，从而把地上明晦的原因归结于天门的开阖。

“角宿”有星2颗，又叫“角二星”，在国际通用星座中，“角二星”为“室女座”的α、ζ两颗星，其中α星(角宿一)距地球260光年。星座图像中的“角二星”虽然位于东方，但在这二颗星之间并不存在“天门”，古人“天门开阖，地上明晦”的传说是不科学的。

按照现代宇宙观，“天”是敞开的，“曜灵(太阳)”一直在天上运行，并未躲藏起来；而地上“晦明交替”的原因是太阳发光和地球自转。由于地球每天自转一周，故而在天“未旦(未亮)”时，中国人居住的东半球背着太阳，见不到阳光，但此时的西半球却是阳光灿烂。

(四)风云神观

人类之初，先民对天气变化缺乏理性认知，把“风云雷电”也当成“天体神”而加以崇拜，从而建立起“风云神观”。《天问》中起雨的“蓱号”和呼应起雨的“撰体协鹿”，就是古代神话传说中能号令起雨的“云君屏翳”和雀头鹿身能飞能奔的“风伯飞廉”。

“风伯、云君、雷公、电母、雨师”都是古代先民所崇拜的“天体神”，由于“风云雷电雨”五者互相关联，故在原始神话思维中，它们之间往往互相转化、互相替代、互相混淆。从字面上看，“丰隆”是模拟雷声，应是雷神；“屏翳”即蔽翳，是形容云起遮天蔽日的情状，应是云神；从形体上看，雀头鹿身能飞能奔的“飞廉”当为风神。然而，在古代神话传说中，云神“屏翳”有时被看作雨神，而雷神“丰隆”有时却被看作云神。

按照古人“风云神观”，云君发动起雨时需要风伯、雷公和电母的呼应，故《天问》“何以兴之”和“何以膺之”之问，体现了“风云际会”和“云腾致雨”之意。按照科学常识，风起云涌、电闪雷鸣、行云布雨等并非天神所为，而是自然现象。

五、对古人“天体观”的综合评述

远古先民普遍认为万物有灵，他们将“日月星辰、风云雷电”等一切天上的事物统视为“天体神”，并且在意识中建立起形形色色的“天体神观”。其后，古人通过对“天体形态”的长期观察与设想，又建立起各种各样的“天体形观”。随着古人“天体神观”与“天体形观”的互渗互补，从而形成了古人“天体观”系统。

到了屈原生活的战国中晚期,古人的“天体观”已上升为理论,天文和历法也已形成体系:流传着甘德、石申和巫咸[①]三家“星官”图,能识别的“星官”已有 100 多个(含恒星 800 多颗),并具体记载了“星官”中的“二十八宿”;知道了太阳和月亮的一般运行方式,有了较准确的“年(阴历)、岁(阳历)、月、日”的时间概念和相应的“历法”,并能制作“圭表”[②]来测量“日影”等。但是,面对高大而神秘的“天”,战国时的古人仅凭肉眼观察和简易的“圭表”测量,对“昼夜明暗、月光盈亏、星系分布、风云起雨”等天文、气象现象的本质和原理,均难以作出科学解答,即使有所解释,也往往是按传说来演化,凭感觉去臆想,靠经验作推测等。

屈原对古人“天体观”有所不解并产生怀疑,他在《天问》中针对古人“天体观”中的一些缺陷、漏洞和疑点,提出了好多涉及天文和气象方面的问题。屈原对古人“天体观”的大胆怀疑,充分显示出他“上下求索”的精神。在先秦时代,屈原的文学水准是首屈一指的,但由于历史条件的限制,他和其他古人一样不可能有科学专长,对于浩翰的宇宙和深奥的天文、气象问题,他也是能提问而不能解答的。

今非昔比,人类智慧和社会的发展推动了自然科学的飞速进步,今人对宇宙和地球的认知程度比之古人已不可同日而语。由于射电天文望远镜、人造卫星、太空船等现代化工具的研制和使用,今人的视野和活动空间迅速扩大,宇航员已漫步月球,航天器已登陆火星,天文学家的目光已从太阳系内拓展到银河系外,科学家们已知晓了“日月星辰”的运行规律,掌握了“风云雷电”之变化原理,等等。正因如此,应用当今最新宇宙和地球科学,参照现代宇宙观,对古人的“天体观”进行实质剖析与科学演绎,正确解答屈原《天问》中的天文和气象问题,都是很有必要的。

古人的“天体观”虽然不科学,但人类至今尚未能完全揭开整个宇宙时空的奥秘,今人对广义的“天”仍有未知感和神秘感。正因为今人对“天”仍有许多疑问,故宗教界乃至民间就有很多人信仰虚无的“天神”、向往缥缈的“天堂”,大家对无法搞清的事物或无法解释的问题,也往往无可奈何地说“天知道”。因此,今人不应苛求古人“天体观”中的荒诞与谬误,而应着重于探索古人“天体观”的“本原”,寻觅古人闪光的“灵感”。

---

① 甘德和石申都是战国中期的天文学家,巫咸是商代大巫、占星家。

② 3000 多年前的西周初期,周公旦已在河南阳城(今河南登封告城镇)设立了测量“日影”的八尺高“圭表”。

《九章》研究

《涉江》中“伍子”为子胥考

中国传媒大学　姚小鸥

《涉江》中有“伍子逢殃兮,比干菹醢”一句。王逸《楚辞章句》:“伍子,伍子胥也。为吴王夫差臣,谏令伐越,夫差不听,遂赐剑而自杀。后越竟灭吴,故言逢殃。”①自宋代李璧始对此加以质疑,他认为伍子胥“于吴实貔虎,于楚乃枭鸱”。伍子胥既是楚国的“国贼”,屈原绝不可能称许他,并认定此“伍子”当指伍子胥的父亲伍奢和兄长伍尚。其后魏了翁引用李璧的意见说:“子胥挟吴败楚,几墟其国。三闾同姓之卿,义笃君亲,决不称胥以自况也。”②近代学者多以此立论。如刘永济先生说:“子胥于吴诚忠矣,然教吴伐楚,残破郢都,鞭平王之尸,自此之后,吴楚构兵不休,贻害楚国甚大,实乃楚之逆臣,屈子决无以忠许之之理。此‘伍子’当属伍奢。”③刘永济先生还据此判断《九章》相关篇章如《惜往日》与《悲回风》的作者归属。力之先生撰文力主“伍子”是子胥而非伍奢等人,实为有见,但对屈原咏叹子胥一事仍不得其解。他在论文的结尾中说:“李璧之说并非一无是处,不过这不在其结论,而在其能促使后人深入思考:屈原既为楚的忠臣,他何以称颂伍子胥?”④

伍子胥是否是“国贼”?对此,陈子展先生认为不能用后世狭隘的爱国思想或民族主义作为判断尺规。他指出:“王土王臣的观念,中国一统、天下一家、四海之内皆兄弟的思想,早已成为思想领域上的统治思想,这在无形中压住了褊小的地方观念、狭隘的爱国思想。……在那一时代里,这一国的人材一点不避嫌疑的出仕那一国,那一国的君主一点不生猜忌的延揽这一国的人材。楚材晋用、朝秦暮楚,不算一回事。”⑤陈子展先生不赞成将伍子胥视作国贼,确属有见,但其论证尚未切中问题要害,故不能十分服人。

事实上,由于家族之仇而与故国为敌者,先秦时期并非罕见,即在楚国,即为屈氏,亦有著例。《左传·成公七年》记载楚子重、子反杀害申公巫臣的族人,继而又霸占他们的

---

① 洪兴祖:《楚辞补注》,中华书局,1983 年,第 131 页。

② 这一论断最早由李璧提出,后经魏了翁在《鹤山渠阳经外杂抄》引用而为世人所广泛知晓。(参见熊良智:《〈楚辞·九章〉真伪疑案的一段文献清理》,《文献》,1999 年第 2 期)。

③ 刘永济:《屈赋通笺》,中华书局,2007 年,第 184 页。此外还有许多学者作如是说。参见雷庆翼:《楚辞正解》,学林出版社,1994 年,第 391 – 394 页。

④ 力之:《〈涉江〉的“伍子”为“伍子胥”无误辨》,《云梦学刊》,2002 年第 4 期。

⑤ 陈子展:《楚辞直解》,江苏古籍出版社,1998 年,第 538 页。

财产。[①] 申公巫臣发誓要使二人“奔命以死”。其后巫臣果然“教吴乘车,教之战阵,教之叛楚”。家族利益与国家利益矛盾时,古人往往以家族利益为重。这种宗亲重族的思想深刻反映了当时的伦理观念。《大戴礼记·曾子制言》篇说:“父母之仇,不与同生;兄弟之仇,不与聚国;……族人之仇,不与聚邻。”[②]此类论述亦见于近年公布的出土文献。《郭店楚简·六德》篇说:

为父绝君,不为君绝父;为昆弟绝妻,不为妻绝昆弟;为宗族杀朋友,不为朋友杀宗族。[③]

所谓“为父绝君”,是建立在血缘关系上的伦理判断:父子之间血脉有亲,不可断绝;君臣之间没有这种血缘关系,因而可去可绝。[④] 由简文,可知当父子所代表的家庭关系和以君臣所代表的社会关系发生冲突时,“要以家庭关系为上。为什么?因为‘先王之教民也,始于孝弟’,‘孝,本也’。社会关系是建立在家庭关系之上的”。[⑤] 这与《孝经·开宗明义章》引孔子所言“夫孝,德之本也,教之所由生”[⑥]的内涵一致。强调父子之亲胜过君臣之义,学者指出,“这是儒家本来的说法”[⑦]。《礼记·哀公问》记载鲁哀公向孔子请教为政之道,孔子回答说:“夫妇别,父子亲,君臣严。三者正,则庶物从之矣。”[⑧]相似的说法亦见载于《大戴礼记·哀公问于孔子》篇。[⑨]《郭店楚简·六德》篇说:“夫夫、妇妇、父父、子子、君君、臣臣,六者各行其职,谗谄无由作也。”[⑩]以夫、妇、父、子、君、臣作为执政中的六个重要因素,与大、小戴《记》所载的三组发展序列一一对应,反映出其时这一观念的成熟与稳定。《六德》篇又有“男女辨生言、父子亲生言、君臣义生言”之说。这也就是《礼记·昏义》所说的“成男女之别,而立夫妇之义也。男女有别,而后夫妇有义;夫妇有义,

---

① 《左传》记载说:“子重、子反杀巫臣之族子阎、子荡及清尹弗忌及襄老之子黑要,而分其室。子重取子阎之室,使沈尹与王子罢分子荡之室,子反取黑要与清尹之室。”

② 王聘珍:《大戴礼记解诂》,中华书局,1992 年,第 91 页。

③ 荆门市博物馆:《郭店楚墓竹简》,文物出版社,1998 年,第 188 页。

④ 亦有论者以为此段仅就服丧制度而言,本文不取。(参见李零:《郭店楚简校读记》,北京大学出版社,2002 年,第 63 页)。

⑤ 廖名春:《荆门郭店楚简与先秦儒学》,《郭店楚简研究》,《中国哲学》(第二十辑),辽宁教育出版社,1999 年,第 63 页。

⑥ 《孝经注疏》(十三经注疏本),中华书局,1980 年,第 2524 页。

⑦ 李零:《郭店楚简校读记》,北京大学出版社,2002 年,第 137 页。

⑧ 《礼记正义》(十三经注疏本),中华书局,1980 年,1611 页。

⑨ 《大戴礼记解诂》,第 13 页。

⑩ 《郭店楚墓竹简》,第 188 页。

而后父子有亲;父子有亲,而后君臣有正”[①]。《昏义》中说“昏礼者,礼之本”。婚礼为诸礼之本,建立在其基础之上的父子关系、宗族关系有不同于君臣关系、朋友关系的特殊意义。传世文献与出土文献中所记载的这种由父子到君臣的关系,体现了由家庭人伦到政治伦理发展的序列。[②]

上文论及《六德》篇“为父绝君”的观念。事实上,《郭店楚简》其他篇章对此亦多有发明。如《语丛三》记载说:

> 父无恶,君犹父也,其弗恶也,犹三军之旌也,正也。所以异于父,君臣不相在也,则可已;不悦,可去也;不义而加诸己,弗受也。

这段话的意思是说:子不得称父恶;对臣下而言,国君如同父亲,作为号令三军的表率,也不得称恶。但父子与君臣之间又有区别。因为君臣“不相在”,缺少父子之间血脉依存的天然之性,因此臣下可离开君主,对君主不合道义的要求,也可以不予接受。

《左传·宣公二年》记载,晋灵公要杀害赵盾,赵盾被迫出逃。这就是《语丛三》所说的“不义而加诸己,弗受也”。之后晋灵公被弑,赵盾“未出山而复”。晋太史董狐记录此事,直书“赵盾弑其君”。赵盾指责董狐所记失当,董狐回答说:“子为正卿,亡不越竟,反不讨贼,非子而谁?”《左传》引用孔子的话说:“董狐,古之良史也,书法不隐。赵宣子,古之良大夫也,为法受恶。惜也,越竟乃免。”[③]晋国表里山河,所谓“未出山而复”,指赵盾出奔时未出晋之边境即返回国都。按当时人的观念,赵盾未出境,即与晋灵公依然维系君臣之义。杜预《注》云:“越竟,则君臣之义绝。”孔颖达进一步申论说:“今君欲杀己,逃奔他国,君之于臣既已绝矣,臣之于君能无绝乎?”晋灵公以不义加诸赵盾,“君欲杀己”,赵盾自然可以“弗受”,有离开的权利。未出境而返,君臣之义未绝,义当担责。楚人滥杀申公巫臣宗族,亦属不义之举,因此巫臣与楚义绝,而教吴伐楚,使子重、子反疲于奔命。申公巫臣此举对吴、楚而言皆意义重大。《左传》说吴“是以始大”,此后吴楚之间干戈不断。《国语·楚语上》记载伍举说巫臣教吴人射御之法,又引道吴人伐楚,是“申公巫臣之为也”[④]。伍子胥挟吴败楚,正是在此历史大背景之下所发生。

《国语·楚语下》记载,楚昭王十年吴、楚发生战争,吴人攻入郢都,昭王出逃郧地。郧公斗辛之父子期当年被昭王之父平王所杀,因此郧公之弟斗怀意欲杀昭王以报父仇,

① 《礼记正义》(十三经注疏本),中华书局,1980 年,第 1681 页。
② 参见姚小鸥:《〈诗经·关雎〉篇与〈关雎序〉》,《文艺研究》,2001 年第 1 期,第 86 页。
③ 《春秋左传正义》(十三经注疏本),第 1867 页。
④ 徐元诰:《国语集解》,中华书局,2002 年,491 页。

郧公被迫护送昭王逃往随国避难。昭王返回郢都后,论及刑赏,均赏郧公、斗怀兄弟二人。《楚语下》记载说:

王归而赏及郧、怀。子西谏曰:"君有二臣,或可赏也,或可戮也。君王均之,群臣惧矣。"王曰:"夫子期之二子耶?吾知之矣,或礼于君,或礼于父,均之,不亦可乎?"①

楚国公子子西对昭王的赏赐表示异议,他认为郧公护君有功,当赏;而斗怀企图弑君,罪当诛杀。楚昭王则指出:二人"或礼于君,或礼于父",皆当褒奖。在身为人君的昭王眼中,君臣之义并未凌驾于父子之亲上。"君子之德风,小人之德草。草上之风,必偃。"(《论语·颜渊》)最高阶层的主导思想必然对整个社会产生重大影响,此即所谓"上下同风"。斗怀说:"平王杀吾父,在国则君,在外则仇。见仇弗杀,非人也。"这段话首先区分"在国"与"在外"的不同。"在外则仇。见仇弗杀,非人"。这也就是《礼记·曲礼》所说的"父之仇,弗与共戴天"。昭王与斗怀的言行均反映出当时整个社会以孝为本的人伦观,这与我们前文所引《郭店楚简》的表述可以互相印证。

据学者考证,《郭店楚简》所出楚墓的墓主曾任楚国太子的老师。以墓葬年代推论,这位太子应当是怀王太子横,即后来的顷襄王。② 曾有论者认为墓主是屈原,此说未必妥当,但墓葬诸方面的迹象显示,墓主与屈原年代相近,身份地位相当。可知在屈原生活的时代,简文所记载的思想在楚地贵族社会中广为流行。这就是伍子胥去楚至吴复仇,以及昭王均赏郧公、斗怀二人的思想文化背景。

伍子胥的复仇对象是楚平王及其子昭王。楚昭王十年,伍子胥引导吴军攻入郢都,鞭尸平王,昭王被迫出奔,其间遭斗怀追杀。事后昭王不但未追究斗怀逆君之罪,反而因为其能为父复仇而加以赏赐。昭王行事尚如此,楚国其他人更不会以"国贼"之罪议诸子胥。与此相联系,终先秦之世未见视伍子胥为"国贼"、"逆臣"的论断。

根据《左传》记载,伍子胥的父、兄伍奢、伍尚被杀一事,发生在鲁昭公二十年。之前伍奢被楚王囚禁,楚国佞臣费无极向楚王进言,认为伍奢二子均有才干,若至吴国,必为楚国大患,一定要将二人一同杀害。楚王诱杀伍尚,而子胥逃往吴国。伍奢听说后,有"楚大夫其旰食乎"之叹,可知子胥借吴国之力向楚国复仇属必然之势,时人皆晓。伍子胥因父、兄被杀,复仇于楚,正是基于"孝,本也"这一根本的伦理观。所以《吴越春秋》记

---

① 徐元诰:《国语集解》,北京:中华书局,第524页。

② 李学勤:《先秦儒家的重大发现》,《郭店楚简研究》,《中国哲学》(第二十辑),辽宁教育出版社,1999年,第14页。

载子胥在逃离的过程中与申包胥相遇说:"吾闻父母之仇,不与戴天履地;兄弟之仇,不与同域接壤,……今吾将复楚辜,以雪父兄之耻。"①

通行本《楚辞章句》注"专惟君而无他兮,又众兆之所雠":"百万为兆,交怨曰雠。言已专心思欲竭忠情以安于君,无有他志,不与众同趋,故为众所怨雠,欲杀已也。"什么样的仇恨必欲杀之而后快呢?黄灵庚教授发现,"交怨曰雠"四部丛刊本《楚辞章句》作"父怨曰雠"。他又进一步发现《慧琳音义》等经典文献引相关王逸注皆作"父怨"。故"父怨"为正,"交怨"为讹无疑。"交""父"字形相近,意义则有极大不同。② 孔颖达《正义》解释《礼记·曲礼上》:"父之雠,弗与共戴天。"一句说:"此不共戴天者,谓孝子之心,不许共仇人戴天,必杀之乃止。"③正是"孝子之心"使伍子胥与楚王有了不共戴天之仇,必欲杀之而后快。孝子复仇是先秦时期最重要的伦理信条,《楚辞章句》异文证明,王逸对此是有所认识的。汉代以后的人们对此则往往已不甚清楚了。

伍子胥至吴,臣事夫差,尽忠而死,在先秦时期就已成为忠臣的典范,哀其人、叹其行、书其事迹者不绝。《悲回风》中说"浮江淮而入海兮,从子胥以自适",洪兴祖《楚辞补注》引《越绝书》谓:"子胥死,王使捐于大江,乃发愤驰腾,气若奔马,乃归神大海。"子胥神归大海,《悲回风》说入海从子胥,足见作者对其向往之意。《惜往日》"吴信谗而弗味兮,子胥死而后忧"之句,亦见作者对子胥命运之惋叹。司马迁在《史记·伍子胥列传》中称赞子胥说:"向令子胥从奢俱死,何异蝼蚁。弃小义,雪大耻,名垂于后世,悲夫!"④《汉书·艺文志》颜师古注云:"(子胥)春秋时为吴将,忠直遇谗而死。"⑤《史通·内篇·探赜》亦叹美子胥说:"若伍子胥、大夫种、孟轲、墨翟、贾谊、屈原之徒,或行仁而不遇,或尽忠而受戮。"⑥以上略举汉唐史家所论,尚不计自先秦以迄后世历代文学艺术作品中的咏赞。⑦ 而宋代以来的伦理道德,忠君重于孝亲,即在忠孝不能两全的情况下,宁肯牺牲亲情。⑧ 在此历史背景下,李璧、魏了翁等一反前说,责备子胥为楚国逆臣。对此思想观念之变迁当细加辨析,不可盲目因袭误说。

---

① 赵晔:《吴越春秋》,江苏古籍出版社,1999年,第19页。

② 黄灵庚:《楚辞与简帛文献》打印未刊稿,147页。

③ 《礼记正义》(十三经注疏本),第1250页。

④ 司马迁:《史记》(中华书局标点本),中华书局,1982年,第2183页。

⑤ 班固:《汉书》(中华书局标点本),中华书局,1962年,第1740页。

⑥ 刘知几撰,浦起龙释:《史通通释》,上海古籍出版社,1978年,第211页。

⑦ 如《慎子·知忠》"无遇比干、子胥之忠",《庄子·盗跖》"世之所谓忠臣者莫若王子比干、伍子胥。子胥沉江,比干剖心",《荀子·大略》"比干、子胥忠而君不用"。汉人拟《骚》赋如《七谏·怨世》"思比干之怦怦兮,哀子胥之慎事",《九思·哀岁》"俯念兮子胥,仰怜兮比干"等等。此外汉画像石中有关伍子胥的内容,敦煌变文中所记载伍子胥的故事,均可证成此说。

⑧ 李零:《郭店楚简校读记》,北京大学出版社,2002年,第137页。

综上所述,可知伍子胥报父仇于楚具有历史的合理性,“国贼”说系后人误解。子胥臣事夫差尽忠而死,屈原于楚为忠臣,引子胥为同道,作赋颂之,在情理之中。明乎此,可确知《楚辞章句》相关内容不误,在此基础上,方可进一步讨论《九章》中《惜往日》与《悲回风》两篇的作者问题。①

(注:高中华参与了此文的撰写)

① 正如力之先生文章所指出的,“《惜往日》与《悲回风》说到‘子胥’,这对证《涉江》的‘伍子’为‘伍子胥’有意义,而对证明其所自出的作品是否为屈原所作无价值”。

《哀郢》之我见

浙江海盐 陆天鹤 陆天华 陆 拯

关于本篇,周建忠教授在《楚辞考论》中列出《哀郢》作意十说,足见歧义纷纭。其实归纳起来主要是二说,一是以王逸为首的放逐思归说,一是以王夫之为代表的白起破郢说,其他说法多是从这二说衍变和派生出来的。王逸的放逐说疑点颇多,明显的有开头几句,"哀州土之平乐兮"等句,"曾不知夏之为丘兮"二句,还有《哀郢》这个题目。王夫之的白起破郢说使这些疑点得到合理解释,但仍留下不少经不起检验的看法,于是放逐说奋起批驳,并亮出一张王牌——点题归旨的"乱曰"六句,终于仍立足不败之地。这样反反复复,公说公有理,婆说婆有理,《哀郢》研究就陷入了一个走不出的怪圈。正如周教授所说,目前这种人言言殊。难于统一的原因是多方面的,它"为后来者提供了更高的难以破译的学术基点"。

《哀郢》究竟缘何而作?作于何时何地?究竟与放逐、与白起破郢有何关系?有屈原自己写的这篇《哀郢》在,我们认为问题是可以弄清楚的。我们将用《哀郢》中的每一句话来证明,它的作意只有一个:哀悼郢都的沦亡。很单纯,绝不拖泥带水。作者不是在流放地听到郢都陷落的消息,而是目睹了兵临城下之前大批百姓逃离郢都的情景。他是在"民离散而相失"的大动乱中,杂在逃难的人群中"出国门"乘船从郢都出发,过夏首,沿长江东下,几天后到达夏浦(今武汉地区),在此地"南渡"。《哀郢》正文的前40句,清楚地记录了这一段经历。旧说误把这40句看作了屈原被放逐的历程,写作时间整整推迟"九年",正在经历的事变成了"九年"后的回忆——这是问题的症结所在。

有人会问:屈原在顷襄之世一直流放在外,当时因何恰在郢都?我们认为这是个史料缺乏的问题。请勿忘记,考定屈原的生年月日,也是取证于他自己的作品,而不是靠史料的。《史记·屈原列传》写子兰使上官大夫进谗,"顷襄王怒而迁之",事实的记载简略之极,不会去考证屈原在放逐期间是否回过郢都之类的细节。其他有关文献的记载也同样都是粗线条的。但我们只要仔细考察一下白起破郢前的军事行动和楚国混乱的形势,就会发现,当时屈原回郢的可能也并非没有。秦为了迫使楚割让上庸(今湖北竹溪东南)和汉北(汉水以北),取得进攻郢都(今湖北江陵县西北)的通道,于前280年(顷襄19年)派司马错攻拔楚之黔中郡(今湘西及黔东北),湘西正是屈原的放地,他已不能在那里继续居留。次年白起率军沿汉水南下,先攻克了战略要津邓(今湖北襄樊市北),接著就包围了鄢(今湖北宜城东南),引西山谷水灌入鄢城,百姓死亡数十万。鄢是郢的门户,门户一捣毁,郢都已不可保,下一年楚王朝就东迁陈城(今河南淮阳县),郢都沦陷。白起从出兵到郢破,跨时两年,水灌鄢城更是一件震惊楚国朝野的大事。时刻关注着楚国命运、早就把生命许给美政理想的屈原,在楚王逃迁、国都即将落入敌人手中的情况下,如果仍是隔江观望,倒真有点不可思议。综观屈原晚期的作品,其迁谪行踪有这样一个特点:即流动性大,几乎确定不了一个固定的居留之地,但活动在沅湘一带是事实。值得注意的是,屈原自己明确讲到曾经向南渡江两次。《涉江》的"江",古代专指长江,作品内容是写被放逐渡江南行,"旦余济乎江湘",这是一次;本篇写从郢都出发,顺长江东下,最后一个转折方向是"南渡",则又是一次。这都是屈原自己记录的,应该可靠,它证明屈原在放逐江南期间至少回到过江北。如果我们进一步证明《涉江》作于《哀郢》之前(顺便说一句,实际上《涉江》远远作在《哀郢》前,详见拙作《探涉江·哀郢之作时作地与作因——兼论怀沙和悲回风》,刊《荆州师专学报》1996 年第 4 期),那也就证明了屈原不只回到江北,而是回到了郢都的,因为第二次他写明是从郢都出发的。这类细节史书中是找不到的。所以我们认为,屈原晚年经历的细节在无史可证的情况下,我们更应该重视作品本身的实际内容,让屈原自己写下的文字来说话。

为了避免断章取论,现在我们一句不漏地来审视原文。我们的理解若有牵强附会,不合原意之处,敬请专家和读者不吝教正。

诗从仰天一声悲叹开始:

> 皇天之不纯命兮!何百姓之震愆?
> 民离散而相失兮,方仲春而东迁——
> 去故乡而就远兮,遵江夏以流亡。
> 出国门而轸怀兮,甲之朝吾以行。

"不纯命",不专一其命。指天命变化无常。所谓"皇天无亲,惟德是辅",人间不断变化着的兴衰存亡似乎总在显示着老天爷这种无私的意旨,故"天命无常"的感叹常是由王朝的兴亡引起的。首句劈空而来,这是因非常事件而发的悲愤呼天之语,译成现代语是:天哪!真是天道无常啊!第二句是问天:可是百姓为什么要这样震动受罪呢?"民离散"二句是实况录像,记录了在这仲春二月百姓向东逃迁的动乱场面,妻离子散骨肉不能相顾的情景历历如见。"去故乡"二句承上"东迁",写难民们离乡背井,沿着长江和夏水逃亡——镜头由近而远,摄下了长长的难民队伍。"出国门"二句,写自己走出城门时的悲痛心情,并记下了这个痛心的日子。

这里有两个问题说明一下。一、"百姓",一说指百官,误。在《论语》《荀子》等书中所讲的"百姓",已经是指平民,民众。据《辞源》统计:《四书》中百姓凡二十五见,惟"百姓如丧考妣三年”指百官。《四书》的编注者朱熹对这个问题可谓见多识广,他在《楚辞集注》中解释本篇首四句说:“屈原被放时,适会凶荒,人民离散,而原亦在行中,闵其流离,因以自伤。”在朱熹看来,百姓即民,并无“百官”之说。再从《哀郢》本身来看,下文所写的那伙邪佞之徒均在百官之中,而且都是百官中的代表人物,他们是误国的罪人,屈原在本篇中痛斥他们“外承欢”(外媚强秦),在《涉江》中喻其为“腥臊”,怎么能和充满怜悯的“何百姓之震愆”合而为一呢。二、“去故乡而就远兮,遵江夏以流亡”二句,旧说以为主语是屈原。但既已讲到自己在沿着长江和夏水流亡,忽又折回到“出国门”;刚刚讲了“去故乡而就远”,马上再来句“发郢都而去闾”,颠倒重复,而且“流亡”二字也令人生疑。《说文》:“亡,逃也。”《诗·大雅·召旻》:“瘨我饥馑,民卒流亡。”可见“流亡”一词在先秦时期是流离逃亡之意,这里指逃难的百姓才符合原意。

弄清了以上8句,可知“皇天之不纯命兮”这件事,造成了郢都“民离散而相失,方仲春而东迁”的大灾难,这显然与白起破郢有关。考察全篇文义,确实句句围绕着这个大事件而发。以国都的城门为例,前40句中先后出现三次,每次都是与秦兵破郢联系起来的。“出国门”是首次。作者在百姓逃离郢都的动乱中,出国门时吐出两字:“轸怀(痛心)”。这“痛心”与“国门”和百姓逃离一搭配就有文章。而且还绝无前例地记下了月日。第二次是“顾龙门”,其时船过夏首。为了最后再望望这龙门,他让船掉头向西(“西浮”),恋恋不舍,徘徊不去,这是一种生离死别之情。望不见龙门以后又透露出一句:“心婵媛(心牵挂)而伤怀(伤心)。”牵挂什么?为何又来个“伤心”?——郢都究竟发生了什么,其实作者心里很清楚。第三次是“两东门”,其时船在南渡,前后不过几天时间吧。朱熹在“两东门”注中说:“先王所设以守国者。”但这次是在惨痛地设想“两东门”长满乱草,都城宫殿变为废墟。国门,龙门,两东门均代表郢都,40句中,三点题焉。

现在我们看他乘船离开郢都:

> 发郢都而去闾兮,怊荒忽其焉极?
> 楫齐扬以容与兮,哀见君而不再得。
> 望长楸而太息兮,涕淫淫其若霰;
> 过夏首而西浮兮,顾龙门而不见。
> 心婵媛而伤怀兮,眇不知其所跖;
> 顺风波以从流兮,焉洋洋而为客。

船从郢都出发,头句话就是“怊荒忽其焉极?”人就像丢了魂,而且这种精神状态笼盖全篇。“楫齐扬”如见水上的舟楫在争相逃离,而“容与”则是借船写留恋之情,也可能是实写埠头堵船而停滞缓慢。此刻百姓既在逃亡,顷襄必已撤离郢都东走徙陈,而从下文知道屈原因迄未复职的身份仍得回江南去,他知道今生今世与襄王已无再见之日了。他曾把一生的怀抱,把为之生亦为之死的美政理想寄托在国君身上,但怀王让他痛苦得写了《离骚》,顷襄更让他冤屈得灰心绝望。“哀见君而不再得”是一句与襄王诀别的话,这是《哀郢》中第一个“哀”,意味极为深长。

船在行,请注意他的眼睛始终锁定郢都,悲哀地凝视着这个古城。他望着城中高大的楸树长叹,伤心之泪竟至“淫淫其若霰”。“淫淫”是说眼泪流淌,“若霰”是喻簌簌落下的泪珠。(这会是放逐的悲哀吗?)长楸是历史悠久的都城的标志。郢都从建立到陷落历四百余年,从种上小的楸树到长成参天大树,会使人联想到由弱到强的楚国。诗人也许在想着楚王朝的祖先筚路蓝缕、艰苦创业的不易;也许在追忆往事,为国家落到今天这个境地痛惜;他显然想得很多很多,诗人泪眼模糊中也许正幻出“大树”轰然倒下的情景。从诗人的叹息和泪水里,我们看出他所哀的正是这个都城的沦亡。

船在行,水上和两岸的一切他全然不见,过了夏首仍在回望郢都的龙门——眼睛望不见了,郢都的最后一个标志也在视线中隐去了,现在请注意他的“心”。他说:“心婵媛而伤怀兮,眇不知其所跖。”上句是说,他的心牵挂着郢都,为它伤心。下句与离郢时“怊荒忽”句意同,又像掉了魂,茫然不知何处是立足之地。自己这身子已经无所谓了,让风,让波浪,让小船任意把它漂去。《哀郢》的写法就像印象派作画,斑斑点点的色块使画面由朦胧逐渐逐渐明朗起来。这里的牵挂、伤心,加上望长楸的悲叹和泪珠,再加上出国门时的痛心,和“民离散”的局面,已经使《哀郢》之“哀”渐渐清晰,同时也在为下文添着伏笔。

凌阳侯之氾滥兮,忽翱翔之焉薄?
心絓结而不解兮,思蹇产而不释。
将运舟而下浮兮,上洞庭而下江。
去终古之所居兮,今逍遥而来东。

“阳侯”和下文的“陵阳”,都是波神“陵阳侯”之省文,代指波涛。小船进入了烟波浩渺的大江,被巨浪高高托起又卷入旋涡之中。在诗人看来,这船就像一只覆巢之鸟在回旋飞翔,却不知飞到哪儿去栖身。上流是洞庭湖的烟波,前方是悠悠长江。“心絓结”再次把“心”袒露给读者,这二句仍是讲心中牵挂,思乱如麻,难解难释,所指已不言自明。“去终古之所居”,是说离开世世代代居住之地,念念不忘的还是这个郢都。这句不是写一己之悲,语中包含着楚王朝老祖宗的基业毁于一旦的哀痛。“今逍遥而来东”也语带双关,表面是叹自己漂流的行踪,内里是讥顷襄一伙丢弃郢都而东徙,和上句放在一起看,是不难会心于言外的。

羌灵魂之欲归兮，何须臾而忘反！

背夏浦而西思兮，哀故都之日远。

登大坟而远望兮，聊以舒吾忧心——

哀州土之平乐兮，悲江介之遗风。

屈原离郢时，百姓正在逃离这个都城，秦兵未必已临城下，但这是迟点早点的问题，秦兵入郢后烧杀破坏的情况是可以想见的。离郢愈远，他想像起来越无法忍受，所以船过了夏浦（今武汉地区）心仍在“西思”，甚至“何须臾而忘反”，灵魂要挣脱躯体飞回去。这种心和肉体分离的精神状态自始至终贯串全篇，就像是一位母亲眼看自己的婴儿落入豺狼爪下，而自己又被一种强力硬是拉开一样无可奈何。“哀故都之日远”，就是为这样一个日渐远去了的故都而哀，说穿了就是为落入敌人之手的故都而哀。此“哀”居本篇三“哀”之正中。

“登大坟而远望”，是想排解“忧心”。请注意“忧心”两字，这是继“心婵媛”、“心絓结”之后再次点明心中之“忧”。在望中，他看到夏口一带长江边的人民还过着平安快乐的日子，水乡泽国依然保留着古朴的风俗，这本来应该令人欣慰的，可现在为什么竟使他“哀”和“悲”？其实他的“忧心”根本无法排解，他显然又想到陷落的国都，想到整个楚国面临着“大厦将倾”的局面，预感到这里的平乐州土、古朴风俗，将会遭到敌人蹂躏。这是《哀郢》中第三个“哀”，是为百姓哀。

当陵阳之焉至兮，淼南渡之焉如？

曾不知夏之为丘兮，孰两东门之可芜？

“陵阳”，说见上文。一说认为是屈原的放逐地，在今安徽青阳县南，距大江南约百里。此说牵涉到屈原的久放之地和这次流浪的终点，还牵扯上《涉江》的起点。当今不少学者辩驳甚详，其不可信已明。“当陵阳之焉至兮，淼南渡之焉如”二句，译成现代话是：

面对著一片狂涛，何处是归宿？

茫茫大水中南渡——我这是要往哪儿去？

风涛大水中一个茫无归宿的灵魂。我们可以研究一下作者为什么要这样写。这种丢了魂似的心情共记录五句。船离郢时，曰“怊荒忽其焉极”，此其一；顾龙门而不见时，曰“眇不知其所蹠”，此其二；心挂郢都，小船在江中颠簸时，曰“忽翱翔之焉薄”，此其三；

现在船在南渡中,面对着四面的狂涛巨浪,落入敌人之手的郢都正在折磨着他的心,这里四五两句连用("当陵阳之焉至兮,淼南渡之焉如?"),一是为了把哀痛推向高潮——"夏为丘"、"东门芜",二是让四面风波的象征色彩更为醒目。

"曾不知"二句,是对郢都情况的沉痛设想。屈原从郢都乘船到夏浦,据"哀故都之日远"句,可知时间已隔几天,对于郢都情况当然无法得悉。"曾不知",尚不知。落入敌掌的郢都被破坏得变成什么样子了,这是诗人不忍设想却又不能不设想的。宫殿大厦和"两东门"是这繁华都城的象征,此刻只怕已变为废墟,长满乱草了?诗人一路上对郢都牵挂和担忧的原因,到这里方才揭晓!这一直不愿出口的惨痛的设想,正是与"淼南渡之焉如"那种茫然不知何往的心情交融在一起的。至此,我们再看一看本诗开头所描述的百姓逃离郢都的情景,其缘由似已不烦费词了;对于"望长楸"而"涕淫淫"、"过夏首"犹"顾龙门"、"登大坟以远望"、"曼余目以流观"等一系列情感活动,大概也不会再误解了。在战国时代,一国之都陷敌,其劫难屈原是清楚的,其国运他当然更清楚,故本诗首句就是"皇天之不纯命兮"一声悲叹。一路步步回首,实缘此而非他。"怊荒忽其焉极"、"眇不知其所蹠"、"忽翱翔之焉薄",直至"当陵阳之焉至兮,淼南渡之焉如",这种掉了魂丢了魄一般的精神状态,亦因此而非他。国破家亡,满城烛天的火光,废墟,那不堪设想的惨象实际上从"出国门"开始就一直在咬着他的心,只是到"南渡"时才明朗化罢了。

以上40句是纪实,记录的都是正在经历着的事情和感受,是正文的主要部分,可看作屈原用诗写的日记。从屈原离郢到南渡的时间上看,当他在痛苦地设想城阙宫室化为废墟之时,或是"何须臾而忘反"之时,也许正是秦兵"烧先王墓夷陵"之日。

还有一点须说明:此处是写今与忆昔的分界线。王逸、洪兴祖、朱熹等前贤把本篇作意与屈原的放逐联系起来,并误把以上40句正文看作九年后的回忆,原因之一,就是忽视了这条至关重要的今昔界限。请继续审视原作。

下文由眼前国难联想到往事。小船在茫茫大水中南渡,诗人沉入回忆之中:

心不怡之长久兮,忧与愁其相接。
惟郢路之辽远兮,江与夏之不可涉——
　忽若去不信兮,至今九年而不复。
惨郁郁而不通兮,蹇侘傺而含戚!

"忧",指当前局势之忧。"愁",指往昔被逐之愁。由此自然地过渡到既往。"惟",思,想到,往事由这个"惟"字领出。因为长期流放江南,难以回郢,故云"郢路辽远"、"江与夏之不可涉"——这是讲政治上的障碍。"忽若",忽然,突然。"去",除去,抛弃,指被放逐。"信"通"伸"。"不信",不能自白,申说,与《惜诵》"恐情质之不信"的"不信"义同。这一句是回忆当初突然被放逐的情况,是史料中没有的细节。研究者对此句有多种解释,一般多认为是时间过得很快之意。但屈原在《抽思》中说“望孟夏之短夜兮,何晦明之若岁”,在《悲回风》中说“曾歔欷之嗟嗟兮,独隐伏而思虑。涕泣交而凄凄兮,思不眠以至曙。终长夜之曼曼兮,掩此哀而不去”,都说明被弃逐的日子是难熬的,可以作为我们判定此句句意的参考之一。“九年”的“九”,考虑到屈作中常表多义久义,很难断定是确数。“复”,对“去”(放逐)而言,指复召,复职。正因为不复职,不能进言,故下句说“惨郁郁(忧愁郁积。指对国事的忧虑)而不通(不能上通于君王)”,而只能憋在心里(含戚)。

这节诗中“至今九年而不复”句,我们先要弄清“至今”的“今”。这个“今”,就是现在,当前,屈原在说这话的时候,包括“今逍遥而来东”的“今”。总之,从开篇的一声呼天悲叹,到南渡时惨痛地设想“夏为丘”、“东门芜”,到此刻伤心地回想“九年不复”,小船一路行来总共不过几天几夜的时间吧——这就是屈原所界定的“今”。由此可知,《哀郢》中这个从郢都乘船出来,此刻正在夏浦一带(今武汉地区)向南渡江的屈原,被放逐到江南已经“九年”,至今没有复职。这就证明,郢都沦陷前夕他曾从江南回到郢都,现在郢都陷落,他仍得返回江南。至于他这次回到郢都是否得到楚王许可,到达郢都时楚政府是否已经撤离等问题,史有阙文,不可妄断,我们只能以《哀郢》原文为准。(关于郢都陷落时屈原何以会在郢都这一疑案,我们在《怀沙之我见》一文中曾作了探索,拙文刊《云梦月刊》1997 年第 1 期,请参阅。)

以上 8 句回忆当年被放逐。据此可知:(一)他被放逐是突然的,而且不得自白,申说;(二)放逐地是江南,有“郢路辽远”、“江与夏之不可涉”为证;(三)放逐时间:今(顷襄二十一年)减去“九年”。迄未复职;(四)从他这次“发郢都”——“南渡”的行程,证明在郢都失陷前他曾回到郢都这一事实。以下 8 句也极为重要,是回忆“九年”前被放逐的原因——

外承欢之汋约兮,谌荏弱而难持!
忠湛湛而愿进兮,妒被离而鄣之。
尧舜之抗行兮,了杳杳而薄天;
众谗人之嫉妒兮,被以“不慈”之伪名!

请先看一段史实。顷襄六年,白起大破韩,斩首 24 万,秦遗书楚王以“率诸侯伐楚”相威胁,顷襄王大惧,赶忙求和,结束了怀王囚死于秦国以后“秦楚绝”的局面。次年,“楚迎妇于秦”,双方结为亲家,楚王从此苟安于燕巢危幕的生活,而秦正好专心一意先去对付齐国。顷襄十四年,秦昭王与楚王“好会”于宛,伐齐的序幕随即拉开。下一年(前 284 年),秦组织韩、赵、魏、燕攻齐,由燕将乐毅率五国之师,袭破了齐都临淄。楚在秦的指挥棒下配合了这次军事行动,秦的劲敌齐湣王为楚将所杀。齐楚联盟的基础被彻底摧毁以后,楚国的媚笑就换来了秦国的变脸。顷襄十六年楚王还与秦昭王"好会"于鄢、穰,顷襄十九年秦就向楚发动突然袭击,连续四年,强迫割让上庸、汉北,拔邓,拔鄢,拔郢,复拔巫、黔中郡,秦的进攻如雷如霆如回风之扫荡,楚国从此不可复振。

所谓"从(纵)合则楚王,衡成则秦帝",秦楚斗争成败之关键,有眼力的政治家是早就看清的。上面这段历史,特别是从顷襄七年到秦拿齐国开刀前夕,是决定楚国存亡的关头,楚国难道没有人看出秦的阴谋?一贯力主联齐抗秦的屈原,为什么自沉前一再以伍子胥自况,悲愤难平?须知他首先是个"巧倕不斫"的政治思想家,然后才是老天爷以百凶造就的一个诗人,他的命运和诗篇自始至终与政治有关。放逐之作《涉江》中"董道不豫"、"吾不能变心而从俗兮(改变本心随波逐流)"、"忠不必用(未必适用)",以及"伍子逢殃兮,比干菹醢!与前世而皆然兮,吾又何怨乎今之人"等语,都说明他在某个重大问题上的看法坚持不变,明知后果如何亦在所不计。现在言归正文,请看他在《哀郢》中怎么说。

"外",研究者多解释为"外表",认为"外承欢"的意思是表面上顺承君王的欢心。但问题是:奉承献媚、讨好君王的人总是有恃无恐的,为什么说他们"荏弱"(懦怯、软弱)?"荏弱"与讨好君王并没有必然的联系,但与讨好敌国却是切合得天衣无缝,可见"外承欢"实是指外媚强秦。"外",外诸侯国,指秦国。(在古代语言中,勾通外人以取利叫"外市",私通外国叫"外私",这可以帮助我们理解"外承欢"的词语构成。)这二句是说:讨好秦国,做出一副媚态(汋约),其实是那样怯弱,那样靠不住!

这正是指顷襄七年以后外交向秦一边倒这段史实。外交上这个大变局,不正好钻进了秦国的"连衡"之网吗?"荏弱"是因,"难持"是果,力主合齐反秦的屈原对此洞若观火。"忠湛湛而愿进"二句,是当年屈原和那伙妒臣(亲秦派)一场冲突的概括。"进",竭尽,通"尽";与《列子·黄帝》"竭聪明,进智力"的"进"字义同。"忠愿进"是说:为谏阻"外承欢"这件事,他甘愿竭尽忠诚。从下文"憎愠惀之修美"来看,他的犯颜直谏,为顷襄王所厌恶。再加亲秦派人多势众办法也多("被离",众盛而杂乱的样子),他们给屈原设置了个"鄣(同障)",具体手段便是进谗,还给他套上个虚假不实的恶名。于是这个一贯坚持联齐抗秦外交政策的核心人物就被弃逐到江南。这就是《涉江》"董道不豫"、"吾不能变心而从俗"的具体内容,也是"忠不必用兮"这些话所涵盖的主要事实。

值得注意的是,屈原挑选"尧舜遭谗"比喻自己的冤情时,不仅称道其传贤不传子的高尚行为,而且突出其眼光看得远,能看清楚深远而隐秘之处("了杳杳而薄天")。《怀沙》中也有一段回忆当年遭遇的文字,"离娄微睇兮(明眼人离娄只消微微一瞥),瞽以为无明(瞎子却说他眼睛有毛病)",指的也是"外承欢"之事,也是针对当年那些当事人而发的,突出"看清"与"不见"。这种话,不到事实摆在面前的时候是不会说的。

这一节是斥责顷襄王媚外、误国、陷害反对亲秦的屈原,揭示郢都沦亡的因由,是紧紧扣住“哀郢”主题的。

> 憎愠惀之修美兮，好夫人之忼慨！
> 众踥蹀而日进兮，美超远而逾迈。

“憎”和“好”，主语都是楚王。对“外承欢”事件应负总责的是顷襄王，故必须请他出来亮相。这个“憎”字，就是顷襄王对屈原面折廷争的态度。“忼慨”，指小人们巧言令色，装出慷慨激昂的样子。屈原在《怀沙》中回忆当年这番遭遇时，是这样追述的：“邑犬群吠兮，吠所怪也！非（责难）俊疑（猜疑）杰兮，固庸态也！”把“邑犬群吠”与“妒被离而鄣之”同看，把“非俊疑杰”与“憎愠惀之修美”同看，可对“外承欢”事件了解得更清楚。

“憎愠惀”四句，最终归结到顷襄王的昏庸，与首句“皇天之不纯命兮”遥相呼应，也是本篇不可分割的组成部分。

以上回忆部分结束。从“心不怡之长久兮，忧与愁其相接”说到被放逐江南，十分自然地由“今”过渡到“昔”，时空已巧妙地转换到“九年”前。值得注意的是，所回忆的内容，与《涉江》所记相合。首先是放逐地点相合，一是济江湘溯沅水入辰溆，一是“惟郢路之辽远兮，江与夏之不可涉”。再是君昏臣佞的现实相合：“憎愠惀之修美兮，好夫人之忼慨”，几乎就是“腥臊并御，芳不得薄”的翻版；“众踥蹀而日进兮，美超远而逾迈”，即“鸾鸟凤皇，日以远兮，燕雀乌鹊，巢堂坛兮”之意。尤为耐人寻味的是，《涉江》透露的放逐原因较含蓄，《哀郢》则明白说出反对“外承欢”的真相。这是因为作《涉江》时事情刚刚发生，涉及外交秘密，故只用“忠不必用”、“伍子逢殃”等语点到为止；而作本篇时郢都已经沦敌，“外承欢”已结出恶果。又如，《涉江》因刚刚放逐，故云“日以远兮”，《哀郢》因放逐已“九年”，故云“美超远而逾迈”。这些内证都明摆着，可见屈原在《哀郢》中所回忆的往事，正是“九年”前被放逐江南、写作《涉江》时的那段往事。

现在请看《哀郢》的结尾：

> 乱曰：
> 曼余目以流观兮，冀一反之何时？
> 鸟飞反故乡兮，狐死必首丘。
> 信非吾罪而弃逐兮，何日夜而忘之？

这里请注意：“乱曰”把上文一间断，诗人的意识已从回忆和沉思中拨回到现实，回到他无计可消除的国破家亡的悲痛之中。此刻小船依然在茫茫大水中南渡，他向远方四望，真想让眼睛变成个千里眼（“曼”，延长），真想能透过云山看到郢都，看到郢都在这些日子中所发生的一切。与前面"曾不知夏之为丘兮"二句联系起来看,我们可从"曼余目"这句话里看到一颗滴着血的心。一路上他从"何须臾而忘反"无可奈何地退到"冀一反之何时","何时"二字已听出他满含泪水了——郢都不收复,君王不复召,这"一反"的愿望能实现吗?于是他想到飞返故林的鸟,和行将死去、无法返回故丘的狐——传说狐将死时,头要朝向生它养它的山丘。"鸟飞"、"狐死"二句透露出一种对郢都的生死之恋,同时也是鞭打在顷襄一伙的心上的:禽兽尚且不忘本啊!"信非吾罪"句,思绪又回到那桩遗恨终生之事:"九年"之中,"郢路辽远","江与夏之不可涉",这条长江是横在他与郢都之间的"天河"。末句"何日夜而忘之",是说被放逐以后的长时期中对郢都的思念,读来如闻呜咽之声,哀痛已不是言词所能表达,因为现在连这日夜思念的故都也被葬送了,从他的心中挖去了。全诗在呜咽声中结束。我们可以想见那条小船依然在烟波浩淼的江上颠簸、飘荡,就像一只无所归宿的鸟在渐渐远去。

最后谈谈本篇的结构。旧说把全篇统统看作回忆,这完全是一种误解。一个结论是要经受千年万代的读者检验的,所以笔者不敢有一丝疏忽,恭恭敬敬写下这句话:现实→回忆→现实,时空交错,从当前写到往昔,又从往昔回到当前而结束全篇,才是《哀郢》的本来面貌,兹列表如下。

结构	时、地
纪事抒情(40句): 从开篇至"孰两东门之可芜"。	顷襄王二十一年(前278)仲春二月甲日早晨从郢都乘船出发,数日后到达夏浦一带(今武汉地区),在此地南渡。
回忆"九年"前的往事(20句): "心不怡之长久兮"至"美超远而逾迈"。	南渡中。
从沉思中回到现实:"乱曰"6句。	南渡中。

在叙事纪实中,"淼南渡之焉如"这一句是关键。"南渡"是作者所记行程的最后一个转折方向。其所以略掉终点,因为"南渡"两字已经点明去往江南,无须赘述。从乘船"发郢都"到诗在南渡中结束,抒情背景自始至终是一片茫茫江水和一叶孤舟。所谓文章本天成,命运也正好为诗人创造了一个独特的迷茫凄怆、四面风波的艺术境界。《哀郢》的结束手法,其实是屈原常用的一种收尾艺术,兹以《离骚》和《悲回风》为例简略作一比较——

《离骚》后半部分的结构,以现实与幻境相互交错为特点。当临睨旧乡"仆夫悲余马怀"之时,跳出"乱曰":

已矣哉！

国无人莫我知兮，又何怀乎故都？

既莫足与为美政兮，吾将从彭咸之所居。

“奏九歌而舞韶”的幻境顿时破灭，诗人仿佛从光明灿烂的极乐世界一下子掉落下来，依然面对着无人理解、无可奈何的现实。《悲回风》前半部分极写“哀”、“愁”、“思虑”，无法解脱，无法制止，无法忍受。后半部分是想像自己投水死后，灵魂摆脱了尘世的愁海而漫游于天地之间，最后在伯夷亡国后饿死之处（首阳山）徘徊不去，这时出现尾声“曰”：

吾怨往昔之所冀兮，悼来者之愁愁！

浮江淮而入海兮，从子胥而自适！

望大河之洲渚兮，悲申徒之抗迹；

骤谏君而不听兮，任重石之何益？

心絓结而不解兮，思蹇产而不释。

结语技巧与《离骚》相类，诗人从幻境又回到现实——悲悼着“来者之愁愁”的现实。

《哀郢》正文分两个部分——前40句记郢都沦陷时的经历和所见所思所哀；后20句是穿插的回忆，揭示今日之祸的因由。“乱曰”把回忆一隔断，诗人的意识又回到郢都失陷的现实。结尾手法与上面两例同一机杼。

综上所述，把这三篇的乱辞放在一起看，《离骚》和《悲回风》的乱辞乃是从幻境突然回到现实，界线分明，一目了然；《哀郢》的乱辞则是从回忆和沉思中突然回到现实，不细心就不易分辨。旧说把纪实和回忆掺和在一起，全部作为回忆来读，就把头尾46句都理解为“九年”前的往事了。王夫之断《哀郢》作于顷襄王三十年，也是因为误读了这46句。斥王夫之说“颇谬”，坚持放逐说的蒋骥前辈，同样误读了这46句，他使王逸的误读延长到1800余年。

1995年初稿　2007年定稿

《悲回风》为《九章》"大尾"说新证及作者问题

浙江师范大学 张树国

《九章·悲回风》以其极富争议性而在楚辞学史上独标一帜。王逸《楚辞章句》认为《九章》"屈原放于江南之野"而作,洪兴祖《补注》:"九章之作,在顷襄王时",朱熹《集注》认为"《惜往日》、《悲回风》"为其"临绝之音",这几乎成了主道性的意见。但宋魏了翁《鹤山渠阳经外杂钞》、明许学夷《诗源辨体》已经怀疑《悲回风》之"骤谏君而不听兮,任重石之何益"两句"是岂屈子口语耶?"吴汝纶《古文辞类纂评点》"《九章》自《怀沙》以下,不似屈子之辞……然则此(《悲回风》)殆吊屈子者之所为欤?"陆侃如、冯沅君《中国诗史》则认为《惜诵》、《思美人》、《惜往日》、《悲回风》是伪作。在现代《悲回风》已经引起广泛的怀疑,但大多凭着感觉,没有拿出富有说服力的证据。《悲回风》为《九章》最后一篇,篇幅、字数在《九章》中最长最多,为100句、842字,(其他如《惜诵》88句,672字,《涉江》60句,434字,《哀郢》66句,515字,《抽思》89句,625字,《怀沙》80句,479字,《思美人》66句,482字,《惜往日》76句,581字,《橘颂》36句,188字)姜亮夫先生将《悲回风》题为"《九章》大尾",①很具有启发意义。笔者认为《悲回风》前后结构存在巨大矛盾,诗中的情感也存在着"错位",所以从该诗结构入手,探讨其作者、时代问题。为论述的方便,本文将《九章·悲回风》分为上、下两部分,从开头"悲回风之摇蕙兮"至"宁溘死以流亡兮,不忍为此之长愁"为《悲》[上],"孤子吟而抆泪"至结尾为《悲》[下]。

一、《悲回风》篇章结构之内在矛盾

本文从《悲回风》的艺术结构入手,经过前、后对比,发现《悲回风》篇章结构方面存在着内在矛盾。

首先,《悲回风》后半说到"岷山"、大江(而非沅湘)及其周围环境和垂直性的气候,可以说这是确定《悲回风》作者问题的"瓶颈"。屈原不可能被流放到岷山,这是人所共知的事实。游国恩先生《论屈原之放死及楚辞地理》对屈原行踪考释甚详,认为:"屈原之放,前后凡两次:一在楚怀王朝,一在顷襄王朝。怀王时放于汉北,顷襄王时放于江南。

① 姜亮夫:《屈原赋今译》,北京出版社,1988年。

汉北之放盖尝召回，江南之迁一往不返。”[①]这是一权威性的意见。本文认为对“岷山”及相关问题的考证应该成为解决《悲回风》艺术结构及作者问题的关键。

其次，《悲回风》前、后所叙季节不同，这是最大的矛盾之点。《悲》[上]抒写的是秋末飘零的感受，首句“悲回风之摇蕙兮，心冤结而内伤，物有微而陨性兮，声有隐以先倡”，“物微”指蕙草而言，“声隐”指“回风”即旋风，“性”即“生”。意思是说，蕙草命丧是以有声而隐其形的旋风为其先道。《悲》[上]对秋景的描写还有几处，如“鸟兽鸣以求群兮，草苴比而不芳”，“苴”指干枯的草。“岁曶曶其若颓兮，时亦冉冉而将至。薠蘅槁而节离兮，芳以歇而不比。”清刘梦鹏“岁颓，岁将暮也。时至，年将老也”（《屈子章句》），《悲回风》[上]抒写诗人的情感生活都是以秋作为背景的，如“涕泣交而凄凄兮，思不眠以至曙。终长夜之曼曼兮，掩此哀而不去。”“长夜曼曼”即是对秋夜渐长的如实书写，同时也是诗人愁肠百转、终夜无寐的心理刻画。而从“孤子吟而抆泪”至结尾，“虹”、“霓”、“炎气”、“烟液”等标明季节为夏，但《悲》[下]有许多看似矛盾的景物描写，在下文将重点解决。

再次，《悲回风》[上]多原创性的语句，而《悲回风》[下]多模仿之语，如《悲回风》[上]“物有微而陨性兮，声有隐而先倡”，而《悲》[下]则作“声有隐而相感兮，物有纯而不可为”；《悲》[上]“夫何彭咸之造思”，《悲》[下]“昭彭咸之所闻”，此语颇令人费解；《悲》[下]“心絓结而不解兮，思蹇产而不释”出自《哀郢》，又见《抽思》“思蹇产之不释兮，曼遭夜之方长”等。朱熹以为“其临绝之音，以故颠倒重复，倔强疏卤，尤愤懑而极悲哀”，实际上是失察之辞。除了语句不同之外，在写作风格上《悲》[上]言情而《悲》[下]言情之外兼有言理的成分。因此本文首先提出一大胆假设，即《悲》[上]与《悲》[下]为不同作者、不同时间甚至不同时代之人所作。前者为屈原《悲回风》原作，而后者则是后人凭吊屈原的作品，即扬雄的《畔牢愁》。

二、《悲回风》[下]之岷山地理、气候及作者关系

《悲回风》从“上高岩之峭岸兮”开始有一段关于岷山地理及气候的描写，“冯昆仑以瞰雾兮，隐岷山以清江。惮涌湍之礚礚兮，听波声之汹汹。纷容容之无经兮，罔芒芒之无纪。轧洋洋之无从兮，驰委移之焉止。漂翻翻其上下兮，翼遥遥其左右。”王夫之对此有一段神秘主义的解释，“此下言沉湘之后，精神不泯，游翱天宇之内，脱浊世之污卑，释离愁之菀结，以一死白靖于先君，迥然自得也。”（《楚辞通释》）蒋骥曰：“此下皆预设魂游之境，此言由水登天也。”（《山带阁注楚辞》）陈本礼《屈辞精义》：“此设言死后之魂游也”，《九章》除了偶尔发抒梦境（如《惜诵》）外，几乎完全是写实型的，所以此处“魂游”之说是

① 游国恩：《论屈原之放死及楚辞地理》，《游国恩学术论文集》，中华书局，1989 年，第 53 页。

不能接受的。

昆仑为古代神话中的神山。关于岷山，《尚书·禹贡》："岷山道江，东别为沱。"《山海经·海内东经》："岷三江：首大江出汶山，北井出曼山，南江出高山。"洪兴祖曰："岷山在蜀郡氐道县，大江所出。《史记》作汶山。"位于四川松潘县北。岷山是长江黄河的分水岭，是岷江与嘉陵江的发源地。"冯"、"隐"实际上互文见义，凭、靠之义，"隐岷山以清江"即"隐岷山以瞰清江"之意。以下数句用赋排手法描写岷江之水，湍磕磕、波汹汹、纷容容、罔芒芒、轧洋洋、漂翻翻、翼遥遥形容岷江之水波涛起伏、茫茫无边，一派纷乱无序的样子。波浪上下翻腾着漂流向前，左右摇摆着像飞一样奔向远方，比喻水流之速。[①] 而极易引起争议的是下面几句：

> 氾潏潏其前后兮，伴张弛之信期。观炎气之相仍兮，窥烟液之所积。悲霜雪之俱下兮，听潮水之相击。

"炎气"、"烟液"、"霜雪"容易引发歧义。清刘梦鹏解释"伴张弛之信期"曰："秋冬阴气严肃张也。春夏阳气宽舒弛也。寒暑往来，按候不爽，故曰信期。"（《屈子章句》）"信期"实指江潮之"汛期"和"枯水期"。"观炎气之相仍兮，窥烟液之所积。"马茂元"炎气，夏令郁蒸之气。"（《楚辞选》）王夫之曰："烟，云也。液，雨也。积者，云屯而雨沛也，此春夏之气也。"（《楚辞通释》）联起上文，意思是说从岷山山顶向下俯瞰，春夏之季郁蒸之气凝为雨云。此处言"观"言"窥"，皆为"俯瞰"之意。"悲霜雪之俱下兮，"，明黄文涣解释说"下霜以后，继之以雪，秋而冬也。"（《楚辞听直》）蒋骥"炎气指夏，霜雪指冬，错举以概四时也。"（《山带阁注楚辞》）。但此处始云"炎气"、继言"霜雪"并无"概指四时"之意，实际上是指岷山山地气候。上文既言"冯昆仑"、"隐岷山"，此处指山顶由于高度关系出现的盛夏霜雪之景。高山地区因为高度和温度的关系，气候植被呈垂直分布，这是起码的地理常识。晋代常璩《华阳国志》卷三"汶（岷）山郡"记"土地刚卤，不宜五谷，惟种麦。而多冰寒，盛夏凝冻不释。故夷人冬则避寒入蜀，庸赁自食。夏则避暑反落，岁以为常。"《水经注》卷三十三记毗邻岷山的邛崃山"夏则凝冰，冬则毒寒"，岷山亦与此同。所以从作者所处位置和视角来说，在岷山山顶向下俯瞰则山腰处炎夏积云成雨，在山顶则霜雪俱下而倍感凄凉。

那么，"上高岩之峭岸兮……忽倾寤以婵媛"者是谁呢？显然不是屈原，笔者认为是西汉后期的扬雄。《汉书·扬雄传》中记载："扬雄字子云，蜀郡成都人也……而扬季官至庐江太守，汉元鼎间避仇复溯江上，处岷山之阳曰郫，有田一廛，有宅一区，世世以农桑为

① 此处译文参考金开诚、董洪利《屈原赋校注》，人民文学出版社，1996 年。

业。自季至雄,五世而传一子,故雄亡它扬于蜀。"《汉书·地理志》"郫属蜀郡,《禹贡》:江沱在西,东入大江。"唐李吉甫《元和郡县图志》卷三十一《剑南道上》"郫县"条:"本郫邑,蜀望帝埋岷山下,邑曰郫是也。秦灭蜀,因而县之,不改。"扬雄曾作《蜀王本纪》。《汉书·扬雄传》言扬雄"顾尝好辞赋":

> 先是时,蜀有司马相如,作赋甚弘丽温雅,雄心壮之,每作赋,常拟之以为式。又怪屈原文过相如,至不容,作《离骚》,自投江而死,悲其文,读之未尝不流涕也。以为君子得时则大行,不得时则龙蛇,遇不遇命也,何必湛身哉!乃作书,往往摭《离骚》文而反之,自峄山投诸江流以吊屈原,名曰《反离骚》;又旁《离骚》作重一篇,名曰《广骚》;又旁《惜诵》以下至《怀沙》一卷,名曰《畔牢愁》。《畔牢愁》、《广骚》文多不载,独载《反离骚》。

《扬雄传赞》"赋莫深于《离骚》,反而广之;辞莫丽于司马相如,作四赋。皆斟酌其本,相与放依而驰骋云。""旁《离骚》"、"旁《惜诵》"之"旁"通"傍",师古曰:"旁,依也。"朱骏声《说文通训定声·壮部》"旁假借为傍,《庄子·齐物论》:奚旁日月,挟宇宙。成玄英疏:傍,依附也。"由此推断,班固知道这两篇作品的原貌和保存状态的,因为"文多"所以"不载",以合史家修史之体。同样"文多不著,独著其目"的《法言》现在还流行。《扬雄传》"自雄之没至今四十余年",因此班固颇能道出内在曲折。但王逸于安帝元初中为校书郎编集《楚辞章句》时,这一情节就不为其所知了,在《楚辞章句》中没有收入扬雄的任何一篇楚辞作品,所以人们认为《广骚》与《畔牢愁》汉代既已失传。但从汉明帝时班固撰写《汉书》至安帝时王逸编集《楚辞章句》,中间既无战乱,又无火灾发生,不可能无端散失,所以扬雄楚辞作品一定还在《楚辞》集中,只不过未以常规的形式存在而已。

《反离骚》有"因江潭而往记兮,钦吊楚之湘累"句,班固说"自峄山投诸江流以吊屈原,名曰《反离骚》",师古曰:"言因江水之边而投书记以往吊也。"《水经注》卷三十三《江水一》云:"扬雄《反离骚》云:自峄山投诸江流以吊屈原,名曰《反骚》。"则出于误记。在《反离骚》中未言"岷山"投书之事,所以记载这一"峄山投书"事件的应是这篇《畔牢愁》,为后来追记此事而作,与当年毛泽东同志《七律·长征》"更喜岷山千里雪,三军过后尽开颜"是在长征结束、到达陕北以后所追记同样道理。"畔牢愁"之"畔"为"离"、"避"之意,《汉书·冯奉世传》:"今乃有畔敌之名,大为中国羞。"清赵翼《陔馀丛考》卷四十三"畔,吴语谓躲避曰畔。亦有所本。"《楚辞》作品几乎都用句中字作为篇名,所"避"者为"牢愁",那么本文有理由认为,在"畔牢愁"之上必有写"愁"为主的诗句。《悲回风》从开头"悲回风之摇蕙兮"至"宁溘死而流亡兮,不忍为此之常愁"句止,中间描写"愁"的语句还有"糺思心以为纕兮,编愁苦以为膺",因此本文认为"不忍为此之常愁"以上为屈原《悲回风》正文,从“孤子吟而抆泪兮,放子出而不还”开始则为扬雄的《畔牢愁》。幼而无父曰孤,《汉书》卷五十七《扬雄传》“自(扬)季之雄,五世而传一子,故雄无它扬于蜀”,可谓“孤”到顶点了。王逸及诸家解释皆以“孤子”与“放子”为屈原自况,但这根本不合古汉语之语法规则。如果以“屈原”替换一下“孤子”与“放子”,岂不成了“屈原吟而抆泪兮,屈原放而不还”,这不成了天大的笑话吗?据此可知,“孤子吟而抆泪”之“孤子”是扬雄,而“出而不还”之“放子”则指屈原。

下面可以设想一下当年扬雄岷山投书的情景:当扬雄读完屈原的《九章》后,深深地被屈原寄予的情感所打动了,屈原的遭遇和投江自杀的悲剧使扬雄悲不自抑,于是在一种强烈同情心的感召下,写了一篇祭文,“上高岩之峭岸”,登上岷山山顶,将祭文投下岷江。之后回忆当时投书情景,而写下这篇《畔牢愁》。但扬雄何以于岷山吊祭屈原?《华阳国志》卷三《蜀志》言:“周灭后,秦孝文王以李冰为蜀守,冰能知天文地理,谓汶山为天彭门,乃至湔氐县,见两山如对阙,因号天彭阙。仿佛若见神,遂从水上立祀三所。祭用三牲,珪璧沉渍,汉兴,数使使者祭之。”《河图括地象》曰:“岷山之精,上为井络,帝以会昌,神以建福。”可见扬雄于岷山吊祭屈原是有宗教祭祀的社会心理基础的。

三、《悲回风》[下]之道家思想来源

据陆侃如《中古文学系年》记载,扬雄于汉成帝阳朔二年(前23年)31岁创作《反骚》(有“汉十世之阳朔”为证)、《广骚》和《畔牢愁》,①其时扬雄尚在蜀郡郫县,成帝元延元年42岁时始来京师。扬雄深受道家思想影响,早年师事蜀地精通老庄学说、曾作《道德指归》的严君平,《汉书·王贡两龚鲍传》:“扬雄少时从游学,从而仕京师显名,数为朝廷在位贤者称君平德。”《汉书·扬雄传》:“雄少而好学……为人简易佚荡,口吃不能剧谈,默而好深湛之思,清静亡为,少耆欲”,其道家思想也体现在《悲回风》[下]中:

> 借光景以往来兮,施黄棘之枉策。求介子之所存兮,见伯夷之放迹。心调度而弗去兮,刻著志之无适。曰:吾怨往昔之所冀兮,悼来者之愁愁。浮江淮而入海兮,从子胥而自适。望大河之洲渚兮,悲申徒之抗迹。骤谏君而不听兮,任重石之何益?

上文介子推、伯夷、伍子胥及申徒狄“集体”出现,与《庄子·盗跖》篇记载完全一致。“申徒狄谏而不听,负石自投于河,为鱼鳖所食。介子推至忠也,自割其股以食文公;文公

① 陆侃如:《中古文学系年》,人民文学出版社,1998年,第8页。

后背之，子推怒而去，抱木而燔死。……此六子者，无异于磔犬流豕、操瓢而乞者，皆离名轻死，不念本养寿命者也。世之所谓忠臣者，莫若王子比干、伍子胥。子胥沉江，比干剖心。此二子者，世谓忠臣也，然卒为天下笑。"《盗跖》中还有对"世之所谓贤士伯夷叔齐……辞孤竹之君而饿死于首阳之山"的评论，在道家学说中都是"离名轻死"的典型。

《盗跖》篇汉初即已单篇流行。湖北江陵张家山汉墓中有《庄子·盗蹠》篇44支竹简，墓葬的年代不晚于文帝前元十一（前169）年。内容完整，与现存版本基本一致。[①] 但据廖明春先生考证，如平均以每简38字计算，简本《盗跖》篇应有1692字左右，与今传本3100字相距甚远，仅相当于今本的第一章，说明今本《盗跖》并非原貌，其原本应与简本相似。关于《盗跖》篇的著成年代，廖先生认为其上限在西元前256年，下限为西元前239年，不可能为庄子手著。从它所宣扬的轻物重生、全性保真的思想来看，从其语句多有与《庄子》中的《应帝王》《马蹄》《让王》《渔父》《山木》《胠箧》等篇类似来看，认为系出于庄子后学所著言之有理，此具体作者廖先生推测为"备说"所作。[②]

"悲申徒之抗迹"中的"申徒狄"，在长台关出土战国中期竹简《墨子》佚篇中记载了周公与申徒狄的对话。[③] 又见于《庄子·外物》"申徒狄因以踣河"，是让国而死的道家人物。所谓"悲申徒之抗迹"之语来源于《淮南子·说山训》"申徒狄负石自沉于渊，而溺者不可以为抗"，抗，高也。迹，行也。

"浮江淮而入海兮，从子胥而自适"在东汉袁康、吴平《越绝书》中有记载："子胥死，王使捐于大江，乃发愤驰腾，气若奔马，乃归神大海。"这是产生于汉代的神话，应该早有流传。而在《国语》中的《吴语》、《越语》尚无此项记载。

关于介子推抱木而燔死之说，郭庆藩《庄子集释》注说在《左传》《吕览》中并无焚死之说，而始于《庄子·盗跖》。扬雄"以为君子得时则大行，不得时则龙蛇，遇不遇，命也，何必湛身哉！""龙蛇"据东汉蔡邕《琴操》"子绥（推）作龙蛇之歌而隐"，歌词俱在。"骤谏君而不听兮，任重石之何益?"指屈原数谏楚怀王、顷襄王而不见听，虽欲自任以重石，终无益于万分也。扬雄以《庄子·盗跖》、《淮南子》等书记载的介子推、伯夷、伍子胥、申徒狄的典故讽叹屈原之负石投江自杀无益，不如隐居。吴汝纶认为"此（指《悲回风》）殆为吊屈子者之所为"是一正确的判断。

四、《畔牢愁》为刘歆附益在《悲回风》之下

那么，屈原《悲回风》与扬雄《畔牢愁》何时、何人、怎样粘连在一起的呢？这应该是古

① 《江陵张家山两座汉墓出土大批竹简》，《文物》，1992年第9期。
② 廖明春：《〈庄子·盗蹠〉篇探原》，中华书局《文史》第四十五辑。
③ 李学勤：《长台关竹简中的〈墨子〉佚篇》，见《简帛佚籍与学术史》，江西教育出版社，2001年。

籍整理方面的问题，必须明确古人著述之体例。

“九章”定名很早，这是不容怀疑的。《九章》的“章”就是篇章的“章”，意指九篇作品而言。即朱熹“后人辑之，得其九章，合为一卷，非必出于一时之言”。章太炎《检论·官统下》：“《楚辞》传自淮南，以父讳更长曰修”，自注“《楚辞》传本非一，然淮南王安为《离骚传》，则定本出于淮南。”[①]姜亮夫《屈原赋校注·九章题解》认为《九章》为淮南王刘安所辑。刘向《九叹·忧苦》“叹《离骚》以扬意兮，犹未殚于《九章》”，陈子展认为“淮南王作《离骚经章句》，刘向典校经书，集《楚辞》为十六卷，他们都有编定屈赋九篇为一卷、题名《九章》的可能”。[②] 这一点也可以从汉人对《九章》的模仿中看出，如王褒《九怀》一卷、刘向《九叹》一卷以及见于《隋书·经籍志》的杨穆《九悼》一卷。既然《九章》早有定本，则必有屈原所作《悲回风》一篇，可见怀疑《悲回风》为伪作的观点是欠考虑的。至于《悲回风》与《畔牢愁》如何“粘连”的问题，本文提出几种可能性的解释：

扬雄《畔牢愁》最初“附益”在屈原的《悲回风》之下。

余嘉锡《古书通例》卷四《辨附益》列举大量资料来说明古人“附益”之五种通例。他说：“当先明古人著作之体，然后可以读古书。古人作文，既不自署姓名，又不以后人之词杂入前人著述为嫌，故乍观之似无所分别。……且当时竹简繁重，撰述不多，后师所作，即附先师以行，不似后世人有集。……若因其非一人之笔，而遂指全书为伪作，则不知古人言公之旨。”[③]由此可知，“附益”并不等于“作伪”，乃古书之通例。如司马迁《屈原列传》将贾谊之《吊屈原赋》附益于其下，此为史家载笔之体。《四库提要·集部总序》：“古人不以文章名，故秦以前书无称屈原宋玉工赋者，洎乎汉代，始有词人，迹其著作，率由追录。”扬雄《畔牢愁》与汉代诸多楚辞作品一样，是讴叹屈原的悲剧命运、吊古伤今的作品，为依傍《九章》而作，很可能在刘歆编定《楚辞》十六卷时附益在《悲回风》之下。

在篇、卷分合之际解释《悲回风》与《畔牢愁》的粘连问题。

《汉书·成帝纪》及《艺文志》记载，光禄大夫刘向校中秘书，向卒，哀帝使向子刘歆卒父业。《汉书·艺文志》“诗赋略”在向、歆《七略》之上删要而成，有“屈原赋二十五篇”。而据王逸《楚辞章句》“逮至刘向，校典经书，分为十六卷”，裒集屈、宋、景差、贾谊、淮南小山、东方朔、严忌、王褒及刘向作品而成。陈振孙《直斋书录解题·离骚释文》：“余按：《楚辞》刘向所集，王逸所注，而《九叹》、《九思》亦列其中，盖后人所益也欤？”这一怀疑是有道理的。由“篇”到“卷”应由刘歆总成其事。“篇”、“卷”有别，“篇”指文章，“卷”是把文字写在竹木简上经过绳子编连并卷成一卷后的名称。《文史通义·篇卷》：“篇必有起讫，

① 章太炎：《检论·官统下》，见《章太炎卷》，河北教育出版社，1996 年，第 7 页。
② 陈子展：《楚辞直解·九章解题》，江苏古籍出版社，1988 年。
③ 余嘉锡：《古书通例》，《余嘉锡说文献学》，上海古籍出版社，2001 年 3 月，第 267 页。

卷无起讫之称。”同一卷既可以容纳一篇或多篇文章,也可以把一篇文章分成几卷。扬雄《畔牢愁》可能由刘歆附益于《九章》卷最后一篇《悲回风》之下,从而形成了姜亮夫先生所言之“《九章》大尾”。《汉书·扬雄传》言“旁《惜诵》至《怀沙》而为《畔牢愁》”,可见,班固尚清楚这一附益之事。人们习惯上认为扬雄仿作至少有五篇之多,恐怕仅此一篇。班固又说“《广骚》、《畔牢愁》文多不载,独载《反离骚》”,后人以为二篇当时即已散失,实际上误解了班固的意思。王逸一句“《九章》者,屈原之所作也”,前人之言足以蔽后世之聪明,致使后人疑虑重重,治丝愈棼。

古书不题撰人,乃当时通例。

余嘉锡《古书通例》卷一:“周秦古书,皆不题撰人。俗本有题者,盖后人所妄增。……古人以学术为公,初非以此争名。故于撰著之人,不加别白也。”这方面例子很多,《史记·韩非传》:“秦王见《孤愤》、《五蠹》之书曰:嗟乎!寡人得见此人与之游,死不恨矣。李斯曰:此韩非所著书也。”《汉书·司马相如传》:“上读《子虚赋》而善之曰:朕独不得与此人同时哉!(杨)得意曰:臣邑人司马相如自言为此赋。”《文选》卷七《甘泉赋》李周瀚注:“扬雄家贫好学,每制作慕相如之文,尝作《绵竹颂》,成帝时直宿郎杨庄诵此文,帝曰:此似相如之文。庄曰:非也,此臣邑人扬子云。”非但“不题撰人”,而且“不自署书名”,“或别自单行,或附在本书,或分著篇章,或随文附益。”(余嘉锡《古书通例》)宋人编唐人文集,尚往往误收他人之作,何况竹帛之书既不题撰人、又不著题名,几经隶定,多次誊抄。后人动辄说古人“作伪”,往往是由于不了解古人著述体例的缘故。

综上所述,传世《楚辞》文本中作为“《九章》大尾”的《悲回风》实际上是由屈原的《悲回风》与扬雄《畔牢愁》组合而成。从屈原原作来分析,应该是顷襄王时流放江南的某年秋季所作,抒发的是秋末飘零、孤独无依的满怀愁绪。因此朱熹“为屈原临绝之辞”的说法就站不住脚了,其临终绝笔应以《史记·屈原列传》之“乃作《怀沙》之赋,遂负石自投汨罗以死”为定论,时间是“滔滔孟夏兮,草木莽莽”之时。

《远游》《渔父》《卜居》研究

屈原的名、字与《渔父》《卜居》的作者、作时、作地问题

西北师范大学　赵逵夫

《楚辞章句·卜居序》云:"《卜居》者,屈原之所作也。屈原体忠贞之性,而见嫉妒。念谗佞之臣,承君顺非,而蒙富贵;己执忠直,而身放弃。心迷意惑,不知所为,乃往至太卜之家,稽问神明,决之蓍龟。卜己居世,何所宜行,冀闻异策,以定嫌疑,故曰《卜居》也。"其《渔父序》云:"《渔父》者,屈原之所作也。"此后一千多年中学者们对此两篇为屈原所作,并无疑义。《文选》五臣注李周翰云:"渔父,避而隐于渔者也,原因之而叙焉。"从内容与构思方面说明屈原作《渔父》篇的可能性。但至明代始有人提出疑议,陈继儒说:"《渔父》一篇却显易不类屈氏。"[①]张京元说《卜居》:"既见放矣,复审所居,何见之晚也?同《渔父》篇语气太肤,疑是伪作。"[②]清人崔述承其说,罗列了历史上"假托成文"的现象后,即断言:"《卜居》、《渔父》亦必非屈原之所自作。"[③]更是以推测代实证。崔述所举庾信《枯树赋》、谢惠连《雪赋》、谢庄《月赋》虽然分别借殷仲文、司马相如、曹植以成情节,但这三篇的作者分别为庾信、谢惠连、谢庄都是明确的,并未托为殷仲文、司马相如、曹植,所以拿这些事例尚不能完全说明问题。《卜居》、《渔父》收入《楚辞》一书,自汉代以来均认为是屈原之作,也同庾信及二谢分别对《枯树赋》、《雪赋》、《月赋》有著作权一样,不容怀疑。

近代学者对《渔父》与《卜居》的作者也多表示了惑疑的态度。陆侃如先生在《屈原评传》中说:"这两篇开头就说'屈原既放',显然是旁人的记载。"书中引了崔述之说以后,又举出两条理由,认为《渔父》是"周末汉初人的作品"。这两条理由是:(一)《史记·屈原列传》中用了《渔父》,因而说:"由此可知司马迁对于《渔父》也只认为旁人的记载,故老老实实的抄入,正如抄《离骚传》一样,他并不认为所传之人的作品。"(二)因《楚辞章句·渔父序》中说:"(渔父)遇屈原川泽之域,怪而问之,遂相应答。楚人思念屈原,因

① 明蒋之翘《七十二家评楚辞》引,明天启六年刊本。

② 明张京元《删注楚辞·卜居》,明万历四十六年刊本。

③ 清崔述《考古续说》卷一《观书余论七则》之四,《崔东壁遗书》,上海古籍出版社,1983年6月第1版,第447页。

叙其辞以相传焉”,因而认为“王逸也不认为《渔父》为屈原的作品”[①]。关于第一点,汤炳正先生《释·“温蠖”》一文已证明司马迁并非据今传系统的《渔父》本子“老老实实的抄入”,而是据另外一个传本录入。[②] 可见,在司马迁之时关于《渔父》已有几个传本,这恐怕不能视为一般人关于屈原的记载,而是屈原所著,才得广为流传。关于第二点,《楚辞章句·渔父序》一开头就说:“《渔父》者,屈原之所作也。”陆先生置此最关键的一句于不顾而曲解后面的文字,同很多对屈原之作随意提出疑问的学者一样,都是只作“有罪推论”,而不作“无罪推论”,是缺乏科学精神的。陆先生还说:“这虽只就《渔父》而言,但《卜居》的体裁与此相同,故举此可以喻彼。”也因同样的原因定《卜居》为“周末汉初人的作品”。需要说明的是:陆侃如先生的《屈原评传》写成并出版于1923年,时陆先生二十岁。陆先生此书多有开创之功,总体上说是有成绩的。特别值得注意的是,陆侃如先生发表于《努力周报·读书杂志》1922年第4期上的《读〈读楚辞〉》一文曾说:

> 我常以为“楚辞”与赋当合为一类,而再以形式分为二类:第一类为诗歌……第二类为散文,如《卜居》、《七发》、《子虚赋》、《羽猎赋》等属之。这种散文在屈原前已有(如《老子》),在屈原时也有,在屈原后更多:故以文学史的眼光看来,他作《卜居》、《渔父》是件很合理的事。

在文末又总结说:

> 《天问》、《卜居》、《渔父》是屈原作的。[③]

这是十分精到的见解,不知为什么到第二年出版的《屈原评传》中改变了观点。

关于《渔父》、《卜居》开头自称的问题,游国恩先生在《楚辞概论》中有进一步的申说。游先生说:“《史记·屈原列传》称屈原名平,则原为字可知。凡古人自称,多名而不字……不但自称应该如是,即如上官大夫当在怀王面前谮他,也说‘平伐其功’,而并不说‘原伐其功’,可见古人称呼名字是很有分寸的。《卜居》、《渔父》通篇都称屈原,显系后人习见屈原的名而随便乱用,他哪里注意到这个大破绽。”所以游先生说,《卜居》、《渔父》“绝为秦代或两汉初年的产品无疑”[④]。中国古代在称谓方面一方面特别重视伦理关

① 陆侃如《屈原评传》,陆侃如《古典文学论文集》(上),上海古籍出版社,1987年1月第1版,第296－297页。

② 汤炳正《屈赋新探》,齐鲁书社,1984年2月第1版,第122、123页。

③ 《陆侃如古典文学论文集》(上),上海古籍出版社,1987年1月第1版,第335、339页。

④ 游国恩《楚辞概论》,北新书局,1926年7月,第247页。

系,另方面讲究谦己而尊人,自己的文章中不会自称其字,所以这一条理由确实应该予以重视。

其实,前人已经注意到《卜居》、《渔父》中作者自称的问题。明汪瑗《楚辞蒙引》云:

> 五臣以"正则"释"原"名,"灵均"释"平"字。其说善矣,其见卓矣。天下之理,古今之书,固有失之前而得之于后者,多矣。洪氏非之曰:"《史记》屈原名平,《文选》以平为字,误矣。'正则'以释名字之义,'灵均'以释原字之义。……"盖亦执《史记》之说,溺于闻见之习而不怪者也。今以"正则"释"原"义,"灵均"释"平"义,奚为不可?不惟其可,而且更觉稳当,且合于屈子之自言也。《尔雅》曰:"广平曰原,一曰高平曰原。"其意谓田地宽平之处而谓之原也。"平"字虚,"原"字实,屈子名字之义不过取诸此。……以"正则"释"原"字,不亦明白矣乎?……以"灵均"释"平"字,不尤切乎?……屈子之文既自称"屈原"矣,又岂可承太史之讹而使之失其真乎?

汪氏论"正则"与"原"字关系,"灵均"与"平"字关系文字过长,不能具引,然而"原则"、"平均"之词至今用之,则"原"与"则"义相近,"平"与"均"义相近,不用多说。因为近代双音词的组成,有很深的历史和文化根源。《水经注·汾水注》引《春秋说题辞》:"原,端也,平而有度也。"所谓"有度",即有法则。"正"是"平"的意思(《广雅·释诂》),"则"也就是"度","正则"即"平而有度",即"原"的意思,则《离骚》的"正则"应释"原"字之义。又《国语·楚语下》:"楚国之能,平均以复先王之业者,夫子也。""平"、"均"连而同义,已见于先秦文献。则"灵均"应释"平"字之义。比洪兴祖略早的宋代马永卿在其《懒真子》一书中已说:"且屈原字平,而正则、灵均亦其小字小名也。"也以"平"为屈原之字,无论"正则"、"灵均"是小名、小字也罢,是影射名和字的"化名"也罢,总之"正则"对应的是"原","灵均"对应的是"平"。这样看来,《卜居》、《渔父》之作"屈原"乃是自称其名,并不背于当时习俗。

那么,《史记》中的记载怎么理解呢?看来是《史记》在流传中产生错误。因为《史记》写成后相当一段时间在民间流传,有被错改的可能性存在。陆侃如先生说:"'屈原者名平',则原文当可互易。"(《屈原评传》),也是一种看法。我则以为《屈原列传》开头那个"名"字是"字"之误。名为一个人的正式称谓,也是主要称谓,各种庄重场合,都是先出其名。故史书中人物传均首出其名,不会列其字而介绍其名。《史记》中为人物立传,也大部分是先出其名,再介绍其字。如"陈胜者,……字涉","吴广者,……字叔","楚元王刘交者,……字游"等。《仲尼弟子列传》中述孔子弟子 77 人,有 4 人有名而无字。其有名有字的 73 人,叙述有两种格式:一种为名之后即为字,如:"闵损字子骞,""冉耕字伯牛,”“冉雍字仲弓,”“冉求字子有”等。一种为名之后为籍贯,然后为字,如:“颜回者,鲁人也,字子渊,”“颛项孙,陈人,字子张”等。绝大部分是用前一种格式。但不论哪一种,都是先出其名,再介绍其字。《屈原列传》的叙述方式也应是在名之后介绍字。

屈原名原而字平,南北朝以前《史记》中文字尚且无误。萧统编《文选》,所录皆前代名篇佳作,为尊重作者,题下皆标其字,如“班孟坚两都赋二首”,“张平子西京赋一首”,“司马长卿上林赋一首”,“杨子云羽猎赋一首”等。《离骚》、《九歌》等屈原之作前标“屈平”,而不是标“屈原”。《文选》中只有个别当时失其字者标名。屈原的名与字俱见于《史记》,不可能标名而不标字。故唐代张铣在“屈平”下注:“《史记》屈原字平。”则南北朝至唐时所传《史记》有尚未误者。

否定《渔父》为屈原所作者,还提出一条理由,说《渔父》中有道家思想。这是皮相之论,是站不住脚的。所谓“道家思想”的依据便是渔父所说“圣人不凝滞于物”以下几句。但这几句的意思,实际上就是《离骚》中女媭说的那一层意思的另一种表述法,只是作者藉以表现了一般人对他的不能理解,及他“苏世独立,横而不流”的精神。我们不能因《离骚》中女媭的那段话而说《离骚》中表现了随波逐流的道家思想。本篇中渔父所说比较概括抽象,《离骚》中女媭所说举了具体事例,而且语言直白,这只是体现了两个人的不同身份特征而已。从《离骚》中一些情节的构思、酝酿、形成过程来说,女媭詈劝一段,也可能就是由《渔父》这篇而来。

相反,可以确定《渔父》为屈原所作的理由,倒有几条:

(一)郭沫若《屈原赋今译》在《卜居》注中说:“原文以‘移’、‘波’、‘醨’、‘为’为韵,尚是先秦古韵。”所以,他虽然怀疑非屈原所作,但肯定为先秦时作品。王力《汉语诗律学·导言》第一部分的第一小节就说:“这种古韵决不是汉以后的人所能伪造的。”因为明代陈第以前人尚未意识到语言的变化和古今音韵的不同。则以为秦代或汉代作品之说,并不能成立。

(二)汤炳正先生《释·“温蠖”》一文考证,荀况在《不苟》篇对《渔父》中“新沐者必弹冠”那四句话进行概括、摄取与压缩,从而得出结论:“《渔父》既然存在于荀卿之前,为荀卿所引用,那它应当就是荀卿的前辈屈原的作品。”①

(三)其中提到的地名,所写地理环境与《楚辞章句·渔父序》所说“放逐在江湘之间”的说法不合,但与屈原在怀王时被放汉北之地相合,篇中未能明言,而考之可知。这也是伪造者很难做到的。

既然找不到可以否定《渔父》篇为屈原所作的证据,则应仍按汉代人的说法,将著作权归之于屈原。

---

① 汤炳正《屈赋新探》,齐鲁书社,1984年2月第1版,第114-116页。

关于《渔父》的作时与作地,《楚辞章句》说是放逐在江湘之间所作,这大约是因为其中有“游于江潭”和“宁赴湘流,葬于江鱼之腹中”的话。但这里“江”实质上是泛称,而“湘流”,《史记》作“常流”。郭沫若《屈原赋今译》即云:“《楚辞》‘宁赴湘流’,《史记》作‘宁赴常流’,案以《史记》为是,当是后人所妄改。”①朱季海先生对此有考证。他说:

《史记·屈原贾生列传》“宁赴常流”,《索隐》曰:“常流,犹长流也。”《索隐》举《史记》异文甚悉,此独不云《楚辞》作“湘流”者,知唐本不尔。今谓《史记》所录,最为可信。篇中正言江,不言湘。上云“游于江潭”,下云“江鱼腹中”,渔父之歌曰“沧浪之水”,与湘流故渺不相及也。《涉江》曰:“旦余济乎江湘”,江湘故是二水,灵均初不指江为湘也。则方云“湘流”,而又“江鱼”,于文亦谬,屈赋何尝有是?②

其说甚是。其中提到的“江潭”,据庾信《枯树赋》,正是在汉水边上。东晋桓温由建康赴江陵任,在汉水由南流折而东流一段渡汉,植树于水边。永和十二年进军洛阳伐姚襄,以其地理形势观之,渡汉地点仍在汉水折而东流一段。则此一带汉水以南古人名曰汉南,其北则称为汉北。汉水深处,俗称江潭。“江”应指汉江。所以,王逸的推测很靠不住。清初王夫之《楚辞通释》云:

江汉之间,古多高蹈之士,隐于耕钓,若接舆庄周之流,皆以全身远害为道,渔父盖其类也。闵原之忠贞将及于祸,而欲以其道易之。原感而述之,以明己非不知此,而休戚与俱,舍情难忍,修能已夙,素节难污,未尝不知冥飞蠖屈者之笑己徒劳,而固不能从也。按汉水为沧浪之水,在今均州武当山东南,渔父触其兴。则此篇为怀王时退居汉北所作可知。《孟子》亦载此歌,盖亦孔子自叶、邓适楚时所闻汉上之风谣也。

其论屈原在《渔父》中引述渔父之语的用意及《渔父》的作时、作地,俱甚精辟。清胡文英《屈骚指掌》云:“《渔父》篇,作于荆沔之间,故渔父虽隐士,犹得而识之也。”姜亮夫《屈原赋校注》也引《汉书·地理志》对此意有进一步论述。朱季海《楚辞解故》云:

《抽思》之《倡》曰:“来集汉北”,其《乱》曰:“溯江潭兮”,盖屈原既放,实溯

① 郭沫若《屈原赋今译》,人民文学出版社,1981年3月第1版,第181页。
② 朱季海《楚辞解诂》,上海古籍出版社,1980年3月新1版,第164-165页。

夏沔以集汉北,此称"游于江潭",正其道出沧浪时也。及赋《抽思》,则独处汉北,故云郢路辽远,而欲"溯江潭"以归郢也。夫去则溯汉,来则溯江,时地自明,然则《渔父》,故当在《抽思》前矣。

朱氏论《渔父》与《抽思》作成之先后次序,是也。

据以上各家之说,《渔父》作于楚怀王二十四五年被放汉北,至汉北不久之时。渔父已闻三闾大夫屈原被放汉北之事,而未识其人,故初见而从其服饰、气度疑其即是屈原,故问曰:"子非三闾大夫与?"其"何故至于斯"一句,是问因何原因而被放?重点在"何故"上,并不如有的学者所解只是问何故到汉北之地。如那样理解,则语气同故人相见,与二人的身份、关系不吻合。

篇中渔父所歌《沧浪歌》又见于《孟子·离娄上》,言孔子曾闻孺子唱之,因而藉以教诲弟子。则如王夫之所说,应是孔子由中原至楚途中所闻,只能是在汉北,不在郢都以南。又民歌出于天籁,总是就当地山川风物发为歌咏,不似文人之作,诗材多来自典籍史书。考沧浪之水,即春秋时代的清发水,又名"清水",也即《水经注》卷三十一所说"涢水"。《水经·涢水》:

涢水出蔡阳县,东南过隋县西,又南过江夏安陆县西。

郦道元注:

晋太安二年,镇南将军刘弘遣牙门皮初,与张昌战于清水。……即《春秋左传·定公四年》吴败楚于柏举,从之,及于清发。盖涢水兼"清水"之目矣。

此水发源于湖北省东北部的大洪山,北侧经随州、安陆、云梦入于汉。至宋代时,当地仍名其随州以南西侧一条支流为"浪水"。该水上游其旁古代有"清潭"等地名,则其为《渔父》中沧浪水可以肯定。清代学者卢文弨云:"仓浪,青色。在竹曰箵筤,在水曰沧浪。""沧浪之水"即"清水"。《尚书·禹贡》云:"嶓冢导漾,东流为汉,又东为沧浪之水。"因汉水在郢都以东第二次大转折,变为向东流,沧浪水即流入这一段汉水中。《禹贡》中的"又东"乃指第二次折而向东。古代常有某一支流流入主干之后,此下主干之水也以支流的水名名之的情况(汉水在夏水流入之后也统称为"夏水"即其例)。大约在更早的时候汉水第二次折而东流之后曾名之为"沧浪水"。洪兴祖《补注》:"《禹贡》:'嶓冢导漾,东流为汉,又东为沧浪之水。'注云:'漾水至武都为汉;至江夏,谓之夏水;又东,为沧浪之水,在荆州。'"按洪氏所引注非孔传。其前两句为见于《史记集解》所引郑玄语。

"又东为沧浪之水,在荆州"为洪氏据《地记》而加。不仅先后顺序错乱,且造成错误。《孔传》在"又东为沧浪之水"下云:"别流,在荆州。"乃言沧浪之水为汉水之支流,属荆州范围之内(非必在治州所在地)。《水经注·夏水注》引郑玄说云:"沧浪之水,言今谓夏水,来同,故世变名焉,即汉河之别流也。"《史记·夏本纪》《集解》引马融说同。孙星衍《尚书今古文注疏》云:"以沧浪为夏水者,《水经注·夏水注》引刘澄之《永初山水记》云:'夏水,古文为沧浪,渔父所歌也。'"均与上面考证相合。至于以为在武当县者,虽距汉北不甚远,但恐怕是因屈原曾在汉北而附会所致,尚欠确切。至于蒋骥以为在武陵龙阳,胡念贻《楚辞选注及考证》之评是:"至于武冈的沧浪水,更不可信。"因为"孔子所经过处只能在汉上,而不可能是湖湘。"

则《沧浪歌》是汉北云梦一带长期流传的民歌。屈原被放汉北,因得闻渔父歌之,可以肯定。

蒋骥《山带阁注楚辞》云:"余按今均州、沔阳,皆有沧浪,在大江之北。原迁江南,固不能复至其地。"这是其囿于屈原只放于江南之野,及《渔父》作于江南之野的说法,因而在湖南找产生较迟、后人附会而成的"沧浪之水"及有关遗迹。王闿运也认为沧浪水在江北均郧之地,但同样囿于旧说,因而说"盖楚旧臣避地沅潭,故劳相问也"(《楚辞释》),都是煞费苦心解决史实与旧说间的矛盾。今确定为怀王朝放于汉北时,一切问题都得以解决。

关于《卜居》可以肯定为先秦之作的理由,郭沫若《屈原赋今译·后记》中论及《卜居》、《渔父》,说道:"这两篇由于所用的还是先秦古韵,应该是楚人的作品。"既然这样,又怀疑其非屈原所作,便再没有理由。因为很多怀疑者提出的篇中自称"屈原"的问题,如上所言,也并不成问题。

关于《卜居》的作时与作地,王夫之《楚辞通释》注"三年不得复见"一句云:"大夫不用,自次于郊以待命,君不赐还,谓之曰放。此盖怀王时去位居汉北事。"说甚是。怀王二十四、五年屈原被放汉北,任掌梦之职。联系《离骚》中两写卜疑的情节看,应是反映了同样的心态与经历,则《卜居》应是屈原被放汉北期间所作。明周拱辰《离骚草木史》云:"古人登庙而卜,归其智于祖也。"胡文英《屈骚指掌》也以为作于楚怀王时。蒋骥《山带阁注楚辞》云:"详其词意,疑在怀王斥居汉北之日也。"还从内容上进行分析,认为"盖居蔽须时,与为彭咸之志,尚相参也。然则《卜居》之作,殆与《思美人》相近欤?"皆精到之论。因顷襄王朝被放江南之野,那里不可能有太卜。而汉北云梦之地,楚故都鄢郢在其西北,会有占卜之官。那么,本篇根据其开头"三年不得复见"之语,应作于怀王二十七年前后。从屈原作于汉北各篇分析,应作于《渔父》、《抽思》、《思美人》、《招魂》、《惜诵》之后,《离骚》之前。

关于《卜居》的题意,洪兴祖《补注》进一步论《楚辞章句·卜居序》之意云:"卜以决疑,不疑何卜。而以问郑詹尹,何哉?时之人去其所当从,从其所当去;其所谓吉,乃吾所谓凶也。此《卜居》所以作也。”朱熹《楚辞集注》则以为本篇是屈原“哀悯当世之人习安邪佞,违背正直,故阳为不知二事之是非可否,而将假蓍龟以决之,遂为此词,发为取舍之端,以警世俗”。汪瑗不同意朱熹之说。其《楚辞集解》云:“屈子于是非可否二者之间无疑于心,必不卜之于神明,其说尚矣。今观太史姓名俱载,非若‘无有先生’、‘亡是公’悬空假托之类也,亦明矣。”明代陈第的《屈宋古音义》联系《离骚》中灵氛占卜、巫咸决疑的情节,从王逸、洪兴祖、汪瑗之说,以为屈原“以行之必不能胜,事之必致相反者,决去就,定从违,以见己之廉贞,不以见弃而悔改也”。清初王夫之《通释》、顾炎武《日知录》及林云铭、蒋骥、屈复等看法均与之相近。则屈原居汉北之地,对自己坚持改革内政与正确的对外政策而屡遭打击疏放一直不能理解,对谗佞之臣使国家不断走向败亡而反得到信任、朝政日非而竟无人关心,也时时不能去于怀。如果他改弦更张,向旧贵族低头,则可以返回朝廷、与闻政事,但这不合于自己作人的原则;坚持自己的主张不变,则失去返回朝廷、挽救败局的机会。这些在诗人头脑中不会没有矛盾与斗争,因而去向太卜求教。屈原也算是借此倾吐内心,以求指点。而实际上屈原也通过这种方式表现了对当时政治与社会风气的批判。

屈原之名原而字平,因《史记》一字之误,致使历代学者殚精竭虑,曲为作解,又一些学者引起对《渔父》、《卜居》作者的怀疑,牵强附会以求立说,今可以息其讼矣。

“张《咸池》奏《承云》兮,二女御《九韶》歌”

——对《楚辞·远游》中两首古乐的考察

荆楚理工学院 黄康斌

《楚辞·远游》中有如下的诗句:

> 祝融戒而还衡兮,腾告鸾鸟迎宓妃。张《咸池》奏《承云》兮,二女御《九韶》歌。使湘灵鼓瑟兮,令海若舞冯夷。

这是写诗人来到渺茫的天际,火神祝融让神灵为他演奏歌舞的情形。然关于《咸池》、《承云》二乐,历来注家解说不一,今之注者更是莫衷一是。惜至今尚无人对其详加考证。

众所周知,楚辞与音乐有着密切的关系,无论是它的产生还是流传无不受音乐的影响。据粗略统计,楚辞中涉及的古乐有20多种。这其中,除了《九歌》、《韶》等著名乐曲有人进行过考证外,其余则很少有人进行过研究。这当然与年代久远、资料稀少且寻找起来费时费力有关。然而对楚辞中所涉及的这些古乐进行一番考证,以弄清它的来龙去脉、性质特点等,对于深入理解楚辞作品的形成以及诗人的思想感情、人格形象等方面无疑是有重要意义的。笔者不揣浅陋,爬梳古籍,尝试对其中的古乐进行考证,以就教于大方之家。

关于咸池,在中国传统文化中有三种涵义:一是指古乐舞;二是指神话传说中太阳洗澡的地方,即“日浴处也”;三是指星名,并由此与历法产生联系。这里要探讨的是咸池作为古乐舞的情形。

《咸池》作为古乐名,最早见于《周礼·春官宗伯》:“乃奏黄钟,歌大吕,舞云门,以祀天神。乃奏大蔟,歌应钟,舞咸池,以祭地示。”[1]“凡乐,函钟为宫,大蔟为角,姑洗为徵,南吕为羽。灵鼓、灵鞀、孙竹之管、空桑之琴瑟、咸池之舞。夏日至,于泽中之方丘奏之,若乐八变,则地示皆出,可得而礼矣。”[2]可见《咸池》是舞曲,是用来祭地的。《咸池》又名《大咸》:“以乐舞教国子,舞云门,大卷,大咸,大?,大夏,大濩,大武。”[3]这说明《咸池》演奏时有乐有舞,是周朝教育贵族子弟的重要内容之一。上古艺术一个最突出的特点就是歌、乐、舞不分,这些只要我们考察《诗三百》的情形就可以知道。所以《左传·襄公二十九年》(孔疏)曰:“乐之为乐,有歌有舞。”

关于《咸池》这一乐舞的作者,则众说不一。有认为是黄帝乐的,有认为是舜帝乐的,更多的则认为是尧乐。但先秦典籍都明确记载是黄帝乐。如《墨子间诂·后语下》载:"墨子氾爱兼利而非斗,其道不怒;又好学而博,不异,不与先王同,毁古之礼乐。黄帝有咸池,尧有大章,舜有大韶,禹有大夏,汤有大濩,文王有辟雍之乐,武王、周公作武。"[4]《庄子·天下》篇所载与《墨子》同:"黄帝有《咸池》,尧有《大章》,舜有《大韶》,禹有《大夏》,汤有《大濩》,文王有辟雍之乐,武王、周公作《武》。"[5]《庄子·天运》篇曰:"北门成问于黄帝曰:'帝张咸池之乐于洞庭之野,吾始闻之惧,复闻之怠,卒闻之而惑;荡荡默默,乃不自得。'"[6]明确说明了《咸池》是黄帝乐。《吕氏春秋·古乐》篇则具体记载了黄帝命其弟子伶伦与荣将作乐《咸池》的情形:"黄帝又命伶伦与荣将铸十二钟,以和五音,以施英韶,以仲春之月乙卯之日,日在奎,始奏之,命之曰《咸池》。"[7]班固、应劭等继承了先秦时人的观点,认为《咸池》为黄帝乐。如《汉书·礼乐志》:"昔黄帝作《咸池》,颛顼作《六茎》,帝喾作《五英》,尧作《大章》,舜作《招》,禹作《夏》,汤作《濩》,武王作《武》,周公作《勺》。"[8]《前汉纪·孝惠皇帝纪卷第五》:"是先王立礼乐之方也,黄帝作咸池,颛顼作六茎,帝喾作五英,尧作大章,舜作大韶,禹作大夏,汤作大濩,武王作大武,周公作勺。"《潜夫论》形象地记载了黄帝的诞生及其创作《咸池》的情形:"大电绕枢炤野,感符宝,生黄帝轩辕。代炎帝氏。其相龙颜,其德土行。以云纪,故为云师而云名。作乐《咸池》。是始制衣裳。"[9]应劭《风俗通义·声音》篇亦认为"黄帝作咸池",可见《咸池》为黄帝乐应是无疑的。但汉以后的学者却大都认为《咸池》为尧帝乐。如郑玄《周礼注》曰:"大咸,《咸池》。尧乐也。尧能殚均刑法以仪民。言其德无所不施。"但他注《史记》"《咸池》,备也"句时却说:"黄帝所作乐名,尧增修而用之。咸,皆也。池之言施也,言德之无不施也。"这真是一种"和稀泥"的做法。王逸《楚辞章句》在注释"张《咸池》奏《承云》兮"句时亦认为《咸池》是尧乐。[10]《路史后纪》:"陶唐氏制《咸池》之乐,而为经首之诗,以享上帝,命之曰《大咸》。"陶唐氏即尧帝,明确说明《咸池》为尧乐。后世持此观点者众。如《国语》(韦昭注)、王先谦《庄子集解》、郭庆藩《庄子集释》、《汉书》(颜师古注)等。今之学者亦大多认为《咸池》是尧帝乐。如当今影响最大的中国音乐史教材在论述"六代乐舞"时就明确说:"唐尧时候的《大咸》"[11]认为《咸池》是尧帝创作的。《淮南子·齐俗训》甚至认为《咸池》是舜帝乐:"有虞氏之祀,其社用土,祀中霤,葬成亩,其乐《咸池》、《承云》、《九韶》,其服尚黄。"[12]有虞氏即舜帝,将《咸池》、《承云》、《九韶》都说成是舜乐,这无疑是错误的,好在此说影响不大。

关于《咸池》的得名及其涵义,高亨先生据《楚辞·离骚》"饮余马于咸池兮,总余辔乎扶桑。"之王逸注"咸池日浴处也"及《淮南子·天文》:"日出汤谷,浴乎咸池,拂于扶桑。"论述道:"咸池是神话中的池名,太阳初出,在这个池里洗澡。咸池乐曲,其内容或与这个神话有关,可能是祭祀太阳神的乐曲,类似《楚辞·九歌》的《东君》,所以叫咸池。"[13]这个说法恐怕不对,如前所述,《咸池》是祭祀地神的乐曲,应与太阳神无关,何况太阳神与地神有天壤之别,二者怎能混同呢? 再说,从现有的材料看,咸池作为古乐名远早于神话传说中"日浴处"的名称。《乐记》解释《咸池》之义时说:"《咸池》,备也。"郑玄注曰:"咸,皆也。池之言施也,言德之无不施也。"王肃曰:"包容浸润行化皆然,故曰备也。"《白虎通·礼乐》篇:"黄帝曰《咸池》者,言大施天下之道而行之,天之所生,地之所载,咸蒙德施也。"近代学者王利器在《风俗通义校注》中罗列了《初学记》对《咸池》的注引情况:

> 初学记十五引刘向五经通义:"黄帝所以为咸池者何? 咸,皆也,施也,("施"上脱"池"字)黄帝时道皆施于民。"……初学记十五引乐纬注:"池音施,道施于民,故曰咸池。"又引宋均乐协图征注:"咸,皆也;池,取无所不浸;德润万物,故定以为乐名也。"御览五六六引乐纬注:"池,施也,道施于民,故曰咸池。"

可见"咸"乃"备"之意,"池"乃"施"之意,《咸池》的本意是歌颂黄帝大公无私、恩泽万物的德行的。

关于《咸池》的演奏效果,《庄子》一书对其有夸张的描写:"咸池九韶之乐,张之洞庭之野,鸟闻之而飞,兽闻之而走,鱼闻之而下入,人卒闻之,相与还而观之。"[14]真是神奇之至了。黄帝臣子北门成向黄帝谈了自己听该乐时的感受:"吾始闻之惧,复闻之怠,卒闻之而惑;荡荡默默,乃不自得。"[15]最后达到了一种忘我的境地,真可谓是至乐了。这当然是一种文学手法,当不得真的。

《咸池》古乐据《周礼》记载,东周时候仍然存在,亡于何时,今已不可得而知。

关于《承云》古乐的由来,有人认为其为黄帝之乐。如东汉王逸《楚辞章句》认为:"《承云》即《云门》,黄帝乐也。"[16]《云门》乃黄帝乐,这是不错的,但《承云》与《云门》并非同一古乐。《国语》韦昭注:"六代之乐,谓黄帝曰《云门》,……"《史记》服虔有注曰:"周用六代之乐,……黄帝曰《云门》。"《晋书》卷二二:"昔黄帝作《云门》。"可见《云门》确为黄帝乐,且是祭祀天神的乐舞。"乃奏黄钟,歌大吕,舞《云门》,以祀天神。"大约黄帝氏族以云为图腾,故称其乐曲为《云门》。《左传·昭公十七年》:"昔者黄帝氏以云纪,故为云师而云名。"[17]《今本竹书纪年疏证》:"黄帝轩辕氏……二十年,景云见。以云纪官。"《左传·昭公十七年》疏引服虔曰:"黄帝将兴,有景云之瑞。"《艺文类聚》、《太平御览》引《春秋演孔图》曰:"黄帝将兴,黄云升于堂上。"皆说明黄帝氏族对云的崇拜。后世误将《承云》作为黄帝乐的人还有很多。如东晋名士张湛可谓博学之士,他在其玄学力作《列子注》中则认为:"《承云》,黄帝乐。"[18]清·吕抚《历代兴衰演义》第三回甚至认为《承云》古乐乃黄帝之臣大容所作:"(黄帝)命隶首作算数,命伶伦造律吕,命大容作《承云》之乐,命之曰《咸池》。"将《咸池》与《承云》混为一谈,实在是个大错误。但其书同时又认为《承云》为颛顼氏所作："颛顼高阳氏立。姬姓，黄帝之孙、昌意之子。……初国高阳，故号高阳氏，迁都丘帝。……作《承云》之乐，在位七十八年崩。"（《历代兴衰演义》第三回——五帝起亶聪明创制立法）前后矛盾如此。今人杨伯峻先生《列子集释》亦认为《承云》为黄帝乐。今之楚辞论者则多受王逸影响，认为《承云》为黄帝乐。甚至将《承云》、《云门》混为一谈。

其实，《云门》乃黄帝乐，《承云》则是颛顼乐。《承云》古乐，最早出自《列子·周穆王第三》篇："穆王敬之若神，事之若君。……奏《承云》、《六莹》、《九韶》、《晨露》以乐之。"[19]这是周穆王为讨好西极之国的神人而命人演奏的乐舞，与帝喾乐《六莹》、舜乐《九韶》、汤乐《晨露》并称，可见其地位的尊崇与美妙了。《吕氏春秋·古乐》篇明确记载了颛顼帝令其臣子飞龙作乐《承云》的情形："帝颛顼生自若水，实处空桑，乃登为帝。惟天之合，正风乃行，其音若熙熙凄凄锵锵。帝颛顼好其音，乃令飞龙作效八风之音，命之曰《承云》，以祭上帝。乃令鱓先为乐倡，鱓乃偃寝，以其尾鼓其腹，其音英英。"[20]这是最早记载《承云》为颛顼古乐的材料。说明《承云》古乐乃颛顼臣子飞龙模仿"天籁"之音——"八风"的声音而创作，是用来祭祀上帝的。上古帝王的许多艺术为其臣子所创作，但往往冠以帝王之名。如黄帝臣子伶伦之作《咸池》、舜臣子夔之作《九韶》等皆是。至于"乃令鱓先为乐倡，鱓乃偃寝，以其尾鼓其腹，其音英英。"则带有很强烈的神话色彩。

上古之时，巫术盛行。古人为了说明某一项艺术的伟大，往往将其与神话交织在一起，以证明其神奇的功效。如《吕氏春秋·古乐》记载尧乐《大章》曰："帝尧立，乃命质为乐。质乃效山林溪谷之音以歌，乃以麋輅冒缶而鼓之，乃拊石击石，以象上帝玉磬之音，以致百兽舞。瞽叟乃拌五弦之琴，作以为十五弦之瑟。命之曰《大章》，以祭上帝。"[21]这是写尧的臣子质模仿自然的声音创作《大章》的情形，音乐之美可以让百兽起舞，这就不仅是夸张，而且是神话了。《尚书·益稷》记载《韶》乐演奏时的情形："夔曰：戛击鸣球，搏拊琴瑟，以咏。祖考来格，虞宾在位，群后德让。下管鞀鼓，合止柷敔。笙镛以间，鸟兽跄跄。《箫韶》九成，凤皇来仪。夔曰：于！予击石拊石，百兽率舞，庶尹允谐。"[22]连凤凰都前来聆听，百兽都为之起舞，可见《韶》乐是多么动听、多么神奇了。古人为了说明音乐的美，往往用自然界的事物来反映。如枚乘的《七发》就是采用这种手法："飞鸟闻之，翕翼而不能去；野兽闻之，垂耳而不能行；蚑蟜蝼蚁闻之，拄喙而不能前。此亦天下之至悲也。"再如《艺文类聚》（卷四一）描写晋国大音乐家师旷弹琴："（师旷）援琴一奏，有玄鹤二八来集，再奏而列，三奏而延颈鸣，舒翼而舞，音中宫商。师旷曰：'不如清角。'师旷一奏之，有云从西北方来；再奏之，大风至，大雨随之。裂帷幕，破俎豆，堕廊瓦。"真可谓"惊天地，泣鬼神"矣。这就不可避免的带有神话色彩。

而高亨先生却将"乃令鱓先为乐倡，鱓乃偃寝，以其尾鼓其腹，其音英英。"坐实为"用鼍皮蒙鼓"，这就不对了。他认为"鱓与鼍同"，"所谓'乃令鱓先为乐倡'乃指奏乐之前，擂鼍鼓几通。‘鲜乃偃寝’乃指鼍鼓似鼍鱼横卧之形。‘以其尾鼓其腹,其音英英。’乃指鼓椎形似鼍尾,用来击鼍腹,发出英英的声音。”[23]这实在是很牵强的,把一个美妙的神话完全篡改了。这与先秦儒家对上古神话的改造如出一辙。其实“乃令鲜先为乐倡”句,无非是形容《承云》乐之神奇,连动物都被感化了。

《承云》乃颛顼乐,还有许多文献可为之佐证。《魏书》卷一〇九:“黄帝有《咸池》之乐,颛顼作《承云》之舞。”(志第一四)明确分别了黄帝与颛顼的乐舞。《今本竹书纪年疏证》不仅指出《承云》乃颛顼乐,而且连创作的具体时间都指出来了:“(帝颛顼高阳氏)母曰女枢,见瑶光之星贯月如虹,感己于幽房之宫,生颛顼于若水。首戴干戈,有圣德。生十年而佐少昊氏,二十而登帝位。……二十一年,作《承云》之乐。”可惜《今本竹书纪年》后人多认为是伪作,但其如此言之凿凿,当有一定来历。

可见《承云》确为颛顼乐,是其臣子飞龙所造,应是无疑的了。然而颛顼为什么将他的音乐命名为《承云》呢?这大约与黄帝氏族以云为纪,而黄帝又有《云门》乐有关,颛顼乃黄帝之孙,《承云》之命名大概含有继承祖先之意吧。

据《史记》记载:“楚之先祖出自帝颛顼高阳。高阳者,黄帝之孙,昌意之子也。”屈原忠君爱国,《离骚》开篇首溯其本曰:“帝高阳之苗裔兮”,体现了他对颛顼帝的崇仰之情。而祝融乃颛顼之孙。当诗人失意远游之时,念念不忘者还是楚国始祖之乐。斯人斯情,怎不让人动颜?

《承云》作为古乐,是有歌有舞的。《列子·周穆王第三》篇记载了奏《承云》乐时且歌且舞的情形:“周穆王时,西极之国有化人来,入水火,贯金石;反山川,移城邑;乘虚不坠,触实不碍。千变万化,不可穷极。既已变物之形,又且易人之虑。穆王敬之若神,事之若君。……简郑卫之处子娥媌靡曼者,施芳泽,正娥眉,设笄珥,衣阿锡,曳齐纨。粉白黛黑,佩玉环。杂芷若以满之,奏《承云》、《六莹》、《九韶》、《晨露》以乐之。”[24]描写了周穆王挑选妙龄少女以歌舞娱乐西极之国“化人”的情形。这些女子皆精心打扮,托着长衣长袖而伴舞。可见《承云》古乐在演奏时是与舞蹈密切地联系在一起的。所以《魏书》曰:“黄帝作《咸池》之乐,颛顼有《承云》之舞”。此其明证。

《承云》古乐,亡于何时,今已无法详考。高亨先生认为“大概东周时代已经不传。”[25]其所据者,大约是《宋书》所载“周存六代之乐,至秦唯余《韶》、《武》而已。”(卷一九,志第九)及《魏书》所言:“周存六代之乐,《云门》、《咸池》、《韶》、《夏》、《濩》、《武》用于郊庙,各有所施,但世运遥缅,随时亡缺。汉世唯有虞《韶》、周《武》”(卷一〇九,志第一四)

然而,这里只言“六代之乐”的情况。“六代之乐”又称“六代乐舞”,简称“六乐”,杨荫浏先生认为是特指“原始公社时代中黄帝时候的《云门大卷》、唐尧时候的《大咸》、虞舜时候的《大韶》、夏禹时候的《大夏》;奴隶社会中商汤时候的《大濩》和封建社会中周朝当代的《大武》。”[26]这里关于“六代之乐”的具体所指虽有不妥之处,但从中可以看出“六代之乐”与“六代时期的音乐”是两个不同的概念。因此《宋书》、《魏书》中所言“六代之乐”的消亡,并不包括《承云》等古乐。

其实,直至南朝和唐时期还有许多关于《承云》古乐演奏的记载。如南朝诗人何逊诗《九日侍宴乐游苑诗为西封侯作》中有这样几句:“鸾舆和八袭,凤驾启千群。羽觞欢《湛露》,佾舞奏《承云》。禁林终宴晚,华池物色曛。”写了诗人跟随皇帝并侍宴乐游苑的情形。极力赞美皇德深厚,万物皆受其恩泽。“佾舞奏《承云》”不仅说明《承云》古乐有歌有舞,而且还说明了《承云》乃天子专用乐,一般人是不能僭越的。再如唐张九龄《奉和圣制南郊礼毕酺宴》:“配天昭圣业,率土庆辉光。春发三条路,酺开百戏场。流恩均庶品,纵观聚康庄。妙舞来平乐,新声出建章。分曹日抱戴,赴节凤归昌。幸奏《承云》乐,同晞《湛露》阳。气和皆有感,泽厚自无疆。饱德君臣醉,连歌奉柏梁。”亦写近臣侍宴的情形,赞美皇帝恩泽天下的圣德以及自己的感激之情。这些都证明了《承云》是天子宴会时专用的乐舞,有着特殊的地位。

不仅如此,《承云》乐还是郊祭时候的乐舞,直到唐时仍沿用。据《旧唐书》载:“皇帝酌献饮福用《寿和》;送文舞出迎武舞入用《舒和》:笙歌籥舞属年韶,鹭鼓凫钟展时豫。《调露》初迎绮春节,《承云》遽践苍霄驭。”(卷第三十,志第十)同书又载:“皇帝酌献饮福用《寿和》;送文舞出迎武舞入用《舒和》:崇牙树羽延《调露》,旋宫扣律掩《承云》。诞敷懿德昭神武,载集丰功表睿文”(卷第三十,志第十)。另《全唐诗卷五》有武则天《唐享昊天乐·第八》诗:“奠璧郊坛昭大礼,锵金拊石表虔诚。始奏《承云》娱帝赏,复歌《调露》畅韶英。”据《全唐诗卷十一》记载“笙歌籥舞属年韶”四句是魏征的诗,应是魏征跟随皇帝郊祀后所创作。“崇牙树羽延《调露》”四句不知何人所作,但比较魏征、武则天诗可知,唐皇帝郊祭时所奏乐舞应为《调露》、《承云》,大约《调露》是用来祭地而《承云》则是用来祭天的。古时帝王祭拜天地的乐舞往往有别,如《周礼·春官宗伯》“乃奏黄钟,歌大吕,舞《云门》,以祀天神。乃奏大蔟,歌应钟,舞《咸池》,以祭地祇。”[27]可见《承云》不仅是皇帝宴会时的乐舞,而且是郊祭时的礼乐,在国家典礼中享有崇高的地位。

然而人代冥灭,清音遥远。《承云》古乐至宋以后则不见传,实为憾事。

综上所知,屈原作品对于古乐的选择是颇含深意的。其所涉及者一为上古贤君之乐,主要是六代时期的乐舞。如《驾辩》、《咸池》、《承云》、《大韶》等,体现其对圣贤之君的仰慕,从而反衬楚国君王的昏庸,自己的怀才不遇;再者为楚国乐舞,如《涉江》、《采菱》、《劳商》等,《九歌》虽据传为夏启之乐,从天上取得,但在楚地流传的过程中,已带有浓厚的楚地色彩,巫风巫俗浓厚,因此屈原据以创作《九歌》,上陈事神之敬,下见己之冤结。对楚地乐舞的选择,体现了诗人对楚国深厚的感情。了解了这一点,可以更好地理解为什么当诗人远游到天际时,火神祝融会安排神灵为其演奏《咸池》、《承云》二乐了。

参考文献

[1]阮元校刻:《十三经注疏》,中华书局,1980 年,第 788 页。

[2]阮元校刻:《十三经注疏》,中华书局,1980 年,第 789 - 790 页。

[3]阮元校刻:《十三经注疏》,中华书局,1980 年,第 787 页。

[4]孙诒让:《墨子间诂》,《诸子集成》,团结出版社,1996 年,第480 页。

[5]王先谦:《庄子集解》,《诸子集成》(三),团结出版社,1996 年,第 320 页。

[6]王先谦:《庄子集解》,《诸子集成》(三),团结出版社,1996 年,第 212 页。

[7]《吕氏春秋》,《诸子集成》,团结出版社,1996 年,第 311 页。

[8]班固:《汉书》,岳麓书社,1993 年第 1 版,第 481 页。

[9]《潜夫论》,《诸子集成》(八),团结出版社,1996 年,第 217 页。

[10]王逸:《楚辞章句》,岳麓书社,1994 年第 1 版,第 165 页。

[11]杨荫浏:《中国古代音乐史稿》,人民音乐出版社,1981 年,第35 页。

[12]高诱:《淮南子注》,《诸子集成》(七),团结出版社,1996 年,第 169 页。

[13]高亨:《上古乐曲的探索》,《文史哲》,1961 年第 2 期,第 45 页。

[14]王先谦:《庄子集解》,《诸子集成》(三),团结出版社,1996 年,第 232 页。

[15]王先谦:《庄子集解》,《诸子集成》(三),团结出版社,1996 年,第 212 页。

[16]王逸:《楚辞章句》,岳麓书社,1994 年第 1 版,第 165 页。

[17]阮元校刻:《十三经注疏》,中华书局,1980 年,第 2083 页。

[18]张湛:《列子注》,诸子集成(三),团结出版社,1996 年,第806 页。

[19]张湛:《列子注》,诸子集成(三),团结出版社,1996 年,第805 页。

[20]《吕氏春秋》,《诸子集成》,团结出版社,1996 年,第 311 页。

[21]《吕氏春秋》,《诸子集成》,团结出版社,1996 年,第 312 页。

[22]阮元校刻:《十三经注疏》,中华书局,1980 年,第 144 页。

[23]高亨:《上古乐曲的探索》,《文史哲》,1961 年第 2 期,第 43 页。

[24]张湛:《列子注》,诸子集成(三),团结出版社,1996 年,第805 页。

[25]高亨:《上古乐曲的探索》,《文史哲》,1961 年第 2 期,第 43 页。

[26]杨荫浏:《中国古代音乐史稿》,人民音乐出版社,1981 年,第 35 - 36 页。

[27]阮元校刻:《十三经注疏》,中华书局,1980 年,第 788 页。

《楚辞·渔父》考论

云南大学　殷光熹

一、关于《渔父》的作者问题

王逸说:"《渔父》者,屈原之所作也。屈原放逐,在江、湘之间,忧愁叹吟,仪容变易。而渔父避世隐身,钓鱼江滨,欣然自乐。时遇屈原川泽之域,怪而问之,遂相应答。楚人思念屈原,因叙其辞以相传焉。"①

王逸在这里既说"《渔父》者,屈原之所作也",又说"楚人思念屈原,因叙其辞以相传焉"。后者所说似乎《渔父》是后人因思念屈原而作。对此,有人认为是自相矛盾,进而怀疑屈原的著作权。其实,这是一种误解。王逸的本义是:由于楚人思念屈原,因而述说该篇文辞得以广泛相传。这里的"叙"字作"述说"解,"辞"指《渔父》。

《渔父》和《卜居》开头第一句均有"屈原既放"四字,于是有人认为不像屈原所作。其主要理由是:屈原其他作品说到自己时,一般均用第一人称,未见自称屈原(即用第三称写自己)。

关于这个问题,曾有学者撰文反驳道:"《庄子·逍遥游》是公认的庄子作品,其中便有惠子和庄子的对话,也是用第三人称。"②其中"庄子曰"出现两次,是作者(庄子)用第三人称的例子。如果有人觉得这只是个别例子或言"孤证"的话,那么,我可以再举《庄子》内篇中的《德充符》为例:

> 惠子谓庄子曰:"人故无情乎?"庄子曰:"然。"惠子曰:"人而无情,何以为之人?"庄子曰:"道与之貌,天与之形,恶得不谓之人?"惠子曰:"既谓之人,恶得无情?"庄子曰:"是非吾所谓情也。吾所谓无情者,言人之不以好恶内伤其身,常因自然而不益生也。"惠子曰:"不益生,何以有其身?"庄子曰:"道与之貌,天与之形,无以好恶内伤其身。今子外乎子之神,劳乎子之精,倚树而吟,据槁梧而瞑。天选子之形,子以坚白鸣!"③

---

① 洪兴祖:《楚辞补注》,中华书局,1983年,第179页。

② 汤漳平、陆永品:《楚辞论析》,山西教育出版社,1990年,第162页。

③ 王先谦:《庄子集解》(《诸子集成》第3册),中华书局,1986年,第36-37页。

以上是《庄子·德充符》中惠子与庄子的一段对话,其中“庄子曰”出现四次之多,同样是作者庄子在文中以第三人称的方式同惠子对话。可见,先秦时期,以第三人称方式来表达己意,确乎不乏其例。这与《渔父》、《卜居》中的“屈原既放”、“屈原曰”同属用第三人称的例子是相同的。这是出于一种表达方式上的需要,“《卜居》、《渔父》,皆假设问答以寄意耳。”①这个说法与崔述在《考古续说·观书馀论》中所说的“假托成文”是不同的:崔氏的“假托成文”说,是指“作赋者托古人以畅其言”;洪兴祖所说的“假设问答以寄意”,是指通过问答形式来寄己(作者)之意,即作者是屈原,却用第三人称的口吻,借一问一答的对话形式来表达自己的观点。这可以在屈原的其他作品中找到类似例证:在《离骚》中,屈原与女媭、灵氛、巫咸的对话,都是“假设问答以寄意”的明证。当然,崔氏所说的“作赋者托古人以畅其言”,并非没有,如“后来东方朔的《答客难》、扬雄的《解嘲》、韩愈的《进学解》等文都是沿用这种形式的。”②又如《楚辞章句》中所收汉代“骚体赋”中就有许多“代人寄言”之作,属于崔氏所说的“托古人以畅其言”,不过,这与《卜居》、《渔父》的“假设问答以寄意”是显然不同的。这两篇作品并不是后人“托古人以畅其言”,而是作者本人借第三人称(即屈原)以寄己意。

其实,“对话体”这种形式,是古今中外作者常常采用的一种交流方式:《诗经》中已有其雏形,其后,《论语》、《庄子》、《孟子》、《左传》、《国语》、《战国策》等,亦不乏“对话体”。及至东汉以后,在佛学、玄学、理学等著作中,“对话体”也不少见。“对话体”,不仅中国有,西方亦有,只要看看西方的经典著作,就不难发现其中的对话体文字。这是文体发展过程中必然出现的现象,不一定是谁影响谁(就中西方而言)的结果。但就中国先秦时期的文体情况而言,“对话体”在众多著作中的频频出现,无疑有其渊源、传承和发展的过程。春秋战国时期,对话形式已成为人们“求知传道”、求真明理的灵活便捷的交流方式。采用对话体的好处是:(1)话题内容广泛。举凡天地万物、人事诸象,均可列入话题讨论。(2)对话方式有较大的自由性和灵活性,不受时间、地点等条件的限制。例如:可以是面对面对话,也可以是书面方式对话,既可以实录其事,又可以假托成文。(3)便于发挥各人所长。辩论双方,思想观点的交锋,各有高招:或辩难,或反驳,或求证;时而雄辩滔滔,时而幽默机智,时而唇枪舌剑,时而沉着理智;有的快人快语,咄咄逼人;有的冷静应对,反客为主;有的随机生发,妙语连珠;有的旁征博引,触处生春。正因为对话体有其自身的某些优势,所以常被古今中外的名家名作所采用。

① 洪兴祖:《楚辞补注》,中华书局,1983 年。
② 马茂元:《楚辞选》,人民文学出版社,1958 年,第 214 页。

二、有关《渔父》创作背景中的几个问题

(一)关于创作《渔父》篇的时间、地点问题

从文中所写情况来看,应当是屈原放逐沅湘之间这段时间而作。因为屈原的最后行程,是从沅入湘而自沉于汨罗,所以文中才说:"宁赴湘流,葬于江鱼之腹中。"这从行程路线、时间概念、环境状况和情感发展逻辑来看,都能说得通。如果据篇末渔父所唱歌中有"沧浪之水"的地名即认定本篇就作于沧浪江的话,那就与全文文意难以贯通,也与实际情况不符。渔父唱《沧浪歌》并不等于时在沧浪江上,因为此歌在楚地是早已广泛流传的古歌谣,并不局限于沧浪江一地,这可以从先秦诸子著作中找到例证,例如《孟子·离娄上》篇中就有这样一段记载:

> 孟子曰:"不仁者可与言哉?安其危而利其灾,乐其所以亡者。不仁而可以言,则何亡国败家之有?有《孺子歌》曰:'沧浪之水清兮,可以濯我缨;沧浪之水浊兮,可以濯我足。'孔子曰:'小子听之!清斯濯缨,浊斯濯足矣。自取之也。'夫人必自侮,然后人侮之;家必自毁,而后人毁之;国必自伐,而后人伐之。《太甲》曰:'天作孽,犹可违;自作孽,不可活。'此之谓也。"①

篇中提到孔子听到的《孺子歌》就是《渔父》篇中渔父所唱的那首《沧浪歌》。又如《文子》一书中也曾引用这首歌谣:"混混之水浊,可以濯吾足乎?泠泠之水清,可以濯吾缨乎?"《太平御览》卷五十八、《艺文类聚》卷八引同,其中"泠泠"均作"青青",皆无二"乎"字。② 与《沧浪歌》比较,文字和顺序稍有出入,但它们同属一首歌谣则是肯定的。随着河北定县汉墓《文子》竹简的出土,证实《文子》确系先秦古籍,而非"伪书"。以上例子说明,《沧浪歌》(或曰《孺子歌》)这首古歌谣,流传广泛,并不局限于沧浪江一地。

(二)渔父是何许人

渔父者,捕鱼的老人也。《方言》:"凡尊老,南楚谓之父。"实际上,这里所出现的渔父,是一位具有道家思想的隐士一类人物,诸如《论语》、《庄子》中的楚狂接舆、长沮、桀弱,"荀况《尧问》中的缯丘之封人,韩非《解老》中的詹何,《吕览·异宝》的江上老人,《韩诗外传》中的北郭先生等,都是楚人。"③虽然他们中的不少人以隐居方式生活,但他们不可能从社会生活中消失得无影无踪,不可避免地要与人接触和对话,表露自己的人生态

① 焦循:《孟子正义》(《诸子集成》第1册),中华书局,1986年,第295页。

② 李定生、徐慧君:《文子校释》,上海古籍出版社,2004年,第228页、239页。

③ 聂石樵:《楚辞新注》,商务印书馆,2004年,第154页。

度和看法。因此,从客观情理上设想,屈原与这类人相遇也并非不可能,但在这里(指《渔父》篇),我并不认为是屈原实录其事,而是屈原根据对当时社会思潮的观察了解,选择当时与自己处世态度截然相反的隐者作为对话物件,通过主客间的对话,表明二者在处世态度上的不同,揭示"道不同,不相为谋"的道理。虽非实录其事,但从主客间思想碰撞所反映出来的情况看,二者在处世准则上的对立,正是积极处世思想和消极处世思想的对立,与当时社会思潮中两种不同处世态度的客观实际是吻合的。

三、两种处世哲学,两种人生境界

(一)带有戏剧性效果的对话和描写

《渔父》是一篇骚体散文诗。它通过渔父与屈原的对话,表明了两种不同的处世态度:渔父劝说屈原"与世推移",方圆随俗,韬晦处世,全生保真;屈原则相反,表明自己决不随波逐流、同流合污,且用生命来作保证:宁可葬身江中鱼腹,也决不让尘埃玷污自己的清白。两种处世准则,两种人生境界,所谓"道不同,不相为谋",结果必然是各走其路,各行其事。这是本篇立意所在。

从艺术构思和表达方式来看,《渔父》好像是一场独幕剧,时间、地点、人物、对话、剧情及矛盾冲突等均作了精心安排。

当帷幕拉开时,一位形容憔悴的流浪者屈原出现在江边,他边走边吟唱,与渔父不期而遇。渔父先开口问屈原:"子非三闾大夫欤?何故至于斯?"渔父也许是出于同情心而主动发问。屈原回答道:"举世皆浊我独清,众人皆醉我独醒,是以见放。"联系屈原的身世及其作品来看,这里所说的清与浊、醉与醒的矛盾,有着更深刻的内涵:前者指社会上真善美与假恶丑的对立斗争,邪恶势力嚣张一时,正义力量受到压制;后者指社会生活中人们对是非标准的判断,迷失者多,清醒者少。尽管如此,屈原仍以超人的勇气,坚定的信念,哪怕遭到放逐,也要保持其"内美"的本色和人格的独立性。渔父听后不以为然,仍按自己的处世准则来规劝屈原改弦易辙:"圣人不凝滞于物,而能与世推移。世人皆浊,何不淈其泥而扬其波?众人皆醉,何不餔其糟而啜其醨?何故深思高举,自令放为?"渔父的这番话,中心意思是劝屈原放弃原来的处世准则,要他"与世推移",沉沦于混世的浊流中。这种处世态度,有悖于屈原的处世准则,屈原当然不能接受,而是冷静、理智地回答道:"吾闻之:新沐者必弹冠,新浴者必振衣。安能以身之察察,受物之汶汶者乎?宁赴湘流,葬于江鱼之腹中,安能以皓皓之白,而蒙世俗之尘埃乎?"表达了自己宁为玉碎、不为瓦全的坚强意志。既然如此,如果渔父再继续劝说,结果必然是无济于事,自讨没趣。于是,渔父无可奈何而又礼貌地"莞尔而笑",然后敲击着船舷,边行边唱:"沧浪之水清兮,可以濯吾缨;沧浪之水浊兮,可以濯吾足。"就这样渐渐远去了,再没有同屈原说什么。

诗意化的结尾,给作品带来不尽意味。渔父唱这首《沧浪歌》,意在用清水洗缨、浊水洗足来比喻所谓顺其自然、适应世俗潮流,其实质仍想用此歌来打动屈原,劝其明哲保身。作者通过简短的描述和对话,将人物的容貌、表情和内心世界活灵活现地展现出来,不仅富有戏剧性效果,而且给人留下深刻的印象。

(二)两种处世哲学的不同思想文化背景

渔父和屈原的对话,都有"笔墨之外"的深刻寓意。形成二人不同的人生观,是各有其思想文化背景的。

道家思想是中国文化史上一种重要现象,是古人智慧中的一笔文化遗产,就它的精华部分而言,也是古人送给后人的一份珍贵礼物。

从思维方法和思维形式特点看,道家注重"神会",注重对立面的转化,正如《渔父》中所说的"不凝滞于物",无论遇到什么矛盾和痛苦,都可以用"超越"的方法解脱之,或自视清高,在污浊不堪的现实生活面前,保持"本性";或把心中的忧郁情绪移情于大自然,以求寄托和宽解;或远离混浊的社会,做一个返回大自然的隐士;或者像庄子那样,通过"坐忘"(指端坐而忘掉一切物我、是非差别的精神状态),达到自我实现、自我满足的精神幻影境界,以"齐物我"、"齐是非"的思辨游戏,把生活中的"苦酒"还原为精神上的"甘泉",因而还可以"逍遥"于"人间世"。如果按道家的这种思维方法和思维形式来看问题的话,屈原所遇到的诸多矛盾和痛苦,自然可以化解或避开。如果做到"齐物我"、"齐是非"的话,那么屈原身上原本就不存在什么矛盾和痛苦。道家的这种思维方式及其特点也反映在渔父身上,他对屈原说:"(你)何故深思高举,自令放为?"不经意间却为"坐忘"作了诠释。也就是说,渔父的处世哲学,代表了当时道家头面人物及其信徒所宣扬的人生哲学思潮。

在当时,类似渔父式的人物随处可见,《庄子·人间世》中的"凤兮"歌,就是楚狂接舆唱给孔子听的。歌中提出:遇"祸"要"避";为了避"殆"(危险),则要"画地而趋"(择地而蹈);遇到"迷阳"(荆棘),要"却行"(绕个弯儿走),这样才能"无伤吾行"、"无伤吾足"。文中引用此歌,意在说明:"山木自寇(自取寇伐)也,膏火自煎也。桂可食,故伐之;漆可用,故割之。人皆知有用之用,而莫知无用之用也。"[①]这些"山木"、"膏"、"桂树"、"漆树"都因其有用,故招来砍伐、火煎之命运,这是人人皆知的"有用之用"。至于"无用之用",则无人知之。为什么这样说? 因为"无用"之物,不惹人注意,可以避免当权者所役使,免遭其害。也就是说,全生远害在于以无用为大用。对照《渔父》篇中渔父所说的"何故深思高举,自令放为"的话来看,或许可以看作是上引《庄子·人间世》话语的引申义,或曰二者之间有其相通之处。渔父还认为,既然"举世皆浊",就应该"淈土扬波";既

---

① 王先谦:《庄子集解》(《诸子集成》第3册),中华书局,1986年,第30页。

然“众人皆醉”,就应该“餔糟啜醨”,这显然是《庄子 · 人间世》中“乘物以游心”说的翻版。此说也被后人化用来评价屈原。

刘安在《离骚传序》中说:“濯淖淤泥之中,以浮游尘埃之外,不获世之滋垢,皭然泥而不滓者也。”两相比较,可谓一脉相承。在这里,需要鉴别的是,刘安是以老庄思想来推崇屈原的,即如褚斌杰先生所指出的:“刘安作《离骚传》,看来正是把屈原‘道家化’了,并在这个基础上对屈原作了推崇,实际上已经脱离了屈原的本来面目。”①从以上所举例子可以说明渔父是一位具有道家思想的隐者。当然,他的处世哲学并没有被屈原接受。渔父和屈原的对话,虽然观点对立,水火不容,但是彼此并未强迫对方一定要接受自己的观点,而是以分道扬镳来结束对话。

从篇中屈原的对话中可以看出,在与渔父的思想交锋中,屈原积极处世的人生观始终处于主导地位。他在第一次答话中所说的“我独清”和“我独醒”,就鲜明地宣告了自己与众不同的处世准则。“浊”与“清”,指黑白分明。“清”者,表明自己的品德是清白无瑕的。“醉”与“醒”,指是非分明。“醒”者,表明自己始终保持清醒的头脑,自有判断是非的标准,坚定不移,不为其他所动、所惑。屈原的第二次答话,中心围绕“清白”二字作文章,用“新沐者必弹冠,新浴者必振衣”的格言来表明自己的“清白”,决不让尘垢加以沾污。为了捍卫自己的“清白”,“宁赴江流,葬于江鱼之腹中”。斩钉截铁,义无反顾,可谓字字千钧,掷地有声。于此,一个宁折不弯、刚直不屈的崇高形象跃然纸上。从屈原身上,我们看到了永不泯灭的民族之魂!这与渔父的“与世推移”、与世无争的人生态度大异其趣。渔父的这种人生态度源于道家创始人老子的“柔弱”、“不争”的处世哲学,所谓“柔弱胜刚强”说。② 有趣的是,有些文献还记载了与此说相似的故事,例如《文子 · 上德》:“老子学于常枞,见舌而守素。”“舌之与齿,孰先弊焉?绳之与失,孰先直(“直”,折也。)焉?”③又如《说苑 · 敬慎》:“常拟(一作“枞”)有疾,老子往问焉……常拟曰:‘嘻!是已。’张其口而示老子曰:‘吾舌存乎?’老子曰:‘然!’‘吾齿存乎?’老子曰:‘亡!’常拟曰:‘子知之乎?’老子曰:‘夫舌之存也,岂非以其柔耶?齿之亡也,岂非以其刚焉?’常拟曰:‘嘻!是已。’天下之事已尽矣,无以复语子哉!”注:“《淮南 · 道应篇》:‘齿坚于舌而先之敝。’”④这个故事说明“柔弱胜刚强”的道理。如果照道家的这种观点来看屈原和渔父的处世态度的话,屈原的刚直必然遭难受挫,“而渔父避世隐身,钓鱼江滨,欣然自乐”⑤,即柔弱者却能活得逍遥自在。渔父选择这种处世态度和生活方式,是情理中事,然

---

① 褚斌杰:《楚辞要论》,北京大学出版社,2003 年,第 40 页。
② 王弼:《老子道德经注》(《诸子集成》第 3 册),中华书局,1986 年,第 20 页。
③ 李定生、徐慧君:《文子校释》,上海古籍出版社,2004 年,第 229 页。
④ 刘向撰,向宗鲁校证:《说苑校证》,中华书局,2000 年,第 243 – 244 页。
⑤ 洪兴祖:《楚辞补注》,中华书局,1983 年,第 179 页。

而对于屈原来说，“民生各有所乐兮，余独好修以为常”，[①]坚持自己的信念，毫不动摇，为了保持自己的“清白”，要不断地“好修”，并不断用生命作出保证，正如《离骚》中所说：“虽九死其犹未悔”、“宁溘死以流亡”、“虽体解吾犹未变”、“伏清白以死直”、“阽余身而危死兮，览余初其犹未悔”。为了实现其“美政”理想，必须进行艰苦卓绝的斗争，承受种种挫折和痛苦，那怕付出生命的代价也在所不惜！《渔父》开头说：“屈原既放，游于江潭，行吟泽畔，颜色憔悴，形容枯槁。”诗人所承受的打击和痛楚可想而知。第二次对话时，他又说：“宁赴湘流，葬于江鱼之腹中。”绝非一时脱口而出的冲动，而是千真万确的实话！它预示着诗人生命的归宿，是兑现用生命作保证的先兆。结果不出所料，诗人由沅入湘，终于自投汨罗。诗人的高贵品格，崇高形象，“与天地兮同寿，与日月兮同光”！[②]

参考文献

[1]洪兴祖：《楚辞补注》，中华书局，1983年。

[2]汤漳平、陆永品，《楚辞论析》，山西教育出版社，1990年，（笔者在这里作了补充：“这里的‘叙’字作‘述说’解。”使其更具说服力。）

[3]王先谦：《庄子集解》（诸子集成第三册），中华书局，1986年。

[4]马茂元：《楚辞选》，人民文学出版社，1958年。

[5]焦循：《孟子正义》（诸子集成第一册），中华书局，1986年。

[6]李定生、徐慧君：《文子校释》，上海古籍出版社，2004年。

[7]聂石樵：《楚辞新注》，商务印书馆，2004年。

[8]褚斌杰：《楚辞要论》，北京大学出版社，2003年。

[9]王弼：《老子道德经注》（诸子集成第三册），中华书局，1986年。

[10]刘向撰：《向宗鲁校证》说苑校证，中华书局，2000年。

① 洪兴祖：《楚辞补注》，中华书局，1983年，第18页。

② 洪兴祖：《楚辞补注》，中华书局，1983年，第129页。

《渔父》沧浪地理位置之究索

世界汉诗协会　钱明锵

楚辞《渔父》:“渔父莞尔而笑,鼓枻而去。乃歌曰:‘沧浪之水清兮,可以濯我缨;沧浪之水浊兮,可以濯吾足。’遂去,不复与言。”

渔父究系何人,迄无定论,姑且不去管他。而渔父所歌的沧浪之水,究在何地,却引发了一场旷日持久的“笔墨官司”。

关于《渔父》沧浪的地理位置的论争,主要有两种说法:一种是“楚都说”,认为是汉水下游近楚都的沧浪之水;一种是“汉寿说”,认为是地处沅水下游汉寿境内的沧浪之水。

“楚都说”出现最早,论者最多,几乎成为历史定论。

王逸《楚辞章句》注云:“漾水至武都为汉,至江夏谓之夏水,又东为沧浪之水。在荆州。”①

《水经注》云:“武当县西北汉水中有洲名为沧浪洲,地说曰:‘水出荆州,东南流为沧浪之水,是近楚都。’”②

洪兴祖《楚辞补注》云:“余案《尚书·禹贡》言,道漾水东流为汉,又东为沧浪之水,不言‘过’而言‘为’者,明非他水,盖汉沔水自下,有沧浪通称耳,渔父歌之不达,水达,宜以尚书为正。”③郭沫若注云:

> 楚辞原文作“游于江潭”,《史记·屈原列传》作“至于江滨”,都没有说是什么江。但下文渔父唱的歌明说是“沧浪之水”,故据以增补。屈原初被逐处是在汉水北部。《抽思》云“有鸟自南兮来集汉北”,又《思美人》云:“指嶓冢之西隈兮,与纁黄以为期,即其证”。《尚书·禹贡》“嶓冢道漾,东流为汉,又东为沧浪之水”,可知《渔父》所述,是屈原初被逐时事。④

---

① (汉)王逸:《楚辞章句》,四部备要本。

② 郦道元:《水经注》。

③ (宋)洪兴祖注:《汉王逸章句》,清同治十一年金陵书局核本,清谭献校并跋。

④ 郭沫若:《屈原赋今译》,上海书店出版社,2003年7月第一版。

因为有了以上这些权威的注解,所以,多数人认为沧浪之水是在汉水下游近楚都的地方。但是,亦有相当一部分学者对此均持否定态度。他们认为《渔父》沧浪之水应当是在沅水下游的汉寿境内。清蒋骥《山带阁注楚辞》云:

> 武陵龙阳,有沧山、浪山及沧浪之水。又有沧港市、沧浪乡、三闾港、屈原巷,参而核之,最为有据。《沧浪歌》又见于《孟子》,可见是江湘流传的歌曲。江水初夏涨时则浊,秋末落时则清。缨,系帽子的带子。清水濯缨,浊水濯足,是说适应环境,即"与世推移"之意。①

马茂元在《楚辞选》中注云:

> 这里的江,有人认为是汉水支流的沧浪(平声)江与渔父所唱的"沧浪之水"相应;有人说是指沅江。按:本篇虽不一定有任何事实根据,但作为文学作品来说,它必然有着一定的时间、地点作为背景;作者处理题材,必然使它们之间的关系尽可能合乎客观实际;在一篇之中,必须得到统一的。本篇所写,是以屈原放逐江南为背景。最后他由沅入湘,自沉汨罗河(参看《涉江》、《怀沙》、《惜往日》各篇注文)。下文既然明说"宁赴湘流,葬于江鱼之腹中",则这里所指的沅江,较为合理。如果说是沧浪江,则在时间和环境的概念上都无法衔接起来了。《沧浪》之歌,在楚地久已广泛流传,孔子就曾听到孺子的歌唱,见《孟子·离娄》上篇。这里因歌寄意,是不受地理环境的局限的。②

这两种截然不同的说法,究竟孰是孰非?笔者在去年中国诗歌节,到湖南常德领奖时,参加了高峰论坛,并阅览了汉寿第二届屈原故里研讨会的一些资料,使我坚定地倾向于"汉寿说"。

其原因有四:

(一)从有关历史资料来考证

宋代《元丰九域志》274 页载:"辰阳(今汉寿)县城西有沧浪水。"《湖南省志·地理志》附图十荆湖南路表明,北宋时期,在沅水下游辰阳县(今汉寿县)西有沧浪水。③

明代《嘉靖常德府·地理》载:"浪水(常德)府南八十里,酉水自辰州流至此,谓之浪

---

① 蒋骥:《山带阁注楚辞》,中华书局,1958 年。

② 马茂元选注:《楚辞选》,人民文学出版社,1998 年。

③ 《湖南省志·地理志》,湖南人民出版社,1982 年第二版,第 490 页。

江。"又载:"沧浪水(龙阳)县西十五里,自沧浪二山发源,合流为沧浪之水。"按:"龙阳",即今之汉寿县。此书《人品志》又载:"屈平,字原,楚宗室,怀王时仕为三间大夫,谋行职修。上官谮于王,遂见疏。子兰辈复谮于襄庄,乃放江潭。原见国政日非,忧结于心,乃作《离骚》,冀其觉悟,终弗省。不忍见宗国危亡,自沉汨罗以死,史称原行吟泽畔,遇渔父歌沧浪。今龙阳(汉寿)有沧浪水,郡中有屈原巷、招屈亭、盖尝侨寓于此云。"①

清代《同治龙阳县志》载:"沧水,县西十五里,一名沧港,上有沧溪寺,三闾大夫祠。"②清人贺奇纂《常德府志》:"沧水源出武陵(今常德市鼎城区)沧山,流四十里合浪水;浪水源出龙阳浪山,二水合流,谓之沧浪水。"③

清光绪元年《龙阳县志·地理》载:"沧水源出武陵沧山,流四十里合浪水。"按:龙阳,即今之湖南汉寿。又载:"《寰宇纪》:沧浪二水合流,乃渔父濯缨处。"该志《山川》又载:"沧港,县西,通大江,即沧浪水口。"④

《荆湖图经·常德图经》载:"沧浪水在龙阳西二十里,浪水与沧水合,故号沧浪水。"⑤

以上历史资料,当为可信。尤其是明《嘉靖常德府志》为陈洪谟主修。陈洪谟是明弘治九年(1496)进士,曾任兵部左侍郎。读书于高吾山中,学者称其为高吾先生,治学甚为严谨。

(二)从汉寿古迹遗址来考证

汉寿有较多楚国和纪念屈原的古迹遗址:

1. 三闾大夫祠。汉寿有两座,一座在沧港镇,一座在县城南郊。前者为屈原死后二年,楚将庄辛收复了江南五邑所建。汉寿县南郊三闾大夫祠为东汉刘表将荊州治所置汉寿时所建。两所祠均有记载,可见于《明嘉靖常德府志》,《清代嘉庆常德府志》、《清代同治龙阳县志》。唐代刘禹锡来沧港时,在《采菱行》中曾记载见过三闾大夫祠:"屈平祠下沅江水,月照寒波白烟起。"

2. 濯缨桥。为屈原放逐沧港时期所建,新中国成立初期尚存,1964 年其桥石被拆除后运往修电排涵闸去了,但其基石埋没在原桥址地下。原桥址在现沧港血防院围墙外西北侧。

3. 屈原庙。修建在唐朝以前,庙内立有屈原诗碑,为唐崔礼山所撰。

4. 沧溪寺。建于东晋。三进大寺,藏有屈原庙移过来的唐人诗碑。后进有琴台,屋

① (明)《嘉靖常德府志》。

② (清)《同治龙阳县志》。

③ (清)贺奇纂:《常德府志》。

④ 清光绪:《龙阳县志》。

⑤ 《荆湖图经》。

顶有龙凤宝葫芦等装饰，有戏台和舍利塔。民国年间，改寺为庙，后为乡公所占用，还办过国民小学。一尊沧浪娘娘塑像（据传为女媭）被移到天乙宫。

5. 屈原巷（又称三闾巷）。据传是屈原的降生地。他的祖先被封为"莫敖"，率军赴湘沅辰阳邑屯田积粮，所领万余人在沧港安营扎寨。于是屈氏在此繁衍生息，后人又称此地为"屈家巷"。

6. 江潭。在沧浪河下游，离沧港镇西约1华里路。屈原在《渔父》中说："屈原既放，游于江潭"，即指此地。又据《龙阳县志》清人陈一揆在《沧浪记》一文中指出："江潭之号，咫尺犹存。原之经此与渔父对答，夫何疑之有？"

从这些古迹遗址可以证明屈原遇渔父之沧浪是在汉寿。

(三)从屈原放逐后的活动范围来考证

屈原放逐后的活动多在沅湘，其依据是他自己的作品。《九歌》作于沅湘，应无疑问。最早作《楚辞章句》的王逸在《九歌》序中说："昔楚国南郢之邑，沅、湘之间，其俗信鬼而好祀。其祀，必作歌乐鼓舞以乐诸神。屈原放逐，窜伏其域，怀忧苦毒，愁思沸郁。出见俗人祭祀之礼，歌舞之乐，其词鄙陋。因为作《九歌》之曲，上陈事神之敬，下见己之冤结，托之以风谏。故其文意不同，章句杂错，而广异义焉。"朱熹《楚辞集注》的《九歌》序同此观点，说："原既放逐，见而感之（指楚人事神），故颇为更定其词，去其泰甚，而又因彼事神之心，以寄吾忠君爱国眷恋不忘之意。是以其言，虽不若能无嫌于燕昵，而君子反有取焉。"刘禹锡也"谓屈原居沅湘间，作《九歌》，使楚人以迎送神"①。

《九章》作于何地，其说不一。王逸序云："屈原放于江南之野，思君念国，忧心罔极，故复作《九章》。"创作地区在江南是明确的。朱熹未说写于何地。其后注、译甚多，而说明创作地点者却少。但《九章》中多处明确地提到江南。举要于下：

《涉江》

……哀南夷之莫吾知兮，旦余济乎江湘。

……乘舲船余上沅兮，齐吴榜以击汰。

……朝发枉渚兮，夕宿辰阳。

……入溆浦余儃佪兮，迷不知吾所如。

《哀郢》

……将运舟而下浮兮，上洞庭而下江。

《怀沙》

……伤怀永哀兮，汩徂南土。

① 《新唐书·刘禹锡传》。

……乱曰:浩浩沅湘,分流汩兮。

《思美人》

……独茕茕而南行兮,思彭咸之故也。

《惜往日》

……临沅湘之玄渊兮,遂自忍而沉流。

《九章》中有五篇提到沅湘或江南。这说明屈原放逐后的活动地点都在沅湘,那么他会遇渔父的沧浪,就在沅湘的汉寿沧浪,当可确信而无疑了。

(四)从屈原与渔父会遇时间上来考证。

屈原遇渔父当在"秦拔我郢"之后10余年。《哀郢》云:"忽若不信兮,至今九年而不复。"论者一般都认为《哀郢》是秦破郢都之后屈原追忆往事而作。秦破郢后的10余年,史籍未有楚国收复郢都的记载,而《水经注》说汉北沧浪近于郢都。那么,屈原自沉当在"哀郢"后不久,怎么又可能回到汉北去呢？所以,马茂元教授的观点是正确的。如果硬说是近楚都的汉北沧浪江,"则在时间和环境的概念上都无法衔接起来了。"

再看屈原自己所说。《抽思》乱辞曰:"长濑湍流、泝江潭兮,狂顾南行,聊以娱心兮。"洪兴祖《楚辞补注》:"潭水出武陵。"《渔父》有"游于江潭,行吟泽畔"。《龙阳县志·山川》载:"江潭坪,县沧港西。《楚辞》'游于江潭',袭传即此。"江潭、泽畔,是具体地点。江潭坪在沧浪水入沅江的出口处,也就是洞庭湖边(泽畔)。洪兴祖当时不知江潭坪其地,所以只注"潭水出武陵"屈原与渔父的对话中,还有"宁赴湘(《史记》作常)流,葬于江鱼之腹中"。所以,无论从时间、从地域、从屈原的文辞看,沧浪都是汉寿的沧浪,而不是汉北的沧浪。

综上所述:我倾向于沧浪水的地理位置是在沅水下游的汉寿,而不是在汉水下游的楚都。

参考文献

[1]杨杰:《屈原遇渔父之沧浪水考证》——《常德诗墙》2002年上集总第25期。

[2]毛炳汉:《"屈原故乡在汉寿"考证》,人民日报海外版,2006年6月1日。

《招魂》赋体文学说

中国传媒大学　姚小鸥

《招魂》是《楚辞》中最重要的篇章之一,也是《楚辞》研究中历来争议最多的篇章之一。学术史上关于涉及《招魂》的各种问题,诸如其作者、所招魂主,乃至创作动机,写作时地等,聚讼纷然,但对《招魂》的文体性质却很少有人深入讨论,而这一问题却可能是《招魂》研究的重要突破口。我们近来重读斯篇,细绎文意,从文本结构入手,探索其文体性质,发现《招魂》的篇章结构与古人关于赋体文学的定义密合,是一篇经典的早期赋作。

关于《招魂》应属赋类文学作品的观点,可追溯到《汉书·艺文志》。《汉书·艺文志·诗赋略》:"屈原赋二十五篇。"自注:"楚怀王大夫,有列传。"《汉书·艺文志》系班固据刘向父子的《七略》删节而成,将"屈原赋"列于《诗赋略》之首,不但表达了《七略》作者刘氏父子的学术识断,也表达了《汉书》作者班固的学术倾向。① 刘向是已知《楚辞》的最早点校者,班固是著名的楚辞早期研究者,由于他们的学术地位及对于《楚辞》研究的贡献,这一论断成为学术史上判定屈原作品文体性质的重要依据。②《招魂》既为屈原代表作品之一,理应属于赋体。

上述说法可能在两个方面受到一些楚辞研究者的质疑。其一,自王逸《楚辞章句》以下,关于《招魂》的作者,历来有较大争议。包括王逸在内的一些研究者不认为它是屈原的作品,而将之判为宋玉所作。以属于屈原作品为前提而判断《招魂》的文体属性,似无的放矢。其二,《汉书·艺文志》所言"屈原赋二十五篇"的文体属性,固然是汉代学者的学术共识,有一定权威性,但二十五篇中,文体形式复杂,多数篇章与近代的赋体文学观念有较大差距,因此一般地以汉代学者的判断为依据确定屈原作品诸篇的文体性质,难为定论。

上述第一个问题不难回答。因为《招魂》确为屈原所作,关于这一问题,我们将以另文专述。即使说将《招魂》归于宋玉名下,也不会在实质上影响这一论断。因为《汉书·艺文志·诗赋略》"屈原赋之属"著录有"宋玉赋十六篇"。《史记·屈原贾生列传》已指出宋玉之徒所作"皆祖屈原之从容辞令"。依此,可知宋玉赋在文体方面皆为摹仿屈骚之

---

① 《汉书·艺文志》颜师古注。《汉书》,中华书局,1962 年,第 1701－1702 页。

② 王逸:《楚辞章句·离骚经章句第一·后叙》。《楚辞补注》,中华书局,1983 年,第 48 页。

作。宋玉赋与屈赋的主要区别在内容方面,即《史记》所说的"终莫敢直谏"及《诗赋略》所说的"没其讽谕之义"。关键之点在第二个问题,即须以近代以来形成共识的文体观念来判定《招魂》的文体性质。本文的论证即围绕这一点来展开。

关于赋的文体特征,《汉书·艺文志》和《文心雕龙·诠赋篇》的有关论述是公认的研究出发点。《汉书·艺文志·诗赋略》说:"不歌而颂谓之赋,登高能赋可以为大夫"。《文心雕龙·诠赋篇》说:"赋者,铺也;铺采摛文,体物写志也。"上引文中,前者从"与诗画境"的角度出发,强调赋的诵读方式;后者以"诗"之"六义"为视角,从诗、赋之间的承继关系入手,强调赋的写作手法。两者视角不同,但核心都是为了要说明赋是"古诗之流"。历来的研究者以此为出发点,对赋的起源及特征作了很多深入的研究和探索。一些研究者从楚辞的声韵和句式入手,探讨屈骚作为辞赋之宗的根据,颇有收获。① 这些研究对于人们认识赋体文学包括屈原作品的文体属性很有帮助。但是探究屈赋的文体属性,从文章学的角度,分析其篇章结构同样重要,甚至可以说是更为重要的。

大家都知道,赋学家们在讨论汉赋的结构特点时往往追溯到宋玉的《高唐》《神女》等篇。但似乎没有人注意到一个明显的事实,即《招魂》在篇章结构方面有着与上述赋作相类的文体特征。要说明这一点,必须从公认的权威定义出发,否则将可能陷入各说各话的无规则论争。我们选定的权威定义采自《文心雕龙·诠赋篇》。

《文心雕龙·诠赋篇》是我国古代文论著作中最早专门论述赋体文学特征的权威文献,它述及赋体文学由"六义附庸,蔚成大国"的历史时说:"述客主以首引,极声貌以穷文,斯盖别诗之原始,命赋之厥初也。"在叙述到"信兴楚而盛汉"的全盛亦即经典时代之赋作时,《诠赋篇》又有这样一些扼要的论述:"既履端于倡序,亦归馀于总乱。序以建言,首引情本;乱以理篇,写送文势。"《诠赋篇》的上述论断对赋体文学作品的文体特征作出了高度概括。下面我们就以此为准的,分析《招魂》的篇章结构。

从篇章结构来看,《招魂》由四个部分组成。开篇六句为第一部分,即:

> 朕幼清以廉洁兮,身服义而未沬。主此盛德兮,牵于俗而芜秽。上无所考此盛德兮,长离殃而愁苦。

这一部分叙述了《招魂》写作的背景,系全篇的前言部分,用《诠赋篇》的术语,当属

① 参见马积高:《赋史》,上海古籍出版社,1987 年,第 20-32 页;姜书阁:《汉赋通义》,齐鲁书社,1989 年,第 18-30 页;简宗梧:《赋与骈文》,台湾出版社,1998 年,第 31-42 页;黄凤显:《屈辞体研究》,湖南人民出版社,2002 年,第 4-11 页;朱晓海:《汉赋史略新证》,陕西人民出版社,2004 年,第 102-196 页。

“履端于倡序”。我们称之为“序辞”。

紧接“序辞”的文辞为第二部分，其内容是：

> 帝告巫阳曰：“有人在下，我欲辅之。魂魄离散，汝筮予之。“巫阳对曰：“掌梦，上帝！其难从。若必筮予之，恐后之谢，不能复用。”①

这一部分中，“掌梦”数语历来疑有脱误，②但文中所叙述的“帝”（或“上帝”）与“巫阳之间的对话，叙述“帝”要求巫阳通过卜筮之辞招抚离散之魂，其基本内容是清楚的。从文章的功能结构来说，这一部分的作用系引入“招魂辞”，用《诠赋篇》的话来说，属于“述客主以首引”。我们称之为“引辞”。

第三部分从紧接“引辞”的“巫阳焉乃下招曰”始，至“魂兮归来，反故居些”止。这一部分的内容用王逸的话来说是：“外陈四方之恶，内崇楚国之美。”它占据了《招魂》的大部分篇幅，铺张扬厉，确实如《诠赋篇》所说，是“极声貌以穷文”。我们称之为“招辞”。

第四部分自“乱曰”至篇尾。它点明了《招魂》“哀江南”的主题，提升了《招魂》的审美层次：进一步证明《招魂》具有“悲其志”屈骚基本美学特征，而非实用于“招魂”的巫祝性的文字，从而间接地说明了屈原对《招魂》这篇奇文的著作权。从文章学的角度来说，这一部分与《诠赋篇》所言“乱以理篇，写送文势”的功用相侔。是名符其实的“乱辞”。

上述《招魂》篇章结构形式的四部分法，与学术界通常对赋体文学经典形式的认识有所不同，下面对此予以分析和说明。

姜书阁先生的《汉赋通义》从结构形式方面概括了赋体文学的基本文体特征，这一概括反映了学术界目前的共识。③ 他指出，自宋玉的《高唐》《神女》到汉代大赋，经典的赋作通常分为“前、中、后三大段”。他以《高唐赋》为例分析说：其“首为问答首引，中间大段赋写高唐景物，末则以讽谏淫惑为结。”或有人问，既然赋的经典形式被认为皆是三分，《招魂》四分的结构形式划分有何根据呢？这种结构形式与《高唐》《神女》以下赋作的三段式文章结构又有什么联系和区别呢？

首先，我们必须指出，这种四分法源于对《招魂》篇章结构的实际分析，并非我们的主观臆断，事实如此，只能如此划分。其次，从文章结构情节内容方面来说，姜书阁先生所言三分法中的“前”一部分，往往由两半部组成。前半部是一些背景材料，交代“客”“主”

① 此处断句从王念孙说。参见王念孙：《读书杂志 · 余编下》。《读书杂志》，江苏古籍出版社，2000 年，第 1040 页。

② 参见蒋骥：《山带阁注楚辞 · 楚辞卷六》。上海古籍出版社，1984 年，第 158 页。

③ 姜书阁：《汉赋通义》下卷《结构形式第二》，第 306－321 页。

双方论对的时间、地点、论对事由等。但这些背景性的叙述与客主之间的对答密切相联,浑然一体,故一般来说人们不在文章的形式结构上将其割离为两部。如《高唐赋》开篇言:

昔者楚襄王与宋玉游于云梦之台,望高唐之观,其上独有云气,崪兮直上,忽兮改容,须臾之间,变化无穷。王问玉曰:"此何气也?"玉对曰:"所谓朝云也。"王曰:"何谓朝云?"玉曰:"昔者先王尝游高唐,怠而昼寝。梦见一妇人曰:'妾巫山之女也,闻君游高唐,愿荐枕席。'王因幸之。去而辞曰……①

篇中自"昔者"至"变化无穷"系客主答问的背景,"王问玉曰"以下才是正式的"述客主以首引"之辞,但二者内容紧密相联,文章一气贯通,不可中断。从整篇文章的结构上来说,《高唐赋》及其以下的历代"客主赋",首引部分的作用,都只是引出姜书阁先生所说的"中"即《诠赋篇》所言"极声貌以穷文"的铺排部分。《高唐赋》的"后"一部分,姜先生说它"无端赘以'思万方,忧国害,开贤圣,辅不逮,九窍通郁,精神察滞。延年益寿千万岁'而止"。这一部分与"中"在内容互补,在文章结构上充当"曲终奏雅"的"乱辞"之数。该赋全篇的三个部分通过这种关联构成一个整体,而《招魂》则与之有异。

构成《招魂》"前"一部分的"序辞"和"引辞"各自具有不同的意义内涵,在篇章结构上充当不同的功能成分。"序辞"交代了《招魂》的写作背景,暗示了《招魂》写作的动机。"引辞"假借"帝"与"巫阳"的对话,引出"招辞"。"序辞"和"引辞"两者之间没有承上启下的关联词语,从形式上难以强划为一个结构单位。另一方面,尽管从篇章结构的形式上来看,《招魂》的"序辞"似与其他部分游离,但仔细分析其内容可知,它不但交代了文章的写作背景,指出自己因世俗之累而"长离殃而愁苦",暗示了"魂魄离散"之意,为"招魂"之题立由,且与"乱辞"遥相呼应,起到了统领全篇的作用。这些都是与通常赋体文的"前"一部分相同的地方。至于《招魂》中的大段"招辞",由"引辞"引出,又极尽铺陈之能事,从形式和内容两个方面来看,皆与通常赋作无异。

《招魂》的"乱辞"与"招辞"无字面联系,引起历代学人对其所招魂主的多种猜测。实际该"乱辞"与"序辞"遥相呼应,表明《招魂》乃屈原借自招其魂以抒情达意。这一事实说明《招魂》是高度文学自觉的产物。② 从形式和功能两方面来说,《招魂》"乱辞"与"序辞"的上述呼应关系,进一步表明《招魂》在文体形式方面与学术界公认的赋体文学特征并无二致。

① 《文选》卷十九,中华书局,1977年影印胡克家刻本,第264-265页。
② 关于这一点,我们将以《〈招魂〉与屈骚的基本美学特征》专文另述。

上面我们初步论述了《招魂》在结构方面与学术界公认的赋体文学形式方面的异同。下面我们讨论一下《招魂》四分的文章结构系由何而形成，换言之，这种结构形式是否有其来源？答案是肯定的。

《文心雕龙·祝盟篇》早已指出《招魂》属于“祝辞”之类，其文体结构与此有关。《祝盟篇》关于《招魂》系“祝辞”的判断，在历史上虽然曾经有人反对，①但确为不易之论。我们下面围绕它展开讨论。

《招魂》主体部分所借用的文体形式是卜筮类的巫祝文，这在其“引辞”中有明确的记述。“引辞”先借“上帝”之口言：“魂魄离散，汝筮予之”。再借“巫阳”之口言：“若必筮予之，恐后之谢，不能复用。”“巫阳”是古代著名的大巫，与在屈骚中享有盛名的“巫咸”齐名。《周礼·春官·筮人》：“筮人掌三《易》，以辨九筮之名，一曰《连山》，二曰《归藏》，三曰《周易》。九筮之名，一曰巫更，二曰巫咸，三曰巫式，四曰巫目，五曰巫易，六曰巫比，七曰巫祠，八曰巫参，九曰巫环，以辨吉凶。”郑玄注以为此“九巫读皆当为筮，字之误也。”郑玄并认为此“九筮”乃九种占筮种类。孙诒让《周礼正义》虽然同意郑说，但指出郑玄对所言“九筮”作出的一些解释“并无正文，”乃“以意说之”。如此，这一解释从训诂上来说，有严重的缺陷。《周礼正义》并附着了刘敞、陈祥道、薛季宣等人的意见。他们认为：“九巫如字，谓巫更等为古精筮者九人，巫咸即世本作筮之巫咸，巫易，易当为昜，即《楚辞·招魂》之巫阳。”②按：“九巫”为“九筮”说虽出自汉代大儒郑玄之口，清代朴学大师段玉裁等并以“坏字”为由证成其说，然而实际上并非的论。其一，正如孙诒让氏所言，郑玄此论乃“以意说之”，并无文献根据，与他一贯以诸经互证的注经原则有违。其二，段氏“坏字”说亦难成立。试问一字二字泯坏，乃古书常见现象，此九字同坏，古文献中可有他例？况且以《周礼》书法，若此九巫为九筮，则“筮”字当在“更、咸、式、目、易、比、祠、参、环”等九字后面组词，不当在前。③ 我们认为刘敞等人将“九巫”读如字是正确的。当然，郑玄以“九筮”为九种占筮种类也并不错，只是“九筮”乃以“九巫”之名命名的九种筮类而已。换言之，即“九巫”之名后略去了“筮”字。九筮当为：一曰“巫更筮”，二曰“巫咸筮”，三曰“巫式筮”，四曰“巫目筮”，五曰“巫易筮”，六曰“巫比筮”，七曰“巫祠筮”，八曰“巫参筮”，九曰“巫环筮”。

当代学者的战国楚简研究，对我们认识和理解巫、筮之间的关系有所帮助。于茀教授将新蔡葛陵楚墓竹简中甲三15号简、甲三60号简、甲三31号简和零232号简缀合，得

---

① 参见：《纪晓岚评文心雕龙》，江苏广陵古籍刻印社，1997年影印本，第96页。

② 《周礼正义》卷四十八，中华书局十三经清人注疏本，第1964－1965页。

③ 如《周礼·卜师》“卜师掌开龟之四兆，一曰方兆，二曰功兆，三曰义兆，四曰弓兆。”此类例子甚多，不能备举。总之，类似复合词的中心词素都在后部，不能如郑玄所言在前。《周礼》，中华书局十三经注疏本，1980年，第804页。

到如下一段卜筮之辞:

> 口佳潒(战)栗恐惧,用受繇元龟,巫筮曰:囗其繇曰:是日未兑,大言绝绝,小言惙惙,若组若结,终以囗囗囗囗是以谓之有言。其兆亡咎囗(口代表无法辨认的字,囗表示竹简残断)

于弗教授指出,"巫筮曰"云云,证明"'巫'与'筮'确有某种联系"[①]他还指出,上述卜筮之辞为韻语,并与《庄子·齐物论》的某些论述在思想内容和语言形式两个方面都颇为一致。于弗教授认为这可能是由于卜人吸收了庄子的思想,我们则以为两者可能有着共同的来源。无论如何,于弗教授的这个发现对我们认识"巫""筮"关系与卜筮之辞的文体性质都是有所启发的。

"巫""筮"之间的密切关系,巫阳与巫咸同为古代传说中大巫的事实,更进一步地证明了《招魂》与《离骚》一样,乃是屈原有意识地借用古代神话传说来进行艺术创造的产物。

解决了《招魂》文体的文化性质,我们再回到《招魂》的文章结构上来。如果留心观察,可以发现先秦巫祝卜筮之辞多由类似《招魂》的这种四部分组成。甲骨卜辞就属于这种文体。陈梦家先生在《殷虚卜辞综述》中指出:一片完整的甲骨卜辞包含四个部分,这就是所谓"前辞""命辞""占辞"和"验辞"。"前辞"记卜之日及卜人名字。"命辞"即命龟之辞,其所记为问卜之内容。"占辞"即因兆而定吉凶。"验辞"即既卜之后记录应验的事实。陈先生举《菁华》(即《殷虚书契菁华》)2 为例对此加以说明。其辞为:

> ①癸巳卜壳贞②旬无祸③王占曰有祟其有来艰④迄至五日丁酉允有来艰自西沚囗告曰土方征于我东鄙田

上引文中的数位记号系陈梦家先生用于指明一片卜辞的四个部分所加。该卜辞的第一部分说明占卜的日子为癸巳日,占卜的人为壳。第二部分说明命龟之由:卜问一旬之内是否有祸患。第三部分记"王"因"兆"即灼龟所成裂纹作出的判断:有祸患。第四部分记卜后第五日丁酉果然有祸患:受到土方的侵扰。[②]

卜辞是一种特殊的经过高度压缩的简略文辞,和《招魂》的文辞差别较大。出土战国文献中的筮策文字,与甲骨卜辞在性质上相似,而其各部分的文辞较甲骨卜辞要丰赡得

---

① 于弗:《新蔡葛陵楚墓竹简中的繇辞》,《文物》2005 年第 1 期。

② 《殷虚卜辞综述》第一章《总论》第七节《甲骨刻辞的内容与其它铭辞》,中华书局,1988 年,第 43 页。本文在引用该卜辞时尽量改用通行字体。

多,更便于说明问题。下面我们移录《包山楚简》中的一条卜筮之辞,以作对比:

①东周之客无理归胙于栽郢之岁,夏栾之月,乙丑之日,苛嘉以长恻为左尹它贞,②出内(入)侍王自夏栾之月以庚集岁之夏栾之月,尽集岁躬身尚有咎。占之,恒贞吉,少(小)有忧于躬身,且外有不顺,以其故说之。举祷楚先老僮、祝融、鬻熊各一牂,斯攻解于不辜。③苛嘉占之曰:吉。①

这条卜筮之辞中的数位记号系我们仿照陈梦家先生的办法所加。文字尽量采用通行字体,“鬻熊”等字采用李学勤先生释文。第一部分是所谓“前辞”,它记载了占卜的时间,即“东周之客无理归胙于栽郢之岁,夏栾之月,乙丑之日”,说明了占卜的执行者即“苛嘉”。值得注意的是,它还说明了卜问的主体“左尹它”。这在甲骨卜辞中也是有先例的。② 第二部分是命辞,它带有祷告辞的性质,除说明要卜问左尹它的身体状况以外,还祝告说卜问主体已经向楚人的多位祖先祷告,并分别向各位祖先贡献了一只牂羊作为牺牲,其文辞的繁复较甲骨文不可同日而语。第三部分为占辞,记录占卜的结果。这条筮策中的占辞比较简单,《包山楚简》中同类其他卜筮辞的占辞比它要复杂些。比如208号简所记载的占辞为“五生占之曰:吉。三岁无咎,将有大喜,邦知之。”这些卜筮辞没有“验辞”,因为它所记录的这些卜筮主要是为了预测病人即卜问主体的未来病况发展,兼向祖灵祝告,没有甲骨文辞留档的性质。

总的来说,楚简所载卜筮之辞较甲骨卜辞要铺排繁复。除了载体、时代与卜筮种类的不同等因素以外,楚地的地域文化因素可能也起到了一定的作用,这些卜筮之辞没有“验辞”部分并不影响它们的文体性质。因为正如上引陈梦家先生语,四分乃指卜筮之辞的完备形态而言。

从形式和内容两个方面来看,现存汉代辞赋中最堪与《招魂》比较的是贾谊的《鹏鸟赋》。《鹏鸟赋》是汉初楚地的骚体赋,其创作时间与屈赋的时代相近,作者贾谊对屈原及其作品又极为熟悉和喜爱,这使得这部作品和其他汉代辞赋相比,与屈赋有更多的相似之处。《鹏鸟赋》的开篇说:

单阏之岁兮,四月孟夏。庚子日斜兮,鹏集予舍。止于坐隅兮,貌甚闲暇。异物来萃兮,私怪其故。发书占之兮,谶言其度,曰:“野鸟入室兮,主人将去。”请问于鹏兮:“予去何之?吉乎告我,凶言其灾。淹速之度兮,语予其期。”鹏乃

---

① 《包山楚简》第216–217简,文物出版社,1991年,第34页。

② 参见李学勤:《周公庙卜甲四片试释》,《西北大学学报》2005年第2期。

叹息,举首奋翼,口不能言,请对以臆。[①]

《文选》将《鹏鸟赋》归入“鸟兽赋类”,但如果从另一个角度来看,可以发现它的主体部分实际是一篇“鸟占”文。也就是说,就文化性质而言,它和《招魂》一样,都是借用卜筮巫祝文体形式的抒情文学作品。

从辞赋结构的角度来说,如果联系对前引楚简筮辞进行分析,可以将《鹏鸟赋》的开篇之辞分为两个部分。“主人将去”以上为“前辞”,“请问于鹏兮”以下为“命辞”。当然这两部分和《高唐赋》一样,不宜割裂开来。如果从“客主答问”的赋体套数来说,《鹏鸟赋》中的“予”和“鹏”可以分别看作“主”和“客”。上引该赋的开篇语可以说是“述客主以首引”与“既履端于倡序”的结合体。用姜书阁先生的说法,它们共同属于赋的“前”一部分。“请对以臆”以后则为“占辞”,它和《招魂》的“招辞”在性质和功能上都非常接近。由其内容决定,这篇赋不可能有“验辞”部分,而以“细故蒂芥,何足以疑”为结,类似《高唐赋》收束全篇的方式。正如前引楚简的卜筮之辞没有“验辞”一样,形式上的这一欠缺是不足为怪的。

大家都知道,《鹏鸟赋》创作的远因是作者政治上的失意。后遇有鹗入舍,俗以为不祥。贾谊“既以适居长沙,长沙卑湿,自以为寿不得长,伤悼之,乃为赋以自广。”[②]该赋结篇用语显现了其“占辞”的虚拟性质,提示了它与《招魂》相类的自解、自慰的创作动机。另一方面,由于该赋带有浓厚的寓言性质,所以不能在篇首安排类似《招魂》的“序辞”的部分,而“序辞”的影子是显然存在的。这一事实提示我们,本文所讨论的三分、四分仅仅是赋体文内部的分歧,不影响它们共同文体特征的判定。

以上我们的分析主要着眼于《招魂》的文章结构,因为一事物赖其形式而保持存在。对于赋这种特殊文体的判定来说,篇章结构与语言句式是其形式分析的两个主要的切入点,而前者实际上更为重要。由于历史上相关研究的缺失,故对于《招魂》来说尤其如此,本文对《招魂》形式的分析又着重其外在形式,其内在形式包括其现屈原其他作品尤其是《离骚》的内在关联,在本文中没有涉及,拟以他文另述。

其实,即使从语言方面来看,认定《招魂》之为赋亦有可说。汉代以后经典的赋作通常是韵文与散文结合。散文叙事,韵文铺排,汉代大赋如《子虚》《上林》之属皆为此类。回头来看《招魂》“引辞”中“帝告巫阳曰”与“巫阳对曰”等语,和全篇其他部分风格差别相当大,具有通常赋体文学作品首引部分散体句式的特征。在这一点上,它和韵散结合的《高唐》《神女》乃至《子虚》《上林》的“前”一部分都很接近。《招魂》作为经典骚体文

① 《文选》卷十三。中华书局,1977 年影印胡克家刻本,第 198－200 页。

② 《史记·屈原贾生列传》。《史记》,中华书局,1982 年,第 2496 页。

学作品具有的特殊个性,在此可见一斑。而宋玉以下诸如贾谊等赋家各得其一体,由此更可加深我们对屈骚历史地位的认识。

综上所述,从《招魂》的文本形式来分析,它具有典型赋体文学作品的一般特征,也就是说,《招魂》系我国目前已知最早的完整的赋体文学作品。相信这一结论的意义不限于《招魂》本篇的研究,它对于屈骚整体文学价值的认识,对中国古代辞赋起源与发展历史的研究都是有意义的。由于《招魂》为赋体文这一问题是初次提出讨论,受到本人学识水准的限制,论述肯定是不完善的,希望能够得到学界同仁的批评指正。

关于《招魂》的主题及艺术构思新探

兰州交通大学　郭令原

关于《招魂》历来说法最多,其中的问题主要集中在以下几点:一是作者问题,二是招魂者为谁,三是被招魂者为谁,四是招生魂还是招死魂的问题。本人以为,之所以出现这种问题,是因为大多数研究者未能把此作品放在《楚辞》这一特殊文本背景下去思考,只是从"招魂"这一词语去思考,注意它的在古代文化中的普遍意义,忽视了作者的特殊抒情模式;在理解作品时,也只是侧重于对具体的文字作名物的或语言的训释。所以,对这篇作品的解释往往不得要领。本文正是希望结合《楚辞》中的其他作品来对本作品中的一些问题重新思考。

一、屈原自招其魂说

《招魂》一篇的难解,在于它的抒情主人公是谁?招魂的对象是谁?最早如王逸《楚辞章句》题解中说:

> 《招魂》者,宋玉之所作也。……宋玉怜哀屈原忠而斥弃,愁懑山泽,魂魄放佚,厥命将落,故作《招魂》,欲以复其精神,延其年寿,外陈四方之恶,内崇楚国之美,以讽谏怀王,冀其觉悟,而还之也。

认为宋玉所作,其中"宋玉怜哀屈原"等语,则说明抒情主人公也当是宋玉。同时又认为所招者为屈原魂魄。其后,许多研究者对此提出异议,如林云铭《楚辞灯》认为本文为屈原自招其魂,所招者为生魂,而非死。[①] 郭沫若在《屈原研究》中指出:"这篇文章《史记》明说是屈原的作品,据我看来也明白的是为追悼楚怀王而作。"[②]综上各家之言,当以林云铭所说为是。

首先,作品是以屈原的口吻抒情的,这从其中的抒情文字可以考察出来:

---

① 转引自游国恩:《屈原作品介绍》,《游国恩学术论文集》,中华书局,1989年,第228页。

② 郭沫若:《屈原研究》,《历史人物》,人民文学出版社,1979年,第36页。

朕幼清以廉洁兮，身服义而未沫。

按：朕，第一人称代词，此屈原自称，古者贵贱皆可称“朕”。在《楚辞》中屡见，如《离骚》“朕皇考曰伯庸”、“回朕车以复路兮”、“哀朕时之不当”等都是。“廉洁”一词，见于《卜居》中屈原所说：“宁廉洁正直以自清乎？将突梯滑稽，如脂如韦，以洁楹乎？”“突梯滑稽”，王注曰：“转随俗也。”五臣亦曰：“婉转随俗。”脂：脂膏，可以润滑；韦：柔皮，柔软之意。“廉洁”和此数句为对文，则指行为方正有棱角，不与当代同流合污。清：清洁，指品德纯正，没有个人私心。除《卜居》外，从《离骚》等作品看，这既是屈原的人格追求，又是屈原对自己的自许。“清”和“廉洁”作为品德要求，也是针对臣属，而非君王。《庄子·渔父》客对孔子说到“庶人之忧”、“大夫之忧”、“诸侯之忧”、“天子有司之忧”，其大夫之忧为“能不胜任，官事不治，行不清白，群下荒怠，功美不有，爵禄不持”，“清以廉洁”正针对“行不清白”而言。又《韩非子·八说》曰：“不求清洁之吏，而务必知之术也。”一般的君主希望官吏清洁，而韩非子却认为应该从制度上保证官吏的清洁，而不是自律的清洁。可以看出，“清洁”仍是当时社会中对官吏的普遍要求。“服义”即行义之意，但这又是屈原的特殊表达方式，“服”字意含双关：既是服行之意，又有服饰之意。[①]《九章·涉江》曰“余幼好此奇服兮，年既老而不衰。带长铗之陆离兮，冠切云之崔嵬。被明月兮佩宝璐。”[②]正与“服义”之词相表里。

主此盛德兮，牵于俗而芜秽。

按：“此盛德”及上文提到的“幼清以廉洁”和“服义未沫”。俗：世俗。芜秽：犹荒废也，言用草木不能成长成才比喻己不能在政治上有所作为。《离骚》曰：“何琼佩之偃蹇兮，众薆然而蔽之。”《九章·哀郢》曰：“忠湛湛而愿进兮，妒被离而障之。”皆同此意。

上无所考此盛德兮，长离殃而愁苦。

上：《文选》五臣注：“君也。”是。考：王逸注：“校也。”五臣曰：“察也。”皆核察之意。按：《离骚》曰：“荃不察余之中情兮，反信谗而齌怒。”《九章·惜诵》曰“心郁邑余侘傺兮，

---

① 钱钟书先生：《管锥编》在解释“謇吾法夫前修兮，非世俗之所服”，最得骚人深致，曰：“‘修’字指‘远贤’而并指‘修洁’，‘服’字谓‘服饰’而兼谓‘服行’……承者修洁衣服，而启者法夫前贤，正见二诠一遮一表，亦离亦即。”见第二册，中华书局，1979年，第589页。

② 王力曰：“此句疑前面缺三句。”见《楚辞韵读》，上海古籍，1980年，第37页。

又莫察余之中情。固烦言不可结诒兮,愿陈志而无路。”都是表达中心不能得到君王体察的痛苦。

对照《楚辞》其他作品可以看出,无论从行为品德、表达方式,还是政治遭遇,本文的抒情主人公只能是屈原。

其次,招魂的对象仍然是屈原。作品中招魂一段是核心部分,被招者是屈原本人,还是另有他人?《招魂》曰:

> 帝告巫阳曰:“有人在下,我欲辅之。魂魄离散,汝筮予之。”巫阳对曰:“掌梦。上帝其命难从。若必筮予之,恐后之谢,不能复用。”

这段文字疑有错乱,至今尚未有令人信服的解说。① 但其中说到“有人在下”、“魂魄离散”正是作品中招魂的对象。王逸章句曰:“《远游》者,屈原之所作也。屈原履方直之行,不容于世,上为谗佞所谮毁,下为俗人所困极,章皇山泽,无所告诉,乃深惟元一,修执恬漠,思欲济世,则意中愤然,文采铺发,遂叙妙思,托配仙人,与俱游戏,周历天地,无所不到,然犹怀念楚国,思慕旧故。”认为此为屈原自我抒情之作。也有认为汉人作者②,但并没能否认它叙述的是屈原事。《远游》中说“意荒忽而流荡兮,心愁凄而增悲。神倏忽而不反兮,形枯槁而独留。”其中“意荒忽而流荡”、“神倏忽而不反”正是“魂魄离散”另一种说法,后句王逸注曰:“魂灵远逝游四维也。”得作者之深意。又据《远游》这段文字可以知道,“魂魄离散”并不是指生命的消亡,而是要表达“心愁凄而增悲”的情况。《渔父》中有“屈原既放,游于江潭,行吟泽畔,颜色憔悴,形容枯槁”语,正和“形枯槁”对应,故应指屈原无疑。关于这一点,蒋骥已有所论述,他说:“凡人七情所激,皆能卒然失其精魂,原于《远游》,固曰‘神倏忽而不反,形枯槁而独留’,况当近死之时,烦冤转甚,其神魂必有惝然不能自持者。故言‘魂魄离散’,而设为此篇,虽假托之言,以非无因之说也。”③提出

① 闻一多先生:《楚辞校补》以为“若必筮与之恐后之谢不能复用”中“若字上疑脱‘帝曰’二字”。见《古典新义》,古籍出版社,1956年,第452页。注意到文字讹脱问题,但其校补仍未得到当前多数学者的认同。

② 游国恩、刘永济、郭沫若等现代学者都认为《远游》是汉人作品。

③ 蒋骥:《山带阁注楚辞》,中华书局,1958年,第159页。朱季海先生曰:“楚有招魂,盖《春官》招弭之属。《男巫》职云:‘春招弭,以除疾病’,注:‘招,招福也。杜子春读弭如弥兵之弥。玄谓读为敉,字之误也。敉,安也。招、敉皆有祀、衍之礼’,是也。《招魂》之乱曰:‘献岁发春兮,汩吾南征’,终之以‘湛湛江水兮上有枫,目极千里兮伤春心’,惟《大招》亦曰:‘青春受谢,白日昭只。春气奋发,万物遽只’其为春招明矣。王云:‘魂魄放逸,厥命将落,故作《招魂》,欲以复其精神,延其寿命’,与玉称帝告巫阳之语相应,甚得男巫招弭以除疾病遗意,可谓善说诗矣。”(《楚辞解故》,上海古籍出版社,1963年,第346页)朱先生更从《周礼》入手探索此文中招魂的原始含义,极富创见。只是因循宋玉招屈原魂旧说,犹未达于一间。

"假托之言"、"烦冤转甚"等意见,都为"下人"指屈原的观点提供了有力的证据。梁代作家江淹《别赋》曰:"黯然销魂者,唯别而已矣。"李善《文选》注引《招魂》"魂魄离散"之语,曰:"言黯然魂将离散者唯别而然也。夫人魂以守形,魂散则形弊,今别而散,明恨深也。"①故知魂魄离散并非专指死亡而言,也可用以表示愁苦之极。

第三,关于招魂,在古代典籍中也称为"复",谓魂魄复归之意。主要是对于死者魂魄的招复。《礼记·丧大记》载"复"的情况曰:"皆升自东荣,中屋履危,北面三号,卷衣投于前,司服受之,降自西北荣。""北面三号"说明招魂方向在北,北面为幽都所在,《尚书·尧典》"申命和叔,宅朔方,曰幽都。平在朔易。"《史记·五帝本纪》"平在朔易"作"便在伏物",收藏万物,人为万物之一,故在收藏之列。《淮南子·地形训》注"幽都之门"曰:"幽,闇也。都,聚也。玄冥将始用事,顺阴而聚,故曰幽都之门。"故北方当是魂魄聚集之处。《礼记·檀弓》下曰:"复,尽爱之道也,有祈祠之心焉。望反诸幽,求诸鬼神之道也。北面,求诸幽之义。"又曰:"葬之北方北首,三代之达礼也。"可以知道"北面三号"主要是对死者亡魂的招复。郭沫若先生认为招怀王之魂大概也是出于这种考虑。但本篇作品叙述的招魂情况却有较大不同,巫阳告诉魂魄"上下四方,多贼奸些",然后分别呼唤:"魂兮归来,东方不可以托些"、"魂兮归来,南方不可以止些"、"魂兮归来,西方之害,流沙千里些"、"魂兮归来,北方不可以止些",应该说,正是魂魄无所归宿,四处飘荡的情况,而不是人死之后魂留北方的情况,也说明这里的招魂并不是招死者之魂。

屈原信而见疑,忠而被谤,愁思沸郁,故有魂魄离散,而招魂则是屈原借巫阳下招,表达自己虽远离故国,却不忘欲返的心情。

二、"招魂"在屈原作品中是一种特殊抒情方式

明人都穆《南濠诗话》中说:"六经如《诗》、《书》、《春秋》、《礼记》,所载无非实事。自骚赋之作兴,托为渔父、卜者及无是公、乌有先生之类,而文词始多漫语,其源出于《庄子》。《庄子》一书,大抵皆寓言也。"②楚骚多用虚构是否源自《庄子》,另当别论,但都穆认为楚骚文字多用寓言确实很有见的。事实上,不仅《渔父》、《卜居》,楚辞中如《离骚》、《九章》、《远游》中的许多幻想情节,都带有寓言意味。

在屈原作品中有大量的神游情节,和天地四方招魂内容关系密切。仅以屈原的《离骚》为例,其辞曰:

吾令羲和弭节兮,望崦嵫而勿迫。

① 中华书局影印胡刻本:《文选》,1977年,第237页。

② (清)丁福保辑:《历代诗话续编》(下),中华书局,1983年,第1360页。

路曼曼其修远兮,吾将上下而求索。
饮余马于咸池兮,总余辔乎扶桑。
折若木以拂日兮,聊逍遥以相羊。
前望舒使先驱兮,后飞廉使奔属。
鸾皇为余先戒兮,雷师告余以未具。
吾令凤鸟飞腾兮,继之以日夜。
飘风屯其相离兮,帅云霓而来御。
纷总总其离合兮,斑陆离其上下。
吾令帝阍开关兮,倚阊阖而望予。
时暧暧其将罢兮,结幽兰而延伫。
世溷浊而不分兮,好蔽美而嫉妒。
朝吾将济于白水兮,登阆风而绁马。
忽反顾以流涕兮,哀高丘之无女。
溘吾游此春宫兮,折琼枝以继佩。
及荣华之未落兮,相下女之可诒。
吾令丰隆乘云兮,求宓妃之所在。
解佩纕以结言兮,吾令謇修以为理。
纷总总其离合兮,忽纬缅其难迁。
夕归次于穷石兮,朝濯发乎洧盘。
保厥美以骄傲兮,日康娱以淫游。
虽信美而无礼兮,来违弃而改求。
览相观于四极兮,周流乎天余乃下。
望瑶台之偃蹇兮,见有娀之佚女。
吾令鸩为媒兮,鸩告余以不好。
雄鸠之鸣逝兮,余犹恶其佻巧。
心犹豫而狐疑兮,欲自适而不可。
凤皇既受诒兮,恐高辛之先我。
欲远集而无所止兮,聊浮游以逍遥。
及少康之未家兮,留有虞之二姚。
理弱而媒拙兮,恐道言之不固。
世溷浊而嫉贤兮,好蔽美而称恶。
闺中既以邃远兮,哲王又不寤。
怀朕情而不发兮,余焉能忍而与此终古?

文中先说上叩帝阍,后说下求佚女,所以“上下求索”即指此言。这里的“帝”指天帝,比喻楚君。佚女指宓妃、简狄、二姚,皆历史上的美女,曾帮助自己的丈夫取得政治上的成功,屈原借以指志同道合的贤人。这里一方面是比喻现实中事君君数化,育才才变质的情况,和《离骚》前部分的内容相对应。另一方面诗中以神话传说和历史故事作比喻,正是由于现实失败,使人精神无所寄托,而生出的幻觉。《远游》是另一篇以幻觉画面表现屈原失意心理状态的作品,其文曰:

悲时俗之迫厄兮,愿轻举而远游。
质菲薄而无因兮,焉托乘而上浮?
遭沈浊而污秽兮,独郁结其谁语!
夜耿耿而不寐兮,魂营营而至曙。
惟天地之无穷兮,哀人生之长勤。
往者余弗及兮,来者吾不闻。
步徙倚而遥思兮,怊惝怳而乖怀。
意荒忽而流荡兮,心愁凄而增悲。
神儵忽而不反兮,形枯槁而独留。
内惟省以操端兮,求正气之所由。

这段文字明确告诉我们,由于现实社会中的不幸遭遇,抒情主人公将远离现实世界,到幻想的世界去遨游。既然是幻想世界,只能是一次精神活动,魂魄自然要从物质躯壳中脱离而出,所以“神儵忽而不反兮,形枯槁而独留”。

…………
朝发轫于太仪兮,夕始临乎于微闾。
屯余车之万乘兮,纷容与而并驰。
驾八龙之婉婉兮,载云旗之逶蛇。
建雄虹之采旄兮,五色杂而炫耀。
服偃蹇以低昂兮,骖连蜷以骄骜。
骑胶葛以杂乱兮,斑漫衍而方行;
撰余辔而正策兮,吾将过乎句芒。
历太皓以右转兮,前飞廉以启路。
阳杲杲其未光兮,湊天地以径度。

风伯为余先驱兮,氛埃辟而清凉。
凤凰翼其承旗兮,遇蓐收乎西皇。
揽彗星以为旍兮,举斗柄以为麾。
叛陆离其上下兮,游惊雾之流波。
时暧曃其曭莽兮,召玄武而奔属。
后文昌使掌行兮,选署众神以并毂。
路曼曼其修远兮,徐弭节而高厉。
左雨师使径侍兮,右雷公以为卫。
欲度世以忘归兮,意恣睢以担挢。
内欣欣而自美兮,聊偷娱以自乐。
涉青云以泛滥游兮,忽临睨夫旧乡。
仆夫怀余心悲兮,边马顾而不行。
思旧故以想象兮,长太息而掩涕。
汜容与而遐举兮,聊抑志而自弭。
指炎神而直驰兮,吾将往乎南疑。
览方外之荒忽兮,沛罔瀁而自浮。
祝融戒而跸御兮,腾告鸾鸟迎宓妃。
张《咸池》奏《承云》兮,二女御《九韶》歌。
使湘灵鼓瑟兮,令海若舞冯夷。
玄螭虫象并出进兮,形蟉虯而逶蛇。
雌蜺便娟以增挠兮,鸾鸟轩翥而翔飞。
音乐博衍无终极兮,焉乃逝以徘徊。
舒并节以驰骛兮,逴绝垠乎寒门。
轶迅风于清源兮,从颛顼乎增冰。
历玄冥以邪径兮,乘闲维以反顾。
召黔嬴而见之兮,为余先乎平路。

详细叙述了自己的四方的周游过程:首先,“吾将过乎句芒”,句芒,东方神名,《书大传》:“东方之极,自碣石东至日出搏木之野,帝太昊神句芒司之。”其次,“遇蓐收乎西极”,蓐收,西方神名,《山海经·海外西经》:“西方蓐收,左耳有蛇,乘两龙”。郭璞注:“金神也。”西方属金,故曰。“指炎神而直驰”,炎神,一作炎帝,王逸注:“南方丙丁,其帝炎帝。”“逴绝垠乎寒门”,王逸注曰:“经过后土出北区也。寒门,北极之门。”在叙述中作者或进入神话传说境界,或穿越历史时空。这只是精神活动,传达出的是精神无所依托的情况。文中还提到“下峥嵘而无地兮，上寥廓而无天”，又说到精魂在天地间的游荡。“上下四方，多贼奸些”，应该说正是针对此情况而言的。其实，在《离骚》中也涉及了四方问题，的“朝发苍梧”承上文的“济沅湘以南征”，故指南方言，“朝发天津”，王逸注曰：“天津，东极箕斗之间，汉津也。”“路不周以左转兮”，“不周”，汪瑗考证以为北方之总名，证据确凿，其说可信。[①] 而文中又多次提到“西极”、“西海”，都以西方为神游的目的地，已经有了神游四方的雏形。只是《离骚》对四方神游的描写有轻重分配，不像《远游》及此篇叙述四方情况均匀对称。

“招魂”在作品中只是虚构故事，是一种表达方式而已，并不存在宋玉或屈原招魂的问题。因为文中说得很清楚：“帝告巫阳曰：有人在下，我欲辅之；魂魄离散，汝筮予之。”“巫阳焉乃下招曰”，是帝要求巫阳，而巫阳招魂。帝：为天帝。巫阳，见《山海经·海内西经》载：“开明东有巫彭、巫抵、巫阳、巫履、巫凡、巫相、夹窫窳之尸，皆操不死之药以距之。”是巫阳一位传说中的神巫，据郭璞解释说其有“距却死气，求更生”的本领[②]。所以，这里的“招魂”是作者假想出来的，并非现实中存在过的情况。历来的研究者都犯了一个错误：就是把作品中的招魂行为往当时的实用性方面考虑得多了点，而忽略了《招魂》本是一篇文学作品，作者更多是借用了这样一种形式来表达情感，并没有希望用这种方式招回谁的魂魄。

三、招怀王魂说辨证

提出招怀王魂说者有两个重要依据：一是如郭沫若先生所言“文辞中所叙的宫廷居处之美，饮食服御之奢，乐舞游艺之盛，不是一个君主是不能够相称的。”[③]钱钟书先生更在此基础上指出：“铺陈高堂邃宇，层台累榭，冬廈夏室，岂屈子‘故居’华奂如是耶？极言耳目之欲，口腹之奉，岂屈子平生爱好在此耶？至曰‘二八侍宿，射递代些！’几如‘妓围’、‘肉阵’，皇甫湜《出世篇》所写‘天姝当御，百千为番’，屈子而然，‘善淫’之‘啄’，不为无因矣。”[④]二是“乱辞”中写到了楚王的活动。

这两个问题应该放在一起讨论：第一，文中写到“宫廷居处之美，饮食服御之奢，乐舞游艺之盛”，确是楚王宫殿中的情况，但作者极力描绘主要是吸引屈原的魂魄返回楚国，也体现出屈原不忘欲返的强烈感情。《史记》屈原本传载屈原“为楚怀王左徒，博闻强志，明于治乱，娴于辞令。入则与王图议国事，以出号令；出则接遇宾客，应对诸侯。”可以知

① 引自游国恩：《离骚纂义》，中华书局，1980年，第475页。

② 见袁珂：《山海经校注》，上海古籍出版社，1980年，第302页。

③ 见第三页注2。

④ 见钱钟书：《管锥编》（第二册），中华书局，1979年，第631页。

道,屈原在怀王时经常出入宫廷,这中间也经常有一些娱乐活动。[①] 既然远离故都,当然对宫中的娱乐更加怀念。第二,《招魂》的抒情主人公是屈原,但作为招魂者却是巫阳,表达的是屈原不忘欲返的情感,用的却是巫阳的语言,所以招魂的语言使用世俗惯常语。招魂这种行为是普遍使用的,在一个地域或人群中有固定的语言,并不因某一个人而改变,巫阳"极言耳目之欲,口腹之奉",男女欢娱,表现的是一般的世俗欲望,并不是就屈原个人而言的。以上两点都说明,文中的描写虽有大量楚宫情况,但并不能排除它们和屈原有关。第三,乱辞部分虽是直抒哀江南之情,但用的是回忆的方式。屈原被放云梦,想到曾经伴随怀王云梦田猎的事情,更增添了感伤之情。这是乱辞中的主要内容。春秋战国时,云梦成为楚王游猎的主要地区,《战国策·楚策一》载曰:"于是,楚王游于云梦,结驷千乘,旌旗蔽日,野火之起也若云霓,兕虎之嗥声若雷霆,有狂兕牂车依轮而至,王亲引弓而射,壹发而殪。王抽旃旄而抑兕首,"补注谓:"宋玉《招魂》'青骊结驷兮齐千乘,悬火延起兮玄颜烝'云云,'与王趋梦兮课后先,君王轻发兮殚青兕',文颇与此合。"[②]此说颇有道理,但《楚策》中的"王"是否为楚怀王,其记载的活动是否为《招魂》中的这次田猎活动,都不可考证。但有一点可以肯定,在楚王多次田猎中,其中也包括了楚怀王,屈原在深得信任之时,曾陪同怀王出游,也是理所当然的。现在被放江南,自然会触景生情,回忆起当年的景象。诗中"与王趋梦"的"梦",为地名,指江南一带,《史记·夏本纪》"云土、梦为治。"司马贞索隐曰:"云土、梦,本二泽名,盖人以二泽相近,或合称云梦耳。知者,据《左传》云楚子济江入于云中,又楚子、郑伯田于江南之梦,则是二泽各别也。"[③]诗中"汩吾南征","魂兮归来哀江南",都指梦中而言。可以确切地说,《招魂》一文应该作于云梦。导师赵逵夫先生曾考证云梦在战国时属于汉北地方,则文中写到的内容恰在楚怀王当政,屈原被放汉北时期。[④] 据《楚世家》载,怀王于三十年入秦,顷襄王三年卒于秦。而《屈原列传》载"怀王欲行,屈平曰:'秦虎狼之国,不可信,不如毋行。'"说明屈原在三十年以前就已返回朝廷,也就是说屈原被放汉北时,怀王并未死,作品也不存在招怀王之魂的可能。

"朱明承夜兮不可淹,皋兰被径兮路斯渐",是当前的景象的描写,叙说白昼将尽和春日已深,同时也是表明时间变化之快,暗示当年的时间还如昨日。"湛湛江水兮上有枫,

---

① 在古代天子宴享诸侯卿大夫,诸侯宴享大夫等事记载颇多。如《诗经·小雅》中的《既醉》、《宾之初宴》等。汉傅毅《舞赋》更虚构了战国时楚襄王宴享大臣情况,《古文苑》节录其中一部分,题为宋玉作,知其内容应有一定的历史依据。对理解《招魂》中相关部分有意义。

② 见《战国策》,上海古籍出版社,1958年。

③ 见《史记》,中华书局点校本。

④ 关于"云梦土"的考证见赵逵夫师的论文《汉北云梦与屈原被放汉北任"掌梦"之职考》,赵先生又有《屈原未放逐汉北说质疑与放逐汉北的新证》指出屈原在怀王二十四、五年被放逐汉北。二文皆收入《屈原和他的时代》(人民文学出版社,1996年)中。

目极千里兮伤春心”,写此时看到景物时的感受,最后一句“魂兮归来哀江南”,点明主题。词句应作两句理解:一是魂兮归来,希望返回故都,即《哀郢》中的“鸟飞返故乡兮,狐死必首丘”和《史记·屈原列传》中“屈原虽放流,眷顾楚国,系心怀王”之意。二是言江南之可哀,根据上文和历史记载,其可哀主要指远离故都的悲哀。这里的魂兮归来,是作者说到自己的精神因远离君王而离散,是承巫阳招魂而言,表达自己的愿望,寄希望自己能返回故乡,不再魂魄离散。这是抒情部分,和前文巫阳招魂是不同的。

总之,《招魂》在构思方面是别具一格的,主要借用民间招魂形式来抒情,表现诗人希望返回故国,得到君王信任的强烈感情,以往的研究者提出自招、他招等观点,都未注意到这是一篇文学作品,而把它和传统中的招魂辞混为一体。所以,既未得文章主题之肯綮,也忽略了这部作品的文学创造。

宋玉研究的反思与前瞻

湖南科技大学 吴广平

身后事情谁管得？作家身后的显与隐、荣与辱,有时恰如一本随意书写的糊涂账,让人看了目瞪口呆！

宋玉身后评价的大起大落,即尽显历史的苍凉和沉重！

南朝伟大的文艺理论家刘勰称:“屈平联藻于日月,宋玉交彩于风云。”①“屈宋逸步,莫之能追。”②唐代伟大的诗人杜甫说:“摇落深知宋玉悲,风流儒雅亦吾师。”③都对宋玉极为赞美。但著名学者、作家郭沫若却在1942年创作的历史剧《屈原》中将宋玉塑造成屈原的“叛徒”,一个“没有骨气的无耻文人”。当有人质疑时,他仍坚持说历史上的宋玉就是这样一个卑鄙龌龊的小人。④ “风流儒雅”的精神导师遭遇意想不到的“符号暴力”,被扣上莫须有的罪名,在人格上被无端玷污了！

《汉书·艺文志·诗赋略》载:“宋玉赋十六篇。”宋玉本有《九辩》《招魂》《风赋》《高唐赋》《神女赋》《登徒子好色赋》《笛赋》《大言赋》《小言赋》《讽赋》《钓赋》《微咏赋》《对楚王问》等作品传世,明清以前的作家、学者都肯定这些作品是宋玉所作。但到了20世纪,以刘大白为代表的学者却考证认为传世的宋玉作品除了《九辩》和《招魂》两篇外,其余的均是伪作⑤。后来大多数的学者更进一步认为,宋玉只有《九辩》一篇作品。怀疑的理由之一是,《风赋》《高唐赋》《神女赋》《登徒子好色赋》这样好的散体赋在宋玉的时代不可能产生！权威的文学史说得挺逗:“宋玉作品流传下来的只有《九辩》一篇,但这并不影响他在文学史上应有的地位。”⑥这无异于将一个富可敌国的阔佬几乎抢得精光,却说:“这并不影响他在财富排行榜上的名次。”天下居然有这样的道理？

宋玉在《风赋》中将风分为“大王之雄风”与“庶人之雌风”来进行对比描写,从而阐

① 见《文心雕龙·时序》。

② 见《文心雕龙·辨骚》。

③ 见《咏怀古迹五首》其二。

④ 郭沫若:《关于宋玉》,《新建设》1955年第2期;《郭沫若古典文学论文集》,上海古籍出版社,1985年2月第1版,第349-364页。

⑤ 刘大白:《宋玉赋辨伪》,《小说月报》第17卷号外,1927年6月。

⑥ 游国恩、王起、萧涤非、季镇淮、费振刚主编:《中国文学史》(一),人民文学出版社,1963年,第94页。

明了“其所托者然，则风与气殊焉”的道理，反映了王公贵族生活的豪奢和黎民百姓生活的悲惨，表现了作者对前者的不满和对后者的同情，讽刺了统治者自诩“不择贵贱高下而加”的虚伪性。宋代大文豪苏轼《书柳公权联句》认为宋玉《风赋》：“不知者以为谄也，知之者以为讽也。”其弟苏辙《黄州快哉亭记》也说：“玉之言，盖有讽焉。”他们兄弟都看出了作者的讽谕倾向！宋玉在《对楚王问》中，以鸟类中的凤、鱼类中的鲲自比，表明自己品性高雅、志向远大、行为超群，立身高洁，不随俗从流，不苟容于世，因而是孤独的，是痛苦的！唐代“诗仙”李白在《感遇四首》其四中写道：“宋玉事楚王，立身本高洁。巫山赋彩云，郢路歌《白雪》。举国莫能和，巴人皆卷舌。一惑登徒言，恩情遂中绝。”既了解宋玉的孤独和痛苦，也推崇宋玉“高洁”的人格。然而郭沫若却认为：“（宋玉）那些文字绝大部分是依阿取容的帮闲文字，特别是《风赋》和《对楚王问》那两篇，是很难忍受的。《风赋》把风分为雌雄，雌风是庶民阶级的风，雄风是贵族阶级的风。贵族阶级的‘大王之雄风’是庶民阶级所不能共用的。……（在《对楚王问》中）他把自己比成凤凰，而把老百姓比成麻雀；把自己比成鲲鲸，而把老百姓比成泥鳅。他的妄自尊大，的确是可观。”①完全游离文本的实际，对宋玉大加挞伐！

唉，宋玉整个被莫名其妙地强暴了！

20 世纪，宋玉在文学领域备受冷落甚至奚落，在政治领域则由于幽默风趣的毛泽东喜欢拿宋玉的作品来做政治宣传，开玩笑，因而有时也被漫画化。

1942 年 5 月 23 日，毛泽东在延安文艺座谈会上的讲话中说：

> 任何一种东西，必须能使人民群众得到真实的利益，才是好的东西。就算你的是“阳春白雪”吧，这暂时既然是少数人享用的东西，群众还是在那里唱“下里巴人”，那么，你不去提高它，只顾骂人，那就怎样骂也是空的。现在是“阳春白雪”和“下里巴人”统一的问题，是提高和普及统一的问题。不统一，任何专门家的最高级的艺术也不免成为最狭隘的功利主义；要说这也是清高，那只是自封为清高，群众是不会批准的。②

拿宋玉《对楚王问》中所说的“阳春白雪”和“下里巴人”来说明文艺提高和普及相统一的关系。语言虽诙谐，但态度严肃，所言亦符合宋玉作品的实际。

---

① 郭沫若：《关于宋玉》，《新建设》，1955 年第 2 期；《郭沫若古典文学论文集》，上海古籍出版社，1985 年 2 月第 1 版，第 354－355 页。

② 毛泽东：《在延安文艺座谈会上的讲话》，《毛泽东著作选读》，下册，人民出版社，1986 年 8 月第 1 版，第 542 页。

1958年5月23日,毛泽东在中共八大二次代表大会上的讲话中说:

> 以后注意辨别风向。大风一来,十二级风,屋倒,人倒,这样好辨别,小风不易辨别。宋玉写的《风赋》有阶级斗争的意义,值得一看。他说风有两种,一种是贵族之风,一种是平民之风。(所谓"大王之雄风"与"庶民之雌风"。)风有小风、中风、大风,宋玉说:"风生于地,起于青苹之末。侵淫溪谷,盛怒于土囊之口。"风起于青苹之末,那是最不容易辨别。①

当时正在反彭德怀的右倾风,毛泽东引用宋玉《风赋》来提醒领导干部"以后注意辨别风向",自然意味深长。但所说的辨别风向的观点,并非宋玉赋原有的意思,是毛泽东的借题发挥。

1958年1月16日,毛泽东在南宁会议上的讲话中说:

> 楚襄王部下宋玉,写过一篇《登徒子好色赋》,使登徒子两千年不得翻身。因为登徒子向楚襄王反映过宋玉长得漂亮,会说话,好色。宋玉反击登徒子好色,说登徒子讨了一个麻脸驼背的老婆,还生了五个孩子,你看好色不好色?这都是"攻其一点,不及其余"。我们看干部,要看德才,不能只看一点,不要突然袭击,使人猝不及防。②

1958年,毛泽东与部分史学家、科学家和著名新闻工作者的谈话中也谈到类似观点:

> 宋玉攻击登徒子的这段话,完全属于颠倒是非的诡辩,是采用"攻其一点,不及其余,尽量夸大"的手法。从本质看,应当承认登徒子是好人。娶了这样丑的女人,还能和她相亲相爱,和睦相处。照我们的看法,登徒子是一个爱情专一的、遵照"婚姻法"的模范丈夫,怎能说他是"好色之徒"呢?③

这都是借古讽今,以宋玉来影射彭德怀,将其作为颠倒黑白的典型。但连带也将宋玉批判了一通!宋玉因为登徒子在楚襄王面前诬陷自己好色,故他反唇相讥,说登徒子

① 转引自陈锋、王翰主编:《毛泽东瞩目的文人骚客》,长江文艺出版社,2000年5月第1版,第69-70页。

② 见陈晋主编:《毛泽东读书笔记》,广东人民出版社,1994年第1版,第253-254页。

③ 转引自陈锋、王翰主编:《毛泽东瞩目的文人骚客》,长江文艺出版社,2000年5月第1版,第69-70页。

好色。作品立意又本不在此。据史载,楚襄王在郢都之时,即“左州侯,右夏侯,……专淫逸侈靡,不顾国政”(《战国策·楚策四》)。刘勰《文心雕龙·谐隐篇》说:“楚襄宴集,而宋玉赋《好色》,意在微讽,有足观者。”《文选》李善注也认为:“此赋假以为辞,讽于淫也。”宋玉创作此赋的目的就是要讽谏楚襄王不要沉溺于女色而不顾国政,而应当:“目欲其颜,心顾其义,扬诗守礼,终不过差。”毛泽东误解了宋玉。宋玉和彭德怀一样,都被冤枉了。

作为政治家的毛泽东,引用、评价宋玉作品完全是根据现实政治需要,各取所需。因此,一会儿将宋玉作为有深厚的阶级斗争意识的作家,要求领导干部向他学习;一会儿,又将宋玉作为随意造谣、中伤别人的小人,教育领导干部切记不能像他那样。在毛泽东的手里,宋玉就像一块橡胶泥,被随意扭捏。事实上,说宋玉有阶级斗争意识,恐怕他还没有这样的觉悟;说宋玉“诬陷”登徒子,则没有考虑登徒子先诬陷了宋玉。宋玉的辩解是巧妙的,是“诡辩”,但不能说他“颠倒是非”。然而,由于毛泽东把宋玉《风赋》和《登徒子好色赋》作为正面和反面的教材向大家推荐,因此,介绍、宣传这两篇赋就变成了当时的政治任务,《光明日报》、《文汇报》、《中国青年报》、《北京日报》、《新民晚报》、《文学知识》等报刊于是纷纷发表翻译、介绍这两篇赋的文章。例如,1958 年 6 月 25 日《文汇报》第 3 版就发表了马茂元的《从宋玉〈风赋〉谈起》一文,全文基本上是配合当时的政治形势进行思想宣传。根据毛泽东的观点,特别强调了:“作为一个现实世界中的人,那就应该有‘识风色’、‘辨风向’的能力。”当时许多古典文学研究专家发表的宋玉《风赋》和《登徒子好色赋》的分析、介绍文章,和马茂元此文一样,都是毛泽东的传声筒,政治性很强,喜欢比附,谈不上有什么学术性。

1959 年 10 月,中华书局还出版了萧平编注的《〈风赋〉及其他》一书。此书首为“小引”(即前言),正文为宋玉《风赋》《登徒子好色赋》《对楚王问》三篇作品的原文及萧平作的简注。全书共 28 页,是本小册子。此书亦完全是根据毛泽东的观点来论述宋玉《风赋》和《登徒子好色赋》的思想意义。选注宋玉三篇作品的目的,说白了,则是为了便于大家理解毛泽东的有关谈话精神。因此,与其说这是一本文学读物,还不如说这是一本政治读物。

1976 年,上海人民出版社又出版了上海师范大学中文系七三级师生编写的《读〈风赋〉及其它》。此书我是从国家图书馆的卡片目录里检索到的,但在国图基藏书库未找到。到特藏阅览室去查找,工作人员查后告诉我,此书连保存的样本都已不见。故此书内容我不得其详。据卡片目录提供的资讯,此书有 71 页,书高 19cm。估计是配合“反击右倾翻案风”而编写的,仍然是为政治服务的产物。

总之,从 1949 年到 1976 年,关于宋玉的评价主要受了三个人的影响。一是受郭沫若的影响,出现了严重的贬抑宋玉的倾向;二是受刘大白的影响,将宋玉的作品几乎全都怀疑为伪作;三是受毛泽东的影响,将宋玉作品当作宣传政治的寓言。总的来看,这个时期的宋玉研究,政治色彩很浓,主观色彩也很浓,真正有学术价值的成果较少。像胡念贻1955年4月在《文学遗产增刊》第一辑发表《宋玉作品的真伪问题》,考定《楚辞章句》中所收的《九辩》、《招魂》和《文选》中所收的《高唐赋》、《神女赋》、《风赋》、《登徒子好色赋》共六篇作品全都是宋玉所作,在当时一片否定宋玉赋的声浪中,真是大音稀声,空谷足音。而程仁卿在《文史哲》1955年第5期发表的《对〈关于宋玉〉一文的意见》,对郭沫若的偏执多所批评,也表现了一个学者的学术良知和独立思考精神。但是受当时政治气候的影响,像胡念贻那样对宋玉进行纯粹学术研究的人极其稀少,维护宋玉人格的声音也极易被权威学者和主流话语所遮蔽,所以,宋玉研究很难健康地进行。

20世纪80年代以后,随着思想的逐步解放,学术环境的宽松自由,学者独立思考意识的增强,文学研究的逐渐深入,宋玉佚赋《御赋》的发掘出土,使宋玉研究出现了崭新的局面。以汤漳平、谭家健为代表的一批学者运用考古新材料,证明传世的宋玉赋大多数应为宋玉所作,他们的观点现在已被越来越多的学者所接受。以罗漫、毛庆为代表的学者对宋玉的人品和艺术成就进行了实事求是的分析、研究,宋玉得到了客观公正的评价。以刘刚、金荣权、吴广平为代表的一批学者将宋玉作为学术主攻方向,深化了宋玉的研究。以张正明、褚斌杰、郭维森等为代表的一批老学者,都为宋玉研究贡献了精彩的成果。

宋玉研究还出现了两个热点。一是从文化人类学角度来研究《高唐赋》和《神女赋》形成了热点,二是从主题学角度来研究《九辩》的"悲秋"形成了热点。

从文化人类学角度来研究《高唐赋》和《神女赋》,是从20世纪30年代开始的。1935年10月,闻一多在《清华学报》第10卷第4期发表《高唐神女传说之分析》。[①] 这篇论文综合运用语言学、民俗学、神话学、宗教学、民族学的观点与方法,通过对《高唐赋》与《诗经》中的《候人》和《蝃蝀》两首诗的比较分析,考察了上古神女形象的演化,破译了高唐神女的原型,认为高唐神女本是楚民族的先妣而兼高禖,在宋玉赋中则堕落成一个奔女。此文开运用文化人类学理论来研究宋玉辞赋之先河。1936年,陈梦家发表《高禖郊社祖庙通考——释〈高唐赋〉》[②],则考证《高唐赋》的所谓"高唐"即"高禖",巫山高唐神女即是"女尸"或"尸女",也就是齐俗之所谓"巫儿"。自20世纪80年代以来,以闻一多、陈梦家为先驱,盛行用文化人类学方法来研究《高唐赋》和《神女赋》,取得了一大批成果。

---

① 收入《闻一多全集》第一册《神话与诗》卷,开明书店,1948年(生活·读书·新知三联书店,1982年,重印本),第81-113页;又收入新版《闻一多全集》第三册,湖北人民出版社,1993年,第3-32页。但新版《闻一多全集》此文印刷错误较多(包括文字错误、标点错误、分段错误等),引用时要特别注意。

② 载《清华学报》第11卷第1期,1936年1月。

例如,蔡大成的《楚巫的致幻方术——高唐神女传说解读》、[1]鲁瑞菁的《〈高唐赋〉的民俗神话底蕴研究》、[2]程地宇的《巫山神女论》、[3]叶舒宪的《高唐神女的跨文化研究》、[4]龙耀宏的《"云雨"与巫山神话考释》、[5]张君的《论高唐神女的原型与神性》、[6]张应斌的《清江盐神与巫山神女》、[7]杨琳的《巫山神女原型新探》、[8]王澧华的《〈高唐〉〈神女〉的宗教分析与楚史研究》、[9]蔡靖泉的《盐水神女与巫山神女略说》、[10]吴天明的《高唐神女传说之再分析》、[11]尹荣方的《灵芝传说与〈高唐〉〈神女〉赋的写作》,[12]等等。而叶舒宪的《高唐神女与维纳斯——中西文学中的爱与美主题》(中国社会科学出版社 1997 年 12 月版),全书 35 万字,考察了存在于中西文化中爱与美主题的原型形象高唐神女和维纳斯,由此论述和探讨了爱与美主题的原型发生和文化置换。这是运用比较神话学和文化人类学来研究宋玉辞赋的第一部学术专著。书中第八章胪列了中国古典文学中运用宋玉《高唐赋》中的"云雨"典故的 45 种变体表达方式,第十章胪列了中国古典文学中以高唐幻梦为原型、以"梦"字直接显示原型联系的 22 种典故措辞,很有参考价值。

宋玉作品中的"伤春"、"悲秋"、"登高心瘁"、"局地蹐天"等母题,对中国文学影响深远而且巨大。从主题学的角度来研究这些母题,钱钟书《管锥编》有发轫之功。自 20 世纪 80 年代以来,围绕宋玉《九辩》开创的"悲秋"主题,海内外学者从不同角度进行了深入研究。例如,陈鹏翔 1979 年完成的《中英古典诗歌里的秋天:主题学研究》,是台湾大学比较文学博士论文。此文通过中英诗歌意象母题和套语的探讨,对包括"悲秋"在内的文学主题进行了系统梳理与比较。王立是一位专门从事中国文学主题学研究的学者。他撰写发表的《黍离之痛与悲秋——中国文学史中两条美学线索的比较》[13]、《春恨与悲秋——中国文学史中两种美感体验形式的比较》[14]、《略论中国古代文学中的悲秋主

---

① 载西安《社会科学评论》,1988 年第 5 期。
② 台湾大学中国文学研究所博士论文,导师彭毅教授和叶国良教授,1996 年。
③ 载《四川教育学院学报》、1989 年第 2 期和 1990 年第 1 期。
④ 载《人文杂志》1989 年第 6 期。
⑤ 载《文学遗产》,1990 年第 4 期。
⑥ 载《文艺研究》,1992 年第 3 期。
⑦ 载《东南文化》,1993 年第 1 期。
⑧ 载《文艺研究》,1993 年第 4 期。
⑨ 载《湘潭大学学报》,1991 年第 1 期。
⑩ 载《社会科学动态》,1999 年第 6 期。
⑪ 载《云梦学刊》,2003 年第 4 期。
⑫ 见尹荣方:《神话求原》,上海古籍出版社,2003 年 8 月第 1 版,第 168 - 176 页。
⑬ 载《锦州师范学院学报》,1985 年第 3 期。
⑭ 载《青海社会科学》,1986 年第 2 期。

题》①、《秋与中国文学的相思怀归母题》②等“悲秋”研究系列论文,从人与自然、文学与社会、悲秋与心理等方面整体探讨了悲秋主题系统,勾勒了其系统形成的原因以及对中国文学的影响,综合探讨了悲秋与伤春、黍离之痛、相思怀归母题的联系与区别,思路开阔,引证丰富。日本学者松浦友久的《中国古典诗歌中的春夏与秋冬——关于诗歌的时间意识》,③则从生命感悟的角度比较了中国人感受四季时时间意识的不同,认为“秋是令人最易于醒悟人生的季节”。尚永亮的《生命在西风中骚动——中国古代文人与自然之秋的双向考察》(陕西人民教育出版社 1989 年 8 月出版,18 万字),以宋玉《九辩》为重点,以悲秋意识为核心范畴,系统论述了秋的特质与人的生命的异质同构关系,文人悲秋意识在生命悲叹、生命执著、人生思考、时代感悟、社会退避、天人合一诸层面的表现,悲秋意识与忧患意识、悲秋文学与伤春文学的异同。法国学者郁白(Nicolas Chapuis)著的《悲秋——中国古典诗学研究》(Tristes Automnes:poétique de l' identité dans la Chine ancienne),全书约 18 万字,2001 年 1 月由法国友丰出版社(Libraire - éditeur You Feng)出版。④ 此书受中国钱钟书、美国斯蒂芬·欧文、法国弗郎索瓦·朱利安的影响,熔史学、文献学、哲学、诗学和比较文学为一炉,从主题学角度认为中国古代诗歌几乎永远是以同一季节秋天为背景来表达自我认同,秋天是中国思想中的一个象征形象。郁白进而认为中国人的思想排斥二元论,将自我认同和整体意识混为一谈,在“自我”与“他者”关系上,中国人生哲学是“极权自我论”,不尊重“他者”,患有“恐他症”。《悲秋》是西方学者所著的第一部宋玉研究专著,它以悲秋诗歌作为研究的核心,着重比较了中西哲学思想和伦理道德观念,得出了作者自己的结论。海内外众多学人对宋玉开创的“悲秋”主题的研究,有的可能力透纸背,有的可能是雾里看花,但无论如何都有助于这一课题研究的深化。

这里还应特别提到钱钟书对宋玉的研究。钱钟书《管锥编》的《楚辞洪兴祖补注》卷和《全上古三代秦汉三国六朝文》卷对宋玉辞赋进行了全面精深的研究,不仅突破了传统学科的畛域,而且辨析毫芒、熔铸古今,创见比比皆是。如在广阔的文化背景下阐释《九辩》的“赋秋色”和《招魂》为“招生魂”,运用大量的中外语言材料来辨析《招魂》的“丽而不奇”和《登徒子好色赋》之“长”、“短”与“太长”、“太短”的语言特点,论述《大言赋》《小言赋》之“大言”、“小言”语言游戏的世界普遍性,运用西方修辞学诠释《登徒子好色赋》之“阶进法”修辞手法,以浪漫主义之“距离怅惘”来概括《高唐赋》之“伤高怀远”,并将此

① 载《社会科学辑刊》,1987 年第 1 期。

② 载《中国社会科学》,1990 年第 4 期。

③ 许总译,载《古典文学知识》,1987 年第 1 期。另参[日]松浦友久:《中国古典诗における春と秋》(《中国古典诗中的春与秋》),载《东方学》第六十七辑,东方学会昭和五十九年一月。

④ 按:此书中译本已由广西师范大学出版社于 2004 年 4 月出版,译者为叶潇、全志刚,书名译作《悲秋:古诗论情》。此中译本误译很多,相当糟糕。

等情味命名为极富中国文化特色的“农山心境”，等等，都是贯通中西、精见迭出的阐发。

在宋玉研究领域，日本学者也取得了可喜的成绩。稻畑耕一郎、浅野通友、藤野岩友、竹治贞夫、藤原尚、清宫刚诸位先生均有这方面的论文发表。其中，日本早稻田大学中国文学部稻畑耕一郎教授的《宋玉的别集——编纂、流传、散佚的情况》①和《〈宋玉集〉佚存钩沉》②，深入探讨了《宋玉集》的编纂、流传和散佚情况，并从中国古代类书和古书的注释中辑录出《宋玉集》佚文，使宋玉研究者非常受益。而广岛学院藤原尚的《骚赋和辞赋的区别——关于宋玉的赋》③，在当时中国学者大多否定宋玉作品的背景下，认为《楚辞章句》《文选》《古文苑》中的宋玉作品，除《笛赋》《舞赋》外，其他均非伪作，可谓慧眼独识。文章用主要的篇幅来阐述宋玉作品中“气”的各种形态及其产生原因，并进而探讨“骚赋”（屈原的作品）和“辞赋”（宋玉的作品）的区别，研究方法新颖独特。

经过否定之否定，宋玉研究在中国大陆逐渐升温。1992 年，在湖北襄阳召开了首届宋玉学术研讨会。2002 年，《鞍山师范学院学报》在全国学术刊物中率先开辟了“宋玉研究”专栏。宋玉作为历史文化名人，受到各地重视。在宋玉故里湖北宜城市，早年并不重视家乡的文化名人宋玉，新修《宜城志》的《人物志》居然没有《宋玉传》，而只在介绍“文物古迹”时简单介绍了“宋玉故居与墓地”，倒是钟祥和江陵两地争夺宋玉，新修《钟祥县志》和《江陵县志》的《人物志》均将宋玉作为该县历史上的文化名人而立传。但现在情况大不一样了。宜城市委、市政府已于 2003 年制定了宋玉故里修复规划，即将修复的宋玉故里占地 3 公顷，将复原宋玉故宅和宋玉墓，另建宋玉祠和碑廊。湖北钟祥县投资修建了与宋玉有关的遗迹兰台宫，并塑造了宋玉像。湖南省常德市临澧县已将境内望城乡宋玉村的宋玉城、宋玉庙、看花村、放舟湖等与宋玉有关的遗迹进行了修复，作为文化景点吸引了不少游人。在重庆市巫山县，巫山神女已作为该县一个文化品牌在打造。2000 年 6 月，巫山县人民政府和重庆三峡学院成功举办了首届“中国巫山神女节”。宋玉故里宜城市还组织了一系列以宋玉为主题的文化艺术创作活动，其中包括七幕宜城花鼓戏《宋玉传奇》（襄樊市戏剧艺术研究所国家二级编剧王瑞国编剧）、大型宜城花鼓戏《宋玉悲歌》（湖北省戏剧艺术研究所国家一级编剧宋西庭编剧）、十八集电视连续剧《宋玉》（宜城市文艺创作室国家二级编剧何志汉编剧）以及两部同名长篇小说《宋玉》（分别由陈子成和何志汉著）。其中，何志汉（笔名何流）积累八年，笔耕两年有余，创作的十八集

---

① 载早稻田大学《中国古典研究》第 20 期，1975 年 1 月。

② 载中国屈原学会编：《楚辞研究》，齐鲁书社，1987 年第 1 版，第 136 – 147 页。

③ ［日本］藤原尚：《骚赋和辞赋的区别——关于宋玉的赋》（《騷賦と辞賦との分歧点——宋玉の賦》），载《小尾博士退休纪念 · 中国文学论文集》，1976 年。按：此文徐公持已译成中文，题为：《骚赋与辞赋的分歧点——关于宋玉的赋》，收入尹锡康、周发祥主编：《楚辞资料海外编》，湖北人民出版社，1986 年 3 月第 1 版，第 277 – 295 页。

电视连续剧本《宋玉》,真实生动地反映了宋玉的一生。剧本以曾经“问鼎中原”的楚国走向衰落,屈原等贤达离朝、朝野上下万马齐喑为历史背景,以出身寒门的宋玉的读书、入仕、退隐的人生历程为经线,以宋玉对楚王的微讽和智谏、宋玉对佞臣群小的反击和周旋、宋玉和其恋人的离合悲欢等为纬线,多侧面、多角度地表现了才华横溢、卓尔不群、风流儒雅的楚国辞赋大家宋玉的坎坷一生。剧本中既有对当时楚国波谲云诡的国际国内政治形势的鸟瞰,又有对博大精深的楚文化的管窥;既有文人雅士出口成诵的谐趣,又有对不学无术之辈附庸风雅的嘲弄;既有对追情逐恋、铭心刻骨、生死相许的爱情礼赞,又有对声色犬马、贪淫享乐、狎男浪女的讥讽;既有对楚风民俗的展示,又有对宫廷奢华的浏览;既有对正人君子、庶民百姓的同情和讴歌,又有对贪官污吏、龌龊小人的揭露和鞭挞……剧情引人入胜,矛盾起伏跌宕,人物栩栩如生,主题颇具张力,能让人在笑过、愁过、惊过、叹过之后,留下深深的回味和思索,感受艺术的魅力和崇高,避免了时下一些历史题材剧的“戏说”和媚俗倾向。

在中国文学史上,屈、宋历来并称,两人同被尊为“中国文学之祖”。刘师培说:“中国文学,至周末而臻极盛。……而屈、宋楚辞,忧深思远,上承风雅之遗,下启词章之体,亦中国文学之祖也。”(《论文杂记》)陆侃如说:“谁是中国文学之祖?我毫不迟疑地说:屈原与宋玉。他们不但给予楚民族文学以永久的生命,并且奠定了中国文学的稳固的基础。”“古代若无屈、宋,则文学史决没有那样灿烂;而楚民族若无屈、宋,则楚文学也决占不到重要的地位。所以,凡研究中国文学的人——尤其研究古代文学的人——都不可不从屈、宋下手。”(《屈原与宋玉》)由此可见宋玉在中国文学史上的地位和影响。反思20世纪以来的宋玉研究,我们走过不少弯路。疑古思潮的影响,意识形态的钳制,主流话语的阉割,权威学者的误导,道致我们丑化宋玉的形象,贬抑宋玉的人格,剥夺宋玉的作品,曲解宋玉的思想,从而冷落、歧视了这位中国文学之祖。过去屈原研究非常火爆,屈原作品的注释、翻译、赏析、研究的著作每年都要出版上十本,以致屈原作品一个字有好几种解释。但有关宋玉的书却出得很少,许多基本的工作都没有人做。我们必须改变这种扬屈抑宋、重屈轻宋的状况。现在,地下考古材料的出土,解构主义思潮的勃兴,文本研究的深入,学术交流的频繁,为我们提供了历史地、客观地研究宋玉的条件和契机。我想今后一段时期内,我们从事宋玉研究,应做好如下“四个结合”:

1. 文献研究与审美研究相结合

宋玉研究应当坚持文献研究与审美研究相结合。首先应当弄清基本的事实,读懂宋玉的作品。这是我们研究评价宋玉的基础。但这些工作,我们尚做得十分薄弱。由于过去我们研究宋玉的学者很少,因此,许多基本问题并没有弄清楚。如宋玉传世作品的数量、标题、出处、作年等,以前都是人云亦云,以讹传讹,直到近年来才大致弄明白。只要我们肯花时间与精力,许多旧说都可能要推翻。比如,宋玉《微咏赋》,过去一直认为最早见于明人刘节

《广文选》,并认为是刘节误将宋王微《咏赋》当作宋玉《微咏赋》。但通过文献普查,表明宋代陈仁子所编《文选补遗》早已收录此赋,并署名宋玉;唐代陆龟蒙《自遣诗》更早就提及“宋家微咏有遗音”,并注明“宋玉有《微咏赋》”。又如游国恩曾考证认为两汉至三国无模拟宋玉《大言赋》和《小言赋》之作,因而断定《大言赋》《小言赋》乃模拟晋人傅咸《小语赋》之作。此论一出,几成定论。现在发现,《永乐大典》卷一二〇四三《酒》“赐方朔牛酒”条据《古今事通》引《启颜录》载西汉公孙弘、东方朔所为大言,明显系模仿宋玉《大言赋》,表明游氏之说是一种祖孙颠倒的推论。这方面,我们还有大量的工作可做。

对宋玉的作品进一步进行辨伪、辑佚、校勘、注释、翻译,将有助于我们准确地理解宋玉作品的思想内容与艺术特色。例如,宋玉《神女赋》写的到底是玉梦还是王梦,这是一个古今争讼未已的学术公案。据《文选》李善注本《神女赋》开头云:“楚襄王与宋玉游于云梦之浦,使玉赋高唐之事。其夜王寝,果梦与神女遇。王异之,明日以白玉。玉曰:‘其梦若何?’王曰:‘晡夕之后,精神恍惚。若有所喜。……见一妇人,状甚奇异……’玉曰:‘状如何也?’王曰:‘茂矣美矣,诸好备矣。盛矣丽矣,难测究矣。上古既无,世所未见。瑰姿伟态,不可胜赞……’王曰:‘若此盛矣,试为寡人赋之。’”梦神女的应是襄王,作赋的应是宋玉。但宋代沈括在《梦溪笔谈·补笔谈》卷一《辩证》里首先指出自“其夜王寝”至“不可胜赞”中的“王”字应作“玉”,“玉”字应作“王”。因为,如果梦神女的是襄王,就不应说“若此盛矣,试为寡人赋之”;赋说“他人莫睹,玉览其状”,明说梦见神女的是宋玉。赋说神女“望余帷而延视”,“褰余帱而请御”,这里用第一人称,说明梦神女的应该是作赋的宋玉;古代下对上曰“白”,王对宋玉说话,不应当说“白玉”。此说一出,得到许多学者的赞同。理由似乎十分充分,结论似无可移易。但是,清代学者张惠言、赵曦明等却不同意这种说法,认为《神女赋》的姊妹篇《高唐赋》之末有“王将欲往见”一语,所以《神女赋》开头说“果梦与神女遇”,而古代上对下也可以用“白”。近代学者黄侃进一步指出:“上告下亦可称白,白犹报也。”与“诏”、“赣”二字相同。至于“王曰状何如也”,王当从别本作玉。“玉曰茂矣美矣”,玉当从别本作王。黄侃认为:“下云‘他人莫睹,王览其状’,正承此王言而说。‘王曰若此盛矣’,此‘王曰’乃更端之词。……《语》《孟》皆有之。”因此,“梦与神遇者王也,以状告玉者亦王也。自下玉赋,乃承王之命,因王之辞而赋之。诸校勘之家皆于此未能照了,故所说多误。前一‘白’字,此一‘王曰’,是致误之由。若皆知‘白’本上下通文,等于诏、赣,‘王曰’更端常例,证在《易》书,则宜僚弄丸,两难俱解。若作玉梦神女,则‘试为寡人赋之’及‘王见(览)其状’不可通。……‘王览其状’句,若作‘玉览其状’,何云‘试为寡人赋之’?”至于赋中“望余帷而延视兮”一句,黄侃则认为“余”是宋玉代襄王立言,这在古籍中也很常见。[①] 这一结论被语言学家许嘉璐作为黄侃训诂

① 黄侃评点、黄焯编次:《文选平点》,上海古籍出版社,1985年7月第1版,第73-74页。

学的范例而称引[①]。由此可见,许多先生依据沈括等人的“玉梦说”来解说《神女赋》,未见得准确。

再如《高唐赋》云:“其鸣喈喈,当年遨游。更唱迭和,赴曲随流。”杨义先生据其中“当年”二字,认为带有晚年回忆年轻时事情的口吻,而断定《高唐赋》为宋玉晚年的作品。他特别提醒我们说:“当年的‘当’字,有‘过去’、‘以往’之义。李商隐《锦瑟》:‘此情可待成追忆,只是当时已惘然。’陆游《古筑城曲》之四:‘惟有筑城词,哀怨如当日。’都是如此使用这个‘当’字。更明显的是《晋书》卷九十二《文苑列传序》:‘逮乎当涂基命(按:‘当涂高’乃是三国曹魏代汉的谶纬之词),文宗郁起,三祖叶其高韵,七子分其丽则,《翰林》总其菁华,《典论》详其藻绚,彬蔚之美,竞爽当年。’这个‘当年’,便作往年、昔年之解。由作者无意中写下‘当年’二字,与全赋开头的‘昔者’二字相对照,可以进一步加深我们对《高唐赋》为宋玉晚年追忆青年时代之事的认识。”[②]傅杰先生说:“其实‘当年’一词并不见于先秦典籍。不烦论者自己考证,只要关注一下清人的考据成果,就可以避免这类的错误。”[③]因为“当年”二字,清人王引之和朱珔早已指出,应作“当羊”。年,为“羊”字之误。当羊,即“尚羊(徜徉)”,游戏的意思。当年遨游,《文选》李善注说:“一本云:‘子当千年,万世遨游。’未详。”王念孙《读书杂志·余编下》认为:“其一本作‘子当千年,万世遨游’,词理甚为纰缪。且赋文两句一韵,多一句则傀互不齐,盖后人妄改之也。”又引其子王引之说云:“年当为羊,草书之误也。当羊,即尚羊(尚读如常),古字假借耳。《楚辞·惜誓》:‘托回飙乎尚羊。’王注云:‘尚羊,游戏也。’正与遨游同义。或作常羊,或作徜徉,并字异而义同。”朱珔《文选集释》亦云:“余谓‘尚羊’迭韵字,古九部字与肴豪部通,故此处‘鸠’、‘游’、‘流’与‘巢’为韵,则‘遨游’亦迭韵,四字相称,胡氏《考异》于此不及,是各本皆同,善所云一本不知何据。”傅杰先生指出:“无论是从‘当年’成词的时代,还是从楚辞构词造句的特点来看,朱说无疑是正确的。杨氏之论,只能说是他希望中的宋玉作品的特点,而未必是宋玉作品本来固有的特点。”[④]由此可见,重视宋玉作品的校勘,意义非常重大。不然的话,“在不真确的事实上所发明的义理在最好的情况下也只能是郢书燕说。”[⑤]

① 参见许嘉璐:《〈文选〉黄氏学训诂探赜》,俞绍初等主编:《中外学者文选学论集》,上册,中华书局,1998年8月第1版,第413-414页。

② 杨义:《楚辞诗学》,人民出版社,1998年10月第1版,第686页。

③ 傅杰:《“抬轿人”和“坐轿人”如何对话——20世纪的义理与考据之争》,《文汇报》2003年3月30日第8版《学林》专栏第688期。

④ 傅杰:《“抬轿人”和“坐轿人”如何对话——20世纪的义理与考据之争》,《文汇报》2003年3月30日第8版《学林》专栏第688期。

⑤ 傅杰:《“抬轿人”和“坐轿人”如何对话——20世纪的义理与考据之争》,《文汇报》2003年3月30日第8版《学林》专栏第688期。

宋玉作品中还有许多人名、典故至今没弄清,有许多句子还很不好标点……文献学研究还大有可为。只有集中大家的智慧,有更多的学者来从事宋玉辞赋的文献整理校注工作,方能正本清源,以恢复宋玉作品的真实面貌,弄清宋玉作品的真实含义。

建筑在可靠的文献基础之上,我们就可以进一步对宋玉作品进行文学审美研究了。宋玉在抒写感伤情调、刻画女性形象、描写自然山水、表现男女性爱、夸饰世间万物等方面,在刷新文体、开创主题、微辞婉讽、取譬设喻、创造情境、提炼意象等方面,都取得了杰出的艺术成就,很值得我们探讨、总结。这方面已经产生了一批优秀论文,如毛庆的《论宋玉辞赋的女性美及其创作心态》、①褚斌杰的《宋玉〈高唐〉、〈神女〉二赋的主旨及艺术探微》、②罗漫的《宋玉的文学贡献与历史地位》、③戴志钧的《宋玉论评》,④等等。我们只有从美学、艺术学、主题学、形象学、文类学、女性主义批评等各种理论中吸收营养,从各种角度来分析宋玉作品,挖掘出宋玉辞赋独特的审美价值,将古老的文学篇章阐释得鲜活生动、灵气充盈,宋玉作品才能成为当代中国人愿意也乐意接受的精神食粮。

2. 考古研究与文化研究相结合

宋玉是战国晚期的作家,距离现在已经两千多年。对其作品进行辨伪、校勘、注释,除了利用传世文献外,还应当重视利用考古材料,也就是王国维所谓"二重证据"。过去,对宋玉赋的真伪除《九辩》外,大都持怀疑态度。理由主要是战国时代不可能产生散体赋。但 1972 年 4 月,考古工作者在山东临沂银雀山一号汉墓(属武帝时期)发掘出土了唐勒、宋玉论御赋残篇(即宋玉《御赋》),正是一篇散体赋,使战国时期不可能产生散体赋的说法不攻自破。以汤漳平、谭家健为代表的学者正是以考古发掘出土的唐勒、宋玉论御赋残篇为参照,纠正了学术界对宋玉赋的片面否定。而徐少华和黄家忠两人则分别从包山楚简和长沙马王堆汉墓帛书等考古材料中发现了阳城与下蔡相近、并为楚县的记载。这与宋玉《登徒子好色赋》"惑阳城,迷下蔡"之语,以阳城与下蔡对应,正好可以互相印证。而后来所称的阳城,一是与下蔡相距甚远,二非楚县,与《好色赋》所记对不上号。因此,考古发现不仅为准确阐释《好色赋》"阳城"与"下蔡"的地望提供了可靠的材料,而且也为解决长期以来关于《好色赋》真伪问题的争论,提供了一条过硬的内证。⑤ 自 20 世纪以来,楚地考古发掘出土文献非常多,郭店楚墓出土竹书、上海博物馆藏战国楚竹书甚至震惊了世界学术界。很好地利用楚地出土文献资料来研究宋玉,将有助于许多学术公

① 载《山西师大学报》(社科版),1992 年第 3 期。

② 载《北京大学学报》(哲学社会科学版),1995 年第 1 期。

③ 载《中南民族学院学报》(哲学社会科学版),1995 年第 4 期。

④ 载《云梦学刊》,1996 年第 2 期。

⑤ 参徐少华:《包山楚简释地五则》,《考古》,1999 年第 11 期;黄家忠:《"惑阳城,迷下蔡"索解——关于〈登徒子好色赋〉著作权应属宋玉一个内证札记》,《淮南师范学院学报》,2001 年第 1 期。

案的解决,亦将开辟崭新的学术天地。

宋玉研究除了重视纸上文献、考古材料外,还应当重视文化人类学提供的材料。20世纪末,叶舒宪经过长期的文化人类学的本土实践,积累了丰富的经验,形成了系统的思想,经过提炼与升华,提出了"三重证据法"。三重证据指传世文献与考古材料之外的文化人类学所提供的域外的、原始的、民族的、民俗的资料。① 以此来反观本土文学,正顺应和体现了知识全球化时代的一种无法回避的人文学科大趋势,对于文学研究如何解决"学科危机",如何与时俱进,展开知识创新,毫无疑问具有重要的理论指道意义。叶舒宪的《高唐神女与维纳斯——中西文化中的爱与美主题》一书正是运用"三重证据法"、实现中西学术结合的成功范例。宋玉辞赋反映的内容深广,必须在广阔的文化背景下来俯瞰,才能看得深透,因此对宋玉辞赋进行文化人类学研究是必要的,也是切实可行的。只有打通中西、沟通古今,破除国族的和地域的疆界,在跨文化视野下注意本土话语与域外话语、文献文本与田野文本、中心话语与边缘话语的对译、互动与再阐释,宋玉辞赋中的许多古老原型、意象、主题、情境乃至宗教背景、巫风民俗,才能获得破解,也才能取得具有世界性意义的结论。从闻一多到叶舒宪的研究成果正雄辩地说明了这一道理。

3. 渊源研究与接受研究相结合

关于赋体文学的渊源,自古迄今,众说纷纭。有的认为源于《诗经》,有的认为源于楚辞,有的认为源于诸子散文,有的认为源于史传文学,有的认为源于隐语(谜语),有的认为源于优语(俳词),有的认为源于楚地民歌,有的认为源于先秦多种艺术。各执一词,迄无定论。从事自然科学研究的人都知道,进行科学实验取样是很关键的,样本取得对,实验才有价值。宋玉是楚辞的殿军,汉赋的始祖,在中国辞赋史上具有承前启后的地位。我们认为研究赋体文学渊源的最佳样本不是荀况赋,也不是汉赋,而是宋玉赋。弄清了宋玉赋的渊源,也就弄清了赋体文学的渊源。因此,我们应重视宋玉赋文学渊源的研究。

宋玉被后人接受的情况具有文学经典个案研究的价值和意义。在汉魏六朝隋唐时期的宋玉是风流儒雅的高洁者的象征。到了宋代,特别是到了柳永笔下,宋玉则成了一位多情公子。到了元明清戏曲和小说中,宋玉则成了艳情文学中频频出现的意象。而到了20世纪,宋玉则成了郭沫若痛骂的物件。褒奖他的人,称他为高洁的圣人,认为他的作品微辞托讽,是讽谏文学,读了拍手称快;贬抑他的人,则称他为可耻的小人,认为他的作品依阿取容,是帮闲文学,读了怒不可遏。为什么评价宋玉会出现如此天壤之别的分歧?为什么宋玉的形象在不同历史时期,不断地被改塑,被扭曲,被变形?这是一个十分

---

① 参叶舒宪:《诗经的文化阐释》的"自序"《人类学"三重证据法"与考据学的更新》,湖北人民出版社,1994年6月第1版;叶舒宪:《文学与人类学》第八章第三节"三重证据:知识全球化时代的文学研究",社会科学文献出版社,2003年11月第1版,第244-256页。

耐人寻味的课题,很值得深入研究。从文献学的角度对历代宋玉的接受史料进行系统整理,然后再运用接受美学、诠释学、传播学等理论,结合历史的、政治的、文化的、伦理的、民俗的、审美的演变情况,从学理上弄清宋玉接受过程中被扭曲的深层原因,这不但能深化对宋玉的研究,而且也能使宋玉研究走上理性化的轨道,改变过去那种褒贬任声的状况。

从接受史的角度研究宋玉,海内外学者已发表一些论文。如,张伯伟的《李义山诗中的宋玉、司马相如和曹植》、[①]钟来因的《〈高唐赋〉的源流及影响》[②]、刘学锴的《李商隐与宋玉——兼论中国文学史上的感伤主义传统》[③]、金荣权的《宋玉形象的历史变迁及评价》[④]、王家星的《宋玉与白居易文学上的传承关系》[⑤]、伏俊连的《美的企慕与欲的宣泄——屈原、宋玉、司马相如美人赋散论》[⑥]、孙维诚的《论宋玉〈高唐〉、〈神女〉赋对柳永登临词及宋词的影响》[⑦]、高秋凤的《从宋玉〈神女赋〉到江淹〈水上神女赋〉——先秦至六朝〈神女赋〉之发展》[⑧]、宇野直人的《柳永对宋玉的受容》[⑨]、郑毓瑜的《神女论述与性别演义——以屈原、宋玉赋为主的讨论》[⑩]、高秋凤的《宋玉〈神女赋〉与曹植〈洛神赋〉的比较研究》[⑪]、程地宇的《神女:质疑与认同——苏轼诗词中巫山神女题材和典故体现的文化心态及其哲学根源》[⑫]、郭建勋的《论汉魏六朝"神女——美女"系列辞赋的象征性》[⑬]、李定广和徐可超的《论中国文人的"巫山神女情结"》[⑭],等等。这些论文都有创获,有见地,弥足珍贵,启人思索。但系统地研究宋玉近两千年的接受史,则尚待我们努力。

4. 精深研究与通俗普及相结合

要传承宋玉的文学艺术遗产,只有几个学者在那里研究是不行的,必须让广大读者都了解宋玉其人及其作品,这就应当注重普及。因此,要注意精深研究与通俗普及相结合,使宋玉形象深入人心,使宋玉作品家喻户晓。要撰写出版有关宋玉作品的注译本、解

---

① 载1983年3月29日《光明日报》。
② 载《文学评论》,1985年第4期。
③ 载《文学遗产》,1987年第1期。
④ 载《中州学刊》,1989年第3期。
⑤ 载《学术论坛》,1990年第2期。
⑥ 载《社会科学》(兰州),1990年第4期。
⑦ 载《文学遗产》,1996年第5期。
⑧ 载台北政治大学文学院等编《第三届国际辞赋学术研讨会论文集》,下册,1996年12月。
⑨ 张海鸥、羊昭红译,载《中国韵文学刊》,1997年第1期。
⑩ 载台湾大学人口研究中心妇女研究室主办《妇女与两性学刊》第8期,1997年4月。
⑪ 载台湾《国文学报》第26期,1997年6月。
⑫ 载《重庆三峡学院学报》,2002年第1期。
⑬ 载《湖南大学学报》(社会科学版),2002年第5期。
⑭ 载《复旦学报》(社会科学版),2002年第5期。

说本、赏析本、插图本,要创作有关宋玉的歌曲、戏曲,拍摄有关宋玉的电视、电影。近年来,文学艺术界围绕宋玉及其作品创作了不少作品。内地、香港、台湾顶尖级的艺术家联手创作表演的大型神话歌剧《瑶姬传奇》,由台湾王斯本导演,香港陈钧润、台湾朴月编剧,香港陈能济作曲,台湾卢琼蓉、大陆徐林强、袁晨野、刘月明、刘海桃主演,2003 年 10 月 16 日在香港文化中心首演,获得了极佳的艺术效果。王瑞国编剧的宜城花鼓戏《宋玉传奇》,2003 年参加湖北省第七届戏曲新人新作展演,一举囊括演出、编剧、音乐、导演等 7 个一等奖;在 2003 年度湖北省舞台剧精品工程评选中,名列第八。今年宜城市组织排演的《宋玉悲歌》,由国家一级导演丁素华担任导演,由国家一级编剧宋西庭编剧,由著名作曲家李大庆作曲,特邀湖北省地方戏曲艺术剧院二团团长、该团当家小生詹春尧担纲主演宋玉,武汉市艺术创作中心国家一级编导何大彬担任编舞。阵营亦相当强大,估计亦会取得优异的成绩。这些歌剧、戏曲均以宋玉作品为题材,演出深受人们喜爱,可见,宋玉的作品是有艺术生命力的。2002 年 9 月 15 日,我在湖北宜城观看了由宜城市委、市人民政府主办的"楚都神韵专场文艺晚会",其中由武保建作曲,张青松、明辉领舞的《千秋绝唱——宋玉赋》,给我留下了十分难忘的印象。我还看过上海辞书出版社出版的《文与画 · 古文二百篇》,其中收录了宋玉《风赋》《高唐赋》《神女赋》《登徒子好色赋》,每篇作品由著名画家配画、著名古典文学专家点评,看起来赏心悦目,对宋玉的文采风流感受特别深刻。相信,随着十八集电视连续剧《宋玉》的拍摄放映,长篇小说《宋玉》的出版发行,宋玉故里的修复开放与宋玉辞赋碑林的竣工剪彩,宋玉会一次次吸引众人的眼球,宋玉的形象会大放异彩!

宋玉、傅毅同名《舞赋》舞蹈描写的文学图像学研究

鞍山师范学院　刘　刚

宋玉《舞赋》见于宋代所编的《古文苑》,傅毅《舞赋》见于南朝梁所编的《文选》。由于宋玉《舞赋》之全文均见于傅毅《舞赋》之中,因此研究者多认为宋玉《舞赋》是从傅毅《舞赋》"简节"出来的文字,作者当为傅毅,而非宋玉。我在七八年前曾撰写了一篇题为《关于宋玉〈舞赋〉的问题》的文章,后来发表在《辽宁大学学报》上。我认为傅毅《舞赋》是在宋玉《舞赋》基础上增衍而成的,其中最有力的一个根据是,宋玉《舞赋》所描写的为先秦时期流行的长袖舞,文献中多称为"人舞"或"手舞",而傅毅《舞赋》在宋赋基础上增衍的文字所描写的是盘鼓舞,这种舞则是汉代的产物,在东汉才广为流行。文章完成后,我曾将它作为一篇作业,送给我访学的导师褚斌杰先生,先生认为我的观点颇有道理,后来先生在他的《楚辞要论》中讨论宋玉《舞赋》问题时加注说:"关于此赋还另有说法,认为系傅毅'衍《舞赋》以为己作',即将宋玉《舞赋》加以扩充而署己名。见明王世贞《艺苑卮言》卷二。近又读刘刚《关于宋玉〈舞赋〉的问题》一文,作者多方面比较了《文选》所载署名傅毅的《舞赋》与《古文苑》所载署名宋玉《舞赋》之异同,认为傅氏多出的文字,与后者在观念、舞蹈形式上有矛盾,宋玉《舞赋》描写的是先秦流行的'人舞',或称'长袖舞',而傅毅《舞赋》比宋玉《舞赋》多出的文字描述的是汉代才兴起的'盘鼓舞',两者不尽相同,从而进一步论证了'傅毅《舞赋》,则是模仿宋玉《舞赋》,并在其基础上增衍而成。'亦极具参考价值。[①] 研究宋玉《舞赋》的人都清楚,认为宋玉《舞赋》是"简节"傅毅《舞赋》的文字,是因傅毅《舞赋》被《文选》收入要早于宋玉《舞赋》被《古文苑》收录近450年;而认为傅毅《舞赋》为增衍宋玉《舞赋》而作,是因宋玉的生活时代战国要早于傅毅的生活时代东汉。前一判断有传世的文献为根据,后一推测则缺少文献的支持,即在傅毅《舞赋》被《文选》收录之前,没有宋玉《舞赋》流传于世的直接证据。我那篇文章的价值就是为后一推测提供了依据,而其中的关键问题在于傅毅舞蹈描写对宋赋的疏离。关于宋玉与傅毅舞蹈描写的差异,由于近年来先秦两汉的青铜器、玉器、陶器、画像石、画像砖、帛画、漆画中舞蹈图像数据的大量发现,使我对宋玉描写的长袖舞和傅毅描写的盘鼓舞有了更为直观更为深入的认识。为了打实我在《关于宋玉〈舞赋〉的问题》一文中的观点,我便有了从文学与图像学角度解析问题的动机,从而更为细致具体地

① 褚斌杰:《楚辞要论》,北京大学出版社,2003年,第423页。

说明宋玉与傅毅舞蹈描写的差异。当然,考古图像数据并不能与宋玉、傅毅的舞蹈描写一一对应,完全吻合,也不可能完整地再现宋玉或傅毅《舞赋》的全貌,但是,它具有历史真实性和感觉的直观性,有着历史文字数据所不能清楚说明的也无法替代的作用,是任何言语释说无可比拟的,具有非常重要的参考价值。

一、关于宋玉与傅毅舞蹈描写文字的认定

要解析和比较宋玉与傅毅同名《舞赋》中舞蹈描写的差异,我们首先要认定二者舞蹈描写的文字。关于宋玉的《舞赋》,我们以商务印书馆发行的由王云五主编的《丛书集成初编》所收《古文苑》为底本。关于傅毅的《舞赋》,我们以上海书店据世界书局影印清胡克家刻本《文选》为底本。由于宋玉《舞赋》全文均包含在傅毅《舞赋》之中,为了便于比对,我们以图表的形式对应排列抄录二者的文字,又为了突出中心,简明扼要地说明问题,在图表中,我们仅抄录二赋有关舞蹈描写的部分。

宋玉《舞赋》	傅毅《舞赋》
尔乃郑女出进,二八徐侍,姣服极丽,姁偷致态。貌嫽妙以妖冶[兮],红颜晔其阳华。眉连娟以增绕,目流睇而横波。珠翠灼烁而照曜兮,华袿飞髾而杂纤罗。顾形影,自整装。顺微风,挥若芳。动朱唇,纡清扬,(而)亢音高歌,为乐(之)方。 其始兴也,若府若仰,若来若往。雍容惆怅,不可为象。 罗衣从风,长袖交横。骆驿飞散,飒沓合并。绰约闲靡,机迅体轻。	于是郑女出进,二八徐侍,姣服极丽,姁偷致态。貌嫽妙以妖蛊兮,红颜晔其扬华。眉连娟以增绕兮,目流睇而横波。珠翠的皪而炤燿兮,华袿飞髾而杂纤罗。顾形影,自整装。顺微风,挥若芳。动朱唇,纡清阳,亢音高歌为乐方。歌曰:摅予意以弘观兮,绎精灵之所束。弛紧急之弦张兮,慢末事之骩曲。舒恢炱之广度兮,阔细体之苛缛。嘉关睢之不淫兮,哀蟋蟀之局促。启泰真之否隔兮,超遗物而度俗。扬激徵,骋清角。赞舞操,奏均曲。形态和,神意协。从容得,志不劫。于是蹑节鼓陈,舒意自广。游心无垠,远思长想。其始兴也,若府若仰,若来若往。雍容惆怅,不可为象。其稍进也,若翱若行,若竦若倾。兀动赴度,指顾应声。罗衣从风,长袖交横。骆驿飞散,飒擖合并。鶣鷅燕居,拉揩鹄惊。绰约闲靡,机迅体轻。姿绝伦之妙态,怀悫素之絜清。
合场递进,案次而俟。埒簇角妙,夸容乃理。轶态横出,瑰姿谲起。 回身还入,迫于急节,纡形赴远,漼以摧折,纤縠蛾飞,缤猋若绝体如游龙,袖如素蜺,迁延微笑,退复次列。观者称丽,莫不怡悦。	修仪操以显志兮,独驰思乎杳冥。在山峨峨,在水汤汤。与志迁化,容不虚生。明诗表指,喟息激昂,气若浮云,志若秋霜。观者增叹,诸工莫当。于是合场递进,按次而俟。埒材角妙,夸容乃理。轶态横出,瑰姿谲起。眄般鼓则腾清眸,吐哇咬则发皓齿。摘齐行列,经营切儗。仿佛神动,回翔竦峙。击不致筴,蹈不顿趾。翼尔悠往,闇复辍已。及至回身还入,迫于急节,浮腾累跪,跗蹋摩跌。纡形赴远,漼似摧折,纤縠蛾飞,纷猋若绝。超逾鸟集,纵弛殟殁。蜲蛇姌袅,云转飘曶。体如游龙,袖如素蜺,瞭睱而拜,曲度究毕。迁延微笑,退复次列。观者称丽,莫不怡悦。

注:宋赋加"·"的字与傅赋不同;加"[ ]"的字为傅赋有而宋赋无;加"( )"的字为傅赋无而宋赋有。

在图表的对应排列中，我们可以明显地看出，宋玉《舞赋》的确包含在傅毅《舞赋》之中，尽管文字略有不同，个别地方或缺一字，或多二字，但“包含”的事实是不可改变的。然而问题的关键在于，是宋赋“简节”于傅赋，还是傅赋在宋赋的基础上增衍而成。面对这一问题，我不想把我的观点强加给别人，也不想带着我固有的观点去研究问题。由于对傅毅《舞赋》研究者并无异议，我们可以将傅毅《舞赋》作为研究的对象，客观地将傅毅《舞赋》关于舞蹈描写的内容切割为两部分，一部分是与宋赋相同的部分，一部是比宋赋多出的文字。对于这两部分，如果纯客观的称谓，可以称为甲部分和乙部分，也可称为A部分和B部分，但为了分析和说明的方便，我们权且称与宋赋相同的部分为“宋玉《舞赋》的舞蹈描写”，而称比宋赋多出的文字为“傅毅《舞赋》‘增衍’的舞蹈描写”。在此时，这两种不同的称谓只是称谓的符号，下面就按照我们权且称谓的所指来进行解析与比较。

二、关于宋玉《舞赋》舞女舞前体态的描写

关于宋玉《舞赋》舞女舞前体态的描写，其所指为傅毅《舞赋》中，从“于是郑女出进”到“亢音高歌为乐方”一段。

郑女出进，二八徐侍，姣服极丽，姁偷致态：郑女，此指舞女。出进，为偏义复词，指进入舞场。二八，指舞女人数，即十六人。徐，稳重貌。姣服极丽，写服装之美。姁偷致态，形容舞女表现出的娇媚姿态。湖南长沙黄土岭战国楚墓中出土一个彩绘漆奁，图中有舞女11人，均着宽袖细腰长裙，裙之下摆擴过脚面，这正是先秦楚人的装束。其右边四人，一人手执教鞭类物品，若指挥状，三人操手而立，身体微微侧倾，若动身起舞；余者五人跪坐，似在休息；两人站立，一两臂向外微张，一合拢双臂前伸略扬，似做舞蹈前的热身准备。此图所绘当是舞女候场的情景。（图一，《中国古代舞蹈史话》图10）从此图中右边操手侧倾而立之三人，我们可体会“徐侍”、“姁偷致态”的出场待舞的形态。

图一

貌嬚妙以妖蛊兮，红颜晔其扬华：嬚妙，美好貌。妖蛊，娇媚貌。晔，光彩照人貌。此句刻画舞女容颜，关键词在于“红颜”，这是楚女面妆的习尚，亦为楚舞女的时妆。《大招》有“容则秀雅，稚朱颜只”的舞女容貌描写，而《招魂》所言“美人既醉，朱颜酡些”，则记述楚人对“红颜”的欣赏。《楚文物图录》收有彩绘木俑图一幅，梳螓首式发型，眉平直细长，穿深衣，其面部尚可看出涂有红色的痕迹（图二，《中国古代服饰史》图1）。

眉连娟以增绕兮,目流睇而横波:连娟,细长而弯曲貌。绕,曲也。流睇,转目邪视。此句写舞女眉目含情,楚楚动人。关于眉毛的勾画,从文献资料来看,古楚女子大约有两种习尚,一为直眉,一为曲眉。《大招》中对于二者均有描述,所谓"曾颊倚耳,曲眉夫只","青色直眉,美目女面只"。直眉之像已见图二。又《文物》2007 年第 7 期有《浙江安吉五福楚墓》一文,文之图二五为陶俑照片,文中介绍此俑长眉眯眼,细看照片眉细长而曲(图三)。

图二

图三

图四

珠翠的皪而炤燿兮,华袿飞髾而杂纤罗:珠翠,指舞女的佩饰。此佩有珠,又有翠,两物联缀,当为组佩。的皪、炤燿,均光泽鲜明貌。袿,为女子的上衣。髾,此指衣上燕尾形的服饰。纤罗,细纹罗衣。先秦人衣着喜佩珠玉等服饰,楚人尤甚,比之中原人更显奢华。湖北江陵纪南城战国楚墓出土的彩绘木俑,在胸前左右各挂一组组佩,从图像分析,较大的圆形物当为玉佩,半圆形物当为玉璜,在玉佩、玉璜之间的较小的圆形物当为珠玑类对象(图四,《中国服饰史》127 页图 3 - 51)。这一组佩可以使人直观了解句中"珠翠的白乐"的描写。髾,似为楚人惯用的服上之饰,枚乘《七发》吴客说楚太子有"杂裾垂髾"之言;司马相如《子虚赋》楚使子虚之赋有"蜚襳垂髾"之语。古注仅言,其为燕尾之形,具体形状如何,欠详。四川博物馆藏"乐舞百戏"画像砖中,有一跳盘鼓舞的舞女,长裙后有燕尾状飘带(图五,《中国画像石全集》80

图五

页),很可能就是作为服饰的髾。

顾形影,自整装。顺微风,挥若芳:挥,挥袖以送。若,杜若。芳,香草。以香馨的花草为服饰,是楚人服饰习俗上一个鲜明的区域性特征。虽中原也有此风,但唯楚为盛。长沙马王堆汉墓出土的丝织物中有饰花香囊、绣绮香囊和绣罗锦底香囊,当为古楚遗风。湖北随县战国曾侯乙墓出土编钟虡之中层铜人,着仪仗乐队装束,腰带中央挂有心型垂缨香囊(图六,《中国服饰史》113 页),极近楚风。

图六

动朱唇,纡清阳,亢音高歌为乐方:纡清阳,章樵注说,"眉目之间为清扬,将歌则少敛"。亢音,高音。楚俗喜好音调高昂的歌曲,宋玉《对楚王问》大赞"其曲弥高"之美;屈原(一说景差)《大招》又有"四上竞气,极声变只"的歌唱描写,"竞气"、"极声",是说比赛气力,穷极音声,显然是描写用高音歌唱。南阳汉画馆收有一方南阳县石桥汉墓出土的"鼓舞"画像石。画中建鼓立于兽形鼓座之上,两人在鼓之左右作舞蹈状。右边三人:左侧两人左手持排箫,右手向上做托手,是以箫伴奏者,右侧一人双手拊掌,似打节拍,右腿略向前伸,左腿略曲,提臀挺胸,腰部用力,似将要挺直身躯,只惜面部不清,这当是位歌者,这样姿势表示将用力发声引吭高歌(图七,《南阳汉代画像石刻续编》图 5)。河南南阳为楚故地,此虽汉画,亦显楚风。

图七

分析此段舞女舞前体态的描写,以服饰、妆梳而论,虽然由于区域间民族间文化的交流与融合,描写中所显露的"红颜"、"飞髾"、"珠翠"、"曲眉"、"香囊"等特征,虽为中原、南楚所共有,但从我们所举的文献例证而言,楚人此习更盛。以舞蹈形式而论,则交待了该赋所写的是有十六人参加的集体舞,参加舞蹈的人即是舞蹈者也是歌者,而"亢音高歌"正显楚歌特征。

三、关于宋玉《舞赋》舞蹈动作的描写

宋玉《舞赋》的舞蹈动作描写,指的是傅毅《舞赋》与宋赋相同的字句,即"其始兴也"等二十九句。就舞蹈动作来说,我们所能见到的战国舞蹈图像数据动作比较简单。如四川成都百花潭出土的战国铜壶上,其"采桑歌舞"之舞者,扭腰出胯,双臂上扬,卷袖而舞;传世战

国“宴乐渔猎纹壶”,舞姿与百花潭壶基本相同;河南辉县出土的战国壶盖上,也有“采桑歌舞”,舞者舞姿与上两例相同,只是舞袖方向相反;河南信阳出土的战国刻纹椭桮刻图中,有两人扬袖相对而舞,舞姿与上例相近;洛阳金村出土的战国玉雕舞女形象,有二人联舞者,两人肩臂相靠,内臂下垂,外臂反手扬袖至头顶;有单人舞者,姿态与上述连臂舞女右侧之人相同;故宫博物院所藏战国古玺印身舞人,一手斜搭于腹前,一手举臂做缠头绕袖,长袖至后肩下垂,舞姿与战国玉雕舞女相仿;河南信阳出土战国楚漆锦瑟乐舞彩画,隐约可见舞女飞卷长袖之舞姿;山东临淄东周殉人墓出土舞俑,发髻残缺,脸部削成平面,黑彩勾眼眉,长裙曳地,倾身扭腰,舞姿婀娜(图八)。分析以上所举之舞蹈动作,归纳起来仅有四式,但值得我们注意的是,迄今出土的战国舞蹈图像数据,除临淄舞俑为“手舞”外,余者均以长袖为舞,而未见其他形式。这说明了战国之时在民间或宫廷宴享上的女性舞蹈中,是以长袖舞最为常见的。由于战国舞蹈图像数据的不足,我们在分析宋玉《舞赋》舞蹈动作描写时,就要更多地借助于较为丰富的汉代画像石、砖等舞蹈图像数据了。其实,汉代的长袖舞和巾舞都是战国长袖舞的继续与发展,以之为参照,于理正当。

图八—1

图八—2

图八—3

图八—4

图八—5

图八—6

图八—7

图八—8

图八—9

其始兴也,若府若仰,若来若往:此句写舞蹈开始的动作。俯仰,指腰部的前后弯曲,带动上身前曲与后仰。南阳石桥出土的“鼓乐伴舞”画像石,舞人后腿足趾登地,前腿弓曲上抬，右臂后摆，左臂上扬，上体后倾，头部上仰，双袖飘舞于身后（图九，《汉代乐舞百戏艺术研究》77页图21）。这是“若仰”的造型。南阳英庄出土的“鼓乐伴舞”画像石，舞人双腿为前奔状，双臂一前上扬，一后下摆，上体前倾，头部低视，双袖随双臂飞舞（图十，《中国画像石全集》第六册图169）。这是“若俯”的造型。来往，指舞者面对观舞者，奔走向前或反身向后。方城赵河镇出土“长袖舞”画像石，左起前二人是观舞者，似一边观看一边交谈，第三人似击掌拍节伴唱，四、五两人吹排萧，第六人吹埙，第七为舞人，面向观者碎步前行，双手上举齐肩，两长袖及裙裾向后飘扬（图十一，《方城汉画》32页图81）。这是“若来”的造型。南阳崔庄出土的“乐舞”画像石，左起五人奏乐，第一人左手举钲，右手举小锤击之，二、四两人边吹排萧，边摇鼗鼓，第三人吹埙，第五人倒立，第六人要壶，第七为舞人，右臂高抬，长袖下垂，左臂拂袖，从身前掠过，拧身迈步，头向反方向回视，若离开观者而去（图十二，《中国画像石全集》图75）。这是“若往”的造型。

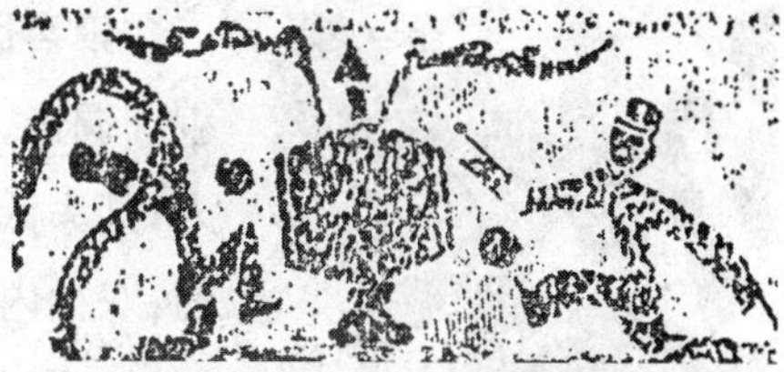
图九

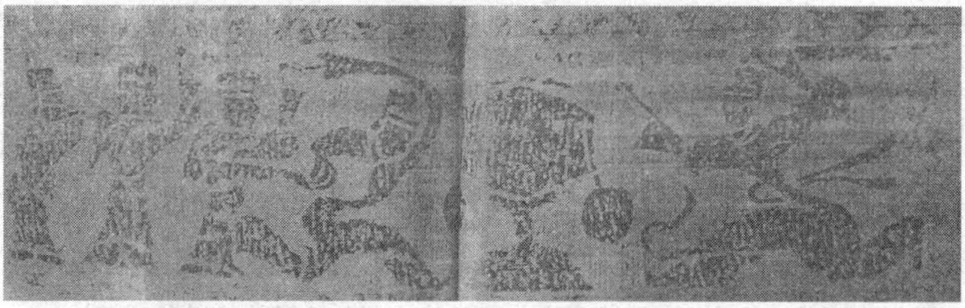
图十

图十一

图十二

图十三

雍容惆怅,不可为象:此句形容舞人情态。雍容,温文而雅貌。惆怅,伤感貌。《中国画像石全集》第三册图七六刻一舞人,其头低垂,双目下视,双眉微锁,左手微微抬起,右手回护胸前,双袖内卷,双腿半蹲,表情颇显沉重,当是惆怅之相(图十三)。不过,此句所寓多变的表情,由于汉画像石多年久剥蚀,面部不清,难以比对,要了解得更多,只有从体态上去体会。例如:我们释"若来若往"的图十一、图十二就可体悟"若来"时"雍容"的从容和"若往"时"惆怅"的伤感。

罗衣从风,长袖交横。骆驿飞散,飒擖合并:此二句描写舞者间的配合。罗衣,此指舞衣。骆驿,同络绎,连续不断貌。飒擖,盘旋貌。意在述说,舞者时而相继分散,时而转回聚合,散去时舞衣随风飘起,聚合时长袖交横在一起。"罗衣从风,长袖交横"之舞蹈动作,在汉画像中最为常见,如《中国画像石全集》中第四册图四、第二册图六八、图九二、图一一一、第一册图一〇四均是"长袖交横"的描画。其中第一册图一〇四为济宁师专十号石椁墓东壁画像,图中两舞人平行而舞,均向外移动,舞裙向内飘,舞袖向内挥,四只长袖在二人内呈"X"型上下交叉,最为优美(图十四)。《中国画像石全集》第二册图二〇五之画像石,其第三层中间有三个舞人,中间者做骑马蹲裆式,双手顺肩向上等位托举,其左右各一人,均双臂平伸,卷袖后扬,而腿做跑跳姿式,似离中间舞人,各奔东西(图十五)。这是"骆驿飞散"的造型。《中国画像石全集》第二册图六八之画像,二舞者反向做弓步,而拧腰转头,相视而舞,左边舞者左袖甩出,右边舞者右袖甩出,在两人之间交叉,两人另一手挥袖回甩,于二人头上相向对投(图十六)。这是"飒擖合并"的造型。

图十四

图十五

图十六

绰约闲靡,机迅体轻:绰约,柔美貌。闲靡,形容舞姿柔缓优美。机迅,形容动作快时如弩机迅发。此句言舞蹈动作缓慢时显得柔美妩媚,而节奏突然变快舞者身轻如燕,动作迅速。江苏沛县出土的汉画像石上有两个细腰长裙舞人,扬袖对舞,姿态柔美(图十七、《中国舞蹈》49 页图 16)。这种造型可以体会"绰约闲靡"的描写。山东东安汉里画像石有一舞者,头着头饰,穿长袖舞衣,动态极像跳"秧歌舞"时,在第四拍纵身一跳,双臂前后上甩,让人感到瞬间起跳、体态轻盈的动感(图十八,《中国古代舞蹈史话》图 27)。

图十七

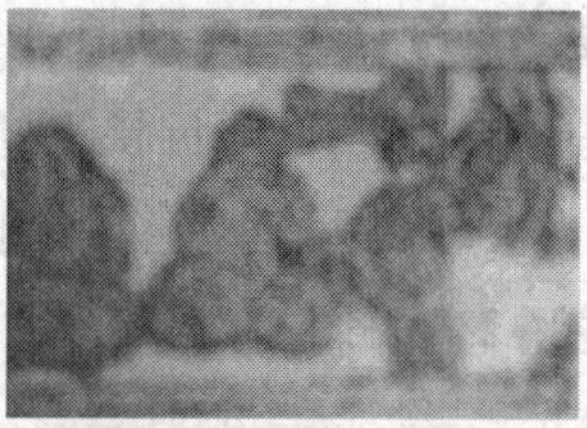

图十八

合场递进,按次而俟:合场,全场。递进,依次而进。俟,等待。此句强调舞者在场上依次而动,训练有素,秩序井然。《中国画像石全集》第四册图 171 东汉画像石第二层有九个舞人,左起八人,两两成对,第九人落单,似后面有其舞伴尚未出场,可见入场是依次递进的;另外前四对舞者,左数第一对动作与后三对不同,而后三对动作相同,好像表示做什么动作也有先后,后者要等前者动作做完,再依次完成这一动作(图十九)。

图十九

埒材角妙,夸容乃理;轶态横出,瑰姿谲起:埒,等同。角,较量。夸容,美丽的容貌。理,打扮。轶态,即逸态,此指超群的表现。谲,异。此两句意思是说,递进入场的舞者都是技艺相当的舞者,因为要比一比谁可称妙,她们打扮得美丽漂亮,表演时更各出逸态,动人的舞姿不尽相同。曲阜县梁公林出土汉画像石中有三个跳长袖舞的舞女,头绾高髻,翩翩起舞,她们姿态各不相同,而动作皆轻柔优美,各具特色(图二十,《中国舞蹈》50 页图 17)。

图二十

回身还入,迫于急节,纡形赴远,漼似摧折,纤縠蛾飞,纷猋若绝:纡形,躬腰。漼,弯折貌。摧折,形容弯腰程度极大。纤縠,柔细的绮罗之类丝织品,此泛指舞衣舞袖。猋,同飙,暴风。此句意为,舞女们各呈姿态后,在急节中还身归队,她们折腰迅跑,衣袖飞扬如蛾飞,速度之快纷纷然若疾风掠过。南阳唐河县出土的新莽时期画像石乐舞图,刻画了两个舞人并排舞蹈均侧向折腰90度,两臂像翅膀样张开,长袖平直飘在身后,说明脚步移动得相当快,从中可直观感觉"纡形赴远","纤縠蛾飞"的舞姿(图二一,《汉代乐舞百戏艺术研究》234页图150)。

图二一

体如游龙,袖如素蜺:游龙,飞行中的龙,此形容舞者身体如游龙时曲时伸,动作柔美。素,白色。蜺,虹。山东微山县出土汉画像石刻画了两个舞人,左边舞者腰肢侧弯,与下体折角约90度,双臂顺肩伸出,整个上体呈"山"字形,右边舞者腿做弓步,上体前倾约45度,左袖搭肩,右袖后甩,飘于身后,对二舞人的舞姿若作动态联想,当是"游龙"之状(图二二,《汉代乐舞百戏艺术研究》234页图151)。内江岩边山崖墓乐舞图有一舞女,着拖地长裙,两袖向后挥,身体向前行,长长的舞袖于身后飘如彩虹,喻作"素蜺"正恰当无比(图二三,《中国画像石全集》第七册图26)。

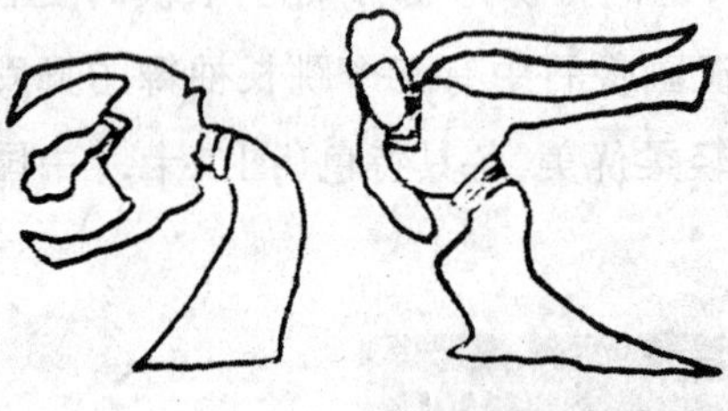

图二二

图二三

迁延微笑,退复次列:迁延,后退。退复次列,舞毕退回到场边依次排列。四川郫县新胜乡出土一"宴饮"画像石,图右上为厨房,有二人操作,右下有人牵车马,车中有一人,车后跟随二人,车中人当为来赴宴者,图中部为阁楼,下层坐五人,人前有餐具,正边宴饮边观舞,左上有伴奏者二人,有杂耍者二人,左下二人是为舞者,前一人平伸双臂上体弯下,当为舞毕鞠躬状,后一人一手平摆,一手举袖遮面,臀部为向后下坐势,双膝微屈,是向后退行的姿态,从两个舞人的刻画中可看出舞蹈结束时,舞人如何施礼,如何依次退场的情形(图二四,《中国画像石全集》39 页图 43)。

图二四

通过上面文学图像学的分析,对此段舞蹈描写,我们可以获得以下几点认识:1. 此段舞蹈描写进一步证明,其所写为集体舞,如“飞散”、“合并”、“按次”、“次列”都是证明。2. 此段舞蹈描写所指是长袖舞,在文字中没提及其他舞蹈道具,仅以长袖为舞,且得到了汉代舞蹈图像数据的佐证,几乎每一个动作,都可以举出相关的图像数据。3. 舞蹈节奏,有缓有急,缓时“绰约闲靡”,急时“机迅体轻”,但以快节奏为主,舞者常要“迫于急节”。4. 舞蹈中队列变化多样,有“飞散”,有“合并”,有整齐化一的动作“若俯若仰,若来若往”,也有各呈姿态,“瑰姿谲起”的“各自为政”的集体舞蹈。5. 舞蹈动作突出“体如游龙,袖如素蜺”的挥袖,“纡形赴远,漼似摧折”的下腰,以及“机迅体轻”的跳跃。6. 此段舞蹈描写,从“始兴”到“退复次列”而结束,其所述是完整的一场舞蹈,队形的变化,动作的连接,以及语言描述的承接,都合乎逻辑。在对此段舞蹈描写的分析中,我们还发现了它与先秦中原长袖舞和汉代长袖舞的不同。一是在先秦中原地区长袖舞重在上身腰、袖的动作,关于这一点可以参看图八,而此段舞蹈描写则有了对腿部动作的描述,如“若来若往”,“飞散”,“合并”,“机迅体轻”,这类动作要求脚步移动迅速,很可能还要跳跃。这大概与楚乐节奏较快有关,也可能与楚人特有的服装有关。一般来说,先秦人都穿长袍,古称深衣,或直裾,或曲裾,穿着时前后襟绕体而服,然后用腰带扎束,袍式长者曳地,短者也及踝,是不便于腿部行动的。楚人之常服也是如此。但是,在战国的舞蹈图像数据中,我们看到了穿裤子的舞者,如湖北随县擂鼓台一号墓出土的鸳鸯盒彩绘所画之舞者,还有战国楚墓漆瑟上之彩绘的舞者(图二五,《中国古代服饰史》67 页图 10—9. 11)。关于战国楚裤还有出土实物为证,在江陵马砖 1 号楚墓中出土了一条朱红长裤,这是我国目前发现的时代最早的裤子。[①] 有了裤子,在舞蹈中做奔跑、跳跃等腿部的大幅度动作就更为方便了。二是在汉代长袖舞往往要加入杂技动作,有时还有滑稽表演者伴演,如本文图九,长袖舞者膝上有一球,似兼做

图二五

① 宋介文、张君:《楚国风俗志》,湖北教育出版社,1995 年,第 52 页。

蹴鞠;荥阳河王水库东汉墓出土的陶楼彩画中则有长袖舞者与侏儒排优对舞的场面(图二六,《汉代乐舞百戏艺术研究》232 页图 146)。而此段舞蹈描写没有这方面的内容。这说明,此段舞蹈描写独具特点。

图二六

四、关于傅毅《舞赋》"增衍"的舞蹈描写

傅毅《舞赋》"增衍"的舞蹈描写,指从"于是蹑节鼓陈"到"莫不怡悦"一段中除去与宋玉《舞赋》相同的文字。

于是蹑节鼓陈,舒意自广,游心无垠,远思长想:蹑节,踩着拍节。鼓陈,指摆放在舞场上的盘或鼓。舒意自广,犹言放开心意。"鼓陈"虽有限但舞者将它看得很开阔。按:盘鼓舞是以盘或鼓为道具,跳前摆放在场地上,摆放的数量少则一个,多则七、八个,有时只摆盘,多覆于地,但也有仰放的,有时只摆鼓,鼓是一种形体稍扁的小鼓,有时盘与鼓杂陈,场地面积不大。其表演形式,或围绕盘或鼓舞蹈,间或以足踏盘或鼓打出拍节,或在盘或鼓上跳跃,也要踩踏出拍节。活动范围不能脱离"鼓陈"。山东沂南北寨汉墓出土的画像石,一舞人弓腿下胯,挥动双袖,注目前方一鼓七盘,正作蓄势踏上盘鼓之状(图二七,《中国画像石全集》63 页图 74),"游心"、"长想"之情态亦溢于画像之中。

图二七

图二八

其稍进也,若翱若行,若竦若倾:翱,飞翔。竦,同耸,耸立。山东历城县黄台山出土的画像石,七盘一鼓,盘仰置,一舞人舞于其中,双臂上扬,若展翅飞翔,双腿迈步,若在空中行走(图二八,《汉代乐舞百戏艺术研究》213 页图 125)。是"若　若行"的姿态。又北京图书馆藏画像石拓片(《汉代画像石研究》133 页),有三人在五面鼓上表演,左一人残,只

见一脚踏鼓，中一人两脚各踩一鼓做下腰动作，右一人踏于鼓上挥袖而舞（图二九，《中国古代舞蹈史话临摹》图18），可见"若竦若倾"之状。

图二九

兀动赴度，指顾应声：兀，不安貌。《文选注》言："兀然而动赴其节度，手指目顾皆应声曲"。荥阳汉墓出土的彩绘陶楼有一幅图画，左一人持桴击地，右一人执桴击鼓，中二人，一人赤裸上身，在盘陈边指手画脚，一人在盘上小心翼翼地做踏盘动作（图三〇，《汉代乐舞百戏艺术研究》213页图123）。可见舞者是按照赤身者指令舞蹈，指令者与舞者的形态颇显滑稽的色彩。

图三〇

鶣飘燕居，拉揩鹄惊：鶣飘，轻盈貌。居，停留。拉揩，飞翔貌。此句言，停下不动时身体轻盈如燕在枝头，突然跃起时身体乍起如鹄鸟惊飞。四川广汉县出土画像砖，有一舞人双臂张扬，后脚踏地，前腿上抬，颇有突起腾飞之势（图三一，《汉代乐舞百戏艺术研究》220页图138）。

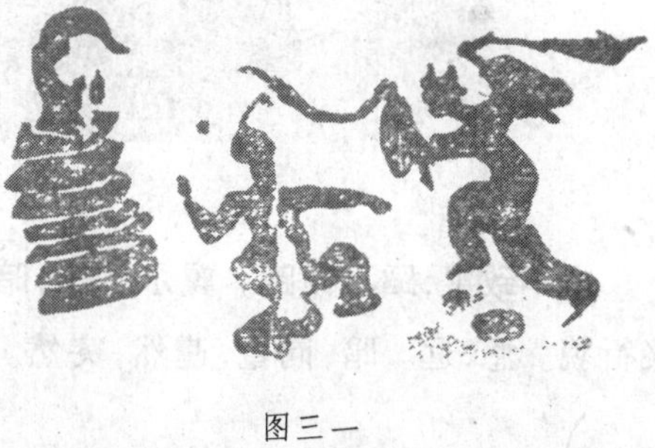

图三一

姿绝伦之妙态，怀悫素之絜清。修仪操以显志兮，独驰思乎杳冥。在山峨峨，在水汤汤。与志迁化，容不虚生。明诗表指，喟息激昂。气若浮云，志若秋霜。观者增叹，诸工莫当：悫，贞。素，白。仪操，指仪容与操守。汤汤，水大貌。迁化，犹言变化。容，指面容表情。指，同旨，指心意。喟息，叹息。诸工，指其他舞者。这一段是写舞者的神情变化随"诗"情而动，很好地表现了"诗"义。在这段文字中没有舞蹈动作描写，故不作图像解读。

眄般鼓则腾清眸，吐哇咬则发皓齿：眄，斜视。般鼓，即盘鼓，指铜盘和扁鼓，为盘鼓舞的道具。哇咬，《集韵》："哇咬，淫声"。扬雄《法言》："或雅或郑，何也？曰：中正则雅，多哇则郑。”此当指郑卫之声。“眄般鼓”可参看图二七。“吐哇咬”则是描写歌唱,不过,这里唱的不是雅声,而是“哇咬”的淫声。关于盘鼓舞的歌唱,在汉代的舞蹈图像数据中,我们还没有发现舞蹈者自己歌唱的例子,大概在盘鼓舞中舞者的动作大多比较激烈,做动作之时不宜于歌唱。而我们所见的盘鼓舞中的歌唱是舞场外歌者的伴唱,但例子也非常有限。郑州二里岗空心砖墓出土一方画像,左一人拊掌跪坐而歌,右一人执桴击扁鼓打拍节,中一舞者在一鼓旁舞蹈(图三二,《汉代乐舞百戏艺术研究》217 页图 131)。不过,文本中所写似舞者的歌唱,事实如何,待考。

图三二

摛齐行列,经营切儗,仿佛神动,回翔竦峙:摛,取。经营,往来貌。切,相摩切,犹言肩并着肩。儗,比、并之貌。竦峙,耸立。此句是说,取一人为标准,众舞者向其看齐,整齐行列,于是舞者纷纷调整位置肩并肩并排站立,虽然她们心还在舞场,但已飞身回到场边耸立以待。汉舞蹈图像数据多以舞者舞蹈动作为取像,舞者列队的景象极为少见。河南南阳麒麟岗出土画像石,自左至右,第一人单手倒立,第二人执杵击鼓,第三人跳盘鼓舞,四至七人为伴奏者,最右三人,两人正面站立,一人上身微侧,三人头上有高髻,着垂胡袖、紧腰、燕尾舞衣,均拱手立正,当是“摛齐行列”准备再出场的舞女(图三三,《中国画像石全集》第六册图 127)。此画像可为此句的参考。

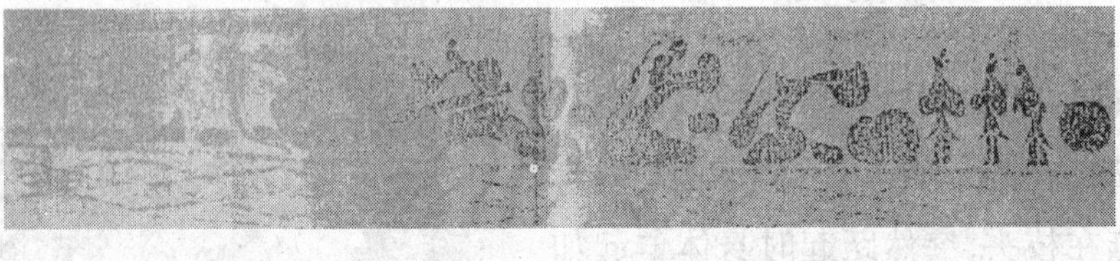

图三三

击不致筴,蹈不顿趾。翼尔悠往,暗复辍已:筴,一本作爽,是。当作差错解。翼尔,飞行貌。悠,远。暗,同奄,遽然,突然。辍,止。此句意为,舞者以足击盘或鼓,击得准确,以足击踏时速度极快,脚趾几乎没有停顿;而其在盘鼓上跳跃着好像飞向远方,突然间又停了下来。河南南阳市东关东汉墓出土一画像石,舞者张扬双袖在盘鼓上腾跃,形象如飞,后足已从一鼓面上蹬踏而起,前足足尖正向一盘背击踏,动作极其优美(图三四,《中国画像石全集》10 页图 11)。

图三四

浮腾累跪,跗蹋摩跌:浮腾,跳跃。累,连续。跪，谓以膝触地。跗，足面。蹋，同踏。摩跌，踢踏，击打。此句描述，舞者反复做出腾跃动作后，以膝落于鼓面或盘背，落下后还用足面敲击鼓面或盘背。山东嘉祥武班祠画像石，画一舞者一手扶于鼓面，一手扬起，前腿前弓，膝落于鼓上，足尖敲击另一鼓面，后腿后伸，膝亦落于鼓上，而小腿抬起，似以足面击鼓，而身体扭转，面部向上（图三五，《中国古代舞蹈史话》图17）。动作难度极高。

图三五

超踰鸟集，纵弛殟殁。蝼蛇𡛞嫋，云转飘曶：踰，同逾。纵弛，指跳跃的速度放慢。殟殁，舒缓貌。蝼蛇，同逶迤。𡛞嫋，纤细柔弱貌。曶，同忽。此句描写舞者慢速度的踏跃，或曲腰屈臂轻飘的旋转。盘鼓舞中踏跃的图像数据很多，如图二九、图三〇、图三一、图三四等均是。至于身体旋转的图像，目前尚未见到，是否是因为这一形态难于刻画，不得而知，但卷袖的图像数据很多，我以为将"蝼蛇𡛞嫋，云转飘曶"理解为卷袖或转袖亦可备一说。如前举四川彭县画像砖，其舞人正跃于六盘二鼓之间，一手前扬，长袖飘飞，一手在腰间旋转，长袖外旋绕了两圈（见图五），实有"云转飘曶"之势。

黎收而拜，曲度究毕：黎收，慢慢地收敛容态。曲度，乐曲的节度。究毕，到底、结束。《中国古代陶塑艺术》收西安出土的两枚汉代舞俑，一作拱手状，一作拂袖下蹲式，很可能是舞毕谢幕的姿势（图三六，《中国古代舞蹈史话》图29、30），但舞俑前未见盘或鼓，不能肯定是盘鼓舞的谢幕姿势，不过，按道理说，汉代舞蹈无论长袖舞，还是盘鼓舞，谢幕范式不管有几种，当是通行的。

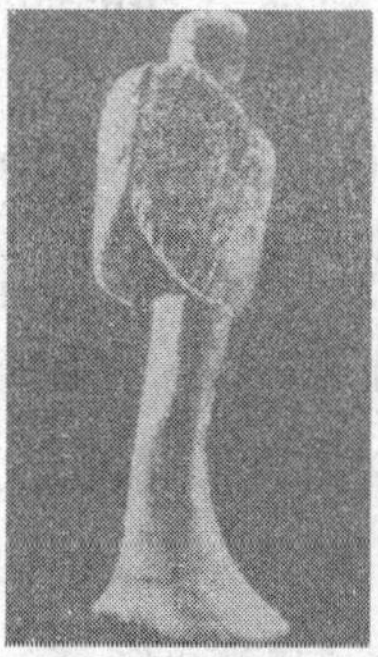

图三六—1

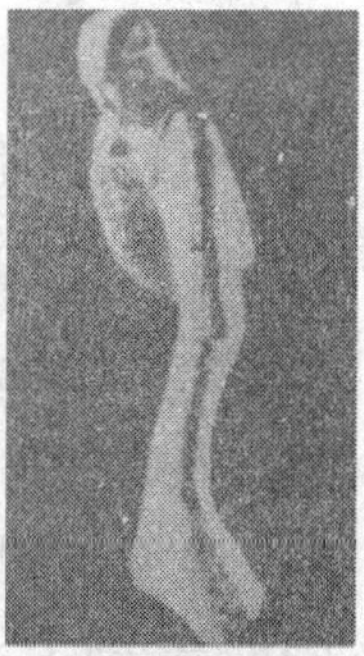

图三六—2

总结这一段舞蹈描写的文学图像学分析，与前一段的分析相比对，我们可以获得如下的认知：1. 此段描写为盘鼓舞，其中直接提到了"般鼓"、"鼓陈"，此外一些舞蹈动作的描写也是盘鼓舞特有的，前段长袖舞的描写绝无此例。2. 盘鼓舞一定要用盘或鼓做道具，此段描写中不难看到这一点，而在前段描写中都没有此类的描述。3. 此段描写中，跳跃是盘鼓舞舞蹈动作的主要特征，在跳跃之时，不仅要踩踏准确，踏中盘或鼓的踩踏位置，还要应合节奏踩踏出拍节，这与前段随节奏而动的长袖舞的跳跃描写也有明显的不同。4. 此段描写中，舞者"浮腾累跪，跗蹋摩跌"，在踏跃中双膝落下，落下后还要以足面敲打盘鼓,击中节拍,这种与杂技接近的难度较高的动作,在前段描写中,绝无此类。5. 此段描写中,也重视手袖、腰肢的动作,这与前段描写是相通的,但我们应该注意,汉代的盘鼓舞,虽上体的基本舞式是以长袖为舞,但也可持"巾"而舞,可参看图三一,如超出此段描写范围,盘鼓舞还有持"剑"、持"拂"而舞者,这又与前段描写有了较大的差异。6. 此段描写中,我们发现了侏儒俳优与盘鼓舞者共舞的现象,如图三〇,而在前段的描写中,这种现象没有出现。7. 此段描写不能内容连贯,如删掉"宋玉《舞赋》"便找不出逻辑上的联系和语言上的贯通。此外,还有一个在这段描写中没有反映出来的问题,我们必须强调指出,这就是盘鼓舞的舞蹈形式问题。萧亢达认为,"盘鼓舞以独舞为主","从考古图像数据看,《盘鼓舞》尚有少数群体表演,最多为四人"。[①] 据我看到的汉代舞蹈图像数据,四人之盘鼓舞为杂技艺人所为,于鼓上做倒立、翻腾等动作,可参看山东济宁县南张出土画像石(图三七,《汉代乐舞百戏艺术研究》219 页图 136)。这和真正的盘鼓舞有所不同。我所见盘鼓舞最多的同时同场表演的舞者为两人至三人,见安丘汉

图三七

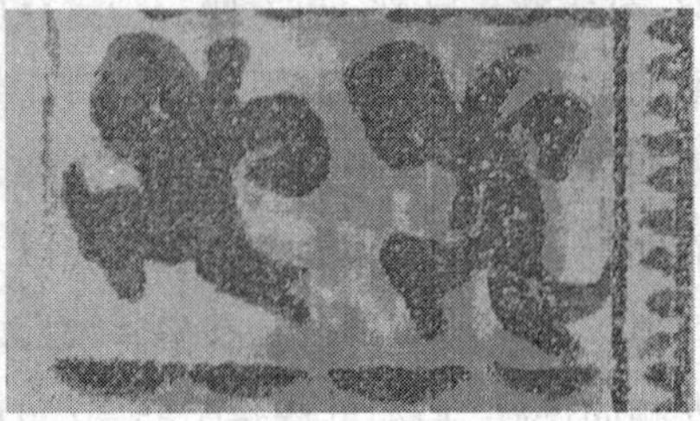

图三八

墓画像石(图三八,《中国画像石全集》第一册图 144)和图二九。然而,无论如何,盘鼓舞是不能十六人集体舞蹈的,即便有诸多舞人表演,也只能按次序轮流表演,这与前段所述"二八徐侍"的众多人数和"飞散"、"合并"的集体同台表演是难以吻合的。

五、问题的再一次提出与进一步的推测

开篇我们便已提出,宋玉《舞赋》见于宋代所编的《古文苑》,傅毅《舞赋》见于南朝梁所编的《文选》,两篇赋先后问世,并没有人怀疑任何一篇。首先提出疑问的是南宋绍定间的章樵,他在注《古文苑·舞赋》时说,"傅毅《舞赋》,《文选》已载全文,唐人欧阳询简节其词编之《艺文类聚》,此篇是也,后人好事者,以前有楚襄、宋玉相唯诺之词,遂指为玉所作,其实非也"。[②] 至此,宋玉《舞赋》之著作权便被否认,研究者多以为是傅毅《舞赋》中的"简节"之文。章樵之断,疑点颇多;一是章氏所指《艺文类聚》"简节"之问题,以前

① 萧亢达:《汉代乐舞百戏艺术研究》,文物出版社,1991 年,第 215 页。
② 王云五编:《丛书集成·古文苑》卷二《舞赋》,商务印书馆,1935 年,第 67 页。

之文学图像学分析为前提,若承认傅毅《舞赋》为傅氏独创,那么读之可知他所描写的是盘鼓舞,如此,《艺文类聚》为什么在“简节”时不录反映盘鼓舞的一字一句,而所录只能反映长袖舞的情况?二是《艺文类聚》的编者欧阳询,并不是不了解盘鼓舞,他所“简节”的张衡的《舞赋》,其内容所写就是盘鼓舞,《文选注》还特别引作《七盘舞赋》,为什么他“简节”傅毅关于盘鼓舞之赋,略去主要描写对象盘鼓舞而只字不提?三是《艺文类聚》所“简节”的“宋玉《舞赋》”,从对比表中可见,它是属于跳跃性择选,并非整段的节录,然而,却为什么结构完整、语义连贯,可独立成篇呢?看来,章樵之断未必能把问题证死,后人本此,人云亦云,也未必不是盲从。有鉴于此,研究者当回过头来重新面对事实,宋玉《舞赋》和傅毅《舞赋》,若以其作者的生活时代而论,均属于晚出,只不过傅赋面世早些,而宋赋晚些,傅赋见于大家相信的《文选》,宋赋见于大家颇存怀疑的《古文苑》,尽管如此,我们当承认在章樵提出疑问之前,宋玉《舞赋》的存在。以此为前提,我们对宋玉和傅毅的同名《舞赋》应该采取什么态度呢?在宋玉《舞赋》包含于傅毅《舞赋》这一事实面前,可能性只有两种:或者是所谓的宋玉《舞赋》是“简节”傅毅《舞赋》的文字,作者本应属于傅毅;或者是傅毅《舞赋》是在宋赋基础上“增衍”而成。要判断哪种可能更接近历史真实,在没有其他佐证的情况下,我们就应该认真地分析研究宋玉和傅毅同名《舞赋》的文本。本文就是在这一观念指引下作了一种尝试,从文学图像学的角度对宋玉、傅毅同名《舞赋》的舞蹈描写进行文本分析。分析的结果证明:宋玉《舞赋》描写的是长袖舞,而且自成体系,内容完整,承接转引合乎逻辑;傅毅《舞赋》描写的是盘鼓舞,若去掉宋赋的文字,则不成片段,无法承接。很可能是傅毅看到了长袖舞与盘鼓舞在手袖、腰肢动作上的相通性,才在此基础上增衍为文,然而可以集体舞蹈的长袖舞与不能群舞的盘鼓舞无论如何弥合,其裂痕也察而可见,何况舞蹈道具、舞蹈动作尚有明显的不同。由此,我依然坚持我先前的推测,傅毅《舞赋》是在宋玉《舞赋》基础上增衍成文的。而宋玉《舞赋》由于其中的舞蹈描写不同于汉代杂有杂技动作和侏儒俳优参演的长袖舞,我们认为它至少当产生于傅毅《舞赋》甚至东汉之前;又由于宋玉《舞赋》有跳跃、奔跑的舞蹈动作描写,与先秦中原长袖舞也有不同,则可以推断它是楚国的舞蹈,事实上,宋赋中关于舞女服饰梳妆和音乐习尚的描写,也可以证明这一点。因此,我们决不能排除宋玉作《舞赋》的可能性,在没有令人信服的可靠的否定性证据之前,应尊重古人的作者题名,承认宋玉对其《舞赋》的著作权。

宋玉《高唐》《神女》二赋之序为史辞辨

广西师范大学文学院 力 之

一

《文选》卷19收宋玉《高唐》《神女》二赋①,均标“并序”。今为论证之便,引前者与节引后者如下:

> 昔者,楚襄王与宋玉游于云梦之台,望高唐之观。其上独有云气,崒兮直上,忽兮改容,须臾之间,变化无穷。王问玉曰:“此何气也?”玉对曰:“所谓‘朝云’者也。”王曰:“何谓朝云?”玉曰:“昔者先王尝游高唐,怠而昼寝,梦见一妇人曰:‘妾巫山之女也,为高唐之客。闻君游高唐,愿荐枕席。’王因幸之。去而辞曰:‘妾在巫山之阳,高丘之阻,旦为朝云,暮为行雨。朝朝暮暮,阳台之下。’旦朝视之如言。故为立庙,号曰‘朝云’。”王曰:“朝云始出,状若何也?”玉对曰:“其始出也,兮若松榯。其少进也,晰兮若姣姬。扬袂鄣日,而望所思。忽兮改容,偈兮若驾驷马,建羽旗。湫兮如风,凄兮如雨。风止雨霁,云无处所。”王曰:“寡人方今可以游乎?”玉曰:“可。”王曰:“其何如矣?”玉曰:“高矣显矣,临望远矣!广矣普矣,万物祖矣!上属于天,下见于渊,珍怪奇伟,不可称论。”王曰:“试为寡人赋之。”玉曰:“唯唯。”

> 楚襄王与宋玉游于云梦之浦,使玉赋高唐之事。……王曰:“若此盛矣!试为寡人赋之。”玉曰:“唯唯。”[1]

苏东坡云:“五臣既陋甚,至于萧统,亦其流耳。宋玉《高唐》《神女赋》,自‘玉曰唯唯’以前皆赋,而统谓之序,大可笑。相如赋首有子虚、乌有、亡是三人论难,岂亦序邪?其他缪陋不一,聊举其一耳。”[2](卷67《书〈文选〉后》)②稍后,两宋之际的王观国亦认为宋玉《高

---

① 《登徒子好色赋》与《高唐赋》《神女赋》的情况有所不同,如《登徒子好色赋》结尾的“于是楚王称善,宋玉遂不退”两句,乃交代“说”的效果,就整篇作品的结构言,此其与《高唐赋》《神女赋》之异也。

② 苏轼《答刘沔都曹书》(《苏轼文集》卷49)亦有类似的说法。

唐赋》《神女赋》及《登徒子好色赋》与傅毅《舞赋》"唯唯"以上均非赋序,且论之更详。其云:

傅武仲《舞赋》、宋玉《高唐赋》《神女赋》《登徒子好色赋》本皆无序,梁昭明太子编《文选》,各析其赋首一段为序。此四赋皆托楚襄王答问之语,盖借意也,故皆有"唯唯"之文,昭明误认"唯唯"之文为赋序,遂析其辞。观国按:司马长卿《子虚赋》托乌有先生、亡是公为言,扬子云《长杨赋》托翰林主人、子墨客卿为言,二赋皆有"唯唯"之文,是以知傅武仲、宋玉四赋本皆无序,昭明太子因其赋皆有"唯唯"之文,遂误析为序也。……《文选》载扬子云《解嘲》有序……刘子骏《移书责太常博士》有序,以上皆非序也,乃史辞也。昭明摘史辞以为序,误也。[3](卷七《古赋序》)①

略后,南宋章如愚与林駉分别云:"宋玉《高唐》,赋之丑者,盖亦司马相如'子虚''亡是公'相答问之体,统不曰'赋'而曰'序',何意也?"[4](卷18《文章门·文选》)"宋玉《高唐》《神女》之赋以一篇分而为序,而亦录之耶?此统之去取不能逃后世之议也"[5](卷2《文选 文粹 文鉴》)。

至清代,王芑孙(1755—1817)考赋序之所始,亦有类似之说:

……宋玉赋之见《文选》者四篇,不载于《选》者一篇,皆无序。盖古赋自有散起之例,非真序也。《高唐》《神女》《登徒子好色》三篇,李善、五臣皆题作序②……其实皆非也。高唐之事,羌非故实,乃由自造,此为赋之发端。汉人假事喻情,设为宾主之法,实得宗于此。且《高唐》《神女》诸篇,散处用韵,与赋略同,尤可征信。西汉赋亦未尝有序,《文选》录……西汉赋七篇中,间有序者五篇:《甘泉》《长门》《羽猎》《长杨》《鹏鸟》,其题作序者,皆后人加之,故即录史传以著其所由作,非序也。自序之作,始于东京。[6](《读赋卮言·序例》)

是耶非耶?今辨析如下。

二

我们认为,这里的"并序"③是序而非如东坡说的"皆赋也"与王观国说的本为"赋首

---

① "昭明摘史辞以为序"非误,详拙文《关于〈文选〉"摘史辞以为序"之是非问题》(将刊)。

② "李善、五臣皆题作序"云云,非是。"题为序"("题作序"),当是《文选》的编者所为。

③ 关于《登徒子好色赋》与傅毅《舞赋》之"序文"及《风赋》开头之"楚襄王游于兰台之宫,宋玉、景差侍"[1](卷13)等方面的问题,另文详之,此不赘。

一段"。关于东坡之说,何焯(1661—1722)云:

苏子瞻谓"自'玉曰唯唯'以前皆赋,而此谓之序,大可笑。按:相如赋首有亡是公三人论难,岂亦序耶?"是未悉古人之体制也。刘彦和云:"既履端于唱序,亦归余于总乱,序以建言,首引情本;乱以理篇,迭致文契。"则是一篇之中,引端曰序,归余曰乱。犹人身中耳目手足,各异其名。苏子则曰:莫非身也,是大可笑,得乎?[7](卷45"宋玉《高唐赋》")

已故的"选学"名家屈守元先生引此中的"刘彦和云"以下文字而云:"这段议论,批评苏轼,很有道理。苏轼攻击萧统,这一条不能成立。"[8](p.98)已故的"赋学"名家姜书阁先生亦有类此之说,其云:

赋之所以别于骚者,依刘勰所言:赋"述客主以首引。极声貌以穷文"(《诠赋》),或者再清楚点说:赋"既履端于唱序、亦归余于总乱。序以建言,首言情本;乱以理篇,迭致文契'(见同上)。……《高唐赋)开头即"述客主以首引",也就是用客主问答来开篇,亦所谓"履端于唱序",或"序以建言,首引情本"。……《文选》把这引首一大段称之为"序",刘勰也说"序以建言",与萧统同。……章氏指摘《文选》:"赋有问答发端,误为赋序。"①说是"显然"的错误。其实,问答发端,基本上皆用散体,原非赋的正文,而古代骚赋未有不韵而散行者,称这段发端的散文为"序",有何错误之可议?特别是在这段散文的序文之尾,分明写着"王曰:试为寡人赋之",则"玉曰:'唯唯'"以后,才是宋玉所赋的正文,岂不更为"显然"?[9](pp.148—150)

在我们看来,上述各家指责昭明太子以宋玉《高唐》《神女》二赋"唯唯"以上文字为序者之理由,均难以成立。首先,《高唐》《神女》二赋标明"并序",而司马长卿《子虚》、《上林赋》与扬子云《长杨赋》均没有;其次,长卿之赋与子云之赋虽分别"首有子虚、乌

① 《文史通义》卷1《诗教下》云:"赋先于诗,骚别于赋,赋有问答发端,误为赋序,前人之议《文选》,犹其显然者也。"(《文史通义校注》,中华书局,1985年,第81页。)又,姜先生在其成书稍早于《先秦辞赋原论》而后出的《汉赋通义》中则云:"萧统《文选》选录宋玉的《高唐》、《神女》二赋,题下均注曰'并序'……这是误解,是萧统等《文选》编者之陋。这所谓'序'的一段原是全文的首段,与全文不可分,与《风》的首段相同,也与《楚辞》所载屈原《卜居》、《渔父》篇首数语为同一性质。这些所谓'序'……都是刘勰所说的赋的形式——'述客主以首引'。章学诚《文史通义·内篇一·诗教下》指摘《文选》失当之处,即云:'赋有问答发端,说为赋序,前人之议《文选》,犹其显然者也。'确是如此。"(齐鲁书社,1989年,第52-53页)其何以矛盾如此,不得而知。

有、亡是三人论难"与"托翰林主人、子墨客卿为言",且皆有"唯唯"之文,然其"唯唯"以上文与宋玉两赋之"唯唯"①以上文,实大为不同。试看:

楚使子虚使于齐,王悉发车骑与使者出畋。畋罢,子虚过奼乌有先生,亡是公存焉。坐定,乌有先生问曰:"今日畋,乐乎?"子虚曰:"乐。""获多乎?"曰:"少。""然则何乐?"对曰:"仆乐齐王之欲夸仆以车骑之众,而仆对以云梦之事也。"曰:"可得闻乎?"

子虚曰:"可。王车驾千乘……顾谓仆曰:'楚亦有平原广泽游猎之地,饶乐若此者乎?……'仆下车对曰:'臣楚国之鄙人也。……'齐王曰:'虽然,略以子之所闻见而言之。'仆对曰:'唯唯。臣闻楚有七泽……

乌有先生曰:"是何言之过也!……"

亡是公听然而笑曰:"楚则失矣,而齐亦未为得也。……"

于是二子愀然改容,超若自失,逡巡避席,曰:"鄙人固陋……谨受命矣。"[1](《子虚赋》《上林赋》)

子墨客卿问于翰林主人曰:"盖闻圣主之养民也……今乐远出以露威灵,数摇动以罢车甲,本非人主之急务也,蒙窃惑焉。"

翰林主人曰:"吁,客何谓之兹耶!若客,所谓知其一未睹其二,见其外不识其内也。仆尝倦谈,不能一二其详,请略举其凡,而客自览其切焉。"

客曰:"唯唯。"主人曰:"昔有强秦……?曾不知我亦已获其王侯。"

言未卒,墨客降席再拜稽首曰:"大哉体乎!……廓然已昭矣!"[1](《长杨赋》)

以此两赋与《高唐》《神女》二赋"唯唯"以上文字比观,可见两者之不同。宋玉二赋之"唯唯"以上文字,均其下所说之背景;《子虚上林赋》与《长杨赋》中之"唯唯"则非:前者,"唯唯"以上之"子虚曰'可'"中的"可",其作用(功能)与"唯唯"完全相同,即"唯唯"以上文字非均其下所说内容之背景;后者,"唯唯"纯为"谦应"而没有下文,且接着的"主人曰:"昔有强秦……"与上文联系十分紧密。简言之,宋玉这两篇"并序"是序,而非如东坡说的"皆赋也"与王观国说的本为"赋首一段",等等。即《文选》所录《高唐》《神女》二赋的"并序"不是问题。奇怪的是,王观国、王芑孙两氏既然分别注意到了"昭明摘史辞以为序"与"录史传以著其所由作"而"题作序",何以竟于《高唐》《神女》二赋就没有能从这

① 由于我们认为《高唐》《神女》二赋之序文非宋玉所自撰,故"宋玉两赋之'唯唯'"一类说法,仅为行文之便。

一角度去思考?

另一方面,何、姜两家引《文心雕龙·诠赋》之“既履端于唱序”云云为说,亦未达一间。(一)彦和这几句话是紧接“若夫京殿苑猎,述行序志,并体国经野,义尚光大”而来,即说的仅仅是大赋,而非指所有的赋;(二)即使是彦和所说的“京殿”“苑猎”等类大赋,亦多有不合于“履端于唱序……首引情本”的,如扬雄《蜀都赋》与《文选》卷4所载张衡《南都赋》与左思《三都赋》等,便无所谓“首引情本”的“序”;(三)此“序”与《文选》所标“并序”之“序”本非一回事,以班固《两都赋》为例,《两都赋序》之“序”即“并序”之“序”,而《两都赋》开头之“有西都宾问于东都主人曰:‘盖闻皇汉之初经营也,尝有意乎都河洛矣。辍而弗康,寔用西迁,作我上都。主人闻其故而睹其制乎?’主人曰:‘未也。愿宾摅怀旧之蓄念,发思古之幽情。博我以皇道,弘我以汉京。’宾曰:‘唯唯’”,才是彦和“履端于唱序”与“序以建言”之“序”。另外,刘勰虽云“荀况《礼》《智》,宋玉《风》《钓》,爰锡名号,与《诗》画境,六义附庸,蔚成大国。遂客主以首引,极声貌以穷文”[10](《诠赋》),然姜先生之“依刘勰所言:赋‘述客主以首引,极声貌以穷文’”说却未尽的。首先,“述客主”云云,乃指“赋”“与《诗》画境”,而非“赋之所以别于骚”;其次,“述客主以首引”者,就“赋”言,不能包诸所有,如“荀况《礼》《智》”就并非如此。①

三

那么,这两篇“并序”是原原本本的呢?还是编撰者摘自他书而为之?我们认为是后者。

(一)从古人编集的情况考察

1. 古人编撰别集,时或附以他人相关之文字;后人为先贤编撰集子而其采自史籍(广义)者则或摘史辞以为其作品之序。前者如《三国志》之“(士孙)萌字文始,亦有才学,与王粲善。临当就国,粲作诗以赠萌,萌有答,在《粲集》中”[11](卷6《董卓传》)与“《诸葛亮集》载先主遗诏敕后主曰……《诸葛亮集》载禅三月下诏曰……”[11](卷31《刘二牧传》)及李善注《文选》卷39任彦升《奉答勑示七夕诗启》引《任昉集》之“诏曰‘聊为《七夕诗》五韵,殊未近咏歌,卿虽讷于言,辩于才,可即制付使者’”,等等;宋刊本《陆士龙文集》②内亦载有他人

① 又,《风》《钓》二赋之“首引”者分别为“楚襄王游于兰台之宫,宋玉景差侍”与“宋玉与登徒子偕受钓于玄洲,止而并见于楚襄王”,显然与《高唐》《神女》二赋之“并序”不同。况且,《文选》卷13录《风赋》无“并序”。按:姜先生又云:“《风赋》虽未注有‘并序’,但自首至‘夫风始安生哉?宋玉对曰’,实为赋序性质,散体无韵,只作引首,非赋之正文。”(《先秦辞赋原论》,第124页)然“宋玉对曰:‘……此所谓大王之雄风也”与“宋玉对曰:‘夫庶人之风……’”间,尚有散体无韵的“王曰:‘善哉论事!夫庶人之风,岂可闻乎’”数句,故其说未的。

② 北京图书馆出版社,2004年影宋庆元六年华亭县学刻本。

相关的诗文，如卷3《答兄平原》前附有《兄平原赠》，《赠郑曼季往返八首》即士龙四"赠"与郑四"答"（一"赠"一"答"之"往返"），《答孙显世》前附《孙显世赠》①等等。

后者如《太平御览》引古本"《扬雄集》曰"，文为：

单于上书愿朝，哀帝以问公卿，公卿（以）虚费府帑，可且勿许。单于使辞去，未发，雄上书谏，天子召还匈奴使者，更报单于书而许之。赐雄黄金十斤。[12]（卷811）

按：这里的"《扬雄集》曰"，即"《〈上书谏勿许单于朝〉序》曰"。然此序乃编是集者摘《汉书》语以为之，考《汉书》②卷94下《匈奴传》下有云：

建平四年，单于上书愿朝五年。时哀帝被疾，或言匈奴从上游来厌人，自黄龙、竟宁时，单于朝中国辄有大故。上由是难之，以问公卿，亦以为虚费府帑，可且勿许。单于使辞去，未发，黄门郎扬雄上书谏曰："臣闻……以遏边萌之祸。"书奏，天子寤焉，召还匈奴使者，更报单于书而许之。赐雄帛五十匹，黄金十斤。

稍加比观，便知所谓"《扬雄集》曰"，乃编是集者摘此中所载扬雄上书前之"单于上书……扬雄上书谏曰"与其后之"书奏……黄金十斤"合而成之。③好在是摘自《汉书》，若取之某已佚之史籍，我们或以为此乃出子云之手。严可均《全上古三代秦汉三国六朝文·凡例》④曰：

唐以前旧集，体例不与今同。如扬雄《上书谏勿许单于朝》，《御览》八百十一引《雄集》曰"单于上书愿朝，哀帝以问公卿，公卿以虚费府帑，可且勿许。单于使辞去未发，雄上书谏"云云，所以识其缘起也。末又引《雄集》曰："天子召还匈奴使者，复报单于书而许之，赐雄黄金十斤。"所以竟其事也。诸书旧集，此类甚多。

---

① 至于其卷4《答兄平原二首》，黄葵点校本《陆云集》"一"分为二：第一首为《答兄平原》，第二首题陆机《赠弟士龙》。其《校勘记》云："原作《答兄平原二首》，'二首'删。第二首为陆机《赠弟士龙》诗……"（中华书局，1988年，第89页）按：此或原来即如此，后因在流传过程中佚所附的《赠弟士龙》或《赠》，顺而改"一"为"二"所致。

② 中华书局，1962年。

③ 这里的省略，究竟是编是集者所为，还是出在撰《太平御览》者之手，今恐无考矣。

④ 中华书局，1958年。

的是①。正因为此"《扬雄集》曰"出于后人之手,故哀帝刘欣在世时,"扬雄"便可以说"雄上书谏"哀帝。

2. 古人编撰总集时,同样时或"摘史辞以为序"。如《文选》收录作品时,除选录其同一作者撰之序外,还有"摘史辞以为序"的扬子云《甘泉赋》(卷7)、《羽猎赋》(卷8)、《长杨赋》(卷9)、《解嘲》(卷45),贾谊《鹏鸟赋》(卷13)、《吊屈原文》(卷60),韦孟《讽谏诗》(卷19),班孟坚《答宾戏》(卷45),等等;稍晚于《文选》的诗歌总集《玉台新咏》②亦然,其11条"并序"中有8条是以史辞(或编集者据传闻加工撰写的文字)为序的,即卷1李延年《歌诗》、班婕妤《怨诗》、秦嘉《赠妇诗》、无名氏《古诗为焦仲卿妻作》与卷9《越人歌》、司马相如《琴歌》、乌孙公主《歌诗》、汉成帝时《童谣歌》。又,唐人编的《古文苑》,③其卷3枚乘《忘忧馆柳赋》之"梁孝王游于忘忧之馆……赐枚乘、路乔如绢,人五匹"与中山王《文木赋》之"鲁恭王得文木一枚……赐骏马二匹",均为编集者摘自《西京杂记》卷3,而分别以之为两赋的"序";卷5刘歆《〈遂初赋〉序》("《遂初赋》者,刘歆所作也。……而寄己意")、卷13张衡《〈绶笥铭〉序》("南阳太守鲍得,有诏所赐……衡时为得主簿,作铭曰"),亦摘自相关的史书,等等[13]。这里以《文选》之"摘史辞以为序"者略作分析如下:

卷7"杨子云"《〈甘泉赋〉序》云:"孝成帝时,客有荐雄文似相如者,上方郊祀甘泉泰畤、汾阴后土,以求继嗣,召雄待诏承明之庭。正月,从上甘泉,还奏《甘泉赋》以风。"

卷9"杨子云"《〈长杨赋〉序》云:"明年,上将大夸胡人以多禽兽。秋……是时,农民不得收敛。雄从至射熊馆,还,上《长杨赋》……"

卷16"司马长卿"《长门赋序》云:"孝武皇帝陈皇后时得幸,颇妒。别在长门宫,愁闷悲思。闻蜀郡成都司马相如天下工为文,奉黄金百斤为相如文君取酒,因于解悲愁之辞。而相如为文以悟主上,陈皇后复得亲幸。"

按:《〈甘泉赋〉序》与《〈长杨赋〉序》,均摘《汉书·扬雄传》语以为之④。而由于其后于所序作品,故前后者分别有"孝成帝时""上方"之语与"明年,上将……秋……是时

---

① 当然,严氏之"唐以前"云云不够恰当。其实,唐之后,以至清代,时亦如此,包括其本人所辑录的《全上古三代秦汉三国六朝文》。另外,辑本来是单篇诗文而独"识其缘起"的情况,要远比既"识其缘起"又"竟其事"为多;从《战国策》中选取及从《国语》《史记》等书中"剪截"者,则以既"识其缘起"又"竟其事"为常见。

② 徐陵撰,吴兆宜注,程琰删补,穆克宏点校:《玉台新咏笺注》,中华书局,1985年。

③ 《四部丛刊》初编影常熟瞿氏藏宋(章樵注)本。又,有的学者认为《古文苑》乃宋人所编,然笔者之见异于是。退一步说,其真宋人编,亦不影响我们的结论,故此不赘。

④ 即使《汉书·扬雄传》本扬雄《自传》来,《〈甘泉赋〉序》与《〈长杨赋〉序》本亦非《甘泉赋》与《长杨赋》之序。换言之,不管出自谁之手,其原非"序"之性质都是一样的。

……雄从……”之说[①]。又,《〈长门赋〉序》亦后人文字,故可有“孝武皇帝”一词(相如卒早于刘彻),并有与事实不符之“陈皇后复得亲幸”云云,而相如之作《长门赋》,竟被包括大儒顾炎武在内的不少学者据此序的“问题”予以否定。[②]

(二)就文本结构与其他文章比较

1.《战国策》[③]卷17《楚策》四有《庄辛谓楚襄王》一文,其云:

庄辛谓楚襄王曰:“君王左州侯,右夏侯,辇从鄢陵君与寿陵君,专淫逸侈靡,不顾国政,郢都必危矣。”襄王曰:“先生老悖乎?将以为楚国袄祥乎?”庄辛曰:“臣诚见其必然者也,非敢以为国袄祥也。君王卒幸四子者不衰,楚国必亡矣。臣请辟于赵,淹留以观之。”庄辛去之赵。留五月,秦果举鄢、郢、巫、上蔡、陈之地,襄王流掩于城阳。于是使人发驺,征庄辛于赵。庄辛曰:“诺。”

庄辛至,襄王曰:“寡人不能用先生之言,今事至于此,为之奈何?”庄辛对曰:“臣闻鄙语曰:‘见兔而顾犬,未为晚也;亡羊而补牢,未为迟也。’臣闻昔汤、武以百里昌,桀、纣以天下亡。今楚国虽小,绝长续短,犹以数千里,岂特百里哉?

王独不见夫蜻蛉乎?……夫黄鹄其小者也……蔡圣侯之事其小者也,君王之事因是以。……而投己乎黾塞之外。”

襄王闻之,颜色变作,身体战栗。于是乃以执珪而授之为阳陵君,与淮北之地也。

2. 宋真德秀《文章正宗》[④]卷六有《楚人以弋说顷襄王》(原注:“《史记·世家》。”)一文,其云:

楚人有好以弱弓微缴加归雁之上者。顷襄王闻,召而问之。对曰:“小臣之好射骐雁罗鸗,小矢之发也,何足为大王道也!……方三千里,则秦未可得独招

① 撰《楚辞概论》时之游国恩先生与撰《宋玉评传》时之陆侃如先生均未明于此,故竟以为“孝成帝时,客有荐雄文似相如者”为真正意义的扬雄《〈甘泉赋〉序》,并以之为证(参《陆侃如古典文学论文集》,上海古籍出版社,1987年,第497、499页)。

② 参力之《〈文选·长门赋〉为司马相如作无疑辨》,载《〈文选〉与“文选学”:第五届文选学国际学术研讨会论文集》(学苑出版社,2003年),后收入作者论文集《〈楚辞〉与中古文献考说》(巴蜀书社,2005年)。

③ 上海古籍出版社,1985年。

④ 上海古籍出版社,1987年影印文渊阁《四库全书》第1355册。

而夜射也"。

欲以激怒襄王,故对以此言。襄王因召与语,遂言曰:"夫先王为秦所欺,而客死于外,怨莫大焉。今以匹夫有怨,尚有报万乘,白公、子胥是也。今楚之地方五千里,带甲百万,犹足以踊跃中野也,而坐受困,臣窃为大王弗取也。"于是,顷襄王遣使于诸侯,复为从,欲以伐秦。

这里,前者的"臣闻鄙语……投已乎黾塞之外"和后者的"小臣之好射……秦未可得独招而夜射也"正与宋玉的《高唐赋》《神女赋》中的"赋"本身同。而前者的"庄辛谓楚襄王曰"至"庄辛对曰"与"襄王闻之……与淮北之地也"和后者的"楚人有好以弱弓……对曰"与"欲以激怒襄王……欲以伐秦",即严可均所谓的"识其缘起"与"竟其事"也。

又,《古文辞类纂》①收此两文入"辞赋类"的卷64,前者改题《庄辛说襄王》,后者同题;而该卷共收宋玉《九辩》、宋玉《风赋》、宋玉《高唐赋》、宋玉《神女赋》、宋玉《登徒子好色赋》、宋玉《对楚王问》、《楚人以弋说顷襄王》、《庄辛说襄王》八文。在这里,后两者可分别说成楚人《以弋说顷襄王》②与庄辛《说襄王》。就文本形式(结构)言,《庄辛说襄王》《楚人以弋说顷襄王》两文与《登徒子好色赋》完全相同,而与《高唐赋》《神女赋》比较,亦均仅多一楚襄王最终如何(即严氏所谓"竟其事")。我们可以作这么一种设想:如果《古文辞类纂》是赵宋以前人所撰,而《战国策》或其中的《楚策》与《史记》或其中的《楚世家》已失,比照这里的宋玉赋,我们肯定会说,这前篇乃庄辛所为,后篇某一楚人所撰。当然,学者或认为《汉书·艺文志》著录宋玉的作品,而没有著录庄辛的,从而提出种种问题。然《汉书·艺文志》没有著录的书文,不知凡几。如东方朔的赋,《汉书·艺文志》便没有著录,等等。

(三)从《〈高唐赋〉序》等本身考察

"昔者,楚襄王与宋玉游于云梦之台",20世纪前半叶的学者或据此而怀疑乃至否定《高唐赋》为宋玉所作。如刘大白先生云:

《高唐赋》首句,便于"楚襄王"之上,冠以"昔者"二字。试想,宋玉既是楚人,又为楚臣,对王言王,何必称楚?"襄"是死后的谥法,赋如果真作于楚襄王时的宋玉,何能于熊横(即襄王)生前,预称他底谥法?至于"昔者"二字,更明明是后人追叙的话了。[14]

---

① 《四部备要》本(据滁州李氏求要堂校本校勘)。

② 明贺复征《文章辨体汇选》卷六四题"以弋说顷襄王楚阙名"。

大致同时,陆侃如先生的《宋玉评传》等,亦有类似的说法。就常态言,刘先生此说是没有问题的。问题是其没有注意后人之“追改”(“追加”)与“以他称写已”亦时而有之,等等。即“他称”对证明文章的作者是谁,并无太多的价值;仅由称“楚襄王”,亦难以证明《高唐赋》必非宋玉所作。① 姜书阁先生意识到这一点,故其虽肯定“说‘那样的记事的对话体的赋’,一开头便说‘楚襄王游于……’甚至‘昔者,楚襄王与宋玉游于……’,即认为:‘显然不会是出于宋玉本人之手的’,而断定是‘后人的追记’,确是比较有道理”[9](p.124),然又云:“序可以是赋作家用第三人称来叙述问对过程的,也可以是辑录者写的,但皆有可能于流传中被改字或增字。……假如这三篇(力按:指《风赋》与《高唐》《神女》二赋)序的第一句的‘襄’字是传录者所加,则去此一字而变成‘楚王与宋玉游于……’即完全可以是宋玉自己的作品,而不会发生疑问了。”[9](pp.124—125)

不过另一方面,由于“昔者”限定的“楚襄王”是已辞世之“王”,故“昔者”本身亦因而强化其追叙的成分。在这里,“昔者”已不可能是最近的“过去”,如《庄子》之“昔者庄周梦为胡蝶”[15](《齐物论第二》)与“昔者寡人梦见良人”[15](《田子方第二十一》)和《孟子》之“‘昔者辞以病,今日吊,或者不可乎?’曰:‘昔者疾,今日愈,如之何不吊’”[16](《公孙丑下》)与“乐正子见孟子。孟子曰:‘子亦来见我乎?’曰:‘先生何为出此言也。’曰:‘子来几日矣?’曰‘昔者’”[16](《离娄上》)之“昔者”②,等等。不仅如此,由于“昔者”不可能是最近的“过去”,“楚襄王”便当原本如此而非后人“追改”(“追加”)所致。故姜先生之“不会发生疑问”云云,实有所未照;而胡念贻先生名文《宋玉作品的真伪问题》之“甚至几天之前也可叫‘昔者’的”[17](p.142)虽是,然此“昔者”非彼“昔者”也。刘刚先生已注意到这一点,故其云:“从《高唐赋》的首句,‘昔者’云云,我们知道《高唐赋》和《神女赋》均是追述之作,而不是‘即兴命笔’。”[18](p.151)刘先生对宋玉辞赋研究用力甚勤,然仅据《〈高唐赋〉序》首句的“昔者”云云以断《高唐》《神女》二赋为“追述之作”,理由欠坚。如上所述,南朝以前的学者编总集或为其前人编别集时,时或摘史辞而为之序(其实,清代以前均如此),如《文选》卷43刘子骏《移书让太常博士》序文之“歆亲近,欲建立《左氏春秋》及《毛诗》《逸礼》《古文尚书》,皆列于学官。哀帝令歆与《五经》博士讲论其议,诸儒博士或不肯置对,歆因移书太常博士,责让之曰”,由于中有“哀帝令歆”一语,如果《汉书》已佚,或如果我们没有注

---

① 参力之《论以他称写己与自我称扬》,见《〈楚辞〉与中古文献考说》。需要说明的是,笔者撰此文时,亦没有充分地注意到《高唐》《神女》二赋与其“序文”是否同一作者作方面的问题。因之,文中有“汉墓出土的唐革(勒)文章开头有‘唐革(勒)与宋玉言御襄王前’一语”之说。而实际上,“唐革(勒)与”云云一语的归属如何,是要作细致的论证后才有可能定的。

② 郭象注前者云“故昨日之梦……”成玄英疏后者曰“我昨夜梦见……”(分别见《庄子集释》第113页与第721页,中华书局,1961年);赵岐注分别云:“昔者,昨日也”,“昔者,往也,谓数日之间也”(分别见《十三经注疏》第2694上栏与第2723页上栏,中华书局,1980年)。

意昭明太子编《文选》有摘史辞作其相应作品之序的情况,同样可以断《移书让太常博士》为“追述之作”。然实际上,这里的《〈移书让太常博士〉序》乃昭明太子摘《汉书》卷36《刘歆传》语而来。同样的,如果没有注意昭明太子编《文选》有摘史辞作其相应作品之序的情况,《文选》卷28汉高祖《歌》“序”之“高祖还,过沛,留。置酒沛宫,悉召故人父老子弟佐酒,发沛中儿得百二十人,教之歌。酒酣,上击筑自歌,曰”,我们也许会问:刘邦“自歌”时,世上何来“(汉)高祖”?并进而认为“上”当为“朕”,而此“上”者盖浅人改之。

余　论

综上所述,《文选》的《高唐》《神女》二赋为宋玉之所作,本无疑;昭明以其“玉曰‘唯唯’”以上为“序”,“以古还古”,亦没有问题。然此二“序”均非宋玉所自撰,而是昭明或其前的某人摘相关著作的文字以为之。苏轼、王观国等人没有注意到这一点,故均以昭明的做法为失,此可谓知二五而未知一十也;而持相反观点的何焯、姜书阁诸氏虽引《诠赋》之“履端于唱序”云云为说,却没有注意到刘勰于此仅就大赋言,而大赋亦非尽如此,且此“序”复异于彼“序”。又,刘大白、陆侃如等学者否定《高唐赋》等为宋玉作之所据者主要在“赋序”,故其失仍缘未明“序”与所“序”者可出非同一人之手所致①。这与我们前面提到的清代大学者顾炎武之“《长门赋》乃后人托名之作,相如元狩五年公元前117年卒,安得言孝武皇帝哉”[19](卷19“假设之辞”原注)的将《〈长门赋〉序》当《长门赋》本身之失同②。不仅如此,到目前为止,肯定《高唐》《神女》二赋为宋玉所作之各家,包括其中的用力甚勤者,似没有一家深入探讨过《高唐》《神女》二赋之“序”是否与赋同出一人之手这一十分重要的问题;而考察既是宋玉作,何以出现“昔者楚襄王”这一问题时,就笔者目力所及,亦未见有“以古还古”而置之于其时人撰总集时,或以非该作者的文字为其作品之序这一背景下进行的。

尽管如此,由于这一问题十分复杂,加之笔者见窄识浅,多自是而暗于己之失,故祈海内外之方家不吝以斧之云。

参考文献

[1]萧统:《文选》,中华书局,1977年(李注胡刻本)。

[2]苏轼:《苏轼文集:第五册》,中华书局,1986年。

---

① 姜书阁先生云:“序可以是赋作家用第三人称来叙述问对过程的,也可以是辑录者写的……若序是后人采辑编选时写的,那就更不能因序开头一句口吻与时间不合而疑赋为‘不可靠’,甚至断言为‘依托’。”(《先秦辞赋原论》第124－125页)的是。然非“作家”自为之序,更多的是辑录者摘自相关的书而非其所“写”。

② 参力之《〈文选·长门赋〉为司马相如作无疑辨》。

[3]王观国:《学林》,中华书局,1988年。
[4]章如愚:《群书考索:续集》,上海古籍出版社,1987年(影印文渊阁《四库全书》第938册)。
[5]林駉:《古今源流至论:前集》,上海古籍出版社,1987年(影印文渊阁《四库全书》第942册)。
[6]王芑孙:《渊雅堂全集:外集》,嘉庆癸亥(1803)刊本。
[7]何焯:《义门读书记》,中华书局,1987年。
[8]屈守元:《文选道读》,巴蜀书社,1993年。
[9]姜书阁:《先秦辞赋原论》,齐鲁书社,1983年。
[10]詹锳:《文心雕龙义证》,上海古籍出版社,1989年。
[11]陈寿:《三国志》,中华书局,1959年。
[12]李昉等:《太平御览》,中华书局,1960年。
[13]力之:〈文选〉非"尚未最后加工定稿"辨,《东方丛刊》,2007年第1期。
[14]刘大白:《宋玉赋辨伪》,小说月刊,17卷外号(1927年6月)。
[15]郭庆藩:《庄子集释》,中华书局,1961年。
[16]赵岐:《孟子注》,中华书局,1980(《十三经注疏》本)。
[17]胡念贻:《中国古代文学论稿》,上海古籍出版社,1987年。
[18]刘刚:《宋玉辞赋考论》,辽海出版社,2006年。
[19]黄汝成:《日知录集释》,上海古籍出版社,1985年。

在升腾与堕落之间

——论潘金莲形象对高唐神女原型的整合与变异

湖南科技大学 彭安湘

宋玉以丰美奇诡的神话为源头,在《高唐赋》和《神女赋》中塑造了一位光耀千古的女神——高唐神女,她不仅有呼风唤雨的超自然力,而且美丽多情,更主要的是"能使得与之性爱结合的人达到精神上的启悟和再生"。[1]她是中国男性一个绯红的美梦,一种心灵的慰藉。而《金瓶梅》中的潘金莲则像怒放于晚明浊世中的一朵罪恶而忧伤的罂粟花,不仅以扭曲的人性摧残了他人,而且也戕害了自己,她如一个魔魇,令人生畏,催人警醒。本文通过两者性格特征的比照,发现潘金莲的形象在很大程度上是以高唐神女的命运遭际为构架,并将神女原型中的一个性格侧面进行强化与突显的结果。在进一步探讨分析两者形象之间的文化艺术渊源关系后,我们又发现两个女性生存本相后面所隐匿的男性心理模式及其产生的历史成因。

一

高唐神女是一个糅合了多重原型,具有多重神性的神话人物:它的植物化身是瑶草,自然化身是云雨,神格为性爱女神,而这都与其"献身神妓"即巫儿身份分不开。[2]众所周知,高唐神女原型是在宋玉的《高唐》、《神女》二赋中正式形成的。《高唐赋》云:

> 昔者楚襄王与宋玉游于云梦之台,望高唐之观。其上独有云气,崪兮直上,忽兮改容,须臾之间,变化无穷。王问玉曰:"此何气也?"玉对曰:"所谓朝云者也。"王曰:"何谓朝云?"玉曰:"昔者先王尝游高唐,怠而昼寝,梦见一妇人曰:'妾巫山之女也,为高唐之客。闻君游高唐,愿荐枕席。'王因幸之。去而辞曰:'妾在巫山之阳,高丘之阻。旦为朝云,暮为行雨。朝朝暮暮,阳台之下。'旦朝视之,如言。故为立庙,号曰朝云。[3]

其后,《神女赋》又进一步拉近人神的距离,既铺张彩绘神女的绝世美貌,又深情演绎人神之间的缱绻情愫。另外,《文选·高唐赋》李善注、余知古《渚宫旧事》卷三所引《襄阳耆旧传》、《文选》中江淹《杂体诗》与《别赋》之李善注、郦道元《水经注·江水注》等文

献,也都有相似的记载。结合以上文献资料,不难看出高唐神女在文学形象的意义上,具备了如下特征:

高唐神女的第一表征是外表的美丽绝伦。她"貌丰盈以庄姝兮,苞温润之玉颜。眸子炯其精朗兮,了多美而可观。眉联娟以蛾扬兮,朱唇的其若丹。素质干之醲实兮,志解泰而体闲。"[4]再加之纹彩华丽的服饰,芬芳淡雅的体香,轻盈空灵的体态,真正是一位有态、有神、有趣、有情的旷世美人。在她身上,除了集合着人(女性)的妩媚外,还有着神的飘逸、灵秀与高贵。

高唐神女的另一个特点是放纵与淫荡,毫不节制生命本能的欲求。瑶姬因未嫁而亡,尚未能充分体会男女情爱,所以死后也要化为淫草春药,去媚惑异性,在梦中与异性交合。她向楚王自荐枕席,主动求欢,尽情享受情爱的欢乐,根本没有忸怩羞涩之态。[5]故闻一多先生说高唐神女"在宋玉的赋中,便不能不堕落成一个奔女了"。[6]

高唐神女的第三个特点是贞节自防。很显然,此时的高唐神女已穿上了所谓文明的外衣,她与君王之子虽然"精交接以来往兮,心凯康以乐欢",但终归"神独享而未结"。[7]从伦理的角度来说,她既已倾心于前修,就不能再钟情于后秀,所以,这只是一场短暂的"柏拉图"式的恋爱,并以神女的抽身隐退为最终结局。

淫逸的高唐神女却又是神圣的、贞洁的,这不是有悖常理吗?然而神女巫儿的身份能给予我们一个合理的解释:主动与楚王交合的高唐神女实际上是远古时代在神庙中以肉体奉献于神的神妓或圣娼(sacred prostitutes),她们"齐肃衷正,其智能上下比义,其圣能光远宣朗,其明能光照之,其聪能听彻之,如是则明神降之"(《国语·楚语下》)。除了禀性智能上超出常人,在外貌上女巫也是艳绝人寰,且要求她们是未婚少女,她们的神性特征表现为与鬼神勾通的巫术和预言先知的能力,而且她们的意见为当时的人们所重视和尊重。故罗素说:"古代娼妓制度绝不如今日之为人鄙视,其原始固极高贵。"

总之,高唐神女形象是一个矛盾的集合体,她美丽、淫荡但又让人觉得神圣、崇高。康正果说高唐神女"在汉民族集体无意识中确实积淀为一个具有永久生命力的原型……每当文人欲表达女性的性爱和美艳时,总是自觉不自觉地回溯到这个原型。"[8]依弗洛依德派心理学者的说法,这种"回溯原型"的写法,就叫做"原型置换"(replacement),就是原型换过面目由真正物件"改置"到另一物件上去,这另一物件为真正物件的象征。然而历代在具体"改置"这一原型时,却又偏重于原型形象的不同侧面,有的进行伦理化的改造,有的对其进行性格的剥离。晚明兰陵笑笑生笔下的潘金莲便是在原型的"改置"过程中,将高唐神女原型中"情欲"与"神圣"彻底剥离的典型,神女"情欲"中"善的"属性全部被"恶的"属性取代,并最大程度地得到了强化与凸显,以致淫荡等同于罪恶,而美丽成为了罪恶的外衣。而高唐神女伦理道德上贞节自防的一面,却在明代"利欲"的滚滚浪潮中,冲击得七零八落,以致荡然无存。

潘金莲的美,是由别人眼中映出的。在张大户眼中:“长成一十八岁,出落的脸衬桃花,眉弯新月。”[9]在武松眼中:“妇人十分的妖娆。”[10]在西门庆眼中:“美貌妖娆:黑鬒鬒赛鸦鸰的鬓儿,翠弯弯的新月的眉儿,清泠泠杏子眼儿,香喷喷樱桃口儿,直隆隆琼瑶鼻儿,粉浓浓红艳腮儿,妖滴滴银盆脸儿,轻嫋嫋花朵身儿,玉纤纤葱枝手儿,一撚杨柳腰儿……”[11]在吴月娘眼中:“从头看到脚,风流往下跑;从脚看到头,风流往下流。论风流,如水晶盘内走明珠;语态度,似红杏枝头笼晓月。”[12]在陈敬济眼中:“猛然一见,不觉心荡目摇,精魂已失。”[13]毫无疑问,潘金莲是《金瓶梅》女性世界里最俏丽的花枝。然而,她的美却让人体味不到美感,感受不到可爱和温馨。她恰如戴着美丽面具的妖魔,在蛊惑、狐媚人的同时或以后,总让人觉着胆寒与惊悸。妖娆的她令打虎英雄武松“直把头来低着”[14],不敢直视,真是美女猛如虎呀;收用金莲后的大户,先是“身上添了四五件病症”,不久,便“患阴寒病症,呜呼死了”[15];被她迷惑得神魂颠倒的西门庆,最终也因服了金莲多喂的淫药死在了她的床上;陈敬济与她的奸情泄露后,被逐出西门府,颠沛流离。更不要提被她谋害的武大,设计害死的宋惠莲、李瓶儿、官哥儿了。最后,她因私通女婿事发,被先前对她喜爱有加,多次庇护的吴月娘绝情赶出,在王婆家待嫁时,被复仇的武松杀死。这一切似乎可以说明:美如果不是用得恰到好处,仅仅只是一种资本或手段,便会成为一种灾难,对自己、对别人都是如此。

但如果将所有的罪恶都归于红颜美貌,也颇为武断。究其实,潘金莲的罪恶主要源于其放纵淫荡的本性。且看几个典型的场景:

嫁与武大时:每日,只在帘子下嗑瓜子,一径把那一对小金莲故露出来,勾引浮浪子弟。[16]碰到武松时:时常把些言语来拨他。[17]巧遇西门庆时:风风流流从帘下丢与个眼色儿。[18]嫁与西门庆时:将琴童叫进房,与他酒吃,把小厮灌醉,与之私通。[19]见陈敬济生的乖猾伶俐,有心也要勾搭他……便使丫鬟叫进房中,与他茶水吃,最后勾搭成奸。[20]寄居王婆家时:次日依旧打扮乔眉乔眼,在帘下看人,无事坐在炕上,不是描眉画眼,就是弹弄琵琶。朝来暮去,又把王潮儿刮剌上了。[21]

由此可见,潘金莲的“情欲”已与原型中高唐神女的“情欲”迥异。高唐神女艳绝人寰的美貌,是娱乐鬼神,取得鬼神欢心的资本。高唐神女本相之一是“未行而亡”的炎帝之少女,带著对情爱的深深向往和未得的重重遗憾而离世。其植物化身瑶草淫媚的特征和以巫儿身份与帝王交合的行为是人间女性渴望情爱的一种心理补偿,与后世《牡丹亭》里的杜丽娘、《聊斋志异》里秋娘、小谢等众多未嫁而亡的鬼女追求正常生理情欲一样,皆是一种积淀已久的集体无意识的反映。本相之二是母权社会身担生殖重任的女性自由性交状况在神话中的投影。本相之三是以“人神相恋”的形式表现远古时代宗教仪式中确实存在过的“圣婚仪式”。因而高唐神女的“情欲”负载着太多个人的、集体的、历史的思想与意识、职责与义务。而潘金莲的“情欲”已全然失却了集体的、历史的神圣使命,它代表的仅仅是一己的欲求。以巧遇西门庆为分野,前期是她人生的压抑期:卑微的出身、不良的启蒙、转卖的经历、绝望的婚姻、贫困的煎熬、情爱的无托,使其内在欲望的宣泄已日趋急切。与西门庆有奸情之后,其人生步入反抗期,首先便是令人发指地药死亲夫,以对武大生命权利的剥夺来救赎其身的陷落。其次是对西门庆多层次欲望需求的反叛,为消弥西门庆的性放纵所导致的怨旷,她不顾伦理尊卑,迫不及待地与琴童、陈敬济通奸。为了邀宠争宠固宠,她将嫉妒与狠毒横扫向与之构成威胁的女性,使她们受辱、丧命。在这两个过程之中,潘金莲的人性已极端异化,这种倾向使其人类的性降格为动物的性,彻底消融掉了人类赋予身体的诗意和尊严。与神女情欲呈现出的神圣与崇高相反,她给予人的是丑陋与邪恶。

二

事实上,高唐神女形象在宋玉两赋中并不是一个统一和谐的整体,《高唐赋》中的神女美丽而淫荡,《神女赋》中的神女美丽而贞洁。并且,前者为“女性诱惑——男性受惑”的写作模式,后者则为“女性诱惑——男性受惑——战胜诱惑”的模式。后者增加的这一个环节,显然是战国末期的楚国社会已出现疏离神话的迹象,人们从神话思考中超脱了出来,已接近文明的状态,产生了“文明的羞耻心”,辞赋作家将远古楚族神话中原始本真的性崇拜逐渐伦理化的结果。那么,这种形象上的矛盾和思路上的附加反映了中国男性怎样的隐性心理呢?

他们渴望有一位貌美如花的未婚少女,来刺激和释放其强盛的情欲,来宣泻其受礼教压抑下的激情,来表达他们对本色人性的深深眷恋,因而在两赋中不断复写这一模式。然而他们渴望情欲又不敢放纵情欲,在肉欲与理性的纠缠、冲突、撕咬之中,他们将这一个难题交给女性,让女性充当情欲的主角。《神女赋》中的神女克服情欲,辞别君王而去,体现了足够的自持能力。这与其说体现了女性的庄重与伟大,不如说是男性转移压力后的第一个最佳期待值。另外,《高唐赋》末尾有几句值得注意:“盖发蒙,往自会。思万方,忧国害。开贤圣,辅不逮。九窍通郁精神察,延年益寿千万岁。”[22]《渚宫旧事》卷三《周代下》引《襄阳耆旧传》也有几句令人玩味:“今遇君之灵,幸妾之搴,将抚君苗裔,藩乎江汉之间。王谢之。”不难发现,神女与君王交合后不但能发蒙解惑,起到对男性精神上的启悟与年寿上的延长作用,而且能使男性家族苗裔兴旺,使男性家国天下的志向得以实现,这才是男性对与之交合女性期待的最高值。至此,男性对女性的依赖心理昭然若揭。王萌说:“神女的神话故事正是在这一点上暗合了后世男性的隐秘心理,从而使巫山神女的形象不断地被复写,这个神话借性爱的外衣,诉说男性对获取权力的无限渴望。”[23]可谓一语中的。

神女的命运遭际是由“帝之季女”的人到“未行而亡”的鬼,由“精魂为草,摘而为芝”的物到“旦为朝云,暮为行雨”的神,之所以能如此,是因为高唐神女说到底是中国男性的一个美梦。这个梦创造了一种在现实中不能出现或不存在的情况,一种“想”存在的情趣,一种在现实中不能实现的人生过程。他们需要这个幻境中的性爱女神来安顿自己的心灵,来观照自身并获得某种满足感和依赖感。他们将神女塑造得美丽绝伦,无所不能,将其普通的人格上升为崇高的神格,让她向高高的天界升腾,成为他们心目中永远的“女神”。

《金瓶梅》中描写男女情欲的模式有承袭高唐神女神话的因数,但又有所变异、生发,主要有以下三种:一是“女性诱惑——男性拒惑”模式(被动者如武松、李安);二是“男性诱惑——女性受惑——沉沦诱惑”模式(被动者如潘金莲、李瓶儿);三是“女性诱惑——男性受惑——沉沦诱惑”模式(被动者如陈敬济、琴童)。这三种模式的形成,有着历史和明代现实的双重积淀,折射出中国男性更趋复杂和矛盾的心理。

如前所述,《神女赋》中战胜诱惑的主角是高唐神女,而高唐神女只出现于宋玉的作品中,而且是楚文化的产物,这一形象在宋玉后即消解在礼教的强大规范中。到了汉魏六朝以后的“神女－美女”赋系列里,如司马相如的《美人赋》、王粲的《神女赋》等超越情欲、坚持理性的主角则已换成了男性。这说明在社会日益文明化、世俗化的进程中,女性的社会地位日渐低下,乃至最终沦为男性的附庸和玩物。男性在现实世界里,已君临一切,占主宰地位,他们以礼自防,在道德上扮演贞洁自守的君子来取代女神的崇高地位。然而,在《金瓶梅》一团漆黑的世界里,稍能代表亮色的人物只有武松和李安,而他们正是“女性诱惑——男性拒惑”模式的被动者,前者拒绝金莲,顾及的是兄弟伦理之情;后者拒绝春梅,顾及的是慈母抚育之义。“忠孝”乃君子的神圣光辉,然而正是这两位君子,在诱惑面前果敢,在拒惑之后却只能选择逃避。崇高的仓皇逃遁,意味着男性对情欲的屈服,对崇高道义的放弃。与高唐神女克服情理冲突后飘然离去的背影相比,他们的离去缺少了那份从容与正气。

在后两种模式中,描摹再现的全是男性对本性人生的深深贪恋,充斥的全是卸下神圣面具的世俗情欲男女,他们沉伦于双方设置的情色诱惑里,迷恋不返(从明代整个社会的机制来讲,女性只是男性捏塑的物件)。这与明代市民阶层的崛起,商业经济的繁荣,哲学思想、文化思潮的叛逆息息相关。何心隐说:“性而味,味而色,性而声,性而安,性也。”[24]李贽更大胆地把“好货,好色”看成人“所共好而共同,共知而共言”的正常欲望。[25]可以说整个晚明被淫靡民风裹挟,人人求利而不以为耻,人人趋淫而不以为淫。在此情形之下,男性权威从自我出发,随心所欲地捏塑女性,将己身的淫乐目的与人性本能的“快乐原则”结合起来,对女性诸如潘金莲之流内里的欲望基因加以催化与膨胀,使她们在男性所设的情欲泥淖中阻滞而永难自拔,[26]只知道人生最低层次的追求,将肉欲变成了生命的原动力。

晚明时期虽然出现了追求个性和人的生存权利的“人的觉醒”思潮,但儒家传统的思想观念和价值判断还对人们产生着厚重的影响。面对传统文化与近代文化出现的断层,人们在心理上还无法适从,更没有找到合适的理由来解释,这一复杂和矛盾的心理在潘金莲身上鲜明地表现了出来。男性权威(如西门庆)在把潘金莲锻就成一个对欲望有着强烈追求的活生生的女性的同时,又荒诞地背叛与之合作的关系,使潘金莲在使出浑身解数按男权意志主动将自己变成赤裸裸的性符号后,得到的却是行为无效的宣告和无所旨归的结局。[27]然后,整个社会机制又运用传统的伦理收回那曾给予潘金莲的狭小而可怜的生存空间,让其死在象征崇高道义的武松的刀下。这样,潘金莲的命运遭际就被男权话语设计为:由备受侮辱、充满欲望的人到只具兽性的物,再由赤裸裸的性符号到永遭唾弃的鬼。由人一再堕落为鬼魅,直入万世不劫的惨境。因而,潘金莲是在人的本质力量开始觉醒的时代,男性游走于克服情欲追求崇高的道义人生与冲决旧教条却迷恋低俗情欲的牺牲品。男性在迷茫中自身堕落了,却让操纵在他们手中的女性堕落得更惨。

男性在放弃崇高的道义追求、将人生追求的层次降低之后,按一己之心愿设计的男女生存模式,不但毁灭了众多的女性,也毁灭了自身,如西门庆、张大户、陈敬济之流都不得善终。清人张潮说:“《金瓶梅》是一部哀书。”(《幽梦影》)现代学者卢兴基也说:“《金瓶梅》的主色是黑色的,然而黑得美,黑得好,黑得深刻。”[28]其透过悲凉雾向人展示的深刻就在于:人的觉醒往往以人欲放纵的丑陋形式出现,而人欲的放纵和人性的压抑一样,都在毁灭着人的自身价值。[29]人应该有崇高的道义追求,只有这样人才能支撑着走完有尊严的未来之路。

显而易见,潘金莲与高唐神女在形象塑造上有许多的相似之处,但在后世的价值判断上却显现出巨大的差异。一方面,从神话、历史的厚重积淀中走出的“神女”,成为美善的典型。她的崇高、神圣和美丽,以及性别所赋予的温柔、仁慈和宽厚,对于迷失在世俗社会的精神浪子,无异于一方污秽世界中的净土,一处遮风避雨的港湾。另一方面,从晚明人情世态的现实土壤里萌生的“金莲”,则为邪恶的代表。她的美丽和狐媚,以及被社会捏塑异化而成的淫荡、狠毒和妒忌,对于迷失在世俗社会的精神浪子,则无异于一声棒喝,一记警钟,一根令世人在疼痛时保持清醒的刺。文学作品为我们塑造的处于升腾与堕落之间的善、恶两端典型,不止给现代的男性,更给新世纪的女性定位自己的人生指向,确立健全的社会价值标准,提供了有意义的参照。

参考文献

[1]黄治:《高唐神女原型与〈聊斋志异〉中的高唐型神女》,《蒲松龄研究》2002 年第 2 期,第 10 页。叶舒宪在《高唐神女与维纳斯》一书中也有相似的提法,他说《高唐赋》中的“发蒙”具有“性梦的精神

启悟功能”,而且还“揭示出一个被埋没至今的精神医学和性心理学的潜在主题:通过与神女(神巫、圣妓、神娼等)的性爱结合达成精神上的自我更新”。参见叶舒宪:《高唐神女与维纳斯》,陕西人民出版社,2005 年,第 398 - 401 页。

[2]吴广平:《宋玉研究》,岳麓书社,2001 年,第 205 - 207 页。

[3][4][7][22]吴广平编注:《宋玉集》,岳麓书社,2001 年,第 50 - 51 页、第 72 页、第 72 页、第 60 页。

[5]郭建勋:《先唐辞赋研究》,人民出版社,2004 年,第 357 页。

[6]闻一多:《高唐神女传说之分析》,《清华学报》1935 年第 4 期。

[8]康正果:《风骚与艳情》,河南人民出版社,1988 年,第 88 页。

[9][10][11][12][13][14][15][16][17][18][19][20][21]王汝梅、李昭恂、于凤树校点:《张竹坡批评第一奇书〈金瓶梅〉》,齐鲁书社,1988 年,第 32 页、第 34 页、第 52 页、第 145 页、第 276 页、第 34 页、第 32 页、第 34 页、第 43 页、第 52 页、第 185 页、第 279 页、第 1376 页。

[23]王萌:《神女原型与中国男性的依附心态》,《中州学刊》2001 年第 3 期,第 47 页。

[24]何心隐:《寡欲》,《何心隐集》(二),中华书局,1978 年 ,第 125 - 127 页。

[25]李贽:《答邓明府》,《焚书》(一),中华书局,1978 年,第 135 - 140 页。

[26][27]孙旭:《西施和潘金莲情欲撕裂的同一命运——兼论男权的操纵模式及运作机制》,《松辽学刊》2000 年第 5 期,第 65 - 68 页。

[28]卢兴基:《小说观念的更新与〈金瓶梅〉的价值》,转引自黄霖:《中国小说研究史》,浙江古籍出版社,2002 年,第 353 页。

[29]袁行霈主编:《中国文学史》(第四卷),高等教育出版社,1999 年,第 373 页。

汉代楚辞作品研究

《招隐士》作者诸说述评

浙江师范大学　曹　亮

《楚辞》中的《招隐士》的作者一篇向来就有很多的争论,主要有四种观点,有人认为《招隐士》是刘安所作,其以《文选》为证;有人认为是安有宾客,其名小山,是小山所作,或宾客的一部分人称"小山";又有人认为《招隐士》是宋玉所作;最后,也有人认为其作者不可考。林林总总,说法不一。今笔者不揣鄙陋,尝试从一个客观的角度来对《招隐士》的作者略加分析,其不当之处,尚请各位方家不吝指正。

一、学者们眼中的《招隐士》作者

学界中大部分人是赞成王逸的说法的,即此作确为淮南小山所作。但也有学者认为本篇为刘安所作,梁代的萧统在《文选》中就这样说,近人有汤炳正先生,他在《屈赋新探》中说"这篇作品,王逸的《楚辞章句》定为淮南小山所作,而昭明《文选》却题为刘安所作。为什么题为刘安所作?这有两种可能性:第一,是援《淮南子》之例,把淮南宾客的集体著作,归于刘安个人,故淮南小山等的作品,也改题为刘安。"①除此以外,又有马茂元表示了不同看法,他说:"《楚辞章句》这是有关本篇最早的资料。据此,仅知作者是淮南王的宾客;至于小山是否为作者的别名,抑或是作品体制的名称,他(指王逸)说得极为含糊。按:《汉书·艺文志》著录'淮南王群臣赋四十四篇',都已亡佚,这是仅存的一篇。说'群臣'而不标姓名,足见早在班固时代,属于这一文学集团里的作家的名姓就已湮没不彰。因而本篇的作者究竟是谁,已经成为不可考证的了。"②王泗原《楚辞校释》亦曰:"按:序言淮南王群臣所作辞赋以类相从,故称小山大山,义犹小雅大雅。然则小山大山为其辞赋的类名。而云'淮南小山之所作也','小山之徒闵伤屈原',又以小山指人,实在无理。招隐士作者失名。"③另外,龚维英先生也有不同意见:"《招隐士》,或称《招隐》,作者就是屈原后辈宋玉。"④

---

① 见汤炳正:《屈赋新探》,齐鲁书社,1984 年,第 97－98 页。

② 详见马茂元:《楚辞选》,人民文学出版社,2002 年。

③ 参王泗原:《楚辞校释》,人民教育出版社,1990 年。

④ 参见龚维英:《宋玉作〈招隐士〉考辩》,《江汉论坛》1986 年第 3 期。

对其作者问题,我们从王逸的《招隐士》序出发,来参看各种说法之间的差别。《序》曰:

《招隐士》者,淮南小山之所作也。昔淮南王安,博雅好古,招怀天下俊伟之士。自八公之徒,咸慕其德,而归其仁,各竭才智,著作篇章,分造辞赋,以类相从,故或称小山,或称大山。其义犹《诗》有《小雅》、《大雅》也。小山之徒,闵伤屈原,又怪其文升天乘云,役使百神,似若仙者,虽身沉没名德显闻,与隐处山泽无异,故作《招隐士》之赋,以章其志也。①

此处是言"八公之徒"为首而作《小山》、《大山》之篇。始见八公之名在《论衡》卷七道虚篇:"安嗣为王,恨父徙死,怀反逆之心,招会术人,欲为大事。伍被之属,充满殿堂,作道术之书,发奇怪之文,合景乱首,八公之传,欲示神奇。"②王逸在安帝、顺帝之时,在王充之后不久,王充批评《八公传》时,"八公"应该已有了很多传说并成了有一定神话性质的人物。王逸此时看到的"八公"的材料为何我们不得而知,但如果按王逸在《章句》内对作者的一贯严谨态度来看,他应该不会采用带有争议的"八公"之名。再看王逸之后不久的高诱所作的《淮南子·叙》:"初,安为辩达,善属文。皇帝为从父,数上书,召见。孝文皇帝甚重之,诏使为《离骚赋》。自旦受诏,日早食已。上爱而秘之。天下方术之士,多往归焉。于是遂与苏飞、李尚、左吴、田由、雷被、毛披、伍被、晋昌等八人,及诸儒大山、小山之徒,共讲论道德,总统仁义,而著此书。"③可见高诱是清楚"等八人"、"小山"、"大山"的关系的,有一点也要说明一下,高诱并没有沿用"八公"之名,而是不避麻烦用"等八人"之说,很有可能就是因"八公"一说有太多纷乱和不清楚的地方,高诱为能严谨而不用"八公"之名。试问,王逸亦以严谨称,为何沿用"八公"之称?其次,序中"小山"之称,前后不合。序言淮南王群臣所作辞赋以类相从,故称小山大山,义犹小雅大雅。然则小山大山为其辞赋的类名。

而云"淮南小山之所作也","小山之徒,闵伤屈原",又以小山指人,实在无理。"小山"之词在此序中有三个意思:"淮南小山"是作者名,"故或称《小山》"是以类相从的作品名称,"小山之徒"是作《小山》的一类宾客的总称。因此人们在读此序时,往往弄不清"小山"的确指。

---

① (宋)洪兴祖:《楚辞补注》,中华书局,1983 年。

② (东汉)王充:《诸子集成·论衡》,中华书局,1978 年。

③ (东汉)高诱:《诸子集成·淮南子》,中华书局,1978 年。

二、"小山"名称的由来

关于"小山"的说法,有地名说和作品名称说两种。陈广忠先生曾拟文说:"王逸谓'大山、小山,犹《诗》之大雅、小雅也',尤为不可思议。大山、小山乃刘安众多的门客所居之地名、山名,犹八公所居之八公山,都是淮河之畔群山之名称。八公山、大山之名至今犹存。"①按:《天一阁藏明代方志选刊·嘉靖寿州志》有"八公山"条:

州治东比五里,淝水之比,淮水之南濮。淮南王安与其宾客八公,俱登此山学仙,故名。今山有安故基石,上有人马迹。符坚伐晋,望见山上草木皆为晋兵,秦师遂败。按:《水经注》注云:'淮南王折节下士,好神仙秘法鸿宝之道,忽有八公皆须眉皓素,诣门希见门者曰:吾王好长生,今先生无驻衰之术,未敢以闻,八公咸变成童,复白日升天,余药在器,鸡犬甜之,皆得上升,山以八公名者,盖始于此。'而《方舆胜览》所载八公山凡四庐之巢滁之来安和州,并此是也。在巢者载八公见王之事,在滁者以为八公矢志憩息之处,在和者云,有八仙围碁,会饮于此。而此山独不载八公之事。殊不知寿春乃淮南所都,见王之事不在于此,而载于巢,误也。然考之于史,淮南王安谋反,帝下公卿治之,王自刑杀,而好事者,往往谓八公为神仙,以淮南王为仙去,率多幻妄,不有信史,何以解后人之惑?故详述之,俾观者自得云。②

《寿州志》亦有"大山"条。考《全梁文》卷六十《八公山赋》:"促嶂万寻,平崖亿绝,上被紫而烟生,傍带花而来雪。维英王兮好仙,会八公兮小山,驾飞龙兮翩翩,高驰翔兮冲天。"③此句可知"八公山"应始为"小山"。又有《全唐诗》卷七百三十一,胡宿《淮南王》:"贪铸金钱盗写符,何曾七国戒前车。长生不待炉中药,鸿宝谁收箧里书。碧井床空天影在,小山人去桂丛疏。云中鸡犬无消息,麦秀渐渐遍故墟。"④《全唐诗》卷一百六十六,李白《白毫子歌》:"淮南小山白毫子,乃在淮南小山里。夜卧松下云,朝餐石中髓。小山连绵向江开,碧峰巉岩绿水回。余配白毫子,独酌流霞杯。拂花弄琴坐青苔,绿萝树下春风来。南窗萧飒松声起,凭崖一听清心耳。可得见,未得亲。八公携手五云去,空余桂树愁

---

① 见陈广忠:论《楚辞》、刘安与《淮南子》,中国文化研究,2000年。

② 《天一阁藏明代方志选刊·嘉靖寿州志》,上海古籍出版社,1982年。

③ (清)严可均辑:《全上古三代秦汉三国六朝文》,中华书局,1960年。

④ 《全唐诗》,中华书局,1960年。

杀人。”[①]从以上各例均可知“小山”实为山名。作品名称说又见于唐吴兢《乐府古题要解》卷下《招隐·反招隐》:“右《招隐》本《楚词》,汉淮南王安小山所作也。言山中不可以久留。后人改以为五言。若晋左思《杖策招隐士》等数篇,最为首出。晋王康居反其致,谓之《反招隐》。旧说《淮南》书有《小山》,亦有《大山》,政有大小,犹诗之有《大雅》、《小雅》焉。”[②]其“旧说”到底源自何处,现在很难定论。又有《唐钞文选集注彙存》卷三十六《招隐士一首》下:“吕向曰:初,安好士,八公之徒咸慕其德,各竭材智,著述篇章,分其辞赋,以类相次,或称《大山》、《小山》,犹诗有《大雅》、《小雅》也。”[③]吴兢引旧说言《淮南》有《大山》、《小山》之分,而吕向之说是包括八公在内的群儒所有的作品分为《大山》、《小山》。很有可能《大山》、《小山》即是汉书所载的《淮南内》、《淮南外》。既有此一说,那么有学者认为王逸的《招隐士》序中可能有他人窜入之词便不无道理(详见王德华先生《〈文选〉本骚类作品八篇小序的文献价值》[④])。吴兢乃武后时人,早于五臣,以是观之,用《小山》、《大山》比附《小雅》、《大雅》者,在吴兢、五臣之前就有。由于东汉自王逸后至隋以前楚辞类书大多亡佚,吴兢的说法源于何时,今已不可考。有待于新材料的出现,但《小山》为作品名称一说仍值得我们继续研究。

三、是谁在招“隐士”?

《招隐士》的章旨历来有各种说法。王夫之是淮南王刘安“召致山谷潜伏之士”一说的代表,其《楚辞通释·招隐士》:“义尽于招隐,为淮南召致山谷潜伏之士,绝无闵屈子而章之之意。”后姜亮夫、汤炳正、王泗原等皆从其说。金秬香《汉代词赋之发达》说:“小山《招隐》,何为而作也?详其词意,当是武帝猜忌骨肉,适淮南王安入朝,小山之徒知谗衅已深,祸变将及,乃作此以劝王亟谋返国。”[⑤]此处甚有可疑:第一,《招隐士》作者用“春草”、“蟪蛄(即寒蜇)”可知“王孙”淹留年月之久;第二,再根据《招隐士》两次提到的“攀援桂枝兮聊淹留”,逸注曰:“踟蹰低徊,待明时也。”又“周旋中野,立踟蹰也。”从金氏之说来看,其必谓刘安淹留于都城。但作为有自己属国之诸侯王,何以要淹留于朝中?金氏之说当取于《史记》、《汉书》,然刘安并非是长留朝中,那么“亟谋返国”之观点便与文章所述相左。可见,金氏并未得全篇之旨。至于“闵伤屈原”一说,源自王逸,此说有不少反对意见,其中姜亮夫先生就曾评价说:“细读全文,但写山林景色,青莎杂树,林柏虬缭,

① 见《全唐诗》,中华书局,1960年。

② 参丁福保:《历代诗话续编·上册》,中华书局,1983年。

③ 详见《唐钞文选集注彙存》,上海古籍出版社,2000年。

④ 王德华:《〈文选〉本骚类作品八篇小序的文献价值》,浙江大学学报,第三十卷第1期,2002年2月。

⑤ 金秬香:《汉代词赋之发达》,商务印书馆,1934年。

山气宠嵸,猿狖群啸,虎豹聚嗥,熊罴咆斗,可畏之境。招王孙之隐者,速速归来,其文仿佛二招,其义遍指隐论,丝毫无关屈子……”①但此理由尚不足以否定王逸之说。汤炳正先生在总结《楚辞》纂辑的第二组作品时也说:“因为根据《招隐士》的内容来看,乃招致宾客的事迹是相吻合的,跟刘安当时礼贤下士的心境也是相吻合的。王逸说它是‘闵伤屈原’的作品,宋玉自悼之作而附在《离骚》之后,是同样的体例。因为这些作品,显然是有些牵强的。自抒胸臆之作而附在屈赋之末,这跟《九辩》乃都是继承屈赋传统的骚体是属于一个文学流派。”②现在看来,两位先生的说法都有不足之处,其一,“‘王孙游兮不归’、‘王孙兮归来’,可见,要招回的是出游的‘王孙’,而对淮南王来说,是招来而非招‘归’。又,‘山谷潜伏之士’对淮南王而言,无论如何也不得有‘王孙’之称。此乃船山说不能成立之理由也。”③其二,淮南王想招纳山中隐士,何以全篇尽言山中之险恶,而不言淮南地域之美好,舞台之广阔?招贤纳士必要有吸引群贤之处,通观全篇,与其说为招山中隐士,倒不如说是在恐吓隐士。因此,此说不可全信。又有力之先生的“代屈设言”说。他认为《楚辞》所以只收入宋玉的《九辩》、《招魂》,因仅此两篇代屈原设言;贾谊《吊屈原赋》不仅为骚体,而且内容与屈原有关,却因非为屈原设言而不被收录。而按后者,《九歌》、《天问》、《九章》、《远游》、《卜居》、《渔父》一组作品之辑者为“淮南宾客小山辈,或即为淮南王刘安本人”,而《招隐士》为其所附。“试问,如果《招隐士》为自抒胸臆之作而得入《楚辞》,为何《楚辞》中的后于此篇者,均代屈原设言而无一例外?可见,是篇与《楚辞》中之前于它的非屈原作品,均代屈原设言。”此说甚是。④

总而言之,《招隐士》一篇确为淮南小山所作。其作者之争以及连带的主旨之争都是从王逸的序言开始的,无论是小山招淮南,还是淮南招贤士,其说皆不可信,且《招隐士》的主旨问题,也只有从“代屈设言”的角度出发,才能了解本文作者的真正目的。

参考文献

[1]汤炳正:《屈赋新探》,齐鲁书社,1984年。

[2]马茂元:《楚辞选》,人民文学出版社,2002年。

[3]王泗原:《楚辞校释》,人民教育出版社,1990年。

[4]龚维英:《宋玉作〈招隐士〉考辩》,《江汉论坛》1986年第3期。

[5](宋)洪兴祖:《楚辞补注》,中华书局,1983年。

[6](东汉)王充:《诸子集成·论衡》,中华书局,1978年。

[7](东汉)高诱:《诸子集成·淮南子》,中华书局,1978年。

---

① 详参姜亮夫:《楚辞通故》第三辑,云南人民出版社,1999年。

② 汤炳正:《屈赋新探》,齐鲁书社,1984年。

③ ④力之:《〈楚辞〉与中古文献考说》,巴蜀书社,2005年。

[8]陈广忠:论《楚辞》、刘安与《淮南子》,中国文化研究,2000年。
[9]《天一阁藏明代方志选刊·嘉靖寿州志》,上海古籍出版社,1982年。
[10](清)严可均辑:《全上古三代秦汉三国六朝文》,中华书局,1960年。
[11]《全唐诗》,中华书局,1960年。
[12]丁福保:《历代诗话续编·上册》,中华书局,1983年。
[13]《唐钞文选集注彙存》,上海古籍出版社,2000年。
[14]王德华:《〈文选〉本骚类作品八篇小序的文献价值》第三十卷,浙江大学学报,2002年第1期。
[15]金秬香:《汉代词赋之发达》,商务印书馆,1934年。
[16]姜亮夫:《楚辞通故》第三辑,云南人民出版社,1999年。
[17]汤炳正:《屈赋新探》,齐鲁书社,1984年。
[18]力之:《〈楚辞〉与中古文献考说》,巴蜀书社,2005年。

《哀时命》词语拾诂

浙江师范大学　鲍宗伟

余读严忌《哀时命》，细玩《章句》，觉其有数注于义未安。适值恩师黄灵庚先生《楚辞章句疏证》（下简称《疏证》）校订之事，余参与其中，得先拜读先生大作，又日亲聆先生训诲，析疑解惑，受益良多。先生精研楚辞40余年，岿然成一家之言。余懵懂小子，而立之年，复负笈求学，得遇先生，何其幸也。《疏证》遍搜楚辞版本，考之以传世书籍，证之以出土文献，力图还《楚辞章句》以真面目。本文写作受《疏证》启发甚多，不可不说也。所用版本为清汲古阁洪兴祖《楚辞补注》。

【时命】

哀时命之不及古人兮，夫何予生之不遘时？

注云："言己自哀生时年命，不及古贤圣之出遇清明之时，而当贪乱之世也。"

谨按：《章句》解"时命"作"生时年命"，失之。"年命"，《章句》中共出现10次，除此一处以之解"命"，意义不明，其余皆作"年岁、寿命"解。《离骚》"汩余若将弗及兮，恐年岁之不吾与"王逸注云："言我念年命汩然流去，诚欲辅君，心中汲汲，常若不及。又恐年岁忽过，不与我相待，而身老耄也。"其"年命汩然流去"即是"年岁忽过"，重复为文。《九歌·少司命》"荪何以兮愁苦"王注云："言天下万民人人自有子孙，司命何为主握其年命而用思愁苦。"年命，寿命也。《九章·涉江》"固将重昏而终身"王注云："言己不逢明君，思虑交错，心将重乱，以终年命也。"《九章·思美人》"宁隐闵而寿考兮"王注云："怀智佯愚，终年命也。"此以"年命"解"寿考"。《招魂》"时不可以淹"注云："言岁月逝往，昼夜相续，年命将老，不可久处，当急归来也。"本章下文"白日晼晚其将入兮，哀余寿之弗将"注云："言日月西流，晼晚而殁。夫时不可留，哀我年命不得长久也。"又"愿壹见阳春之白日兮，恐不终乎永年"注云："言己被疾忧惧，恐随草木徂落，不能至阳春见白日，不终年命，遂委弃也。"可见，"时命"之"生时年命"即"生时寿命"。年岁、寿命之"不及古人"，不通之甚。《哀时命·序》"忌哀屈原受性忠贞，不遭明君而遇暗世"云云，即是本句最好的注解。其"受性忠贞"注曰"一云受命而生"，秉承天命之意。"时命"之"命"不当解"年命"明矣。朱熹《楚辞集注》"时命"作"生时"，"命"字无意。汤炳正等先生的《楚辞今注》解作“生时命运”。其实,时命即命运也。时、命,对文有别,散文则可通。《论衡·辨祟》:“祸福之至,时也;死生之到,命也。”《九歌·湘夫人》“时不可兮骤得”王注曰:“言富贵有命,天时难值,不可数得。”时与命对文,时亦命也。时命,战国后习语。《庄子·缮性》:“古之所谓隐士者,非伏其身而弗见也,非闭其言而不出也,非藏其知而不废也,时命大谬也。”扬雄《反离骚》:“夫圣哲之遭兮,故时命之所有。”《太玄经》:“上九:垂涕累鼻,聚家之汇。测曰:‘垂涕累鼻,时命绝也。’”晋陆云《九滑·征》:“哀时命之险薄,怀斯类以结忧。”《汉魏六朝百三家集》卷二十四魏文帝《莺赋》:“顾穷悲而无告,知时命之将泯。”又卷七十七齐谢朓《思归赋》:“我闻时命有殖无迁,征事或在,求理未甄。”《七谏·哀命》“哀时命之不合兮,伤楚国之多忧”注解“时命”为“生时禄命”,亦增字解诗之属。《汉语大词典》“时命”解作“命运”,且举此句为例,甚确。

【历兹】

夜炯炯而不寐兮,怀隐忧而历兹。

注云:“言己中心愁怛,目为炯炯而不能眠,如遭大忧,常怀戚戚,经历年岁以至于此也。”

谨按:注所谓“经历年岁以至于此”增字解诗,且与整句句法不合。此句是因果关系复句。“怀隐忧”者,因也;“历兹”,果也。《离骚》“喟凭心而历兹”王注云:“历,数也。兹,此也。喟然舒愤懑之心,历数前世成败之道,而为作此词也。”一个词的解释要添上如此多的内容,实不可从。《离骚》“惟兹佩其可贵兮,委厥美而历兹”王注云:“历,逢也。兹,此也。言己内行忠正,外佩众香,此诚可贵重。不意明君弃其至美,而逢此咎也。”依此所解,诗意始贯通。何炯炯而不寐?怀隐忧而逢此也。《楚辞今注》解为“直到现在”,不确。纵“兹,此也”,可解作现在,“历”何以解作直到?其解盖本《章句》,然《章句》尚有“经历年岁”云云,以释“历”,《今注》“历”字更无着落。

【郁郁】

心郁郁而无告兮,众孰可与深谋?

注云:“言己心中忧毒而无所告语,众皆谄谀,无可与议忠信也。”解“郁郁”作“忧毒”。

谨按:《九叹·怨思》“惟郁郁之忧毒”注曰:“言己放逐,心中郁郁,忧而愁毒。”其解“忧毒”为“忧而愁毒”,不确。《说文》忧、愁互训,散文无别。忧毒即愁毒也。愁毒,汉时习语。《九辩》“惆怅”注云:“后党失辈,惘愁毒也。”《九怀·危俊》“惧吾心兮帱帱”注云:“惟我忧思,意愁毒也。”《吴越春秋·夫差内传》:“其意有愁毒之忧,进退轻难,不可与战。"《后汉书·杨震传》:"上下忿患,四方愁毒。"《艺文类聚·人部·鉴诫》引后汉高义方《清诫》:"神明无聊赖,愁毒于众烦。"《法苑珠林》卷八十七《受报篇》:"盗者不与取劫、窃人财宝,亡者无多少,忿恚、愁毒、恼死。"卷九十七《方度篇》:"既生之后,饥渴烧身,处处奔走、呻吟、嗥叫、悲泣、愁毒。"《新唐书·南蛮传》:"京褊,忮贪,克峻条令,为炮、熏、刳、斮法,下愁毒。为军中所逐。"或为悲毒。《九歌·湘君》"女婵媛兮为余太息"王注云:"女须牵引而责数之,为己太息悲毒。"《七谏·谬谏》"然怊怅而自悲"注云:"然怊怅自恨,心悲毒也。"或为怨毒。《天问》"哀南夷之莫吾知"王注:"屈原怨毒楚俗疾害忠贞。"或作烦毒。本章下文"独便悁而烦毒。"或为毒闷。《九怀·昭世》"肠回回兮盘纡"注曰:"意中毒闷,心纡屈也。"或作坎毒。《九叹·离世》"哀仆夫之坎毒"注云:"坎,恨也。毒,恚也。"《说文》:"恚,怒也。"又:"怨,恚也。"又:"恨,怨也。"则知,坎、恨、恚、怒、怨、毒,其意一也。忧毒、悲毒、怨毒、愁毒、烦毒、坎毒、毒闷,皆同义并列复合词,怨恨、烦闷之意。郁,忧愁,怨恨。《九叹·忧苦》"志纡郁其难释"注曰:"郁,愁也。"《吕氏春秋·侈乐》"而民愈郁"高诱注:"郁,怨也。"《广雅·释诂》:"郁,思也。"王念孙《疏证》:"思训为忧。"郁,又有幽滞不通之意。《左传·昭二十九年》"郁湮不育"杜预注:"郁,滞也。"《管子·君臣》"郁令而不出"尹知章注:"郁,塞也。"司马相如《长门赋》"怀郁郁其不可再更",张衡《四愁诗序》"郁郁不得志",李善皆注曰:"郁,不舒散也。"黄先生《疏证》解曰:"郁郁,积忧貌。"《九章·哀郢》"惨郁郁而不开"王注曰:"中心忧闷,虑闭塞也。"郁郁,忧闷。《抽思》"心郁郁之忧思兮"注曰:"哀愤结缗,虑烦冤也。"《悲回风》"愁郁郁之无快"注曰:"中心烦冤,常怀忿也。"郁郁,烦冤。《九辩》"冯郁郁其安极"注曰:"愤懑盈胸,终年岁也。"郁郁,愤懑。《七谏·谬谏》"独便悁而怀毒兮,愁郁郁之焉极"注曰:"言忧愁之无穷也。"郁郁,忧愁。《七谏》以上,解作忧愁、忧闷、烦冤、愤懑。《哀时命》解作"忧毒",《九叹》为"郁郁"。其意则一,用词不同。

【隐约】

居处愁以隐约兮,志沈抑而不扬。

注云:"言己放于山泽,隐身守约,而志意沈抑,不得扬见于君而永忧恨也。"

谨按:解"隐约"为"隐身守约"者,大误。《楚辞今注》释"隐约,隐居穷困",不确。《庄子》卷五《山木篇》"虽饥渴隐约,犹且胥疏于江湖之上而求食焉"。王先谦注云:"隐约,潜藏也。"失之。《史记》卷一三〇《太史公自序》"夫诗、书,隐约者欲遂其志之思也",《索隐》云:"谓其义隐微而言约也。"失之。《后汉书》卷五十七《赵典传》"典少笃行隐约,博学经书,弟子自远方至",李贤注云:"隐犹静也。约,俭也。"失之。卷五十八《冯衍传》载传主《显志赋》"夫庄周之钓鱼兮,辞卿相之显位。于陵子之灌园兮,似至人之仿佛。盖隐约而得道兮”,李贤注:“隐居困约。”亦误。《疏证》曰:“隐约,谓穷困。”《说苑》卷一〇《敬慎篇》:“夫福生于隐约,而祸生于得意,齐顷公是也。”黄先生云:“隐约、得意,相反为说,隐约,犹穷蹙也。”《盐铁论》卷九《取下篇》:“故余粱肉者难为言隐约,处佚乐者难为言勤苦。”隐约与勤苦对文,义近。《大戴礼记·文王官人》“富贵者,观其礼施也;贫穷者,观其有德守也;嬖宠者,观其不骄奢也;隐约者,观其不慑惧也。”王聘珍注:“隐,微也。约,犹贫困也。卢注云:《曲礼》曰:‘贫贱而知好礼,则志不慑。’”此以贫贱解隐约。《左传·昭公二十五年》“隐民多取食焉”杜预注曰:“隐约,穷困。”《公羊传·隐公七年》:“能处隐约,全竟妇道。”《嵇中散集》卷四《答难养生论》:“不以荣华肆志,不以隐约趋俗。”隐约与荣华相对成文,意义相反。颜延之《陶征士诔》“隐约就闲”,张铣注:“隐约,俭素也。”曹丕《典论·论文》“不以隐约而弗务”,吕延济注:“隐约,失志貌。”

【径度】

势不能凌波以径度兮,又无羽翼而高翔。

注云:“度,一作渡。”

谨案:径度本作径渡。度,假借字也。《说文》“渡,济也。”“度,法制也。”知渡为本字。《尔雅·释水》“直波为径”,郝懿行《义疏》曰:“直有径遂之义,故曰径也。”《六臣注文选》卷十六潘安仁《怀旧赋》“启开阳而朝迈,济清洛以径渡”,张铣曰:“径,直也。”则径渡,直济也。《庄子·秋水》“泾流之大”,《释文》曰:“崔本作径,云:‘直度曰径。’”《汉书》卷六一《李广利传》“士大夫径度”,颜师古曰:“径度,言无屯难也。”《易·屯·正义》:“屯,难也。”《象》“初九盘桓”,《正义》曰:“盘桓不进之貌。处屯之初,动即难生,故盘桓也。”无屯难,即不盘桓犹豫也。径渡,汉时习语。《三国志·魏志》卷九《曹仁传》:“仁径渡沟,直前冲入贼围。”《世说新语·术解第二十》“王武子善解马性。尝乘一马,箸连钱障泥。前有水,终日不肯渡。王云:‘此必是惜障泥。’使人解去,便径渡。”《搜神记》卷五:“须臾,有一老翁乘船载苇,妪从索渡。翁曰:‘船上无装,岂可露渡?恐不中载耳!’妪言:‘无苦。’翁因出苇半许安处,不着船中。径渡之,至南岸。”《文选》卷五十七谢希逸《宋孝武宣贵妃诔》:“经建春而右转,循闾阖而迳渡。”迳,《说文》无,为“径”的后起字。《晋书》卷五十五《潘岳传》:“浮梁黝以迳度,灵台杰其高峙。”又,由渡水义扩展,陆地亦可称渡,字作度。《北齐书》卷二《神武下》“神武命阿至罗发骑三万,径度灵州,绕出西军后,获马五十匹。”《远游》“淩天地以径度”,王注云:“超越乾坤之体也。”

【隐悯】

然隐悯而不达兮,独徙倚而彷徉。

注云:"言己隐身山泽,内自悯伤,志不得达,独徘徊仿徉而游戏也。悯,一作闵。"

谨按:隐悯或作隐闵,闵与悯,古今字。此"隐身山泽,内自悯伤"与上文"居处愁以隐约"所注"隐身守约"及《九叹·惜贤》"冤结未舒长隐忿"之解"言己抱守冤结,长隐山野,心中愤恨无已时也",三句中"隐"皆解为"隐身",望文生义。《诗·邶风·柏舟》:"耿耿不寐,如有隐忧。"《毛传》:"隐,痛也。"《孟子·梁惠王》"王若隐其无罪而就死地",赵岐注与毛同。《大戴礼记·曾子事父母篇》"兄之行若不中道,则养之。"卢辩注云:"养犹隐之。"王聘珍云:"养,读若'中心养养',忧念也。"卢、王所注实同。《九章·悲回风》"孰能思而不隐"王注云:"隐,忧也。《诗》曰'如有隐忧'。"《九叹·远逝》"志隐隐而郁怫"注曰:"隐隐,忧也。《诗》云:'忧心殷殷。'"隐与殷通假。《国语·晋语》"隐悼播越",又《周语上》"是先王非务武也,勤恤民隐而除其害也",韦昭并注:"隐,痛也。"《后汉书》卷八十九《张衡传》"故能同心戮力,勤恤人隐",李贤注:"隐,病也。"痛、病、忧、伤,皆近义为训也。《天问》"闵妃匹合,厥身是继",又"舜闵在家,父何以鱞",王并注:"闵,忧也。"《淮南子·主术训》"年衰志悯","无六年之积谓之悯急",高诱并注曰:"悯,忧也。"《玉篇》、《集韵》同。《九辩》"闵齐思之不通"王注云:"伤己忠策无由入也。"《广韵》:"闵,伤也。"《公羊传·文公十五年》:"其言来何?闵之也。"何休注同。《一切经音义》"鞠闵"注解"闵"作伤痛。《尔雅·释诂》:"闵,病也。"《礼记·儒行》"不闵有司",郑玄注同。是知,隐、悯皆有忧、伤、痛、病之义。隐悯,同义并列复合词,与隐隐(殷殷)、隐忧、隐伤、隐(殷)痛、悯伤、忧伤等,同义语素替换,其义一也。明陈第《屈宋古音义》解《九章·思美人》"宁隐闵而寿考兮,何变易之可为"作"宁罹忧终身,终不改变"。其训"隐闵"为"忧"。《荀子·儒效篇》"隐隐兮,其恐人之不当也",杨倞注:"隐隐,忧戚貌。"《文选》卷二十七《行旅下》颜延年《北使洛》"隐悯徒御悲,威迟良马烦",吕向注:"隐悯,忧叹貌。"《楚辞今注》作"隐痛,悯伤",至确。郭在贻《训诂学》"误解连绵词"部分认为隐悯是连绵词,恐误。

【尊节式高】

愿尊节而式高兮,志犹卑夫禹汤。

注云:"言己虽不见用,犹尊高节度,意卑禹、汤,不欲事也。"其解"尊节式高"为"尊高节度"。

谨案:注所云"尊高节度",似是并提手法。"尊节"与"式高"对文,皆动宾结构,"高"为宾语。而在《章句》中,"高"作动词,与"尊"同意。且以"度"解"式",作宾语。此离析句式,不足为据。若以并提手法变换句式,当作"尊式高节"。"尊式高节"与"卑夫禹汤"

相对文,“尊”与“卑”,“高节”与“禹汤”,相反相成。《说文》:“式,法也。卑,贱也。”则意为“尊法高节之士,以禹汤为贱也”。揆之语意,禹汤并非不是高节之人,而是作为衬托,作者所尊法的是比禹汤更伟大的人,即如上文“上同凿枘于伏戏,下合矩矱于虞唐”所言伏羲、尧、舜之类。《楚辞今注》解为“尊重节操,取法高贤”。节与高对文,当同指人而言。节操之训,当为节操之士。黄先生解“式”为尊、敬。式高,谓敬式高远之人。其意亦通。何剑熏《楚辞拾沈》解“尊节”犹“折节”。尊为“?”的假借。《说文》:“?,减也。”何氏云:“当训为损。”则“尊节”即折节。其训甚是繁杂。先改尊为“?”,引申减为损,再由损喻折。如此之训,实不可从。且何氏避《礼记》不谈,只取《说苑》例。《礼记·曲礼》:“是以君子恭敬、撙节、退让,以明礼。”郑注:“撙,犹趋也。”《释文》:“趋,就也,向也。”《孔疏》:“撙者,趋也。节,法度也。言恒趋于法度。”撙与?,古今字。何所说?节,即撙节。此非严忌之尊节,明矣。

【厌饫】

时厌饫而不用兮,且隐伏而远身。

注云:“言时君不好忠直之士,厌倦其言而不肯用,故且隐伏山泽,斥远己身也。”

谨按:《章句》释厌饫为厌倦,引申之义。《说文》:“厌,饱也。”《离骚》“凭不厌乎求索”王注云:“不知厌饱。”《九歌·东皇太一》“君欣欣兮乐康”王注曰:“神以欢欣,厌饱喜乐,则身蒙庆祐,家受多福也。”《九怀·思忠》“援瓟瓜兮接粮”王注:“啖食神果,志厌饱也。”厌饱同义连用。又引申为足。《天问》“行婞直而不豫”王注曰:“豫,厌也。言鲧行婞狠劲直,自恣自用,不知厌足,故殛之羽山。”《惜誓》:“乐穷极而不厌。”《荀子》卷四《儒效篇》“厌厌兮其能长久也”杨倞注:“厌,足也。”饫是后起字,本字为“饇”。《别雅》:“《说文》饫本作饇,今省。”《说文》:“饇,饱也。《民祭祀》曰:‘厌饇已。’”《重修玉篇》:“饇,饱也,厌也。”《尚书·洛诰》“天下万年,厌于汝德”,《释文》曰:“马(融)云‘厌,饫也。’”《史记·伯夷列传》:“且七十子之徒,仲尼独荐颜渊为好学。然回也屡空,糟糠不厌。”《索隐》云:“厌言饫也,谓不饫饱也。”《左传·序》杜预曰:“优而柔之,使自求之。厌而饫之,使自趋之。若江海之浸,膏泽之润,涣然冰释,怡然理顺,然后为得也。”优柔厌饫,后世习语。《左传·襄二十六年》:“古之治民者,劝赏而畏刑,恤民不倦。赏以春夏,刑以秋冬。是以将赏,为之加膳。加膳则饫赐,此以知其劝赏也。”杜预注曰:“饫,厌也。酒食赐下无不厌足。”《文选》卷五左太冲《吴都赋》“于是乐只衎而欢饫无匮”,吕向注:“饱而饮酒曰饫。”卷二十《晋武帝华林园集诗》“发彼五的,有酒斯饫”刘良注:“饫,饱宴也。”厌饫,同义并列,饮食饱足也。《汉魏六朝百三家集》卷八十二梁简文帝《刘显墓铭》:“礼著幼年,业明壮齿,厌饫典坟,研精名理。”卷十三钟嵘《诗品》:“咀嚼英华,厌饫膏泽。”卷十八蔡邕《让尚书乞在闲冗表》:“抱关执钥以守漏刻,则臣之心厌饫足矣。”卷一百十齐魏收《枕中篇》:“游遨经术,厌饫文史。”《慧琳音义》卷二十七“遭苦厌”注引《玉篇》曰:“厌,犹饱足而不欲复为也。”《说文·甘部》“猒”下,段玉裁注:“饱足则人意倦矣,故引申为厌倦、厌憎。”朱熹《楚辞集注》云:“厌饫,自足而不乐见闻之意也。”于义为近。

参考文献

[1](宋)洪兴祖:《楚辞补注》,中华书局,1983年。
[2](宋)朱熹:《楚辞集注》,中华书局,1963年。
[3](明)陈第:《屈宋古音义》,四库本。
[4]黄灵庚:《楚辞章句疏证》,中华书局,2007年。
[5]姜亮夫:《楚辞通故》,齐鲁书社,1985年。
[6]刘永济:《屈赋音注详解》,上海古籍出版社,1983年。
[7]何剑熏:《楚辞拾沈》,四川人民出版社,1984年。
[8]汤炳正、李大明、李诚、熊良智:《楚辞今注》,上海古籍出版社,1996年。
[9]郭在贻:《训诂丛稿·楚辞解诂》,上海古籍出版社,1985年。
[10]《十三经注疏·周易正义》,中华书局影印,1980年。
[11]《十三经注疏·尚书正义》,中华书局影印,1980年。
[12]《十三经注疏·毛诗正义》,中华书局影印,1980年。
[13]《十三经注疏·礼记正义》,中华书局影印,1980年。
[14]《十三经注疏·春秋左传正义》,中华书局影印,1980年。
[15]《十三经注疏·春秋公羊传注疏》,中华书局影印,1980年。
[16]《十三经注疏·论语注疏》,中华书局影印,1980年。
[17]《十三经注疏·尔雅注疏》,中华书局影印,1980年。
[18](清)王聘珍:《大戴礼记解诂》,中华书局,1983年。
[19](清)郝懿行:《尔雅义疏》,中华书局,1983年。
[20]《管子》,中华书局,1954年,诸子集成本。
[21]《荀子》,中华书局,1954年,诸子集成本。
[22]《庄子》,中华书局,1954年,诸子集成本。
[23]《吕氏春秋》,中华书局,1954年,诸子集成本。
[24](汉)刘安:《淮南子》,中华书局,1954年,诸子集成本。
[25](汉)扬雄:《太玄经》,四库本。
[26](汉)桓宽:《盐铁论》,中华书局,1954年,诸子集成本。
[27](汉)王充《论衡》,中华书局,1954年,诸子集成本。
[28](汉)刘向:《说苑》,中华书局,1987年。
[29](汉)韩婴撰、许维遹集释:《韩诗外传集释》,中华书局,1980年。

[30]南朝(宋)刘义庆:《世说新语》,中华书局,1954年,诸子集成本。

[31](晋)干宝:《搜神记》,中华书局,1979年。

[32](清)王念孙:《广雅疏证》,江苏古籍出版社,1984年。

[33](唐)惠琳、玄应《一切经音义》,安徽教育出版社,2002年,中华汉语工具书书库本。

[34](清)吴玉搢:《别雅》,安徽教育出版社,2002年,中华汉语工具书书库本。

[35](清)段玉裁:《说文解字注》,上海古籍出版社,1981年。

[36](梁)顾野王:《大广益会玉篇》,中华书局,1987年。

[37](宋)陈彭年:《广韵》,江苏教育出版社,2002年。

[38](宋)丁度:《集韵》,上海古籍出版社,1985年。

[39]《国语》,上海书店,1987年。

[40](汉)司马迁:《史记》,中华书局,1959年。

[41](汉)班固:《汉书》,中华书局,1962年。

[42](宋)范晔:《后汉书》,中华书局,1965年。

[43](晋)陈寿:《三国志》,中华书局,1959年。

[44](唐)李百药:《北齐书》,中华书局,1972年。

[45](宋)欧阳修:《新唐书》,中华书局,1975年。

[46](汉)赵晔:《吴越春秋》,岳麓书社,2006年。

[47](梁)萧统编:《文选》,中华书局,1997年。

[48](明)张溥辑:《汉魏六朝百三家集》,广陵古籍刻印社,1990年。

[49](魏)嵇康撰:《嵇中散集》,四库本。

[50](唐)欧阳洵:《艺文类聚》,上海古籍出版社,1965年。

[51](唐)道世:《法苑珠林》,中华书局,2003年。

[52]郭在贻:《训诂学》,中华书局,2005年。

[53]罗竹风主编:《汉语大词典》,汉语大词典出版社,2001年。

各师成心,其异如面

——屈原与孔子、老子文化心理之比较

毛 庆

20世纪末,笔者曾对屈原文化心理作过粗浅简略的探讨,其阶段性成果——《屈原文化心理试探》曾发表于荆州师专(现长江大学)学报(1997年第4期)上。此探讨告一段落后,曾计划将屈原文化心理与儒、道、墨、法诸家作一比较,但因要进行屈原与中华文化关系其他问题的研究,这一探讨时断时续,直到十年后才算基本完成,实在令人汗颜。又因拙文较长,此处只节选屈原与孔子、老子文化心理的比较向各位专家学者作一汇报。

应该说明的是,即使是仅将屈原与孔子、老子之文化心理作比较,这也只能是极简略的。因即便是孔、老之文化心理,也是极为丰富复杂的,远非该篇短文所能统摄。何况,即使我们再努力地自认为深入全面地探索,相对于这二位文化伟人之文化心理而言,恐怕仍是简略而浅泛的,前举发表的拙文便是如此。故本文也仍然沿着前文探讨之主要方向——情感倾向(从服饰、风俗、语言等方面)和意识领域(含意识、无意识两方面)进行判析比较。

为省阅者翻检之劳,先将前文结论简录如下:

> 屈原的文化心态是开放的、进取的。他对本国本土文化有一种天然的亲切感和热爱之情,但并不故步自封,而是积极吸取异域文化的优点,改造楚文化中的缺憾和弊病,使楚文化在保留特色的基础上,成长为新型文化。
>
> 这,大概是一切文化伟人成功的心理秘诀!

一

我们首先看孔子的文化心理。

孔子的情感倾向,当然是在中原文化上。与屈原文化心理的情感表现非常巧合的是,孔子这方面也首先表现在服饰装束上:“微管仲,吾其被发左衽矣。[①]”“被发左衽”是

① 见《论语·宪问》,《十三经注疏》,北京:中华书局影印本,1979年。

楚人或即整个南方人的服饰和装束习惯,孔子以之作为民族文化甚至是民族性的代表,没有“被发左衽”意即没有被楚人征服,这里当然谈的是民族问题。然而也正是以服饰和装束习惯代表民族文化揭示了孔子对中原文化深厚的情感,也反映出孔子以中原文化为本位的心态。

可是必须说明,孔子以中原文化为本位,并不像有人说的那样反映了孔子保守的文化心理。依据文化人类学的有关原理,[①]从文化的哲理、心理层面观察,任何民族、任何人中的大多数都是以自己所属文化为本位的。文化观和文化心态是否保守,并不在于是否以自己的文化为本位,而是看其能否眼光向外、视野开阔,能否吸取所接触到的其他文化之优长。观察孔子之言行,可知他对此有清醒的认识。孔子曾向老子“问礼”,尽管这“礼”是周礼,而且他未必将老子看作异质或异域文化之人,但应注意到,孔子恐怕不单纯是向老子问礼,因《论语》中明显有他吸取老子思想的痕迹:“无为而治者其舜也与?夫何为哉?恭己正南面而已矣。[②]”“无为而治”是老子的思想,孔子并不反对这一思想,只不过孔子认为,“无为而治”只有上古圣君才能做到,现在君王们无法达此境界,这与他在《礼记·礼运(大同)》中所表达的思想是一致的。再如,孔子曰:“天下有道则见,无道则隐”、“邦有道则仕,邦无道,则可卷而怀之”[③],如此“用行舍藏”,也显然是吸收了老子的思想。《史记·老子韩非列传》载,老子对孔子曰:“君子得其时则驾,不得其时,则蓬累而行”,看来孔子对老子的这一处世箴言是深深听入心中了。还有几处,絮不繁举。

孔、老二人之思想,如就体系而言,完全是两股道上跑车——不是一回事。然孔子对老子思想中于己有用者,仍尽量吸取,说明他决不保守。至于对南方文化的态度,仅举孔子言行之两点即可见一斑:“子路问强,子曰:‘南方之强与?北方之强与?抑而强与?宽柔以教,不报无道,南方之强也,君子居之。衽金革,死而不厌,北方之强也,而强者居之。[④]”孔子的这段话很值得重视。他认为南北思想文化中的求“强”之道极为不同,而充分肯定南派(实际孔子所言南派基本是老子的思想),因南派是“君子居之”,北派是“强者居之”。孔子是高度肯定君子的——“圣人,吾不得见之矣,得见君子者,斯可矣。[⑤]”这实际是说,圣人只能是一种理想标范,至少像尧、舜这样的圣人在当世是不可能见到的,

① “了解一个民族,必须了解她的文化”,此为文化人类学的基本原理之一。这一原理的根据是,一个民族绝大多数人是以本民族文化为本位的,所以才需要了解她的文化。美国的本尼迪克特正是依据这一原理成功分析了日本民族。可参阅《菊花与刀》,晏榕译,光明日报出版社,2005 年。

② 见《论语·卫灵公》。按:《卫灵公》属《论语》“下论”,虽然多有学者认为“下论”不及“上论”纯粹,《卫灵公》之可信度又排于“下论”五篇之后(可参阅蒋伯潜《十三经概论》,上海古籍出版社,1983年),然笔者坚认,鉴于近年来许多教训,若无铁证,对于经典古籍不可轻易怀疑。

③ 两段引文先后见《论语》之《泰伯》、《卫灵公》。

④ 见《礼记·中庸》,十三经注疏本。

⑤ 见《论语·述而》。

时人可能达到的最高人格层次只不过为“君子”。南方求“强”之道合于君子之道，也就是合于实际的最高层次之道，而合于北方求“强”之道者，不过仅为较低层次的强者而已——对于以勇力和武力逞强者，孔子是一贯不赞同的。尽管在孔子的观念中，北方文化优于南方文化，且这也符合孔子所在春秋时期文化格局之实际状况，①但在这点上，孔子却认为南派优于北派。孔子的这一观点，与他的行事是一致的。“孔子西行不到秦”，却曾去楚国，这证明他断定秦之制度文化与自己主张水火不相容，而在楚国条件下和楚文化氛围中有实现其理想之可能，也做好了吸纳某些楚文化之优长的思想准备。这些都体现出孔子实事求是的文化态度和阔大的文化胸襟。

以上几点均说明，孔子的文化观、文化心态决不保守。至于孔子“好古、信古”、“崇周、从周”，自20世纪以来被许多人据此论定为不求新变、食古不化的文化保守心态，则更是误解和错识。

任何人都是生活在某种特定的文化中，想要彻底离开这文化，那就像鲁迅说的“想拔着自己的头发离开地球”一样不可能。而任何文化都有着承传性、延续性，故要使文化发展，首先必须继承，无继承则谈不上发展。因而，“好古、信古”未必是坏事，“不好古、不信古”未必是好事。关键在于其是否真“食古不化”、“不求新变”，然孔子明显不属这类人：

> 可与共学，未可与适道；可与适道，未可与立；可与立，未可与权。

这是孔子在《论语·子罕》中说的话。这里的“权”，是“通权达变”之意。“共学”、“适道”、“与权”三者，孔子将“与权”放在最高一级，可见孔子对“通权达变”之重视，如此重视通权达变之人，又怎会“不求新变”、“食古不化”呢？至于具体对古礼是否有所选择创革，此处自然无法论及，但可就孔子承继古礼的指导思想而观察之。

> 林放问礼之本。子曰：“大哉问！礼，与其奢也，宁俭。丧，与其易也，宁戚。②”

林放此处问的是礼之本质，孔子大为赞赏，肯定他问得好，且以“丧礼”之本——宁俭勿奢、宁戚勿易——为例阐释之。就是说，宁肯俭约而不要奢侈，注重哀情之真而不必在

---

① 就精神文化而论，春秋时期北方文化、中原文化要略高于强于南方文化、楚文化，到战国时期二者才旗鼓相当、优劣互见。

② 见《论语·八佾》。按此处“易”，非简易之意，而是与《孟子·尽心上》“易其田畴，薄其赋税”之“易”意义（修治好、整理好）相近。《礼记·檀弓上》：“子路曰：‘吾闻诸夫子，与其哀不足而礼有余也，不若礼不足而哀有余也。’”可与此参看。

意礼仪之周全。孔子的这一基本思想,他的弟子们都是领会的,除上注所引《礼记·檀弓上》中子路的话外(见注文),同在《礼记·檀弓下》中,曾子亦对此有过很好的说明:

曾子曰:"晏子可谓知礼也已,恭敬之有焉。"有若曰:"晏子一狐裘三十年,遣车一乘,及墓而反。国君七个,遣车七乘;大夫五个,遣车五乘。晏子焉知礼?"曾子曰:"国无道,君子耻盈焉。国奢则示之以俭,国俭则示之以礼。"

对于晏子是否知礼,曾子与有若发生了分歧。有若认为,晏子办丧事时,随葬装牲畜肉的小车只有一辆,一下葬完就匆忙返回。而按礼之规定,随国君下葬的牲畜肉,应装七辆车,每车一苞,每苞有七段肉。若是大夫葬礼,同样的车应为五车。据此标准,晏子显然不知礼。曾子却不这样看,认为对礼之执行应据国情世风而定,风气奢靡,则应示之以俭约;风气已经很俭朴,则可示之以正规礼仪。当时齐国风气奢侈,作为宰相的晏子特意从俭,当然是知礼的行为。

对照孔子的有关言论,比之有若,曾子显然是更得孔子礼治思想之精髓,由此也说明孔子和他的先秦弟子们(即所谓原始儒家),在礼制文化心态上同样也一点不保守。

再看一下"从周、崇周"的问题。

言偃问曰:"夫子之极言礼也,可得而闻与?"孔子曰:"我欲观夏道,是故之杞,而不足征也,吾得《夏时》焉。我欲观殷道,是故之宋,而不足征也,吾得《坤干》焉。《坤干》之义,《夏时》之等,吾以是观之。"

子曰:"吾说夏礼,杞不足征也。吾学殷礼,有宋存焉。吾学周礼,今用之,吾从周。"

子曰:"夏礼,吾能言之,杞不足征也。殷礼,吾能言之,宋不足征也。文献不足故也。足,则吾能征之矣。"①

这些从《论语》和《礼记》中引出的材料证明,孔子并非不想学习和参照夏礼、殷礼。为了学习考察夏代的礼仪,他特意到"杞"去;为了学习考察殷礼,他特意到宋;但均因文献证据不足而不敢确信。② 而周礼不仅存之于文献,还实实在在存在于当时社会交往与政治活动中,只要认真学习就行。孔子"从周、崇周",在其时有限的文献典籍条件下是无奈而明智的选择。这既说明孔子对历史典籍处严肃审慎态度,更说明他对历史文化决不

① 以上分别见:《礼记·礼运》,《礼记·中庸》,《论语·八佾》。

② 按:此处"文献"与今天的意义略有区别,含有历史档案和真正了解历史情况的贤者二义。

心窄眼浅、偏于一隅，而有着广收博览、学前用后的积极态度和开放心态。

基本了解了孔子的文化心理后，就可将其与屈原文化心理作一简略比较了。

孔子同屈原一样，都是据于大文化观而有着开放的文化心态，对前辈传留的文化和文化传统，都表现出热爱、尊重、崇敬的文化心理，然又不故步自封，均以学在前、用在后的积极态度学习之、改进之、发展之。所不同者，孔子是以中原文化为正统，积极吸取周边文化精华；屈原则是以楚文化为主干，努力融进中原文化。孔子文化心理常被人当作是民族的实则却是大地域的，屈原文化心理常被人看作是地域的实则却是民族的。据于这种文化心理，孔子是“故远人不服，则修文德以来之”，“道不行，乘桴浮于海①”；屈原则是“董道而不豫”、“九死其犹未悔”，“鸟飞返故乡兮，狐死必首丘”。毋庸多言，这两种文化心理对中华民族至今都还在产生着巨大而深远的影响。

二

我们再看老子的文化心理。

进入正题前，首先需确定一下老子其人及与《老子》其书之关系。由于司马迁在《史记·老子韩非列传》中引出了三个“老子”：“周守藏室之史”李聃，老莱子，周太史儋，遂使后人聚讼纷纭。然而仔细研阅该传，体会司马迁之意，可以肯定，他认为著《老子》者即是略早于孔子并被孔子向其问礼的“周守藏室之史”李聃。这点从司马迁著列传的体例即可看出——列传均按第一传主的年代先后排列。《老子韩非列传》排于《伯夷列传》和《管晏列传》之后，《司马穰苴列传》、《孙子吴起列传》、《伍子胥列传》、《仲尼弟子列传》之前，说明司马迁认定老子略晚于管仲而早于司马穰苴、孙子、伍子胥、孔子。至于又写出老莱子和周太史儋，则是他本着“信以传信，疑以传疑，故两言之”的原则，以“或曰”将历来人们的传言以附录形式录下②。

而老子与《老子》之关系，现在比较有代表性的有三种观点。一种认为《老子》一书为李聃所著，不过部分文句为战国时人所增益，此说以高亨、吕振羽为代表。第二种认为老子并未写《老子》，《老子》成书于战国中期，是战国时道家学派之人对老子遗说之发挥。此说以唐兰、郭沫若为代表。第三种认为老子为战国时人，《老子》也成书于其时，此说以梁启超、冯友兰为代表。③

笔者同意第一种观点，《老子》应主要为老子所作。

---

① 分别见《论语·季氏》、《论语·公冶长》。

② 关于这点，可参阅徐复观《中国人性论史》(先秦)，商务印书馆，1984 年，第 485 页。

③ 还有一说认为《老子》成书于秦汉之间，如顾颉刚即持此观点，可见《古史辨》第四册，《老子及〈老子〉书的问题》。但此说显误，不具备代表性。

第一,从语言角度分析,全书大多数文句风格非常统一,构成法和规律性明显,修辞特点与个人修辞兴趣亦特别鲜明,以精警明快、当时近乎白话而押韵的语言表述深邃、曲折、隐晦的哲理,非驾驭语言能力超凡之圣哲而不能为。此圣哲先秦时期能有几人?第二,流传至今的先秦典籍,如《庄子》、《荀子》、《韩非子》、《吕氏春秋》、《战国策》等,都引用过《老子》之原文或评论过老子的思想,而引用者和评论者出自儒、道、法、名等多家,足见此书在战国时期已广为流传,此作者必早于庄、荀、韩又非孔子,那么,二理由合一,此人非老子而谁?第三,1993 年,湖北荆门郭店出土了大批楚墓竹简,考古鉴定为战国中期偏晚,其中有三种《老子》节抄本。这抄本肯定早于墓葬年代,而成书则更早,这一出土文物有力地支持了上述观点。①

肯定了老子之时代和《老子》为其所作,下面就可以进入正题了。

如果就老子的文化观而言,问题似乎较为明晰,读一下《老子》全书,很容易让人感到他的文化观是退步或曰退化的:

> 小国寡民,使有什伯之器而不用。使民重死,而不远徙。虽有舟舆,无所乘之;虽有甲兵,无所陈之。使民复结绳而用之。甘其食,美其服,安其居,乐其俗。邻国相望,鸡犬之声相闻,民至老死,不相往来。②
>
> 《八十章》

这似乎是要人类物质生活及相关文化退回到原始状态。

> 五色令人目盲,五音令人耳聋,五味令人口爽,驰骋田猎令人心发狂,难得之货令人行妨。是以圣人为腹不为目。故去彼取此。
>
> 《十二章》
>
> 信言不美,美言不信。善者不辩,辩者不善。知者不博,博者不知。圣人无积。③
>
> 《八十一章》

---

① 关于后两点,陈鼓应、白奚《老子评传》(南京大学出版社,2001 年,第 3 - 9 页。)论之甚详,可参。

② 文中所引《老子》,主要据王弼《老子注》,《诸子集成》(以下简称王弼本),个别字句作了校改。按:"使民重死,而不远徙"两句,马王堆汉墓帛书《老子》甲、乙本(以下简称《帛书》甲、乙本)均无"不"字,《道藏》无名氏《道德真经次解》(据已亡之遂州龙兴观刻《道德经碑》,故以下简称龙本)则无"远"字,似以龙本较佳,作"使民重死而不徙"。"安其居,乐其俗",《帛书》甲、乙本作"乐其俗,安其居"。

③ 按"善者不辩,辩者不善。知者不博,博者不知"四句,《帛书》甲、乙本作"知者不博,博者不知。善者不多,多者不善。"

对于文化艺术，甚至对于语言之美，老子似乎都有排斥倾向。

于是，关于老子之文化观，今人大多认为是倒退或曰退步的。粗观《老子》全书，面对那么些似乎是“倒退”的话语，得出这种结论也似乎非常自然。而笔者倒更愿意使用“退返”一词，因“退返”未必一定是“退步”。倘若是“错进”了，“退一步”、“返回去”往往倒是积极措施。面对人类文明或文化的发展，老子显然有他独特的看法——何况这发展本身就有着正与负的两个方面，故评判老子以上看法，切不可轻易下“错”与“对”之结论，例如就历来被定为体现倒退空想的第《八十章》而言，由于历史上存在的“围子”、“坞堡”的记载，尤其是近几年云南省“坝美”山村的发现，现在看来也并非全无客观基础。[①] 这样复杂而艰难的问题，此处当然无法论述。

这里所要着重阐述的，是老子文化心理的内在矛盾。

这一矛盾正是首先体现在他自己文章的语言上。第《八十一章》曰“美言不信”，可是老子《道德经》中的语言就很美，并且还基本是韵文，分明经过认真运思和精心推敲。这点早已被刘勰看出：“老子疾伪，故称美言不信；而五千精妙，则非弃美矣。”[②]这也就是说，老子所以称“美言不信”是出自于“疾伪”的理论立场，而《老子》一书的“五千精妙”却反映了他实实在在的审美追求。这一追求当然说明老子亦深知“言之无文，行而不远[③]”的道理，这点与孔子的见解倒是一致。不过，老子对《道德经》语言的精心锤炼，并不仅限于功利的目的，而有着更高、更执著的超功利的追求：

天下皆知美之为美，斯恶已；皆知善之为善，斯不善已。[④]

《二章》

---

① 我国古代多有百姓为避战乱而筑“围子”、“坞堡”以自卫和自耕食的记载，只是其中百姓生活状况无从考察，故难以为据。但笔者亲眼观看到的中央电视台七台的节目（2005 年 11 月 13 日星期日，中午 11:30－12:00），却是极好的证据。云南省有个叫“坝美”的山村。该山村为一四面环山盆地，只有一条长六七百米的溶洞水道与外界相通。坝内现有一百二十户人家，生活安宁平淡，人们和睦相处，一切按古老法则行事，没有欺诈、压迫等行为，更没有犯罪。一切生活的必需品（包括住房、粮食等），除盐巴外，均可以自给。坝美人在与外界完全隔绝条件下生活了一千多年，只是近两年由于旅游开发才被人发现，开始村民们完全不要外面人的钱，因为他们想不出要钱干什么。也只是在被发现以后，村里才有了小学，唯一一台彩色电视机只能放 DVD，收不到任何节目。

应该说，这就是老子小国寡民理想的客观体现，也是陶渊明《桃花源记》的真实再现。坝美人在与外界隔绝生活的一千多年中，应该说是幸福的。

② 《文心雕龙·情采》，范文澜：《文心雕龙注》，人民文学出版社，1978 年。

③ 这是孔子的话，见《左传·襄公二十五年》。十三经注疏本。

④ 这两句，《帛书》甲本作：“天下皆知美为美，恶矣；皆知善，訾不善矣。”乙本第一句为“天下皆知美之为美”，余与甲本同。

唯之与阿,相去几何?美之与恶,相去若何?①

《二十章》

美言可以市尊,美行可以加人。②

《六十二章》

在这三章三段话中,除《六十二章》可说着是有某种功利的目的——美妙的语言可以获取(别人的)敬羡,美好的行为可以获得(别人的)尊重,其余两段话则都是超功利的。尤其是第一段话,老子于《二章》开首即以美与恶相对比,且以美为主导方,来证明他一切观念均由比较而确立显现的辩证观点。审美是人的基本需要甚至可说是本能的追求,当今人本主义心理学派(如马斯洛等)也一再证明这点,看来老子对此也有清醒认识。他之所以在篇中一而再、再而三地举出"美"来说明问题,显然是看到人的审美活动的普遍性而希望以此启迪世人。况且,老子虽为圣哲,毕竟也是人,他对美也有着本能的追求。不过他不光了解美之功利性,还将美超功利地上升于哲理层面来思考,说明老子对美之特性有着远超常人的深刻认识,因为美本来就是合功利而超功利的。

不过,还应了解,审美追求是一种无止境的追求。只要一个人对美开始积极追求并作深入的思考,那他就得不断前进即不断努力思考下去。加之,美是一个永恒的"谜",直到今天,学界对于究竟什么是"美"还在争论不休,也许还将无休止地争论下去,因而古今中外没有谁——除非狂人或疯子——敢宣称他发现了美的终极奥秘,对美的探索在他这儿就此终止。老子当然也不例外,既然他对美有着远超常人的不懈追求,那他对美之探索就必然会不断进行下去,由此也当然就与他表面"退返"的文化主张有矛盾。再加之,任何文化都有审美之特质,中华文化的这一特质更是特别突出。老子对美的关注、追求、思考和探索,自然会对中华文化这一特质作出特殊贡献;另一方面,从更深层次观察,也就会发现与《十二章》之表面主张相矛盾。

同样,在认识论方面,在对待智慧和知识的态度与认识上,老子也表现出相类似的心理矛盾。

大道废,有仁义。智慧出,有大伪。六亲不和,有孝慈。国家昏乱,有忠臣。

《十八章》

① "美",王弼本、诸唐本、宋本作"善",然《帛书》甲、乙本,龙本均作"美",后者较确。

② 历来对这两句话有不同解释,有解为"漂亮的言词,可以骗取别人的崇拜;漂亮的举动,可以炫耀别人的耳目。"见沙少海、徐子宏:《老子全译》,贵州人民出版社,1989年,第127页。然若取此说,则更是功利方面的。

绝圣弃智,民利百倍。绝仁弃义,民复孝慈。绝巧弃利,盗贼无有。此三者,以为文,不足,故令有所属:见素抱朴,少私寡欲,绝学无忧。

《十九章》

塞其兑,闭其门,终身不勤。开其兑,济其事,终身不救。

《五十二章》

对“智慧”、“智”、“学”等,学者大多按通行意义解释,也有一些不同释法,如将“智慧”、“智”释为“机巧之心”、“诈伪之心”,“学”或释为“学问”,或释为“文明”。对《五十二章》这几句,则或解为“悟道”之方式,或解为固守“精气”之方法,总之是其说甚多,不一而足。这里不可能逐一引说,只想综合起来看总的倾向。将以上几章并结合《八十章》等综而观之,可以发现老子对“智慧”、“智”、“学”等总体上是倾向于否定的。而老子一贯主张的“守愚”、“守拙”、“抱朴”,主张的“使有什伯之器而不用”、“使民复结绳而用之”等,亦从对立方面肯定了这点。

然而,这亦是仅就《老子》一书之文句而言,一旦结合老子的行动和一生的追求,事情就不是这样了。老子否定“智慧”,可他一生都在追求“智慧”——《老子》一书就是极高明的“智慧”之书;老子不主张“学”,可他一生都在努力为“学”——不然成不了知识渊博之圣哲;老子反对用“智”,可他一生都在以智者之思观察、分析万事万物——他那精深的辩证体系和老辣的政治哲学可不是愚者能有的。老子希望他的著作能被人广泛接受理解,所以才煞费苦心采用当时的白话和顺口的韵语,然而用心良苦而收效甚微,他自己就慨叹:“吾言甚易知也,甚易行也。而天下莫之能知也,莫之能行也。”(《七十章》)”这是因为,没有深厚的知识积累,没有艰苦的思索揣摩,就根本体会不出那平易朴实表述里所蕴涵的奥妙深赜的思想。此点,想来智力超凡的老子亦应深知。

由此,一旦深入心理层面,老子表面统一的文化观下面文化心理中之矛盾就显现出来。概括起来,大约有两点:一是退返与前进之矛盾,二是守愚绝学与求知用智之矛盾。而十分有意思的是,矛盾之主导方恰恰在后者而不在前者,这与《老子》一书中的表述似乎完全相反。

到此,可以将屈原与老子的文化心理作一简单的比较。

毫无疑问,两位都是中国文化史上的伟人,都立根于楚文化,又是楚文化的最杰出代表。屈原对本乡本土本民族文化有一种天然的亲切感和热爱之情,老子则似乎对整个“天下”文化给以更多关注;屈原文化心理是进取的、发展的,老子文化心理则有着前进与退返、创造与固守的矛盾;屈原立足楚文化向外拓展形成一种大文化观,老子则因关注“天下”及心理矛盾文化观反而呈收缩态势;屈原文化心理是统一的,老子文化心理是矛盾的;然而,正是深挚的民族情感和统一的文化心理使屈原成为中国诗祖、浪漫主义文学之祖;也正是深沉的思考和矛盾的文化心理使老子成为中华第一哲人。

梁代杰出文学理论家刘勰,在论及情、气、才、文时曾言:“故辞理庸儁,莫能翻其才;风趣刚柔,宁或改其气;事义浅深,未闻乖其学;体式雅郑,鲜有反其习:各师成心,其异如面。[①]”此也可用来概括屈原和孔子、老子三人的文化心理。三位文化巨人之文化心理虽有同有异,然都在两千多年中对中华民族文化心理产生了巨大影响。今天,当我们在继承发展优秀民族文化传统并努力建设当代新文化时,无论据于何种观点,对三位巨人之文化心理的研究和理解都是十分必要的。

---

① 见《文心雕龙·体性》。

春秋战国之际楚地歌曲艺术考

首都师范大学 孙立涛

我国古代江汉流域本为多民族杂处之地。西周末年，芈姓姓氏兴起，周成王封芈氏后人熊绎于楚地，居丹阳，始立国家，成为江汉流域最早的开发者。作为统治集团的芈姓族，早就与中原的夏商时代有广泛的接触、交流。立国后，该地区在芈姓氏族的统治下，不断向四周开拓，灭掉其附近殷、周以来许多小国，并向百越、巴蜀、黔滇拓展。春秋末年，楚灭吴越，占领长江中下游地区，成为独霸南方的大国。此后，楚与北方各诸侯国间交流更加频繁。楚文化是在楚国历史发展中逐渐形成的，其形成过程也是南方各民族之间相互交流、吸取的结果，除楚民族本身的文化外，还有中原华夏文化、楚国境内各民族的文化。战国时期，楚文化已经发展到很高的水准，形成自己独立的特色，以屈原作品为代表的《楚辞》，就是这一文化成果的集中表现。除此之外，楚国作为一个多民族开放型的国家在歌曲艺术方面也开创了前所未有的繁昌局面。

在楚地的民间和宫廷流传着一些影响深远的歌曲。这些歌曲有的见载于文集，如《下里》、《巴人》、《采菱》、《劳商》；后世文人有的直接袭用歌曲之名作为文章的标题，如《九歌》、《涉江》、《九辨》；《卜居》文句："黄钟毁弃，瓦釜雷鸣"，以乐器为比喻作为文辞的需要；《沧浪歌》引用于《楚辞·渔父》，以及楚辞作品中众多关于音乐表演场景的描述，都充分说明了楚歌曲艺术在社会上繁昌程度，以及楚人对音乐的敏感，并且歌曲艺术的发展与文学发展是相辅相成、相互促进的。楚国歌曲艺术的繁荣也是各民族共同缔造的。这些歌曲既有楚地自产的，又有其他地方流传至楚的。流传的时间、地点、范围、民众的接受情况，以及歌曲的特点、性质、风格等都不尽相同。下面分三个方面予以考论。

一、楚地民间歌曲

春秋战国时代，楚地的歌曲被称为"南音"或"南风"，楚汉时则称为"楚声"或"楚歌"。我国南方少数民族自古有能歌善舞的传统，各民族在自己的劳动和彼此交往中创造了灿烂的歌舞艺术，用歌舞艺术表达着他们的情思、情感、爱憎和愿望、向往。清新质朴的美学风范，充分展示了他们具有南方地域特色和自己民族特点的心灵之美。

1.《越人歌》

刘向《说苑·善说篇》中载有一首《越人歌》，或称为《越人拥楫歌》、《榜人歌》、《越女棹歌》。这首歌是楚国王子鄂君子皙乘船在越溪游乐,船家女拥楫而唱的。“乘青翰之舟”,“张翠盖而梯犀尾,班丽桂社,会钟鼓之音毕,榜枻越人拥楫而歌”。[①] 但歌的是越语,鄂君子皙听不懂,便请越人为译。越语歌词为:

滥兮,抃草滥予!
昌桓泽予!昌州州饱!州焉乎!
秦胥胥!缦予乎!昭!
澶秦踰渗,惿随河湖!

翻译后的楚语歌词为:

今夕何夕兮,搴舟中流!
今日何日兮,得与王子同舟。
蒙羞被好兮,不訾诟耻!
心几烦而不绝兮,得知王子。
山有木兮木有枝,心悦君兮君不知。

比较原歌和译歌,可见原歌字数较少,而译歌比原歌多出许多字。并且语气停顿、音节音律也不一致,主要是因为意译的结果。由此也可知,原歌与译歌的曲调、唱法也不会再相同。鄂君子皙听的是越语的语调,而只能从译过的没有曲调或曲调不同的楚语歌词中懂得大意。这首歌的创作者可视为拥楫的船家女集体,她们在集体的劳动生活中创作了这首歌。歌词内容以情为主,表达了她们复杂的内心情思和内心向往,情感表达得炽烈、大胆。越人能把越语歌曲翻译成具有高度艺术水平的楚语形式的歌词(曲),充分表现了楚民族与其境内其他民族在思想、文化等方面的高度融合,专职人员的艺术修养已非常高。译歌虽不免特附加有“娱乐王子”的功能,但其内容、情感方面应是基本一致的,这也可视作宫廷歌曲与民间歌曲的交流。

2.《渔父歌》

《吴越春秋》中载有《渔父歌》,或曰《渔父三歌》,或曰《江上丈人歌》。《吴越春秋》为东汉赵晔所著。后世学者多认为《吴越春秋》所载诸歌,皆多汉人伪作。但《渔父歌》应属春秋时期楚地民间歌曲,概无疑问。

首先,从《吴越春秋》其书来说。它取材于《左传》、《国语》、《史记》等典籍,大部分内

---

① 刘向《说苑》。

容可与其相印证。此书是专记吴、越两国史事的专著。所以又会比《左传》、《国语》、《史记》等书的记载更丰富、更系统。《史记》注、《文选》注、《吴地记》、《水经注》等书中引《吴越春秋》来作疏证;《隋书·经籍志》载其可"备遗忘",补充其他史料记载的不足;张觉在《吴越春秋校注》①中说:"(《吴越春秋》中)……那些《左传》等未载的事迹,恐怕也并非都是无稽之谈。……如《吴太伯传》载太伯'葬于梅里平墟',不但可与《皇览》等记载相印证,更可为今无锡县梅村乡留存的古迹所证实。还有像《王僚使公子光传》中载专诸杀王僚之前'从太湖学炙鱼'。今江苏吴县胥口乡有炙鱼桥,可相证……"可见,《吴越春秋》是一部为世所公认的史书,虽然书中载有不少佚闻传说,且其中不乏有一些想象塑造之事,但所载定有其根据,必有相应的民俗化的文化传承。像越女试剑、袁公变猿、伍子胥兴风作浪、孔子见越王等事,更多反映了吴越历史上民间的心声,是吴越民众主观化的创作、心灵化的向往,并且这些故事代代流传着。作为最能记载和反映历史心声的民间歌曲定也会在吴越之地民间兴起、记录、传承。其中不乏有《渔父歌》,它们在劳动人民中间充当着记载岁月变迁的史书。所以,赵晔将其记载,也许不会是凭空捏造。

其次,从赵晔其人来说。《后汉书·儒林传》(第七十九卷)载:"赵晔,字长君,会稽山阴人也。少尝为县吏,奉檄迎督邮,晔耻于厮役,遂弃车马去。到犍为资中,诣杜抚受《韩诗》,究竟其术。积二十年,绝问不还,家为发丧制服。抚卒乃归。州召补从事,不就。举有道。卒于家。晔著《吴越春秋》、《诗细历神渊》。蔡邕至会稽,读《诗细》而叹息,以为长于《论衡》。邕还京师,传之,学者咸诵习焉"。赵晔的生卒年不详,但于其从杜抚学诗的经历推测,大约为东汉初建武年间人。此时去古未远,赵晔又是会稽山阴(今浙江绍兴)人,属春秋越地人,当时该地或有许多关于吴越相争的文献资料、口头传说、杂史、民间佚闻、歌谣可供其采录,其中有些材料显然具有较大的真实性。从另一方面说,赵晔秉性清高,不愿阿谀奉迎,所以弃官从学,于经师杜抚处学习《韩诗》,并且二十年不回,以至家人认为他已去世;他所作《诗细》为蔡邕所赏识,以为胜过王充的《论衡》;《隋书·经籍志·经部》还著录有他的《韩诗谱》二卷、《诗神泉》一卷。这些都表明赵晔对诗歌的极大热爱程度,所以他定也会对吴越之地的优秀民间歌诗作品充满兴趣,其所作的诗学理论不会不涉及民间歌诗作品,这更说明了赵晔采集、记录民间歌谣的真实性。

再次,从《渔父歌》本身来说。此歌用楚地语言创作,异地人听不懂(后有论及),且多用"兮"字,符合楚地民间歌曲的语言特征;感情细腻婉转、曲风美丽动人,符合楚地民间歌曲的性格特征;形式自由、富于变化,旋律回旋环绕,符合楚地民间歌曲的音乐特征。这一切都表明《渔父歌》具有楚地民间音乐的地域性特征。另外,《渔父歌》为渔父救渡子胥的即兴之作,内容多是楚地江边意象的描绘(后有叙述),真率质朴的民风气息浓厚,这

① 张觉校注:《吴越春秋校注》,岳麓书社,2006年。

符合民间音乐的创作方式和应用特点。

第四,现代学者也都公认《渔父歌》为楚地民间歌曲。如梁启超评《渔父歌》曰:“此歌尚朴,与《左传》所载春秋末歌谣还不相甚远,姑且算它是真的罢。”①褚斌杰称《越人歌》、《渔父歌》、《孺子歌》(《沧浪歌》)、《徐人歌》“均为春秋时期产生于楚地的民间歌诗”。②

通过以上分析,我们可断定《渔父歌》为春秋楚地民间歌诗作品。其歌曰:

日月昭昭乎侵已驰,与子期乎芦之漪。

日已夕兮予心悲,月已驰兮何不渡为?事寝急兮将奈何?

芦中人,芦中人!岂非穷士乎?

其实这并非一首连贯的歌,而是三首短歌的结合。是渔父救渡子胥前后唱的三首不同的具有民间风调的歌曲。看《吴越春秋》③原文:

(子胥)与胜行去,追者在后,几不能脱。至江,江中有渔父乘船从下方溯水而上。子胥呼之,谓曰:“渔父渡我。”如是者再,渔父欲渡之,适会旁有人窥之,因而歌曰:

“日月昭昭乎侵已驰,与子期乎芦之漪。”

子胥即止芦之漪,渔父又歌曰:

“日已夕兮予心悲,月已驰兮何不渡为?事寝急兮将奈何?”

子胥入船,渔父知其意也,乃渡之千浔之津。

子胥既渡,渔父乃视之,有其饥色,乃谓曰:“子俟我此树下,为子取饷。”……父来,持麦饭……不见,因歌而呼之,曰:

“芦中人,芦中人!岂非穷士乎?”

如是至再,子胥乃出芦而应。……

从上文可见,渔父前后三次通过歌曲暗示子胥,将其救渡。渔父怕人所窥,乃为一歌,示其天晚再渡,请子胥先藏匿于芦中等候;日落月出,乃为二歌,呼子胥上船摆渡;渡江后,为子胥觅食,请子胥俟之树下,归而不见,于是复为第三歌,子胥闻而出现。所以后

① 《梁启超全集》第八册,北京出版社,1999年。

② 《楚辞要论》,北京大学出版社,2003年,第92页。

③ 《吴越春秋·卷第三·王僚使公子光传第三》,江苏古籍出版社,1999年。

世会有《渔父三歌》的名称。当时渔父救渡子胥的地点是昭关以东的江面上。“昭关”是春秋时吴楚之界，在今安徽省。可知渔父是能熟知此地的楚民，其能即兴创作歌曲（词），必受此地民间歌艺习俗传统的影响。可能有二：一是渔父即兴创作徒歌，包括词曲；二是渔父把流行于此地的民间曲调套入“暗示”的新词，并且渔父三次通过“暗示歌曲”的方式救子胥。三次唱的歌曲的曲式不同，曲调也不会相同。由此可见，此地民间歌曲艺术的繁昌，民众具有很高的歌艺才能。

还有一个问题要弄清楚，渔父欲渡子胥，“适会旁有人窥之”，因而乃歌：“日月昭昭乎侵已驰，与子期乎芦之漪。”子胥明白渔父之意，为什么“旁人”不明白呢？“旁人”可能是追子胥而来的郑兵，也可能是其他人。总之“旁人”不能听懂渔父所唱的歌，主要原因就是渔父是用本地语言唱的具有本地特色的歌曲。其他地方的人不容易听懂。子胥能听懂其含义，除其为楚人外，还赖于子胥是一个有较高文学修养的人。《吴越春秋》（同上）载：“尚（子胥兄）泣曰：‘吾之生也，为世所笑；终老地上，而亦何之？不能报仇，必为废物。汝怀文武，勇于策谋。父兄之仇，汝可复也……’”这是子胥兄尚对子胥所说的话，从“汝怀文武，勇于策谋”可知子胥是个文武兼备的人，必通晓楚地言辞。由此也可知，楚地歌曲艺术有自己的地域特色，不同于北方，所以郑兵不会明白。

3.《沧浪歌》

《沧浪歌》最早见于《孟子·离娄上》，其名曰《孺子歌》。后世又作《孔子听孺子歌》、《渔父歌》。其词为：

沧浪之水清兮，可以濯我缨。
沧浪之水浊兮，可以濯我足。

《沧浪歌》又见于《楚辞·渔父》：渔父莞尔而笑，鼓枻而去，乃歌曰：“沧浪之水清兮，可以濯我缨。沧浪之水浊兮，可以濯我足。”王逸注：“喻世昭明。”《洪补》云：浪，音郎，《禹贡》：“嶓塚道漾，东流为汉，又东为沧浪之水。”注云：“漾水至武都为汉，至江夏谓之夏水，又东为沧浪之水，再荊州。”蒋骥《山带阁注楚辞》云：“武陵龙阳，有沧山，浪山及沧浪之水。又有沧港市、沧浪乡、三闾港、屈原巷，参而核之，最为有据。”由此可知：“沧浪”为水名，《沧浪歌》是楚地江湘间流传的歌曲。

《孟子·离娄上》载：

有孺子歌曰：“沧浪之水清兮，可以濯我缨。沧浪之水浊兮，可以濯我足。”孔子曰：“小子听之！清斯濯缨、浊斯濯足矣。自取之也。”夫人必自侮，然后人侮之；家必自毁，而后人毁之；国必自伐，而后人伐之……

将其称为“孺子歌”,可见这首歌是流传于民间的,并且非常广泛,老少皆知。《沧浪歌》不仅载于《孟子》篇章,还载有孔子对此歌的解释、阐发,用于对学生的教化。那么,《沧浪歌》早在春秋时期即为楚地广泛流传的歌曲。不仅流传广泛,而且流传深远。孔子适楚时,把这首具有深刻寓含的歌谣带回,用于施教。但孔子所阐发的意义并非这首歌的本意。清水濯缨,浊水濯足,是“不凝滞于物,与世推移”之意,即适应社会环境,随俗从流。这种观念,也许与孔子儒家“达则兼济天下,穷则独善其身”的观念正相反。但用其施教,改变本意,也有其相应的历史环境。

此时期“士”的兴起,周游列国,为便于说事论理、发挥言辞,往往采用“献诗言志”的方式,引用《诗经》或其他典籍的言语来说理。其方法多是“赋诗断章,馀取所求”,①不顾及全篇大意,只取与己意相合的某一章(句)。傅道彬《〈诗〉外诗论笺》说:“作诗者有作诗者之意,用诗者有用诗者之意,二者常相左。”《左传·襄公八年》:“晋范宣子来聘,且拜公之辱,告将用师于郑。公享之,宣子赋《摽有梅》。季武子曰:‘谁敢哉!今譬于草木,寡君在君,君子臭味也。’”杜预注:“梅盛极则落。诗人以兴女色盛则有衰,众士求之,宜及其时。宣子欲鲁及时共讨郑,取其汲汲相赴。”《摽有梅》本义言女子希望男方及时前来求婚,而范宣子却借来表达“欲鲁及时共讨郑”。但“赋诗言志”,总体上还要遵守“歌诗必类”②原则。孔子对《沧浪歌》《孺子歌》转换解释的角度,说明“清水濯缨,浊水濯足”是水自己招来的,所以不可自作孽,要行仁义,使之完全符合了儒家的说教。与当时“赋诗断章,馀取所求”的方法相似。

关于这首歌创作主体和具体时间,我们无法考察。但这首歌有我们熟知的写作背景。春秋战国时期,阶级矛盾激化,统治阶级内部相互倾轧也十分剧烈,社会上出现了一些逃避政治、保全自身的隐遁人物。也出现了一些阿谀奉承、巧于应酬的世俗之人。这两种人在民间和上层社会各发挥着相应的影响。《沧浪歌》就是在这种背景下创作的。与此相似的楚狂接舆歌,也是孔子适楚时所闻,见于《论语·微子》:“凤兮凤兮,何德之衰?往者不可谏,来者犹可追。已而已而!今之从政者殆而!”此类歌曲适应时代的形势,符合人们的心声,这也是其流传深广的原因。

4.《徐人歌》

《徐人歌》载于刘向《新序·节士篇》,其辞为:

延陵季子兮不忘故,脱千金之剑兮带丘墓。

---

① 《左传·襄公二十八年》。
② 《左传·襄公十六年》。

《史记·吴世家》正义引《括地志》云:徐君庙,在泗州徐城县西南一里,即延陵季子挂剑之徐君也。《新序·节士篇·延陵季子将西聘晋》载有这首歌的创作背景:

> 延陵季子将西聘晋,带宝剑以过徐君。徐君观剑,不言而色欲之。延陵季子为有上国之使,未献也,然其心已许之矣。致使于晋,顾反,则徐君死于楚,于是脱剑致之嗣君。从者止之曰:"此吴国之宝,非所以赠也。"延陵季子曰:"吾非赠之也,先日吾来,徐君观吾剑,不言而其色欲之,吾为有上国之使,未献也,虽然吾心许之矣。今死而不进,是欺心也。爱剑伪心,廉者不为也。"遂脱剑致之嗣君。嗣君曰:"先君无命,孤不敢爱剑。"于是季子以剑带徐君墓树而去。徐人嘉而歌之曰:"延陵季子兮不忘故,脱千金之剑兮带丘墓。"

可见,这首歌是徐人嘉许吴公子季札讲信义、不忘故诺而作的。歌词内容也正是对这件事的真实反映。季子既将剑许与徐君,徐君虽死,仍不忘故诺,"以剑带徐君墓树而去"。正是季子的真诚,打动了徐人的心灵,而徐人又具有高超的歌曲艺术修养,所以才有这首赞歌的出现。歌词内容短小,但感情真挚,具有淳朴民风的味道。徐地近楚,同属于南方系统,都在楚文化圈的范围之内,这首歌也具有较强的楚地风味。

《越人歌》、《渔父歌》、《沧浪歌》、《徐人歌》是多载于文集并为世公认的春秋时期楚地的民间歌诗。这些歌诗具有楚地特有的风韵,语言上、形式上与北方之歌相差很大。除此之外,还有许多见载的楚地歌曲,如《离别辞》、《飞鸟吟二首》、《河上歌》、《申包胥歌》、《穷劫曲》、《河梁歌》、《何苦歌》(见《吴越春秋》)、《楚聘歌》(《孔丛子·记问》)等等。从这些歌曲的具体创作过程上看不似民间歌曲。如《离别辞》,《吴越春秋》载,"此辞为越兵兴师攻吴雪耻之时所歌"。像是军歌,应为宫廷中人鼓舞军队气势所作,而非民间所作。又如《申包胥歌》,《吴越春秋》载,"伍子胥引吴兵破楚,申包胥去秦求援,哭秦廷七日七夜,口不绝声。秦桓公为之垂涕,出师救楚"。此歌即是楚大夫申包胥哭秦廷之歌,歌词内容为"吴兵破楚"的实录,应是申包胥为感动秦王的特意创作,而与民间歌曲似不相干。这些歌曲往往带有浓厚的文人化气息,不具民间歌曲质朴、简练的特点,所以后世学者大多认为是汉代文人伪作。虽这些歌作于楚时楚地并非完全可信,但从内容、形式和语言风格上都具有楚风的韵味,可算是楚歌源流的演变。

楚地民间流传的歌曲见载文集的不是太多。但楚地文化历史悠久,分支众多,民间歌曲的发展源远流长,创作也一定会很丰盛。只是大多已经流失不传。《左传·成公九年》载:"晋侯观于军府,见钟仪,问之曰:'南冠而执者谁也?'有司对曰:'郑人所献楚囚也。'……使与之琴,操南音……文子曰:'楚囚,君子也!言称先职,不背本也。乐操土风,不忘旧也。”楚囚所操土风,自然为楚地民间俗乐。《左传·襄公十八年》载,晋人闻楚师北伐,晋乐师师旷卜吉凶后说:“不害。吾骤歌北风,又歌南风,南风不竞,多死声。楚必无功。”晋人能熟知楚地“南风”,并与“北风”并称,可见“南风”楚歌流传影响之大。王逸在《楚辞章句》中说:“《九歌》者,屈原之所作也。昔楚国南郢之邑,沅湘之间,其俗信鬼而好祀,其祠必作歌乐鼓舞以乐诸神。”由此可知,由于“沅湘其俗”,每以歌舞乐神,所以在民间也会有相应的许多祭祀性质的歌舞流传。可惜,这些歌曲失载无传,消失在历史长河中了。

楚地大量的民间特色的歌曲出现,丰富着楚地的文化艺术。从载于文集的楚地歌诗可见,这些歌诗形式自由,富于变化;多用“兮”字,音调衍长,感情炽烈,极富表现力,这也代表了“南风”的特色。从涂山之女始创南音“候人兮猗”[①]到春秋战国楚地民间大量“南风”的出现,楚人一直保持、发展着这种特色风韵,直到战国后期“楚辞体”歌诗的出现,标志着这一文化风韵的高度成熟。宋朱熹说《九歌》中“沅有芷兮澧有兰,思公子兮未敢言,荒忽兮远望,观流水兮潺潺”一章,“其起兴之例,正犹《越人歌》”。王国维称《沧浪歌》“已开楚辞体格”。可见,前人早已认识到了楚辞体的形式与楚地民间歌诗的关系。楚辞体的代表屈原,正是楚地丰富文化艺术的集大成者。直到汉代“楚声”的兴盛都可看作是这一文化源流的继续发展。

二、楚地宫廷歌曲

楚地民间因风俗的需要(主要为巫术祭祀之风),需要歌舞;因精神的需要(如娱乐、赞颂、说理等),也需要歌舞。楚国贵族阶级作为最大的消费阶级,同样需要歌舞来满足他们政事和精神娱乐的需要。

1.《九歌》

《九歌》载于《楚辞》,是楚辞重要的篇章,包括《东皇太一》、《云中君》、《大司命》、《少司命》、《山鬼》、《国殇》等十一首歌,显示出巨大的艺术魅力。王逸在《楚辞章句·九歌序》中说:“昔楚国南郢之邑,沅湘之间,其俗信鬼而好祀,其祠必作歌乐鼓舞以乐诸神。屈原放逐,窜伏其域,怀忧苦毒,愁思怫郁,出见俗人祭祀之礼,歌舞之乐,其词鄙陋,因为作《九歌》之曲。”认为《九歌》是一组民间祭歌,闻一多则认为是郊祀祭歌。但都认为是祭歌。褚斌杰先生认为:《东皇太一》、《云中君》、《东君》、《国殇》、《礼魂》,都明显具有赋事和记写场面的性质,[②]从而认为《楚辞·九歌》是诗人屈原所创作的一组赋诠祭事的“祭事诗”。但“赋事和记写场面”的祭祀诗并不是不可以写,屈原前我们也可以找到例

① 《吕氏春秋·音初篇》。

② 褚斌杰:《楚辞要论》,北京大学出版社,2003 年,第 317 页。

证。例如《诗经·周颂·有瞽》,赋事和场景的描绘与《东皇太一》极其相似。而《周颂·有瞽》是用于祭祀的乐歌。《毛序》说,"始作乐而合乎祖",即初作乐,乐成合祭祖先。屈原《天问》、《橘颂》多四字句,是承《诗经》写法的形式,对于《九歌》内容中众多祭祀场面、场景的描绘也有可能受到《诗经》的影响。王逸是楚人,必熟知楚地遗风。其认为《九歌》为祭歌,必有根据。所以,我们还是相信《九歌》为祭歌。

从《九歌》内容来看,描写主祭者的服饰为:"抚长剑兮玉珥,璆锵鸣兮琳琅","灵偃蹇兮姣服,芳菲菲兮满堂";祭祀器具为:"瑶席兮玉瑱,盍将把兮琼芳。蕙肴蒸兮兰借,奠桂酒兮椒浆";场面为:"扬枹兮拊鼓,疏缓歌兮安歌,陈竽瑟兮浩唱","五音纷兮繁会"(以上均见《九歌·东皇太一》)。这似乎不像民间祭祀的场面,只有楚国宫廷才有如此浩大、隆重的祭祀活动和众多珍奇的祭祀器皿。《汉书·郊祀志下》载谷永之言:"楚怀王隆祭祀,事鬼神,欲以获福助,却秦兵"。马其昶据此认为:《九歌》可能是楚国宫廷举行祭祀所曾用过的乐歌,"必屈原承怀王之命所作"。所以,我们宁愿相信《九歌》是一组宫廷祭歌。

《九歌》的名称是袭用的古曲名。屈原在《离骚》中说"启《九辩》与《九歌》兮"、"奏《九歌》而舞《韶》兮";在《天问》中有"启棘宾商,《九辩》《九歌》"。《山海经·大荒西经》载:"夏后开上三嫔于天,得《九辩》与《九歌》以下"。从而可知,《九歌》是夏朝的旧曲,屈原袭用此名。楚地本有袭乐曲名作文之好。除此外,还有屈原的《涉江》、宋玉的《九辩》。

屈原为什么会把用于宫廷祭祀的乐歌袭用为古曲《九歌》呢?

屈原《离骚》中说,"启《九辩》与《九歌》兮,夏康娱以自纵"、"奏《九歌》而舞《韶》兮,聊假日以偷乐"。这里屈原否定佚乐纵恣的行为,但可以肯定的是《九歌》具有非常强的"娱人"功能。《九歌·东皇太一》中说:"吉日兮良辰,穆将愉兮上皇",《九歌·东君》中有:"羌声色兮娱人,观者憺兮忘归"。可见,屈原所作《九歌》是一组规模很大的娱乐性歌舞,具有很强的娱乐效果。人们主观认为,既能娱人,定也能娱神。这与古曲《九歌》性质相似,此其袭旧曲《九歌》名称的原因之一。王逸说:"屈原放逐,……其词鄙陋,因为作《九歌》之曲。"民间性质的《九歌》其词是"鄙陋"的,场面(舞)一定是"重淫祀"(《汉书·地理志下》)。而屈原改其"鄙陋"之词,把其变为优美情致的美文,并在内容中尽量描绘着理想中娱神的场面,就是要突出其所新作《九歌》已不同于民间祭祀,包括曲词和祭祀场面,一切都趋向理性化、正规化。其目的是要达到《九歌》古曲本质上所宣传的政教效果。《九歌》古曲本质是怎样的呢?王逸《楚辞章句》说:"启,禹子也。《九辩》、《九歌》禹乐也。言禹平治水土,以有天下,……育养品类,……九功之德,皆有次序,而可歌也。《左氏传》曰:'六府三事,谓之九功。九功之德,皆可歌也,谓之《九歌》'……"可见,《九歌》古曲本质上是歌颂功德的教化之作。屈原袭用《九歌》曲名,也是对其美政理想的一种寄托。此其原因之二。

2.《涉江》、《采菱》、《阳阿》

《楚辞·招魂》中有大量关于宫廷之美、饮食之奢、乐舞之盛的描写。对乐舞描写,其中提到:"女乐罗些,陈钟按鼓,造新歌些。涉江、采菱,发扬荷些。"王逸注曰:"楚人歌曲也。言乃奏乐作音,而撞钟,徐鼓,造为新曲之歌,与众绝异也。"从"新曲之歌"、"与众绝异"可知《涉江》、《采菱》、《扬荷》不是楚地当时常见的流行的歌曲,而是楚宫廷新制作的,与前曲不同并具有自己特色的歌曲。《扬荷》曲名字体多不统一,姜亮夫先生说:"扬荷,又作扬阿、阳阿、扬何,皆一行之变也"。① 关于这三首歌的歌词,没有流传下来(屈原是袭用《涉江》曲名作文)。但从"女乐罗些,陈钟按鼓"可推知,其为有大型乐器伴奏的大型歌舞作品。洪兴祖《补注》曰:"《淮南》云:'歌《采菱》,发《扬阿》。'又云:'足蹀阳阿之舞。注云:阳阿古之名倡。'又云:'欲美和者,必先始于《阳阿》、《采菱》。'注云:'阳阿、采菱,乐曲之和声'。"宋玉《对楚王问》载:"客有歌于郢中者,……其为阳阿、薤露,国中属而和者数百人……"《大招》:"讴和扬阿。"对于《阳阿》、《采菱》,既称歌,又称和声。姜亮夫先生说:"两说不相背也,歌中有和声,本相和歌常例。"②

《涉江》、《采菱》、《阳阿》三首新歌,其中《阳阿》最具影响力,流传广泛、深远。此曲除见载于前面提到的《招魂》、《大招》、《对楚王问》外,还见于后世文集。如《舞赋》:"臣闻《激楚》、《结风》、《阳阿》之舞,材人之穷观,天下之至妙"。《淮南·说山训》:"欲美和者,必始于阳阿、采菱。"梁元帝《言志诗》曰:"绝杨何(即阳阿)之妙舞,废绵驹之名驱。"可见《阳阿》影响之深。从宋玉《对楚王问》中"国中属而和者数百人",可知此曲较为通俗易唱,适合大部分人的口味,并且渐渐传至民间,这也是此曲流传深远的原因。

3.《激楚》、《劳商》

《激楚》亦见于《楚辞·招魂》:"二八齐容,起郑舞些。衽若交竿,抚案下些。竽瑟狂会,搷鸣鼓些。宫廷震惊,发激楚些。吴歈蔡讴,奏大吕些。"王逸注:激,清声也。言吹竽击鼓,众乐并会,宫廷之内,莫不震动惊骇,复作《激楚》之清声,以发其音也。洪兴祖补注曰:"《淮南》曰,扬郑卫之浩乐,结《激楚》之遗风。注云:结激清楚之声也。《舞赋》云,《激楚》结风,《阳阿》之舞。五臣云:激,急也。楚,谓楚舞也。舞急萦结其风。李善云:《激楚》,歌曲也。《列女传》曰:听《激楚》之遗风。《上林赋》云:鄢郢缤纷,《激楚》结风。文颖曰:激,冲激急风也。结风,回风,亦急风也。楚地风既自漂疾,然歌乐者犹复依激结之急风为节,其乐浞迅哀切也。"桓谭《新论》载:"阳春、白雪、激楚、采菱,众耳之所乐也。"由此可知,《激楚》为慷慨激昂之音,节奏急促,音调激扬,且有专门的伴舞。《楚辞·招魂》亦载:"激楚之结,独秀先些。"王逸注:结,头髻也。洪兴祖补曰:"结,束发也。言郑

① 《姜亮夫全集·第三辑》,云南人民出版社,第273页。
② 《楚辞通故》第三辑,云南人民出版社,第273页。

卫妖女,工于服饰,其结殊形,能感楚人,故异之而使之先进也。”可见,为《激楚》之歌伴舞的舞女打有特殊的发髻,以迎合歌舞所传达的氛围,其所伴之舞具有高度艺术性和观赏性的娱乐歌舞。洪兴祖引《淮南》、《舞赋》、《列女传》、《上林赋》上所载《激楚》说理,可见《激楚》影响之广,流传之远。《九叹·忧苦》载:“恶虞氏之箫韶兮,好遗风之激楚。”王逸注曰:“言世人愚惑,恶虞舜箫《韶》之乐,反好俗人淫泆《激楚》之音也。犹言恶典谟中正之言,而好谄谀之说也。”这从反面说明了,《激楚》是当时比较通俗的歌舞,为众人所喜好,能最大限度地满足统治阶级的耳目。所以能流传深远,这一点同于《阳阿》。

关于《激楚》的含义,姜亮夫先生说:

> 按叔师(王逸)训“激”为清声,盖即后人之所谓紧弦,使高半音以定调,是为清声。则激楚,犹言清楚也。故《后汉书·边让传》:“扬激楚之清宫”是其义也。考清音有四。而清商为慷慨激昂之音,与清宫、清角异其趣。则此使宫廷震惊者,当属清商无疑。又《惜誓》云:“二子拥瑟而调均兮,倿因称乎清商”,则清商以瑟为主乐。此文云:“竽瑟狂会”,则激楚者,盖即清商之曲也。是则激商当即《大招》之楚《劳商》矣。王注劳为“绞以楚声,绞商音为清激也。”则劳商之劳,与激楚之激同义。(姜亮夫释“劳商”条曰:“《招魂》亦以竽瑟为乐,则激楚之歌,以瑟为主乐也。《大招》与《招魂》性质相同,用事使词亦相类,则此楚《劳商》又即《招魂》之激楚矣。①)楚以地名,此古曲通例。劳商以调名,此亦战代以来通例,一事而二名……楚亦多调,此曰激楚者,犹言楚之清商调。②

这里,姜亮夫先生不仅指出“激楚”为楚之清商调,而且认为:《激楚》即为《劳商》,《激楚》以地来命名,《劳商》以调命名,本为一歌。《劳商》载于《楚辞·大招》:“代秦郑卫,鸣竽张只。伏戏《驾辩》,楚《劳商》只。讴和《阳阿》,赵箫倡只。”《大招》中所咏居室、饮食、娱乐与《招魂》相同,并多谈到君王治国、施政措施等,故《劳商》也定是楚宫廷歌曲。王逸注曰:“伏戏,古王者也。始作瑟,《驾辩》、《劳商》,皆曲名也。言伏戏氏作瑟,造《驾辩》之曲。楚人因之作《劳商》之歌。皆要妙之音,可乐听也。或曰:《伏戏》、《驾辩》皆要妙歌曲也”。“伏戏《驾辩》”与“楚《劳商》只”相对,所以伏戏应为古王,不应为歌曲名。伏戏作瑟,始造《驾辩》之曲,可知《驾辩》是古曲名,并用瑟来伴奏。从“楚人因之作《劳商》之歌”,可知《劳商》是楚人仿古曲《驾辩》制作的。主要是用瑟伴奏的清商曲调。《招魂》曰:“竽瑟狂会,搷鸣鼓些;宫廷震惊,发激楚(劳商)些”。由此可见,楚国《劳商》除以

① 《楚辞通故·第三辑》,云南人民出版社,第 269 页。
② 《楚辞通故·第三辑》,云南人民出版社,第 283 页。

瑟为主乐外,还加入竽、鸣鼓等乐器伴奏,并收到“宫廷震惊”的效果,更具娱人性。

从《九歌·东君》、《招魂》、《大招》等篇歌舞场面的描绘中,可以看出,楚国宫廷有一支庞大的歌舞乐队。这支乐队,除偶尔用于祭祀外,主要适用于楚宫廷的日常享乐生活。庞大的歌舞场面往往能满足“神”和人的耳目需求。场面的宏大主要表现在两个方面:乐器伴奏和舞蹈表演。楚宫廷有众多当时先进的乐器,如:鼓、竽、瑟、钟、篪、磬等。乐器制作精良,如《国殇》“援玉枹兮击鸣鼓”,枹为玉做;《招魂》“揳梓瑟些”,“瑟”为梓木做。而且演奏技巧娴熟,如“緪瑟兮交鼓,箫钟兮瑶虡,鸣篪兮吹竽”,(《九歌·东君》);“竽瑟狂会,搷鸣鼓些”、“铿钟摇虡,揳梓瑟些”(《招魂》);“叩钟调磬,娱人乱只”(《大招》)等。1978年,曾侯乙墓出土的乐器群也证明了楚国当时乐器制作工艺的精美和高超的表演水准。而民间歌舞则很少提到乐器伴奏,大部分为无乐器伴奏的徒歌。

宏大场面的另一个表现是舞蹈表演。楚宫廷的伴舞,多是“姱女”(美女)表演的“二八”舞,即一列八人,二列十六人的舞蹈表演。“二八舞蹈”见于《招魂》:“二八齐容,起郑舞些”和《大招》:“二八接舞,投诗赋只”。王逸注曰:“言二八美女,其仪容其一,披服同饰,奋袂俱起而郑舞也”、“言有美女十六人,聊接而舞,发声举足,与诗雅相合,且有节度也”。《九歌·东君》中也有“展诗兮会舞,应律兮合节”。可见,楚宫廷舞女有高超的表演水准,从外貌服饰到具体舞蹈动作都符合既定的艺术情景模式。

不管是舞蹈还是歌曲,楚宫廷以尚“俗”为主。如前面提到的歌曲《阳阿》、《劳商》,因通俗易懂,得以流传久远。舞蹈则有郑舞,王逸注曰:“郑国之舞也。”《招魂》篇中还提到“郑卫妖玩,来杂陈些”。王逸注:“郑、卫国名也。妖玩好女也。”洪兴祖补曰:“许慎云:郑、卫,新声之所出也”,“言郑、卫二国复遣妖玩之好女,来杂厕俱坐而陈列”。并且是“士女杂坐,乱而不分些。放陈组缨,班其相纷些”,大家欢宴,形式自由,完全不拘于礼节,冠缨和衣带杂乱地摆在旁边。春秋战国之际,郑卫之俗乐被称作靡靡之音,是正统雅乐的威胁。为维护礼乐文化的正统地位,很多传统士人反对郑卫音乐。如孔子曰:“放郑声,远佞人;郑声淫,佞人殆。”《礼记·王制》云:“作淫声、异服、奇技、奇器以疑众,杀。”郑玄注曰:“淫声,郑卫之属也。”《礼记·乐记》曰:“郑卫之音,乱世之音也。”郑卫之音,虽被称为音律轻柔低靡的“淫声”,但其声乐歌舞能给人以感官的刺激,引人沉醉于音乐形式的美感中,符合大众的口味,更符合统治阶级的享乐需求。春秋战国之际,礼崩乐坏,各国统治阶级更喜好的还是郑卫新声,雅乐只留形式而已。如《礼记·乐记》载:“魏文侯问于子夏曰:‘吾端冕而听古乐,则唯恐卧。听郑卫之音则不知倦’。”《孟子·梁惠王章句下》载齐宣王言:“非能好先王之乐也,直好世俗之乐耳。”秦国也有“快意当前的郑卫异国之乐”(李斯《谏逐客书》)。而楚国受中原地区的礼乐文化的束缚相对较小,大量引进流俗的郑卫之乐更无可厚非,这也体现了楚国本色。

楚宫廷是个开放型、时尚型的机构。除引进郑卫俗乐外,还引进其他的地方歌乐。

如《招魂》中提到:“吴歈蔡讴,奏大吕些。”王逸注:“吴、蔡,国名也。歈、讴,皆歌也”。《大招》中载:“代秦郑卫,鸣竽张只”,“赵箫倡只”。王逸注曰:“言代、秦、郑、卫之国,工作妙音,使吹鸣竽篪,作为众乐,以乐君也”,“又使赵人吹箫先倡,五声乃发也”。这里不仅有郑卫之乐,还有吴地、蔡地的歌曲,代、秦两地的“妙音”,赵国的乐人。这些都成为专门的音乐代名词。楚宫廷除引进歌乐外,还引进精美的工艺品。像秦弓(《国殇》)、秦篝、齐缕、郑国绵络(《招魂》)等等。工艺品也好,歌乐也好,虽然都用于统治阶级的享乐,但客观上日益丰富着楚宫廷的生活内容,促进了楚宫廷歌舞艺术的发展。

三、楚地的外来歌曲

除上面提到的楚国宫廷引进的“郑卫之音”、“吴歈蔡讴”之外,楚地还流传着一些外来歌曲。这些歌曲在楚地民众中流传着。既有高雅之作,又有流俗的作品。但很少沾染宫廷娱乐歌舞的味道。

1.《薤露》、《蒿里》

二曲见于宋玉《对楚王问》。闻一多考证《下里》即《蒿里》[①]。二曲为楚地比较流行的俗乐,应和者很多。

《薤露》、《蒿里》二曲,亦收集于《乐府诗集》相和歌词中,属相和曲。《乐府诗集》载《薤露》古辞云:“薤上露,何易晞。露晞明朝更复落,人死一去何时归。”《蒿里》古辞云:“蒿里谁家地,聚敛魂魄无贤愚。鬼伯一何相催促,人命不得少踟蹰。”可见,二曲名是取词章首字。《乐府诗集》引崔豹《古今注》云:“《薤露》《蒿里》泣丧歌也。……言人命奄忽,如薤上之露,易晞灭也。亦谓人死魂魄归于蒿里。”由此可知,二曲本为哀歌,用于送葬。薤,多年生草本植物。薤露,即以薤上的露珠易干比喻人生的短促;蒿里,死人里。[②]薤、蒿,概是墓地常见植物,很能让人联想到墓地荒凉的意象。

(1)本事

《乐府诗集》引崔豹《古今注》曰:

> 《薤露》、《蒿里》泣丧歌也。本出田横门人,横自杀,门人伤之,为作悲歌……至汉武帝时,李延年分为二曲,《薤露》送王公贵人,《蒿里》送士大夫庶人。使挽柩者歌之,亦谓之挽歌。

由此可知,此二曲本为一曲,是田横自杀,门人的悼念之作,寄歌哀之。田横自刎于

---

① 《闻一多全集》5·乐府诗编《蒿里》,湖北人民出版社。

② 《汉书·武五子传》:“蒿里召兮郭门阅”,师古注:蒿里,死人里。

汉高帝时,至汉武帝时,李延年把此曲一分为二,并分出等级使用,《薤露》用于送王公贵人,《蒿里》用于送士大夫庶人。至此,可知二曲作于汉初,似与《对楚王问》记载相左。《乐府诗集》中见到的二古辞应为李延年的改后之作,田横门人所作古辞原貌必经润色增损,不能再现。但丧歌也许会有更老的古辞,《乐府古题要解》中《薤露歌》要解说:"《左氏春秋》云:'齐将与吴战于艾陵,公孙夏使其徒歌《虞殡》。'杜预注云:'送丧歌也',即丧歌不自田横始矣。复有《泰山吟行》,亦言人死精魄归于泰山,《薤露》、《蒿里》之类也。"这里所提到的《虞殡》、《泰山吟行》应属丧歌之类无疑,但其与《薤露》、《蒿里》旧曲是否出于同一渊源呢?

郭茂倩曰:"蒿里,山名,在泰山南。"又曰:"梁甫,山名,在泰山下。《梁甫吟》盖言人死葬此山,亦葬歌也。又有《泰山梁甫吟》,与此颇同。"又有陆机《泰山吟》曰:"梁甫亦有馆,蒿里亦有亭,幽途延万鬼,神房集百灵。""梁甫"、"蒿里"对举,都是死人里。据此,闻一多认为"《泰山》《梁甫》本为一篇而分为二,与《薤露》《蒿里》同例。"①由此可知,这些葬歌都产生于古齐鲁之地,泰山旁,可谓齐鲁土风,且有几支并存,除《薤露》、《蒿里》旧曲外,还有《泰山》、《梁甫》、《虞殡》之类,传世很久,只是到了汉初因田横事件影响非常之大,五百壮士从主而死,高帝为之流涕(见《史记》卷九十四《田儋列传第三十四》)。时人据田横故地哀曲与此事件相连,寄以感哀,所以《薤露》、《蒿里》旧曲在当时社会产生很大反响,以致后人认为二曲本源于此。

(2)曲调、风格与流传

《薤露》、《蒿里》二曲作为丧歌,古辞体式短小,可知其原为轻缓悲哀的曲调,风格比较稳定。作为丧歌,它也必有一个历史发展过程,是随着古代社会经济的发展与人们物质文化水准提高的产物。上面已经分析,二曲更古老的旧辞可能产生于春秋战国之际的齐鲁泰山之地。在此之前有没有丧歌呢?

《礼记·曲礼上》载:"临丧不笑,揖人必违其位,望柩不歌,入临不翔。当食不叹。邻有丧,舂不相。里有殡,不巷歌。适墓不歌,哭日不歌。"丧事要避免歌唱,由此可知,春秋之前出现丧歌的几率很小。丧歌是春秋战国之际"礼崩乐坏"时代的产物,是人们思想解放的表现。

春秋战国之际,社会动荡,战乱频繁,但同时也促进了各地民间的文化交流,丧歌的悲哀曲调更符合了时代的主旋律,引起了人们广泛的共鸣,所以使此曲调得到广泛的流传。所以也才会有楚宋玉《对楚王问》的记载:"客有歌于郢中者,其始曰《下里》、《巴人》,国中属而和者数千人;其为《阳阿》、《薤露》,国中属而和者数百人……"闻一多考证

① 《闻一多全集》5·乐府诗篇《梁甫吟》,湖北人民出版社。

《下里》即《蒿里》。[①] 二曲不仅传播已经很远,而且有广泛的听众和"应和者"。

汉初,田横事件发生,在社会上影响很大,汉高帝为之感动,时人以二曲寄哀,借此效应,《薤露》、《蒿里》二曲又进一步得到推广,流传也更广泛,以致汉后世人以为二曲本源于此。此时,汉高帝刚刚平定天下,社会经济尚处于瘫痪状态,还没有精力和实力治礼作乐。由此可知,此时及以前流传二曲多为民间流传的徒歌(无伴奏的清唱)或但歌(有人清唱,有人和,即加帮腔)。

2.《巴人》

《巴人》亦见于宋玉《对楚王问》。此曲也是非常通俗的歌曲,有众多的应和者。"巴"这一名称的起源,可能因"巴山"而得名,后又成为地区名、国名或族称。巴人因以廪君为首领,称廪君蛮。因以白虎为图腾,又称为白虎夷或虎蛮。周初封为子国,称巴子国。巴国的辖域,西周至春秋时期在湖北西部,与四川相接,战国时期向西发展。《巴人》即为巴族人的歌曲,取其地名或族名命之。

春秋战国时期,巴族与居住在川东地区的蜀族并称,他们分别建有"巴国"和"蜀国"。巴蜀地区的文化悠久而灿烂,在长期的生产劳动和社会生活中,古巴蜀人民和其他民族共同创造了富有民族地方特色的巴蜀文化。巴蜀文化同中原文化有密切的联系,但又有自己的地域特色,"巴文"即是异于中原地区的文字系统。四川广汉三星堆遗址出土的大量工艺品和青铜器也证明了巴蜀文化的灿烂历史。

春秋战国时期,巴同楚的关系密切。巴与楚经常组成联军对外作战。如《左传·桓公九年》记载:"楚使斗廉帅师及巴师围鄾。"巴蜀之间又时有战争发生,如《左传·庄公十八年》所载:"巴人叛楚而伐那处,取之,遂门于楚。"《左传·哀公十八年》(西元前477年):"巴人伐楚,围鄾,……楚公孙甯、吴由于、薳固败巴师于鄾"。巴族是一个能歌善舞的民族,《华阳国志·巴志》载,武王伐纣之时,"巴师勇锐,歌舞以淩激人"。《后汉书·南蛮列传》载:"秦地既定,乃遣还巴中。……世号为板楯蛮夷。阆中有渝水。其人多居水左右,天性劲勇;初为汉前锋,数陷阵。俗喜歌舞。高祖观之,曰'此武王伐纣之歌也';乃命乐人习之,所谓《巴渝舞》也……"可见,巴族自古有能歌善舞的传统,并且其歌舞内容与战争有关,是一种群体性的大型歌舞,富有力度和气势,具有非常强的感染力,能引促很多人共鸣而唱和。在巴楚的长期交往中,巴人乐舞流传到楚国,客在郢都唱《巴人》,"国中属而和者数千人",可见巴乐在楚地相当普及,为广大群众所喜爱。

后巴国被秦惠文王所灭(西元前316年),"置巴郡,以张若为郡守"(《华阳国志·蜀志》)。族人南迁至湘西、鄂西一带。留在四川境内的被称为板楯族,其歌舞一直保其巴人特色,继续流传着。《巴人》在汉代叫作《巴俞》,并伴有《巴渝舞》。如,《汉书·司马相

① 《闻一多全集》5·乐府诗编《蒿里》,湖北人民出版社。

如列传·上林赋》:“巴俞宋蔡,淮南于遮,文成颠歌……”西汉桓宽《盐铁论·刺权篇》载:“中山素女抚流征于堂上,鸣鼓巴俞作于堂下。”《汉书·礼乐志》:“巴俞鼓员三十六人”等。“巴俞”是巴歌的意思,同时汉代还有“巴渝舞”。如前面提到“汉高祖令人习《巴渝舞》”事,但二者又可相和。客在郢都唱的《巴人》,概无伴有巴舞,只为巴讴(族歌)。

巴人的文化对后世影响是深远的。唐李白《古风》之二一:“诚为《巴人》唱,和者乃数千。”刘禹锡《杂曲歌辞·竹枝》:“楚水巴山江雨多,巴人能唱本乡歌。”元代陈基《夷白斋稿》外集《草堂》诗云:“竹枝已听巴人调,枯树仍闻楚客歌。”巴人歌本有极高的艺术价值,但经宋玉的主观鉴定,后世《巴人》亦泛指粗俗作品。如晋张协《杂诗》之五:“《阳春》无和者,《巴人》皆下节”;南朝梁简文帝《与湘车王书》:“故玉征金铣,反为拙目所嗤;《巴人下里》更合郢中之德”;唐薛用弱《集异记·王焕之》:“此辈皆潦倒乐官,所唱皆《巴人下里》之词耳,岂《阳春白雪》之曲俗物敢近哉?”《平山冷燕》第十七回:“张寅道:晚生末学,‘巴人下里’之词只好涂饰闾里,怎敢陈于老太师山斗之下。”

3.《阳春》、《白雪》

二曲亦见于宋玉《对楚王问》,是楚地比较高雅的歌曲,《文选》李周翰注曰:“高曲名也。”只有高雅之士能够欣赏,一般世俗之人不能理解,所以应和者很少。两曲的歌词没有流传下来,明人朱权《神奇秘谱》解释二曲含义:“《阳春》为宫调,取万物如春、和风澹荡之意;《白雪》为商调,取凛然清洁、雪竹琳琅之音,因有《白雪》,始治《阳春》。”

二曲相传为春秋时晋国师旷所作,《笛赋》中载:“师旷将为《阳春》、《北鄙》、《白雪》之曲,假涂南国,至于北山。”师旷,是春秋末期晋国著名的宫廷音乐大师,名旷,字子野,冀州南和人。《庄子·骈拇》载,其生而无目。历史上师旷善察音声,深通音律,具有非常高的音乐鉴赏力。《吕氏春秋·长见》载:

> 晋平公铸为大钟,使工听之,皆以为调矣。师旷曰不调,请更铸之。平公曰:“工皆以为调矣。”师旷曰:“后世有知音者,将知钟之不调也,臣窃为君耻之!”至于师涓而果知钟之不调也。

因为师旷有高深的音乐素养,文献对他的记载往往披染上奇异的色彩。如《左传·襄公十八年》载:“晋人闻有楚师,师旷曰:‘不害。吾骤歌北风,又歌南风,南风不竞,多死声,楚必无功。”

师旷受中原地区传统礼乐文化的影响较深,具有浓厚的民本思想意识。《韩非子·外储说右上》载:“齐景公之晋,从平公饮,师旷侍坐。景公问政于师旷曰:‘太师将奚以教寡人?’师旷曰:‘君必惠民而已’。”《左传·襄公十四年》载:“师旷侍于晋侯。晋侯曰:‘卫人出其君,不亦甚乎?’对曰:‘……若困民之生,匮神乏祀,百姓绝望,社稷无主,将安用之？弗去何为?'"师旷认为，为政"君必惠民"，对于那些只顾自己，不顾人民死活的君主，人民可以不拥护甚至驱逐出国。

师旷"以民为本"的思想，反映到他的音乐活动中，就是强调音乐的教化作用。与传统礼乐文化中音乐反映政治盛衰的观念相一致。所以他崇尚雅乐，抵制俗乐。《国语·晋语八》记载：

平公悦新声。师旷曰："公室其将卑乎？君之明兆于衰矣！夫乐以开山川之风也，以耀德于广远也。风德以广之，风山川以远之，风物以听之，修诗以咏之，修礼以节之。夫德广远而有时节，足以远服而迩不迁。"

"新声"即为当时的郑卫之音。师旷认为乐与政通，晋平公喜好"新声"，意味着"公室其将卑乎"，原有的礼乐制度、行为规范已失其作用，晋国将衰微，需要重新修礼尚德来治理民众，"修诗以咏"（雅乐）来感化民众。《逸周书·太子晋解》亦载，师旷出使周朝，见太子晋，听其谈志在行虞舜之道以利天下百姓，信加赞赏，于宴饮中乃弹琴歌《无射》："国诚宁矣，远人来观，修义经矣，好乐无荒。"这里师旷把"无荒之乐"（雅乐）同能修"德政"联系起来，同时暗含不能因沉溺于音乐享乐而荒于政事。

师旷"以民为本、乐与政通、崇雅抑俗"的观念，反映到他的音乐创作中，就是专以创作雅乐来教化民众。《阳春》、《白雪》的创作主旨应与其思想观念相一致。这种高雅音乐能传至楚国，除师旷是著名的音乐大师外，主要是因为春秋战国之际列国间交往的结果。师旷主观上要让二曲教化民众，但传至战国后俗乐已经成为时代的先声。俗乐更具时尚性，更能直接满足群众的口味。雅乐衰落，不能为更多的人理解，只能成为少数文化修养较高的雅洁之士标榜的符号而已。后世《阳春》、《白雪》常与《下里》、《巴人》同称，一代表"高雅"，一代表"粗俗"，成为后世文人的常谈。

宋玉《对楚王问》载："客有歌于郢中者，其始曰《下里》、《巴人》，国中属而和者数千人；其为《阳阿》、《薤露》，国中属而和者数百人；其为《阳春》、《白雪》，国中属而和者不过数人；引商刻羽，杂以流征，国中属而和者，不过数人而已。是其曲弥高，其和者寡。"

从这段记载中我们可以得到下列几条信息：

此客是一位元音乐素养极高的外地游客，能唱各种歌曲，雅俗兼善，且演唱技艺高超。

此客能唱各国的歌曲，包括楚国的《阳阿》，这些歌曲都存在于郢都，雅俗兼收。

楚国民众有较高的音乐素养，各类音乐都有唱和者，但俗乐更为众人喜爱，雅乐衰落。

宋玉作为宫廷中人,能熟知郢都各类歌曲概况,但还是主观鄙视俗乐,以雅士自居。

城市经济文化的繁荣,往往能造就一批相应的专业人才。各国城市的繁荣又引起各类人才的流动、交往,主要是迎合各国统治阶级的需要和民众消费的需求。群众需要的不只是物质消费,而且需要精神消费。歌曲作为人们共同的精神产品,同样需要各国的消费市场。楚客是城市经济文化的产物,也是城市经济文化繁荣的造就者和传播者。郢都是一个大的消费市场,俗乐比较容易为一般大众所接受,更符合广大群众的精神需求,所以会有众多的应和者(消费者)。而雅乐只符合少数文化涵养较高的雅洁之士的消费。楚国统治者能容忍雅俗音乐共同发展,视"雅乐衰,俗乐兴"而不顾,除楚国受礼乐文化束缚较小的原因外,主要是因为俗乐也适合统治阶级的精神需要。虽然他们主观爱俗乐,但客观上还是标榜雅乐,以雅士自称。

四、综论

楚地的民间歌曲、宫廷歌曲、外来歌曲,三者之间并没有严格的界限。民间歌曲(舞)有的被改编为宫廷歌曲(舞),如《九歌》;宫廷歌曲有的也传至于民间,如《阳阿》;楚民间歌曲有的传至外地,如《沧浪歌》;外地歌曲有的也传至楚民间,如《薤露》、《下里》;楚宫廷歌曲有的传至外地,如《阳阿》;外地歌曲有的也传至楚宫廷,如"郑卫之音"、"吴歈蔡讴"。可见三者之间是相互联系、相互促进,共同构成了楚地灿烂的文化圈。

楚文化在自身的不断发展和对外交往中,一直保存着自己独特的发展个性。综合分析春秋战国之际楚文化圈繁荣的原因,主要表现在以下三个方面:

首先,楚地有适宜发展的自然地理环境。《汉书·地理志》载:楚有江、汉川泽山林之饶;江南地广,或火耕水耨。民食鱼稻,以渔猎山伐为业,果蓏蠃蛤,食物常足。楚国占有江、汉、沅、湘地区为中心的南方广大领土。土地肥沃、气候适宜、物产丰富,这是形成楚文化发展的自然基础。

其次,楚地有适宜发展的民族集体。楚地自古是一个民族杂居之地。众多土著居民没有统一宗法礼俗的束缚,都有自己某些特定的社会风习,往往形成他们自己特有的文化观,创作出具有自己民族特点的文化。各族一起构成了楚地众多的文化特色,在长期的彼此交流中,相互影响、相互促进,繁荣着楚地的文化圈。

再次,社会时代环境促进了楚地文化的繁荣。春秋战国之际,社会动荡,礼崩乐坏,百家争鸣,士人四方流动,列国间交往频繁,各国物质文明在贵族宫廷间交流,在各国民间自发传播。大量外来歌曲在楚地宫廷和民间流传正是这一时代潮流的表现。这些,都在很大程度上丰富着楚文化。

民族、地域、时代的因素,共同促成了楚文化的繁荣。芈姓贵族以中原文化涉足江汉流域,实现了楚地民族大融合。在此基础上,自由地发展楚地特色文化,并孕育出一批具有楚地特色的文化作品。直到战国末期,社会动荡,楚国命运受到威胁,以爱国人士屈原为代表的"楚辞体"应时产生,表明这一文化高度成熟,并在长江、黄河流域产生着前所未有的影响。

参考文献

[1]洪兴祖撰:《楚辞补注》,中华书局出版发行,2006 年。

[2](宋)朱熹撰:《楚辞集注》,上海古籍出版社,1979 年。

[3](清)王夫之撰:《楚辞通释》,上海人民出版社,1975 年。

[4](清)蒋骥撰:《山带阁注楚辞》,上海古籍出版社,1984 年。

[5]姜亮夫著:《楚辞通故》,云南人民出版社,1999 年。

[6]褚斌杰著:《楚辞要论》,北京大学出版社,2003 年。

[7]杨伯峻编著:《春秋左传注》,中华书局,1981 年。

[8]赵晔:《吴越春秋》,江苏古籍出版社,1999 年。

[9]刘向著:《新序校释》,中华书局,2001 年。

[10]梁萧统编,唐李善等注:《六臣注文选》,中华书局出版,1987 年。

[11]刘向:《说苑》,中华书局,1985 年。

[12]杨伯峻:《孟子译注》,中华书局,1960 年。

[13]李学勤主编:《论语注疏》,北京大学出版社,1999 年。

[14]中国屈原学会编:《楚辞研究》,齐鲁书社出版发行,1988 年。

[15]吕涛编纂:《中华文明史》第二卷,河北教育出版社发行,1999 年。

[16]杨荫浏著:《中国古代音乐史稿》,人民音乐出版社,1980 年。

[17]王耀华、杜亚雄编著:《中国传统音乐概论》,福建教育出版社,2003 年。

[18]马薇、马维丽著:《中国少数民族舞蹈发展史》,人民音乐出版社,2002 年。

[19]修海林著:《中国古代音乐美学》,福建教育出版社,2004 年。

[20]赵敏俐等著:《中国古代歌诗研究》,北京大学出版社,2005 年。

[21]姜亮夫校注:《重订屈原赋校注》,天津古籍出版社,1987 年。

[22]鲁洪生著:《诗经学概论》,辽海出版社,1998 年。

[23]聂石樵著:《楚辞新注》,商务印书馆,2004 年。

[24]宋玉著、吴广平编辑:《宋玉集》,岳麓书社,2001 年。

[25]李学勤主编:《毛诗正义》,北京大学出版社,1999 年。

[26]周殿富选注:《楚辞源流选集》(二),吉林人民出版社,2003 年。

[27]李诚著:《楚辞论稿》(增订本),中国社会科学出版社,2006 年。

[28]曹文心著:《宋玉辞赋》,安徽大学出版社,2006 年。

[29]陈彤著:《屈原楚辞艺术辑新》,文津出版社,1996 年。

[30]廖序东著:《楚辞语法研究》,语文出版社,1995 年。

[31]金开诚著:《屈原辞研究》,江苏古籍出版社,1992 年。

[32]林河著:《〈九歌〉与沅湘民俗》,上海三联书店,1990 年。

[33]周秉高:《楚辞解析》,内蒙古大学出版社,2003 年。

[34]汤炳正:《楚辞讲座》,广西师范大学出版社,2006 年。

[35]董运庭:《楚辞与屈原辞再考辨》,中国社会科学出版社,2005 年。

异曲而同工,同途而殊归

——兼论文化对屈骚及《韩非子》接受的影响

兰州城市学院、西北师范大学 杨 玲

研究先秦时期作家和作品时,我们遇到的契机和困难都在于文献资料的缺失。说它是契机,因为文献资料的缺失给研究者提供了一定研究空间;说它是困难,因为它限制了我们对作家、作品的深入了解。这一情形同样存在于对屈原和韩非的研究中。目前我们见到的关于屈、韩的一手史料主要来源于司马迁的《史记》。但是《史记》的记载并不十分详细,因此后人所"看到"的屈原和韩非实际是有限史料与文学作品融合过程中形成的"屈原"和"韩非"。如此一来,对屈原和韩非的评价就与对屈骚和《韩非子》的评价密切联系。通过屈、韩之间的比较研究,我们可以非常明晰地看到这一点。

屈原和韩非,乍看两个风马牛不相及的历史人物,实则有着让后人惊讶的相似。譬如他们均出身于贵族,与本国君王有宗亲关系;他们都是学者型的政治家;他们的政治主张相似;他们都执著于理想;他们的人生均以悲剧结束,等等。当然,除了这些"似",他们的"异"也很显然,其突出的表现不是来自于他们自身,而是始于后人。后人对屈骚和《韩非子》的不同认识及评价,人为地拉大了屈原和韩非之间的距离,凸显了他们的差异,隐去了他们的相似。本文旨在通过比较,揭示民族文化对文学作品接受的影响,同时对屈骚和《韩非子》提出自己一些尚不成熟的看法,以就教于方家。

一、爱国与恋宗的交织——身世的相似

说到屈原,我们首先想到的就是他的忠君爱国。屈原为楚国鞠躬尽瘁、至死不离故土的赤子情怀经过后人的发挥推演,成为中国文化中爱国的象征。但是,我们也看到,屈原的爱国具有明显的时代烙印,那就是与恋宗密切联系。他不离楚国,因为楚国是他的宗族,其间有着割舍不断的血缘亲情。因此在楚才晋用、朝秦暮楚、人才流动频繁的战国时期,他拥有超群才华,在楚国得不到公正待遇,却仍然固守、直至长眠于斯。无独有偶,才华斐然的韩非因为韩国公子的身份,对自己的祖国抱着和屈原一样深刻的眷恋之情。

《史记·韩非列传》中说韩非:"韩之诸公子也。""诸公子"是王室要员,与王族关系密切,以下数例可以说明之。《史记·李斯列传》:"斯长男由为三川守,诸男皆尚秦公主,女悉嫁秦诸公子。"这是表现李斯在秦国身份显赫的一句话。假如"诸公子"位置不高,司

马迁无须用“女悉嫁秦诸公子”这一事实来证明李斯在秦庭权势之重。再如《史记·楚世家》:“昭王病甚,乃召诸公子大夫曰……”君王病重时通常要交代后事,其中最重要的是王位继承问题,因此召集于病榻前的往往是子嗣、亲信、重臣。这里“诸公子”和大夫相提并论,其地位之重要自不待说。此类例子在《史记》中还有不少。如:

①《史记·孙子吴起列传》:忌数与齐诸公子驰逐重射。……田忌信然之,与王及诸公子逐射千金。

②《史记·平原君虞卿列传》:平原君赵胜者,赵之诸公子也。

③《史记·魏豹彭越列传》:魏豹者,故魏诸公子也。其兄魏咎,故魏时封为宁陵君。

④《史记·范雎蔡泽列传》:魏相,魏之诸公子,曰魏齐。

以上数例说明“诸公子”在各诸侯国王室举足轻重。不仅如此,“诸公子”还有成为太子、继承王位的可能。《史记·赵世家》有:“赵衰卜事晋献公及诸公子,莫吉;卜事公子重耳,吉,即事重耳。”重耳即后来的晋文公。《伍子胥列传》中,吴王听信宰嚭谗言,赐剑伍子胥,命其自尽。伍子胥说:“谗臣嚭为乱矣,王乃反诛我。我令若父霸。自若未立时,诸公子争立,我以死争之于先王,几不得立。”《韩信卢绾列传》:“唯韩无有后,故立韩诸公子横阳君成为韩王。”明白了“诸公子”的身份和地位,也就清楚了韩非与韩国、韩王的关系正如屈原与楚国、楚王的关系,即二人分别为韩国和楚国的宗亲。正是这一点对他们的人生产生重大影响。

中国古代国家的形成与西方有着迥然不同过程。西方国家组织是金属器与生产工具相结合产生的技术革命的产物,在此之前,宗族组织已经崩坏,所以国家的出现是以地域原则取代亲属原则。但是在中国,国家是人与人关系变化的一个结果,因此,它的产生并非以氏族组织的瓦解为代价,而是保留了原有的血缘关系,把氏族内部的亲属关系转化为政治国家的组织形式,从而将旧的氏族组织与新的国家形态熔铸为一。这就形成了中国古人恋家恋乡恋故土、重视血缘亲情的特点。周王朝实施的宗法制度也是在此基础上确立的。因此家国合一,家是小国,国是大家,周天子与各个诸侯国国君既是君臣,又是亲戚。而在一个诸侯国内,贵族之间亦保持着千丝万缕的血缘亲情。这就使得贵族比一般百姓更加重视宗亲关系,受此束缚也更多。所以,同处战国时代,出身贫贱的苏秦、张仪、范雎在选择辅佐物件时看重的是哪一个诸侯国可以让他们施展才华、获得高官厚禄,而无所谓它是不是祖国。但是屈原和韩非却始终把自我理想的实现与爱国、恋宗交织在一起,他们渴望创造人生辉煌,只是这一目标的实现必须与祖国的富强紧密相连。这样,爱国、恋宗就成为他们追求自我理想实现过程中必然的表现。当然,说到这里就出现了一个问题，屈原的爱国毋庸置疑，韩非爱国吗？这一疑问的产生缘于《韩非子·初见秦》一文。

《初见秦》是一篇上奏秦王的奏折，开篇即对包括韩在内的六国所坚持的合纵之策抱以嘲笑和不屑一顾："臣闻：天下阴燕阳魏，连荆固齐，收韩而成从，将西面以与秦强为难。臣窃笑之。"此番言论表现出的对韩国的冷漠无情，完全不像韩之宗亲。而最露骨的还在结尾："臣昧死愿望见大王，言所以破天下之从、举赵、亡韩、臣荆魏、亲齐燕、以成霸王之名、朝四邻诸侯之道。大王诚听其说，一举而天下之从不破，赵不举，韩不亡，荆魏不臣，齐燕不亲，霸王之名不成，四邻诸侯不朝，大王斩臣以徇国，以为王谋不忠者也。"假如《初见秦》的确为韩非所作，说其卖国求荣实不为过。但是事实却是发表此番高见的不是韩非，而是另有其人。依据如下：一、此篇同时见于《战国策·秦策》，作者是张仪而非韩非。其次，《初见秦》的亡韩主张与《韩非子·存韩》表露的对韩国的殷殷赤子之情截然相反。第三，《初见秦》全文所说情势不像是公元前234年的秦国。因此早在汉代，刘向就提出《初见秦》是张仪所为，而不是韩非。近代梁启超、胡适也持相同说法。容肇祖、刘汝霖两位先生认为是蔡泽所作，郭沫若先生认为是吕不韦所作，邹旭光先生认为乃荀子所作。①总之，多数学者认为此篇非韩非所作。当然，也有学者持不同观点。如《韩非子全译》的作者张宽认为《初见秦篇》是韩非所作，但不是公元前234年韩非出使秦国时的上书。张宽推测公元前255年至公元前251年韩非曾到过秦国，并接触了秦国的高层，《初见秦》即作于此时。② 但是，司马迁在《史记·老子韩非列传》中记载秦王嬴政是看到韩非《五蠹》、《孤愤》后，经李斯推荐介绍方知韩非其人，也就是说此前的韩非对于秦国是陌生的。张宽先生的推断与此显然相悖。另外，公元前234年韩非出使秦国名义上为韩王所派遣，实则为秦国逼迫，韩王不得不让韩非以使者身份到秦国。因此，韩非并不担负存韩的义务。而且，此时的韩国国势衰败，岌岌可危，处在灭亡的边缘。而此时的韩非多年不得重用，应该说内心积怨更深，无论从哪个角度说，这时他上书秦王灭韩似乎更合情理。可是，韩非在《存韩》一篇中不顾一切地为韩国辩护，希望秦国不要逼迫韩国，其中表露的爱国之情不输屈原。他说："韩事秦三十余年，出则为扞蔽，入则为席荐，秦特出锐师取韩地，而随之怨悬于天下，功归于强秦。且夫韩入贡职，与郡县无异也。"③接着，他给秦王详细分析了韩之于秦的战略重要性：

① 分见汉刘向编著《战国策·秦策一》、梁启超《要籍解题及其读法》、胡适《中国哲学史大纲》、容肇祖《韩非子考证上》、刘汝霖《周秦诸子考》、郭沫若《青铜时代·韩非子初见秦篇发微》、邹旭光《〈韩非子·初见秦篇〉作者新考》。转引张榜《韩非子全译》，贵州人民出版社，1990年，第2页。

② 张榜：《韩非子全译》，贵州人民出版社，1990年，第2页。

③ 《韩非子·存韩》。

> 夫韩,小国也,而以应天下四击,主辱臣苦,上下相与同忧久矣。修守备,戒强敌,有畜积,筑城池以守固。今伐韩未可一年而灭,拔一城而退,则权轻于天下,天下摧我兵矣。韩叛则魏应之,赵据齐以为原,如此,则以韩、魏资赵假齐以固其从,而以与争强,赵之福而秦之祸也。夫进而击赵不能取,退而攻韩弗能拔,则陷锐之卒,勤于野战,负任之旅,罢于内攻,则合群苦弱以敌而共二万乘,非所以亡赵之心也。均如贵臣之计,则秦必为天下兵质矣。陛下虽以金石相弊,则兼天下之日未也。①

可以想见韩非说这番话时的悲愤之情和他试图挽韩国于狂澜既倒的急切。这样的一个韩非怎么可能在数年前上书秦王灭韩?求证于史册,我们还发现,韩非在韩国的境遇与屈原非常相似。太史公在《史记·韩非列传》中这样说:"非见韩之削弱,数以书谏韩王,韩王不能用。于是韩非疾治国不务修明其法制……,悲廉直不容于邪枉之臣,观往者得失之变,作《孤愤》、《五蠹》、《内外储》、《说林》、《说难》十余万言。"在主辱臣苦、自身不被重用的情形下,他和屈原做了同样的选择:不是一走了之,而是始终陪伴苦难的祖国,直至迫于秦国武力威胁出使秦国。最终,因为替韩国申辩而被李斯一句"终为韩不为秦"送入秦国大狱,毒杀于此。韩非对于韩国的殷殷之情没有在他的著作中直接表现出来,史书上也没有充分记载,因此被后人忽略。但是即便如此,仔细研读现存有限资料仍能感受到他的爱国之情、报国之志,感受到他对韩国、韩王的一片忠心。在这一点上,韩非完全可以与屈原媲美。

二、极高寒的理想与极热烈的感情——性格的相似

朱熹这样评说屈原:"窃尝论之,原之为人,其志行虽或过于中庸而不可以为法,然皆出于忠君爱国之诚心。"②无独有偶,宋代司马光对屈原亦有"过于中庸,不可以训"的类似评价,并因此在《资治通鉴》中不收屈原。③ 梁启超说得更明确:"屈原性格诚为极端的,而与中国人好中庸之国民性最相反也,而所以能成为千古独步之大文学家亦即以此。"④屈原的极端表现在他对理想的执著追求,也表现在他对阻碍楚国改革的党人不折不扣、坚持不懈的斗争。在众芳萎绝的情形下,他孤独而坚定地为"美政"理想奋斗,"虽九死其犹未悔"、"虽体解吾犹未变"、"阽余身而危死兮,览余初其犹未悔"。他是不惜以

① 《韩非子·存韩》。
② 朱熹:《楚辞集注·目录后序》,上海古籍出版社,2001年,第2页。
③ 转引崔富章主编《楚辞学文库·楚辞评论集览》,湖北教育出版社,2003年,第65页。
④ 转引崔富章主编《楚辞学文库·楚辞评论集览》,湖北教育出版社,2003年,第465页。

生命为代价来换取理想的实现。这一点成为《离骚》感动世人的关键之处。

韩非性格的极端同样可以从其著作《韩非子》中可以看出。《韩非子》作为晋法家的代表,其显著的特点就是对绝对确定性(或者说是极端君主专制)的追求。《显学》说:"有术之君不随适然之善,而行必然之道。"所谓的"必然之道"就是人们的行为完全受法的约束,不能逾越一步。法是客观的、强硬的,因而被韩非视为是最佳的、唯一的治国手段。而道德、感情则因带有主观随意性,被韩非排斥在治世之外,他还因此否定了人与人之间感情的存在。在韩非笔下,君臣如寇仇,因此"上下一日百战";[①]君民之间,民为君用不是因为"爱之",而是迫于君之势,所以君要绝"爱道","使人不得不爱我,而不恃人之以爱为我";[②]父母与子女之间不仅没有深情厚意,而且"用计算之心以相待",所以"产男则相贺,产女则杀之";[③]没有血缘关系的夫妻之间绝对不能谈什么诚信。如此彻底、全面地否定人之感情,在先秦诸子中可谓绝无仅有。此类例子在《韩非子》中俯拾皆是。譬如他要求大臣要无条件地、绝对地服从国君:"有口不以私言,有目不以私视,而上尽制之。为人臣者譬之若手,上以修头,下以修足,清暖寒热不得不救。"[④]如果我们按照文如其人的文学理论推道,那么诸如此类绝对化、极端化的论述间接映射出的正是韩非性格上极端的特点。

极端的性格使屈原和韩非把对祖国、对社会的爱与恨都推向极致,爱得深,恨得切,爱、恨都是那样纯粹,没有一点儿杂质;爱、恨都是那样决绝,没有任何回旋余地。这使得他们性格表现出另一个共同点:热情。梁启超说屈原有极高寒的理想与极热烈的感情。[⑤]所谓"极高寒的理想"是指屈原的政治抱负:楚国通过政治改革而国富兵强,进而统一六国。这是一条崎岖坎坷、充满艰辛的道路。旧贵族的阻挠、君王的轻信都使屈原面临重重阻力。可是,热情的他会为人生道路之艰辛而"太息掩涕",为自己生不逢明君盛世而歔欷郁邑、热泪纵横,但是最终还是要义无反顾地为理想拼搏、奋斗。林庚说:"屈原伟大的人格,正生在一个热情求真的时代,先秦诸子的思想的光芒,使人生从此成为一个崇高的醒觉;在这些光芒当中,屈原所受的影响,与其说是思想的,勿宁说是感情的。"[⑥]梁启超又说:"屈原是情感的化身,他对于社会的同情心,常常到沸度。看见众生苦痛,便和身受一般,这种感觉,任凭用多大力量的麻药,也麻他不下。"[⑦]这些论述从不同角度道出了一

---

① 《韩非子·扬权》。

② 《韩非子·奸劫弑臣》。

③ 《韩非子·六反》。

④ 《韩非子·有度》。

⑤ 转引崔富章主编:《楚辞学文库·楚辞评论集览》,湖北教育出版社,2003年,第468页。

⑥ 转引崔富章主编:《楚辞学文库·楚辞评论集览》,湖北教育出版社,2003年,第681页。

⑦ 梁启超著,吴松等点校:《饮冰室文集点校》,云南教育出版社,2001年,第3414页。

个热情的屈原。

《韩非子》一书被后人评价为冷漠无情、刻薄寡恩,可是韩非其人却对人生充满热情。这一点首先从他对韩国的热爱上看出。

韩非敏锐地看出韩国政坛的症结所在,也找出了相应的解决途径,并屡次上书韩王,却不被采纳。他抑郁愤懑,但是没有一走了之。凭他的才学,到其他国家施展抱负并非难事,但他宁可在韩国遭遇冷落和委屈也不肯离开。迫于秦国压力入秦本来是一个绝好的展示才华的机会,但是他仍然挂念着危难中的祖国,入秦后做的第一件事就是为韩国申辩解围,以至于为此殒命。

其次,韩非的热情表现在对理想的执著追求。正如屈原毫不留情地谴责、抨击苟且偷生、结党营私的楚国贵族一样,韩非对狐假虎威、借君自重的重臣、党人等有违其以法治国主张者也给予一针见血的揭露和批判。他把有碍于国家发展的工商之人、学者、侠客、患御者和纵横之士比喻为五种蠹虫,认为"不除此五蠹之民"、"不养耿介之士"则破国失家不可避免。一个除字可以看出韩非对"五蠹"之人的痛恨之情,而这正是缘于他对君王及国家的热爱和对理想的热烈追求。一位外国学者这样评价韩非:

> 然而,人们要记住,人们毕竟是在和一位身心极其脆弱但决心使自己心肠很硬的"知识分子"打交道。他很容易动怒,痛恨这个不承认他才能的世界。尽管他为他的信念寻求一种"道家"的基础,但明显缺乏慎到所具备的像"土块一样的"冷漠无情的素质。①

这的确是深刻而独到的见解,特别是说韩非缺少慎到的冷漠无情,可谓入木三分。就韩非的本性来说,他不是一个冷漠的人,所以他教导君王要虚而静,但自己却做不到;他深知"当途之人"与"法术之士"势不两立,却把自己完完全全暴露给对手;他不遮不掩,不韬光晦迹,因为他是一个对人生充满热情的学者和政论家,充满爱国热情,充满救世热情,他的人生悲剧正是他的追求与他的性格矛盾所致。恰如梁启超先生说,屈原一身同时含有矛盾两极之思想:彼对于现社会极端的恋爱,又极端的厌恶;彼有冰冷的头脑,能剖析哲理,又有滚热的感情,终日自煎自焚;彼绝不肯同化于恶社会,其力又不能化社会。故终其身与恶社会斗,最后力竭自杀。② 韩非又何尝不是如此呢?

---

① [美]本杰明·史华兹著,程钢译:《古代中国的思想世界》,江苏人民出版社,2004年,第353页。

② 转引崔富章主编:《楚辞学文库·楚辞评论集览》,湖北教育出版社,2003年,第465页。

三、“循绳墨而不颇”——政治主张的相似

诸子分家始于汉代。先秦时期，诸子只有学术观点的不同，没有派别之分。而且，一个人的思想也很难截然分明地归入某个流派。韩非被列入法家，但却是儒学大师荀子的学生，其思想本源又与道家相关，所以司马迁说他喜刑名法术之学，而归本于黄老。[①] 因此韩非思想中儒家、道家因素都非常鲜明。同样，屈原的思想也很难单纯归入某一家，但谓其思想中有显著的法家因素则不为过。

《离骚》中，诗人批评党人说：“固时俗之工巧兮，偭规矩而改错。背绳墨以追曲兮，竞周容以为度。”“规矩”、“绳墨”在战国时期常用来比喻法令制度，几近法令制度的代名词，《韩非子》中比比皆是，如“法不阿贵，绳不挠曲”[②]等等。诗人认为楚国的时俗是党人善于投机取巧，为了谋取私利，置国家政策法令于不顾。这正是他所痛恨的。在诗人看来，一个国家没有严格的法令，就像骑马却缺少能够控制马的辔头、乘船泛游激流却没有船桨固定船的方向一样，非常危险[③]。诗人反复申明：法度明确，国家才能富强。在《大招》中，诗人力陈楚国之好时，特意强调了政治情况：“先威后文，善美明只。魂乎归来，赏罚当只。”诗人认为赏罚得当也是吸引亡灵留在楚国，而不要漂流到他方的重要因素。这些政治主张正是以韩非为代表的法家“以法治国”的核心所在。

在用人上，法家主张打破任人唯亲，实现任人唯贤唯能。《韩非子·说疑》说：“（圣王明君）内举不避亲，外举不避仇。是在焉，从而举之；非在焉，从而罚之。是以贤良遂进而奸邪并退。”屈原则明确提出：“举贤而授能兮，循绳墨而不颇。”《大招》有曰：“魂乎归来，尚贤士只。……举杰压陛，诛讥罢只。直赢在位，近禹麾只。豪杰执政，流泽施只。”“举杰压陛”、“直赢在位”、“豪杰执政”说得都是任用德才兼备的大臣坐镇朝廷、掌握大权。“诛讥罢只”即罢免昏庸无能之辈，实则“举贤授能”的另一个方面。可见，用人上，作为法家的韩非与屈原也不谋而合。

战国时期，一些说客凭借三寸不烂之舌猎取功名利禄。这正是法家反对的。韩非在《五蠹》中把说客列为国家必除而后安的五种蠹虫之一。法家从前期之商鞅到后期的集大成者韩非均认为国家最需要的是农战之人。“农”指从事农业生产者，“战”则指战士。屈原亦持同样观点。《卜居》中说：“宁诛除茅草以力耕乎？将游大人以成名乎？”答案不言自明。《九歌·国殇》是一篇歌颂为国捐躯的将士的诗歌，诗中描写了战争的残酷，也

---

① 司马迁：《史记·老子韩非列传》。

② 《韩非子·有度》。

③ 屈原《惜往日》：“乘骐骥而驰骋兮，无辔衔而自载。乘氾泭以下流兮，无舟楫而自备。背法度而心治兮，辟与此其无异。”

高度称赞战士的英勇不屈:“诚既勇兮又以武,终刚强兮不可凌。身既死兮神以灵,子魂魄兮为鬼雄。”作者通过对战士的歌颂表现他的重战思想。

从屈原反壅蔽、禁止朋党的思想中亦可看出他的政治主张与法家之相似。法家认为,朋党的存在对君主专制政体构成巨大威胁,所以他们在著作中反复论述其弊端,并探讨禁止朋党的途径。如韩非在《有度》中这样说:“交众与多,外内朋党,虽有大过,其蔽多矣。故忠臣危死于非罪,奸邪之臣安利于无功。忠臣之所以危死而不以其罪,则良伏矣;奸邪之臣安利不以功,则奸臣进矣。此亡之本也。”朋党最大的危害在于君主被壅蔽,耳目闭塞,是非、忠奸难辩。正如韩非在《孤愤》中所说:“大臣挟愚污之人,上与之欺主,下与之收利侵渔,朋党比周,相与一口,惑主败法,以乱士民,使国家危削,主上劳辱。”因此,禁朋党、反壅蔽就成为法家政治思想的重要内容之一。屈原在楚国的政治改革遇到的最大阻力也是来自于为了一己私利结成朋党的贵族。《离骚》中,诗人感叹道“世并举而好朋”。结成朋党的贵族“偷乐”、“鄙固”,嫉贤妒能,颠倒是非。“服艾盈要”,却认为“幽兰不可佩”;“粪壤充帏”,却说“申椒不芳”。不仅如此,他们还“蔽晦君之聪明兮,虚惑误又以欺”(《惜往日》)在党人的媚惑下,楚君“弗参验以考实兮,远迁臣而弗思”、“谅聪不明而蔽壅兮,使谗谀而日得”(《惜往日》)。要禁朋党、反壅蔽,最佳途径就是以法治国。所以屈原和韩非都主张以“法治”代替“心治”,公私分明,赏罚得当。这些均体现出二者在治国思想上的一致。

四、生前身后名——不同的人生结局

屈原和韩非的人生均以悲剧谢幕。屈原在理想破灭、救国无望的情形下沉江自杀。韩非抱着“存韩”的热情“出使”强秦,结局却是韩国不免被吞并的命运,自已客死于异地他乡。他们都是为理想而死,为祖国而死。相似的身世,相似的性格,政治主张亦不乏相似之处,同样对祖国抱着深厚的赤子之情,但二者身后得到的评价却大不相同。屈原成为中国文化中爱国的象征,而韩非却遭到诸多非议。究其原因,在于后人对他们身后留下的文学作品屈骚和《韩非子》的接受和评价。

相似的人生际遇使韩非和屈原发愤而作,在中国文学史上留下浓墨重彩的一笔:屈骚和《韩非子》。屈骚无论思想价值还是艺术成就均得到后人高度称赞。淮南王刘安评《离骚》说:“其文约,其辞微,其志洁,其行廉……其志洁,故其称物芳。其行廉,故死而不容。自疏濯淖汙泥之中,蝉蜕于浊秽,以浮游尘埃之外,不获世之滋垢,皭然泥而不涅者也。推此志也,虽与日月争光可也。”[①]这一评价经史迁《屈原列传》引用后,得到广泛赞

① 司马迁:《史记·屈原列传》。

同。历史上虽然也有批评屈原露才扬己者，但这不是评价屈骚的主流。《韩非子》则不同，它对法治的极端崇拜，对君人南面之术毫不掩饰的赞美，对人性中阴暗面的夸大，都使后人对其贬多于褒，甚至视之为洪水猛兽。如宋代苏辙就说："使非不幸获用于世，其害将有不可胜言者矣。"[①]但是，《韩非子》一书果如苏辙所说一无是处、百害无一益吗？答案显然是否定的。早在汉代，司马迁就在指出其"惨礉少恩"的同时，又说后世"学者多有"[②]。这实际上间接说明了《韩非子》的积极意义。三国时蜀相诸葛亮曾为后主抄录包括《韩非子》在内的法家著作。晋葛洪在《抱朴子·用刑篇》中说："世人薄申、韩之实事，嘉老、庄之诞谈，然而为政无能错刑，杀人者原其死，伤人者赦其罪，所谓土拌瓦胾，无救朝饥者也。"在提倡建设法治社会的今天，《韩非子》的价值仍然不容忽视。它所主张的以法治国尽管不能等同于现代意义上的法治，但其中颇多相似之处，这点已经得到研究中国法律文化的学者认可；它主张通过以法治国实现社会和谐更彰显出其理论的超前；它所讨论的在以法治国的前提下实现"无为而治"在管理学上也不乏积极意义。假如我们把《韩非子》的思想与某些西方政治学著作中的相关观点做一对比，其价值意义会更加显著。

但是，与屈骚相比，《韩非子》得到的负面评价远远多于正面评价。"法家是先秦诸子百家中的'显学'，但不幸也是最被后世误解的一个学术流派"[③]；《韩非子》是法家的集大成之作，但不幸也是最被后世误解的一个诸子。究其深层原因，首先是我国传统文化对法治的排斥。中国古代提倡以德治国，法是不得已而用之、退而求其次的治国工具。中国古人以"无讼"为治世的象征。《史记·周本纪》有："成康之纪，天下安宁，刑错四十余年不用。"《韩非子》一书对以法治国的高度赞扬，乃至于崇拜，无疑与中国古代文化背道而驰。其次，《韩非子》主张的重刑、严刑以及对人际关系中温情一面的全面抹杀也为一个以血缘为基础的宗族社会中人所不能接受。第三，中国古代选拔官员看重的是个人文化修养，而非行政管理知识和能力。唐代科举制正式确立，主要考试科目是诗赋，"时海内和平，士有不由文学而进，谈者所耻"。[④] 宋代范仲淹和王安石首先注意到以诗赋选拔行政官员的弊端，因此庆历年间，范仲淹推行新政，其中一项内容即要求进士科先策论后诗赋。熙宁变法中，王安石提出相似主张，要把人才由诗赋引到实际政治学习上来。但是，两次变法对科举制都没有实质的影响。由此可见中国古代在选拔政治人才过程中以个人文化素养为标准的主张是多么根深蒂固、难以更改！《韩非子》虽说蕴涵着高超的政

① 宋·苏辙：《栾城文集·韩非论》。转引陈奇猷《韩非子新校注》，上海古籍出版社，2000年，第1253页。

② 《史记·韩非列传》。

③ 束景南师：《中和与绝对的抗衡·序》，中国社会科学出版社，2007年。

④ 《全唐文》卷520，《李公(史鱼)墓志铭》。

治管理理论,但是由于与社会需求不合,所以不可能被关注和重视。这一切都影响了韩非其人其书的传播、接受及评价。以《离骚》为代表的屈赋在内容上反复述说的是诗人对君主的赤胆忠心。虽然"不察余之中情"、"中道而改路"的都是楚王,但是诗人直面谴责的却是楚国的"群小"、"党人"。这一点满足了专制社会对忠臣的要求,从而奠定了屈骚被体认的基础。宋代以降,屈原圣贤地位和"千古第一忠臣"形象的确立更是与此不无关系。洪兴祖说:"原之敬王,何异孟子?"①朱熹说:"夫屈原之忠,忠而过者也。屈原之过,过于忠者也。"②都可以说明问题的实质所在。另外,中国被称为"诗的国度",诗歌在古代文学中占有突出地位,唐诗宋词自不必说,即便在分别以赋和小说戏剧为"一代之文学"的汉和明清,诗歌依然在文学领域扮演着举足轻重的角色。屈骚从本质上说仍属诗歌范畴,而且它"香草美人"的表现手法符合国人重"含蓄"轻"直白"的审美要求。而《韩非子》作为政论性散文,犀利峭劲、不遮不掩、一针见血是其突出特点,这与儒家提倡的"温柔敦厚"、"哀而不伤、乐而不淫"的中庸之美相悖,一定程度上也影响了它的传播和接受。第三,内容的不同决定了屈骚和《韩非子》受众面的不同。《韩非子》可以说是写给帝王看的书,既如此,怎能引起大众的共鸣?而屈骚所述的"遭谗见疏"、"忠而被谤"的人生经历在专制社会何止屈原一人?由屈骚而形成的逐臣文学已说明了一切。

概言之,文学作品的传播与接受受制于历史,也受制于民族文化。而当我们把文学作品与作者融为一体时,这种制约就影响到我们对作者的认识和评价。这既有失公允,也在一定程度上遮蔽了历史的本来面目。

参考文献

[1]陈奇猷:《韩非子新校注》,上海古籍出版社,2000年。

[2]梁治平:《寻求自然秩序中的和谐》,上海人民出版社,1991年。

[3]赵逵夫:《屈原与他的时代》,人民文学出版社,2002年。

[4]洪兴祖:《楚辞补注》,中华书局,1983年。

① 姜亮夫:《楚辞书目五种》,上海古籍出版社,1993年,第405页。

② 朱熹:《楚辞后语·反离骚序》,上海古籍出版社,1979年,第242页。

从《楚辞》到《汉赋》巫风之演变

——楚辞、汉赋中巫之称谓及巫风盛行的原因

湖北省社会科学院文史所　李倩

巫风是楚文化甚至也是长江文化的一大特色。楚人的巫风,在《楚辞》、《汉赋》中较诸在其他文献中留下了更多的记录。东汉历史学家班固认为"楚人信巫鬼,重淫祀"。朱熹《楚辞集注》说:"楚俗祠祭之歌,今不可得而闻矣,然计其间,或以阴巫下阳神,或以阳主接阴鬼。"巫觋之与神鬼,如影随形。他们出现在楚辞、汉赋中,林林总总,证实了朱熹的论断不误。历来,对楚巫风的研究,学术界已作过很深入的探讨,但对《楚辞》、《汉赋》中的巫之称谓进行量化考察,迄今为止,有关这方面的研究明显不足。本文的研究主要是做量化的考察,就是把《楚辞》、《汉赋》中"神"、"鬼"、"灵"、"巫"、"觋"、"祝"出现的频数作一分类的统计,然后在这个基础上结合其他资料考察分析巫风盛行的原因及其流变。

一、《楚辞》、《汉赋》中所见之神、鬼、灵、巫、觋、祝

神、鬼、灵、巫、觋、祝在《楚辞》、《汉赋》中交替出现,现据统计所得分述如下:

(1)单称"神",70 例,详见注①。

(2)单称"鬼",6 例(《山鬼》标题不算),详见注②。

(3)"神"、"鬼"连称,8 例,按单出递增一倍,共 16 次,详见注③。

(4)单称"灵",39 例。加上"灵"字与他字合成专用名词 18 例,"灵"共计 57 例。其

① 分别见于《离骚》、《惜诵》、《远游》、《卜居》、《九辩》、《九怀·昭世》、《九叹·离世》、《九叹·远游》、《九思·疾世》、《九思·伤时》(引自王逸《楚辞章句》,《四部丛刊》影印明翻宋本);《西都赋》、《东都赋》、《西京赋》、《东京赋》、《南都赋》、《甘泉赋》、《反离骚》、《子虚赋》、《上林赋》、《羽猎赋》、《长杨赋》、《鲁灵光殿赋》、《幽通赋》、《思玄赋》、《舞赋》、《长笛赋》、《高唐赋》、《神女赋》(引自《文选》,中华书局 1977 年影印,清胡克家刻本)等各篇。按:以下所引各篇凡出自《楚辞章句》及《文选》者,皆不再重复注出。

② 分别见于《国殇》、《九叹·远游》、《东京赋》、《甘泉赋》、《幽通赋》、《思玄赋》等各篇。

③ 分别见于《远游》、《九叹·离世》、《九叹·思古》《九叹·远游》、《九思·哀岁》、《东都赋》、《鲁灵光殿赋》、《高唐赋》等各篇。

单出者,详见注①。其与他字合成专用名词者,计有:“灵均”1 例;“灵修”6 例;“灵怀”6 例;“灵玄”1 例;“灵氛”4 例。

按:神、鬼、人都可以称灵。巫扮神的时候即以灵见称。王逸《楚辞章句》注云:“灵,巫也,楚人名巫为灵子。”王国维《宋元戏曲考》说:“古之所谓巫,楚人谓之曰灵。……楚辞之灵,殆以巫而兼尸之用者也。其词谓巫曰灵,谓神亦曰灵。盖群巫之中,必有象神之衣服、形貌、动作者,而视为神之所凭依,故谓之曰灵,或谓之灵保。”②

作人名用的“灵均”和作人之代称的“灵修”、“灵怀”、“灵玄”中的“灵”,注家所见不一,有作“善”解的,也有作“神”解的。③ 鲁笔《楚辞达》说:“灵字有三义,神也,明也,善也。”灵固然有善的意思,但在《楚辞》、《汉赋》中应作神灵解。游国恩指出:“按《楚辞》凡事涉鬼神,多以灵言之,若灵巫、灵保、灵氛等等。《山鬼》言留灵修兮憺忘归,亦因山鬼之所恋必其同类。”④所谓“必其同类”,主要是神巫。

(5)“神”、“灵”连称或互用的,有 11 例,按单出递增一倍,其出现 22 例,详见注⑤。

这有两种情况:第一种是同表一意的连称,属复合词,如“东风飘兮神灵雨”(《山鬼》)和“神灵扶其栋宇”(《鲁灵光殿赋》);第二种是互文见义,如“徕只郊禋,神所依兮,徘徊招摇,灵棲迟兮”(《甘泉赋》)。

(6)单称“巫”,止得 1 例,见于《天问》。加上巫字与他字合成专用词“巫咸”或“巫阳”有 7 例,详见注⑥。合计“巫”字共 8 例。

按:“巫咸”和“巫阳”是神巫。王夫之《楚辞通释》说:“巫咸,神巫之通称。楚俗尚鬼,巫咸降神,神附于巫而传语焉。”

(7)巫觋连称,独见 1 例,见于《东京赋》。“巫觋”是男女巫的合称。《国语·楚语下》记观射父云:“在男曰觋,在女曰巫。”

(8)单称“祝”,得 2 例:

1. 工祝招君,背行先些(《招魂》)。

2. 传祝已具,言辞已毕(《高唐赋》)。

《说文》:“巫,祝也”,“祝,祭主赞辞者。”《周礼》中的“祝”与“巫”分职,大祝掌六祝

---

① 分别见于《离骚》、《东皇太一》、《云中君》、《湘夫人》、《大司命》、《东君》、《河伯》、《国殇》、《天问》、《九辩》、《远游》、《九怀·思忠》、《九叹·远游》、《九思·伤时》、《西都赋》、《东都赋》、《西京赋》、《东京赋》、《南都赋》、《东征赋》、《幽通赋》、《鲁灵光殿赋》、《思玄赋》、《洛神赋》、《舞赋》等各篇。

② 王国维《宋元戏曲考》,《王国维遗书》第 15 册,上海古籍书店印行,1983 年 9 月,第 1-2 页。

③ 游国恩:《离骚纂义》,中华书局,1980 年 11 月,第 72-73。

④ 游国恩:《离骚纂义》,中华书局,1980 年 11 月,第 77 页。

⑤ 分别见于《山鬼》、《九怀·株昭》、《九叹·远逝》、《东都赋》、《东京赋》、《南都赋》、《甘泉赋》、《鲁灵光殿赋》、《幽通赋》、《长笛赋》等各篇。

⑥ 分别见于《离骚》、《招魂》、《甘泉赋》、《思玄赋》、《七发》等各篇。

之辞，以事鬼神，示祈福祥，求永贞。《国语·楚语下》中“祝”的专职是“使制神之处位次主而为之牲器时服，而后使先圣之后之有光烈，而能知山川之号，高祖之主，宗庙之事，昭穆之世，齐敬之勤，礼节之宜，威仪之则，容貌之崇，忠信之质，禋洁之服，而敬恭明神者，以为之祝”（韦注：祝，太祝也，掌祈福祥）。王逸《楚辞章句》解释“祝”：“男巫为祝。”瞿兑之《释巫》中认为：“祝与巫二者虽可联言，相须为用，但不得以祝释巫，祝之为职专主祷祈。”[①]说明男巫与女巫有分工，各司其职，“祝”与“巫”在某些场合中是不得互为解释的。

凡冠有“神”字或“灵”字的动植物名，篇章名，建筑物名，以及用“神”或“灵”表精神状态、灵魂、灵性、灵通的，都未纳入上列统计之中。

与此相比，《诗经》中表现巫风的内容就少得多了。总览《诗经》305篇，“神”、“祝”、“灵”、“鬼”共出现21次，其中“神”出现16例，“祝”出现3例，而且全出自于《雅》、《颂》，是仅用于庙堂拜天祭神的一般祭祀歌词。“灵”出现一次，即“灵雨飘零”（《国风·定之方中》），但“灵”在此并非指神灵，而是美好的意思。“鬼”出现1次，即“为鬼为蜮，则不可得”（《小雅·何人斯》），此处对“鬼”全无敬重的意味，而是视之如妖魔，加以质问诅咒。

从《楚辞》、《汉赋》中统计的数据中，“神”、“鬼”、“灵”、“巫”、“觋”、“祝”共出现181次，其中，“神”出现最多，89次，占总次数的49%，不难看出，“神”是楚巫首要的崇拜对象。“鬼”出现14次，占8%。按，人死为鬼。楚人对祖宗的鬼虽也敬重，但与神不可同日而语。与楚人不同的是，越人首要的崇拜对象是“鬼”。《汉书》卷25下《郊祀志》记：“粤人勇之乃言：‘粤人俗鬼，而其祠皆见鬼，数有效。昔东瓯王敬鬼，寿百六十岁。后世怠慢，故衰耗。’乃命粤巫立粤祝祠，安台无坛，亦祠天神帝百鬼。”“勇之”，师古注曰：“越人名也。俗鬼，言其土俗尚鬼神之事。”“见鬼”即现鬼（显鬼）。越人尚见鬼，而楚人尚见神。《楚辞》“皇剡剡其扬灵兮”（《离骚》），“横大江兮扬灵，扬灵兮未极”（《湘君》），“扬灵”即显灵，言神降而显扬其灵光。

楚人崇奉的神大抵与人同形同性，与希腊人的神类似，这标志着楚国巫风的进步。楚人的诸神，各具不同的神性。楚人运用超凡脱俗的想象，来弥补对自然现象的迷惑不解，作为克服自然的幻想手段。他们认为天地与人之间、神鬼与人之间、山川草木与人之间，乃至飞禽走兽与人之间，都有着某种奇特的联系。楚人把他们所敬畏的神通过想象予以人格化，天神地支与人鬼都成了人的理想的化身，被赋予人的情感、欲望和个性，极富人情味。凡是与人关系密切的尊神，都被楚人设想为人形，甚至都是美男美女。在《九歌》里，神都是少年美色之男女。作法的巫无不将自己打扮成神，楚楚动人，楚人祷神、媚神、娱神，甚至假想同神恋爱以求得神的欢心。神与人之间亲密至极，有时甚至迹近狎

---

① 瞿兑之《释巫》，《燕京学报》第7期，1930年6月。

呢。就像古希腊时代奥林匹斯山上的诸神一样,"泛神主义"精神贯注在楚人全部的精神文化之中。在宋玉的笔下,巫山神女竟与楚王成云雨之欢了。正是因为楚人把神看成美男美女,张仪对楚怀王说:"彼郑、周之女,粉白墨黑,立于衢闾,非知而见之者,以为神。"[①]神的世界,就是折射为神的人的世界,有人的悲欢离合,好人之所好,恶人之所恶,与人不同的只是他们有神性。然而,也有与人不同形同性的神,如长沙子弹库战国楚墓所出帛书四周的十二月神像,就怪异逾常。楚巫的原始思维,以为众生各有其灵性和形体,其灵性可互通,其形体可相变。在人类学上,这是转形(tran -sformation)变态(meta morpnosis)信仰。神既可以转形为人,也可以变态为怪。

与"神"相比,出现次多的是"灵",计67次,占37%,此外,"巫"出现8次,"觋"出现1次,"巫"、"觋"共占5%,"祝"出现2次,占1%。称"灵"者多而称"巫"、"觋"、"祝"者少,表明楚巫在作法时多数扮作神样。灵的出现之多、地位之高和作用之大,是楚地巫风的一大特色。

二、巫风产生和盛行的原因

作为原始宗教的巫术,并非迟至春秋战国才独盛于南方楚地。早在商代,中原的巫风就很盛了。殷商的卜辞是现在所知最早以卜决疑的记载。嗣后相沿,产生于战国的《周礼》在把卜筮行为符号化、规范化的同时,也标明了它的北方化,卜筮成为人与神联系的通则。周因于商,巫风也不为不盛,但就狂热和怪诞的程度来说,周不及商。周公制礼作乐,对祭祀典礼作出一系列明确规定,制约了巫风的发展蔓延;春秋、战国之际,儒家之学在北方逐渐占了主导地位,孔子不语"怪、力、乱、神"[②],"太古荒唐之说,俱为儒者所不道"[③]。因此巫风在北方渐趋式微,只有陈、宋、秦等国仍较盛。南方则不然,崇巫信鬼之风久盛不衰。原因在于:

(1)从文化地理学的角度来比较,北方地域辽阔,坦荡,随着社会的进步和发展,文明程度高;南方是河泽、高山地理,深山大川本身就是对文化的一种阻隔,原始氏族传统仍顽固保留。因而北方礼乐制度与儒家势力难以波及,使南方受影响不大。当殷人极盛的巫风被周人逐渐抛弃,中原的理性精神逐渐突破巫术的束缚之时,而远在长江流域,尤其是沅湘之间及较僻远的山区,则仍然保存和发展着带有丰富神话色彩的巫风。再如楚国之西,崇山峻岭,幽壑深谷,地僻民贫,历来贮存着丰富的古代文化信息。事实上,北起大巴山,中经巫山,南过武陵山,止于五岭,是一条古代文化沉积带。在这条文化沉积带中,

① 《战国策·楚策》,上海古籍出版社,1985年3月第2版,第540页。

② 《史记·五帝本纪》,中华书局,1959年9月。

③ 鲁迅:《中国小说史略》,人民文学出版社,1958年4月,第12页。

楚巫文化遗风至今犹存,这是研究楚巫文化背景和宝贵的文化参照系。从这个角度来说,楚国的巫风在很大程度上也受着自然地理的影响。

(2)从生产力的发展和人文环境的差异来看,先秦时期,中原的生产力发展水平较快,一般重人事疑鬼神,重实际而黜玄想,并且确立了实践理性、以人事为急务的思想,他们对神话、神鬼多采以存疑乃至否定的态度。楚地生产力发展水平较之中原相对落后,以至于人神杂糅之俗久存,巫觋祀神之风不衰。这样,形成了南方人与北方人不同的气质和精神。清刘师培《南北文学不同论》曾评价"大抵北方之地,土厚水深,民生其间,多尚实际;南方之地,水势浩洋,民生其际,多尚虚无。"因此,南北两地之人对巫的卜筮和祈祷并不完全相同。北方人直接从巫的行为中领略超人意愿,而南方人除信巫以外,还相信鬼神外巫的真实存在。这使南方人比北方人具有更多的幻思玄想。他们相信自己是神的意愿的体现者,足以获得神的庇佑。如楚灵王、楚怀王所为就是最好的例证。以理性洞照,这不免有滑稽之感。楚族地处江汉,物产丰富,山高林深,云烟多变。客观环境造就了楚人奔涌跌宕,神秘浪漫的心理结构。诚如洪亮吉《春秋十论》所云:"盖天地之气盛于东南,而楚山川又奇傑伟丽,足以发抒人之性情,故异才辈出……。"但自然人文地理环境只能是一种启迪,真正决定这一社会文化面貌的,是当时的时代精神和周围的风俗,这就属于社会性的了。南方既是山川相缪之区,又是夷夏交战之域,在楚国强盛起来后,从典章制度到风土人情,无不参差斑驳。蒙昧与文明,自由与专制,乃至神与人,都奇妙地组合在一起,社会色彩比北方丰富,生活节奏比北方欢快,思想作风比北方开放,加上天造地设的山川逶迤之态和风物灵秀之气,就形成了活泼奔放的风格,而活泼奔放的极点便是怪诞以至虚无。

(3)楚国社会包容着原始社会的若干精神因素,楚人的精神散发出浓烈的神秘气息。他们解释自然现象的种种变异,惯于用超凡的想象来弥补知识的缺陷。而且,楚国的巫风与科学、艺术相互联结、相互渗透。楚国有巫是史有明文的。《左传·文公十年》载:"初,楚范巫矞似谓成王与子玉、子西曰:'三君皆将强死'",从范地之巫矞似此人可与楚国最高统治集团过往一事,表明巫在楚国的政治生活中是占有特殊地位的。楚人信鬼神是有史可证的。据《列子·说符》载:"楚人鬼,而越人禨",《吕氏春秋·异宝》和《淮南子·人间训》也有类似记载。此俗不仅在民间,而且在统治阶级中也十分盛行。楚国历代君王信鬼祀神,提倡巫风,对巫风盛行起了推波助澜的作用。楚成王信巫,曾以大神巫咸为质,与秦穆公"齐盟";楚共王立太子,卜之于神;①据桓谭《新论·言体》载,楚灵王本即一位大巫,他简贤务鬼,信巫祝之道,祀群神,躬执羽绂,起舞坛前。吴师来攻,王鼓舞自若。曰:"寡人方祭上帝,乐明神,当蒙神佑焉,不敢赴救。"吴兵遂至;楚怀王"隆祭祀,事

① 《左传》昭公十三年,见杨伯峻:《春秋左传注》,中华书局,1981年3月。

鬼神,欲以获福助却秦师,而兵挫地削,身辱国危。"[①]可见,楚人举国上下均迷信鬼神。楚国的大巫往往身为国家重臣,如王孙圉答赵简子云:"楚之所宝者为观射父……又有左史倚相……"观射父和倚相都是当时楚国的大巫,他们被奉为国宝,可见巫在楚国的地位何等尊崇和显赫。由于诸种主客观因素,导致了楚巫风久盛不衰。

楚地巫风源远流长,降及两汉,仍然盛行。《汉书·地理志》载:楚地之俗"信巫鬼,重淫祀"。汉兴之后,典章制度虽多承秦制,宗教文化则多袭楚风。汉代的郊祀,正是继承和发展楚地巫风的明证。汉高祖曾下诏说:"吾甚重祀而敬祭,今上帝之祭,及山川诸神当祠者,得以其时,礼祠如故……"[②]魏晋以后,楚地的巫风仍较其他地方为盛。一部《荆楚岁时记》对南朝的楚地巫风有翔实的介绍。据宗懔说,楚地有傩人逐厉鬼之俗,腊日"村人并击细腰鼓、戴胡公头及作金刚力士以逐疫"[③];习凿齿《襄阳记》也说,襄阳之俗"信鬼神"。南朝时,"鄂俗计利而尚鬼,……而尤谨奉大洪山之祠,病者不药而听于巫。"[④]隋代,"大抵荆州率敬鬼,尤重祠祀之事"。[⑤] 唐代柳宗元、刘禹锡亲见楚人"尚鬼"活动,留下了"惧楚俗之尚鬼而难谕"[⑥],"永州居楚越间,其人鬼且机"[⑦],"予既谪于武陵,其地故郢之裔邑……民生其间,俗鬼言夷"[⑧]的记载;刘禹锡贬朗州司马,在朗十年,见"蛮俗好巫"[⑨]。按,朗州为故楚黔中地,说明"好巫"之俗在当地少数民族中长期流传下来。他的《竹枝词序》记载荆楚一带仍"鼓舞"、"九歌":"昔屈原居沅湘间,其民迎神,词多鄙陋,乃为作九歌。到如今,荆楚鼓舞之。"唐代元稹《赛神》诗云:"楚俗不事事,巫风事妖神。事妖结妖社,不问疏与亲。年年十月暮,珠稻欲垂新。家家不敛获,赛妖无富贫。杀牛贳官酒,椎鼓集顽民。喧阗里闾隘,凶酗日夜频。"[⑩]这首五言古诗生动描绘了直至李唐时代楚地依然是巫风盛行,举国上下以娱乐为事,以致达到了不问亲疏,无论贫富,日以继夜,高歌狂舞的痴醉沉湎的程度,实在是为他地所未有。唐人的《湖南风土记》也载,长沙"俗信鬼,好淫祀"。宋代,范致明《岳阳风土记》载:"荆湖民俗,岁时会集或祷祠,多击鼓,令男女踏歌。"《宋史·夏竦传》载:"洪(今南昌)俗尚鬼,多巫觋惑民。"《宋史·地理志》载:"荆湖南、北路……归、峡信巫鬼,重淫祀,故尝下令禁之。"明代,顾景星《蕲州志》

① 《汉书·郊祀志》,中华书局,1962年6月。
② 《汉书·郊祀志》,中华书局,1962年6月。
③ (梁)宗懔:《荆楚岁时记》,明刻何允中辑《广汉魏丛书》本,岳麓书社,1986年6月,第53页。
④ 《宋史·刘清之传》,中华书局,1977年11月。
⑤ 《隋书·地理志下》,中华书局,1973年8月。
⑥ 《柳宗元集·道州毁鼻亭神记》,中华书局,1979年10月,第744页。
⑦ 《柳宗元集·永州龙兴寺息壤记》,中华书局,1979年10月,第747页。
⑧ 《刘禹锡集·楚望赋并序》,上海人民出版社,1975年11月,第4-6页。
⑨ 《旧唐书·刘禹锡传》,中华书局,1975年5月。
⑩ 唐元稹:《赛神》,见杨军:《元稹集编年笺注》,三秦出版社,2002年6月,第461页。

载:湖北一带仍沿袭“楚俗尚鬼,而傩尤甚”。陶晋英《楚书》说:保靖、永顺之俗“疾病则击铜鼓沙锣以祀鬼神”。宋代卓越文学家文天祥的《衡州上元记》以至明清时期两湖一些方志上及文人诗词中都对故楚之地巫歌、巫舞的形态和风韵有过生动描绘。及至近代、现代,南方故楚之地的鄂西、湘西、江西,仍流行着保留原始祀神歌舞特征的“傩戏”、“巫舞”、“鬼舞”,这些戏、舞,大多戴“神”的面具,载歌载舞,表现神的身世事迹。据方志载,直至解放前,此俗在湖北地区仍颇为流行。据《崇阳县志》载,崇阳县俗“伏腊敛财赛神以觊福利,病者事巫师不重药饵”;《安陆府志》载远安县俗“敬鬼重祀”;《荆州府志》载公安县“俗好鬼神”;《枝江县志》载枝江县俗“敬鬼神”;《宜都县志》载宜都县俗“信鬼尚巫”;《归州府志》记归州“俗尚鬼信巫”。

至于屈原“窜伏其域”,并亲见其“祭祀之礼”的今湘西苗族等民族聚居地区,更是长期保持着朱熹在《楚辞集注》九歌序中所说的“蛮荊陋习”。清人严如煜《苗防备览·风俗上》中说:“苗中以做鬼事为重事,或一年三年一次,费至百金或数十金,贫无力者,卖产质衣为之”;清人吴有兰《楚岗志略》载:苗人有“做鬼”之俗,“苗性畏鬼”。因为苗人信人间的祸福全由鬼来主宰,所以畏鬼特甚。据清人王起衔等所修《永绥厅志》载,湘苗所祭之鬼达“七十余堂”。可见,其地“做鬼”之隆盛。

延至新中国成立前,巫风仍可以从湘西苗民的酬傩神的宗教仪式中得到反映,据说这种酬神戏与普通情形完全不同,一切由苗巫作主体,各扮着乡下人,跟在苗籍巫师身后,在神前院落中演唱。或相互问答,或共同合唱,一种古老的方式。古楚巫风在漫长的历史长河中沉淀下来,积成深厚的文化层,这便是独具风采的楚巫文化。时至今日,科学已经发展到了“嫦娥奔月”的“太空时代”,然而,在鄂西、鄂北、湘西、湘北的一些深山大谷偏远地区,祭祖、祈神、禁咒、还愿、招魂等古代遗风犹存,野巫歌舞仍然流传在世,甚至还在进行不同形式的演变和发展。

赋体内序外序的区分及其结构特征

湖南工业大学　刘伟生

每种文体都有自己的结构特点与规律。赋体正文的总体结构大致可分为三个部分:序、本部、乱(或称为颂、系、歌、重、讯等)。完整的赋除了赋体正文之外,还应该包括赋前的序文,也就是一般所说的同于诗作序、词作序的赋作序。由于赋体正文的结构及功能主要取决于“述客主以首引”的序,而赋前序文的数量与结构也较他种文体更为繁复,①考察赋序的复杂情况及其特殊功能,就势必成为赋体结构研究的前提与关键。而当务之急,尤在区分赋内之序与赋前之序,为论证方便,姑称之为“内序”与“外序”。

一、关于赋序与赋首的争议

在区分赋体内序与外序之前,先得介绍关于赋序与赋首的争议。这一争议是由《文选》收宋玉《高唐赋》、《神女赋》、《登徒子好色赋》及傅毅《舞赋》,并将赋中“玉曰唯唯”以前部分标明为序引起的。争议的实质是这些赋前的文字究竟算不算序。试举正反两方各五家的观点以资辨析。先看否定方的例子:

苏轼《东坡志林》:

宋玉《高唐》、《神女赋》自“玉曰唯唯”以前皆赋也,而统谓之序,大可笑也。相如赋首有子虚、乌有、亡是三人论难,岂亦序耶?[1]p.222

王观国《学林》:

傅武仲《舞赋》,宋玉《高唐赋》、《神女赋》、《登徒子好色赋》,本皆无序。梁昭明太子编《文选》,各析其赋首一段为序。此四赋皆托楚襄王答问之语,盖借

① 在诗、词、文、赋等常见的古代文体中,赋作序的比例最高。赋作序的形态结构也最复杂。以作者言,有自作序与他作序之分。就赋作序本身的体制体裁而言,则又有骈、散之别。若依古人细分又多交错之法,则赋作序里还可找出赋、颂、评、赞,论、说、原、议,解、释、辨、对,奏、记、疏、表等诸多文体来。当然真要这样去做,只会徒增烦琐,不过因为古人对文体进行分类常常是体用不二、以用明体的,赋作序的多体至少也可以说明它的功能是多样的。

意也,故皆有"唯唯"之文。昭明误认"唯唯"之文为赋序,遂析其词。观国按:司马长卿《子虚赋》托乌有先生、亡是公为言,扬子云《长杨赋》托翰林主人、子墨客卿为言,二赋皆有"唯唯"之文,是以知傅武仲、宋玉四赋本皆无序,昭明太子因其赋皆有"唯唯"之文,遂误析为序也。[2]p.220

王芑孙《读赋卮言》:

周赋未尝有序。……盖古赋自有散起之例,非真序也。《高唐》、《神女》、《登徒子好色》三篇,李善、五臣皆题作序;汉傅武仲《舞赋》,引宋玉高唐之事发端,善亦题为序,其实皆非也。……西汉赋亦未尝有序。《文选》……西汉赋七篇中间有序者五篇:《甘泉》、《长门》、《羽猎》、《长杨》、《鵩鸟》,其题作序者,皆后人加之,故即录史传以著其所由作,非序也。自序之作,始于东京。[3]p.16

浦铣《复小斋赋话》下卷:

《登徒子好色赋》自"大夫曰唯唯"以前皆赋也,相如《美人赋》前半脱胎于此。昭明乃谓为序,真堪喷饭,至今莫知其误,亟当正之。[4]p.83

章学诚《文史通义·内篇卷一·诗教下》:

赋先于诗,骚别于赋,赋有问答发端,误为赋序,前人之议《文选》,犹其显然者也。[5]P.81

这五家观点大同小异,其中王观国、浦铣、章学诚三人明显受率先发难的苏轼影响。综合五家观点,可以得出这样几层意思:一是宋玉《高唐赋》、《神女赋》、《登徒子好色赋》及傅毅《舞赋》中"玉曰唯唯"以前部分是赋而不是序,《文选》将其标为序是错误而可笑的。二是如果这种问答论难的"唯唯"之文可以称为序的话,相如《子虚赋》与扬雄《长杨赋》前面的部分也应该称为序,可《文选》没标。① 三是赋的问答发端不能称为序。四是古赋有散起之例,但不是真序,真正的自序始于东汉。

再看看肯定方的理由:

何焯《义门读书记·文选·赋》论宋玉《高唐赋》:

苏子瞻谓:"自'玉曰唯唯'以前皆赋,而此谓之序,大可笑。"(按见《东坡志林》卷五)按相如赋首有亡是公三人论难,岂亦赋耶?是未悉古人之体制也。刘

① 《长杨赋》标序是因为赋的正文前另有一段介绍背景的文字。

彦和云:“既履端于倡序,亦归余于总乱。序以建言,首引情本;乱以理篇,迭致文契。”则是一篇之中,引端曰序,归余曰乱,犹人身中之耳目手足,各异其名。苏子则曰:“莫非身也。是大可笑。”得乎?[6]

姜书阁《先秦辞赋原论》:

《高唐赋》开头即“述客主以首引”,也就是用客主问答来开篇,亦所谓“履端于倡序”,或“序以建言,首引情本”。……《文选》把这引首一大段称之为“序”,刘勰也说“序以建言”,与萧统同。前引章学诚《文史通义》,章氏指摘《文选》:“赋有问答发端,误为赋序。”说是“显然”的错误。其实,问答发端,基本上皆用散体,原非赋的正文,而古代骚赋未有不韵而散行者,称这段发端的散文为“序”,有何错误之可议?特别是在这段散文的序文之尾,分明写着“王曰:试为寡人赋之”,则“玉曰:唯唯”以后,才是宋玉所赋的正文,岂不更为“显然”?[7]p. 149

叶幼明《辞赋通论》:

序有下述三种不同的序。一种是作者用以叙述其作赋的缘起与作意的。……一种是由赋的收集者写在赋前以说明作赋的背景或写作意图的,后世编辑辞赋的人将这段说明文字置于赋前,亦称之曰序。……一种是由作者假设一个故事以引出描写的事物,这个故事亦有称之为序的。这种序既有散文,又有韵文。散文用以叙述故事,韵文用于描写,是韵散结合的一种形式。宋玉《高唐》、《神女》赋之叙述宋玉与楚王的对问,傅毅《舞赋》之叙述宋玉与楚襄王的对问,谢惠连《月赋》之叙述梁王与邹生、枚叟、司马相如的对问,谢庄《月赋》之叙述陈王与王粲对问等,都是这种情况。而《文选》则将《高唐赋》、《神女赋》、《舞赋》的这个部分都称为序。[8]p. 35-37

黄水云《六朝骈赋研究》:

由于辞赋之布局形式,首须揭出题意,说明主题,作意才能生发,其点明主题之方法,或明或暗,或正或反,皆无不可,而起首部分似序者,当为行文之必要,因此若要说此段为赋序,我想是可以的。[9]p. 215、p. 216

何新文《辞赋散论》:

对于赋的结构形式,刘勰作过这样的概述:“既履端于倡序,亦归余于总乱。序以建言,首引情本;乱以理篇,写送文势。”(《文心雕龙》)也就是说,赋以序言开头，以总乱结尾。开头的序言引出作赋的情由意旨，结尾的总乱总结全篇，充足文章气势，它们的目的是服务于中间赋的本体部分。[10]p.51,p.52

这五家的共同之处是肯定宋玉《高唐赋》等“玉曰唯唯”以前部分是序，主要根据是刘勰关于赋的结构理论，萧统与刘勰同时，他的做法与刘勰的观点是一致的。姜书阁先生甚至说问答发端不是赋的正文，“唯唯”之后才是赋的正文。

仔细看了两方的十家观点以后，我们会发现他们之间根本不是对立的双方，根本不能构成争议。因为他们所使用的“序”的概念不是同一的，一方指的是作品之外的文字，是“辞赋基本体式之外的一种外加形式”[11]p.74，而另一方则指作品内部用以“引出作赋情由意旨”的问答开头。所以日人铃木虎雄说：“以余观之，苏轼之说，亦有一理。何氏之说，亦有所未精。二人皆以混同我辈所谓序乱与赋之首尾，为斯争论者也，若明此区异，则议论自悉矣。”（铃木虎雄《赋史大要》，转引自叶幼明《辞赋通论》）[8]p.36他的意思是说，一篇赋的序乱与首尾，概念不同，苏何二氏之争议，是因不明赋序与赋首之别而引起的。但他归根结底认为《高唐》、《神女》前面的那一段文字是赋首而不是赋序，远不如叶幼明先生序分三种来得明确。① 这样的争论自然无所谓对错，也不会有结果。

造成这种表面热闹实际上不会有结果的假争议的原因，一在于赋体结构的特殊性，二在于萧统标序的混同性，三在于学者立言的随意性。赋是韵散结合的文体，而备受关注的散体大赋又往往采用“散—韵—散”的三段式结构，并多以问答的方式引出足以体现赋的铺陈特征的主体部分，所以刘勰归结出了序、本部、乱的大赋结构理论，这种结构模式虽然并不适用于所有的赋作，但它客观存在并具有独特的意义，况且“序”字本有的“叙述”、“引起”的含义，用以概括问答体的赋首也不为过。萧统与刘勰同时，以这种观念来标明赋序当然也无可非议，但他也应该看到，赋体首部的这种序毕竟不同于赋前独立的序，因此要对这种序加以区别，并将这一标准贯彻到底。后来的学者们当然有理由指责《文选》在处理赋序问题上的含混性，但在批评与立论的时候要抓住分歧的关键，而不能随意褒贬，以逞一时之快。解决这一争议的办法就是正名循实，将这两种赋序明确加以界定与区分。

二、内序与外序的区分及其结构特征

这种区分的工作，上文提到的学者们实际上已经做过，只是没有给这两种赋序加上恰当的名号并自觉运用于有关赋序的批评。叶幼明先生的《辞赋通论》将赋序分为三种，

① 但叶先生的三分法不属同一逻辑层次，也未能以确切的术语将几种不同的序言区分开来。

其中就包括我们所讲的赋前外加之序与问答赋首之序,不过他将这两者与另外的一种序(相当于史辞序与选家序的他作序)相提并论,反而造成逻辑的混乱,淡化了这种有意的区分。姜书阁先生在更早的时候就意识到了这两种序的不同,并在其《汉赋通义》与《骈文史论》中多次提到。如其《骈文史论》说:

> 其实若按照宋玉之赋以及西汉司马相如的《子虚》来分析,这开头一段(按:指《洛神赋》"余从京城,言归东藩……余告之曰。"一段)正是"述客主以首引"的用"以建言"的赋序,而真正的赋辞本体,还是在"余告之曰"以后,因为以前这一段还只是作者自叙旅途所见,并与御者问答,并没有赋写洛神。[12]p. 280

> 他的《两都赋序》与刘勰《铨赋》所说的"履端于倡序","序以建言,首引情本"的序不是一回事,它不是"述客主以首引"的赋序,而是论赋的文章,也是为奏上明帝之用的。……作为《两都赋》"履端""建言","述客主以首引"情本之"序",实在"其词曰"以下的一小段。[12]p. 213、p. 214

这两段文字都以刘勰的"述客主以首引"为标准来区分赋前的序与赋首的序。成书更早的《汉赋通义》(据两书自序而非出版年)则以列举的方式提到这两种不同的赋序:

> 有的序是在正文之前由作者特地写的一篇或一段散文,以便从某个方面或某种角度来说明有关其赋本身的一些问题;有的则径在赋体正文之前段以叙述性散文说明某些有关的问题,借以引入韵文的中部正文。[13]p. 293

如此种种,说明这两种序的区别客观存在,学者们也做过这方面的工作,但还没有落实、没有到位。落实的关键在于正名。从上引的一些文字可以看出,学者们在区分这两种序时都未冠以名号,多半以大段文字进行描述,或径直用刘勰"述客主以首引"之语以为区别,笔者为叙述方便也提过"赋前序"与"赋首序",但感觉还不够准确,"首"字与"前"字原本就同义,脱离了具体语境就没有多大区别了。仔细想来,不如以"内序"与"外序"加以区分为好。因为它们同属赋序,其区别在于它们与赋的位置关系及由此引发的不同体态与功能。目录学家余嘉锡先生谈到古书分内外篇时说:"凡以内外分为二书者,必其同为一家之学,而体例不同者也。"(余嘉锡《古书通例·古书之分内外篇》)[14]p. 110这"同为一家之学",在这里就可理解为不管是内序还是外序反正都是赋序,更具体一点便是都在赋前,都具有叙述与说明作赋缘起的功能。在这个大前提之下再来探讨它们之间不同的"体例"就要方便得多。而决定内序、外序不同体例的核心因素便是它们与赋关系的亲密程度,赋内的序与赋的关系肯定亲于赋外的序。正因为这个缘故,才有人将内序称为赋首,将外序看作赋前外加的形式。

问题是怎样才能具体区分内序与外序,或者更直接地说是如何去判断序与赋的亲疏关系呢?答案还是上面提到的位置、体态与功能。不过这里所讲的位置是比较容易辨认的外在形式,不是抽象的亲疏关系,但这种方式只适用于一篇赋中既有内序也有外序的情况。像姜书阁先生提到的《洛神赋》与《两都赋》,最先的当然是外序,然后才是内序。《历代赋汇》收这种内、外序并有的赋作70多篇,都可用这种方式轻而易举地加以区分。所谓体态是指序体的体制形态。区分内、外序的体态可从结构、音韵、人称与末端词几方面着手。最关键的是内序为问答结构而外序一般不用。《文选》所标宋玉《高唐赋序》、《神女赋序》、《登徒子好色赋序》等正是内序的典型。就音韵而言,内序与外序大体都是不押韵的散语,但也有押韵的。内序押韵是因为它本是赋之正文的一部分,难免也有韵散结合的形式。如《高唐赋》内序中的下列句子,便多用骈俪的韵语:

崪兮直上,忽兮改容,须臾之间,变化无穷。

巫山之阳,高丘之岨,旦为朝云,暮为行雨。朝朝暮暮,阳台之下。

其始出也,日对兮若松榯;其少进也,晰兮若姣姬,扬袂鄣日,而望所思。忽兮改容,偈兮若驾驷马,建羽旗。湫兮如风,凄兮如雨。风止雨霁,云无处所。

高矣显矣,临望远矣。广矣普矣,万物祖矣。上属于天,下见于渊,珍怪奇伟,不可称论。

这些句子多用来描绘景物、刻画形象,与"极声貌以穷文"的赋本部无甚区别。《神女赋》、《登徒子好色赋》的内序也用大量铺陈的句子来描绘女神与东家之子的仪容。后来较繁的内序也多半如此。[①] 外序有韵的多见于整齐的骈文,像《豪士赋序》、《哀江南赋序》之类,不同于内序在散文中掺杂骈对的韵语。由于内序多为假设的客主问答,序中人物便多以第三人称身份出现。而作者自作的外序则用第一人称进行叙述。试举李纲《秋色赋》的内、外序为例:

外序:潘岳赋秋兴,刘禹锡、欧阳永叔赋秋声,玉局赋秋阳,余来闽中七八月之交,霖雨乍晴,始见秋色,因援毫以赋之,以秋色名篇,其辞曰。

① 杨炯的《浑天赋》以347字的内序铺陈"为宣夜之学者"、"称周髀之术者"与"太史公"三人关于天体结构的对话,假借"宣夜"、"盖天"、"浑天"三家有关天体结构的对话,再引出后文对浑天思想更多的阐发。

内序:宿雨初霁,大火西流,凉生暑退,物华始秋,李子与客登凝翠之阁,游汎碧之斋。览溪山之胜概,嗟草木之变衰,天高气清,迥无纤埃,月出夜凉,孤光满怀,李子慨然,顾谓客曰:"此古之所谓秋色也。"客曰:"愿先生赋之。"李子曰:"唯唯。"

同一李纲,外序称"余",内序则用第三人称的"李子"。内、外序也常用不同的末端词以为标记,如上引两序,外序用"其辞曰",内序以一方请愿,另一方答应("唯唯")结尾。

需要说明的是,以上关于内序与外序体制形态方面不同特征的概括只是就一般性而言的,并非绝对,更不一定同时具备这些条件。以人称言,李纲《药杵臼后赋》外序用第三人称,①而曹植《洛神赋》内序用第一人称,②再看宋人赵羾之《北客赋》的序:

北客宦游巴楚,历三峡之险,而抵永安故区…俄有老叟谓客曰:"……。"客曰:"……。"叟莞然而笑曰:"……"客于是拜其言感其意而往汲焉。迨今逾年,暑无瘴暍之苦而得以安居,是使者之惠也。辄赋其事而抒素云,其辞曰。

前半用第三人称问答,像内序的结构,后半更近第一人称,且末端用外序常用的"其辞曰",便觉不伦不类,不过从整体考虑还是可以勉强归入外序。另如明人曹大章《盆池鱼赋》的序:

支离子避世金马之门……棲于李君之庐……支离子曰:"尔何乐于是耶?"君曰:"子非予,何以知予之乐也,直以是鱼之乐得其所尔,奚其乐,奚其乐,子如有言,仆愿闻之。"予曰:"诺",聊因伏枕,应之斯文。

粗粗一看,纯为问答体赋首,但末一句人称忽然来了变化,将"支离子"变成了"予",并加了两句非问对的说明语,便变更了叙事方式,阻隔了前后文脉。类似的情况还有元人方君玉的《凌烟阁赋序》等,连同上面举的例子,都可看作正格之外的变体,说明赋序的结构体式也非一成不变。

---

① 序为:"客有赋药杵臼以示梁溪翁者,翁方饵药扶衰,朝夕从事于其间,欣然喜之,拾遗意作后赋,其词曰。"

② 序为"余从京域,言归东藩。……余告之曰"。

再看如何从功能上区分内序与外序。功能取决于位置与结构体态，①相对而言，外序独立于赋之外，结构体态多变，功能也就多样，但主要是交代写作的缘由；内序是赋的有机组成部分，结构形态比较单一，主要的功能便是假设问对，虚构情节，便于叙事铺陈。具体情况当然也很复杂，留待专门讨论。

总言之，内、外之分不仅可以明确而简洁地将赋前外加的序与赋内"述客主以首引"的序加以区别，而且便于我们更加清楚地认识到这两种序不同的结构特征及其演变趋势，进而全面了解它们各自不同的功能，并以此为契机深入思索整个赋体复杂的体制特征与独特的表现手法。当然，在实际的使用过程中，为了与诗序、词序保持一致，也为简洁起见，可以"序"指外序，再另立"内序"的名目。

参考文献

[1] 曾枣庄、舒大刚:《三苏全书(第五册)》，语文出版社，2001年。
[2] 王观国著，田瑞娟点校:《学林》，中华书局，1988年。
[3] 何沛雄:《赋话六种》，生活、读书、新知三联书店香港分店，1982年。
[4] 徐志啸:《历代赋论辑要》，复旦大学出版社，1991年。
[5] 章学诚著，叶瑛校注:《文史通义校注》，中华书局出版社，1985年。
[6] 何焯:《义门读书记》，四库全书本。
[7] 姜书阁:《先秦辞赋原论》，齐鲁书社，1983年。
[8] 叶幼明:《辞赋通论》，湖南教育出版社，1991年。
[9] 黄水云:《六朝骈赋研究》，文津出版社，1999年。
[10] 何新文:《辞赋散论》，东方出版社，2000年。
[11] 曹明钢:《赋学概论》，上海古籍出版社，1998年。
[12] 姜书阁:《骈文史论》，人民文学出版社，1986年。
[13] 姜书阁:《汉赋通义》，齐鲁书社，1988年。
[14] 余嘉锡:《古书通例·古书之分内外篇》，上海古籍出版社，1985年。

① 序的生成与命名其实是缘于功能，这里为了操作的方便姑且将其倒过来。

“士不遇”的屈骚解读及其在汉代的现实意义

泉州师范学院　于浴贤

王逸曰:“自屈原终没之后,忠臣介士游览学者读《离骚》《九章》之文,莫不怆然,心为悲感,高其节行,妙其丽雅;至刘向王褒之徒咸嘉其义,作赋骋辞以赞其志,则皆列于谱录,世世相传。”①诚然,屈原的出现及毁灭,震惊汉代,流芳千古。汉代人以高山仰止的崇敬去解读、接受屈原及其作品,屈原伟大崇高的爱国思想,光辉的人格和不朽的诗篇给汉人以巨大的震撼和强烈的感情共鸣。汉人对屈骚的解读、接受主要内容及表现有三:一是赞颂屈原忠君爱国思想和高尚人格;二是悲悯同情其怀才不遇的人生悲剧;三是模仿学习楚骚文体的写作。而“士不遇”悲情始终是贯串其间的核心内容和主线。可以说,在中国文学史上,屈原的作品第一次淋漓尽致地表现了“士不遇”的命运悲剧,而汉人的屈骚解读对“士不遇”主题的进一步彰显,终于确立了“士不遇”在文学史上的重要地位,从而成为百代以下封建士大夫文士吟咏不已的主题。当然“士不遇”的屈骚解读,实际上熔铸了汉人对自我境遇的忧患和希冀,对自我生命价值的深刻思考。

一

在中国文学史乃至文化史上,以一个人的影响力而牵动一个时代的人心和创作,尤其是吸引一大批士大夫文士争相模仿、反复咏诵、传写其思想情感和人生遭际的,屈原当推第一人!屈原如巍巍丰碑耸立在汉人心中,成为汉代新文化建设的道德楷模和人格典范。汉人在景仰屈原的同时,要走进屈原,了解屈原,体验屈原的经历和遭际,感受其思想人格的伟大,于是,屈原自传式的作品《离骚》、《九章》、《九歌》、《天问》、《远游》等,自然成为汉人了解认识屈原的最佳读本。汉人解读屈骚的结果,产生了一批仿骚之作。仿骚作品以代屈原立言的形式,充分铺叙描写,摹状并演绎屈原的遭遇和思想情感,充分展示了屈原忠贞高洁的人格和怀才不遇的悲剧人生。汉人仿骚之作以收入东汉王逸《楚辞章句》中的作品最富有代表性。王逸《楚辞章句》收录屈原、宋玉、景差作品十篇,这是真正的楚人作品——楚辞;同时收录汉人模拟屈骚的作品七篇,这是汉人的楚辞拟作,它们

① 王逸:《楚辞章句·九思序》,《四库全书》,上海古籍出版社。

是:贾谊《惜誓》、淮南小山《招隐士》、东方朔《七谏》、庄忌《哀时命》、王褒《九怀》、刘向《九叹》和王逸《九思》。仿骚作品以代屈原立言为表现形式,既有局限又有一定的灵活度。局限是它必须在屈原作品的内容域限中写作,不能突破和跨越;其灵活度则在于,它不是对屈骚内容的全盘接受,而是有所轻重和取舍,有选择的阐释和演绎。由于作家个性情感和审美特性的差异,仿骚作品各具特色;另一方面,时代共性的作用,又使"士不遇"成为仿骚作品的共同主题。

同一屈骚,仿骚作品各具特点,亦足见作者的情感投注和俊逸才华。贾谊《惜誓》一文仿《离骚》上下求索的构思,描写渲染楚国君王昏庸,佞臣当道,屈原备受谗毁和贬斥,报国无门的悲剧境遇。王逸《楚辞章句·惜誓》序:"惜者,哀也,誓者,信也,约也,言哀惜怀王与己信约而复背之也。"庄忌《哀时命》开篇即悲呼:"哀时命之不及古人兮,夫何予生之不遘时。"全文自悲自怨生不逢时,君臣相失,怀才不遇。王逸曰:"忌哀屈原受性忠贞,不遭明君,而遇暗世,斐然作辞,叹而述之,故曰哀时命也。"①王褒《九怀》,王逸作序曰:"怀者,思也。言屈原虽见放逐,犹思念其君,忧国倾危而不能忘也。"从屈原放逐而思君念阙、忧国忧民的角度加以渲染和表现。仿骚的各家作品对屈骚内容的取舍各有侧重,角度的选择、结构布局各自不同,形成了仿骚作品丰富多彩的面貌。

就篇幅而言,长篇的仿骚之作特色尤其明显。东方朔《七谏》、王褒《九怀》、刘向《九叹》、王逸《九思》等,或以"七体"或以"九体"的长篇形式,对屈原的经历遭遇、思想感情有更充分的演绎和阐释,表现了对屈原命运悲剧的深刻体验和认识。《七谏》以初放、沉江、怨世、怨思、自悲、哀命、谬谏七章文字,反复致辞,揭露了世道溷浊,小人得志,贤士怀才不遇的黑暗现实。文中两次陈词,决心"没身而不返",以死明志,与世决绝,与《离骚》意同。王褒《九怀》以匡机、通路、危俊、昭世、尊嘉、蓄英、思忠、陶壅、株昭九章文字,演绎描写了楚国政治腐败、社会黑暗,忠直之士报国无门的坎坷处境和悲愤之情,以及被迫去国远游,遍历神山水域仍不遇明君的忧愤,最后表达了圣君贤臣际遇的美好愿望。通篇无论是对现实的怨叹还是对未来的憧憬,发出的都是"士不遇"的强音。作品模仿《离骚》上下求索的构思,并吸收《湘君》《湘夫人》《山鬼》和《远游》等意境,以去国远游、寻找明君为主线,但并不取《离骚》以身殉国的选择。最后"株昭"一章,寄托明君贤臣际遇的美好愿望,并表示凡天下有德之君自己则辅佐之,而非执著于楚国楚君。这反映了在大一统的西汉社会,士人忠君爱国观念是建立在统一帝国的基础之上,而不汲汲于特定藩国区域。先秦两汉忠君思想一脉相承,但时代不同,社会政治格局不同,其忠君的内涵形式必然存在差异。

尽管仿骚作品多姿多彩,各具风貌,但有一点却是相同的:都表现了深沉浓郁的"士

---

① 王逸:《楚辞章句·哀时命序》,《四库全书》,上海古籍出版社。

不遇”悲情,这是汉人对屈原悲剧人生最深刻的感受。“悲仁人之尽节兮,反为小人之所贼。比干忠谏而剖心兮,箕子被发而佯狂。”[①]“灵皇其不寤知兮,焉陈词而效忠。俗嫉妒而蔽贤兮,孰知余之从容。”[②]“哀时命之不合兮,伤楚国之多忧,内怀情之洁白兮,遭乱世而离尤。恶耿介之直行兮,世溷浊而不知。何君臣之相失兮,上沅湘而分离。”[③]世道黑暗,君主昏庸,贤愚错位,正直之士不为社会所容,文章反复申诉,为屈原鸣冤抒愤,这是仿骚作品中的怨愤之声和不衰的主题。司马迁《史记·屈原列传》载:“屈平疾王听之不聪也,谗谄之蔽明也,邪曲之害公也,方正之不容也,故忧愁幽思而作《离骚》……屈平正道直行,竭忠尽智以事其君,谗人间之,可谓穷矣。信而见疑,忠而被谤,能无怨乎?屈平之作《离骚》,盖自怨生也。”指出“怀才不遇”的怨忿之情乃是《离骚》的情感核心。司马迁是兼具史学家和文学家身份的士大夫文士,他对屈原及其作品精神的解读在汉代士大夫文士中是富有代表性的。两汉士大夫文士几乎无一不从怀才不遇的角度来解读屈骚。

仿骚作品对“士不遇”主题的突出强调,既是汉人对屈原遭遇的悲悯同情所致,又是汉代士人对自我生命价值思考的结果,具有深刻的时代内涵和现实意义。首先,在“士不遇”的屈骚解读中,表现了汉代士大夫文士对自我生命价值和人生道路的思考。屈原高尚的思想道德情操在汉代初年新王朝的思想道德建设中是具有积极意义的;随着汉王朝盛世局面的开创,“罢黜百家,独尊儒术”的社会文化思想的确立,屈原的现实政治文化意义不断得到加强和提升。因此,经两汉时代一直受到朝野上下的赞扬和推崇,经久不衰,并影响了几千年的封建社会乃至整个中华民族,成为中华民族爱国精神的光辉旗帜。另一方面,当汉代士人满腔热情地希望建功立业,为王朝的发展作贡献,以实现自己的人生价值时,屈原的悲剧命运必然引起他们的密切关注和思考,在士大夫的人生目标和价值追求中引起争议。屈原是一位以天下为己任的正直士大夫,一个典型的贤者,然而,忠直、贤能如屈原者,尚且报国无门,怀才不遇,那么,士人的人生道路该怎样走?如何避免屈原的悲剧在自己身上重演?“士不遇”的人生忧患强烈困扰着他们。仿骚作品强烈的“士不遇”之悲,既是屈原作品固有之义,又是汉代士人自我情感熔铸的结果。

再则,“士不遇”的屈骚解读,又表现了汉代士大夫文士对清明政治的渴望和君臣遇合的希冀,并蕴涵着对当代君主的告诫:不要让屈原的悲剧重演。在王褒《九怀》、王逸《九思》的终篇一章,都展示了清明社会、君臣遇合的美好情景,寄托了作者的用世渴望。王逸《九思·守志》曰:“乱曰,天庭明兮云霓藏,三光朗兮镜万方。斥蜥蜴兮进龟龙,策谋从兮翼机衡。配稷契兮恢唐功,嗟英俊兮未为双。”王褒《九怀·株昭》曰:“乱曰,皇门开

① 贾谊:《惜誓》。

② 庄忌:《哀时命》。

③ 东方朔:《七谏》。

兮照下土，株秽除兮兰芷睹。四佞放兮后得禹，圣舜摄兮昭尧绪。孰能若兮愿为辅。"毕竟，汉代还是给士人以希望的。显然，在仿骚作品中，深深寄托了汉代士人的思想、情感、希冀和愿望，蕴涵着深刻的现实社会内容。

二

悼骚，是汉人解读屈骚的又一类作品。与仿骚不同，悼骚之作是从第三人称的角度立言，因此，作者有较大的自由发挥空间，对屈原的遭遇、思想行为提出评价意见。贾谊《吊屈原赋》、梁竦《悼骚赋》、扬雄《反离骚》、《广骚》、《畔牢愁》、班彪《悼离骚》、班固《离骚序》、《离骚赞序》、蔡邕《吊屈原文》等构成了两汉悼骚的系列作品。与仿骚相同，悼骚之作同样表现出浓浓的"士不遇"悲情。

贾谊《吊屈原赋》首开悼骚的先河。贾谊为汉初年轻的政治家，由于主张政治改革，触犯了贵族阶级的利益，受谗言离间，仕途失意，被贬为长沙王太傅。有感于屈原悲剧在自己身上重演，悲愤不已作此赋，既伤悼屈原，亦为自悼。文章通篇悲悼屈原的不幸遭遇，愤怒地抨击了社会黑白颠倒、是非混淆、贤愚不辨，对屈原怀才不遇深怀悲悯。《汉书·扬雄传》载：

> （雄）怪屈原文过相如，至不容，作《离骚》，自投江而死；悲其文，读之未尝不流涕也。以为君子得时则大行，不得时则龙蛇，遇不遇命也，何必沉身哉！乃作书，往往摭《离骚》文而反之，自岷山投诸江流以吊屈原，名曰《反离骚》；又旁《离骚》作重一篇，名曰《广骚》；又旁《惜诵》以下至《怀沙》一卷，名曰《畔牢愁》。

《反离骚》一文虽往往运用《离骚》中的意境、构思、语言并反用之，但同样表达了对屈原人格情操的赞扬，对其怀才不遇的同情。值得注意的是，悼骚作品中出现了对屈原殉国行为的质疑及否定态度，贾谊如此，扬雄亦然。贾谊《吊屈原赋》曰："般纷纷其离此尤兮，亦夫子之故也。历九州而相其君兮，何必怀此都也。"①认为用行舍藏，乃圣人处世之道，且天下之广，九州之大，自有用武之地；屈原应高举远游，另求明君，不必执著于楚国楚君，而自取祸难。扬雄《反离骚》持与贾谊相同的观点，曰："夫圣哲之不遭兮，固时命之所有，虽增欷以于邑兮，吾恐圣修之不累改。昔仲尼之去鲁兮，斐斐迟迟而周迈，终回复于旧都兮，何必湘渊与涛濑。"②认为圣贤怀才不遇，自古有之，君昏政敝，既无法改变，明

---

① 严可均：《全上古三代秦汉三国六朝文》，《全汉文》，中华书局，1985 年。

② 严可均：《全上古三代秦汉三国六朝文》，《全汉文》，中华书局，1985 年。

智的做法是选择放弃,而不必作无谓的牺牲。班彪《悼离骚》曰:“夫华植之有零茂,故阴阳之度也;圣哲之有穷达,亦命之故也。惟达人进止得时,行以遂伸,否则诎而坼蠖,体龙蛇以幽潜。”①蔡邕《吊屈原文》曰:“皇车奔而失辖,执辔忽而不顾。卒壤覆而不振,顾抱石其何补。”②贾谊、扬雄、班彪、蔡邕的观点都表现了儒道互渗共融的思想:委运随化,高洁自守,用行舍藏,而不做理想信念的坚守者。在诸种否定意见中,班固的批评最为激烈,其《离骚序》曰:

> 且君子道穷,命矣!故潜龙不见,是而无闷。《关雎》哀周道而不伤,蘧瑗持可怀之智,宁武保如愚之性,咸以全命避害,不受世患。故《大雅》曰:‘既明且哲,以保其身’,斯为贵矣!今若屈原,露才扬己,竞乎危国群小之间,以离谗贼。然责数怀王,怨恶椒兰,愁神苦思,强非其人,忿怼不容,沉江而死,亦贬絜狂狷景行之士。③

班固认为,君子处世,以“全命避害”、“明哲保身”为贵。对待君主应有节制地讽谏,“愠而不怒”;用世方面应持“用行舍藏”的态度,方能“不受世患”。而屈原知其不可为而为之,对社会政治激烈抗争,对君主批评锋芒毕露,既有损于君主的尊严,又有损于君子的道德风范。班固不仅否定屈原的殉国行为,而且对屈原勇敢的批判斗争精神一并给予否定。班固以儒家中庸之道衡量士大夫文士,主张一切思想行为以维护君主的尊严、王朝的威望为前提,扼杀个性思想和社会判断。这当然是一种对现实的逃避,对邪恶的忍让和纵容。它符合封建道德规范,符合封建统治的需要,但却是对正义公理的扭曲,对士人思想意志的奴役和批判精神的扼杀。屈原之所以伟大,就在于他把忠君、爱国和对光明、正义的追求紧紧联系在一起,因此能超越于以君权为至高无上的封建礼法,为追求正义和光明不惜付出生命的代价,这是恪守封建道德思想的卫道士们所无法理解的。另一方面,贾谊、扬雄、班彪、班固、蔡邕等人主张“全命避害”、“明哲保身”的人生态度,实际上是汉代社会思潮的反映。汉代毕竟天下统一,社会稳定,士人怀才不遇的悲剧命运尚未与社会的兴衰、国家的荣辱形成尖锐的矛盾冲突,因此,以身殉国或以死明志自然不会是汉人对待“不遇”命运的选择,毕竟社会还给他们以希望。于是,“用行舍藏”,“明哲保身”,“待价而沽”就普遍地成为汉代知识分子的生命哲学——不仅悼骚作品持此观点,仿骚作品也同样;甚至,以“遂初”“显志”“慰志”为题或以“士不遇”为主题的赋和散文,几

① 严可均:《全上古三代秦汉三国六朝文》,《全后汉文》,中华书局,1985 年。
② 严可均:《全上古三代秦汉三国六朝文》,《全后汉文》,中华书局,1985 年。
③ 严可均:《全上古三代秦汉三国六朝文》,《全后汉文》,中华书局,1985 年。

乎无一不以委运随化、高洁自守作为“不遇”的人生选择。司马迁给屈原以高度评价，但仍然理解并接受贾谊对屈原殉国的否定态度，可见这种思潮之普遍且深入人心。“太史公曰：余读《离骚》《天问》《招魂》《哀郢》，悲其志。适长沙，观屈原所自沉渊，未尝不垂涕，想见其为人。及见贾生吊之，又怪屈原以彼其材，游诸侯，何国不容，而自令若是。读《鹏鸟赋》，同死生，轻去就，又爽然自失矣。”[①]当儒道交融成为一个时代的社会思潮，用行舍藏、委运随化普遍成为士人进退出处的人生准则时，对屈原殉国行为不予苟同甚至给予批判也就可以理解了。“士不遇”的汉人屈骚解读，实乃借他人之酒杯浇胸中之块垒，寄托着汉人自我命运的忧愤；而对屈原殉国行为的评价态度，又何尝不是汉代士人面对“不遇”困境而提出的自我命运进退出处的把握态度：或抗争或屈从或超然？虽然有积极进步和落后保守之分，却反映了生命意识觉醒的汉代士人对自我生命价值、人生道路的深刻思考。

三

从仿骚、悼骚作品中，我们看到，汉人的屈骚解读引起了“士不遇”的强烈感情共鸣，这种共鸣进一步诱发了汉人以直抒胸臆的方式，吟唱出一曲曲悲歌，产生了一批以“士不遇”为主题的散文和赋。司马迁《悲士不遇赋》、董仲舒《士不遇赋》、扬雄《解嘲》《逐贫赋》、东方朔《答客难》《非有先生论》等等，就是其中的绝响。“士不遇”主题唱响了汉代，流播千载，既是汉人对屈骚接受传播的结果，也是汉人自我命运遭际与屈骚精神相通共融之必然。司马迁写作《史记·屈原列传》，又创作了《悲士不遇赋》；扬雄有《反离骚》《广骚》《畔牢愁》等仿骚、悼骚作品，同时又作《解嘲》《逐贫赋》；东方朔有仿骚之作《七谏》，又有《答客难》《非有先生论》等。显然，正是屈骚“士不遇”悲情的影响，使他们看到了治乱盛衰中士人共同的悲剧命运，引起了对自我命运的思考而发出不遇的诉求和言说。

在这批以“士不遇”为主题的文章中，生命的悲情浓郁而深广。其一，抒写“士不遇”的忧愤之情。空有高才大志却屈居下僚，是汉代士人最为悲愤的残酷现实。东方朔《答客难》曰：“自以智能，海内无双，则可谓博闻辩智矣。然悉力尽忠以事圣帝，旷日持久，官不过侍郎，位不过执戟，意者尚有遗行邪，同胞之徒无所容居，其故何也？”[②]扬雄《解嘲》曰：“幸得遭明盛之世，处不讳之朝，与群贤同行，历金门、上玉堂有日矣……然而位不过侍郎，擢才给事黄门，意者玄得毋尚白乎？何为官之落拓也？”[③]无论是遗憾生不逢时，还

① 司马迁：《史记》，《屈原贾生列传》，中华书局，1982年。
② 严可均：《全上古三代秦汉三国六朝文》，《全汉文》，中华书局，1985年。
③ 严可均：《全上古三代秦汉三国六朝文》，《全汉文》，中华书局，1985年。

是庆幸“遭明盛之世，处不讳之朝”，他们都悲叹空有满腔抱负、一身才华而不为世所用，对现实社会轻视人才、摧残人才深感悲愤，而强烈的用世要求跃然纸上。他们悲叹自我境遇的不幸，而对前贤大用于世津津乐道，“驺衍以颉亢而取世资，孟轲虽连蹇，犹为万乘师。”①“夫上世之士，或解缚而相，或释褐而傅，或倚夷门而笑……是以颇得信其舌而奋其笔。”②在今昔士人命运际遇的对比中，自我不遇之悲尤其强烈。其二，对任人摆布命运的哀叹和怨愤。“今则不然……贤不肖何以异哉！……故绥之则安，动之则苦；尊之则为将，卑之则为虏；抗之则在青云之上，抑之则在深泉之下；用之则为虎，不用则为鼠，虽欲尽节效情，安知前后。”③士人的命运系于君，系于世，穷达行藏，任人摆布，人生之惨痛无奈何其强烈！他们愤怒地揭露统治者对人才的轻视和摧残，曰：“当今县令不请士，郡守不迎师，群卿不揖客，将相不俯眉。言奇者见疑，行殊者得辟。是以欲谈者宛舌而固声，欲行者拟足而投迹。”④士人无所适从、才能无所施展的艰难处境由此可见。其三，对“士不遇”命运的清醒认识。历史与现实以活生生的事实给人以警示，使汉代士大夫对自我命运有了更清醒的认识：“观上世之清晖兮，廉士亦茕茕而靡归。……若伍员与屈原兮，固亦无所复顾。”⑤士之不遇，实乃古今同然。既然无法效法伍员屈原的殉国行为，只有选择“远游而终古”，隐居遁世，高洁自守了。这种“士不遇”的悲叹与屈原的悲剧产生强烈共鸣而尤其震撼人心。他们反复陈述的是怀才不遇的怨愤，最感羞耻的是没世无闻。董仲舒曰：“呜呼嗟乎，遐哉邈矣，时来曷迟，去之速矣。屈意从人，非吾徒矣。正身俟时，将就木矣。悠悠偕时，岂能觉矣。”⑥司马迁曰：“悲夫士生之不辰，愧顾影而独存。恒克己而复礼，惧志行之无闻，谅才韪而世戾，将逮死而长勤。……没世无闻，古人惟耻，朝闻夕死，孰云其否。”⑦司马迁的“不遇”之悲是有感而发的，是对自己乃至当代无数士人的遭遇所作的概括和总结，是以一己生命悲剧为代价所获得的清醒认识。司马迁作《史记·屈原贾生列传》，把贾谊和屈原合传而载，正是看到了屈原的悲剧在贾谊身上重演，看到古今士人“不遇”的共同悲剧。

汉代大一统王朝的建立，给一代士人带来了新的希望。他们渴望君臣遇合，渴望大用于世，王褒《圣主得贤臣颂》最好地表达了这种愿望。曰：“……及其遇明君遭圣主也，运筹合上意，谏诤即见听，进退得关其忠，任职得行其术。去卑辱奥渫而升本朝，离疏释

---

① 严可均：《全上古三代秦汉三国六朝文》，《全汉文》，中华书局，1985年。
② 严可均：《全上古三代秦汉三国六朝文》，《全汉文》，中华书局，1985年。
③ 严可均：《全上古三代秦汉三国六朝文》，《全汉文》，中华书局，1985年。
④ 严可均：《全上古三代秦汉三国六朝文》，《全汉文》，中华书局，1985年。
⑤ 董仲舒：《士不遇赋》，《全汉文》，中华书局，1985年。
⑥ 董仲舒：《士不遇赋》，《全汉文》，中华书局，1985年。
⑦ 司马迁：《悲士不遇赋》，《全汉文》，中华书局，1985年。

跻而享膏粱。剖符锡壤而光祖考。传之子孙,以资说士。故世必有圣智之君,而后有贤明之臣。……圣主必待贤臣而弘功业,俊士亦俟明主以显其德,上下俱欲,欢然交欣,千载壹合,论说无疑。"[①]这是一幅非常美好的君臣遇合图,它表达了汉代士人共同的理想和愿望。诚然,汉代自从立国以来在政治经济文化等方面的改革、制度的修订和建立,使社会发展呈蒸蒸日上之势;"文景之治"的出现,武帝时代盛世社会的来临,使士人对国家未来、个人前途充满了希望。"是时,汉兴六十余载,海内艾安,库府充实,而四夷未宾,制度多阙。上方欲用文武,求之如弗及,始以蒲轮迎枚生,见主父而叹息。群士慕响,异人并出。"[②]"武帝即位,举贤良文学之士前后百数,而仲舒以贤良对策焉。"[③]汉代社会确实出现过尊重人才、渴望人才的局面,为人才用世提供了大好机会。然而在缺乏民主意识和民主制度的封建专制政体下,士人的命运既取决于君主、侯王个人的好尚,也就决定了它的悲剧性。贾谊、司马迁、东方朔、枚皋、王褒、扬雄、刘向等等,无数正直而富有才华的士大夫文士的坎坷经历,终于使汉代士人在历史与现实的思考中,从屈原的悲剧到自我际遇的观察中清醒地认识到,世之兴衰治乱不同,而"士不遇"的悲剧却代代上演不息。因此,汉代知识分子对屈原不遇的悲剧表现了高度的角色认同和强烈的悲悯之情,他们抚今追昔,情不自已,为自己也为一代士人唱出了一曲曲震撼人心的"士不遇"悲歌。可以说"士不遇"的生命悲歌在汉代第一次被传唱得如此激昂、高亢。

"士不遇"作为一种社会现象,在先秦时期已经出现。《汉书·艺文志》载:"春秋之后,周道寝衰,聘问歌咏,不行于列国,学诗之士,逸在布衣,而贤人失志之赋作矣。大儒孙卿及楚臣屈原,离谗忧国,皆作赋以讽。……"指出春秋之后"贤人失志"现象的出现。孔子周游列国,席不暇暖,宣传仁义德礼,不为诸侯所用,不得不"待价而沽",退而聚徒讲学;先圣之不遇可见一斑。接舆歌而过孔子,以盛世则显衰世则隐的处世态度来安顿乱世人生;孟轲游说诸侯,宣传仁政、保民思想,无功而归;冯谖弹铗而歌,渲泄不遇之愤;苏秦以连横说秦王不成,落魄而归;"大儒孙卿及楚臣屈原,离谗忧国"……"士不遇"比比皆是。当然,第一次把"士不遇"的遭际和幽愤表现得最为强烈感人的是屈原的《离骚》;而宋玉在《九辩》中发出了"贫士失职而志不平"的慨叹,是对"士不遇"的第一次高度概括。春秋战国时期,礼崩乐坏,诸侯争霸,各国争相招揽人才,士人获得了施展才干的巨大空间。他们凭借自己的才能,择主而事,游说诸侯,纵横捭阖。"所在国重,所去国轻","一怒而诸侯惧,安居而天下息",士人第一次在历史舞台上扬眉吐气,演绎出轰轰烈烈的英雄乐章。当此之际,"士不遇"因不成为社会的主要问题而悄然隐没。直到汉代,由于屈

---

① 严可均:《全上古三代秦汉三国六朝文》,《全汉文》,中华书局,1985 年。

② 班固:《公孙弘传论》,《汉书》,中华书局,1982 年。

③ 班固:《董仲舒传》,《汉书》,中华书局,1982 年。

原忠君爱国、积极用世的思想行为,对新王朝思想文化建设的重大意义被朝野上下所认识,因此对屈骚的接受传播得到高度重视;同时,由于汉代特定的社会文化环境,以及文学接受传播过程中的时代选择特点,终于水到渠成,汉人的屈骚解读彰显了“士不遇”的主题。“士不遇”这个先秦已经出现但尚未突显的社会问题,在生命意识觉醒的汉代知识分子中得到突出的强调和充分表现,从而在文学史上确立了永恒的地位。由于“士不遇”主题是建立在士人积极用世的精神之上,是与忧国忧民的情怀联系在一起的,因此,它显得博大、浑厚、深沉、悲壮。“士不遇”主题成了中国古代文学中最富有生命内涵和哲理意味的主题之一,是历代文人吟咏不已的生命话语。

楚辞、汉赋与“以大为美”的美学观念

徐州师范大学文学院　张群

通信指挥学院基础部　龚元秀

所谓“以大为美”，是指追求体积的巨大或结构的宏大，力图营造廓大的想象空间，创造气势磅礴的审美效果的一种美学观念。这种观念在文学艺术、政治军事等诸多领域都有鲜明体现。文学上的“以大为美”通常表现为作家在创作作品时追求宏大的体制形式，展示所刻画物件的奇妙无穷的大的美点，创造无积、无限的想象境界和大气磅礴的审美效果。“以大为美”作为长期实际存在的美学观念和创作理念，对中国古代文学产生过深远影响，故拙文试以楚辞、汉赋为例探讨之，以期引起学术界对这一课题的关注。

一、“以大为美”的渊源及楚辞产生前“以大为美”含义的流变

“大”，在甲骨文和金文中，字形像一个成年大人。远古时期的中国人以身材体形高大健壮为衡量人体美的尺度，“黄（帝）族又自称华，华，大也。又自称夏，夏亦大也。华夏本名由此起，引申为雄张之义。”[1](p122)而“美”字由“羊”、“大”上下两部分构成，像一位元“大人”头戴羊角之类的饰物在舞蹈。可见，中国人一开始就很重视人体自身的美。《周易·系辞下》说古之包牺（伏羲）氏之时“近取诸身，远取诸物”来作卦立象“以通神明之德，以类万物之情”，也从一个侧面反映出先民对人体自身的重视，那么由重视人体发展为以人体为美也就理所当然了。西周和春秋时代的中国人，也依然以“硕”与“大”的人体为美，《诗经》中就有赞美高大健壮男女的诗篇，如《唐风·椒聊》：

> 椒聊之实，蕃衍盈升。彼其之子，硕大无朋。椒聊且，远条且。椒聊之实，蕃衍盈匊。彼其之子，硕大且笃。椒聊且，远条且。

这首诗以椒聊树即花椒树起兴，引出对一位“硕大无朋”、“硕大且笃”的女子的赞美，花椒树的结子多、枝条长且直均隐喻女子的高大健美、生育力旺盛而多子。同样，《卫风·硕人》也是赞美女子的高大健美。齐国公室姜氏女子之美为当时列国所公认，这首诗所赞美的庄姜则尤其美丽。那么卫人心目中的美神庄姜是怎样的一个美女呢？她是一位高大健美的贵妇人，卫人称之为“硕人”。

在西周和春秋时代,女子尚且以高大为美,与之相对,男子则更以高大英俊为美了。《陈风·泽陂》之“有美一人,硕大且卷”、“有美一人,硕大且俨”,则是一位少女怀思赞扬他心目中的高大英俊的男子。这里“硕”“大”连用,以突现美男子之高大。同样,《卫风·伯兮》《卫风·考槃》中的高大男子也是时人尤其是女子眼中的美男子。

春秋战国时代,“大”已经从人体美中引申出来,具有了一般意义,成为具有“大”这一特征的具体事物的概称。春秋晚期和战国之世,诸子蜂起。先秦诸子进而将“大”的含义抽象化,“以大为美”的抽象美学观念开始萌芽。这个时代定型的《尔雅》、《易经》这类著作,已经将宇宙万象分类排比且逐次加以解释,其视野可谓廓大。被时人称为“谈天衍”的阴阳家邹衍,首创“大小九州”学说,宣布历来儒者名曰“赤县神州”的“中国”其实“于天下乃八十一分居其一分耳”(《史记·孟子荀卿列传》),以其“闳大不经”之语参与战国时代关于宇宙本体问题的讨论,打破从前以为天地之间只有神州中国的封闭地理概念,而启迪着人们全新的宇宙观。庄子也有一篇《天运》,开篇即以“天其运乎? 地其处乎? 日月争其所乎?”之类的排比句式,向幽邈云天提出了十五个疑问;其境界之大亦令人感叹。

同时,“大”在先秦诸子著作中已是常见。据《四部丛刊》电子版统计[2],《老子》中“大”出现59次,《论语》36次,《墨子》402次,《孟子》1123次,《庄子》384次,《管子》581次,《荀子》401次,《韩非子》463次,《吕氏春秋》608次。(共计4057次。另,“大”在《周易》中有231处,其中《易经》67处,《易传》164处)。以《老子》为例,《老子》“五千言”中“大”的出现频率达59次。老子的“大”,主要是作为对“道”的存在状态的一种表述或以修饰词的形态出现,只是具有哲学的意蕴而无明确的审美意识,前者如《老子》第二十五章:“有物混成,先天地生。寂兮寥兮,独立而不改,周行而不殆,可以为天地母。吾不知其名,强字之曰道,强为之名曰大。”第三十四章:“万物归焉而不为主,可名为大。以其终不自为大,故能成其大。”后者如《老子》第七十四章:“夫代大匠斫者,稀有不伤其手矣”,第五十三章:“大道甚夷,而人好径”,第二十八章:“大智不割”。但当老子说“大方无隅……大音希声,大象无形”(第四十一章)、“大直若屈,大巧若拙,大辩若讷”(第四十五章)时,“大”就有了审美意义,这是一种比一般的“美”更高层次的意义,可理解为至美或美的极致。

庄子作为老子学说的继承和发展者,赋予其笔下的“大”以明确的审美意识。庄子称他心目中的体现自然之美的“道”为“大宗师”,并作专篇《大宗师》对大道进行礼赞。庄子描述“道”的审美特征时说:“夫道,负载万物者也,洋洋乎大哉!”(《庄子·天地》)“洋洋”,广大辽阔貌,这是对以“大”为审美尺度对“道”作出的有感性意味的赞美。在《天道》篇中,庄子将“大”置于比“美”更高的地位,他述说舜对尧统治天下以体恤民情为“用心”的评价是:“美则美矣,而未大也。”尧曰:“然则何如?”舜曰:“天德而出宁,日月照而四时行,若昼夜之有经,云行而雨施矣!”庄子据此又评说道:“夫天地者,古之所大也,而黄帝、尧、舜之所共美也。故古之王天下者,奚为哉?天地而已矣!”这明显是以天地之大为美。在《知北游》篇中,庄子干脆将“大”与“美”联类而言之:“天地有大美而不言,四时有明法而不议,万物有成理而不说。圣人者,原天地之美而达万物之理。”这是美学史上“大美”一词的发端。《庄子》文章的廓大境界,汪洋恣肆、仪态万方的美学风格,无不是其“大美”思想的生动体现。当我们欣赏庄子创造的大河、大海、大块、大鹏、大树、大鱼、大瓠等体现天地之大美的意象时,我们不得不对这位大智者的大手笔赞叹不已。

儒家学派的孔子和子思,以“大”为道德人格修养的至高境界。孔子称道德完美的境界为“大”,《论语·泰伯》载孔子之语曰:“大哉尧之为君也!巍巍乎!唯天为大,唯尧则之。荡荡乎!民无能名焉。巍巍乎其有成功也,焕乎其有文章!”孔子以“巍巍”、“荡荡”、“焕”形容尧的品德的崇高、壮美、文采斐然。子思所著《中庸》第二十七章也有类似的表述,在歌颂天之“高明”地之“博厚”后推及:“大哉圣人之道!洋洋乎,发育万物,峻极于天。优优大哉,礼仪三百,威仪三千。”在孔子所作并为后世儒者所润饰的《易传》中,“美”与“大”具有了审美观念的意义。如《乾》之《象》直对《乾》的卦象而发,使用四言句,用《诗》一般涵蕴富丽的语言,描述了茫茫苍天崇高、博大之美。其辞曰:

> 大哉乾元,万物资始,乃统天。云行雨施,品物流形。大明终始,六位时成,时乘六龙,以御天。乾道变化,各正性命。保合大和,乃利贞。

《乾·文言》则直言其美:

> 乾始能以美利利天下,不言所利。大矣哉!大哉乾乎!刚健中正,纯粹精也;六爻发挥,旁通情也;时乘六龙,以御天也;云行雨施,天下平也。

在两段赞词中,“大”、“美”“、“刚”、“健”、“纯”、“粹”、“精”都具有审美意义,最值得注意的是“美”与“大”两个审美观念。

孟子在回答浩生不害“何谓善,何谓信?”时说:“可欲之谓善,有诸己之谓信,充实之谓美,充实而有光辉之谓大,大而化之之谓圣,圣而不可知之之谓神。”(《孟子·尽心下》),认为“大”是比“美”更高的境界,也赋予“大”比“美”更高层次的审美意义。因此,孟子所推崇的“浩然之气”,也以“至大至刚,以直养而无害,则塞于天地之间”(《孟子·公孙丑上》)而著称。“浩然之气”是高尚的道德人格修养所养成的,故“其为气也,配义与道;无是,馁也。是集义所生者,非义袭而取之也。行有不慊于心,则馁矣。”(《孟子·公孙丑上》)它体现的是“富贵不能淫,贫贱不能移,威武不能屈”的“大丈夫”气概(《孟子

·滕文公下》)。正因为有了“大丈夫”气概,“浩然之气”充盈心胸,再加上广博的学识,使得孟子以息邪说、树正言、张儒家道统、以仁政救世为己任,激烈批判对立学说,敢于直斥万乘之王,表现出一位仁者博大的心胸和献身理想的伟大精神。孟子文章的充沛气势,孟文的浩浩荡荡、大气磅礴的美学风格,很大程度上就来自于以“大”为美的美学追求。

二、楚辞与“以大为美”的美学观念

源自于原始先民的以“大”为人体美的审美意识,在儒道学者手中开始抽象化为具有道德和审美内涵的美学范畴,对庄子和孟子的散文风格产生了有益影响。不仅如此,以“大”为美的审美意识在战国后期的楚国又得以进一步加强,楚辞的出现和兴盛就体现了这一观念的直接影响。

通过考察具体作品,我们发现楚辞与“以大为美”的抽象美学观念之间有着密不可分的内在联系。屈原的《天问》、《离骚》、《九歌》、《远游》,宋玉的《九辩》、《风赋》、《大言赋》等楚辞作品,在时空背景、结构安排、篇幅规模等方面显现出“以大为美”的美学观念的影响。崇尚“以大为美”的楚辞作品以其生动活泼的形象化的文学反映形式,体现出战国后期的楚国人崇尚“以大为美”的审美取向。

《离骚》篇幅长,规模巨,结构宏伟、时空背景辽远阔大。“路漫漫其修远兮,吾将上下而求索。”这里的上下指上天入地,既指拜见天帝,远上昆仑神山的漫游,也指向重华陈辞,追求地上之佚女的举动。众多的香花香草,形成了一座美丽的精神大花园;繁多的神话传说和历史典故,也反映出作者博大的学识积累。

《九歌》不仅篇幅规模大,组诗中所描写的盛大歌舞场面、庞大的巫师和诸神队伍,同样令人眼花缭乱、肃然起敬。《天问》尤其体现了战国后期的楚国人崇尚“以大为美”的审美取向。该诗全篇三百七十余句,一千五百多字,从远古到战国,从天上到人间,从神话到历史,一百七十多个问题一气呵成,如行云流水,沛然莫之能御,篇幅规模、时空背景可谓大哉,壮哉!

其实也不只是先秦诸子和屈原这些春秋战国文化的代表人物,表现着当时“以大为美”的审美取向和时代风气。闻一多认为,《楚辞》以下的汉赋,其实也是“和它(“以大为美”的审美取向和时代风气)有着直接的血统关系”。[3](p.63)可以说,汉赋的“大”美,得益于楚辞和《战国策》的宏大结构体制,也得益于庄子和孟子散文以“大”为美的美学风格的熏陶和潜移默化。

三、汉赋与“以大为美”的美学观念

华夏(汉)民族好“大”心理的长期积淀,特别是诸子著作和楚辞作品的直接促进,使得以“大”为美的审美意识在秦汉统一大帝国出现以后又得以进一步加强。到了汉代,以“大”为美的审美意识已经蔚为大观,在文学、艺术、建筑等领域都成为起主导作用的时代精神与审美意识。这种时代精神与审美意识在文学领域的突出表现就是被称为“有汉一代之文学”的汉赋的出现与兴盛。

在西汉初年贾谊等人的骚体赋中,这种以“大”为美的美学观念已初露端倪,贾谊《鹏鸟赋》曰:“天地为炉兮,造化为工;阴阳为炭兮,万物为铜”,把整个宇宙当作一座熔炉看待,意境可谓大矣。汉大赋的出现和兴盛尤其体现了以“大”为美观念的影响。西汉武帝时期司马相如的大赋作品极致地体现了这一观念,西汉末年的扬雄以及东汉班固、张衡的大赋对这种观念的体现依然明显,其余波甚至一直远及西晋左思的《三都赋》。崇尚“以大为美”的汉大赋作品以其生动活泼的形象化的文学反映形式,体现出汉代崇尚“以大为美”审美取向和大汉帝国的赫赫声威。可以说,司马相如、扬雄、班固、张衡等人鸿篇巨制的的汉大赋作品正是“以大为美”观念的鲜活标本。

那么,汉大赋作品是如何体现“以大为美”的美学观念的呢?对此,何新文先生有过精辟的论断:“汉赋以大为美,追求宏大的体制形式,展示事物奇妙无穷的大的美点,以‘苞括宇宙,总览人物’的‘赋家之心’来‘控引天地,错综古今’,创造了无积、无限的想象境界”。[4](p.49-63)。对此,笔者试从三方面阐述之。

第一,“追求宏大的体制形式”是指大赋作家“竞为侈丽闳衍之词”(《汉书·艺文志》),力求篇幅长大。当时大汉帝国日益丰富的社会生活内容和赋体文学本身“铺采摛文,体物写志”(《文心雕龙·诠赋》)的特点决定了赋家在体制规模上以大为旨归的美学追求。首开大赋巨制之风的《七发》,已与《离骚》不相上下;司马相如《天子游猎赋》(萧统《文选》始分为《子虚赋》、《上林赋》),扬雄的《甘泉》、《河东》、《羽猎》、《长杨》诸赋,更超过《七发》。东汉班固、张衡的大赋,更在篇幅上远远超过西汉诸家。班固《两都赋》长达四五千字,张衡“精思傅会,十年乃成”(《后汉书·张衡传》)的《二京赋》,更是登峰造极,创长篇之极轨,洋洋洒洒达八千余言。正如一个人的身材高大可以弥补其相貌的不足,汉赋的巨大,也会引起读者的注意,激起人们的赞美。

第二,汉大赋作品善于“展示事物奇妙无穷的大的美点”。东晋葛洪《西京杂记》卷二载司马相如之语曰:“赋家之心,苞括宇宙,总览人物”。“苞括宇宙”的赋家,他们所追求的正是宇宙之间一切大的东西,所创造的正是能令人拜倒的大的形象,所要誇扬的正是事物奇妙无穷的大的美点。打开大赋作品,一个生气勃勃的“大汉”帝国首先向我们扑面而来:这个大帝国土地辽阔,生民万千,山川宏伟,物产丰饶,都市繁华,文教昌隆,宫殿巍峨,林苑宽广,帝王出猎千乘万骑,典礼隆重排场,仪式盛大庄严,歌舞场面壮观,宴饮侈靡奢豪。大赋作品展示给人们的是一种数量众多、体积宏伟、场面广阔、力量巨大、威势无比的“巨丽”(《上林赋》))之美,这种“巨丽”之美在司马相如《天子游猎赋》(《子虚赋》、《上林赋》)中体现得尤为突出。

第三,“以大为美”的大赋作家“控引天地,错综古今”(《西京杂记》卷二描述司马相如大赋创作语),突破了有限、有积的客观世界的限制,“创造了无积、无限的想象境界”。这种境界,在枚乘《七发》及一些畋猎、京都、宫殿大赋中已初露端倪,在司马相如的赋作中达到极至。司马相如《上林赋》在夸写天子出猎的盛况后,作者展开想象,猎游天上,俨然一派庄子《逍遥游》、屈原《天问》的境界,而他的《大人赋》的境界则更为远大。在这位“大人”看来,辽阔中州,万里宅处,茫茫世俗,竟是如此迫隘可悲,简直不可以片刻停留。于是,他“遍览八纮而观四荒”,进而飞向了一个无积、无限的境界:

> 下峥嵘而无地兮,上廖廓而无天。视眩眠而无见兮,听惝恍而无闻。乘虚无而上下兮,超无友而独存。

这只能是“大音希声,大象无形”(《老子》第41章),“听之不闻其声,视之不见其形,充满天地,苞裹六极”(《庄子·天运》)的黄帝咸池之乐才能与之相比拟的大美境界。这种境界,体现的是无机、无限的大,想象空间的大,可以引导人的精神得到扩展和升华。

那么,汉赋家何以要以大为美?我们今天该如何评价这种以大为美的艺术价值呢?首先,这是华夏(汉)民族长期审美积淀的必然结果。其次,也是汉代特定政治历史条件的产物。国家的强大,促使统治者好“大”喜功的思想、崇尚享乐的情绪迅速滋长,于是以统治阶级为主导的整个时代“以大为美”的社会风尚和审美意识也就全面形成了,进而自然而然地成为了时代和民族的共同心理与审美风尚,并且渗透到社会生活的各种领域。“以大为美”的审美风尚自然也渗透到文学领域来,影响并支配着汉大赋的创作,使它毫无例外地染上了“大”的色彩。当然,汉大赋得蔚为大观也离不开赋家本身广博的学识才力。

参考文献

[1]王献唐:《炎黄氏族文化考》,齐鲁书社,1985年。

[2]《四部丛刊》[STW/CD],书同文数位化技术有限公司,2001年。

[3]《郑临川述评》,《闻一多论古典文学》,重庆出版社,1984年。

[4]何新文:《辞赋散论》,东方出版社,2000年。

屈原与魏晋六朝文化研究

论两晋文人骚体赋创作

杭州师范大学　赵建辉

一、两晋骚体赋创作概况

两晋时期,继承汉魏以来的骚体赋创作,使之又达到一个兴盛期。尤其是西晋,涌现出较多的骚体赋作家,更是出现了像潘岳、陆云这样既精通楚辞,又在创作上有突出成就的大家。骚体作品也达到了高度的艺术水准。例如,仅潘岳一个人的骚体作品为《文选》所录就达三篇。

对于骚体赋的界定,一般来说,以赋的句子有"兮"字为重要的判定特征。如有学者认为:"骚体赋必须具备两个基本条件:其一是采用楚骚的文体形式,也就是以'兮'字句作为其基本的句型;其二是明确地用'赋'作为作品的名称。"[1] 此说具有很普遍的影响力。骚体句式一般认为就是以《离骚》一文的句子为基本句式。这种句式是六言句而中间夹一虚字,两句一组,前句末有叹词"兮"字。如《离骚》中"日月忽其不淹兮,春与秋其代序。惟草木之零落兮,恐美人之迟暮"几句。这种句式用法《楚辞》中最为普遍,除《离骚》外,《九章》等篇也多用此种句式。另外还有每句中用"兮"字的句式,如《九歌》之《东君》一篇:"暾将出兮东方,照吾槛兮扶桑;抚余马兮安驱,夜皎皎兮既明。"等句。《九歌》十一篇以此种句式为主。总之,"兮"字在楚辞中大量使用,被普遍认为是楚辞骚体句式的判定标准。

然而据现存作品来看,两晋赋作中有为数更多的以六言而中间夹一虚字的句式写作的作品,前句末并无"兮"字。这种文章从句式上来看是受到了《离骚》等作品的启发的,但由于句式中无"兮"字,故对于此类文章的文体形式,需作分析:

两晋文人所作的拟骚的作品,有傅玄的《橘赋》,有序而无文,文中有无"兮"字,不得而知。又有《拟天问》、《拟招魂》,后两篇各句皆无"兮"字。这是可以理解的,因为屈原的《天问》本身就不用"兮"字,而《招魂》所用"兮"字极为有限,语气词主要用"些"字。又两晋拟骚之作尤为突出者,当属陆云《九愍》。其序文曰:"昔屈原放逐,而《离骚》之辞兴。自古及今,文雅之士,莫不以其情而玩其辞,而表意焉。遂厕作者之末,而述《九愍》。"[2] 此文共九章,次序全依《楚辞·九章》。然而除个别篇章"乱曰"部分外,通篇无"兮"字。如首篇《修身》拟《惜诵》,前二句为:"裔皇圣之丰祐,膺万乘之多福"。《涉江》用《九章》原题,首二句为:"逢天怒而离纷,遘时咎于惟尘。"这些篇章同两晋多数赋作一样,都用六言句,都没有"兮"字。由此似乎可以推论,时人受楚辞影响,创作了大量的以六言的楚骚句式为主的作品，然而由于未把“兮”字作为楚辞重要特征予以认定，故使得大部分作品略去“兮”字。此类作品虽表面上看来成为别一体式的作品，而当时是被认为属于骚体一类的。由于此类作品数量最多，两晋赋作也由汉代散体大赋的四言句为主转向了以受楚骚影响而产生的六言句式为主。

由此可见，对于骚体赋是否句中要有“兮”字，还需作进一步的讨论，因为《楚辞》本身有些篇章也是不用“兮”字的。而后来之作者认识不同，模仿楚辞进行创作时，或有“兮”字，或无“兮”字，或在传抄过程中被丢掉了“兮”字，都是有可能的。故笔者以为，兮字是判定骚体赋的重要标志，但不可绝对化。

对于骚体赋是否要以“赋”字名篇，笔者以为也不宜过于拘定。这只是个定名问题。有些作品虽然不是以“赋”字名篇，但看不出来和其他骚体赋有什么不同，故也可认作是骚体赋，如西晋石崇的《思归叹》，东晋湛方生的《怀归谣》等。

笔者以严可均辑《全晋文》为主要考察对象，以骚体句式并有“兮”字为标准，辑列两晋骚体作品目录如下：

作者	文章	出处	备注
左芬	《离思赋》	《晋书》本传	
石崇	《思归叹》	《艺文类聚》卷二十八	
傅玄	《喜霁赋》	《初学记》二	
	《蝉赋》	《初学记》三十	
傅咸	《患雨赋》	《艺文类聚》卷二	
	《仪凤赋》	《初学记》三十	
	《萤火赋》	《艺文类聚》卷九十七	
成公绥	《乌赋》	《初学记》三十	
孙楚	《菊花赋》	《艺文类聚》卷八十一	
向秀	《思旧赋》	《文选》	
挚虞	《思游赋》	《晋书》本传	
潘岳	《秋兴赋》	《文选》	
	《寡妇赋》	《文选》	
	《哀永逝文》	《文选》	
陆云	《岁暮赋》	《陆云集》	
	《愁霖赋》	《陆云集》	
	《喜霁赋》	《陆云集》	
	《登台赋》	《陆云集》	
庾颉	《意赋》	《晋书》本传	以上西晋
湛方生	《怀归谣》	《艺文类聚》卷十九	东晋

另外,有部分赋杂有骚体句,或仅存骚体佚句。因此类作品数量较大,故不录。

两晋骚体作品显示出由骚体逐渐变为骈体的面貌。一个表现是骚体赋中大量骈偶句的出现。本来西晋拟骚的作品已有骈偶倾向。陆云《九湣》中各篇即有较多骈偶句,如《考志》篇:“景弥修而日短,时愈促而夜长。和音变而改律,乘风革而为商。”在骚体赋文中,潘岳、向秀文中也多见骈句。《文选》录《哀永逝文》中有“风泠泠兮入帷,云霏霏兮承盖。鸟俯翼兮忘林,鱼仰沫兮失濑。”这些对句已十分工整了。而两句为一组的骚体句,如果去掉前句末的“兮”字,极易成为骈体对句,同于后来骈文的基本句式——俪六。由于去掉“兮”字的六字句,成为两晋赋作的主流句式,这类句子更重骈偶,使骈体大大发展了。

另一个表现是骚体句与四六骈体句混杂一篇之中,逐渐取消骚体而成为骈体。如傅玄《大寒赋》:

> 五行倏而竟骛兮,四节纷而电逝,谅暑往而寒来兮,十二月而成岁,日月会于析木兮,重阴凄而增肃,彩虹藏于虚廓兮,鳞介潜而长伏,若乃天地凛冽,庶极气否,严霜夜结,悲风昼起,飞雪山积,萧条万里,百川明而不流兮,冰冻合于四海,扶木憔悴于汤谷,若华零落于蒙汜。

前半段若入《楚辞》,可浑然无间矣。而后半段则为骈体。关于此类作品,数目亦为不小。两晋所存的骚体赋杂有他文者,多是此类。

总之,两晋骚体作品呈现兴盛面貌,不管句尾有无“兮”字,都是受楚辞句式影响而来。而句式归于整齐、骈俪,句尾脱落“兮”字,又逐渐演化为新的文体——骈体文。

二、作家作品略析

两晋骚体赋最显著的特点是题材多样。汉代骚体赋多抒情之作,像贾谊《吊屈原赋》、司马相如《大人赋》、《长门赋》、董仲舒《士不遇赋》等,或悲身世,或抒哀怨,都是以“怨”为抒情基调。两晋时期,骚体赋大量涌现,作品的表现范围也大大拓展,不仅抒情的骚体赋在题材方面有了很大变化,不再仅仅用来抒发悲怨之情,而像喜悦兴奋之情也成为表现的对象;而且还出现了咏物的骚体赋。

两晋时期咏物赋兴起,咏物的骚体赋也为数不少。这类作品题材很广泛,动植物、自然现象、生活所用都成为被表现的对象。骚体咏物赋当源于屈原的《橘颂》。橘的果实外形华美,植根于南方,生性贞固,自屈原以后,为历来文人所赞美。西晋时傅玄作有《橘赋》,赋文虽失,序文可见其意:“诗人睹王雎而咏后妃之德,屈原见朱橘而申直臣之志焉”,可见橘是直臣的象征。从序中可以看出,此赋乃是仿《橘颂》而作,应该是一篇咏物骚体赋。傅玄还有《蝉赋》,也是一篇咏物的骚体赋,铺写蝉的形态及生活习性,笔调清丽,有所寓托。自两晋始,蝉作为主人公高洁形象的寄托,时入文人笔端。

上述之外,傅咸有《仪凤赋》,这是针对张华《鹪鹩赋》而作的。《鹪鹩赋》中写鹪鹩形微处卑而物莫之害,表达了处微保身以避祸的思想。《仪凤赋》则一反其意,写想象中的仪凤轻举远翔的形象:“心眇眇其悠远兮,意飘飘以遐征。翔寥廓以轻举兮,凌清霄而绝形。”其实是作者渴望一展身手的心态展现。又仪凤能够“随时宜以行藏兮,谅出处之有经,岂以美而贾害兮,固以德而见荣。”因为能随时宜以出处,从而能免害见荣。故虽为体物,实际在抒发玄思。傅咸还有《萤火赋》,兹录其一段:

> 不以资质之鄙薄兮,欲增辉乎太清。虽无补于日月兮,期自照于陋形。当朝阳而取景兮,必宵昧而是征。进不竞于天光兮,退在晦而能明。谅有似于贤臣兮,于疏外而尽诚。盖物小而喻大兮,固作者之所族。假乃光而心尔加兮,庶有表乎洁贞。

以萤火比喻忠臣,赞美虽然身处困境,而能竭尽微薄之力以求有补益于世的人生态度。“在作者看来,人也应该像萤火虫那样,尽力放热,用自己的光和热实现其自身的生命价值,保全自身。这体现了其积极用世人生态度。”[3]但是从另一个方面来看,文中也流露出对时代黑暗的无奈与愤懑。

成公绥有《乌赋》。古人称乌鸦为孝乌,以为是有反哺之义的仁鸟。此赋写孝乌集其庐舍,并认为这是彰显仁德的象征。于是作者嘉其善而作赋。成公绥还有《天地赋》、《大河赋》。其余像孙楚的《菊赋》、枣据的《船赋》、夏侯湛的《雷赋》,都是写得较好的咏物骚体赋。总之,优秀的咏物赋总是能够有所寄托,表达个人感悟。否则,不免陷于浅薄无味。

抒情类的骚体赋仍是两晋骚体作品的主体。本来,抒情性就一直被认为是楚骚体的特征之一。屈原和宋玉的作品以哀怨深广而感人至深。自汉以来,用骚体赋抒发难以排遣的愤懑哀怨为文人承袭着,并作为楚骚体的基本特色而固定下来。到了西晋,更多卓有成就的骚体作家涌现出来。他们多能够借楚骚体的形式,抒发个人真切的感受,情感深沉而文章华美,出现了较多的名篇。

如竹林七贤之一的向秀痛悼嵇康之殁,怀念昔日同游之情,作《思旧赋》:

> 将命适于远京兮,遂旋反以北徂。济黄河以泛舟兮,经山阳之旧居。瞻旷野之萧条兮,息余驾乎城隅。践二子之遗迹兮,历穷巷之空庐。叹《黍离》之湣

周兮，悲《麦秀》于殷墟。惟追昔以怀今兮，心徘徊以踌躇。栋宇在而弗毁兮，形神逝其焉如。昔李斯之受罪兮，叹黄犬而长吟。悼嵇生之永辞兮，顾日影而弹琴。托运遇于领会兮，寄余命于寸阴。听鸣笛之慷慨兮，妙声绝而复寻。伫驾言其将迈兮，故援翰以写心。

作者偶经旧处，闻邻人吹笛之音，追思往昔，感叹生悲。旧庐虽在，而其人已不可追。联想古人悲惨的命运，不禁兴《黍离》、《麦秀》的感叹，而作者垂首悲吟之情状也就如在目前。这篇文章受时代文风影响，句式多排偶，整齐而又富于变化，咏叹之间，文采斐然。

左芬是左思之妹，也善于缀文，武帝由此纳为贵嫔。她写有《离思赋》，文在《晋书》本传。此文叙离家之思、宫禁忧闷，深得楚辞忧生嗟叹之旨。赋文先以较大篇幅铺叙天气阴惨，渲染离人心境。接着联想古人："惟屈原之哀感兮，嗟悲伤于离别。彼城阙之作诗兮，亦以日而喻月"，认为屈原的作品就是善于抒发离别哀感的，并且由古而及今，发出了"况骨肉之相于兮，永缅邈而两绝。长含哀而抱戚兮，仰苍天而泣血"的悲呼。史载左芬写作此文是"受诏作愁思之文"。[4]作愁思之文而选择骚体，可以看出当时文人对骚体抒情性的认识。

潘岳善为哀辞，骚体作品《哀永逝文》、《寡妇赋》、《悼亡赋》、《哭弟文》都是哀辞中的名篇。如《哀永逝文》：

逝日长兮生年浅，忧患众兮欢乐鲜。怅怅兮迟迟，遵古路兮凶归。思其人兮已灭，览余迹兮未夷。昔同涂兮今异世，忆旧欢兮增新悲。谓原隰兮无畔，谓川流兮无岸。视天日兮苍茫，面邑里兮萧散。匪外物兮或改，固欢哀兮情换。归反哭兮殡宫，声有止兮哀无终。既顾瞻兮家道，长寄心兮尔躬。

这是为纪念他已逝世的妻子而作的，笔调哀伤沉重，图绘了伊人已去后，万物皆已失去新鲜色彩，唯有一片苍白散淡的画境。"谓原隰"、"声有止"等句，更让人感到呜咽低沉、情意无尽。《寡妇赋》是以友人之妻的笔调，诉说孤儿寡母的凄苦生活。像"愁烦冤其谁告兮，提孤孩于坐侧，时暧暧而向昏兮，日杳杳而西匿"等句，虽是写景，哀感之情于深沉中得之。

两晋时代，骚体赋抒情性的一个重要变化就是不再仅仅拘囿于传统的抒发哀怨之情，举凡喜悦、感慨、玄思均入文人笔端。这也说明时人对于骚体有了新的认识，能够自如地运用骚体来表达个人的真切感受。如傅玄、陆云都写过《喜霁赋》，表现了雨过天晴后的轻松愉悦。这在前人的骚体作品中是很少见到的。

郭建勋《骚体赋的界定及其在赋体文学中的地位》一文中把骚体赋的题材分为四类，

即纪行、玄思、悲士不遇、悼骚。这种分类概括出了几种较为典型的类型。然而由于此种分法主要是围绕抒情类或记叙类骚体赋的,体物的骚体赋没有被包括进去。而且抒情类像前面提到的表达哀辞、悲离、喜悦的赋也没有被包括进去。下面就两晋玄思及纪行类骚体作一探讨。

关于于玄思类的骚体赋,西晋时作品较多,潘岳的《秋兴赋》、陆云的《登台赋》、《岁暮赋》、庾敳的《意赋》、挚虞的《思游赋》都属于这一类。挚虞《思游赋》是其中最为典型的,在两晋骚体赋作中,也以此文的篇幅最长。这是一篇仿作《离骚》的作品,在内容、结构乃至言辞上都有《离骚》的影子。如开篇也是先叙家世:“有轩辕之遐胄兮,氏仲任之洪裔。敷华颖于末叶兮,晞灵根于上世。”然后用夸张的装束来展示高洁的主人公形象:“戴朗月之高冠兮,缀太白之明璜。制文霓以为衣兮,袭采云以为裳。要华电之煜爚兮,佩玉衡之琳琅。”而自己虽有美好的品质与才能,却没有得到世人的认同:“握隋珠与蕙若兮,时莫悦而未遑。彼未遑其何恤兮,惧独美之有伤。蹇委深而投奥兮,庶芬藻之不彰。芳处幽而弥馨兮,宝在夜而愈光。”美好的才能在现实中被淹没了,理想无处申述,于是上天入地,继以远游飞升,叩问群神,乃至“御苍龙”、“掇紫英”、“莅群神”、“回苍梧”等,这些都是《离骚》的翻版,使人如读《离骚》本文。由此看来,《思游赋》也可算作是一篇悲士不遇类的骚体赋,因为《离骚》本来也是悲士不遇的。

然而,魏晋毕竟是一个重通脱的时代,屈原为了追求自己的美政理想而九死不悔的精神在这个时代已不被普遍认同了。挚虞在悼骚类作品《滑骚》序文里提到:“盖明哲之处身,固度时以进退。顺阴阳以潜跃,岂凝滞乎一概?”[5]因而,在誓死追求理想这一点上,《思游赋》是绝不同于《离骚》的。《思游赋》里找不到主人公呼天抢地的悲壮感人,在感情基调上,是平和中庸的。作者以老庄的任命无为达到精神的解脱:“运可期兮不可思,道可知兮不可为。求之者劳兮欲之者惑,信天任命兮理乃自得。”既而,“修中和兮崇彝伦,大道繇兮味琴书。乐自然兮识穷达,淡无思兮心恒娱”,表现了一个由悲入欣的心路历程。由此看来,这更是一篇玄思赋。《晋书·挚虞传》以为此作“先陈处世不遇之难,遂弃彝伦,轻举远游,以极常人罔惑之情,而后引之以正,反之以义”,大概如是。

无独有偶,潘岳《秋兴赋》也展现了这样一个思想历程。这篇赋虽是承袭宋玉以来的悲秋的题材,然而实际上是抒发玄思为主。文章以悲秋起始,叹息时光易逝,人生冷落,转以老庄“齐天地于一指”为自我解脱,终以“逍遥乎山川之阿,放旷乎人间之世”这种追求心隐的方式而达到了心境的平和。西晋时局动荡不定,在政治的风雨飘摇中,很多文人感到难以把握个人命运,于是思索人生、表达旷远的作品就多起来,老庄思想成为文人心灵解脱的钥匙。庾敳作《意赋》,以为至理混一、存亡均齐就是如此。史载从子亮见赋,问曰:“若有意也,非赋所尽;若无意也,复何所赋?”答曰:“在有无之间耳!”[6]就是时人无可无不可心理的最好体现。

两晋所存纪行骚体赋较少,完整的唯有湛方生《怀归谣》一篇。这也是东晋骚体创作中唯一所可称述者。“纪行类的题材源于屈原的《涉江》、《哀郢》……并在刘歆的《遂初赋》出现之后成为一个热点话题。”[7]虽然汉魏时纪行类骚体赋较多,但两晋时的创作实在贫乏,《怀归谣》也只能约略算作是纪行类,因为此文并未将所经所历作为重点,先是用较多笔墨渲染天气阴惨,接着转以抒情为主:

辞衡门兮至欢,怀生离兮苦辛,岂羁旅兮一慨,亦代谢兮感人,四运兮道尽,化新兮岁故,气惨惨兮凝晨,风凄凄兮薄暮,雨雪兮交纷,重云兮四布,天地兮一色,六合兮同素,山木兮摧披,津壑兮凝冱,感羁旅兮苦心,怀桑梓兮增慕,胡马兮恋北,越鸟兮依阳,彼禽兽兮尚然,况君子兮去故乡,望归涂兮漫漫,眄江流兮洋洋,思涉路兮莫由,欲越津兮无梁。

此篇意旨很像《涉江》、《哀郢》,写旅途艰辛、故土之思。至于语言风格上,如典故使用、意境刻画的借鉴更为明显。但是句式整齐精炼,骈句为主,则是一代文风的折射。

总之,两晋骚体赋创作较为繁盛,无论在作品数量上,还是在题材的开拓上,都超过了前代,这是值得重视的一个文学现象。

参考文献

[1][7]郭建勋:《骚体赋的界定及其在赋体文学中的地位》,《求索》,2000 年第 5 期。
[2](清)严可均辑:《全晋文》,中华书局影印本,卷一百一。下引《九滑》均同。
[3]池万兴:《论魏晋南北朝咏物小赋》,《西藏大学学报》,1994 年第 3 期。
[4][6](唐)房玄龄等撰:《晋书》,中华书局,1974 年,第 957、1395 页。
[5](唐)欧阳询等撰:《艺文类聚》,上海古籍出版社,1982 年,卷五十六。

骚体"兮"字表征作用及其限度

——兼论唐前骚体兼融多变的句式特征

浙江大学　王德华

"兮"字无疑是骚体的重要表征,甚至成为人们判断骚体的一个重要乃至唯一的标识。作为一个语助词,"兮"字在屈原骚体之前的诗歌中使用过,在后世的骚体中继续使用,但也存在着失落的现象,"兮"字的存失与文献记载缺省有关,也与两汉魏晋南北朝语言骈偶化进程相联。本文拟从骚体"兮"字生成原因、屈原骚体"兮"字的作用以及唐前骚体"兮"字存失三个方面,探讨骚体"兮"字表征的主要作用及其限度,意在指出判断骚体,"兮"字固然是一重要标识,但是唐前骚体"兮"字的或存或失,说明判断骚体不能唯"兮"是瞻,而应兼顾"兮"字失落后骚体句式的变化。

一、屈原骚体"兮"字形成原因

就现存屈原作品来看,虽然有的诗没有用"兮"字如《天问》,有的诗如《橘颂》"兮"字句式,是沿用了《诗经》的体格,但是《离骚》、《九章》、《九歌》"兮"字规整的使用,足以使"兮"字成为屈原骚体的重要表征。但是在这明白易见的现象面前,我们应该进一步追问的是语助词"兮"字为何如此规整地出现在骚体中,成为骚体的一个重要表征?这应是我们探讨"兮"字作为骚体表征作用及其作用限度的重要前提。

目前对屈原骚体"兮"字形成原因的探讨,以下三种不同角度的解释值得重视。一是从先秦歌谣及《诗经》中"兮"字的使用寻找其源头。刘勰较早涉及楚辞"兮"与《诗经》"兮"字运用的比较,《文心雕龙·章句》云:"诗人以'兮'字入于句限,《楚辞》用之,字出于句外。寻兮字承句,乃语助余声。舜咏南风,用之久矣,而魏武弗好,岂不以无益文义耶!"①刘勰论及了"兮"字在歌谣、《诗经》至楚辞再至魏武帝曹操创作中的运用与变化情况。从现存文献看,"兮"字及其他语气词在先秦诗歌中的运用是一普遍现象。逯钦立《先秦汉魏晋南北朝诗》②所辑先秦之"歌"共 78 首,其中明显用语气词入诗的约有 42 首,占一半之多,其中以"兮"字入诗的共 24 首,在 42 首中也占一半以上。这样一个比例说明两个问题:一是以语气词入诗是先秦歌谣(包括楚歌)较为突出的一个现象;二是兮、

① 范文澜:《文心雕龙注》,人民文学出版社,1958 年,第 572 页。

② 本文所引先秦诗歌皆用逯钦立《先秦汉魏晋南北朝诗》,中华书局,1983 年。

哉、乎、然、矣、也、邪等语气词中,“兮”字使用频率最高。“兮”字在《诗经》中的运用也较为普遍。林庚先生为了论证《九歌》“兮”字不出于《诗经》中的“二南”,对“兮”字在其他各风中的运用情况作了代表性的统计,认为作为语助的“兮”字在诗歌中的运用绝非仅在南方,而是南北共用的诗歌现象①。“兮”字外,《诗经》中语气词入诗的情况更其繁多,如“矣”、“只”、“思”、“也”、“其”、“邪”、“哉”、“乎而”、“止”、“斯”等,其作用完全可以“兮”字替代。

再就先秦歌谣与《诗经》语气词在诗中的位置看,大致有三种类型。一是每句皆用,用在句尾;二是介于两句之间;三是在一句之内。由于骚体“兮”字的特殊性,因而先秦歌谣及《诗经》中“兮”字的使用以及与骚体的关联,最为研究者注意。虽然“兮”字与骚体兮字位置多有不合,但也有一种与骚体有着更为密切联系的句式,即“兮”字在单句之末,这样的诗例并不少见,如《卫风·氓》:“桑之未落,其叶沃若。于嗟鸠兮,无食桑葚。于嗟女兮,无与士耽。士之耽兮,犹可说也。女之耽兮,不可说也。”“兮”字以外,《诗经》中的其他语气词,也同样存在着这种类型的句式,其中“矣”字最为明显,如:《小雅·天保》:“神之吊矣,诒尔多福。民之质矣,日用饮食。群黎百姓,遍为尔德。”“矣”字也可换成“兮”。《诗经》以四言为主,虽然以上诗例“兮”字前均为三字,但是它处于上下句之间的位置,与屈原骚体的典型句式如“滔滔孟夏兮,草木莽莽”(《怀沙》)、“帝高阳之苗裔兮,朕皇考曰伯庸”(《离骚》)则是一致的。虽然歌谣与《诗经》中此种句式的使用还没有像骚体一样每句皆用,但无疑也可看作是屈原骚体的发祥之一。

当然,无论是先秦歌谣还是《诗经》,语气词在诗歌中的运用,不具有相对固定的体式规范,表现为一是语气词之多;二是语气词在诗句中没有固定的位置。相较而言,屈原骚体“兮”字表征有三:一是句句皆用;二是位置固定;三是《招魂》“些”、《大招》“只”之外,很少用其他语气词替代。可以说,从屈原骚体始,“兮”字基本代替了其他语气词,取得了骚体外在表征的重要地位。虽然与先秦歌谣及《诗经》相较,产生了如刘勰所云“入于句限”与“出于句外”的区别,但二者之间还有承继与相通之处。《诗经》基本上为四言诗,“兮”字用于三字之末,从外在形式上而言,很明显具有凑足四字的作用,同时也调整了诗歌的节奏,使之合于二二节拍。佚出四言的句子如《伐檀》,在句子字数不一的情况下,语气词“兮”字在调整节奏的同时,也起到了外在规整诗行的作用。因而,从语气词使用角度而言,骚体兮字规整地出现,是屈原对先秦诗歌语气词的进一步强化使用,从而使《诗经》中“兮”字等语气词调整节奏与规整诗行的作用在骚体中同样得以延续。

如果说语气词在先秦诗歌中的普遍使用是诗歌语言内部滋生屈原骚体“兮”的因素,

---

① 具体参见林庚《〈九歌〉不源于二南》,见《林庚楚辞研究两种》,清华大学出版社,2006 年,第 126 页。

那么,战国时代散文化的语言背景则是骚体"兮"字创造性使用的一个重要语言环境。林庚先生《从〈楚辞〉的断句说到〈涉江〉》一文中指出:"《楚辞》从散文的波澜中,要获取它诗的形式,方法不外两种:一种是承继旧有《诗经》的形式,而把它加长以适合散文语吻的长度;一种是整个根据散文重新另制一个诗的形式。前者便是《橘颂》、《天问》之作,后者便是《离骚》、《九章》的体裁,《楚辞》里比较不整齐的句法都在后者这一类,正是因为它建立在散文之上的。"[①]林先生对楚辞"兮"字的探讨,主要是放在诸子散文语言的背景下,指出"兮"字的出现主要是调整诗句的节奏。葛晓音先生在此基础上,进一步分析了屈原骚体三组主要节奏结构即三×二、二×二、三×三形式与《诗经》节奏之间的关联,认为楚辞体的基本节奏音组是在《诗经》基础之上,屈原将散化句式进一步诗化的创造性的贡献。葛先生认为:"由于诗歌内容表达的需要,屈原在当时中原和南方歌谣出现了加长句式的趋向中,吸取了用'兮'字和虚字将四言体中的二言、三言、四言乃至五言等基本片语连成长句的方式,并根据诗化的要求,提炼出三种基本节奏音组作为楚辞体的主道节奏,经此统率部分不能充分诗化的散文句式。楚辞体词组的基本组合方式,添加虚字和'兮'字使整齐的需要,以及诗句的诵读节奏与片语自然顿逗不一致这三方面的特征,说明其创作诗体节奏的原理和《诗经》是基本相同的。"[②]葛先生着眼于诗歌节奏结构的形成原因探讨,从内在节奏与句式角度涉及骚体兮字生成的重要原因。

此外,先秦歌谣"歌"的特征及《诗经》、《九歌》与音乐的明显关联,是"兮"字等语气词在诗及骚体中使用的又一个重要原因。赵敏俐先生从音乐角度探讨屈原作品形式与音乐的关系,从音乐亲疏与诗体变化关系角度,指出《九歌》与乐相伴而《招魂》与歌相生。《离骚》、《九章》、《九辨》是作者的抒情之作,从"乱"等音乐形式可以推断,这些作品虽不一定配乐,但一定是可以吟唱的。《天问》,根据王逸的《天问小序》可知,完全脱离音乐与歌的状态下的创作。相应地,从诗体的形式上看,《九歌》与音乐联系最密,因而表现出"兮"字处于句中的"九歌"型句式。与音乐联系不密但可以吟诵的如《离骚》等,则主要是两句之间用"兮"字,形成"离骚"型句式。而《天问》因不配乐又不可歌,故而无"兮"字[③]。虽然我们对《天问》的无兮字的四言句式,是否是因音乐关系还有待思考,因为正如上文指出的与音乐及可歌有关的《诗经》与先秦歌谣,存在大量语气词,四字足句的四言句式也很普遍。但赵先生这种分类,让我们看到音乐亲疏与楚辞"兮"字功用之间的关联,并启发进一步思考:从音乐与形式的角度看待"兮"字,当两汉魏晋南北朝骚体创作越

---

① 林庚:《林庚楚辞研究两种》,清华大学出版社,2006年,第117页。

② 葛晓音:《从〈离骚〉和〈九歌〉的节奏结构看楚辞体的成因》,《学术研究》2004年第4期,第130－131页。

③ 具体参见赵敏俐:《音乐对先秦两汉诗歌形式的影响》一文,载《周汉诗歌综论》,学苑出版社,2002年,第184－192页。

来越脱离音乐与可歌化，进一步走向文人案头创作之后，“兮”字或存或失，会表现出怎样一种规律与特征？

可见，骚体“兮”字规整地出现在屈原创作之中，以上三个方面原因都是值得我们重视而不可偏废的。合而论之，屈原骚体对《诗经》语言的继承、散体化的语言背景下诗歌节奏的重新建构以及先秦时代诗乐歌舞相伴而生的传播方式，应是屈原骚体“兮”字生成的多层面的重要原因。因而，任何一个因素的变化，如诗歌语言由单音节词向双单词的转化、由散趋骈的语言背景的变化以及传播方式的改变等等，都可能促使骚体体式的嬗变。

二、屈原骚体“兮”字作用

从屈原作品本身具体分析骚体兮字的作用，与以上探讨屈原骚体兮字形成原因密切相联，更关涉到对此后骚体体式变化的思考。

诗歌之不同于散文的重要表现，除了用韵，最为重要的就是要有固定的节奏与相对规整的诗行。如果说诗歌的节奏更多的是靠诵读体现，是诗歌内在的一种特征的话；那么规整的诗行则是诗之所以成为诗歌的重要表征。诗三百的诗性特征，主要在于四言句式提供的外在形式特征以及四言句提供的二二诗歌节奏。虽然《诗经》中的四言诗，从节奏与诗句语意顿逗的对应方面看，有很多诗句并不符合二二节奏，而是三一或一三节奏形式[①]，但是四言句式潜在的二二节奏并不妨碍诵读时的适当调整。那么，在先秦，当诗歌语言句子加长、节奏突破二二均衡也是自然的节拍时，诗歌将以一种什么样的节奏和句式出现？处于《诗经》的四言时代与汉魏六朝五言诗之间，骚体的节奏与句式究竟有着怎样的特征？“兮”字在其中究竟起到怎样的作用？这只有从诗歌的内在节奏着眼，并结合外在句式的研究才能说明。

首先我们从节奏与句式的角度看“兮”字的作用。“三兮二”节奏（是指“兮”字前后各有三字与二字，余类推）句式，《九歌》中共130句，以诵读句计，占《九歌》的一半以上，可见，“三兮二”节奏是《九歌》的主要句式。“三兮三”节奏68句，“二兮二”节奏47句。除《山鬼》与《国殇》两篇主要以“三兮三”节奏句式为主外，《九歌》各篇主要以“三兮二”节奏为主，杂以“三兮三”、“二兮二”节奏句式。《离骚》去除“兮”字的六字句，上下句均为六字的共有103句，如按诵读句计，则有206句。有73句属一句当中的上句或下句属于六字句。按诵读句计，共有279句六字句，以《离骚》371句算，六字句约占3/4。如果将六字句中的虚字均以“兮”字替代，《离骚》六字句中约有20句不属于三×二（×代表

---

① 具体参见葛晓音：《四言体的形成及其与辞赋的关系》，载《中国社会科学》2002年第6期。

句腰虚字)节奏句式。可见,三×二节奏的句式是《离骚》的基本句式,如果将×换成"兮"字,就形成与《九歌》相同的"三兮二"节奏句式。《离骚》还有1/4的非六字句,少于六字的五字句,居中的虚字多半可以省略。如"女媭之婵媛兮,申申其詈予",去除虚字,则成为"女媭婵媛兮,申申詈予",也可。与《九歌》的"二兮二"节奏句式一样,《离骚》五字句虽然不属于主要句式,但也说明屈原有意运用一种句腰虚字的句式。《离骚》多于六言的句式,以诵读句计共63句,7字54句,8字8句,9字1句。除六字句外,七字句是较多的一种句式。虽然这些长句所增加的字数都在虚字之前,因而大都以"×二"节奏收尾,基本上还属于三×二基本节奏的演变。因而,从《九歌》与《离骚》节奏与句式的角度看,"兮"字在屈原骚体中的作用主要有以下两个方面:

其一,起到调整节奏与规整诗行的作用,而二者又是密切联系的。如从《九歌》"三兮二"节奏句式的一句之内来看,若去除"兮"字,"三兮二"节奏读起来缺少自然的节奏和谐与韵律感,这主要是因"兮"字前的三字句,往往以单字起句,细分成一、二节奏,如"目眇眇兮愁予",其中"目眇眇"细分就成为目——眇眇,因而,去除"兮"字,此句虽然可变为"目眇眇愁予",但是与后来的五言二三节奏不同,缺乏自然和协的节律。而从屈原骚体句式分析来看,类似于后世五言诗的二三节奏出现频率较少。"兮"字介入其中,使前后成为两大节拍,因而,"兮"字不仅成为骚体的外在表征,同时具备重要的节奏功能,也可以说成为一种节奏符号。在它的调节之下,骚体"三兮二"节奏的和谐感才得以达成。再从《九歌》从上下两句之间来看,《九歌》的上下两句之间并不是完全的字数对等,"三兮二"、"三兮三"、"二兮二"节奏句式之间可以互相搭配,兼有更长与多变的节奏句式。全篇除《山鬼》与《国殇》外,并无规整的字数,因而,如果去除"兮"字,首先是上下句之间因字数不等而极易失去一定的节奏规律。如"扬枹兮拊鼓,疏缓节兮安歌"(《东皇太一》),去除"兮"字后变为"扬枹拊鼓,疏缓节安歌",上句变成二二节奏,下句变成三二节奏,极不和谐,全篇也因之变得节奏凌乱。如《湘夫人》开头四句:"帝子降兮北渚,目眇眇兮愁予。嫋嫋兮秋风,洞庭波兮木叶下",去除"兮"字则为"帝子降北渚,目眇眇愁予。嫋嫋秋风,洞庭波木叶下",节奏形式则为二三、三二、二二与三三,虽然也还是两大节拍,但是缺少"兮"字加入后的化凌乱为整一的节奏和谐感,因而,"兮"字使不同字数、不同节奏的句子具有内在统一的节奏形式,最可见出"兮"字所具备的调整节奏的功能。与"兮"字内在调整节奏功能相应,外在的功用即是规整了诗行。《九歌》中"二兮二"拍节奏句式,主要是散见于《九歌》篇章中,并未形成主要句式,但有一个较为明显的特征,即去除"兮"字后,多为句意顿逗与节奏一致的二二节奏,很少有《诗经》的散句特征。它与"三兮三"拍的一个重要相似之处就是节奏与结构的一致,"兮"字去除后也就成为四言句。也就是说,句式本身具有稳定的节奏。之所以用一"兮"字,是屈原有意为之,在进一步调整前后两大节奏的同时,以使全篇有一外在规整形式。同样散落于各篇之中的"三兮三"节奏句式以及基本皆用“三兮三”节奏句式的《山鬼》与《国殇》两篇，也同样具有以上两个方面的作用。因《离骚》的节奏结构与《九歌》同构且可以看作是《九歌》的拓展，因而，兮字调整节奏与规整诗行的作用在《离骚》中，因离骚句式的加长，其功用更加明显。

其二，“兮”字揭示了散体化句式下以“兮”字建构两大节拍的重要功用。由《九歌》的“三兮二”、“二兮二”、“三兮三”节奏形式来看，兮字前后字数虽然不等，但是兮字不仅是一节奏音符的标识，同时揭示了骚体一句两大节拍的共同特点。虽然《九歌》型句式兮字居中，而《离骚》型兮字居于两句之间，但是正如闻一多先生早已指出的，《九歌》型兮字与《离骚》型句腰虚字的互换性，致使两种句型在本质上具有趋同的内在关联。笔者看来，这一内在关联，不仅是互换性，更多的是互换性背后二者之间诗歌节奏的一致。《离骚》型兮字前后就是《九歌》型句式的具体运用，只不过是兮字以虚字替代后而句式加长；《离骚》型兮字所起到的作用，就是重新构建加长后句子前后两大节奏的作用。因而，《离骚》型句式可以看作是《九歌》型句式的进一步拓展。“兮”字两大节拍的建构与标识，放在诗歌发展史上看，是骚体在《诗经》四言诗二二节奏音组基础之上的拓展，也成为后世以散句写诗时调整节奏、构成诗行的一种主要方式，在诗歌或骚体中继续使用。

古典诗歌从四言发展至五言、七言，虽然字数不等，但是一句之内由两大节奏音组构成则是不同句式的共同特征。屈原骚体以兮字标志前后两大节奏音组，是诗体突破二二节奏音组的自然节奏形式之后，屈原对散体句式进行诗化的一种尝试，而这种尝试的得以实现，一方面，是由于林庚先生所提出的散文化背景之下屈原诗化的方式，其中“兮”字的作用，在笔者看来，其结果便是内在调整节奏外在规整诗行的功效；另一方面，屈原骚体的形成还与屈原骚体的传播方式有关，即上文提及的骚体节奏与音乐或与诵读方式的关联。因而，当两汉魏晋南北朝语言骈偶化进程开始，屈原骚体散文化背景的消失，骚体句式本身具备固定的节奏与规整的诗行；当骚体与音乐或与歌诵的传播方式渐远而成为一种案头化创作，骚体“兮”字也就不再成为骚体的一个重要表征，其或存或失，反而突显出骚体最为重要的句式特征以及含融多变的特性。一方面表现为骚体兮字下最具有代表性或创造的句式是句腰虚字的六字句，这应是骚体在节奏与句式上的独特创造；另一方面又显示了屈原骚体在以句腰虚字的六字句为主的情形之下，句式带有极大的包容性，即容纳多种句式的特征。这既是骚体诗化的一种反映，同时也显示了骚体兼融多种句式的潜质。

三、“兮”字存失与唐前骚体句式多变兼融特征

屈原之后骚体“兮”字失落，原因有二。一是文献“兮”字记载的缺省。“兮”字文献中缺失，汉代就存在，如贾谊《鹏鸟赋》中“兮”字，《史记》有而《汉书》无。尤其是《艺文类

聚》,虽然有些篇目也有"兮"字的载录,但总体看来,以无"兮"字居多。如果有史书及《文选》作为参照,我们尚知"兮"字是《类聚》缺省,但是魏晋以后作品大多出于《类聚》,这就给骚体判断带来文献不足依据的尴尬。此外,除了文献记载缺省,笔者认为,随着语言骈偶化的进程,当骚体句式,尤其是句腰虚字的六字句成为骚体的主要句式时,因外在的规整与内在节奏的一致,"兮"字主要功能即调整节奏与规整诗行作用的减弱以及音乐与可歌背景的淡去,势必反映在作家的实际创作之中,也就是说,骚体"兮"字一部分失去,是因作家创作时主动的放弃。

后世骚体"兮"字的失落主要表现在两个方面,一是四字句的上下句之间"兮"字的失落,变为四言句式。一是句腰虚字的六言句式上下句之间的"兮"字失落,形成句腰虚字的六言句,形成纯粹的三×二节奏句式。

首先,我们来看四言句式上下句之间"兮"字存失问题。四言句本身二二节奏的调节功能,足以使四言句无须"兮"字而在内外两个方面产生诗体特征。因而,四言句式上下句之间的"兮"字在后世骚体中也有两种不同的情况。一是沿用屈原骚体诸如《怀沙》"滔滔孟夏兮,草木莽莽",继续使用"兮"字,这一点以贾谊的《鹏鸟赋》为代表。此篇只有少量的非四字句。二是不用"兮"字,形成四言句式。如江淹的《山中楚辞》中第五篇,从标题看,作者把它当作骚体进行创作的,其中"魂兮归来"一句,很明显仿《招魂》。只有两句非四字句,即"异方不可以亲"与"无往此异方",属散体句。其他均为不带"兮"字的四言句。显然,江淹是将这种遗落"兮"字的四言句式,也看作是骚体的一种形式。因而,不论从文献缺省的角度如贾谊《鹏鸟赋》,还是从后世自认为拟骚作品来看,四字句中"兮"字的有无,成为一个无关紧要的标志。由此,我们是否可以这么认为,诗歌四字句与骚体"四兮四"句式之间应该说是存在着可以互转的关联。林庚先生较早涉及这一问题,他认为"散文句法的漫长不齐,散文形式的需要借重重叠排偶以造成诗化的节奏,'兮'字在《楚辞》里不过是最表面的形式而已",因而,"《楚辞》借排偶而把散文的形式诗化,借重叠而使节奏的作用产生,这一点作用,有时候'兮'字的作用便反而全无必要了。《天问》里不用'兮'字是一例"①。这一点就是说明了诗歌四字句与骚体"四兮四"句式之间的互转,产生互转的原因一方面是林先生指出的诗句自身富有节奏,如《天问》主要以四字句为主,二二节奏完全可以自主构成诗的节奏而无须兮字介入;另一方面则是如赵敏俐先生所言《天问》与音乐的疏远或者可歌化的消失的传播方式有关。认清四言句式与骚体之间的关联,对我们判断后世骚体中无"兮"字的四言句式而篇名又明显以骚体为体的作品,能作出一个合理的判断。两汉魏晋南北朝骚体作品,像江淹《山中楚辞》第五篇

① 林庚:《从〈楚辞〉的断句说到〈涉江〉》,见《林庚楚辞研究两种》,清华大学出版社,2006年,第119-120页。

那样主要以四言结篇的虽然不多,但是篇中多杂有四言句式则是常见。对于这种四言句式,从骚体“兮”字与四言句式之间的关联来看,也可以看作是骚体句式“兮”字失落的一种表现。

其次,我们再来看看句腰虚字的六言句式上下句之间的“兮”字存失状况。无“兮”字的六言句式在骚体中的出现可能是在东汉初期。骚体作品中班彪的《悼骚赋》为残篇,残句均无“兮”字。蔡邕《吊屈原文》,也是残篇,残句均为无“兮”字的句腰虚字的六言句式。从建安始,骚体创作中,无“兮”字的句腰虚字的六言句式渐多,几乎替代有“兮”字的六言句式。如曹植《九愁赋》和《九咏》,从篇名看两篇均属拟骚。《九愁赋》全无“兮”字,而《九咏》“兮”字句全属“九歌”型,《离骚》型句式不用“兮”字,主要演变为句腰虚字的六言句,其中只有两句为句腰虚字的七言。又如西晋陆云《九愍》,从序文看,陆云创作此篇,不论是从情感还是从文辞都是仿骚体而作。但陆云《九愍》除三篇“乱词”用了《橘颂》型句式外,九篇正文只有一句有“兮”字,其他皆为无“兮”字的句腰虚字的六言句式。西晋挚虞《愍骚》、南朝宋张委《九愍》均为残篇,从残句看,句式均为无“兮”字的句腰虚字的六字句式。

从现存骚体作品来看,两汉时骚体一般均用“兮”字,且《九歌》型句式与《离骚》型句式兼用。两汉以后至南北朝,一方面,骚体中《九歌》型句式的使用频率远远高于《离骚》型句式。另一方面,《离骚》型句式“兮”字渐渐失落,无“兮”字的句腰虚字六言句式在骚体中的运用成为常态。这一变化过程又与汉魏六朝语言骈偶化进程一致的,同时《九歌》兮字句与《离骚》兮字句是一种节奏同构的拓展关系,因而,《离骚》型句腰六字句的固定体式,说明句腰虚字起到了《九歌》兮字同样的调整节奏的功效。

最后,我们看看唐前骚体句式兼融多变的体式特征。所谓“兼融多变”,不是指一篇作品已不单一使用《九歌》型或者《离骚》型句式,也不是指二者的兼用,而是指三言、四言、五言、六言、七言等诗体语言与骚体句式的兼用。这种现象在南朝的骚体创作中非常普遍。如江淹的拟骚作品有《应谢主簿骚体》、《刘仆射〈东山集〉学骚》以及《山中楚辞》五首。《应谢主簿骚体》兼用三种句式,即《九歌》型、五言句及无“兮”字句腰虚字六言句。《刘仆射〈东山集〉学骚》也是兼用三种句式,即四言句、《九歌》型及无“兮”字句腰虚字六言句。《山中楚辞》的第五首更是以四言为主要句式的拟骚作品。再如谢庄《山夜忧吟》,全篇按诵读句计,共18句,《九歌》型句式5句,七言5句,五言4句,三言2句。

对后世骚体句式兼融多变现象,前哲时贤多有论述。一般认为这是诗骚互渗的一种表现。即当五言诗创作渐趋成熟,七言诗也开始出现的时候,是诗体语言向骚体渗透的一种表现这种看法是有一定道理的。没有五言与七言诗体的创作实践,骚体的句式肯定不会变得如此驳杂。但是作为“互渗”,应该不是单向度的。近来人们研究骚体对五言与七言诗的影响,但影响的结果是五言与七言的定型与成熟。而诗体对骚体的影响则使骚体句式变得驳杂。对于这一现象,如果我们将视角转向骚体自身,则可发现,骚体句式本身的多样性,在去除“兮”字后,除了可以演化上述的四言与句腰虚字的六言句式外,骚体中也含有三言、五言、六言与七言这样的变性句式。如三言句,就是《九歌》“三兮三”节奏句式“兮”字失落后的表现,汉乐府中摹仿《山鬼》的《今有人》云“今有人,山之阿”也是演变之例。至于五言诗,《离骚》二×二节奏句式,虚字多半居中,极易形成二三节奏句式,如“名余曰正则,字余曰灵均”等。《九歌》中的“二兮二”节奏,中间的“兮”若变成相应的实词,则也可形成二三节奏句式。二二二节奏的六言也有,如《离骚》“民生各有所乐”、“吾令羲和弭节”、“鸾皇为余先戒”等,这些都不同于句腰虚字的六言句式节奏,与后来的六言诗节奏同。至于七言诗句的节奏,人们多半将它看作是五言节奏句式的拓展,骚体中也有后世七言节奏的变性存在,如“朝饮木兰之坠露”、“愿依彭咸之遗则”、“众女疾余之蛾眉”等,细分就是二二三节奏,只要将虚字替换,就成为七言。《橘颂》中“后皇嘉树,橘徕服兮”,去掉“兮”字,将上下句相联就成为七言句。就是《九歌》中的“三兮三”句式,适当增添一字也可成为七言,如汉乐府中的《今有人》“被服薜荔带女萝”,就是将单音节“被”变成双音节“被服”,成为七言的。以上这些句式说明,骚体句式本身蕴含着三言、五言、六言与七言句式的变性,这是诗体语言成熟后向骚体渗透的前提,也是后世骚体句式变得驳杂的内在因素。如果说屈原骚体“兮”字的规整使用是语言散文化的背景下、诗句散化状况下屈原进行诗化的一种努力,那么,后世骚体创作尤其是南朝骚体句式的驳杂则是语言骈偶化的时代、诗句对偶化的状况下,诗句自身的骈偶使骚体各种散化句式趋于诗化的一种表现。所以,我们发现一个有趣的现象是,屈原骚体外整内散,而南朝骚体则是外杂内整。二者的变化除了整个语言背景的巨大差异之外,南朝骚体更是脱离骚体可歌化的传播方式而走向文人案头化写作方式有关,也充分体现了骚体兼融多变的句式特征。

综上所论,屈原骚体兮字规整的运用,具有特定的散体化语言背景,它所起到的调整节奏与规整诗行的作用,从诗体句式发展角度,既是对诗经四言二二节拍的承继,更是对以兮字重构诗歌两大节奏韵律的一种强化,为散体句式入诗创造了一个新的节奏模式。随着诗歌语言骈偶化的不断深入及五言、七言诗体的成熟,后世骚体兮字的失落,充分体现了屈原骚体“兮”字含融之下兼融多变的句式特征。总之,骚体作为一种文体,单就外在句式而言,在骚体演变过程中,“兮”字作用的凸显与失落,说明判断后世骚体,既要重视“兮”字的表征作用,又不能唯“兮”是瞻,理应看到骚体句式内在变化,只有这样才能对后世骚体作出较为客观冷静的判断。

参考文献

[1]范文澜:《文心雕龙注》,人民文学出版社,1958 年。

[2]林庚:《林庚楚辞研究两种》,清华大学出版社,2006年。

[3]葛晓音:从《离骚》和《九歌》的节奏结构看楚辞体的成因,学术研究,2004年第12期,第130-131页。

[4]赵敏俐:《周汉诗歌综论》,学苑出版社,2002年,第184-192页。

[5]葛晓音:《四言体的形成及其与辞赋的关系》,中国社会科学,2002年第6期,第151-161页。

江淹与屈原及楚辞

杭州师范大学人文学院　张立平

江淹(444—505),字文通,济阳考城(今河南兰考)人。历经南朝宋、齐、梁三朝,以文名著称于世。江淹文集为其生前编定,分为前、后两集,“凡所著述百余篇,自撰为前后集”(《梁书·江淹传》)现存作品多数作于宋末齐初,疑原存于《前集》,其《后集》中作品在流传过程中亡佚。江淹的文学成就主要在诗、赋两方面,作品古朴蕴藉、沉郁深厚,多抒发仕途坎坷、悲凉凄怨之情,代表了南朝由元嘉体向齐梁体转型的文学风格。

江淹作品中有大量的摹拟之作,“文通诗体总杂,善于摹拟。”(钟嵘《诗品》)较著名的有《效阮公诗十五首》、《杂体诗三十首》。江淹的拟作,颇能切合原作者的神韵风貌,严羽《沧浪诗话·诗评》:“拟古惟江文通最长,拟渊明似渊明,拟康乐似康乐,拟左思似左思,拟郭璞似郭璞。”胡应麟《诗薮·外编》(卷二):“文通拟汉三诗俱远,独魏文、陈思、刘桢、王粲四作,置之魏风莫辨,真杰思也。”可能因江淹摹拟之作的成功,后人观其作品多从这方面着眼,较容易忽略其中所蕴涵的独特的艺术风格。古典文学以悲怨忧愁为主题的作家当中,江淹是不可或缺的。但是,对江淹作品情感的阐发,也主要从悲愁感伤层面,如后人常将江淹与元嘉三大家之一的鲍照并称,钟嵘《诗品》归鲍照入《楚辞》一系,却未将江淹归入。江淹作品中隐含的忧怨成分被忽略,也许和其表达出来的怨情较为含蓄、隐晦有关。

一

南朝从宋武帝刘裕代晋(420)至隋文帝开皇九年(陈后主祯明三年即西元589年),历时170年。在这170年的时间里,四个短命的王朝相互更迭,中间又有皇室之间、皇室与权臣之间权益的争夺,战乱频仍,社会动荡。“在这样一个绝望的时代,南朝君臣的精神生活与现实生活急剧堕落。”[1]P85加之玄谈余风以不问俗事而高标,处于此时期的文人只求全身自保、追求享乐安逸,社会责任感、使命感普遍缺失。

反映在文学上,文人创作只追求形式而情感内涵则较为平淡,所描写陈述的物件也多为日常生活中琐碎的事物。诗、文日益日常化、琐碎化、平淡化、世俗化。此时对楚辞的接受多侧重在研究楚辞的艺术形式,如文辞的华美、音韵等方面。在创作上,很难有作家如屈、宋,尤其是屈原一般,有忧愤苦痛的生活经历,哀伤激越的情思。而江淹则为少数能体现《楚辞》风神者之一,自屈原而始的抒发怀才不遇的“怨”的情感主体,在江淹的作品中有了很好的继承。

“江淹之所以喜欢屈原的楚辞,与他的出身及曾两次遭受重大挫折有关。”[2]P116江淹现存的作品大多作于宋末齐初。刘宋时期,仅皇室内部为了争权夺利,骨肉相残的事件就屡见不鲜,赵翼《廿二史札记·宋子孙屠戮之惨》:“宋武九子,四十余孙,六七十曾孙,死于非命者十之七八”。江淹于宋末历侍始安王刘子真、新安王刘子鸾、巴陵王刘休若、建平王刘景素,始终徘徊在皇族之争的边缘,他这一时期的作品也与此四王密切相连。江淹六岁能诗,十三岁丧父,家境贫寒,曾采薪养母。“弱冠,以五经授宋始安王刘子真,略传大义。”[3]P378后转为“南徐州新安王从事,奉朝请”。[3]P378大明八年孝武帝崩,前废帝刘子业继承王位,新安王在永光元年(465)被免为庶人,后赐死。泰始元处宋明帝刘彧即位,泰始二年(466),始安王被宋明帝赐死,当时只有十岁。后在泰始七年(471)巴陵王被赐死。目睹皇室之间互相杀戮,江淹不寒而栗。在齐初写《自序传》时仍心有余悸地说“宋末多阻,宗室有忧生之难”。[3]P379其实何止宗室,当时的士人亦人人自危,朝不保夕。刘宋时期的文人颜延之、鲍照等都遭受过打击迫害。最显著的莫过于出身甲等世族的谢灵运,被污以“谋逆”的罪名处死。在这样时代背景下生活的文人,如履薄冰的感觉可想而知。

因此,处于如此窘迫情境下的江淹,不能畅意抒发自己的牢骚与感受,只有借助楚辞形式感伤自己的遭遇。其作品所表露的是江淹自身审美情志,是借此情而抒彼怨。关于这一点明代张溥在他的《汉魏六朝三百家集题辞·江醴陵集》中说江淹欲“总制众善,兴会高远,而深厚不如,非其才绌,世限之也。”“余每私论江(淹)任(昉)二子,纵横骈偶,不受羁靮。若使生逢汉代,奋其才果,上可为枚叔、谷云,次亦不失冯敬通、孔北海,而晚际江左,驰逐华采,卓尔不群,诚有未尽。”这是时代和个人的悲剧,凝结在江淹的作品中便是作品情感基调的悲怨哀叹之情与萧瑟凄怆之意。

江淹曾于泰始二年(466),转入建平王刘景素幕,刘景素“待以布衣之礼”,但因江淹“少年尝倜傥不俗,或为世士所嫉”(《自序传》),受牵连入狱。在狱中,他上《诣建平王上书》陈情,深深打动刘景素,而最终获释。后江淹于泰始三年再转刘景素幕下。江淹在他的《自序传》中仍不忘建平王对他的知遇之恩:“宾待累年,雅以文章见遇。”但建平王礼待江淹也只不过“以文章见遇”,看重他的文才罢了。《宋书》本传说:“景素好文章书籍,招集才士之义,倾身礼接,以收名誉。”可见刘景素招纳文士是为了求得好的名声,未必对其特别看重。泰豫元年(472),宋明帝死后,刘景素因倍受朝廷猜忌而图谋叛乱,江淹看出刘景素的想法,努力予以规劝,“淹尝从容晓谏,言人事之成败。每纳,而更疑焉。”(《自序传》)刘景素并未听从江淹的劝告,而是“与不逞之徒,日夜构议”,在这样的情况下“淹知祸机之将发,又赋诗十五首,略明性命之理,因以为讽。”(《自序传》)这就是著名的《效阮公诗十五首》。江淹的政治理想在现实社会找不到出路,转而投诸文学创作,借诗文来表达内心的忧虑与怨情。如“忠信主不合,辞意将听谁?”(其三),“慷慨少淑貌,便娟多令辞。”(其四)对刘景素不听从自己的劝告,而听信“群小”谄媚之言,一意孤行,表示深深的痛惜。屈原“信而见疑,忠而被谤”的感受江淹深深体会到了,从而在情感上与屈大夫产生强烈共鸣。① 他的《灯赋》、《遂古篇》即作于此时期。《灯赋》仿宋玉《风赋》,借淮南王之口说“屈原才华,宋玉英人。恨不得与之同时,结佩共绅。”[3]P87 丝毫不掩饰对屈原的仰慕之情,流露出幽怨与失意之意 。篇末“以爱国之有臣焉”作结,希望自己的一片忠心能够上达刘景素。《遂古篇》仿《天问》而作,篇首序中说:“仆尝为《造化篇》,以学古制今。触类而广之,亦复有此文,兼象《天问》,以游思云尔。”[3]P183 直言此乃仿《天问》而作。篇末:“茫茫造化,理难循兮。圣者不测,况庸伦兮。笔墨之暇,为此文兮。薄暮雷电,聊以忘忧,又示君兮”。[3]P189－190 也是希望自己的良苦用心能够得到建平王的理解,悲怨无奈之情不言而明。江淹的劝谏刘景素非但未予采纳,反而“凭怒而黜之”。江淹于元徽二年(474)被贬为建安吴兴县令,吴兴在当时是“在东南峤外,闽越之旧境也”。此时期江淹仕途上屡受打击,内心充满了苦闷与愁绪,此种凄苦之情诉诸篇章,令江淹在文学创作方面取得了很大的成就,他的许多比较传诵的作品多作于此时。

二

江淹最初出仕也是抱着能够施展政治才能的愿望,希望有所作为的,但是在现实面前却屡屡遇挫,先是始安王的被杀,加深了宋末人人自危的恐惧感,接着自己又被牵连入狱,使得江淹对当时现状的严峻有了更为清醒的认识。但是对于刘景素曾有过的知遇之恩,江淹一直心存感激,希望自己的一片忠心能够得到刘景素的理解,结果却事与愿违。江淹只有借文字来诉诸满腔怨情,而这种忠心不被理解的怨情似乎在《楚辞》当中更容易找寻。因而,江淹将在现实当中找不到出路的情感,转而求之于楚辞,许学夷《诗源辩体·卷八·齐》:

> 文通五言善用骚语,如“平原急超远,参差见南湘。”“忧怨生碧草,沅湘含翠烟。”“肇洲立宿莽,命为瑶桂因。”“窃悲杜蘅暮,肇涕吊空山。”“南方天炎火,魂兮可归来。”“汀皐日惨色,桂暗猿方啼。”“常畏佳人晚,秋兰伤紫茎。”“杜蘅念无沫,石兰终不睽。”“暮心亦谁寄,江皐桂有蘩。”“紫荷渐曲池,皐兰覆径路。”等句,皆骚语也。

其实,江淹作品源于楚辞表现手法和语句的不止这些,也不仅限于五言,其中源于

① 关于此点,林家骊《江淹与楚辞》一文中亦有详细论述。

《九歌》者居多,近三分之一。据不完全统计,江淹诗赋中源出于《九歌》者如下表:

屈原《九歌》	江淹作品
结桂枝兮延伫《大司命》	留滞桂枝情《渡西塞望江上诸山》爱桂枝而不见《去故乡赋》
折疏麻兮瑶华,将以遗兮离居《大司命》	折麻异离群《郊外望秋答殷博士》怅浮云而离居《去故乡赋》
搴汀洲兮杜若《湘夫人》	出汀州而解冠　同上
采芳洲兮杜若《湘君》	芳洲兮杜若　同上　见杜若之始大《山中楚辞五首·一》
望夫君兮未来《湘君》	实夫君之晚滋《倡妇自悲赋》 贵夫君之为美《与交友论隐书》
青云衣兮白霓裳《九歌·东君》	望霓裳兮澧东《哀千里赋》　停云霓于山椒《水上神女赋》
秋兰兮青青,绿叶兮紫茎《少司命》	秋兰伤紫茎《渡西塞望江上诸山》 紫茎绕迳始参差《水上神女赋》
桂櫂兮兰枻,断冰兮积雪《湘君》	乃唱桂櫂　同上
冲风起兮水横波《河伯》	凌冲波　同上
芷葺兮荷屋,缭之兮杜蘅《湘夫人》	或杜蘅兮初滋《待罪江南思北归赋》
芳菲菲兮袭予《少司命》	袭青气之烟煴《别赋》
子交手兮东行,送美人兮南浦《河伯》	送君南浦,伤如之何!《别赋》
薜荔柏兮惠绸《湘君》	若乃旭日始暖,蕙草可织《四时赋》
辛夷车兮结桂旗《山鬼》	无倚桂旗《丽色赋》
搴芙蓉兮木末《湘君》	折芙蓉兮蔽日《江上之山赋》
临风怳兮浩歌《少司命》	临风默含情《从冠军行建平王登庐山香炉峰》
洞庭波兮木叶下《湘夫人》	木叶变吴川《秋至怀归》
帝子降兮北渚《湘夫人》	秋至帝子降《秋至怀归》 北渚有帝子《杂体诗三十首·王征君养疾·微》
沅有芷兮澧有兰《湘夫人》	清芷在沅湘《灯夜和殷长史》
被石兰兮带杜蘅《山鬼》	石兰终不睽《冬尽难离和丘长史》
望夫君兮未来,吹参差兮谁思《湘君》	客从南楚来,为我吹参差 《杂体诗三十首·魏文帝游宴·曹丕》
采三秀于山间《山鬼》	灵芝望三秀《杂体诗三十首·谢法曹赠别·惠连》
山中人兮芳杜若,饮石泉兮荫松柏《山鬼》	含秋一顾,眇然心中《刘仆射东山集学骚》
抚长剑兮玉珥《东皇太一》	乃雄剑兮玉钩《山中楚辞五首·二》
乘白鼋兮逐文鱼《河伯》	乘文鱼兮锦质　同上
蹇谁留兮中洲《湘君》	要灵人兮中洲　同上
聊逍遥兮容与!《湘夫人》	入橘浦兮容与《山中楚辞五首·三》
余处幽篁兮终不见天《山鬼》	岚气暗兮幽篁难　同上
东皇太一、司命、山鬼、国殇,皆《九歌》篇也	太司命,鬼之元兮。山鬼国殇,为游魂兮《遂古篇》
思公子兮未敢言《湘夫人》	公子不至,山客徒寻《草木颂十五首·相思》

有近四十处,其次则为《离骚》,再次者《九章》、《招魂》。他的作品大量借用楚辞的意象,取法楚辞的语汇和艺术表现手法,构建奇特的场景、意境,渲染悲怨忧愁的情调;辞藻瑰丽,意蕴丰厚,用骚语如己语,足见江淹受楚辞影响之深。但江淹诗赋并非简单的在形式上类比楚辞,他的诗赋中另有江淹本人独有的意象和语境,从而形成其拟骚之作的独特风格。

三

江淹在创作上对楚辞文体的继承,不仅体现在形式上,更主要的表现在情感体认方面。其诗文蕴涵的"怨"情,与《楚辞》,特别是屈原作品当中的怨情更为接近。诚如刘师培所说"江文通之文,得力于《楚辞·九歌》者甚深。其体裁句法未必篇篇皆肖,而神理风韵殆能心慕神追。可知摹拟一家之文,必得其神理风韵,乃能得其骨髓。句法无妨变化,而气味实质不宜相远。"[4]P148这里所谓的"得其神理风韵"、"气味实质不宜相远",可能与江淹、屈原的人生际遇有很多相似有关。

抒发怀才不遇的怨情始于屈原,《史记·屈原贾生列传》:"屈平之作《离骚》,盖自怨生也。"屈原怨情的产生是由于"信而见疑,忠而被谤",报国无门,忠君无路的人生遭遇。南北朝时期对楚辞的接受也多着眼于它的艺术形式和抒发感情的特点,如刘勰在《文心雕龙·明诗》中:"逮楚国讽怨,则离骚为刺",《辨骚》:"故《骚经》、《九章》,朗丽以哀志;《九歌》、《九辩》,绮靡以伤情","故其叙情怨,则郁伊而易感;述离居,则怆快而难怀。"都是阐释楚辞中体现出来的哀怨忧愤的情感基调。

钟嵘《诗品》中,将诗歌溯流至《国风》、《小雅》、《楚辞》三个源头。三派中,对源出"楚辞一系"的李陵,钟嵘认为"其源出于《楚辞》。文多凄怆,怨者之流。陵,名家子,有殊才,生命不谐,声颓身丧。使陵不遭辛苦,其文亦何能至此!"(《诗品》评李陵)正是抓住了李陵作品当中所郁积的怨情和他自身遭遇之间的关系。其实,对李陵的评价也同样适用于江淹,也可以认为使"不遭辛苦,其文亦何能至此。"

隋代大儒王通在《文中子·中说》:"江淹,古之狷者也,其文急以怨。"而班固在《离骚序》中指出屈原"今若屈原,露才扬己,竞乎危国群小之间,以离谗贼,然责数怀王,怨恶椒兰,愁神苦思,强非其人,忿怼不容,沉江而死,亦贬絜狂狷景行之士。"班固此处评屈原为"狂狷景行之士"指的是屈原个性张扬不与世俗同流合污。江淹在他的《自序》中说自己"爱奇尚异",这恐怕是王通认为江淹"古之狷者"的原因之一,即江淹的"爱奇尚异"与屈原的"露才扬己"有共通之处。然而江淹与屈原的"狂狷"还是有所不同的,江淹的感情不如屈原般的激烈,内心的忧愤也不如屈原深广,恰如江淹自己所说"常慕司马长卿、梁伯之徒,然未能悉行也”。江淹的“爱奇尚异”,在宋末这样一个有“忧生之叹”的时代里,不能任意发挥,反映在文学创作当中虽“其文怨以急”,却是压抑的,支离隐晦的。

江淹在建安吴兴生活了近三年的时间,此时期的作品,大抵是写仕途不得志之作,充斥着政治上的失意与无法实现政治抱负的愁思。江淹忠君无路、报国无门,理想无法实现的怨情无处维系;被贬黜的况味与屈原被放逐的迁客之情相碰撞,产生了许多拟骚之作,和借助楚辞的艺术手法、典型意象而创作的诗赋。

如著名的《山中楚辞》五首。清代学者王夫之在他的《楚辞通释》中,删去汉以来的拟骚之作《七谏》以下5篇,认为“小山招隐而后,骚体中绝。有如《七谏》、《哀时命》、《九叹》、《九怀》、《九思》诸篇,俱不足附屈宋之清尘。”却选录了江淹的《山中楚辞》五篇中的四篇,另还选了《爱远山》一篇。认为江作中的《山中楚辞》“其用意幼眇,言有绪而不靡,特足以绍嗣余风”,王船山正是看到了江淹对屈宋特别是屈原,因个人际遇而凝结于作品中的坎坷不平之气、忧怨忿懑之情的继承。这也是江淹的拟骚之作高于其他人的原因。江淹作品中表露出来的怨情是出自自身的遭遇,是发自内心的“牢骚”感受,而不是为了形式上的需要而“无病呻吟”。南朝文人多有仿骚之作,但深得楚骚风神与韵味的当属江淹。江淹的拟作绝非对原作的简单效仿,其中也蕴涵了其自身的感受与情思。

如《山中楚辞》第三篇:

> 入橘浦兮容与,心怅惘兮迷所识,视烟霞而一色。深秋窈以亏天,上列星之所极。桂之生兮山之峦,纷可爱兮柯团团。溪崎嵺兮石架阻,飈飋颸兮木道寒。烟色闭兮乔木挠,岚气暗兮幽篁难。忌蟪蛄之蚤吟,惜王孙之晚还。信于邑兮白露,方夭病兮秋兰。

此作是江淹被刘景素贬为建安吴兴令时所作,多处化用屈辞语句与意象,如“忌蟪蛄之蚤吟,惜王孙之晚还”,源于楚辞中“岁暮兮不自聊,蟪蛄鸣佤啾啾”、“王孙游兮不归,春草生兮萋萋”二句。并通过“橘浦”、“桂”、“幽篁”、“秋兰”等楚辞中的典型意象的运用,构建了一个雄险奇崛、萧瑟凄怆的意境,与被贬黜者内心的孤寂与荒凉、彷徨苦痛之情交织在一起,王船山说“此仿《招隐士》而广之,悲放逐之士,归国无期,空山抱怨之情。”(《楚辞通释》)屈原作品当中的悲怨情感在此得到了进一步的阐发。

江淹的拟骚之作除了《山中楚辞》五首、《爱远山》一首之外,还有《刘仆射东山集学骚》、《应谢主簿骚体》。另有《构象台》、《访道经》、《江上之山赋》、《伤爱子赋》、《伤友人赋》等赋作。其中《江上之山赋》是“抒写其在世路艰难中欲自保其节操的意愿”。[5]P220

江淹入齐以后,较少佳作,所谓的“江郎才尽”学界有几种观点。其实,江淹的才尽,与其胸中郁积的“怨”情减少有关。“文人有牢骚而不敢发,或者没有牢骚可发,这又是和宋、齐两代的皇室内部的残酷斗争以及永明、天监时期的相对安定息息相关的。"[6]P120 入齐以后,江淹仕路较为顺畅,而且就江淹本人对事情态度来看,思想中"虽不敏而无操,愿从兰芳与玉坚"成分越来越少,与世浮沉的观念则渐渐占据主位。① 这是南朝仕人普遍具有的为"门户私记"思想,因时代使然。即使如江淹,在经历人生起落之后,亦不能免俗,与屈原忧愤深广的怨情渐行渐远了。

参考文献

[1]郭预衡:《中国古代文学史》M,上海古籍出版社,1998年。
[2]林家骊:江淹与楚辞A,《中国楚辞学(第三辑)》M,学苑出版社,2003年。
[3]胡之骥:《江文通集彙注》M,中华书局,1984年。
[4]刘师培:《中国中古文学史讲义》M,中国人民大学出版社,2004年。
[5]马积高:《赋史》M,上海古籍出版社,1987年。
[6]曹道衡、沈玉成:《南北朝文学史》M,人民文学出版社,1991年。

① 这从江淹《自序传》体现出来。

屈原与唐代文化研究

论中唐南贬诗人的屈原情结

浙江大学中文系　胡可先

贬谪是中国古代的一种常见现象，至少从屈原起，贬谪又和文学发生了密不可分的血缘关系，成了一种重要的文学现象。号称盛世的大唐王朝，承平日久，疆域辽阔，其驾驭臣下，恩威并施，对于犯法忤旨的官员，往往给以贬谪，所贬之地，以岭南、湖南最为惨酷。岭南、湖南地区，远在天涯，习俗迥异，加以瘴疠蛮荒，故北方士人视为畏途。唐代是士人南贬较为集中的时代，明王世贞在《艺苑卮言》卷八中，曾举出历代流贬的士人多达80余人，其中唐代就有47人，占南贬士人之大多数。而中唐元和前后，又是诗人贬谪较为集中的时代，著名者就有韩愈、柳宗元、刘禹锡、元稹、白居易、李绅、吕温等。他们多数是具有经世治国抱负的耿介之士，而因昏暗混浊的时代因素，或权力角逐的宦海风波，被疏离于权力中心，以至于逐出朝廷，贬谪蛮荒。政治生命的终结，人生经历的巨大落差，极大地撼动其破碎的心灵，在对政治前途的幻灭中，他们把精力与心智转向了文学创作，以其文学的生命重塑，求得心理的平衡，补偿政治的失意。这种与屈原相似的经历，使他们对屈原产生了特殊的情结。由于每位诗人贬谪经历的不同，其屈原情结，也表现出各自的个性差异。本文选取刘禹锡与柳宗元，元稹与白居易，韩愈与李绅六位大约三种类型的贬谪诗人，作为考察对象。

一

刘、柳的贬谪，是由参加王叔文集团达到最高峰而转眼之间跌入命运的谷底而一蹶不振的过程，在贬谪生活中，他们又坚持自己行动的正义性，具有崇高的人格，他们复杂的贬谪生活和贬谪心态，表现在文学作品中，具有鲜明的个性特征，贬谪是他们政治命运的终结，同时也是文学命运的发展，贬谪的过程使他们成就为大作家，他们无疑是中唐元和时期贬谪文学的代表。他们在贬谪过程中，特殊的遭遇使其与屈原发生了共鸣，特别是受屈原《离骚》、《九歌》等作品的影响，突出怨愤精神。

先看下面资料，《旧唐书·柳宗元传》：

宗元为邵州刺史，在道，再贬永州司马。既罹窜逐，涉履蛮荒，崎岖堙厄，蕴骚人之郁悼,写情叙事,动必以文。为骚文十数篇,览之者为之凄恻。①

《新唐书·柳宗元传》:

俄而叔文败,贬邵州刺史,不半道,贬永州司马。既窜斥,地又荒疠,因自放山泽间,其堙厄感郁,一寓诸文,仿《离骚》数十篇,读者咸悲恻。②

刘禹锡《竹枝词九首序》:

昔屈原居沅湘间,其民迎神,词多鄙陋,乃为作《九歌》,到于今荆、楚鼓舞之。故余亦作《竹枝词》九篇。③

《旧唐书·刘禹锡传》:

禹锡在朗州十年,唯以文章吟咏,陶冶情性。蛮俗好巫,每淫祠鼓舞,必歌俚辞。禹锡或从事于其间,乃依骚人之作,为新辞以教巫祝。④

《新唐书·刘禹锡传》:

宪宗立,叔文等败,禹锡贬连州刺史,未至,斥朗州司马。州接夜郎诸夷,风俗陋甚,家喜巫鬼,每祠,歌《竹枝》,鼓吹裴回,其声伧佇。禹锡谓屈原居沅湘间作《九歌》,使楚人以迎送神,乃倚其声,作《竹枝辞》十余篇。于是武陵夷俚悉歌之。⑤

任半塘说:"屈原在沅湘,留意民间歌舞,采其声容,广其情志,作《九歌》,影响后世文学者颇著,唐刘禹锡在建平,追踪屈原,亦留意民间歌舞,采其声容,广其情志,作《竹枝词》九篇,远近传唱。"⑥可以见出屈原的创作对刘禹锡的影响。

① 《旧唐书》卷一六〇,中华书局,1975年,第4214页。
② 《新唐书》卷一六八,中华书局,1975年,第5132页。
③ (唐)刘禹锡:《刘禹锡集》卷二七,中华书局,1990年,第359页。
④ 《旧唐书》卷一六〇,第4210页。
⑤ 《新唐书》卷一六八,第5129页。
⑥ 任半塘:《唐声诗·总叙》,上海古籍出版社,1982年,第4-5页。

屈原的一生坚持理想，坚持正义，九死未悔，为了表现自己高洁的情怀，他在流放潇湘之时，写作《离骚》，以抒发怨愤，为南方文学奠定了良好的开端。刘禹锡被贬朗州司马，选择居所以招屈亭为邻，“昔日居邻招屈亭，枫林桔树鹧鸪鸣。”①以屈原为代表的楚骚文化，融汇在刘禹锡的创作中，他在《武陵书怀五十韵并引》中说：“永贞元年，余始以尚书外郎出补连山守，道贬为是郡司马。至则以方志所载而质诸其人民。顾山川风物皆骚人所赋，乃具所闻见而成是诗，因自述其出处之所以然。”②朗州自屈原自沉后，形成竞渡的风俗以纪念这位爱国志士，刘禹锡在朗州，写了《竞渡曲》，自注称“竞渡始于武陵，至今举楫而相和之，其音咸呼云：‘何在？’斯招屈之义，事见《图经》。”诗云：“灵均何年歌已矣，哀谣振楫从此起。……曲终人散空愁暮，招屈亭前水东注。”③

刘禹锡的很多作品学习屈原。他的《问大钧赋》，即模仿《天问》，最后说：“楚臣《天问》不酬，今臣过幸，一献三售。”④他的《何卜赋》，则又模仿《卜居》，用问卜的方式抒写内心的愤懑。至于诗文中用《楚辞》典故之处，则更多，如“甯知楚客思公子，北望长吟醴有兰。”⑤即用《九歌·湘夫人》典：“沅有茝兮醴有兰，思公子兮不敢言。”他自己也说：“唯有《九歌》词数首，里中留与赛蛮神。”⑥更是他学习屈原的真实写照。

刘禹锡在朗州，因为特殊的遭遇和处境，又使他灵心善感，听到南音而心潮起伏。他作了《采菱行》，末尾四句说：“屈平祠下沅江水，月照寒波白烟起。一曲南音此地闻，长安北望三千里。”⑦

柳宗元与刘禹锡一样，他被贬永州不久，就写下了声情并茂的《吊屈原文》，吊屈原实则是吊自己。“后先生盖千祀兮，余再逐而浮湘。求先生之汨罗兮，揽蘅若以荐芳。愿荒忽之顾怀兮，冀陈辞而有晃。”其赞美屈原说：“先生之不从世兮，惟道是就。”“穷与达固不渝兮，夫唯服道以守义。”⑧实际上也是自己坚持正义，九死未悔的自白。他又作《惩咎赋》等，也是摹屈骚之作。名为“惩咎”，实是述志之作。对永贞革新中自己的所作所为进行辩护，对受迫害表示深深的感慨和不平。他说：“处卑污以滑世兮，固前志之为尤”，“旁罗列以交贯兮，求大中之所宜”。尽管有救世济时的抱负，但“谗妒构而不戒兮，犹断断于所执。哀吾党之不淑兮，遭任遇之卒迫。势危疑而多诈兮，逢天地之否隔”。致使自己被

① （唐）刘禹锡：《酬朗州崔员外与任十四兄侍御同过鄙人旧居见怀之什，时守吴郡》，《刘禹锡集》卷二四，第319页。

② （唐）刘禹锡：《刘禹锡集》卷二二，第277页。

③ （唐）刘禹锡：《刘禹锡集》卷二六，第341页。

④ （唐）刘禹锡：《刘禹锡集》卷三，第3页。

⑤ （唐）刘禹锡：《早春对雪奉寄澧州元郎中》，《刘禹锡集》卷二四，第303页。

⑥ （唐）刘禹锡：《别夔州官吏》，《刘禹锡集》卷三八，第571页。

⑦ （唐）刘禹锡：《刘禹锡集》卷二六，第342页。

⑧ （唐）柳宗元：《柳宗元集》卷十九，中华书局，1979年，第516－517页。

罪废削,贬谪南荒,孤囚无依,神态荒耗。赋的最后写道:“死蛮夷固吾所兮,虽显宠其焉加?配大中以为偶兮,应该谅天命之谓何!”仍要坚持理想,固守“大中”之道,尽管遭受挫折,仍不屈不挠。清人林纾《柳文研究法》云:“屈原之为《骚》及《九章》,盖伤南夷之不吾知,于是朝廷为不知人,于己为无罪,理直气壮,傅以奇笔壮采,遂为天地间不可漫灭之至文。重言之,不见其遝;昌言之,莫病其狂。后来学者,文既不逮,遇复不同,虽仿楚声,读之不可动人。惟贾长沙身世,庶几近之,故悲亢之声,引之弥长,亦正为忠气所激耳。柳州诸赋,摹楚声,亲骚体,为唐文巨擘。”①

刘、柳贬谪南方,受南方文学精神的熏陶,特别是受屈原骚怨精神的影响,一方面使其作品具有更为深沉的思想内涵,另一方面对永贞革新失败后被贬的命运更增添了悲剧性色彩。刘、柳的文学对于南方文学有很大的影响。南方的文学,尤其是湖南一带的楚地,春秋战国时期,虽孕育了伟大的诗人屈原,文学上放出了异彩,而随着时代的变迁,大一统天下的出现,政权的中心长期座落在北方,南方地区,则成为蛮荒地带,更是流人的处所。贾谊到了长沙,已深感“地卑湿”,而“寿不得长”。岭南一带更是如此。柳宗元在柳州时,柳州风俗落后,人民愚昧,与中原不同。宗元“不夷鄙其民,动以礼法。……于是民业有经,公无负租,流逋四归,乐生兴事”②。以至于当时民谣有“柳州柳刺史,种柳柳江边。柳色依然在,千株绿拂天。”③在柳宗元治柳之前,柳州一带几乎没有文学,此后柳州以至岭南文学的发展,是柳宗元开其风气。刘、柳的文学受南方文学精神的影响,他们自己的文学又对南方的文学影响极大,这是相辅相成的。

二

白居易的贬谪,宋陈振孙《白文公年谱》元和十年(815)云:“六月,盗杀宰相武元衡,公首上疏请急捕贼,以雪国耻,宰相以非谏职言事,恶之,会有恶公者,言其母看花堕井死,而作《赏花》及《新井》诗,贬江州刺史,中书舍人王涯,言其所犯不可复理郡,又改司马。”④是白居易贬江州司马,乃王涯落井下石之故。王涯早年与柳宗元为友,后来踪迹渐疏,盖宗元鄙其人品之低下,故疏之。大和九年(835),王涯罹甘露之祸,死于非命,居易作诗,有“当君白首同归日,是我青山独往时”⑤之语。

白居易有很深的屈原情结,但与刘禹锡、柳宗元的执著精神却截然不同。他在《咏

① (清)林纾:《韩柳文研究法》,商务印书馆,1914年,第64-65页。
② (唐)韩愈:《柳州罗池庙碑》,《韩昌黎文集校注》卷七,上海古籍出版社,1986年,第493页。
③ (宋)刘斧《青琐高议》前集卷一《柳子厚补遗》条,上海古籍出版社,1983年,第10页。
④ (唐)白居易:《白香山诗集》卷首,《四部备要》本,第19页。
⑤ (唐)白居易:《九年十一月二十一日感事而作》,《白居易集笺校》卷三二,上海古籍出版社,1988年,第2330页。

怀》诗中说:“自从委顺任浮沉,渐学年多功用深。面上灭除忧喜色,胸中消尽是非心。……长笑灵均不知命,江篱丛畔苦悲吟。”[①]又在《效陶潜体诗十六首》之十三中说:“楚王疑忠臣,江南放屈平。晋朝轻高士,林下弃刘伶。一人常独醉,一人常独醒。醒者多苦志,醉者多欢情。欢情信独善,苦志竟何成?兀傲甕间卧,憔悴泽畔行。彼忧而此乐,道理甚分明。愿君且饮酒,勿思身后名。”[②]其《咏家酝十韵》又云:“独醒从古笑灵均,长醉如今敩伯纶。”[③]白居易对于屈原的身世是同情的,对其精神也是赞扬的,但他并非像刘、柳那样,带着满腔的激情,对屈原的身世表现出极大的赞叹,对其作品极力地效法,故而将自己的遭遇与创作融为一体,表现出巨大的忧愤情怀。白居易则非常理智,既对屈原忠直的精神与苦志的追求表示认可,但并不学习屈原执著的意志。“在白居易看来,屈原不能委顺从命,忘怀得失,其结果只能是流落江畔,悲吟自怨,终究于事无补。与其如此忧怨苦闷,损性伤身,倒不如沉溺酒乡,泯灭悲喜,得乐且乐,这样反倒更自由、更洒脱。于是,他为自己选择了一条与屈原大异其趣的‘独善’之路。”[④]

白居易“独善”的思想,使其在归趣上与屈原完全不同。他对屈原的经历与精神,更多的是慨叹,而很少效法的。为了加强慨叹的力度,他还将屈原与贾谊相提并论。其《读史》五首之一云:“楚怀放灵均,国政亦荒淫。彷徨未忍决,绕泽行悲吟。汉文疑贾生,谪置湘之阴。是时刑方措,此去难为心。士生一代间,谁不有浮沉。良时真可惜,乱世何足钦。乃知汨罗恨,未抵长沙深。”[⑤]又在《偶然》二首其一中说:“楚怀邪乱灵均直,放弃合宜何恻恻。汉文明圣贾生贤,谪向长沙堪叹息。”[⑥]从时代环境来看,中唐是治世而非乱世,与贾谊所处的环境极为相似,身处治世而被逐,其情怀就更加悲苦。白居易对屈原的态度,代表了唐代一般世人的心理状态,这也是安史之乱后出现的失意诗人心理状态的延伸与发展。中唐前期诗人刘长卿《长沙过贾谊宅》诗云:“三年谪宦此栖迟,万古惟留楚客悲。秋草独寻人去后,寒林空见日斜时。汉文有道恩犹薄,湘水无情吊岂知。寂寂江山摇落后,怜君何事到天涯。”[⑦]表现悲苦自伤之情,入木三分。清乔亿《大历诗略》评曰:“极沉挚以淡缓出之,结乃深悲而反咎之也。读此诗须得其言外自伤意,苟非迁客,何以低回如此?”[⑧]白居易诗与刘长卿诗一样,也表现出浓厚的自伤之感。

---

① 朱金城:《白居易集笺校》卷一六,第1024页。

② 朱金城:《白居易集笺校》卷五,第306-307页。

③ 朱金城:《白居易集笺校》卷二六,第1839页。

④ 尚永亮:《论白居易对屈原陶潜的取舍态度及其意识倾向》,《中州学刊》,1993年第2期,第97页。

⑤ 朱金城:《白居易集笺校》卷二,第102页。

⑥ 朱金城:《白居易集笺校》卷一六,第1041页。

⑦ 储仲君:《刘长卿诗编年笺注》,中华书局,1996年,第337页。

⑧ 陈伯海:《唐诗汇评》,浙江教育出版社,1995年,第489页。

白居易是善于自作解脱的诗人,故而常将屈原与陶渊明比较,前面所引的咏陶诗中提及屈原,就是明显的例证。这一方面,尚永亮先生曾作过专门的研究,认为白居易“要摆脱屈原的影,超越屈原模式,就必须找到一个足以引导自己走向解脱的范型,这个范型,白居易一眼选中了陶渊明。”“不过,白居易对陶渊明的全身心的拥抱并不在此时,而是在他生命遭受骤然沉沦的贬谪之后”①。实际上,我们观察白居易一生,他追求儒家“穷则独善其身,达则兼济天下”的境界,因而无论在什么时候,都不会全身心地拥抱陶渊明。只是将陶渊明的避世作为自己保持心理平衡的一剂良药而已。他虽然有很多诗篇涉及陶渊明,但只是汲取陶渊明精神的一部分。陶渊明具有浓厚的出世思想,且到了后期,占据了他精神世界的全部,体现了老庄超越尘世、追求隐逸的最高境界。白居易则一生纠缠于世俗的宦途与浮嚣的名利场中,从没有过彻底坚定的出世思想,也缺乏屈原式的执著的入世精神,因而只能在屈原、贾谊、陶渊明之间摇摆不定。这也是中国历代文人的典型状态。缪钺先生曾经说过:“诗以情为主,故诗人皆深于哀乐,然同为深于哀乐,而又有两种殊异之方式,一为入而能出,一为往而不返,入而能出者超旷,往而不返者缠绵,庄子与屈原恰好为此两种诗人之代表。……盖庄子之用情,如蜻蜓点水,旋点旋飞;屈原之用情,则如春蚕作丝,愈缚愈紧。自汉魏以降之诗人,率不出此两种典型,或偏近于庄,或偏近于屈,或兼具庄、屈两种成分。”②白居易则为“兼具庄、屈两种成分”之诗人。

元稹的贬谪经历与白居易相似,他在元和五年(810)为劾贪官河南尹房式事,受到内外权臣的忌恨,被贬为江陵府士曹参军。在江陵时曾作《楚歌十首》,其十云:“八荒同日月,万古共山川。生死既由命,兴衰还付天。棲棲王粲赋,愤愤屈平篇。各自埋幽恨,江流终宛然。”③诗中既没有怨恨,也没有赞叹,只是站在旁观者的视角,对楚国的历史及屈原的愤慨与幽恨作理智的评判。故清人黄叔灿《唐诗笺注》卷三云:“此首言山川日月终古不改,人之穷达总由天命,如王粲之《赋登楼》,屈平之作《离骚》,空自结恨,江流宛然而幽恨总难伸也。”④又元稹《表夏十首》其十云:“灵均死波后,是节常浴兰。彩缕碧筠粽,香粳白玉团。逝者良自苦,今人反为欢。哀载徇名士,没命求所难。”⑤元稹在江陵府士曹参军任,逢端午节,有感于当时纪念屈原的习俗而作此诗。“逝者良自苦,今人反为欢”,评判的意味也非常浓厚。与白居易一样,元稹也崇尚陶渊明,其《归田》诗云:“陶君三十七,挂绶出都门。我亦今年去,商山淅岸村。冬修方丈室,春种橘橰园。千万人间事,从

① 尚永亮:《论白居易对屈原陶潜的取舍态度及其意识倾向》,《中州学刊》,1993 年第 2 期,第98 页。
② 缪钺:《论李义山诗》,载《诗词散论》,上海古籍出版社,1982 年,第 24－25 页。
③ (唐)元稹:《元稹集》卷四,中华书局,1982 年,第 46 页。
④ 杨军:《元稹集笺年笺注》,三秦出版社,2002 年,第 536 页。
⑤ (唐)元稹:《元稹集》卷七,第 76 页。

兹不复言。”[①]元和十年(815),元稹出为通州司马,这首诗作于贬谪途中。仕途的失意使他萌生了对于田园生活的向往,但这种向往只是精神生活的一种补偿,而不是精神世界的追求。元稹在被贬谪的过程中也兼有屈原与陶渊明的情结,表面上与白居易相似,然而他既没有白居易那样的追求,更没有达到白居易的精神境界。

三

韩愈的贬谪共有二次,一是由监察御史贬官阳山令,原因是论宫市事。后改江陵府法曹参军。二是由刑部侍郎贬潮州刺史,原因是批评宪宗迎佛骨的错误。不久量移袁州,很快又回朝任职。韩愈被贬时期的作品,仍然表现出较为浓厚的屈原情结。

韩愈《湘中》诗云:“猿愁鱼踊水翻波,自古流传是汨罗。苹藻满盘无处奠,空闻渔父扣舷歌。”[②]贞元末年,韩愈官监察御史。宫市之弊,谏官论之,德宗不听。韩愈则上章数千言极论之,触怒德宗,被贬为连州阳山令。贞元二十年(804)赴任途中到达湘中而作此诗。诗中暗用《楚辞·渔父》的典故:“屈原既放,游于江潭,行吟泽畔,颜色憔悴,形容枯槁。渔父见而问之曰:‘子非三闾大夫与?何故至于斯!’屈原曰:‘举世皆浊我独清,众人皆醉我独醒,是以见放!’……渔父莞尔而笑,鼓枻而去,乃歌曰:‘沧浪之水清兮,可以濯吾缨。沧浪之水浊兮,可以濯吾足。’”[③]韩愈以屈子自比,以说明贤者遭黜,而又以渔父咏歌,表明隐者得全,抒写自己的愤激之情。屈原已逝,江水自流,祭奠无处,故诗人怅然若失,更闻渔者自歌,徒添惆怅之怀。无端被贬之牢骚,透露于字里行间。韩愈《祭河南张员外文》叙其阳山之贬,与《湘中诗》情调一致:“南上湘水,屈氏所沉。二妃行迷,泪踪染林。山哀浦思,鸟兽叫音。余唱君和,百篇在吟。”[④]他在贬谪中怀念屈原之诗还有:《陪杜侍御游湘西两寺独宿有题一首因献杨常侍》诗云:“静思屈原沉,远忆贾谊贬。椒兰争妒忌,疑灌共谗谄。”[⑤]《晚泊江口》:“郡城朝解缆,江岸暮依村。二女竹上泪,孤臣水底魂。双双归蛰燕,一一叫群猿。回首那闻语,空看别袖翻。”[⑥]

第二次贬谪是由刑部侍郎贬为潮州刺史,量移袁州。其量移途中,虽未免罪,亦值庆幸,故作《量移袁州张韶州端公以诗相贺因酬之》诗:“明时远逐事何如,遇赦移官罪未除。北望讵令随塞雁,南迁才免葬江鱼。”[⑦]第四句用屈原《渔父篇》典故:“宁赴湘流,葬于江

---

① (唐)元稹:《元稹集》卷一四,第163页。
② 钱仲联:《韩昌黎诗系年集释》卷二,上海古籍出版社,1984年,第184页。
③ (宋)洪兴祖:《楚辞补注》卷七,中华书局,1983年,第179－181页。
④ 马其昶:《韩昌黎文集校注》卷五,第313页。
⑤ 钱仲联:《韩昌黎诗系年集释》卷三,第288页。
⑥ 钱仲联:《韩昌黎诗系年集释》卷三,第330页。
⑦ 钱仲联:《韩昌黎诗系年集释》卷一一,第1173页。

鱼之腹。"[1]元和十五年(820)九月,韩愈拜国子祭酒。十月未离袁州时,又作了《祭湘君夫人文》云:"前岁之春,愈以罪犯黜守潮州。惧以谴死,且虞海山之波雾瘴毒为灾以殒其命,舟次祠下,是用有祷于神。神享其衷,赐以吉卜,曰:'如汝志。'蒙神之福,启帝之心;去潮即袁,今又获位于朝,复其章绶。退思往昔,实发梦寐,凡三年,于今乃合。夙夜怵惕,敢忘神之大庇!"[2]则韩愈无论在贬谪过程中,还是量移或内召的时候,都会想到屈原与屈原作品中描写的神灵。

李绅的贬谪,主要是长庆四年(824)由户部侍郎贬为端州司马。有关南贬时涉及屈原的诗作,只有《涉沅潇》一首,而仅这一首诗就将其贬谪时的屈原情结表现得淋漓尽致:

屈原死处潇湘阴,沧浪淼淼云沉沉。
蛟龙长怒虎长啸,山木翛翛波浪深。
烟横日落惊鸿起,山映余霞杳千里。
鸿叫离离入暮天,霞消漠漠深云水。
水灵江暗扬波涛,鼋鼍动荡风骚骚。
行人愁望待明月,星汉沉浮魅鬼号。
屈原尔为怀王没,水府通天化灵物。
何不驱雷击电除奸邪,可怜空作沉泉骨。
举杯沥酒招尔魂,月影涀漾开乾坤。
波白水黑山隐见,汨罗之上遥昏昏。
风帆候晓看五两,戍鼓冬冬远山响。
潮满江津猿鸟啼,荆夫楚语飞蛮桨。
潇湘岛浦无人居,风惊水暗惟鲛鱼。
行来击棹独长叹,问尔精魄何所如。[3]

这首诗是回忆自己南贬时经过沅潇之作,前面十二句既伤悼屈原,亦以自悼,通过苍茫阴晦的背景烘托,表现了逐臣的悲愤与感伤。自"屈原尔为怀王没"句以下,则对屈原招魂与哀悼,并寄希望于神灵驱除奸邪,实则上也是作者对现实失望后无可奈何的心理状态的流露。结语仍感前途渺茫,不知所之。与韩愈诗相同的是,诗所表现的都是自己无辜被害的怨愤,侧重于个人情怀的抒发。卢燕平对于李绅诗歌的基调曾作过总体的概

① (宋)洪兴祖:《楚辞补注》卷七,第179-180页。
② 马其昶:《韩昌黎文集校注》卷五,第324页。
③ 《全唐诗》卷四八一,第5462-5463页。

括:“分析李绅诗歌表现的主要心态,也可见他是一个善于表现一己情怀的主观型诗人。”[①]这个判断大致是不错的。由此可见,李绅与韩愈的屈原情结,既不同于刘禹锡、柳宗元与屈原贯通的骚怨精神,也不同于元稹、白居易的理性审视。

四

中唐南贬诗人的屈原情结,与初盛唐贬谪的诗人有着很深的渊源关系。南贬的诗人中,初盛唐主要有宋之问、沈佺期、杜审言、张说、张九龄等,更为重要的是,伟大诗人李白在安史之乱后流放夜郎,在其原有屈原情结的基础上,加上了愤激与不平的内涵。沈宋二人本为宫廷诗人,南贬之后,不幸的命运与南方的风物使得他们的诗风有了改变,将诗中注入了真情,迴旋着忧伤,也对屈原的贬谪生涯产生了一定的感受。宋之问《送杜审言》诗云:“别路追孙楚,维舟吊屈平。”[②]

张说在武后时被张昌宗、张易之构陷而贬于岭南,又迁岳州,有送别诗云:“‘谁念三千里,江泽一老翁。’则知虞卿非穷愁不能著书以自宽,贾谊非流窜不能作赋以自安。”[③]虽未见张说直接咏叹屈原的诗作,但他贬谪后的作品多危苦悲切之词,则与屈原、贾谊的遭遇与情怀是相通的。

张九龄本身为南方人,又被贬于始安,“托讽禽鸟,寄词草树,郁然与骚人同风。”[④]他是把屈原的精神作为自己理想人格来追求的。如其《感遇》诗:“兰叶春葳蕤,桂华秋皎洁。欣欣此生意,自尔为佳节。谁知林棲者,闻风坐相悦。草木有本心,何求美人折。”[⑤]这首诗是张九龄的代表作品,“主旨是承屈原《离骚》中‘不吾知其亦已矣,苟余情其信芳’一句的意思而来。它强调的是诗人品德的自我修养,抒发了诗人对理想人格的执著追求之情。”[⑥]其化用楚辞意象之诗还有《杂诗五首》之三:“酷在兰将蕙,甘与葵与藿。”[⑦]

但是中唐贬谪诗人,对于具有同样贬谪命运的盛唐名相张九龄是颇有微词的。因为唐人之贬谪南荒,与张九龄有很大关系,他曾向皇帝提出了“放逐之臣不宜居善地”的建议,受到玄宗皇帝的采纳,从此,交通困难,气候恶劣,山川阻隔,有去难归的岭南、湖南地区,就成为罪臣的去所。《旧唐书·刘禹锡传》说:“禹锡积岁在湘醴间,郁悒不怡,因读《张九龄文集》,乃叙其意曰:‘世称曲江为相,建言放臣不宜于善地,多徙五溪不毛之乡。

① 卢燕平:《李绅新论》,《文学遗产》,2004年第4期,第47页。
② 陶敏:《宋之问集校注》卷一,中华书局,2001年,第398页。
③ (唐)王泠然:《论荐书》,《全唐文》卷二九四,上海古籍出版社,1990年,第1318页。
④ (唐)刘禹锡:《读张曲江集作并引》,《刘禹锡集》卷二一,第263页。
⑤ 《全唐诗》卷四七,第571页。
⑥ 顾建国:《张九龄研究》,中华书局,2007年,第121页。
⑦ 《全唐诗》卷四七,第570页。

今读其文章,自内职牧始安,有瘴疠之叹;自退相守荆州,有拘求之思。托讽禽鸟,寄辞草树,郁然与骚人同风。嗟夫!身出于遐陬,一失意而不能堪,矧华人士族,而必致丑地,然后快意哉!"①对张九龄的所为,颇为不满。

李白对于屈原,因为具有共同的浪漫情怀,故其一生都处于对屈原的赞叹与向往中。他的作品中涉及屈原者有接近20篇之多。首先是对屈原的遭遇深表同情。他的《拟恨赋》云:"昔者屈原既放,迁于湘流。心死旧楚,魂飞长楸。……永埋骨于渌水,怨怀王之不收。"②《古风》其五十一云:"比干谏而死,屈原窜湘源。……彭咸久沦没,此意与谁论。"③《行路难》其三云:"吾观自古贤达人,功成不退皆殒身:子胥既弃吴江上,屈原终投湘水滨。"④《赠汉阳辅录事》云:"应念投沙客,空余吊屈悲。"⑤其次是对屈原作品加以仿效。他有《代寄情楚辞体》,就是仿效《楚辞》所作的诗,有"恨独宿兮伤离居","横流涕而长嗟,折芳洲之瑶花"⑥等句。最后是对屈原景仰与赞赏。《古风》其一云:"正声何微茫,哀怨起骚人。"⑦《江上吟》云:"屈平辞赋悬日月,楚王台榭空山丘。兴酣落笔摇五岳,诗成笑傲凌沧洲。功名富贵若长在,汉水亦应西北流。"⑧第四是将屈原引为自己的望中知友,甚至以屈原自比寄托哀怨的情怀。《夏日诸从弟登汝州龙兴阁序》云:"呜呼!屈、宋长逝,无堪与言。"⑨《单父东楼,秋夜送族弟沈之秦》云:"遥望长安日,不见长安人。长安宫阙九天上,此地曾经为近臣。一朝复一朝,发白心不改。屈平憔悴滞江潭,亭伯流离放辽海。"⑩《同友人舟行》云:"楚臣伤江枫,谢客拾海月。怀沙去潇湘,挂席泛冥渤。"⑪《流夜郎至西塞驿寄裴隐》:"空将泽畔吟,寄尔江南管。"⑫《赠别郑判官》:"三年吟泽畔,憔悴几时回。"⑬

由上面的论述可见,中唐贬谪诗人的屈原情结,与他们的前辈诗人有共同之处,但因时代环境及个体的差异,又体现出各自的特点。初盛唐贬谪诗人对于屈原,重在表现对其理想人格的追求,尽管也以自己的遭遇与屈原相比拟,但作品中所抒写的哀苦之词并

① 《旧唐书》卷一六〇,第4211页。
② (唐)李白:《李太白全集》卷一,第15页。
③ (唐)李白:《李太白全集》卷二,第148页。
④ (唐)李白:《李太白全集》卷三,第191页。
⑤ (唐)李白:《李太白全集》卷一一,第582页。
⑥ (唐)李白:《李太白全集》卷二五,第1182页。
⑦ (唐)李白:《李太白全集》卷二,中华书局,1977年,第87页。
⑧ (唐)李白:《李太白全集》卷七,第374页。
⑨ (唐)李白:《夏日诸从弟登汝州龙兴阁序》,《李太白全集》卷二七,第1290页。
⑩ (唐)李白:《单父东楼送族弟沈至秦》,《李太白全集》卷一六,第787页。
⑪ (唐)李白:《李太白全集》卷二〇,第929页。
⑫ (唐)李白:《李太白全集》卷一四,第685-686页。
⑬ (唐)李白:《李太白全集》卷一五,第733页。

不是占主导地位的。而中唐贬谪诗人的屈原情结则是其悲苦与愤懑情怀的表现,他们在政治失意之时,通过对屈原遭遇的慨叹来求得自己心理的平衡,并以对屈原文学成就的学习与追求,以求得对政治失败的补偿。他们的屈原情结,尽管有理性与情感之别,但总体上悲剧气氛要比初盛唐时期浓厚得多。

参考文献

[1]刘昫:《旧唐书》,中华书局,1975年。
[2]欧阳修:《宋祁·新唐书》,中华书局,1975年。
[3]刘禹锡:《刘禹锡集》,中华书局,1990年。
[4]任半塘:《唐声诗》,上海古籍出版社,1982年。
[5]柳宗元:《柳宗元集》,中华书局,1979年。
[6]林纾:《韩柳文研究法》,商务印书馆,1914年。
[7]刘斧:《青琐高议》,上海古籍出版社,1983年。
[8]白居易:《白香山诗集》,四部备要本。
[9]朱金城:《白居易集笺校》,上海古籍出版社,1988年。
[10]尚永亮:《论白居易对屈原陶潜的取舍态度及其意识倾向》,中州学刊,1993年,第2期。
[11]《储仲君》,《刘长卿诗编年笺注》,中华书局,1996年。
[12]陈伯海:《唐诗汇评》,浙江教育出版社,1995年。
[13]元稹:《元稹集》,中华书局,1982年。
[14]钱仲联:《韩昌黎诗系年集释》,上海古籍出版社,1984年。
[15]洪兴祖:《楚辞补注》,中华书局,1983年。
[16]马其昶:《韩昌黎文集校注》,上海古籍出版社,1986年。
[17]卢燕平:《李绅新论》,文学遗产,2004年,第4期。
[18]陶敏:《宋之问集校注》,中华书局,2001年。
[19]曹寅:《全唐诗》,中华书局,1960年。
[20]顾建国:《张九龄研究》,中华书局,2007年。
[21]李白:《李太白全集》,中华书局,1977年。
[22]缪钺:《诗词散论》,上海古籍出版社,1982年。
[23]董诰:《全唐文》,上海古籍出版社,1990年。

唐人对《风》《骚》精神之评说

江苏大学人文学院　李金坤

唐代诗人对《风》《骚》精神承传与宏扬的情形,颇有所侧重。就《诗经》而言,主要重视它的诗教功能,亦即重视诗歌的现实内涵与社会意义,此外便是展开对《诗经》"六义"的探讨,尤其是赋、比、兴等表现手法的探讨。在整个唐代,大凡诗歌创作出现重形式、轻内容、吟风弄月、远离现实的不良倾向时,有识之士便自觉高举风雅比兴之大旗,竭力倡导"兴象"与"风骨"并举的诗歌,为治国安邦服务,为社会现实服务。由陈子昂至白居易、元稹,再至皮日休,终唐之世,概莫例外。而这,与唐初大儒孔颖达奉太宗诏主撰的《毛诗正义》颁行全国之政治策略关系甚密。《毛诗正义》对《诗大序》中有关"诗教"与"六义"诸问题之阐释尤为详尽。关于"诗教",《诗大序》云:"风之始也,所以风天下,而正夫妇也,故用之乡人焉,用之邦国焉。风,风也,教也,风以动之,教以化之"。《正义》曰:

> 言文王行化,始于其妻,故用此为风教之始,所以风化天下之民,而使之皆正夫妇焉。周公制礼作乐,用之乡人焉,今乡大夫以之教其民也;又用之邦国焉,令天下诸侯以之教其臣也。欲使天子至于庶民,悉知此诗皆正夫妇也。……施化之法,自上而下,当天子教诸侯,教大夫,大夫教其民。今此先言风天下而正夫妇焉,既言化及于民,遂从民而广之,故先乡人而后邦国也。①

《诗大序》又云:"故止得失,动天地,感鬼神,莫近于诗。"《正义》曰:

> 由诗为乐章之故,正人得失之行,变动天地之灵,感致鬼神之意,无有近于诗者。言诗最近之,余事莫之先也。②

关于"六义",《诗大序》云:"故诗有六义焉:一曰风,二曰赋,三曰比,四曰兴,五曰

① 孔颖达《毛诗正义》卷一,第5页,李学勤主编《十三经注疏》(标点本),北京大学出版社,1999年。

② 孔颖达《毛诗正义》卷一,第10页。

雅，六曰颂。"《正义》对"六义"之名解释后，接著对"六义"排序问题作了说明："六义"次第如此者，以诗之四始，以风为先，故曰"风"。风之所用，以赋、比、兴为之辞，故于风之下即次赋、比、兴，然后次雅、颂。雅、颂亦以赋、比、兴为之，既见赋、比、兴于风之下，明雅、颂亦同之"。"赋、比、兴如此次者，言事之道，直陈为正，故《诗经》多赋在比、兴之先。比之于兴，虽同是附托外物，比显而兴隐。当先显后隐，故比居兴先也。毛传特言兴也，为其理隐故也。"《正义》又对"六义"之说提出了自己的新见，即"三体三用"说。其曰："然则风、雅、颂者，诗篇之异体；赋、比、兴者，诗文之异辞耳，大小不同，而得并为六义者，赋、比、兴是诗之所用，风、雅、颂是诗之成形，用彼三事，成此三事，是故同称为义，非别有篇卷也。"[①]可以这样说，唐代诗人们主要是围绕孔颖达《毛诗正义》所释"诗教"功能与"六义"特征诸问题来发表对《诗经》的具体意见的。换言之，唐代诗人们是以帝王下诏颁行的通用读本《毛诗正义》为诗歌创作的指导纲领的。故终唐之世，《诗经》之命运始终隆达不替。

至于以屈原为代表的《楚辞》，其命运在唐代就并非一帆风顺了。它经历了一个由被误解、理解和钦慕的变化过程。由于《楚辞》具有瑰丽浪漫的丰富想象与惊采绝艳的语言风格特征，初唐时部分诗人曾将它归为齐梁浮艳华靡诗歌遗风一类而予以轻视或排斥。不过，屈原光辉峻洁的人格魅力，"发愤以抒情"的表现特征，"香草美人"的象征手法，以及浪漫主义的艺术风格等，则颇受唐代诗人们的青睐，尤其是对唐代大量的贬谪诗人来说，屈、宋其人其辞则更是成为追慕的偶像与楷模，所谓"投迹山水地，放情咏《离骚》"（柳宗元《游南亭夜还叙志七十韵》是也。贬谪诗人以其悲惨之命运、哀怨之心绪发抒一己孤忧愤懑之情怀，与千年前的屈子产生心灵的共鸣。故屈原的形象、地位与影响在贬谪诗人群中是极为突出而鲜明的，在他们的作品中，我们所感受到的大多是逐臣们充溢满纸的"骚怨"之气。

一、初唐《风》《骚》精神之评议

魏征指出：

> 梁自大同之后，雅道沦缺，渐乖典则，争驰新巧。简文、湘东，启其淫放；徐陵、庾信，分路扬镳。其意浅而繁，其文匿而彩，词尚轻险，情多哀思。格以延陵之听，盖亦亡国之音乎！周氏吞并梁、荆，此风扇于关右，狂简斐然成俗，流宕忘反，无所取裁。高祖初统万机，每念斫雕为朴，发号施令，咸去浮华。然时俗词

① 孔颖达《毛诗正义》卷一，第11－13页。

藻,犹多淫丽,故宪台执法,屡飞霜简。[1]

不过,魏征毕竟是具有文学艺术眼光与政治思想觉悟的朝廷重臣,尽管对齐梁诗风持批判态度,但没有因此而否定诗歌的声辞之美,进而将其与"词义贞刚,重乎气质"的河朔文风相结合,形成"文质斌斌"的文学新品种,这是一个了不起的文学主张,是一幅促使唐代文学健康发展的蓝图,事实也正是这样。在半个多世纪之后,南北合流的"文质斌斌"的唐代文学新局面便生机勃勃地展现在人们的面前。魏征是这样描绘文学发展宏伟蓝图的:

江左宫商发越,贵于清绮,河朔词义贞刚,重乎气质。气质则理胜其词,清绮则文过其意。理深者便于时用,文华者宜于咏歌。此其南北词人得失之大较也。若能掇彼清音,简兹累句,各去所短,合其两长,则文质斌斌,尽善尽美矣。[2]

初唐四杰作为文学革新的先驱,他们批判宫廷文学中的齐梁浮艳文风是颇具自觉意识的,不过,他们是建立在儒家宗经的诗教观的基础上来反对齐梁浮艳文风的,而对于"《雅》《颂》之博徒,而词赋之英杰"的"惊采绝艳,难与并能"[3]的《楚辞》,则视其为齐梁浮艳文风的源头,连累而及,故初唐四杰在反对齐梁文风的同时,亦就难免对屈骚之批判。王勃《上吏部裴侍郎启》云:"自微言既绝,斯文不振,屈宋道浇源于前,枚马张淫风于后,谈人主者以宫室苑囿为雄,叙名流者以沉酗骄奢为达。故魏文用之而中国衰,宋武贵之而江东乱"。[4] 王勃将华艳之文与国家之亡挂起钩来,批判之严酷不言而喻。杨炯《王勃集序》云:"仲尼既没,游、夏光洙泗之风;屈平自沈,唐、宋宏汨罗之迹,文儒于焉异术,词赋所以殊源"。[5] 批判语气虽较王勃婉转,但却把屈宋辞赋与孔子儒家学派完全对立起来,将其划出中国士人宗经尊儒的文化视阈之外,仍给人以另类之感。卢照邻《驸马都尉乔君集序》亦云:"昔文王既没,道不在于兹乎! 尼父克生,礼尽归于是矣。其后荀卿、孟子,服儒者之褒衣;屈平、宋玉,弄词人之柔翰。礼乐之道,已颠坠于斯文;雅颂之风,犹绵连于季叶。"[6]卢藏用亦有相似的观点,其云:"昔孔宣父以天纵之才自卫返鲁,乃删《诗》《书》,述《易》道而修《春秋》,数千百年,文章灿烂可观也。孔子殁二百岁而骚人作,于是

---

① 魏征《隋书》卷七六,《文学传序》,中华书局,1975年。
② 魏征《隋书》卷七六,《文学传序》。
③ 刘勰《文心雕龙·辨骚》,周振甫《文心雕龙今译》,第44-45页。
④ 王勃《上吏部裴侍郎启》,董诰等编《全唐文》卷一八〇,上海古籍出版社,1990年缩印本。
⑤ 杨炯《王勃集序》,《全唐文》卷一九一。
⑥ 卢照邻《附马都尉乔君集序》,《全唐文》卷一六六。

婉丽浮侈之法行焉。”[①]从上所引初唐四杰评骚言论可知，他们总是先列孔圣，而后再贬屈骚，认为屈骚不但开启后世华艳浮靡之文风，而且与孔门儒教格格不入，并有碍于儒学传统的承传，说到底，这完全是宗经尊儒诗教观的体现。

在初唐诗坛上，真正高举反对齐梁浮艳文风、倡道风雅精神与“兴寄”、“风骨”的是陈子昂。其文学革新主张主要体现于他的《与东方左史虬修竹篇序》（简称《修竹篇序》）中：

> 文章道弊五百年矣。汉魏风骨，晋宋莫传，然而文献有可征者。仆尝暇时观齐梁间诗，彩丽竞繁，而兴寄都绝，每以咏叹。思古人常恐逶迤颓靡，风雅不作，以耿耿也。一昨于解三处见明公《咏孤桐篇》，骨气端翔，音情顿挫，光英朗练，有金石声。遂用洗心饰视，发挥幽郁，不图正始之音，复睹于兹，可使建安作者相视而笑。[②]

此序乃陈子昂诗歌革新理论的一个总纲领，它第一次将汉魏风骨与风雅兴寄联系起来。所谓“风骨”，就是健康真切的内容与生动有力的语言形式有机统一；所谓“兴寄”，就是托物起兴、借物言志的表现方法，此二者则是《诗三百》至正始诗歌优良传统之所在。陈子昂的诗歌理论与《修竹篇》、《感遇》（三八首）等卓有成效的创作实践，与魏征所构想的“文质斌斌，尽善尽美”的诗歌创作模式具有异曲同工之妙。陈子昂的这一艰辛之探究，揭示了唐诗健康发展的方向，由此而成为氤氲“盛唐气象”的序曲。

二、盛唐《风》《骚》精神之评述

《风》《骚》精神在盛唐诗坛颇为盛行，对于《风》《骚》的价值与意义，诗人们都有程度不同的体会与感受。兹举孟浩然、王维、李白、杜甫、殷璠、王昌龄诸家试论之。

孟浩然，人们只知其为盛唐山水田园诗派的代表作家之一，但其心灵深处却有很深的《风》《骚》情结。他有一首著名的具有自传性质的《书怀贻京邑故人》诗云：

> 惟先自邹鲁，家世重儒风。诗礼袭遗训，趋庭绍末躬。尽夜常自强，词赋颇亦工。三十既成立，嗟籲命不通。兹亲向羸老，喜惧在深衷。甘脆朝不足，华瓢夕屡空。执鞭慕夫子，捧檄怀毛公。感激遂弹冠，安能守故穷？

孟浩然自称为孟子的后裔，所以“重儒风”便成了其世代承传的优良传统。在尊崇儒

① 卢藏用《右拾遗陈子昂文集序》，《全唐文》卷二三八。
② 陈子昂：《与东方左史虬修竹篇序》，《陈伯玉文集》卷一，四部丛刊本。

家的同时,他也认真学习《楚辞》"词赋颇亦工"是也。孟浩然是襄阳(今属湖北)人,襄阳则是屈原所在之楚国,因此,他对屈原这位伟大的故乡诗人,亦就自然多了一份敬重、追慕与怀念。他曾作过《经七里滩》、《泛舟经湖海》等多首凭吊与追念屈原的诗歌。以此表达同病相怜、怀才不遇之无限感慨。孟浩然之友人王迥《同孟浩然宴赋》曾以"屈宋英声今止已"来评价孟浩然诗中的屈骚精神,语虽夸饰,但却表明孟浩然诗歌明显受屈骚之影响则是无可置疑的事实。

孟浩然的好友王维,对《风》《骚》精神亦是情有独钟,尤其是屈骚,摩诘受其影响则更大。唐代宗批答王缙《进王右丞集表》之手敕评价王维的诗是"抗行周雅,长揖楚辞"。将其诗放在可与《诗经》、《楚辞》相媲美的重要位置上,此评之高,难与并能。王维曾经称赞友人是"目视六籍,口诵九歌"(《京兆尹张公德政碑》),实际上则是他自己的真实写照。

竭力倡道《风》《骚》精神者当推李白。《古风》(其一)为代表作,诗云:

> 大雅久不作,吾衰竟谁陈?王风委蔓草,战国多荆榛。龙虎相啖食,兵戈逮狂秦。正声何微茫,哀怨起骚人。扬马激颓波,开流荡无垠。废兴虽万变,宪章亦已沦。自从建安来,绮丽不足珍。圣代复元古,垂衣贵清真。群才属休明,乘运共跃鳞。文质相炳焕,众星罗秋旻。我志在删述,垂辉映千春。希圣如有立,绝笔于获麟。

李白此诗与陈子昂《修竹篇序》以复古为革新的精神是一脉相承的。诗人那种力求恢复《诗经》"兴、观、群、怨"之"正声"与"骚人"抒发"哀怨"之优良传统"舍我其谁"的强大的责任感,震撼人心,鼓舞士气。诗人有感于六朝浮艳华靡文风依然流行的现状,为"宪章亦已沦"的事实而担忧,遂振臂呼唤恢复《风》《骚》优良传统,这是时代的召唤,也是诗人革新精神的有力体现。孟棨《本事诗》中曾论述与此诗有关之事云:"其论诗云:'梁陈以来,艳薄斯极。沈休文又尚以声律,将复古道,非我而谁欤?"①葛立方则从诗歌源流的角度,肯定了李白诗歌中所含有的《诗经》精神实质,其云:"李云:'大雅久不作,吾衰竟谁陈?王风委蔓草,战国多荆榛'。则知李之所得在《雅》。"②由此可见,李白呼唤恢复《风》《骚》传统,并非口头语而已,他是实实在在付诸自己的诗歌创作中去了。其《古风》五十九首诗,正是他诗歌理论的一次甚为成功的艺术实践。陈子昂以"大雅不作,兴寄都绝"来批判初唐时宫廷流行的浮靡诗风,李白所主张的恢复《风》《骚》传统,即要求恢复诗歌的"美""刺"功能,对现实政治进行褒贬,把诗歌引向广阔的社会与人生,其精神内脉

① 孟棨:《本事诗·高逸第三》,丁福保辑:《历代诗话续编》(上),中华书局,1983年,第14页。
② 葛立方:《韵语阳秋》,何文焕辑:《历代诗话》(下)卷三,中华书局,1981年,第502页。

与陈子昂是颇为相通的。

李白一生念念不忘恢复《风》《骚》传统,《古风》(其三十五)又云:"《大雅》思文王,颂声久崩沦,安得郢中质,一挥成风斤。"正由于《风》《骚》精神的滋养,才成就了李白的独异的诗歌天才。明末清初诗人屈大均,称说李白"乐府篇篇是楚辞,湘累之后汝为师"(《采石题太白祠》之四),也看到了李白与屈原的深刻联系。

李白对于宋玉,也颇为推崇。其《赠溧阳宋少府陟》云:"宋玉事襄王,能为高唐赋"。《感遇四首》之四又云:"宋玉事楚王,立身本高洁。巫山赋彩云,郢路歌白雪。举国莫能知,巴人皆卷舌。"对于宋玉的高洁品格与辞赋才华给予了极高的评价。李白《清平调词三首》、《宫中行乐词八首》等诗明显烙有宋玉《高唐赋》、《神女赋》等缥缈绮丽、神游梦幻的风格印记,这与他对宋玉的崇拜是分不开的。

杜甫也非常推崇《风》《骚》精神。鉴于深受"奉儒守官,未坠素业"(杜甫《进雕赋表》)家庭崇儒优良传统的影响,杜甫对《诗经》精神的倡导与实践则更为突出。杜甫《戏为六绝句》之三云:"纵使卢王操翰墨,劣于汉魏近《风》《骚》。"《戏为六绝句》之五云:"不薄今人爱古人,清词丽句必为邻。窃攀屈宋宜方架,恐与齐梁作后尘。"之六云:"未及前贤更勿疑,递相祖述复先谁?别裁伪体亲风雅,转益多师是汝师。"这些诗都涉及如何向《风》《骚》学习的问题,是诗人针对当时诗坛弥满齐梁浮艳遗风的一些不良倾向而发出的中肯之论。

杜甫对宋玉的遭遇及其悲凉之辞赋颇具深挚之同情,并径称其为"吾师"。其《咏怀古迹》五首之二云:"摇落深知宋玉悲,风流儒雅亦吾师。怅望千秋一洒泪,萧条异代不同时。江山故宅空文藻,云雨荒台岂梦思。最是楚宫俱泯灭,舟人指点到今疑。"这是一首就地取材、巧用典故与意象来凭吊宋玉的杰作。在杜甫的心目中,宋玉是词人,但更是一位志士。不过,他生前身后都只被世人当作词人,其政治上失志不遇,屡遭误解,甚至于曲解。这是宋玉一生遭遇最可悲哀处,也是杜甫自己一生遭际的伤心处,因此对宋玉才能深怀"萧条异代"而"怅望洒泪"的无限悲悯之情。他在《送覃二判官》中又云:"迟迟恋屈宋。"杜甫爱宋玉,爱宋玉之作品,尤其喜用其作品中的某些关键字,如《九辩》"萧瑟兮,草木摇落而变衰中"萧瑟"与"摇落"二词。在其诗集中使用"萧瑟"或与之相近的"萧萧"、"萧条"等近50处;使用"摇落"者亦有多处,甚或径以《摇落》为题。诗云:"摇落巫山暮,寒江东北流。烟尘多战鼓,风浪少行舟。"短短二十字,极写自然之秋与社会之秋的萧瑟悲凉,同时亦隐含诗人心灵之秋的悲凉。诗人累累喜用充满衰飒、落寞、凄切意绪的"萧瑟","摇落"等词,其意正在于此。如此同情、热爱并敬仰宋玉甚至拜为"吾师"者,杜甫堪称古今第一人。

屈原《惜诵》中"发愤以抒情"的发愤说,对后来中国士人的影响甚大,王昌龄,便是深受影响者之一。他对屈原"发愤以抒情"的体会尤为深刻:

是以诗者,书身心之行李,序当时之愤气。气来不适,心事不达,或以刺上,或以化下,或以申心,或以序事,皆为中心不快,众不我知。由是言之,方识古人之本也。①

这段话的中心,旨在说明诗乃抒发愤懑怨气之作。由于"中心不快,众不我知",因此,更需要诗歌用强烈的艺术力量表现之,这也就是孔子所说的"诗可以怨"(《论语·阳货》)的意思。屈原的《离骚》,就是一部典理的遭遇不幸而忧愤无限的悲愤之书。王昌龄的诗歌"愤气"说,正是由《诗经》、《楚辞》的"可以怨"、"发愤以抒情"诗学观承继而来,同时又为后来韩愈"不平则鸣"说的诞生提供了适度的诗学思想之温床。

三、中唐《风》《骚》精神之评说

中唐时期《风》《骚》盛行,直臻全唐之巅峰。安史之乱前后,唐代社会面临着严重的政治与经济问题,尤其是安史之乱之后,整个社会更是元气大伤,一蹶不振。面对如此濒危临亡的飘摇局势,许多地主阶级知识分子已经从当初大乱突来而不知所措的心境中摆脱出来,重振精神,谋图改革出路。于是,贞元末至元和年间,便出现了渴望唐室中兴的变革思潮,散文方面的古文运动,诗歌方面的新乐府创作,便是直接为政治改革服务的两大文学主流,故中唐文学中充满着浓郁而鲜明的革新精神,而这一文学革新之气象,正是《诗经》风雅比兴精神放射出的最为灿烂夺目之光辉。

中唐诗歌弘扬《诗经》古道者,当先从古文运动先驱者之一的元结说起。他的诗歌创作精神直接受杜甫"即事名篇,无复依傍"的新乐府的影响,他还得到过杜甫的赞扬与鼓励。他一贯主张诗文应对政治、社会进行规讽,有补于世,并以自已的创作努力实现这一主张。他的《二风诗》(即《治风诗》、《乱风诗》)、《二风诗论》,其中"风"之寓意甚明,就是要继承与发扬《诗经》的现实主义精神,努力反映现实,为治国安邦服务。诗人任道州刺史时,有感于政府不顾百姓的艰难贫困仍然急迫催征赋税的惨状,愤然作《舂陵行》、《贼退示官吏》二诗进行规讽。《舂陵行》末尾云:"何人采国风,吾欲献此辞。"直接把已的诗歌称为《国风》。元结崇尚《诗经》风雅"美刺"比兴传统的观点,在所编《箧中集序》中表述得更为鲜明而突出,其云:

元结作《箧中集》,或问曰:"公所集之诗,何以订之?"对曰:"风雅不兴,几

① 遍照金刚《文镜秘府论》南卷《论文意》,人民文学出版社,1980年,第131-132页。

及千载,溺于时者,世无人哉!呜呼!有名位不显,年寿不将,独无知音,不见称显,死而已矣,谁云无之?近世作者,更相沿袭,拘限声痛,喜尚形似,且以流易为词,不知伤于雅正,然哉!彼则指咏时物,会谐丝竹,与歌儿舞女生污惑之声于私室可矣。若令方直之士,大雅君子,听而诵之,则未见其可矣。吴兴沈千运,独挺于流俗之中,强攘于已溺之后,穷老不惑,五十余年,凡所为文,皆与时异。故朋友后生,稍见师效,能侣类者有五六人。呜呼,自沈公及二三子,皆以正直而无禄位,皆以忠信而久贫贱,皆以仁让而至丧亡。异于是者,显荣当世。谁为辩士,吾欲问之。①

元结通过对流连光景、浮艳雕饰之作的批判,对沈千运有异时俗的风雅古调之作的推崇,进一步突出倡导《诗经》风雅"美刺"比兴传统的重要性。元结这种思想是一贯的。他早期的《二风诗论》就自述作《二风诗》之目的是"极帝王理乱之道,系古人规讽之流"。② 其后在《系乐府十二首序》中又表明作诗动机是"尽欢怨之声者,可以上感于上,下化于下"。③ 元结所论,正与孔颖达《毛诗正义》所谓"臣下作诗,所以谏君,君又用之教化,故又言上下皆用此六义之意。在上,人君用此六义风动教化;在下,人臣用此六义以风喻箴刺君上"④之内涵正相吻合,是正统儒家诗教观的有力体现。元结所强调的继承《诗经》紧密联系现实、婉而多讽的优秀传统,到了创作新乐府的写实派、通俗派白居易、元稹那里,则更是得到了前所未有的推尊和实践。

白居易有关继承《诗经》风雅"美刺"比兴的诗学观主要集中于《与元九书》,其云:

夫文尚矣,三才各有文:天之文,三光首之;地之文,五材首之;人之文,六经首之。就六经言,《诗》又首之。何者?圣人感人心而天下和平。感人心者,莫先乎情,莫始乎言,莫切乎声,莫深乎义。诗者:根情,苗言,华声,实义。上自圣贤,下至愚騃,微及豚鱼,幽及鬼神,群分而气同,形异而情一,未有声入而不应,情文而不感者。

……洎周衰秦兴,采诗官废,上不以诗补察时政,下不以歌泄导人情。乃至于谄成之风动,救失之道缺。于时六义始刓矣。

国风变为骚辞,五言始于苏、李。苏、李,骚人,皆不遇者,各系其志,发而为

① 元结《箧中集序》,肖占鹏主编:《隋唐五代文艺理论汇编评注》(上册),南开大学出版社,2002年,第472-473页。

② 元结《二风诗论》,肖占鹏主编:《隋唐五代文艺理论丛编评注》(上册),第474页。

③ 元结《系乐府十二首序》,肖占鹏:《隋唐五代文艺理论丛编评注》(上册),第475页。

④ 孔颖达:《毛诗正义》卷一,第13页。

文。故河梁之句,止于伤别;泽畔之吟,归于怨思。彷徨抑郁,不暇及他耳,然去《诗》未远,梗概尚存。故兴离别则引双凫一雁为喻,讽君子小人则引香草恶鸟为比,虽义类不具,犹得风人之什二三焉。于时六义始缺矣。

晋、宋以还,得者盖寡。……于时六义寖微矣,陵夷矣。

至于梁、陈间,率不过嘲风雪,弄花草而寝已。……于时六义尽去矣。

唐兴二百年,其间诗人不可胜数。所可举者,陈子昂有《感遇诗》二十首,鲍防有《感兴诗》十五首。又诗之豪者,世称李、杜。李之作,才矣奇矣,人不逮矣,索其风雅比兴,十无一焉。杜诗最多,可传者千余首,至于贯穿今古,覼缕格律,尽工尽美,又过于李。然撮其《新安吏》、《石壕吏》、《潼关吏》、《塞芦子》、《留花门》之章,"朱门酒肉臭,路有冻死骨"之句,亦不过三四十首。杜尚如此,况不逮杜者乎!

仆常痛诗道崩坏、忽忽愤发,或食辍哺、夜辍席,不量才力,欲扶起之。①

以上所引,简直就是一篇《诗经》"六义"衰亡简史。在这一千多年的诗史进程中,诗人眼看着"六义始刓矣"、"六义始缺矣"、"六义寖微矣,陵夷矣",直到"六义尽去矣",对于如此每况愈下的"诗道崩坏",诗人痛心不已,"忽忽愤发",已臻寝食不安万分焦虑之地步。诗人这般倡六义、复诗道的高度责任感,委实"兼济天下"宏愿之体现。

白居易结合儒家传统的诗教观,每每针对《诗经》具体篇章之分析,来凸现诗教的重要意义。其《策林六十九》云:

大凡人之感于事,则必动于情,然后兴于嗟叹,发于吟咏,而形于歌诗矣。故闻《蓼萧》之诗,则知泽及四海也;闻《华黍》之咏,则知时和岁丰也;闻《北风》之言,则知威虐及人也;闻《硕鼠》之刺,则知重敛于下也;……故国风之盛衰,由斯而见也;王政之得失,由斯而闻也;人情之哀乐,由斯而知也。然后君臣亲览而斟酌焉,政之废者修之,阙者补之;人之忧者乐之,劳者逸之。所谓善防川者,决之使导;善理人者,宣之使言"。②

正因为白居易对《诗经》具有如此全面而深入的学习与理解,同时又深深体察到《诗经》无可替代的诗教功能,所以,他便竭力倡导学习《诗经》,大力弘扬《诗经》传统。同时也可以证明,他与好友元稹等人以恢复《诗经》风雅"美刺"比兴优良传统为主要职能的新

① 白居易《与元九书》,《白氏长庆集》卷四五,文学古籍刊行社影宋本。
② 白居易《策林六十九》,《白氏长庆集》卷四八。

乐府诗之创作，有较为深广的理论作为支撑。

元稹的理论主张与白居易大体相似，只是元稹不及白居易之系统全面，亦无超越白居易的精辟观点，但就与白居易诗学观声气相投、形成合力而言，亦足以书而彰之也。其《乐府古题序》云：

> 《诗》讫于周，《离骚》讫于楚。是后诗之流为二十四名：赋、颂、铭、赞、文、诔、箴、诗、行、咏、吟、题、怨、叹、章、篇、操、引、谣、讴、歌、曲、词、调，皆诗人六义之余，而作者之旨。①

对《风》《骚》文体的衍生发展概况作了比较客观的说明，这是符合中国文体演变规律的。他充分肯定了《诗经》风雅"美刺"比兴的诗教作用，认为：

> 况自风雅至于乐流，莫非讽兴当时之事，以贻后代之人，沿袭古题，唱和重复。于文或有短长，于义咸为赘剩，尚不如寓意古题，刺美见事，犹有诗人引古以讽之义焉，曹、刘、沈、鲍之徒，时得如此，亦复稀少。近代唯诗人杜甫《悲陈陶》、《哀江头》、《兵车》、《丽人》等，凡所歌行，率皆即事名篇，无复倚傍。予少时与友人乐天，李公垂辈谓是为当，遂不复拟赋古题。②

这里，元稹特别突出了杜甫自行创作的"即事名篇，无复倚傍"的新乐府诗，肯定它与《诗经》风雅"美刺"比兴传统的渊源关系，是一种反映现实、为政治服务的好诗体，值得仿效。

"文起八代之衰，实集八代之成"③中唐古文运动的领袖韩愈、柳宗元，由于他们的"文以载道"、"文以贯道"、"文以明道"的文学主张是建立在把古文运动与儒学复兴运动相结合的基础之上的，因此，他们给《诗经》以很高的评价，倡导学习《诗经》，并以此来指导自己的诗文创作。

韩愈认为，要使文道合一，必须学习儒家的经典，"行之乎仁之途，游之乎《诗》《书》之源，无迷其途，无绝其源。"④承《诗》《书》中的思想，作为立行、立言的根本，这样就能做到"本深而末茂，形大而声宏，行峻而言厉，心醇而气和，昭晰者无疑，优游者有余"。⑤

① 元稹《乐府古题序》，《元氏长庆集》卷二三，四部丛刊本。
② 元稹《乐府古题序》，《元氏长庆集》卷二三。
③ 刘熙载《艺概》卷一，《文概》，上海古籍出版社，1978 年，第 20 页。
④ 韩愈《答李翊书》，《昌黎先生集》卷一六，蟫隐庐影宋世彩堂本。
⑤ 韩愈《答尉迟生书》，《昌黎先生集》卷一五。

《进学解》中,韩愈亦有类似的意见,其云:

> 沈浸醲郁,含英咀华,作为文章,其书满家。上规姚姒,浑浑无涯;周诰、殷盘,佶屈聱牙;《春秋》谨严,《左氏》浮誇;《易》奇而法,《诗》正而葩;下逮《庄》《骚》,太史所录,子云、相如,同工异曲;先生之于文,可谓闳其中而肆其外矣。①

在这段话中,可特别注意对《诗经》的评价。韩愈"《诗》正而葩"之四字评,从《诗经》雅正康健的思想内容与鲜明优美的艺术形式两个方面给予了高度评价,而《诗经》之"正"与"葩"又是如此完善地结合在一起,在历代发挥着重要的诗教作用。特别是鲜美可爱之"葩"的精妙比喻,体现了韩愈对《诗经》的极其崇爱之深情。韩愈"《诗》正而葩"的评价,恰恰是其"文以载道"、文道合一文学主张的生动体现,也正是韩愈所汲汲追求的古文创作之理想境界。既然有"正而葩"的《诗经》典范树立于前,那么,又何不"取于心而注于手","养其根而俟其实,加其膏而希其光。根之茂者其实遂,膏之沃者其光晔",②这样就能达到以复古为革新的真正目的。自韩愈"诗正而葩"一出,人们便径称《诗经》为"葩经",由此可见《诗经》在时人心目中的地位和形象了。

韩愈的《荐士诗》是一首论述从《诗经》到孟郊的诗歌发展史的诗,开头四句论《诗经》云:"周诗三百篇,雅丽理训诰。曾经圣人手,议论安敢到?"前二句实即"《诗》正而葩"的意思。"雅"者,正也;"丽"者,美也,即葩也。"训诰",即典范,法式。其意谓:《诗经》从内容到形式,都是后世诗人学习的典范。后二句是说,因《诗经》经过孔子的删述,它的雅正纯美已毋庸后人置喙,突出了《诗经》崇高的地位。

倡导"文以明道"的柳宗元,十分注重文学作品对现实社会的褒贬和讽谕作用,这与孔颖达《毛诗正义》所强调的风雅"美刺"比兴的诗教功用是甚相呼应的。其《杨评事文集后序》云:"文有二道,辞令褒贬,本乎著述者也;导扬讽谕,本乎比兴者也。……比兴者流,盖出于虞、夏之咏歌;殷、周之《风》《雅》,其要在于丽则清越,言畅而意美,谓宜流于谣诵也。"③柳宗元对《诗经》风雅"美刺"比兴的优良传统给予了充分的肯定,同时着重指出《诗经》"道扬讽喻"是通过"丽则清越"、"言畅意美"、"宜于谣诵"的形式来实现的,这是后世"罕有兼者"的,"虽古文雅之盛世,不能并肩而生"。如此评价虽难免溢美之嫌,但却表明他对于作品艺术性的高度重视。因为在柳宗元看来,"辞令褒贬",如果"阙其文采,

---

① 韩愈《进学解》,《昌黎先生集》卷一二。

② 韩愈《答李翊书》,《昌黎先生集》卷一六。

③ 柳宗元《杨评事文集后序》,《柳河东集》卷二一,上海人民出版社排印本,1974年。

固不足以竦动时听，夸示后学，立言而朽，君子不由也。”①柳宗元所论于注重内容的基础上注重文采的观点，与孔子“言之无文，行之不远”，杜甫“清词丽句必为邻”的主张是声气贯通的，在中国文艺思想史上都是应当值得肯定的。

韩、柳等人对屈宋及其作品的评价与推崇，主要表现在以下几个方面：

其一，对屈原“发愤以抒情”说的承继与发展。“发愤以抒情”一语见于屈原《九章·惜诵》。其开头两句云：“惜诵以致湣兮，发愤以抒情。所作忠而言之兮，指苍天以为正。”诗人那种以苍天作证的一腔忠诚，却不为楚王所理解，反而“纷逢尤而离谤”，如此怨愤，焉能不发？屈原的“发愤以抒情”，不仅是一种情感表现，而且是屈骚感情的总体特征，它已成为处于逆境中的人们之所以创作诗歌的带有普遍性的理论概括。而屈原“发愤以抒情”说的诞生，则是在先秦文学“发愤”氛围影响下的一次集中而鲜明的体现。司马迁云：

> 盖西伯拘而演《周易》，仲尼厄而作《春秋》，屈原放逐，乃赋《离骚》，左丘失明，厥有《国语》，孙子膑脚，《兵法》修列，不韦迁蜀，世传《吕览》，韩非囚秦，《说难》、《孤愤》，《诗》三百篇，大抵贤圣发愤之所为作也。此人皆意有所郁结，不得通其道，故述往事，思来者。②

加之司马迁本人因李陵事件惨遭宫刑而发愤著《史记》，所有这些，皆形成了我国文人雅士“发愤以抒情”的“发愤说”的优良传统。而韩愈则是在《诗经》、屈原《离骚》等“发愤说”的基础上，又进一步提出了“不平则鸣”的“发愤说”，拓展与丰富了屈原“发愤以抒情”的深刻内涵。其《送孟东野序》云：

> 大凡物不得其平则鸣，草木之无声，风挠之鸣，水之无声，风荡之鸣，其跃也或激之，其趋也或梗之，其沸也或炙之。金石之无声，或击之鸣。人之于言也亦然，有不得已者而后言，其歌也有思，其哭也有怀。凡出乎口而为声者，其皆有弗乎者乎！……凡载于《诗》《书》六艺，皆鸣之善者也。周之衰，孔子之徒鸣之，其声大而远。……其末也，庄周以其荒唐之辞鸣。楚，大国也，其亡也，以屈原鸣。……秦之兴，李斯鸣之。汉之时，司马迁、相如、扬雄，最其善鸣者也。③

在韩愈看来，那些“自鸣其不平”的作品，才是“善鸣者”，才是真文学。韩愈的好友柳

① 柳宗元《杨评事文集后序》，《柳河东集》卷二一。
② 司马迁《太史公自序》，《史记》卷一三〇，中华书局，1985年。
③ 韩愈《送孟东野序》，《昌黎先生集》卷一九。

宗元亦有类似“不平则鸣”的诗学观,其云:

君子遭世之理,则呻呼踊跃以求知于世,而遁隐之志息焉。于是感激愤悱,思奋其志略以效于当世。故形于文字,伸于歌咏,是故有其具而未得行其道之为之也。娄君志乎道,而遭乎理之世,其道宜行,而其术未用,故为文而歌之。……余既困辱,不得预睹世之光明,而幽乎楚越之间,故合文士以申其致,将俟乎木铎以间于金石。大凡编辞于斯者,皆太平之不遇人也。①

此段文字与韩愈《送孟东野序》、《荆潭唱和诗序》等文情意脉,前后相连,深化了韩愈“不平之鸣”、“愁思之声”的观点,也更强化了诗的审美怡情之作用。此外,柳宗元则更以屈原之哀怨自比,诉说自身遭遇,则曰“哀如屈原”教人作文,也念念不忘要“参之《离骚》以致其幽”,这里,柳宗元以一“哀”字,便概括了《楚辞》的基本内容;又以一“幽”字,浓缩了《楚辞》的艺术特征。“哀”“幽”合而观之,恰可作为韩愈“不平则鸣”以及他自己所说的“感激愤悱”的代名词。柳宗元拈出“哀”、“幽”二字来评价屈骚,其艺术眼光之敏锐,语言概括之精当,足见于屈骚深爱与娴熟到相当之程度。②(注意:大段文字移入注释了!)

其二,称誉屈原为文章豪杰之士。韩愈曾经批评时下文章说:“夫所谓博学者,岂今之所谓者乎?夫所谓宏辞者,岂今之所谓者乎?诚使古之豪杰之士若屈原、孟轲、司马迁、相如、扬雄之徒进于是选,必知其怀惭乃不自进而已耳”。③ 柳宗元在《吊屈原文》中,不仅赞颂屈原“惟道是就”,“服道以守义”,而且非常推崇屈骚:“先生之貌不可得兮,犹仿佛其文章;托遗稿而叹喟兮,涣余涕之盈眶。”④对屈原之人品与文品都极为推崇。

其三,充分肯定屈骚的文辞之美并仿效之。韩愈、柳宗元在论述学习为文时,都主张博取众家,不遗《庄》《骚》。如韩愈《进学解》曰:“下逮《庄》《骚》,太史所录,子云、相如,

---

① 柳宗元《娄二十四秀才花下对酒唱和诗序》,《柳河东全集》,四部备要本。

② 在中国文学“发愤说”传统的链条上,韩愈的“不平则鸣”说,对于屈原的“发愤以抒情”诗学主张具有承前启后、继往开来的重要意义。宋代欧阳修的“诗穷而后工”的理论主张则又是对韩愈“不平则鸣”说的深化与发展。至于“诗能穷人穷者工”(袁宏道《赠陈正夫》)与“国家不幸诗家幸”(赵翼《题元遗山集》)的诗学观,以及刘鹗所说的“《离骚》为屈大夫之哭泣,《庄子》为蒙叟之哭泣,《史记》为太史公之哭泣,《草堂诗集》为杜工部之哭泣;李后主以词哭,八大山人以画哭;王实甫寄哭泣于《西厢》,曹雪芹寄哭泣于《红楼梦》”的诗文“哭泣论”等等,无疑又是欧阳修“诗穷而后工”理论主张在不同时代的思想折光。

③ 韩愈《答崔立之书》,《昌黎先生集》卷一六。

④ 柳宗元《吊屈原文》,《柳河东集》卷一九。

同工异曲。"[①]柳宗元亦云:"大都文以行为本,在先诚其中。其外者当先读六经,次《论语》、孟轲书,皆经言;《左氏》、《国语》、庄周、屈原之辞,稍采取之"。[②] 柳宗元贬谪期间,他还不厌其烦地反复诵读《离骚》作品,所谓"投迹山水地,放情咏《离骚》"(《游南亭夜还叙志七十韵》)是也。他还拟屈原之《天问》而作《天对》,在柳宗元贬谪永州、柳州期间,对屈骚更是追慕仿作不已。《旧唐书》本传云:"宗元少聪警绝众,尤精西汉《诗》《骚》,下笔构思与古为侔,精裁密致,灿若珠贝,当时流辈咸推之。"[③]柳宗元如此认真地仿作骚体,一则爱慕屈原节操之峻洁与屈骚文体之华美;二则借助于哀怨悱恻、唱叹往复、易于抒情的骚体之文以抒发自己压抑愤懑之情;三则受楚人好作楚辞、喜吟楚歌的地方文化传统之影响,故柳宗元所仿骚体诗遂多矣。

被杜牧称为"骚之苗裔"[④]的李贺,在唐代诗人中堪列于"祖骚"之冠,他的崇骚情结甚为浓厚,对优美哀艳的《楚辞》极为崇慕,并竭力仿效之。其《伤心行》云:"咽咽学楚吟,病骨伤幽素。"《南园》云:"坐泛楚奏吟招魂。"甚至连出行也要"楚辞系肘后"。(《赠陈商》)由于他对《楚辞》是如此之钟爱,仿作是如此之众多,因此,他干脆称其诗乃是"斫取清光写楚辞"(《昌谷北园新笋》其二)。此外,李贺对《楚辞》多有精到的赞评,称《九章》云:"其意凄怆,其词环瑰,其气激烈。"[⑤]正如叶葱奇所称誉的那样:"综合唐代最杰出的诗人来说,不管所谓'初唐'的大名家如陈子昂、张九龄等,或是'盛唐'的李白、杜甫等,以及其余许多名诗人,他们的作品有摹拟古歌谣、古乐府的,有仿效汉、魏兼及陶(潜)、谢(灵运)、庾(信)、鲍(照)的,而专学'楚辞',真能吸取它们精华,获得它的神髓的,却只有李贺。"[⑥]的确如此。

要之,中唐诗人元、白等写实派、通俗派作家多崇尚《诗经》,古文运动的领袖人物韩、柳等《风》《骚》并重,多提倡风雅"美刺"比兴,而作为贬谪诗人韩、柳,崇《骚》之情则更为浓郁。由于受汉儒以"经"评"骚"的思维模式之影响与本身理解之偏差,古文运动的先驱者柳冕等则将"惊采绝艳"的《楚辞》视为齐梁浮艳遗风的根源而力加摈弃;至于孟郊等人,则又对屈原的德操产生了怀疑并严加批判,此乃中唐诗人承传《风》《骚》大合唱中的别调,从中略可窥探《风》《骚》在中唐诗坛承传的全面而真实的状况。

---

① 韩愈《进学解》,《昌黎先生集》卷一二。

② 柳宗元《报袁君陈秀才避师名书》,《柳河东集》卷三四。

③ 刘煦等撰《旧唐书》卷一六零,百衲本二十五史,浙江古籍出版社,1998 年。

④ 杜牧《李贺集序》,《樊川文集》卷十,四部丛刊本。

⑤ 蒋之翘《七十二家评楚辞》,马茂元主编《楚辞评论资料选》,湖北人民出版社,1985 年,第 435 页。

⑥ 《李贺诗集·后记》,叶葱奇校注《李贺诗集》,人民文学出版社,1959 年,第 394 - 395 页。

四、晚唐《风》《骚》精神之评价

中晚之际,藩镇跋扈,战乱频仍,民生凋敝;朝廷内部,南司北司与朝臣党争复杂激烈,唐王朝政局险象环生,日薄西山。尤其是晚唐后期至五代时期,由于农民大起义和藩镇叛乱纷争加剧等因素,唐朝国势已濒临崩溃之地。不少有良心、有责任、有识见的文人,关心国计民生,忧心忡忡,他们似乎比以往任何时候都更注重诗文要讽谕社会、发挥救时济世的积极作用。因此,《风》《骚》的风雅精神和"美刺"比兴之手法尤受重视。

李德裕对《风》《骚》感情颇深,曾将《风》《骚》喻之为"灵物",其《文章论》云:

> 世有非文章者曰:辞不出于风雅,思不越于《离骚》,摸写古人,何足贵也?余曰:譬诸日月,虽终古常见,而光景常新,此所以为灵物也。①

这里揭示出一个重要的为文之道,即:要善于学习《风》《骚》精神,既要"入乎其内",又要"出乎其外",与时俱进,融入自己,常学常新,如此文章,方能成为像《风》《骚》那样的真正之"灵物"。此真乃善学《风》《骚》者也。

杜牧一生抱负很大,但壮志难酬,其遭遇与屈原颇为相似,情感上甚易与屈原产生共鸣,其《题武关》诗云:

> 碧溪留我武关东,一笑怀王迹自穷。
> 郑袖妖娆酣似醉,屈原憔悴去如蓬。
> 山墙谷堑依然在,弱吐强吞尽已空。
> 今日圣神家四海,戍旗长卷夕阳中。

通过史实之比较,对楚怀王昏聩无能听信郑袖、不顾屈原之劝告而最终导致国破身亡之事,给予了强烈的讽刺,而对于屈原的遭遇,则深表同情。他十分注重向屈宋学习,所谓"高摘屈宋艳,浓薰班马香"。(《冬至日寄小侄阿宜诗》)对于屈原的代表作《离骚》之作用与价值,杜牧体会尤深,云:"《骚》有感怨刺怼,言及君臣理乱,时有以激发人意"。② 充分肯定了《离骚》有助于"君臣理乱"、"激发人意"的重要意义,评价极高。他还通过对李白、杜甫诗歌的称颂来强调《风》《骚》精神对李、杜诗歌的沾溉之功,其《雪晴访赵嘏街西所居》云:"命代风骚将,谁登李杜坛。少陵鲸海动,翰苑鹤天寒"。杜牧崇尚李、

---

① 李德裕《文章论》,《李文饶文集外集》卷三,四部丛刊本。

② 杜牧《李贺集序》,《樊川文集》卷十。

杜,更崇尚李、杜承继《风》《骚》而善于学习的可贵精神,可见,《风》《骚》在杜牧心目中地位之重要。

对于《风》《骚》精神,李商隐多有推崇者。其云:

> 况属词之工,言志为最,自鲁毛兆轨,苏李扬声,代有遗音,时无绝响,虽古今异制,而律吕同归。……某比兴非工,颛蒙有素,然早闻长者之论,夙托词人之末,淹翔下位,欣托知音。①

李商隐甚重“诗言志”的诗学纲领与传统,而最早最集中体现“诗言志”优良传统者则是《诗经》,即所谓“鲁毛兆轨”是也。“鲁毛”,即《鲁诗》、《毛诗》,在这里代指《诗经》。从《诗经》代代承传的历史事实中,诗人看到了它的思想价值与文学魅力,并庆幸自己学习《诗经》比兴手法而大有“欣托知音”之感。李商隐是十分善于向前人学习的优秀诗人。屈原、杜甫、李贺乃至徐(陵)、庾(信)等都是他仰慕的物件,而宋玉对他的影响较之屈原则更为重要而直接。在李商隐的诗作中,常常提及宋玉,且每每暗喻自己。如《席上作》:“淡云微雨拂高唐,玉殿秋来夜正长。料得也应怜宋玉,一生唯事楚襄王”。《有感》:“非关宋玉有微辞,却是襄王梦觉迟。一自‘高唐’赋成后,楚天云雨尽堪疑。”《楚吟》:“山上离宫宫上楼,楼前宫畔暮江流。楚天长短黄昏雨,宋玉无愁亦自愁。”其中的宋玉,实即诗人自谓也。李商隐推崇宋玉并自比,则是因为他能作赋对楚襄王进行讽谏。在宋玉微辞托讽创作手法的影响下,李商隐亦写了不少类似的诗歌,如《富平少侯》、《陈后宫》、《齐宫词》、《隋宫》、《贾生》、《宫妓》、《梦泽》等等。沈德潜在评价此类诗歌时说:“襞绩重重,长于讽喻。中多借题摅抱,遭时之变,不得不隐也”。② 所论极是。

晚唐诗人多强调诗歌创作的诗教功能,突出风雅“美刺”比兴之作用。与杜牧、李商隐同时的顾陶所辑《唐诗类选》“自序”云:

> 在昔乐官采诗而陈于国者,以察风俗之邪正,以审王化之兴废,得刍荛而上达,萌治乱而先觉,诗之义也,大矣远矣。肇自宗周,降及汉魏,莫不由政治以讽谕,系国家之盛衰,作之者有犯而无讳,闻之者伤惧而鉴诫,宁同嘲戏风月,取欢流俗而已哉!③

---

① 李商隐《献侍郎巨鹿公启》,《樊南文集评注》卷三,德聚堂重校本。
② 沈德潜《说诗晬语》卷上,青照堂丛书本。
③ 顾陶《唐朝诗类选》“自序”,《全唐文》卷七六五。

这些强调诗教功能的主张,由《礼记·乐记》、《毛诗序》以及白居易《与元九书》所倡导的“风上化下”之思想遥相呼应,体现了《诗》六义“大矣远矣”之诗教功能在晚唐诗坛的重要性。

在晚唐诗人中,全面认识与竭诚推崇屈原及其作品者,当推皮日休。他充分肯定屈原的爱国主义精神,其《悼贾序》云:

> (贾谊)辞曰:“瞝九州而相君兮,何必怀此故都?”噫!余释生之意矣。当战国时,屈平不用于荊,则有齐、赵、秦、魏矣,何不舍荊而相他国乎?余谓平虽遭靳尚、子兰之谗,不忍舍同姓之邦,为他国之相,宜矣。①

对屈原不忍离开楚国之原因的分析颇合情理,对屈原的爱国主义精神给予了极高的评价,这些意见,为后来的楚辞学者洪兴祖等人所重视。由于屈原爱国恋乡而遭受谗谄,因此皮日休评价《离骚》则与主怨派一脉相承。《九讽系述序》云:

> 在昔屈平既放,作《离骚经》,正诡俗而为《九歌》,辨穷愁而为《九章》。是后词人摭而为之,皆所以嗜其丽词,撢其逸藻者也。至若宋玉之《九辨》、王褒之《九怀》、刘向之《九叹》、王逸之《九思》,其为清怨素艳,幽抉古秀,皆得芝兰之芬芳,鸾凤之毛羽也。然自屈原以降,继而作者,皆相去数百祀,足知其文难述,其词罕继者矣。
>
> 大凡有文人不择难易,皆出于毫端者,乃大作者也。扬雄之文,丘、轲乎?而有《广骚》也;梁竦之词,班、马乎?而有《悼骚》也。又不知王逸奚罪其文,不以二家之述为《离骚》之两派也。昔者圣贤不偶命,必著书以见志,况斯文之怨抑欤?②

诗人把“不偶名”而著《离骚》的屈原尊为“圣贤”,完全认同屈原“发愤以抒情”的诗学主张,这是对屈原《楚辞》哀怨精神的充分肯定,诗人实乃屈原千古知音。

晚唐诗人大多以屈、杜并称,这一现象颇值得注意。徐介《耒阳杜工部祠堂》云:“手接汨罗水,天心知所存。固教工部死,来伴大夫魂。流落同千古,风骚共一源。消疑伤往事,斜日隐颓垣。”裴说《经杜工部坟》云:“骚人久不出,安得国风清?拟掘孤坟破,重教大雅生。皇天高莫问,白酒恨难平。悒怏寒江上,谁人知此情?”晚唐诗人往往屈、杜并称致

① 皮日休《悼贾序》,《皮子文薮》卷二,四部丛刊本。
② 皮日休《九讽系述序》,见《皮子文薮》卷二。

以敬慕的原因大致有四:第一,屈、杜所处的政治形势有相似之处。屈原所在的楚怀王、楚襄王时期,昏君佞臣,沆瀣一气,朝纲败坏,内忧外患,危在旦夕。一旦楚国都城郢为秦攻破之后,诗人哀痛欲绝,悲痛万分,为国破家亡而痛洒爱国之泪;杜甫处在唐代由盛转衰的紧要关头,君臣腐败,危机四伏,诗人忧心如焚,寝食不安。杜甫"穷年忧黎元,叹息肠中热"的诗歌精神与屈原"哀民生之多艰"的"忧愁幽思"情怀甚相一致。第二,晚唐诗人所处时代之昏暗衰败景象与屈、杜所处时代之状况颇多相似之处,许多有识之士自然怀有深厚的爱国情愫,因此,很容易与屈、杜的爱国精神产生共鸣。第三,屈原自投于汨罗,杜甫安葬于耒阳,两地相距较近,由地域关系观之,很容易使人将屈、杜联系起来加以追念与推崇。第四,杜甫生前非常推重屈原的人格精神与"惊采绝艳"的辞赋创作,所谓"纵使卢王操翰墨,劣于汉魏近风骚"(《戏为六绝句》之三)、"窃攀屈宋宜方驾,恐与齐梁作后尘"(《戏为六绝句》之五)是也。总之,是晚唐社会风雨飘摇的政治形势与晚唐诗人忧国忧民的爱国情愫,激发起他们对屈、杜多所追怀并共所敬仰的深厚感情。

晚唐时期除出现屈、杜并称的现象之外,增修屈原祠堂并题写铭、记的现象也普遍产生,屈原的地位迅速提高。李商隐的岳父王茂元于南方作官时曾增修屈原祠堂,并作《楚三闾大夫屈先生祠堂铭》,称颂屈原"义特百夫,文横千古,其忠可以激俗,其清可以厉贪"。[①] 此铭仅20字,就把屈原之道义、文采、忠诚、清廉等德才兼备之优秀传统概括殆尽,崇仰之情,溢于言表。蒋防《汨罗庙记》云:"三闾怀沙,良可痛哉!然三闾者以大忠而揭大文,沉吟楚泽,哀郁自赞,爰兴褒贬,六经同风。"[②]这里,已堂堂正正地将屈骚等同于六经的地位了,屈骚之身价陡然增高。陆龟蒙亦将屈宋辞赋与"风雅"共美之,其云:"《离骚》既日月,《九辩》即列宿。卓哉悲秋辞,合在风雅右"。(《读襄阳耆旧传因作诗五百言寄皮袭美》)与此前人们对屈骚褒贬参半的是非论争相比,此时的屈骚所获得的几乎是异口同声的赞美之辞了。天祐元年(904)九月二十九日,唐哀帝李柷诏封屈原云:

> 楚三闾大夫屈原,正直事君,文章饰已。当椒兰之是佞,俾蕙茝之不香;显比干之赤心,蹑彭咸于绿水。虽楚烟荊雨,随强魄于故乡,而福善祸淫,播明灵于巨屏。名早流于竹素,功有盖于州闾。爰表厥封,用旌良美,宜封为昭灵侯。[③]

哀帝下诏勅封屈原为昭灵侯,旨在激发朝臣忠君爱国之精神,并借以号召四方诸侯同心协力以抗击朱温,然而唐王朝大势已去,狂澜既倒,无力挽回。三年之后,唐朝覆亡。

---

① 王茂元《楚三闾大夫屈先生祠堂铭》,《全唐文》卷六八四。

② 蒋防《汨罗庙记》,《全唐文》卷七一九。

③ 李柷《封屈原勅》,《全唐文》卷九三。

尽管如此,哀帝勅封屈原为昭灵侯之事,毕竟是晚唐屈骚接受的一个颇为亮丽的句号,也是有唐一代屈骚论争的一个颇为圆满的小结。

回望唐代初、盛、中、晚四个时期诗坛评说《风》《骚》精神的历程,考察有唐一代政治形势与文学思潮的起伏变动之况,我们大致可勾勒出唐代四期《风》《骚》命运之基本状况:

《诗经》由于具有光耀千秋、万世不灭的政治光环,其命运在整个唐代都是幸运的,它始终被人们作为对抗齐梁浮艳诗文与形式主义创作倾向的正面形象而加以倡导和推崇。他已成为反映社会现实、关心民生疾苦、化下风上、实现诗教功用的方向盘和指路灯,从初唐陈子昂诗歌革新"风雅兴寄"的呐喊,盛唐杜甫"别裁伪体亲风雅"的创作实践,中唐元稹、白居易写实派、古文运动领袖韩愈、柳宗元风雅"美刺"比兴的积极倡导,直到晚唐皮日休,陆龟蒙等人"颂美讽刺"的文学主张,《诗经》一路气宇轩昂,倍受人们的青睐与追慕。而屈宋及其《楚辞》作品,在唐诗的进程中,其命运并非像《诗经》那样一路绿灯,在初唐四杰与中唐古文运动的先驱者李华、柳冕等眼里,"惊采绝艳"的屈骚则成了必须摒弃的齐梁浮艳诗风的罪恶之源,乃至是"亡国之音",就连李白在称颂"屈平词赋悬日月"的同时,对屈原的自沉汨罗的壮举亦仍持有"投汨笑古人"之偏见。不过,尽管在唐诗的进程中不时听到批判、斥责屈宋之声 ,但是,我们亦仍然清晰可闻杜甫"窃攀屈宋宜方驾"以及"不平则鸣"的屈骚遗音。直到晚唐屈宋及其屈骚才得到人们异口同声的称颂与赞美,并取得"风骚共一源"的认同,尤其是屈原为唐哀帝诏封为昭灵侯之后,屈原形象之高大,则更是达到了空前的地步。

以韩愈为例看儒学政治家对屈原政治观的看法

——兼为屈原不愿离开楚国的原因备一说

广州大学人文学院 陈咏红

中国文化的基本特点是现世性和政治性,屈原的作品同样也显示出其政治观。政治是指治理国家所施行的一切措施[1](P724)。秦汉以后,"君权至上"的价值观念日趋泛化,儒家思想逐渐成为治国的主导思想,但是,后世政治家却很少把"忠君"的屈原奉为践行理想政治的楷模,而多是把他引为命途多舛的知己。那么,后世儒学政治家如何看待屈原的政治观呢?屈原是否得儒者之心呢?在众多儒学政治家中,韩愈是封建社会鼎盛时期大力宣扬儒学道统的政治家,他对屈原是了解的。韩愈与屈原一样都是遭贬谪者,都到过湖南境内;韩愈对前人文学艺术采取兼收并蓄的态度,提倡不仅学习经史,还要学习《楚辞》等(《进学解》)。但是,当韩愈意欲借儒学振兴中唐社会的时候,也同样较少从屈原的政治遗产中吸取养料。本文拟以韩愈为视点,看看儒学政治家对屈原政治观的看法是怎样的,从而为人们对屈原政治思想的研究提供一个新的观察角度,并兼为屈原不愿离开楚国的原因备一说。

一、关于政治权力来源的问题:屈原认为政治权力来自"鬼";韩愈认为来自"天"

中国传统社会的根本特征是政治权力支配社会。政治权力源自何处,赋予了谁,这些问题对于政权存在的合理性来说是至关重要的。

在先秦,政治权力的来源与原始宗教有密切关系。中国原始宗教经历了自然崇拜、母系氏族社会的图腾崇拜后,在父系氏族社会时期,由于男人掌握了经济大权,在家族中获得绝对权威①,于是对男性生殖器崇拜代替了图腾崇拜,并逐渐形成了祖先崇拜(即对祖先亡灵的崇拜)。祖先代替图腾而上升为神,而每个氏族部落都有一个传说的始祖(多中心的宗教崇拜)。在原始社会向奴隶社会过渡期,逐渐产生了部落联盟。交往的增多使人们的视野逐渐扩大,便产生了自然界的各种现象都是在天神(或天的人格神天帝)统

① 在龙山文化和齐家文化的遗址里,发现陶祖和石祖,祖就是男性生殖器的造像。

一意志的支配下和人类发生关系的想法,并形成了天命(天帝的意图和命令)观念。

产生于原始社会、盛行于夏、商、周三代的天命观念在社会统治秩序中的现实作用有二:一是说明帝王的政治权力来源于天,具有合法性。中国帝王为了表示自己受天命而王天下,自西周康王以后便号为"天子"。二是充当善恶的终极奖惩者,而善恶的评判标准是看其是否违反天意(实质是社会统治秩序)。

天命崇拜、祖先崇拜、圣贤崇拜是儒学思想上的三大要求。屈原政治观虽然深受中原儒家文化影响,能够做到祖先崇拜、圣贤崇拜,但是未能做到天命崇拜。的确,屈原从政治角度表达过对帝喾、尧、舜、禹、皋陶等上古带神话色彩的华夏始祖们的敬仰之情:

彼尧舜之耿介兮,既遵道而得路;何桀纣之猖披兮,夫唯捷径以窘步。(《离骚》)[2](P8)

汤禹严而只敬兮,周论道而莫差;举贤而授能兮,循绳墨而不颇。(《离骚》)[2](P23)

汤禹严而求合兮,挚咎繇而能调。(《离骚》)[2](P37)

济沅湘以南征兮,就重华而陈词。(《离骚》)[2](P20)

尧舜之抗行兮,了杳杳而薄天。众谗人之嫉妒兮,被以不慈之伪名。(《九章·哀郢》)[2](P136)

舜服厥弟,终然为害,何肆犬体,而厥身不危败?(《天问》)[2](P104)

禹之力献功,降省下土四方。(《天问》)[2](P97)

另外,屈原的"存君兴国"的美政理想(包括效法前王,向往统一,关切民生,举贤授能,修明法度等)也与儒家思想基本一致。但是,屈原还是怀疑天是否有意志。《天问》有170多问,不仅对天质疑,而且对过去的宇宙观、古史观、神话传说都系统地提出了疑问。屈原在《天问》里敢于追问造物主的造物主是谁:"女娲有体,孰制匠之?"(如果说女娲创造了人类,那么谁创造了女娲的形体呢?)另外,儒家说君权是神授的①,而屈原在《天问》里却道出了自己的疑惑:"登立为帝,孰道尚之?"(是谁尊奉第一个帝王登上帝位?如果说"天子能荐人于天",那么第一个帝王是谁荐给天的呢?如果说第一个帝王不需推荐,自立为帝,或是"万民登以为帝",那怎能说是君权天授呢?)屈原在《天问》里又怀疑天能否赏善罚恶:"天命反侧,何罚何佑?"儒家认为"皇天无亲,惟德是辅"(《左传·僖公五年》引《周书》),而屈原认为天命反复无常,根本靠不住。

---

① 孟轲说,君权是"天与之,人与之","天子能荐人于天,……昔者,尧荐舜于天,而天受之;暴之于民,而民受之。"(《孟子·万章上》)

《天问》显然不是出于激愤而怨天。因为激愤怨天通常是大量言及自己的委屈,然后用一两句话来怨天,反而没有屈原《问天》那样的系统性。而在逻辑上,如果认为天没有意志,那么它就不可能成为政治权力的来源。也就是说,屈原不大相信政治权力来源于天。

实际上,楚国当时还没有产生统率一切的天命观的前提条件,即楚国的祭祀还没有“六宗”这样的宏观意识。《尚书·尧典》云:“(舜)肆类于上帝,禋于六宗。望于山川,徧于群神。”①对于“六宗”,《今文尚书》欧阳、夏侯释为:“六宗者,上不及天,下不及地,傍不及四时,居中央,恍惚无有,神助阴阳变化,有益于人,故郊祭之。”《古文尚书》释为:“六宗,天地神之尊者。谓天宗三,地宗三。天宗:日、月、星辰;地宗:岱山、河、海。”无论哪种释法,我们都可见尧时的祭祀具有宏观意识。而楚人对天的崇拜则有比较具体的对象,如太乙(太一)、东君、云中君等。楚人祭祀地宗时,仅祭楚国境内的江河,如江、汉、雎、漳等,按楚昭王说法是“三代命祀,祭不越望。江、汉、雎、漳,楚之望也。祸福之至,不是过也”(《左传·哀公六年》)。

那么,屈原认为权力来自何处?生活在中原以外、更多地保留了鬼神信仰原始面貌的楚地的屈原,认为政治权力来源于祖先鬼,这也应是屈原不愿离开楚国的主要原因之一。

鬼即鬼灵。许慎认为“人所归为鬼”(《说文解字》)。按《辞源》的说法,鬼的主要意思有二:一是人死魂灵为鬼。《礼·祭义》:“众生必死,死必归土,此之谓鬼。”二是万物的精灵。《诗·小雅·何人斯》:“为鬼为蜮,则不可得。”[1](P1902)神,即神灵,天神。从个别的神的角度来说,鬼演变为神的过程,是从原始时代的大鬼到奴隶社会的神,再到封建社会全能的大神;而有超自然力的神到先秦时才出现,到汉代才完全成熟。先秦阶段的典籍中,有关鬼的记载是鬼神并提的。例如《墨子·明鬼篇》、《韩非子·十过篇》等。

在屈原生活的战国中晚期,虽然中原早已敬鬼神而远之,儒学祭祀时的祖先崇敬较多地包含着道德意味,但是楚国社会的发展稍后于中原。例如,楚国社会的婚姻发展状况就稍比中原缓慢,族外婚仍然延续了班辈婚的惯制,即同辈通婚。《楚辞·天问》:“眩弟并淫,危害厥兄。何变化以作诈,后嗣而逢长?”“并淫”指兄弟共妻。而在祭祀方面,屈原生活时期的楚国也依然是神脱胎于鬼、鬼神观念并行的。其中,神是指个别的神。以西王母形象的演变为例,在《山海经·西次三经》中西王母是鬼怪(豹尾虎齿而善啸),职司天之厉及五残。厉,《楚辞·九章·惜诵》云“吾使厉神占之兮”(王逸注“厉神盖殇鬼

---

① “类”是非常规的祭祀,时间不确定:有时是摄位时执行;有时是军队出征时祭祀上天,如《礼记·王制》:“天子将出,类乎上帝。”马融注“上帝”:“上帝,大乙神,在紫微宫,天上最尊者。”《说文》释“禋”字为“絜祀也。一曰精意以享为禋”。

也")。西王母是管理战场上荒野横尸的大鬼。战国《穆天子传》的西王母成了天子所敬之神:"天子宾于西王母,乃执白圭玄璧以见西王母"①。

在屈原的作品中,鬼观念可以分出几种主要类型。首先是祖先鬼(下面详说)。其次是自然物或自然现象鬼,如山鬼。第三是野鬼。屈原《国殇》中死于荒野的非正常死亡的战士就是野鬼。处置鬼的巫术名目繁多。屈原《九歌·山鬼》中以绝色女巫亲近鬼、《河伯》中河伯与女游等都是媚鬼巫术。

屈原认为政治权力来源于祖先鬼。楚国人认为已死的先辈是鬼,祖先鬼经过几代的祭祀向祖先神转变。楚人重视献祭远古始祖。《左传·僖公二十六年》载:"夔子不祀祝融与鬻熊,楚人让之,对曰:'我先王熊挚有疾,鬼神弗赦。而自窜于夔,吾是以失楚,又何祀焉?'秋,楚成得臣、斗宜申帅师灭夔,以夔子归。"[3](P361-362)夔是楚宗族的一支小宗所立之国。夔子不祭祀祝融和鬻熊这些楚人先祖,楚成王先谴责,后灭国。而名字和出生的不凡由于是先祖恩赐的,所以屈原感到十分自豪。《离骚》云:"皇览揆余于初度兮,肇锡余以嘉名。"而《招魂》为使离散的魂魄回归,也用尽方法。

楚国君在确定继承人,或在选官用人上,有时采用"枚卜"(每人依次卜下去,直到某个人得吉兆为止)方式。例如《左传·昭公十三年》载,楚共王有宠子五人,不知如何立嗣,于是拿块璧遍祀"群望"(群望是家族最早的发祥地,同一姓氏的族人,其群望便相同)并祈祷:"当璧而拜者,神所立也,谁敢违之?"又《左传·哀公十七年》载,西元前478年(楚惠王十一年),楚惠王与叶公枚卜新令尹。这些例子都反映了在楚国祖先鬼是权力的来源这一现象。

正因为作为贵族的屈原有祖先崇拜的特点,所以屈原难以离开楚国;况且楚国当时与强秦交战几乎每战均败,屈原陷入痛苦之中,而怀王又"初既与余成言"(《惜诵》),重用自己,因此到晚期走投无路时,屈原也不愿如北方诸贤那样出走他国以求仕达。在《橘颂》里,橘树的"独立不迁",象征着楚民族"深固难徙"的特性,而这种特性应与祖先鬼的崇拜有密切关系。

在屈原之后,认真思考过权力来源问题的是董仲舒。董仲舒发展了儒家君权神授说,把王者规定为承天命治万民的最高主宰,使君权与神权结合;又根据"王道任阴不任阳"和"阳尊阴卑"的世界观(《春秋繁露·基义篇》),建立起"三纲五常"的礼法,使君权与父权结合。可见,董仲舒将君权的来源建基于古代的天神祭祀和祖先祭祀,即君权既来源于天神,也来源于祖先鬼。而韩愈在政治权力来源的问题上有新发展。韩愈在形而下层面,把天作为与地相对的天空、天体或作为与人相对的自然界来看待。韩愈《原人》[4](P2699)定义"天":"形于上者谓之天,形于下者谓之地,命于其两间者谓之人。形于

① 西王母在《淮南子·览冥篇》里成了握不死之药的神仙,在《汉武帝内传》里是美丽女神。

上,日月星辰皆天也。”显然,这里天与人的关系就是自然与人类的关系。《原人》曰:

> 天道乱而日月星辰不得其行,地道乱而草木山川不得其平,人道乱而夷狄禽兽不得其情。天者,日月星辰之主也;地者,草木山川之主也;人者,夷狄禽兽之主也。主而暴之,不得其为主之道矣。是故圣人一视而同仁,笃近而举远。[4](P2699)

在韩愈看来,“道”即秩序、规律。如果“天”、“地”、“人”之“道”皆乱,则不得“其行”、“其平”、“其情(人之常情、常态)”,则会“不平”(即“不平衡”)。在形而上层面,韩愈则把天看作是能主宰人的命运的力量,认为天有降祸福、惩善恶的天命意志。“贵与贱,祸与福存乎天。”(《与卫中行书》)他认为“命之穷通、自我为之”的看法是“未合于道”(《与卫中行书》)。人应顺乎天命,“所谓顺乎在天者,贵贱穷通之来,平吾心而顺随之”(《答陈生书》)。韩愈《贺皇帝即位表》云:“臣闻王者必为天所相,为人所归,上符天心,下合人志,然后奄有四海,以君万邦。”[4](p2363)也就是说,君王的权力是来源于天的,是天相中了他。韩愈《贺册尊号表》云:“先天不违之谓‘法天’,道济天下之谓‘应道’。”[4](p2314)

当然,承认天有意志,以天充当善恶的终极奖惩者,这样“天”就很容易被“怨”。因为,以往主张天有意志的思想家均认为天的意志与人类最理想的道德原则一致;如果现实中和历史上很多现象是跟天“赏善罚恶”相矛盾的话,那么“天”就必然被“怨”。承认天有意志,是怨天的逻辑前提。事实上,从《诗经》中《节南山》、《正月》、《雨无正》等以来,不少文学作品都指出天道之不公。韩愈也怨天。韩愈本人做了善事而两次被贬,就产生疑问:“未知夫天竟如何,命竟如何,由人乎哉,不由人乎哉!”(《上考功崔虞部书》)[4](p1180)他进一步猜想,大概天的善恶标准与人的善恶标准是相反的观点:人以为恶(善)者天认为善(恶)。文人借助对于“天”的“呼且怨”,抒发了激烈怨怼之情,增强了文学作品的情感深度。

从以上分析可见,韩愈与屈原在政治权力来源问题上的看法是有较大区别的:屈原认为权力来源于祖先鬼;韩愈认为来源于“天”。

二、韩愈与屈原的政治措施有所不同

屈原与韩愈在一些政治问题上的看法是一致的。一是,统一国家。怀王时期楚国面临的形势是秦西齐东,楚居中位南。屈原主张对外联齐抗秦,以三王五伯为榜样,完成统一大业(见《史记·屈原贾生列传》);而韩愈则想遏制藩镇割据。二是,忠君。屈原忠于怀王、顷襄王;韩愈则极力挽救皇权。三是,两人都有知其不可为而为之的进取精神。但是,由于历史、地理背景不同,两位政治家对权力来源问题有不同的看法,因而他们各自就有相对独立的政治认知逻辑,其政治措施也有所不同。

第一,在治国人才方面,屈原主要是依靠同宗族的君王以及贤人、能人来实现美政理想,对贤人能人没有道德要求;而韩愈对贤人能人则首先有儒家的道德要求。

屈原认为政治权力来源于祖先鬼,因而他一生都对同宗的怀王和顷襄王寄予厚望;另外,屈原生逢战国中晚期,其人才观又带有先进性。屈原任怀王左徒时与王"图议国事"、"应对诸侯"的主张,以及终生追求的"美政",便是修明政治,"举贤授能","立法强国"①,即贤人能人按"法"以行政。在当时,屈原的"举贤授能"、按"法"以行政的政治理想是带有先进性的。战国时代,以世卿世禄为标志、以卿大夫一人兼有军政大权、以血缘关系为纽带的奴隶制宗法政治已经瓦解,各国相继建立了以国君为核心、以丞相和将军分别为文武百官之长的封建文武分职官僚政府。屈原"举贤授能"、按"法"以行政的政治理想反映了这种历史变化。

战国时期,楚国的人才观比较宽松。《战国策·楚策》载:楚国"有廉其爵,贫其身,以忧社稷者;有崇其爵,丰其禄,以忧社稷者;有断脰决腹,壹瞑而万世不视,不知所益,以忧社稷者;有劳其身,愁其志,以忧社稷者;亦有不为爵劝,不为禄勉,以忧社稷者",屈原应是属于"有劳其身,愁其志,以忧社稷者"。屈原对人才也是没有提出特别的道德要求的。例如,"接舆髡首兮,桑扈臝行。忠不必用兮,贤不必以。伍子逢殃兮,比干菹醢"(《涉江》),伍员、比干是做过官的,跟统治者合作的,却因忠直而遭祸;接舆装疯剃光了头,桑扈出行显露肉体,他们不跟统治者合作,是隐士。屈原认为这些人都是人才。屈原在《离骚》中,列举了武丁与傅说,周文与吕尚,齐桓与宁戚等的故事,来劝谕怀王不拘一格地选拔和使用人才(如"说操筑于傅岩兮,武丁用而不疑","吕望之鼓刀兮,遭周文而得举","宁戚之讴歌兮,齐桓闻以该辅")。屈原对那些不为本国所容而在他国建立功业的人并无异议。《九章·惜往日》曰:"闻百里之为虏兮,伊尹烹于庖厨。吕望屠于朝歌兮,宁戚歌而饭牛。吴信谗而弗味兮,子胥死而后忧。"百里奚是虞人而仕秦,宁戚是卫人而仕齐,伍子胥是楚人而仕吴,屈原还赞赏他们。

而韩愈对贤人能人则首先有儒家的道德要求。儒家主张人治,因此,权力支配者必须先验地具有道德优越性,否则,可能就是致命的。儒家的道德标准居于首位的人才观,乃是文官考核标准的指导思想。韩愈《送郑尚书赴南海》[4](p886)在穆宗长庆三年(823)四月写于长安,该诗"官廉蚌蛤回"句,用汉时孟尝事得体地劝说将赴任岭南者要廉洁、仁慈。当时韩愈任吏部侍郎。郑尚书指郑权,将赴南海(今广州一带)任岭南节度使,《新唐

① 《九章·惜往日》:"明法度之嫌疑,国富强而法立兮……"《离骚》:"举贤而授能兮,循绳墨而不颇。"

书·郑权传》称郑权"用度豪侈",且贿赂高层。孟尝为合浦守,因他的清廉,以前因地方官贪枉而徙去的蚌蛤也回来了(《后汉书·循吏传·孟尝》)。韩愈意为,如果为官者清廉,岭南便安定。与这一思想密切相关的是所谓"义""利"之辨。孔子说:"君子喻于义,小人喻于利。"(《论语·里仁》)开启了把追求"利"的行为看作道义、美德的对立物的儒家价值观的先河。而"忠君"当然也是"义"的内容之一。韩愈秉承儒家"人治"观念,认为统治者自身的道德优越是必不可少的统治的前提条件,各级统治者修己成仁(贤人)是政治的根本;而修正的最切实的进路是用礼(儒家道德的体现)来规范自己的视听言动。

韩愈的人才观持有正统的儒家立场,显然与屈原有所不同。

第二,屈原对礼的制约性、宗法性未有深刻的理解,因而对宗法制度的社会化未加利用;而韩愈则持有儒家立场,强调宗法制度的社会化。

> 中国古代与祭祀有关的活动,都纳入"礼"的范畴。在礼仪的建立与实施过程中,孕育出了中国的宗法制。《说文》:"宗,尊祖庙也。"宗法制度的核心是权力、财产的继承法,它规定同宗族的人必须遵循父死子继的原则,严格区分嫡庶,突出宗子(父家长权力的继承者)的地位。

氏族社会较之宗法制社会的基本特点之一是等级制尚不十分完备,礼的约束也相对薄弱,个体情感有较多的表现自由。在楚国,祭祀的宗法性当然也有一定的维护人伦社会等级秩序的作用:"祀所以昭孝息民、抚国家,定百姓也"(《国语·楚语》);但是,祭祀的幻想作用更大,它刺激、强化了诗人的想像,为文学创作提供了题材、内容和构思,于是我们读到了有上古《神曲》之称的《九歌》;《离骚》中灵氛、巫咸的卜筮的祭祷情节,借用于楚国卜筮祈祷的程式,并由此形成《离骚》后半部有关卜筮的艺术构思。①但是,楚国没有像儒学那样,将礼的宗法性推向社会的所有领域,强化宗法制度的社会性,以至于宗法制度的社会功能就不能被利用。这种功能就是祭祀的教化性,即祭祀在政治伦理方面的教化作用。从屈原作品中可见,屈原没有儒家那种教化百姓的观念;另外,屈原反复怨怼,这也是不合儒家之礼的。

而儒学主张将礼的宗法性推向社会,建立宗法制度,其根本目的就是为了防止各级贵族之间对权力和财产的争夺,规范人民的思想。《易·观卦》云:"圣人以神道设教而天下服矣。"儒家把祭祀当作培养教育人的伦理道德来实施的,所以《礼记·祭统》云"祭者,教之本也"。韩愈持有坚定的儒家立场,在中唐社会中更试图强化礼的文化整合功能,以礼作为社会生活的基本价值准则和行为规范。在中唐藩镇割据、宦官干政、佛老盛行的

① 参见汤炳正《从包山楚简看〈离骚〉的艺术构思与意象表现》,载《文学遗产》,1994年第2期。

社会中,韩愈宣导儒家的“道统”,渴望改变儒家之道“轲之死,不得其传焉”(《原道》)[4](p2662)的现实局面。在政治生活中,韩愈是基本按照儒学政治理论来操作的,即主张国家应由谋道者管理;具有道德人格的大人不仅应执掌天下治权,还应为君师,正君心,格君心之非;君君臣臣父父子子的前提是,君臣相互尊重。《原道》云:“古之所谓正心而诚意者,将以有为也。今也欲治其心,而外天下国家,灭其天常:子焉而不父其父,臣焉而不君其君,民焉而不事其事。”他所说的“天常”,指的就是儒家之道,即君出令,臣行君之令以致民,民则出粟米麻丝货财以事上。这使人“生则得其情,死则尽其常”。韩愈《原道》描绘了社会的理想境界:“其文《诗》、《书》、《易》、《春秋》,其法礼、乐、刑、政,其民士、农、工、贾,其位君臣、父子、师友、宾主、昆弟、夫妇……”[4](P2662)实质乃是各守其分,忠实地实行儒家的伦理原则。

对于老百姓,韩愈经常治国安邦于社会伦常生活,寓政于教,在日常生活中推行教化,导民以德,实践孝悌之道。政治思想教化是统治者用以弥补行政能力不足的重要补充手段。韩愈认为,理想社会之“民”应各安其职,各守其分,忠实地实行儒家的伦理原则,但这不是一蹴而就的。所以韩愈强调“学所以为道”,遵循先王之道,学习先圣之书,顺乎人伦,本于人生,就是教育的根本任务。韩愈把“先王之教”概括为“仁义道德”四字,他说:“夫所谓先王之教者,何也?博爱之谓仁,行而宜之之谓义,由是之焉之谓道,足乎已,无待于外之谓德。”(《原道》)[4](p2662)韩愈在阳山居留一年多(803年冬至805年夏),在政务之余,他经常宣传儒家之道。做国子祭酒时,韩愈奏请严选儒生为学官,整顿国学。

第三,屈原具有强烈的民生意识,但未有具体的民生措施;韩愈具有强烈的民生意识,也有具体民生措施。

屈原具有强烈的民生意识,他深情地说:“长太息以掩涕兮,哀民生之多艰。”(《离骚》)但是,屈原未有具体的民生措施。其实,春秋时期,民生意识和民生措施已有较大发展。例如,管仲看到了“民不足,令乃辱;民苦殃,令不行”[5](P63)的社会现实,提出了一个重要的思想命题,“治国之道,必先富民”[5](P72),认为统治者只要“省刑罚,薄赋敛”,就可达到“百民姓富”的目的[5](P200)。

屈原在任职时以及在美政理想的推行遇到挫折时,大多数时候反复抒发自我忠而遭谗的愤懑;其目光很少往下看,即尚没有为民办实事的具体的民生措施。即使是鲧治水的故事,也被屈原变为个人被谗而毁的故事而借以抒情。《山海经·海内经》载鲧偷息壤治水而死:“鲧窃帝之息壤以堙洪水,不待帝命。帝令祝融杀鲧于羽郊。鲧复生禹。帝乃命禹卒布土以定九州。”[6](P301),春秋战国以来,鲧的形象逐渐变成了一个乱臣形象。《国语·晋语八》:“昔者鲧违帝命,殛之于羽山,化为黄熊,以入于羽渊。”[7](P171)《尚书》说鲧治水“九载,绩用弗成。”[8](P98)屈原为鲧鸣不平,甚至以鲧自比。

鲧婞直以亡身兮,终然夭乎羽之野。(《离骚》)[2](P23)

行婞直而不豫兮,鲧功用而不就。(《九章·惜诵》)[2](P126)

不任汩鸿,师何以尚之?佥曰何忧,何不课而行之?鸱龟曳衔,鲧何听焉?顺欲成功,帝何刑焉?永遏在羽山,夫何三年不施?伯禹愎鲧,夫何以变化?纂就前绪,遂成考功。(《天问》)[2](P89-90)

而韩愈具有儒家的仁政思想,认为君应爱民教民,养民以产,臣应行令施化,民应事养其上,大家通力协作、相生相养。在日常事务中,韩愈以自己的能力、方式积极解决百姓的困难。如,韩愈到袁州任后,就采取"检责州界"、"不许典贴良人男女作奴婢驱使"(《应所在典贴良人男女等状》)的措施。作为一个贬臣,韩愈在行令施化解决当地问题时,有时采取祭祀的方法。例如,鳄鱼历来是潮州的大患。韩愈到潮后,以一纸祭文和一豬一羊的牺牲来驱鳄。他在《鳄鱼文》中与鳄鱼约法:"今与鳄鱼约:尽三日,其率丑类南徙于海,以避天子之命吏。……七日不能,是终不肯徙也,是不有刺史、听从其言也。……刺史则选材技民,操强弓毒矢,以与鳄鱼从事,必尽杀乃止,其无悔!"将恶溪中的鳄鱼驱赶到大海(《鳄鱼文》)[4](p2662)。

可见,屈原、韩愈两位政治家的民生意识和民生措施是有所不同的,这与所处时代的先后和观念的差别都是有关系的。

三、韩愈对屈原关于政治家角色观念的看法

屈原、韩愈都是政治家,但脱颖而出的程式不同:屈原是由于自己出身贵族而成为政治家;韩愈则通过"选贤举能"的途径走上仕途。

首先,考察一个政治家的角色观念,可看其如何对待挫折。

屈原、韩愈遇到挫折时,都执著于社会价值的实现,没有功成身退的观念;他们的作品都较少表现远离尘嚣、甘于淡泊的恬适心情。韩愈甚至认为独善是利己的表现,独善者仅比那些"济其生之欲、贪邪而亡道以丧其身者"(《圬者王承福传》)[4](P1448)略好一点而已。韩愈认为归隐是"不忧天下者之所能安也。如有忧天下之心,则不能矣"(《后廿九日复上书》)[4](P1252)。韩愈被贬时也想到屈原。例如,韩愈被贬阳山时,写了《湘中》:"猿愁欲踊水翻波,自古流传是汨罗。苹藻满盘无处奠,空闻渔父叩舷歌。"[4](P133)

但两者的挫折观是不同的。出于权力来源于"祖先鬼"的观念,屈原认为,极谏贤臣才是理想的贤臣;韩愈则保持儒家仕学合一的积极入世传统,不像屈原那样有着单一的美政追求,也不像一般儒者那样谋道不谋食。韩愈入世的层次有所变化,主张高层次的谋道与低层次的谋食相结合。

一般人所可能承当的社会角色就是“民”或“臣”。韩愈认为,如果是“民”,则应“未得位,则思修其辞以明其道”,即为民之角色内涵就是“修辞”以“明道”;如果是“臣”,就应做到“君子居其位,则思死其官”(《争臣论》)[4](P1167),他的“道”的实现自然也就在于“行君之令而致之民”(《原道》)。韩愈大部分时间是在“臣”的位置上。他在《答崔立之书》[4](P1261)中说:

> 天下风俗尚有未及于古者,边境尚有被甲执兵者,主上不得怡,而宰相以为忧。仆虽不贤,亦且潜究其得失,致之乎吾相,荐之乎吾君,上希卿大夫之位,下犹取一障而乘之。

显然,忠君、尊相、补过、救时兼养家活口,就是韩愈所认为的为臣的明确本分。

其次,考察一个政治家的角色观念,可看其如何对待欲望。

韩愈具有儒家制欲的观念,屈原则没有。韩愈熟悉屈原作品。例如,韩愈送李愿归盘谷,慨然而歌“膏吾车兮秣吾马,从子于盘谷兮,终吾生以徜徉”,用的是骚体句;又如,韩愈撰《柳州罗池庙碑》以悼念亡友柳宗元,碑文附作的《迎享送神诗》是仿《楚辞·九歌》体而成,配以乐曲以为柳州人士祭祀时迎神送神(柳子菩萨)歌之。再如,关于《九歌》中《湘君》和《湘夫人》,《山海经·中山经》中说“洞庭之山……帝之二女居之”,但都没有把湘君指为南巡道死的舜、把湘夫人说成二妃娥皇和女英。最初把两者结合在一起的是《史记·秦始皇本纪》,记秦始皇巡游至湘山(即今洞庭湖君山)时,“上问博士曰:‘湘君何神?’博士对曰:‘闻之,尧女,舜之妻,而葬此。’”后刘向《列女传》也说舜“二妃死于江、湘之间,俗谓之湘君”。明确指出湘君就是舜的两个妃子,未涉及湘夫人。王逸《楚辞》注鉴于二妃是女性,只适合于湘夫人,便把湘君另指为“湘水之神”。而韩愈《黄陵庙碑》[4](P2491)认为湘君是娥皇,因是正妃故得称“君”;女英是次妃,因称“夫人”。宋代洪兴祖《楚辞补注》、朱熹《楚辞集注》皆从其说。韩愈又有《祭湘君夫人文》[4](P2387)。但是,韩愈却极少男女艳情之作。这符合儒家的“禁欲”义理,在理性与欲望之间,儒家之“道”主张轻欲、寡欲、制欲、克欲。

韩愈这种“制欲”的儒家观念,显然与屈原作品中恣肆的抒情欲望、缤纷的词语表达、奇艳的神人遇合内容是有隔的。

结　论

综上所述可见,屈原和韩愈虽然都有儒家思想,但程度很不同,两人的政治观有较大区别。因而,当韩愈意欲借儒学振兴中唐社会的时候,较少从屈原的政治遗产中吸取养料;由韩愈的例子推而广之,也可以说,儒学政治家的政治观较少受屈原影响,屈原的影响始终主要在文学和人格方面。

参考文献

[1]《词源》,商务印书馆,1988 年。
[2] 洪兴祖:《楚辞补注》,中华书局,1983 年。
[3]杜预:《春秋经传集解》,上海古籍出版社,1988 年。
[4]屈守元:《常思春主编·韩愈全集校注》,四川大学出版社,1996 年。
[5] 赵守正:《管子注译(上)》,广西人民出版社,1987 年。
[6]袁珂:《山海经校译》,上海古籍出版社,1985 年。
[7]《国语·晋语八》,上海书局,1987 年。
[8]《尚书·尧典(十三经本)》,燕山出版社,1991 年。

屈骚精神与唐诗审美特质新变略论

台州学院　何方彤

从历史文化背景的广阔视野考察,任何一个优秀的诗人,都离不开接受前人的文学传统;反之亦然,他们又会对后人产生深远的影响。这是一个包孕非常丰富的话题。屈原就是中国诗史上最具这种影响力的人之一。诗人终其一生都把个人的命运与国家(楚国)的命运紧密联结,但是,实际遭遇却是“楚王疑忠臣,江南放屈平”(白居易《效陶潜体诗十六首》之十三),最后也只能是“楚,大国也,其亡也,以屈原鸣”(韩愈《送孟东野序》)而已,在与社会文化环境的撞击中闪耀出悲剧审美意蕴,从一个独有的层面上显示出一个民族的精神风貌,卓然自立,也使得接受群体产生心灵的共鸣。王十朋《题屈原庙》说:“自古皆有死,先生死忠清”,洵为确评,显示出对历史现象的深刻认识。苏轼《屈原塔》展现引人注目的美学特质:“楚人悲屈原,千载意未歇。精魂飘何处?父老空哽咽。”实际上不但是楚人,所有国人也都是以屈原为自豪,并深受屈原精神感动的。尚永亮先生指出:“屈原人格和屈赋风格的主要特点亦即核心,是沉郁缠绵之情、劲直峻伟之志、清奇高远之气和与之相关的风格、境界,它们紧密结合,构成了一个不可分割的统一体。”①清人陈恭尹《端阳五日写怀》六首是一组对自然节序回圈有着深刻感受的至情至性之作,其中第六首对屈原及其影响力作了较为深刻的阐发:“处处吊灵均,当年一逐臣。迹疏犹恋国,道直不谋身。日月悬词赋,风涛泣鬼神。湘流殊未极,来者又何人?”屈原及其精神拥有强大的接受群体,唐人正是中国诗史上一个卓有成就的“来者”群体。固然是“欲招屈宋当时魄,兰败荷枯不可寻”(罗隐《渚宫秋思》),但他们在“衔杯终日咏《离骚》”(陈陶《赠江南从事张侍郎》)、“时时合眼咏《离骚》”(白居易《湖上闲望》)的进程中,着眼于时代审美需求,提纯个体人生阅历,全面拓展情感展现的艺术空间,忠实地记录下那个时代的思想和心灵,带来具有时代色彩的新变化,从而使屈骚精神成为文学史上的悠长传统。

作为中国历史的特定发展阶段,唐代总体上表现出审美趋向的一致性。唐人对屈子的情怀都有着发自内心的感同身受,个人的荣辱之念有所淡化,品格也渐次升华,更强化了心中的那一份社稷安危之志,流荡着更为深切的忧患意识。唐人在努力效法屈骚精神的同时,更加理性地思考人生和现实,在对日常生活材料的选择中融合了较为强烈的主

① 尚永亮:《庄骚传播接受史综论》,文化艺术出版社,2000 年,第151 页。

体精神,强调在更新和更高的层面上有所创造,承继了屈骚托物言志的审美传统,进一步追求诗美的传达,完美诗歌的艺术表现力,实现社会功能意识与审美意识的同步追求,反映了时代对文学的新要求,从而确立了全新的美学风范,全面实现"咸酸杂众好,中有至味永"(苏轼《送参寥师》)的艺术境界。这也正是唐人学习和借鉴的精神实质所在,值得我们进行多角度的深切透视。

一、接受历程

人们总是根据自己的某些需要,对前代文学遗产形成各自不同的关注。唐人往往因自己的遭际而对屈原精神产生认同,遥奉圭臬、嗣响承流,后人又能以此窥见诗坛崇尚变化的信息。但是,屈原之被唐人接受,并进而内化为自我精神生命的一部分,却不是一蹴而就的事,也不是一路高歌的,而是充满了曲折。也就是说,唐人对屈骚精神的接受构成一个动态变化的过程。唐初学屈总体上还是处于褒贬不定的态势,这一情况到杜甫前后发生本质的变化,这是中国诗歌审美接受中一个值得深思的问题。吴功正先生指出:"'四杰'美学思想存在着矛盾、背反现象",[①]这一诗骚美学的特异现象是时代风会的一种必然产物,其中王勃很有代表性。他在《上吏部裴侍郎启》中把"斯文不振"的责任归咎于"屈、宋道浇源于前",固然也是心境的坦诚表现,从接受学的层面上看则显得十分褊狭,但在《越州秋日宴山亭序》中,王勃却肯定:"东山可望,林泉生谢公之文;南国多才,江山助屈平之气",在创作中也多引屈原作品,并往往表现为由衷叹服,在《春思赋》甚至强调"屈平有言:'目极千里伤春心。'因作《春思赋》",屈原感怀伤时的话语成为引发自己文学创作的动机和缘由。卢照邻的情形也差不多,他认为:"屈平、宋玉弄词人之柔翰,礼乐之道,已颠坠于斯文"(《驸马都尉乔君集序》),立论与王勃相似。但宇文所安先生强调卢照邻"晚期作品中最有意义的是三首楚辞体诗,附于一篇奇异的韵文《释疾文》中。楚辞体诗与强烈的感情流露有着紧密的联系,与节制的宫廷诗正好相反。在卢照邻的抒情短诗中,这种诗体模式由于疯狂的感情而强化。不论是真是假,这种疯狂使得它们成为当代的杰作"[②]。可见,审美确实是一种复杂微妙的活动和现象。

杜甫可以说是中国几千年文化史上最富于人格魅力的伟大诗人,既深沉地凝视民族的苦难,在诗艺方面也有自己的独特体悟,常以"窃攀屈、宋宜方驾"(《戏为六绝句》之五)自砺,与倾注自我生命去铸造诗篇的屈原在最深的情感层面上有非同寻常的心灵感应。安史之乱中,杜甫身尝战乱苦痛,然后以这一生活体验为基础写下《悲陈陶》、《悲青阪》、《洗兵马》等现实主义名篇,真实而又全面地叙写动荡不定的战事和政局,吟唱出一首首揪人心弦

① 吴功正:《唐代美学史》,陕西师范大学出版社,1999 年,第 109 页。

② 宇文所安:《初唐诗》,生活·读书·新知三联书店,2004 年,第72 页。

的时代哀歌,凝聚了对民族苦难、人世辛酸的深刻体验,全面展露伤时忧国的深切情怀,把诗与生命融为一体,从心灵的最深处接受屈原的高贵品格。唐人贬谪楚地的时候,更是共同去体验屈原曾经历过的喜怒哀乐,然后由屈原而反观自身,进入一种自然而然的创作情境。换言之,特定的环境气氛一直在熏陶着诗人。罗隐《郴江迁客》"归时有诗赋,一为吊沉湘",就表达了这样的意思。中唐是一个充满动荡和新变的时期,士人多行仕途。韩愈被贬潮州,路过汨罗,作《湘中》诗来凭吊屈原:"猿愁欲踊水翻波,自古流传是汨罗。苹藻满盘无处奠,空闻渔父叩舷歌。"孟郊一生遭到多社会挤压,《旅次湘沅有怀灵均》贯穿着深沉的身世之感:"分拙多感激,久游遵长途。经过湘水源,怀古方踟蹰。旧称楚灵均,此处殒忠躯。侧聆故老言,遂得旌贤愚。名参君子场,行为小人儒。骚文炫贞亮,体物情崎岖。三黜有愠色,即非贤哲模。五十爵高秩,谬膺从大夫。胸襟积忧愁,容鬓复凋枯。死为不吊鬼,生作猜谤徒。吟泽洁其身,忠节宁见输。怀沙灭其性,孝行焉能俱。且闻善称君,一何善自殊。且闻过称己,一何过不渝。悠哉风土人,角黍投川隅。相传历千祀,哀悼延八区。如今圣明朝,养育无羁孤。君臣逸雍熙,德化盈纷敷。巾车徇前侣,白日犹昆吾。寄君臣子心,戒此真良图。"诗人《连州吟》的后半也叹息:"兰芷结新佩,潇湘遗旧音。怨声能翦弦,坐抚零落琴。"又如刘禹锡所谓"昔日居邻招屈亭,枫林橘树鹧鸪鸣"(《酬郎州崔员外与任十四兄待御同过鄙人旧居见怀之什时守吴郡》)。随着主体意识的变化,审美理想与创作观念也自会随之发生相关的变化。柳宗元也是这样。屈原在《离骚》中反复致意的是自身遭谗被逐的忧愤情怀,抹去了诗与生命的界限,达到了那个时代所能达到的高度。柳宗元刚到永州的时候,这一感慨最为深沉,有"哀如屈原"(《与杨京兆凭书》)之叹,多抒发爱国激情与忧时之思。深于言情,富于韵味。陶翰《南楚怀古》立意几同,在现实感中也含蕴着深沉的历史感:"南国久芜漫,我来空郁陶。君看章华宫,处处生黄蒿。但见陵与谷,岂知贤与豪。……往事那堪问,此心徒自劳。独余湘水上,千载闻《离骚》。"送人贬谪楚地,也有这样的精神劝慰。吴融《旅中送迁客》代表当时士人共有心态与审美趋向:"天南不可去,君去吊灵均。落日青山路,秋风白发人。言危无继者,道在有明神。满目尽胡越,平生何处陈。"扩而大之,则送人南游也有此思,如马戴《送客南游》:"拟卜何山隐,高秋指岳阳。苇干云梦色,橘熟洞庭香。疏雨残虹影,回云背鸟行。灵均如可问,一为哭清湘。"李商隐对屈骚精神的独特接受,在晚唐一代士人主体意识失落,多沉溺于内向而狭窄的精神小天地的岁月里,显示出自身特有的价值(详下)。

二、接受风范

由于自身生活阅历、性情心境及审美趣味各有不同,人们的创作从具体材料的选择使用乃至诗歌主导风格等都存在很大的差异,表现出丰富的审美人生的内容,唐人对屈骚精神的接受也由此各有不同。

首先，忧愤国运。中国传统文人从事诗歌创作，有着对社会历史的理性思考，往往讲求“诗从骚雅得，字向铅椠正”（陆龟蒙《村夜二篇》之二），创作中多能内化为一种较为自觉的艺术手段，以曲传美人芳草之遗意，情思深邃，很少有那种完全意义上的以诗歌创作来实现娱情养性的人生定位。如果说忧愤国运是中国士人的传统品质，则屈原《离骚》、《哀郢》等篇中所展现的正是它主体的精神原型，所谓“受命不迁，生南国兮；深固难徙，更壹志兮”（《橘颂》）。屈原对时代的痛苦最为敏感，其诗多以托喻笔法传达君国忠愤之念，是自我襟怀的真实展现，即李白《古风》第三十五所谓“哀怨起骚人”。唐人在这方面也是秉承入世的积极思想，在学习中又有创新，把自己强烈的主观感情注入物境，交织着更为深沉的历史感与现实感，从而全面提升了中国古典诗歌的审美品质。系心于现实的忧患是一种可贵的自觉意识。所谓忧患意识，“是指人们从忧患境遇的搅扰中体验到人性的尊严和伟大及其人之为人的意义和价值，并进而以自身内在的生命力量去突破困境、超越忧患，以达善美统一境界的心态”。[①] 屈原直面“变白以为黑兮，倒上以为下。凤皇在笯兮，鸡鹜翔舞”（《怀沙》）的社会现实，感悟时代，无所顾忌，“岂余身之惮殃兮，恐皇舆之败绩”（《离骚》），以《离骚》为代表的这些作品可以说是记录自我感情生活的心灵文献，以沉哀入骨的笔调抒发内心的激情，卓绝一世。这一忧愤国运、陶写怀抱的风范一直影响后人的创作格局，所谓“章甫经殊俗，离骚继雅风”（包佶《酬于侍郎湖南见寄十四韵》），但又能向人的心灵深处拓展，具有鲜明的自我化倾向。史达尔《论文学》：“和人心的其他任何气质比起来，忧伤对人的性格和命运的影响要深刻得多”，[②]所见特深。屈原是时代的孤独者，更是对这一时代苦闷情怀体验最为深刻的人之一，有着感伤沉郁的抒情基调，又能在诗情、诗境中寓托哲理与思索，并展现出求索的执著与不懈。屈原不再是《孟子·滕文公上》所谓“南蛮鴃舌之人，非先王之道”者，而是志在济时，博学多闻，在诸多领域（比如政治才能方面）都表现出才识过人的特性，固然接连遭受打击，使诗人深切体验到人世的艰难与前途的渺茫，但诗人并没有完全放弃早年起即为之奋斗的远大理想，而是继续“乘骐骥以驰骋兮，来吾道夫先路”（《离骚》）的人生道路。创作中也并不一味地将诗境完全封闭在一己愁思之中，而是执著自己的生活信念和艺术追求，着力外拓，力求创变，诗歌所表达的感情中凝结着诗人的审美认识，最终形成艳博闳肆的美学风格。陆游《读唐人愁诗戏作》深有体会：“天恐文人未尽才，常教零落在蒿莱。不为千载《离骚》计，屈子何由泽畔来？”这样一种对国运民生深切关注的精神对中国历代诗人来说就是一种创作的原动力，唐人也莫不如此，往往情有所动，从主体对客体的审美感受中去把

① 邵汉明主编：《中国文化精神》，商务印书馆，2000年，第72页。

② 伍蠡甫主编：《西方文论选·下卷》，上海译文出版社，1979年，第125页。

握诗意,在内心世界中努力提升自我。

杜甫便是其中的代表。在杜甫的诗学观中,诗歌与现实永远有着血肉的联系,创作中往往得神遗貌,贴近生活,具有强烈的现实感,融会对时代、社会、人生的凄凉感受,全面展现诗人悲悯的情怀,追求"文雅涉风骚"(《题柏大兄弟山居屋壁二首》其一)。杜甫在作品中展现与屈原一样至诚的忧国忧时之心,展现出对屈骚精神最独特而又最深切的情感体验,这一异代人之间的心灵共振,有着更深沉的寄意,自然获得最大意义上的社会认同。唐人中就已有以杜拟屈者,如罗隐《经耒阳杜工部墓》:"紫菊馨香覆楚醪,奠君江畔雨萧骚。旅魂自是才相累,闲骨何妨塚更高。騄骥丧来空蹇蹶,芝兰衰后长蓬蒿。屈原宋玉邻君处,几驾青螭缓郁陶。"宋以后在这方面更是作了深度的开掘,从而找寻出中国诗史上屈骚精神的真正流播途径。如张戒《岁寒堂诗话》卷上:"子美诗奄有古今,学者能识《国风》、《骚》人之旨,然后知子美用意处,识汉魏诗,然后知子美遣词处。"[①]胡应麟《诗薮·内编》卷二指出杜甫重于从精神实质上加以借鉴的艺术真谛:"少陵不效四言,不仿《离骚》,不用乐府旧题,是此老胸中壁立处。然《风》、《骚》、乐府遗意,杜往往深得之。"[②]

戴叔伦《题三闾大夫庙》即事抒怀而又显露诗人的真性情:"沅湘流不尽,屈子怨何深。日暮秋风起,萧萧枫树林",有机地把客观环境与人的内心愁绪交织在一起,在前人已有的题材范围内开掘出思想深度。刘永济《唐人绝句精华》指出:"末二句恍惚中如见屈原。暗用《招魂》语,使人不之觉。短短二十字而吊古之意深矣,故佳。"[③]全凭自己的审美体悟,语浅味永,饶有余韵。陆龟蒙《离骚》:"《天问》复《招魂》,无因彻帝阍。岂知千丽句,不敌一谗言!"后二句的对比有力地增加了抒情的力度。贯休《读离骚经》也不住地喟叹:"湘江滨,湘江滨,兰红芷白波如银,终须一去呼湘君。问湘神,云中君,不知何以交灵均。我恐湘江之鱼兮,死后尽为人。曾食灵均之肉兮,个个为忠臣。又想灵均之骨兮终不曲。……"

其次,实现自我。梅尧臣《答韩三子华韩五持国韩六玉汝见赠述诗》:"屈原作《离骚》,自哀其志穷。愤世嫉邪意,寄在草木虫。迩来道颇丧,有作皆言空;烟云写形象,葩卉咏青红。"展现真性情的文学才是真正的文学。人皆有吐露心曲的需要,抒发出人生旅途上的体验之思,心有所感,发而为诗。"悲回风之摇蕙兮,心冤结而内伤。"(《悲回风》)屈原在《离骚》等作品中都张扬个体主体性的精神,是诗人难以遏制的内心情感的抒发。唐人也都有"吟把《离骚》忆前事,汨罗春浪撼残阳"(齐己《湘中寓居春日感怀》)的慨叹。在唐代诗人中,刘威也许算是名不见经传的了,他的《三闾大夫》一诗却颇具韵味:"三闾

① 丁福保辑:《历代诗话续编》,中华书局,1983 年,第 451 页。
② 胡应麟:《诗薮》,上海古籍出版社,1979 年,第 38 页。
③ 刘永济:《唐人绝句精华》,人民文学出版社,1981 年,第 109 页。

一去湘山老，烟水悠悠痛古今。青史已书殷鉴在，词人劳咏楚江深。竹移低影潜贞节，月入中流洗恨心。再引《离骚》见微旨，肯教渔父会升沈。”刘威一生失意穷老，从《尉迟将军》诗可见其立志原来不凡：“天仗拥门希授钺，重臣入梦岂安金。江河定后威风在，社稷危来寄托深。扶病暂将弓试力，感恩重与剑论心。明妃若遇英雄世，青塚何由怨陆沉。”固然叹息“酒无通夜力”，但也有“事满五更心”（《冬夜旅怀》）的情怀，所以，诗人在这里肯定屈原终于垂名青史，实际上也反衬出自己的志意未酬，融汇进自己的思想情怀，为后人提供一种悲哀之美。《旅怀》诗也慨叹：“物态人心渐渺茫，十年徒学钓沧浪。老将何面还吾土，梦有惊魂在楚乡”，称得上是真正的“心随秦国远，梦到楚山迷”（《秋日寄陈景孚秀才》）。黄滔《过长江》：“曾搜景象恐通神，地下还应有主人。若把长江比湘浦，离骚不合自灵均。”既对贾岛的身世寄予无限同情，同时也指出其与《离骚》传统的关联。孟郊在《答卢仝》诗中表达了“楚屈入水死，诗孟踏雪僵。直气苟有存，死亦何所妨”的豪情，有其特定的时代色彩。这一独特的感受，实际上也可以看成是诗人对自我品格的高度期许。

再次，化用意境。除了深蕴感情的抒发，唐人在审美技法、艺术品格等方面也对“结撰至思，兰芳假些；人有所极，同心赋些”（《招魂》）的屈赋艺术既有承续也有新创，表现出对诗意的极力追求，为诗歌艺术的完善进一步增添新的生命活力。屈原《橘颂》中的“青黄杂糅，文章烂然”，应该说既是一种实写，也不妨理解成是一种审美艺术的探索，《思美人》也有类似的表达：“芳与泽其杂糅兮，羌芳华自中出”，追求充实内容和精美形式的完美结合，都有着对诗美的一种自觉追求。所以，屈骚精神的接受除表达真我情怀外，即以耽于艺术而言，也使得唐人言情体物更展现出一种极强的表现力。宋之问《送杜审言》点化前人诗意：“卧病人事绝，嗟君万里行。河桥不相送，江树远含情。别路追孙楚，维舟吊屈平。可惜龙泉剑，流落在丰城。”审美构思和传达手段极为精妙，客观的自然景象被诗人注入了主观情意。诗意丰富，含而不露。诗人在这里所表达的都是发自内心的声音，是一种审美心态的真切流露，自然也就能激起人们的共鸣。宋之问另有楚辞体诗《下山歌》，当时曾被广泛地模仿。

柳宗元有心济世而无辜蒙冤，“过洞庭，上湘江，非有罪左迁者罕至”（《送李渭赴京师序》），宁静恬淡的自然成了他抚平心灵创伤的精神家园。于是，诗人以诗心观照自然，追求新鲜的审美体验。对本来了无人知的山间景色寄托无比深情，以诗情创造意境，所谓“投迹山水地，放情咏《离骚》”（《游南亭夜还叙志七十韵》）。柳宗元固然也有学《天问》而作《天对》，拟《九章》而作《惩咎赋》等，但更多的还是在精神层面上的学习和接受。所以，尚永亮先生认为：“柳宗元可谓屈原在后代历史上的真正知音，也是屈原模式的坚定继承者”。[①]《酬曹侍御过象县见寄》倾诉了诗人抑郁不平的心情，微婉曲折，动人心旌，

① 尚永亮：《庄骚传播接受史综论》，文化艺术出版社，2000年，第327页。

蕴涵着诗人丰富的人生之思,委婉深曲地抒发了自己凄楚孤寂、企盼回朝的情思。诗歌叙写出一种深刻的人生孤独被羁的心境:"破额山前碧玉流,骚人遥驻木兰舟。春风无限潇湘意,欲采苹花不自由。"诗人借用一片天就好景落笔,表达过程中采用合乎逻辑的情感推导,挺立自我人格,错综惟意,自由驱使,绘景写意的构思精妙,闪耀着诗意的光彩,摇曳着缠绵婉转的风韵,末尾化用柳恽《江南春》"汀州采白苹,日暖江南春。洞庭有归客,潇湘逢故人"诗意,切合时地,以有限的语词,寄不尽的情意,清水芙蓉,天然无饰,拈笔写来如有神助,卓然自是一家,深得后人赞誉。俞陛云《诗境浅说·续编二》对此有较为全面的剖析:"柳州之文,清刚独造,诗亦如之。此诗独淡荡多姿,可入唐人三昧集中。……楚辞云:折芳馨兮遗所思。柳州此作,其灵均嗣响乎?集中近体,皆生峭之笔,不类此诗之含蓄也"。[①] 许浑《送人归吴兴》:"绿水棹云月,洞庭归路长。春桥悬酒幔,夜栅集茶樯。箬叶沉溪暖,苹花绕郭香。应逢柳太守,为说过潇湘",即由此诗生发而出。重视物象的描摹,是为了寄寓自己的情思,哀怨愤激正是真感情的流露。贾岛《送郑长史之岭南》全词审美情调可以说都本自屈原有关创作,以意象的有机累积创造出一种立体的美学效果:"云林颇重迭,岑渚复幽奇。汨水斜阳岸,骚人正则祠。苍梧多蟋蟀,白露湿江蓠。擢第荣南去,晨昏近九疑。"仅存诗二首的梁德裕在《感寓二首》其二中也借助"江蓠"意象立意,深婉沉挚,所以被芮挺章选入《国秀集》中:"幽涧生蕙若,幽渚老江蓠。荣落人不见,芳香徒尔为。"其他如刘长卿《送马秀才落第归江南》:"湘竹旧斑思帝子,江蓠初绿怨骚人"等,不一而足。

4,民俗文化接受或体式仿拟。屈原诗歌中蕴涵丰富的地域审美因素。唐人多得地域文化滋养,生动描画所游历各地的山川风物与世态人情。所以,对屈原辞赋也有从民俗等方面加以接受的,进一步丰富人们的审美视界。如李嘉佑"对流放命运的体认,给他带来的只有伤感、消沉、迷惘,同时也使他在切身经验中对楚文学凄艳哀怨的调子有了领悟和认同",[②]南国"楚俗不事事,巫风事妖神。事妖结妖社,不问疏与亲"(元稹《赛神》)的淫祀习俗撩拨起他的诗兴,《夜闻江南人家赛神因题即事》就详尽地记载了一次神祀的过程及由此引发的感叹,自显个性,给人以直观的美感:"南方淫祀古风俗,楚妪解唱迎神曲。锵锵铜鼓芦叶深,寂寂琼筵江水绿。雨过风清洲渚闲,椒浆醉尽迎神还。帝女凌空下湘岸,番君隔浦向尧山。月隐回塘犹自舞,一门依倚神之祐。韩康灵药不复求,扁鹊医方曾莫睹。逐客临江空自悲,月明流水无已时。听此迎神送神曲,携觞欲吊屈原祠。"也有的作者从体式方面进行仿拟,如权德舆《杂言同用离骚体送张评事襄阳觐省》:"黯离堂兮日晚,俨壶觞兮送远。远水霁兮微明,杜蘅秀兮白芷生。波泫泫兮烟幂幂,凝暮色于空

① 俞陛云:《诗境浅说》,北京出版社,2003年,第218页。
② 蒋寅:《大历诗人研究》,中华书局,1995年,第81页。

碧。纷离念兮随君,溯九江兮经七泽。君之去兮不可留,五彩裳兮木兰舟”,从格式到基本意象都源自于《楚辞》一体。这样的作品,在艺术和技巧层面的接受往往多于精神层面的接受。

三、接受效果

文学成就和文学影响作为一种历史现象,值得后人细加探究。屈原有着感召后来的巨大力量,使后人在创作时也多能超越个体的生活感受,元稹《送东川马逢侍御使回十韵》自称“旋吟新乐府,便续古《离骚》”。

陈子昂思想上主要继承《诗经》的现实主义精神,而在表现手法上多综合继承《诗》、《骚》的比兴技巧。陈子昂登上幽州台,此情此景触引自己风发泉涌的灵感兴会。因为经历宦海风波之后,更能加深对人生的体验。但是,《登幽州台歌》既不去叙写登临,也不去具体描绘景物,而是从屈原《远游》“惟天地之无穷兮,哀人生之长勤。往者余弗及兮,来者吾不闻”中点化诗意,慨叹像燕昭王那样的明君贤臣或一去不复,无缘得见;或尚未出现,盼望不及,深入一层地表现了诗人当时极为复杂的心绪,真可以说是既以情为本,又以情为归。这里没有任何雕饰的语言,但却使作品获得无限阐释的艺术魅力。正如宇文所安先生所说:“尽管陈子昂这四句诗中有三句可以追溯至《远游》的段落,此诗的影响并未因此而降低。与《远游》的段落相比,此四句独立成篇,未采用现成的反应,加上个人经历和历史场合的背景,使得这首诗发生了实质性的变化。这就好比一位画家以另一幅大型作品的细节为基础,形成了自己的一幅画的风格。前面已经指出,新的诗歌正是通过返回传统、运用和改造传统而创造出来的。”[①]张九龄《陪王司马宴王少府东阁序》曾表述过这样的审美见解:“至若《诗》有怨刺之作,《骚》有愁思之文。求之微言,匪云大雅。”张九龄在审美创作实践中正是展现了风雅美学特征。刘禹锡《吊张曲江序》说,张九龄的诗“有拘囚之思,托讽禽鸟,寄词草树,郁郁然与骚人同风”。李白怀抱强烈的历史责任感,从《诗经》、《庄子》、《楚辞》、汉魏六朝乐府、建安文学以及南朝诗歌中广泛吸取营养,浸透着诗人独特的审美理想,熔铸和创造出新的意象、语言、风格,含英咀华,笔意纵横,以期全面超越前人,《赠王判官》所谓“荆门倒屈宋,梁苑倾邹枚”。诗人既慨叹“大雅久不作,吾衰竟谁陈”(《古风》第一),又全面继承屈原辞赋的浪漫主义精神和艺术手法,旺盛的生命力以一种特有的形式喷薄而出。

费锡璜《汉诗总说》谈到屈原创作时说:“屈原将投汨罗而作《离骚》……千古绝调,必成于失意不可解之时。唯其失意不可解,而发言乃绝千古”,[②]深具审美逸趣。这些作

① 宇文所安:《初唐诗》,生活·读书·新知三联书店,2004年,第136页。

② 丁福保辑:《清诗话》,上海古籍出版社,1978年,第943页。

品中,诗人的情感意愿不是不事隐曲地直倾而出,而是一篇之中三致意,产生动人心魄的艺术力量。“徒嗟好章句,无力致前途”。(喻凫《赠李商隐》)李商隐也有这一独特的审美追求,他的爱情诗正是这种既“失意不可解”,又“发言绝千古”的艺术杰构,情感触角隐然不露,多具曲折回环之味,而又不失自然真趣。李商隐的诗歌创作无论情感境界,还是艺术成就都可以说是超逾时流,依靠意象的不断涌现使人们对诗人身处的现实有了较为感性的认识,千百年来一直焕发迷人的光彩,使无数人如痴如醉,为之倾倒。我们固然无法确知诗人想要传递的真正而深刻的内心情愫,但这些作品的艺术妙境也恰恰在于诗歌自身所具有的朦胧迷幻的审美特质,传神写意,感动人心。李商隐有着不肯随同流俗的志节,表现出与时人截然不同的审美趣味,手法上也多远承骚雅,意境深婉,这应该是毫无异议的。胡应麟《诗薮·内编》卷一指出:“《风》、《雅》之规,典则居要;《离骚》之致,深永为宗……此结撰之殊途也。”①李商隐《赠刘司户蕡》将刘蕡拟同屈原、贾谊,对其刚直敢言的政治品质极为钦佩,对其遭到贬黜深为同情,从而委婉地诉说诗人深邃的心曲,文体特征与艺术手法都得到最为充分的发挥,可以说是诗人艺术手法渐趋成熟和个性化的代表性作品:“江风扬浪动云根,重碇危樯白日昏。已断燕鸿初起势,更惊骚客后归魂。汉廷急诏谁先入,楚路高歌自欲翻。万里相逢欢复泣,凤巢西隔九重门。”《哭刘蕡》一诗也是以屈骚精神作为诗歌的命意之本,直面国运危殆的社会现实,意脉清晰:“上帝深宫闭九阍,巫咸不下问衔冤。黄陵别后春涛隔,湓浦书来秋雨翻。只有安仁能作诔,何曾宋玉解招魂。平生风义兼师友,不敢同君哭寝门。”

胡应麟《诗薮》内编卷一曾就屈、宋二人的代表作《湘夫人》和《九辩》说:“‘嫋嫋兮秋风,洞庭波兮木叶下’,形容秋景入画;‘悲哉秋之为气也’,‘憭栗兮若在远行;登山临水兮送将归。’摹写秋意入神。皆千古言秋之祖。六代、唐人诗赋,靡不自此出者。”②深具卓识。如前者摄取大景而就的浩茫无际之神韵,在意象中融入情绪,具有非画所可比的艺术张力,对李杜等为代表的唐人诗歌所产生的影响是无论如何估量都不过分的。山水诗如此,就咏物诗而言,也是这样。我国第一首咏物诗是屈原自况之词的《橘颂》,流转着一股至真至性之情,称颂橘的“独立不迁,廓其无求”,寄寓了深厚的爱国主义情感及理想抱负,橘与人构成异质同构的关系,开创了我国诗歌的新体制,也奠定了我国咏物诗的优良传统。唐人的咏物之作多是遵此意而运思,不再执著于形态的忠实描绘,而是重在客观物象的风神气质,寄寓着诗人的身世之感,沉郁感人。张九龄《感遇》十二首之七描摹物象之神,标榜持节自守的情操,从而展现出作为一代贤相的理想品格,托喻深微,实现了诗歌审美的高妙境界,最为后人所称颂:“江南有丹橘,经冬犹绿林。岂伊地气暖,自有岁

① 胡应麟:《诗薮》,上海古籍出版社,1979 年,第 1 页。

② 胡应麟:《诗薮》,上海古籍出版社,1979 年,第 1 页。

寒心。可以荐嘉客,奈何阻重深。运命唯所遇,迴圈不可寻。徒言树桃李,此本岂无荫?”高步瀛《唐宋诗举要》卷一就指出诗歌“即屈子《橘颂》之意”。[①]《四库全书总目》卷一六八《咏物诗提要》梳理了咏物诗的历史发展脉络:“昔屈原颂橘,荀况赋蚕,咏物之作,萌芽于是,然特赋家流耳。……沿及六朝,其风渐盛。

“王融、谢朓,至以唱和相高,而大致多主于隶事。唐宋两朝,则作者蔚起,不可以屈指计矣。其特出者,杜甫之比兴深微,苏轼、黄庭坚之譬喻奇巧,皆挺出众流。其余则唐尚形容,宋参议论,而寄情寓讽,旁见侧出于其中,其大较也。中间如雍鹭鸶、崔鸳鸯、郑鹧鸪,各以摹写之工,得名当世。……”[②]四库馆臣的梳理与评判是准确的。

文学创作都存在着文化积累和承传的问题。从接受美学的视角来考察,人们不难得出这样的结论:一部艺术史也称得上是一部艺术接受史,后来的人都要受深厚底蕴的传统文化的孕育和熏陶,顺应历史发展潮流发展或提升,然后又对更后来的人产生影响。从这样的意义上来关注唐人诗歌创作的时代语境,描述和探索唐人对屈骚精神的接受,应该说也是一项极富挑战性的工作。本文不过是择其要者而言之,在文化与文学的大背景下进行一番宏观考察,力争接近于历史的真实,日后有机会再加以具体展开,在前人和时贤原有的基础上推进屈骚接受史的研究。余恕诚先生《唐诗风貌》认为:“从屈原起,中国大诗人多数都有过朝廷生活的体验。屈原、曹植、谢灵运如此,李白、杜甫如此,韩愈、白居易、苏轼亦如此。这表明在诗歌与政教有着密切联系的中国,必要的朝廷生活体验,对成就一个大诗人是有益的。”[③]这实际上也是考察传统文人人生与创作关系一个较富现实意义的视角,限于篇幅,兹不赘述。

① 高步瀛:《唐宋诗举要》,上海古籍出版社,1978 年,第 9 页。
② 永瑢等:《四库全书总目》,中华书局,1965 年,第 1453 页。
③ 余恕诚:《唐诗风貌》,安徽大学出版社,2000 年,第 154-155 页。

唐代楚辞研究萧条的原因

河北沧州师范专科学校　刘树胜

宋洪兴祖《楚辞补注·天问》在“中央共牧后何怒”的补注中说：“牧，唐本作牧，注同，一作枚。”①由此可见洪兴祖曾参校过唐本楚辞，这说明楚辞有过唐人刻本或注本；其后，黄伯思在《校定楚辞自序》中又说：“近世秘书晁监美叔独好此书，乃以春明宋氏、赵郡苏氏本参校得失。其子伯以、叔予，又以广平宋氏及唐本与太史公记诸书是正。而伯思亦以先唐旧本及西都留监博士杨建勳及洛下诸人所藏，及武林、吴郡椠本雠校，始得完善。”②其中提到的楚辞本子既有先唐旧本，又有唐本，也有当时流行的宋本。而所谓唐本，既可能是唐人刻(写)本，也可能是唐人注本，然而无论是唐人刻本还是唐人注本，我们现在已无从知晓其面目，甚至连唐人传习楚辞、研究楚辞的大概也难以勾勒了。但是，我们可以做较为切合实际的推想：唐代是中国封建社会的鼎盛时代，它的文化艺术也呈现出蓬勃的生机，它为我们保留下来的文献资料是极为丰富的。以诗歌为例，五万多首唐诗中像张打油那样的作品并不在少数。由此可知，倘若唐代的楚辞研究极为可观的话，就不会出现唐代楚辞研究史的近乎空白。换一种角度讲，即使唐代的楚辞研究不是空白(也不可能完全是空白)，它的状况也不会很乐观，也就是成绩平庸，难讲有什么可观的成就，故而大浪淘沙，经不起时间的考验而自生自灭了。

据姜亮夫先生《楚辞书目五种》和崔富章先生《楚辞书目五种续编》的辑录，自汉至清的楚辞研述情况可见下表：

	汉	六朝	隋	唐	五代	宋	元	明	清	备注
辑注类	9+3	2+2	1	0+1	0	11+5	1	11+12	72+40	“+”号以后的数为《续编》所辑
音义类	0	3	1	0	1	3	0	7+2	16+3	
论评类	2	0	0	0	0	1	0	16	7+3	
考证类	0	1	0	0	0	4+1	0	6+2	10+3	
图谱类	0	0	0	0	0	11+9	3+8	11+14	1+8	
札记类	0	0	0	0	0	3	0	4	17	

① (宋)洪兴祖:《楚辞补注》,中华书局,1954年。

② 姜亮夫:《楚辞书目五种》,上海古籍出版社,1994年。

通过对比,我们容易发现:与唐相比,汉代去今甚远,尚有14种著作传世,而唐唯有李善等六臣注一种,并且还是附带在《文选》的注文里;与唐相比,隋、元享国危浅,尚各有一至数种成果,而以唐近三百年功业仅存一选本。这一现象,不能不引人深思,不能不让人做出上面的推想——唐代的楚辞研究是冷落萧条的。而这种推想又不能不令人产生疑问:以唐之强大隆盛,何以会出现这样的局面呢?这就是本文意欲阐述的问题。

(一)缺乏内忧外患的精神刺激是唐代楚辞研究萧条冷落的重要原因

楚辞自身就是产生于内忧外患背景下的精神产品,而楚辞研究在某种程度上来讲也是内忧外患的精神刺激下的产物。屈原生当楚国怀襄之世,春秋中叶以来楚国逐渐形成的强国之势日见衰微。怀王内惑郑袖、上官之徒,政治黑暗腐朽,楚国已走上幽暗险隘的危途。而襄王更是任用奸邪小人,使楚国国势日危。这是楚国面临的内忧;楚之邻国秦国国势日强,时刻威胁着楚国的存在。尤其是张仪以连横之策屡次欺辱楚国,使楚国在与秦的较量中丧尽元气。其四方邻国乘机脱离与楚的联盟,楚国受到空前的孤立。襄王朝竟遭受到白起破郢、烧夷楚陵的奇耻大辱,楚国已到了名存实亡的田地。这就是楚国的外患。屈原的楚辞创作就是在这样的背景下,再加上作者自身忠而被谤、信而见疑的不平遭际共同媒蘖下的精神产品。因此,屈原的楚辞创作体现出来的主题也就同这种背景发生了必然的紧密联系,突出地表现为对美政理想的热烈追求、忠贞不渝的爱国情怀、坚持理想九死未悔的精神品格和疾恶如仇的批判精神。这种主题正是针对内忧与外患而表现出来的,它也正是后世的楚辞研究能够开展下去的重要原因。屈原的人格激励着世世代代的仁人志士沿着屈原的人生道路实现自己的价值,吸引着人们关注屈原、关注楚辞及其研究。

而楚辞研究也正像屈原的楚辞创作那样,适应于内忧外患的条件而发生。纵观中国的楚辞研究史,其兴盛期几乎都是充满了忧患的历史时期:或是王朝易代,或是内乱四起,或是异族入侵,或是外族压迫。东汉的宦官专权外戚执柄,王逸做《楚辞章句》;六朝战乱频仍,郭璞注骚寄兴;北宋金兵入关中原沦陷,晁补之作《楚辞校补》;南宋小朝廷奸佞当道不思恢复,洪兴祖、朱熹们作《补注》《集注》,并首次提出“忠君爱国”的说法;明代帝王昏庸无能、宦官执政,汪瑗、陈第等倾心注辞;清初王夫之作《楚辞通释》,寄寓反清复明的思想……

内忧外患对于一个民族来讲是一种精神刺激,正是这种精神刺激,才使得人们极易回忆起那些历史上的忠臣义士,才会产生一种激情,去呼唤爱国精神的复归。而从唐代的全局来考虑,它基本上缺乏这种内忧外患的精神刺激,因而也就难以出现宋、明、清时期那样昌炽的楚辞研究热潮。虽然唐代近三百年间也曾出现过如安史之乱那样的严重内忧,但它持续的时间并不长,况且唐王朝随之又出现了中兴局面。就漫长的唐代而言,强盛是它的基调。

政治相对清明。唐朝享年较长,又承大乱之后,人心厌恶乱世,较易满足现状,略有开明的政治,人民便以心相许。唐初实行的三省六部制,使相的权力分于三省,而三省又相互监督,专制难以施行。门下省具有驳议大权,足可以抵御君王的乱命。在地方上,唐政府修市政,城市繁荣,整饬乡里,修订户籍,全国肃然。这样,吏治清明,民生整饬,经唐政府多年的努力,出现了安定和平的社会局面;这与楚国当时众皆竞进、幽昧险隘的政局是异调的。

经济高度繁荣。统治者与民休息,经济得到了迅猛的发展。以贞观为例,其统治"二十年间,风俗素朴,衣无锦绣,公私富给"。[①] 即以高宗之暗弱、武氏之荒淫、中宗之平庸,也出现了"正月望月,盛饰灯影之会"的承平局面。[②] 杜甫以其诗笔描绘了唐开元盛世的图景:"忆昔开元全盛日,小邑犹藏万家室。稻米流脂粟米白,公私仓廪俱丰实。九州道路无豺虎,远行不劳吉日出。"[③]这与楚国当时百姓震愆流离相失的形势是不同的。

军事力量强大。唐太宗北征突厥,扫清大漠;东征三韩,威慑日本;安定西域,设置都护;破吐蕃,并六诏,平定西南;于广州设市舶使,总领关税,巩固海疆。朱彧《萍州可谈》云:"唐威令行于东南,故蛮夷呼中国为唐。"又云:"诸蕃国人至广州,是岁不归者,谓之住唐。"[④]《明史·真腊传》云:"唐人者,诸蕃呼华人之声也。凡海外诸国皆然。"[⑤]这与楚国当时"兵锉地削"的颓势是截然不同的。

政治的安定,经济的繁荣,军事的强大,使唐帝国成为西起葱岭,东至库页岛,南至海南岛,北至漠北的空前强大的大帝国。唐王朝成为中国封建时代内无政权倾覆之忧、外无强敌入侵之虞的坚固堡垒,而那种产生于忧患的楚辞、勃兴于民族危难和国家危难之际的楚辞研究,也就失去了它赖以存在的肥壤,唐代楚辞研究出现萧条的局面也就不难理解了。

然而,并非所有强盛的朝代在楚辞研究领域都呈现出中落或萧条的局面,也并非所有孱弱的朝代楚辞研究的景象都相当繁荣。因此,国力强大与否也并非是影响楚辞研究最主要的因素,唐代楚辞研究的萧条是由众多因素造成的。

(二)唐代士子的精神面貌绝非其他朝代的士子所能比拟,积极进取、昂扬奋进是唐代士子的共同性格,这是唐代楚辞研究萧条的另一原因

经济的繁荣、政治的稳定、军事的强大,使唐帝国成为当时世界上最富庶最强盛的国

---

① (宋)司马光:《资治通鉴》,中华书局,1975 年。

② (宋)欧阳修等:《新唐书·选举志》,中华书局,1975 年。

③ (宋)朱彧:《萍州可谈》,丛书集成初编本。

④ (清)张廷玉等:《明史·真腊传》,中华书局,1974 年。

⑤ (清)王夫之:《读通鉴论》,中华书局,1975 年。

度。生活在这个环境中的士子们的精神面貌和心理状态也发生了与之相应的变化,这就是唐代士子们的功名心极强,对人生普遍地采取了一种积极进取的态度。值得称道的赫赫国容,培养了士子们的自豪感和自信心;盛世的和平繁荣,使之洋溢着蓬勃的朝气和乐观浪漫的激情;政治的清明,激发了他们建功立业的壮志和积极进取的豪情;而唐代科举取士的制度,又给了中下层知识分子阶层以较为宽广的出路。种种因素,极大地增强了士子尤其是中下层士子一试身手的从政热情和勇气,使之对自身的价值实现有了希望和信心。由于此种愿望有了实现的可能,因而大大激发了他们"致君尧舜"的理想追求,培养了唐代士子以天下为己任的责任心和使命感。

在这种时代精神的驱动下,唐代士子醉心功名,留意诠选,积极入幕,广谒名流,向往立功边塞,表现出淋漓外露的性情。李白屡称"富贵吾自取""天生我才必有用",自谓"大笑一声出门去,我辈岂是蓬蒿人",磅礴万古,睥睨古今;杜甫称"致君尧舜上,再使风俗醇",自信有为君辅弼之才;高适称"公侯皆我辈",顾盼自雄,自命不凡;李颀"相逢意气为君饮,系马高楼垂柳边""不斩楼兰终不还"……其个性之张扬非他朝代士子所能有。正是这种张扬的个性、非凡的才情、不羁的雄心,使唐代士子不可能潜心于书斋、埋头于故纸、留心于学术研究、迷恋于章句之学。因而,那种借以愤世嫉俗、表现自身愤激怨怒之情的楚辞研究,自然在这个近乎躁动不安的进取时代难以赢得士子们的青睐。

虽然唐代士子并非都是一生春风得意,虽然他们也曾有过不遇的哀伤,甚至有不少人也有过被放远谪的经历,但他们并没有像屈原那样对前途和命运产生绝望心理,也没有像其他朝代的士子那样有过多的精神上的苦闷,他们不可能一头钻进故纸堆里埋头学术,也不可能借研究楚辞委婉地抒发自己的忧愤。究其原因,除去那种无忧无患的大背景和昂扬向上的时代精神风貌外,还有其他因素在。

(三)科举的诱惑力造成了一种难以抵挡的时代氛围,使士子们没有精力顾及学术研究

唐代科举吸引力之强大,是其他朝代难以比拟的。其所以引人奔竞的原因之一是:只要科举及第便可以免除征役,尤其是进士科出身者可享受全家免除差役的特权,甚至连最末等的童子试也可蠲除徭役。原因之二是:进士及第除享受一定的特权外,尚有优越于其他科目的升迁机会,进士的地位在当时已经有"白衣公卿"之目。唐代由科举入仕的士子数量,比起由其他门径入仕的士子数量来还算少数,但其社会影响却远远超过了其他仕途。介于此,唐代士子为改变生存现状、实现自身价值,往往兀兀穷年、皓首穷经而乐此不疲。而士子一旦入仕,则志得意满,无由怨悱,难成忠愤。所以,科举成了帝王自示私惠、牢笼士子、麻醉人心的工具,而表现屈原忠愤人生的楚辞已不再被士子们当作借以抒愤的工具而予以研究了。

出于集权的目的,唐王朝继承了隋代的科举制度。其作用表示在以下三个方面:从

昭示皇恩、收买人心的角度讲,唐王朝策试贡士于朝廷之上,其直接目的是让天下士子感恩戴德,使君臣名分又加上了师生名分,这样,天下才俊便都俯首弭耳听命君王,哪里还有抒怨摅愤的想法?《读通鉴论》云:“夫武氏一妇人,而窃天下,惟恐士人不戴己,而夺有司之权,鬻私惠于己。后世人主,作君作师,无待私恩以固结,而与大臣争延揽,以笼络天下,不亦悖乎?”①在君王一方讲,示惠市恩无非是延揽人才、争取支援、消弭怨恨;在士子一方讲,一旦及第便会春风得意、裘马轻扬、俯首听命、甚至甘为知己者死。以君王为依托,生活于终生感戴的阴影下,哪里还有激昂愤怨的情绪?哪里还会借古讽今?从麻醉人心的角度讲,唐王朝最高统治者大力提倡科举进身,以此为仕宦正途,此所谓“楚王好细腰而宫中多饿人”,上有所尚,则下必从焉。北宋孙光宪《北梦琐言》云:“宣宗好儒雅,颇留心贡举,尝于殿柱上自题曰:‘乡贡进士李某。’”②唐代帝王热衷科举于此可见一斑,而唐士子之沉迷于斯亦可推知。士子们一味地沉醉于科举进身之途,哪里还有心思借楚辞抒忧摅愤?从牢笼英雄的角度讲,聪俊之士虽怀抱利器,然终生醉心科举,沉湎于诗赋,其所长为之所掩。王定保《唐摭言》生动地记述了唐代科举终老英雄、殄灭人才的现实:“其负倜傥之材、变通之术、苏张之辩说、荆聂之胆气、仲由之武勇、子由之筹画、宏羊之书记、方朔之诙谐,咸以是而晦之。修身慎行虽处子若,其有老死于文场者,亦无所恨。故有诗云:‘太宗皇帝真长策,嫌得英雄尽白头。’”③唐代士子为求得功名而趋之若鹜,甘心文字游戏之学,英雄终老,这不能不说是唐帝王牢笼英雄的绝妙手段。英雄尚且如此,何况一般文士?

唐代科举考试的名目至为繁伙。据《新唐书·选举志》载:“其科之目,有秀才,有明经,有俊士,有明法,有明字,有明算,有一史,有三史,有开元礼,有道举,有童子。而明经之别,有五经,有三经,有二经,有学究一经,有三礼,有三传,有史科。”④其中除明法、明字和明算外,其余多为儒道经典,而绝少治世安邦、学以致用之术。儒学的宗旨是修齐治平,而君臣父子的统治伦理是其政治纲领,犯上作乱又是儒学竭力排抵的邪说秽行。由此可知,唐代科举无非是最高统治者给自己的统治机构选择一批驯顺的应声虫而已。在这样的思想制约下进行的科举自然容不得“好言君上之非”、“露才扬己”的屈原精神的存在,而终生奔走于科举进身之途的士子们更无暇顾及儒学、道术之外的楚辞研究了。

虽然唐代士子也有落第不售的怨恨和牢骚乃至于悲哀与辛酸,但他们多数仍孜孜以求、白首不休。杜甫在长安应举,过着“残杯与冷炙,到处潜悲辛”的乞丐式生活,但仍锲

① (清)《读通鉴论》,中华书局,1985年。
② (宋)孙光宪:《北梦琐言》,上海古籍出版社,1991年。
③ (五代)王定保:《唐摭言》,上海社会科学院出版社,2003年。
④ (宋)欧阳修等:《新唐书·选举志》,中华书局,1975年。

而不舍地追求举业。这足以说明科举对士子们的吸引力。然而值得注意的是,并非所有朝代的科举都像唐代这样具有强大的诱惑力而限制了士子们学术研究的兴趣,如清代,科举同样发达,同样有很强的吸引力,但清代的学术如楚辞研究却异常发达。这种情况不仅说明清代楚辞研究另有发达的特殊原因,也说明唐代楚辞研究的萧条另有原因。

(四)宽松的政治思想环境和儒释道三教并用的政策,使士子们的思想呈现出开放和多种思想互补的态势,这也是唐代楚辞研究萧条的一个重要因素

唐朝最高统治者给士子们创造了一个比较活泼、自由、宽松的政治思想环境,其君主专制的淫威并不怎么酷烈,因而士子们可以参政议政并可以指摘君非。这首先得力于唐初太宗首开的纳谏之风,其后的历任君主也大抵能有容谏的度量,在这种风气的影响下,士子们一般敢于正视现实,直言进谏。因此,士子的内心就不易郁积下像屈原那样深广的忧愤,也不会用研究楚辞这种借古讽今的手法抒发冤结,他们完全可以用诗文批评朝政、揭露时弊。其次,隋末农民起义后,中下层知识分子纷纷登上政府舞台,在朝廷中形成一股力量,统治者为巩固自己的统治,有时也听取他们的呼声,故其政见也有得以实现的机会,所以不易使士子产生怨怒君上的想法。如此宽松的思想环境,就使得楚辞研究失去了赖以开展的精神肥壤。

尤其值得注意的是,唐王朝为维护自己的统治,并没有固守儒术独霸思想舞台的传统格局,而对儒道释三教采取了相容并包的态度。这种思想格局的出现,产生了儒道释互补的效果。儒家的思想核心是积极入世,讲求人文关怀,倡道进取精神,这便是士子们参政议政、追求仕进、勇于实现自我价值的内在动力。在唐代士子身上则表现为锐意科举、醉心功名、建功立业;道家的思想核心是消积避世,讲求崇尚自然,倡导和光同俗、随俗雅化、淡泊功名、忘怀得失,这便是士子们隐居山林、流连诗酒、不与统治者合作的精神支柱。在唐代士子那里就是扬帆济海、饮酒狎妓、隐居终南;佛家讲因果,主张忍受而抑制张扬,它让人忍受心灵的痛苦而寻求自我的麻醉。在唐代士子那里便是淡泊冲和、谈禅悟机。唐代士子大多深受它们的影响,而程度上稍有深浅。当他们遇到挫折的时候,积极入世的儒家思想便退居其次,出世的道家思想便代替了儒家思想而占了上风;而当道家的出世哲学仍不能消解其内心的苦闷时,坐忘、色空的佛理便将尘世的所有烦恼化作云烟,从而在精神世界里得到解脱。总之,唐代士子总能找到一种与心境较为契合的妙药,来消解现实带给他们的痛苦,弥合精神的创伤。因而,唐代楚辞研究的主体意识也就变得极其淡薄了。

虽然唐帝国的短暂内乱也曾给士子们带来流离的巨大悲痛,科举不第也曾使士子们充满忧伤,不遇的经历和贬谪的遭遇也曾令士子们充满感伤,但这一切的不如意尽被儒道释三教互补的妙药平复得熨帖舒坦,而像屈原那样的发愤抒情也就从根本上得以淡化,形不成大的气候;同样,建立在内忧外患基础上的楚辞研究也就失去了它的原动力。

故而唐代楚辞研究出现萧条的局面也就容易理解了。

综上所述,唐代楚辞研究萧条的原因是多方面的。它与唐帝国的强盛有关,因为强盛而缺乏精神刺激;它与唐代士子的精神面貌有关,积极进取和建功立业使他们无意于埋头故纸潜心学术;它与唐代的科举有关,科举的诱惑力使他们无暇顾及楚辞研究;而唐代开放的思想和三教合一的影响,又使得士子们无法燃起研习楚辞的激情。正是由于这些因素的共同作用,唐代的楚辞研究才呈现出冷落萧条的局面。

参考文献

[1](宋)洪兴祖:《楚辞补注》,中华书局。
[2]姜亮夫:《楚辞书目五种》,上海古籍出版社。
[3](宋)司马光:《资治通鉴》,中华书局,1975 年。
[4](宋)欧阳修等:《新唐书 · 选举志》,中华书局,1975 年。
[5](宋)朱彧:《萍州可谈》,丛书集成初编本。
[6](清)张廷玉等:《明史 · 真腊传》,中华书局,1974 年。
[7](清)王夫之:《读通鉴论》,中华书局,1975 年。
[8](宋)孙光宪:《北梦琐言》,上海古籍出版社,1991 年。
[9](五代)王定保:《唐摭言》,上海社会科学院出版社,2003 年。
[10](宋)欧阳修等:《新唐书 · 选举志》,中华书局,1975 年。

屈原与宋代文化研究

洪兴祖对屈原思想的新阐发

河北大学人文学院　孙光

洪兴祖(西元1090—1155年),宋代士大夫学者,一生著述甚丰,但大多失传,唯《楚辞补注》是其传世的最重要著作。《补注》是洪氏为补王逸《楚辞章句》之未详者而著,“于楚辞诸作之中,特为善本。”①是继《楚辞章句》之后,自三国至宋代,楚辞学研究史上一部重要的总结性著作。大体说来,洪兴祖在这部著作中,对楚辞文本的注释大多平实、详尽,旁征博引,匡谬抉微,解决的多是学术问题,阐明学术观点而不涉及个人情感。而在对屈原思想的阐发上,洪氏却倾注了较多的激情,表现出某些与王逸相异的新内容。

洪兴祖对屈原思想精神的理解和阐发也是以儒家道德伦理观念为起点和基础的。在《补注·离骚经后序》中,他针对班固、颜之推对屈原的贬斥和刘子玄的赞赏,“折中其说而论之曰”:

> 或问:古人有言:杀其身有益君则为之。屈原虽死,何益于怀、襄?曰:忠臣之用心,自尽其爱君之诚耳。死生、毁誉,所不顾也。故比干以谏见戮,屈原以放自沉。比干,纣诸父也。屈原,楚同姓也。为人臣者,三谏不从则去之。同姓无可去之义,有死而已。《离骚》曰:阽余身而危死兮,览余初其犹未悔。则原之自处审矣。或曰:原用智于无道之邦,亏明哲保身之义,可乎?曰:愚如武子,全身远害可也。有官守言责,斯用智矣。山甫明哲,固保身之道。然不曰夙夜匪解,以事一人乎!士见危致命,况同姓,兼恩与义,而可以不死乎!且比干之死,微子之去,皆是也。屈原其不可去乎?有比干以任责,微子去之可也。楚无人焉,原去则国从而亡。故虽身被放逐,犹徘徊而不忍去。生不得力争而强谏,死犹冀其感发而改行,使百世之下,闻其风者,虽流放废斥,犹知爱其君,眷眷而不忘,臣子之义尽矣。

洪氏对屈原的定位,首先还是恪守“臣子之义”的“忠臣”。认为屈原不计利害、不顾生死“事一人”,之所以自沉是为了“感发”君主以改其过失之行,以生命显示了“眷眷”“爱君”

① 《四库全书总目》卷一四八,中华书局,1965年,第1268页。

之诚心。而且,与王逸一样,在洪氏的注解中,屈原之“怨”也是出于“爱君”之诚的。他对晁补之提出的“《小弁》之怨”说深为赞同:《离骚》“怨灵修之浩荡兮,终不察夫民心”,洪补:“孔子曰:《诗》可以怨。孟子曰:《小弁》之怨,亲亲也。亲之过大而不怨,是愈疏也。屈原于怀王,其犹《小弁》之怨乎?”以“亲亲”来解读屈原对怀王的态度,因“爱”之深而生“怨”,将屈原之“怨”限定在“忠”的尺度之内,完全符合圣人对“怨”的规定和要求。

《离骚》“闺中既以邃远兮,哲王又不寤”,洪补:“闺中既以邃远者,言不通群下之情;哲王又不寤者,言不知忠臣之分。怀王不明而曰哲王者,以明望之也。太史公所谓冀幸君之一悟,俗之一改也。韩愈《琴操》云:臣罪当诛兮,天王圣明。亦此意。”洪氏此解把一个臣子对君主的期望、苦心、规劝都体现了出来,非忠贞之臣不能有此种情感。

关于屈原“爱君”“不去”的原因,洪兴祖认为是“同姓无可去之义”,从屈原和楚王同宗共祖的关系上来解释,这种说法缘自王逸。但王逸仅有两处提及:一是《离骚》首句“帝高阳之苗裔兮”,王注:“屈原自道本与君共祖,俱出颛顼胤末之子孙,是恩深而义厚也。”二是“回朕车以复路兮,及行迷之未远”,王注:“同姓无相去之义,故屈原遵道行义,欲还归也。”洪兴祖却一再加以强调:《离骚》“悔相道之不察兮,延伫乎吾将反”,洪补:“异姓事君,不合则去;同姓事君,有死而已。屈原去之,则是不察于同姓事君之道,故悔而欲反也。”“忽反顾以游目兮,将往观乎四荒”,洪补:“此孔子浮海居夷之意。然原初未尝去楚者,同姓无可去之义故也。”认为“屈子于同姓事君之义尽矣”。[①] 洪氏把王逸“同姓无相去之义”的普通提法上升到“同姓事君之道”,甚至说“同姓事君,有死而已”。这样的理论化、原则化,对个人要求如此之高,多少有些不合情理。笔者曾试图寻找洪兴祖与赵宋皇族关系的蛛丝马迹,但一无所获。那么,排除了私人情感因素,洪兴祖对屈原忠君原因的这种归结就多半是出于学术上的考虑了。“同姓”与“异姓”相比,主要区别就在于对“国”更多了一些情感和责任,“同姓”的“忠君”中“爱国”的成分相对更大一些。而事实上,洪兴祖对屈原思想中“爱国”一面的发掘也确实是有意识且有深度的。

洪兴祖认为屈原“长太息而掩涕”、忧伤痛苦的原因是“思故国”[②],将“忧”与“国”联系在一起。《离骚》“苟余情其信姱而练要兮,长颇颔亦何伤”,洪补:“有道者,虽贫贱,而容貌不枯,屈原何为其颇颔也?曰:当是时,国削而君辱,原独得不忧乎?”“忧”之起因先“国”而后“君”。甚至直接概括曰:“屈原之忧,忧国也。”[③]《补注》中的“忧”还有“忧世”,与“忧国”相连而与“忠君”更远一些:“《离骚》二十五篇,多忧世之语。”《远游》“惟天地之无穷兮,哀人生之长勤”,王注:“伤己命禄,多忧患也。”洪补:“此原忧世之词。”王逸仅

① 《补注·九歌·大司命》,《楚辞补注》中华书局,1983 年,(以下所引此书均为该版本)第 71 页。
② 《补注·远游》,《楚辞补注》,第 175 页。
③ 《补注·离骚经后序》,《楚辞补注》,第 50 页。

从个人命运遭遇的角度来解释，洪氏则从屈原对国家、对社会时局极度关切的高度来阐发的，突破了个人命运的小圈子，把个人的命运与国家的命运维系在一起，看到了屈原之"忧"的本质，其认识高度显然要超过王逸。

由于国家的衰败，时事的昏暗，屈原的"爱国"以"忧"的形式而体现，对于引起国家衰败、时世昏暗的原因，自然就是"愤懑"的，所以"《骚经》、《九章》皆托游天地之间，以泄愤懑"。[①] 即是说，屈原的创作是抒发"愤懑"之情的有感而为，这是对司马迁、王逸"发愤著书"说的继承。但王逸在《离骚》"恐修名之不立"句下又注"恐修身建德，而功不成名不立也。《论语》曰：君子疾没世而名不称焉。屈原建志清白，贪流名于后世"。对此洪兴祖针锋相对地加以反对："修名，修洁之名也。屈原非贪名者，然无善名以传世，君子所耻，故孔子曰：伯夷、叔齐饿于首阳山下，民到于今称之。""建志清白"和"修洁"本无严格界限，洪氏所反对的其实是王逸观点中的屈原为一己之名而忧的意见。在他看来，屈原饱含忧国、忧世的博大胸怀，是不会陷于个人私意的困扰的。但洪氏同时又提出了"善名"作为屈原的追求，此"善名"与王逸所说之"名"有何区别？

王逸所言之"名"是"建德"之名，较为笼统，而洪兴祖所提的"善名"，明确以伯夷、叔齐为典范，而伯夷、叔齐是坚守节操的代名词。洪氏以此"善名"加之屈原，即是要突出其"节"。在这一点上，他对屈原的赞扬和推崇是发自内心、不遗余力的。与王逸所赞赏的以"忠君"为本的"伏节"不同，洪兴祖理解的屈子之"节"有"忠君"的成分，但更倾向于个体的自我价值实现。《橘颂》"行比伯夷，置以为像兮"，王逸注释了伯夷、叔齐的身世，特别详细叙述了二人谏武王的内容："父死不葬，谋及干戈，可谓孝乎？以臣弑君，可谓忠乎？"在其"忠"、"孝"之谏不被采纳后"遂不食周粟而饿死。"再言"屈原亦自以修饰洁白之行，不容于世，将饿馁而终。故曰：以伯夷为法也。"意图给读者的感觉是屈原亦因效法伯夷"忠"、"孝"之行而将招致相同结局。洪补："韩愈曰：伯夷者，特立独行，亘万世而不顾者也。屈原独立不迁，宜与伯夷无异。"舍弃了"忠"、"孝"的伦理道德评价而强调其"特立独行"、"独立不迁"的个体行为准则。在"兰芷变而不芳，荃蕙化而为茅"、香花与恶草"俱化"、君子与谗佞合污的社会环境中，"守死而不变者，楚国一人而已，屈子是也。"在洪氏看来，将这种行为准则、这种在浊世中坚持的可贵的个人操守发挥到极致的就是屈原面对死亡的选择和态度。"非死为难，处死为难。屈原虽死，犹不死也。"苏轼《屈原庙赋》有"人固有一死兮，处死之为难"，乃洪氏此句所本。面对死亡的态度而不是死亡的行为本身更能表现出个人的品行和操守，屈原之"不死"正在于此。《离骚》"虽不周于今之人兮，愿依彭咸之遗则"，王注："彭咸，殷贤大夫，谏其君不听，自投水而死。……言己所行忠信，虽不合于今之世，愿依古之贤者彭咸余法，以自率厉也。"洪补："颜师古云：彭咸，殷之介士，不得其志，投江而死。按屈原

① 《补注·远游》，《楚辞补注》，第175页。

死于顷襄之世,当怀王时作《离骚》,已云:‘愿依彭咸之遗则’。又曰:‘吾将从彭咸之所居。’盖其志先定,非一时忿怼而自沉也。《反离骚》曰:弃由、聃之所珍兮,摭彭咸之所遗。岂知屈子之心哉!”在对彭咸的注解上,洪兴祖选择颜师古的说法,突出其“介士”而非“贤大夫”的身份,其投江原因是“不得其志”,较“谏君不听”的具体事件更宽泛、个人性更强一些,而以彭咸为则的屈原也就由此得以超越于“忠信”的约束。洪氏认为,屈原之死不是一时“忿怼”的冲动,而是“其志先定”,是理性思考后选择的结果。“屈子以为知死之不可让,则舍生取义可也。所恶有甚于死者,岂复爱七尺之躯哉!”[①]虽然“义”也是儒家道德观念的内之一,但对“义”的坚持中却能够体现出个人的节操。“余观自古忠臣义士,慨然发愤,不顾其死,特立独行,自信而不回者,其英烈之气,岂与身俱亡哉!”[②]在自愿赴死的行为中,洪氏之注的目的是其体现的“特立独行”、“自信不回”的“英烈之气”这些属于个体精神人格的内容。屈原对死亡的理性选择,从容而为,就是缘自这种人格精神,而不是像贾谊所哀的“不遇”。“不遇”是由君主、时命等因素导致的外在身份地位的缺失,而屈原以生命捍卫的是主体发自内心的追求。应该说,洪兴祖对屈原之“节”的理解是切近本质的。基于此,对那些批判屈子人生态度的言论他便格外不能容忍。尤其是对扬雄,不仅说其“岂知屈子之心”,还针对《反离骚》“吾驰江潭之泛溢兮,将折衷乎重华:舒中情之烦或兮,恐重华之不累与”之句表态云:“余恐重华与沉江而死,不与投阁而生也。”讽刺可谓尖刻辛辣。苟且偷生的扬雄是不可能理解屈原的,屈原的真正知己、也是洪兴祖引为知己的是司马迁。洪氏不仅照录了太史公“与日月争光”的大段文字,还据此反驳扬雄《反离骚》“君子得时则大行,不得时则龙蛇。遇不遇,命也。何必沉身哉”的观点,云:“屈子之事,盖圣贤之变者。使遇孔子,当与三仁同称,雄未足以与此。”《离骚经后序·补注》是洪兴祖集中阐发评价屈原思想精神的重要文字,以上引文出现在这段文字的结尾处,洪氏以微妙的用字传达出了自己的观点。“三仁”指纣王三臣。《论语·微子》有:“微子去之,箕子为之奴,比干谏而死。孔子曰:‘殷有三仁焉。’”“三仁”虽行为各异,但皆是从不同角度将“忠”发挥至极致并具有坚贞操守之臣。以屈原与圣人推许的“仁”者并举,是对其“忠君”思想的极高评价。称其为“圣贤之变者”,是对屈原从“忠君”生发出的“爱国”精神以及在坚守节操中流露的个性人格的大力推举。

要之,《补注》中的屈原,既有王逸强调的“忠君”思想,又有本由“忠君”引发,但最终又在相当程度上超越了“忠君”的“爱国”精神;既有儒家推崇的坚贞节操,在对节操的坚持中又体现出其个体的独立人格。这是一个洪兴祖注释出的新的形象,在这个形象中体现着新的社会政治背景、文化氛围以及注释者个人的精神风貌。

宋代是我国封建王朝中非常特别的一个。一方面,与强盛统一的汉唐相比,宋朝的

① 《九章·怀沙》“知死不可让,愿勿爱兮”句洪补,《楚辞补注》,第146页。

② 《补注·离骚经后序》,《楚辞补注》,第50页。

国势要逊色许多。不仅从未有真正的统一,且一直是内忧外患、矛盾重重。矛盾激化的结果,先是“靖康之变”,二帝被掳,北方沦落于金人之手。宋高宗仓皇南渡,建都临安。偏安一隅的朝廷不思进取、苟且偷安;朝中奸佞当道,争权夺利,结党营私,排斥忠良,诛灭异己,政治极端昏暗。最终为元蒙所灭。另一方面,在思想文化上,宋代又是一个蕴涵深厚、硕果累累的时代。宋儒既受加强了的封建专制的束缚而不得不较多依赖于君主、忠诚于君主,又因承受了更多的文化积淀,融汇博通而形成恢弘的学术气魄。他们是不同于传统的“坐而论道”式儒生的集官僚、士人、学者于一身的士大夫群体。在一次次拯危济难的努力和抗争中,这一群体中的精英表现出了“先天下之忧而忧”的责任承担和“了却君王天下事,赢得生前身后名”的英雄主义精神,士人的独立个性逐渐凸显。

洪兴祖即是这一群体中的佼佼者。他在徽宗政和中登上舍第,步入仕途,亲历了靖康之难。天崩地坼的大事变给了文人士大夫极大的刺激。他们“相与言及国事,或裂眥嚼齿,或流涕痛哭,人人自期以杀身翊戴王室,虽丑裔方张,视之蔑如也。”国土陷于异族这一前所未有的奇耻大辱激发了本就固守“华夷之别”的士大夫的爱国热忱,“爱国”的命题首次郑重成为时代之音的主旋律,也深深印在了洪兴祖的意识之中。南渡后,洪氏以策论谠直、切中时病被高宗许为第一,除秘书省正字。绍兴四年因与父亲一起“上封事,论朝廷纪纲不正,语侵在位者,繇是父子继罢。”从中可以看出兴祖正直敢言的个性。最能体现其刚正之性的是与秦桧的交锋。《京口耆旧传》卷四云:

> 绍兴十四年,秦桧当国,兴祖见之私第,坐间论乾坤二卦。至坤上六“阴疑于阳必战”,兴祖谓“阴终不可胜阳”,恶夫干正者。秦桧以为讥己,大怒,谓兴祖曰:“前辈自有成说,今后不须著书”。闻者知其必重得罪,而兴祖自视无愧,处之恬然。

风骨凛然,真有屈子遗风。朱熹在《楚辞辩证》中引了洪氏《怀沙》之注:“屈子以为知死之不可让,则舍身而取义可以。所恶有甚于死者,岂复爱七尺之躯哉”,后云:“伟然可立懦夫之气,此所以忤桧相而卒贬死也,可悲也哉!”正是看到了洪兴祖和他所注释物件之间人格精神的声息相通。也正是这种相通使洪兴祖满怀激情地注释了屈原并将激情投射于屈原,使其成为新的时代精神楷模。

参考文献

[1]《四库全书总目》,中华书局,1965 年。

[2]《 楚辞补注》,中华书局,1983 年。

正统、道统、文统

——谈谈宋人对屈原和楚辞的接受

杭州师范大学人文学院　叶志衡

接受美学认为,任何文学现象本身都具有其未定性,都不是决定性或自足性的存在,而是一个多层面的图式结构。其存在本身并不能产生独立意义,其意义的实现主要依赖接受者的感觉和知觉经验以将人物或作品的空白填充起来,从而使其未定性得以确定,最终达到其特定意义的实现。因而,一千人眼中就会有一千个哈姆莱特。屈原其人其事及其作品作为特定历史时期的产物,为后人留下了相当的空白。细究起来,后人接受屈原和楚辞时大多囿于各自的时代环境和自身境遇。评屈原说楚辞的同时也是在说时代说自己,一如陆九渊所宣称的“我注六经,六经注我”。故而,出现了一个有趣现象:千百年来绵延不断的针对屈原和楚辞的研究史反倒成了各个不同时代文化思潮和不同文人思想学术的载体和投影。因而,考察不同时代的文人对屈原和楚辞的接受情况,也可见出那个时代的特殊文化现象和文人心态。

两宋时期的现实处境与战国后期楚国的形势有着许多相似处。强敌环视,军事不振不仅是两宋当局统治者的心腹之忧,也一直是神经敏感的宋代文人们的穿心之痛。文人心理随国运而变,学术思潮也伴国运涌动。这种心痛在两宋文学作品中多有体现,具体到对屈原和楚辞的接受方面,最明显的一点就是导致了两宋楚辞学的兴盛。其兴盛程度远远超过魏晋南北朝以迄唐五代,宋代的楚辞研究堪称继两汉以后楚辞学的第二座高峰。

《宋史·艺文志》著录了《楚辞》类著作12部,除首二部为屈原等撰《楚辞》十六卷和王逸《楚辞章句》十七卷外,其余为:晁补之《续楚辞》二十卷、又《变离骚》二十卷、黄伯思《翼骚》一卷、洪兴祖《楚辞补注》十七卷、《考异》一卷、周紫芝《竹坡楚辞赘说》一卷、朱熹《楚辞集注》八卷、《楚辞辩证》一卷、黄铢《楚辞协韵》一卷、钱杲之《离骚集传》一卷,共七家十种,均为宋人著作。此为收录宋人楚辞专著文献最集中处,而更多零星的评论、绍骚拟作则散见于《宋史》之《儒林传》、《文苑传》以及众多的个人传记中。还有部分资料散见于宋人杂史、笔记、书录、文学作品等文献中。元人所修《宋史》资料凌乱不全,向为后世学人所诟病,于《楚辞》文献资料也不例外。即使有些传至今日的楚辞文献如杨万里《天问天对解》、吴仁杰《离骚草木疏》、谢翱《楚辞群芳谱》等著名的楚辞专著在《宋史·

艺文志》也未著录,毋庸说今已散佚的许多资料。姜亮夫先生著《楚辞书目五种》①辑得宋人著作凡16家22种,另图谱7家9种,为迄今著录宋人《楚辞》类著作最全者。近年又出版了李诚、熊良智主编的《楚辞评论集览》②,该书从《四库全书》等处集得宋人楚辞评论80余家凡200余项,传世之宋代楚辞文献遂大备于斯。

考察上述文献可以看出,宋人的楚辞学研究规模大品质高,这说明宋代文人对屈原及楚辞的关注和重视程度是空前的。促成这一结果的关键动因是:晚期楚国与宋王朝的现实境遇相似,屈原的忧思意识和楚骚精神与两宋文人的心态高度契合。

一

鉴于唐亡的教训,宋代开国者出于维护统治的需要,结束了以往大部分朝代重武轻文的治国方略,开启了以文人为执政主导的时代。一大批文人志士通过科举考试进入到宋代的政治领导层,而战功卓著的将军们在失去军队的直接领导权的同时,实际上也被逐出了上层领导层,士大夫为主的文官成了社会的唯一主导力量。就是在这种巨大的政治转变下,宋代文人开始了亦文亦政的生涯。多数文人怀着"文者务为有补于世"的创作目的,抱着"先天下之忧而忧,后天下之乐而乐"的积极人生态度,其文学主题往往充满了沉甸甸的政治关怀与道德意识。在整个宋代,让文人们忧心的事情太多了,而国运日衰,军事孱弱,是赵宋320年间最突出的问题。北宋初立,周边仍强敌环伺,边患不断。燕、云十六州一直未能收复,辽、西夏、金、蒙人皆凭借其强大的军事力量持续扰掠边境,不断蚕食宋人国土。终于导致中原沦丧,南宋朝廷先是屈辱地苦守半壁江山,最终竟亡于蒙元之手。这一切跟屈原时代的楚国际遇真是惊人地相似。因而,宋代文人思接千载,引千年之前的三闾大夫为同道:愤屈原所愤,激屈原所激,忧屈原所忧,叹屈原所叹。在这首共鸣曲中的最强音无疑是"忠君爱国"调子。而这个论调恰恰是宋代文人根据时代需要对屈原精神的升华。

唐以前文人对屈原的评论主要执于褒扬和贬抑两端。褒扬者如刘安、司马迁等从屈原人格高洁的角度,认为"其志洁"、"其行廉","推其志也,虽与日月争光可也"。贬抑者如班固、颜之推等则从屈原言行过激的角度,认为屈原"露才扬己"、"显暴君过"、"忿怼不容,沉江而死"[1]50,实属"文人无行"。有时一人竟持褒扬和贬抑两论,皆因其时间和境遇不同使然。但从未曾有人提出过屈原"忠君爱国"的概念。

朱熹在《楚辞集注》中说:"窃尝论之:原之为人,其志行虽或过于中庸而不可为法,然

---

① 姜亮夫《楚辞书目五种》初由中华书局上海编辑所于1961年出版发行,后上海古籍出版社委托崔富章对此书作了若干修订调整,于1993年予以重印,同时出版崔富章《楚辞书目五种续编》。

② 该书为崔富章总主编的大型丛书《楚辞学文库》第二卷,湖北教育出版社2002年10月第1版。

皆出于忠君爱国之诚心。”[2](P2)这是楚辞学史上第一次明确地以“忠君爱国”的理念来解读屈原精神。这一概念的提出,或者说这种君国意识的确立,是建构在政治上“中国正统”论基础之上的。周边异邦的压力,迫使宋人明显感觉到“中国”不等于“天下”,宋人只据有“中国”,已无法操控“天下”。汉唐时期那种睥睨四方、君临万国的局面已不复存在。“异方之法乱中国,夷狄之君抗天子”[3](P204)的事情时有发生,且愈演愈烈。在这种情况下,强调自身民族的合法性,确立汉人中国的正统性便成了宋人的重要使命。从宋初石介的《中国论》①开始,到欧阳修的《正统论》和《正统辩》②,正统意识、夷夏之辩陡然清晰起来。而屈原那种自视高贵、傲然不群的品格和对宗族乡土的无限眷恋情结,便成了宋代文人认同和共鸣的基点。王禹偁为官“八年三黜”仍“不屈其道”,仿作骚体赋,以抒发情志。梅尧臣作《答韩三子华韩五持国韩六玉汝见赠述诗》,赞美屈原“愤世嫉邪意,寄在草木虫”的忧国之心。苏轼写《屈原塔》、《屈原庙赋》表达他对屈原忠贞人格的肯定和推崇,对屈原遭遇的同情与不平,并寄托自己与屈原一样的拳拳忧国之心。范仲淹、王安石、司马光、黄庭坚、刘敞、晁补之、张耒等北宋文坛名人都写有诗文评述和赞美屈原的“忠贞之志”、“仁人之心”、“不屈之志”。靖康难后至于南宋,文人们对民族危机越加忧心忡忡,内心的悲愤也越发浓重。所以在这一时期,坚持主战成了当时士大夫阶层共同认可的正确立场;而呼吁洗雪耻辱、收复中原,期望报国杀敌、建功立业,表现慷慨悲愤激情和英雄主义理想的文学作品也成了当时文坛的主流。诗里每见“屈宋死千载,谁能起九原?”(陆游《白鹤馆夜坐》)词中多是“千古《离骚》文字,芳至今,犹未歇”。(辛弃疾《喜迁莺·警臣赋芙蓉词见寿,用韵为诗》)而直接凸现一个“忠”字,涵咏爱国主题的文字也不乏见,最为重要的是洪兴祖《楚辞补注》的出现和朱熹《楚辞集注》中“忠君爱国”理论的直接提出。

今存《楚辞补注》卷一的《离骚后叙》中有这样一段话:“人臣之义,忠正为高;以伏节为贤。故有危言以存国,杀身以成仁。是以伍子胥不恨于浮江;比干不恨于剖心。然后忠立而行成,荣显而名著。若夫怀道以迷国,佯愚而不言,颠则不能扶,危则不能安,婉娩以顺上,逡巡以避患,虽保其黄耇,终寿百年,盍志之所耻,愚夫之所贱也。今若屈原,膺忠贞之质,体清洁之性,直若砥矢,言若丹青,进不隐其谋,退不顾其命,此诚绝世之行,俊彦之英也。”[1]48完全就是针对北宋国破家亡现实的感慨之言。国破家亡之际最能考验人臣的忠贞气节,也是彰显屈原忠贞精神的最好时刻。虽然康王南渡建都临安,绍续了大宋国统,但毕竟只剩得半壁江山。徽钦二帝被虏,北宋灭亡给文人造成的心灵创痛是显

---

① 石介:《中国论》,中华书局,1984年,《徂徕石先生文集》卷十,第116页。

② 欧阳修:《正统论》,中华书局,2001年,《欧阳修全集》卷十六,第265页,《正统辩》见于《欧阳修全集》卷六十,第863页。

而易见的。在“补注”中，他又说：“或问：古人有言：杀其身有益于君则为之。屈原虽死，何益于怀、襄？曰：忠臣之用心，自尽其爱君之诚耳。死生、毁誉，所不顾也。故比干以谏见戮，屈原以放自沉。比干，纣诸父也。屈原，楚同姓也。为人臣者，三谏不从则去之。同姓无可去之义，有死而已……屈原其不可去乎？有比干以任责，微子去之可也。楚无人焉，原去则国从而亡。故虽身被放逐，犹徘徊而不忍去。生不得力争而强谏，死犹冀其感发而改行，使百世之下，闻其风者，虽流放废斥，犹知爱其君，眷眷而不忘，臣子之义尽矣。非死为难，处死为难。屈原虽死，犹不死也。”[1]50是洪兴祖为屈原沉江而死作的辩护。洪氏认为“忠臣之用心，自尽其爱君之诚耳。死生、毁誉，所不顾也。”屈原“虽身被放逐，犹徘徊而不忍去。”终“使百世之下，闻其风者，虽流放废斥，犹知爱其君，眷眷而不忘，臣子之义尽矣。”洪兴祖虽然没有直接提出“忠君爱国”的概念，但已非常接近。洪兴祖反复以“忠正”、“忠立”、“忠贞”赞美屈原，既是责人也是在责己，其倾力补注楚辞的真正用意也已昭然。类似的评述在《楚辞补注》中出现多次，可以说，洪氏不仅为后人留下了一部最完整的楚辞注本，而且也为宋人重新接受屈原，升华楚骚精神添上了很重的一笔。朱熹的《楚辞集注》不仅在注释方面大量采信洪氏成果，而且在思想理念上也多有吸纳洪氏观点之处。很显然，洪兴祖的“忠臣”“爱君”、尽“臣子之义”等提法，无疑对朱熹在《楚辞集注》中明确提出“忠君爱国”概念是有影响的。

二

朱熹认为屈原“忠君爱国”，并非只停留在对屈原言行的简单体认，而是提升到了行而上的哲学层面，也即从道德伦理的高度来解读的，这也是宋人接受屈原的又一特色。复兴儒学，践行圣人之境是宋代理学家的崇高使命。《大学》里提到的“八目”：格物、致知、诚意、正心、修身、齐家、治国、平天下；以及《中庸》里说的：“居上不骄，为下倍。国有道，其言足以兴；国无道，其默足以容。《诗》曰：‘既明且哲，以保其身。’其此之谓与？”[4]1633成了理学家的座右铭。由此推出了不偏不倚的“中正”之道。很显然，屈原处穷时愤世狂狷、责数怀王，甚至“忿怼不容，沉江而死”的言行方式是不符合这种中正之道的。因而，宋人在接受屈原时感到必须对其部分精神意念进行汰弃和改造。

朱熹在肯定屈原“忠君爱国之诚心”的同时，也明确指出“其志行”“过于中庸而不可为法”[2]50，即屈原的思想行为已明显偏离中正之道，不能效仿。张九成更是直接指出：“圣人之道，大中至正，不在防浪高远处，亦不在枯槁憔悴处。”指斥“凡刻意尚难，愤世嫉邪，沽激矜持，决去不反如屈原、申屠狄之流，皆非圣王之道也。圣王之道，不疾不徐，不激不抗，悠然自得，从容中道。”[5]卷十三有些理学家甚至因之而否定整部《楚辞》的价值。魏了翁《跋胡复半野诗稿》云：“古之为文，皆以德盛仁熟，流于既溢之余……《离骚》作而文辞之士与世之以声律为文者傅会牵合,始与事不相俪。”[6]卷六十八魏氏在《师友雅言》里又说:“《离骚》作而文辞兴,盖圣贤之书,皆实有其事,虽比兴也无不实。自庄周寓言,而屈原始托渔父、卜者等为虚词,司马相如又托亡是公为赋,自是以来多漫语。”[6]卷一百零八有些道学家的态度则比较缓和。如“苏门四学士”之一的晁补之《离骚新序上》云:“《离骚》,遭忧也。‘终窭且贫,莫知我艰’,《北门》之志也。‘何辜于天,我罪伊何’,《小弁》之情也。以附益六经之教,于《诗》最近。故太史公曰:‘《国风》好色而不淫,小雅怨诽而不乱,若《离骚》者,可谓兼之矣。’其义然也……录其辞者存其义,乘其流者反其源。谓原有力于《诗》亡之后,岂虚也哉!”[7]卷三十六晁氏将司马迁、刘勰等人评骚的观点具体化,第一次以“《北门》之志”与“《小弁》之情”来解释《离骚》之旨意[7]卷三十六,借助《诗经》中两篇有因谗而怨内容的作品,化解了班固等人对屈原过度怨愤忧思的指责,并巧妙地将屈骚精神纳入了经学儒教的轨道。永嘉学派的代表人物叶适也有相似的阐述。叶氏在《跋刘克逊诗》中云:“孔子诲人,诗无庸自作,必取中于古……水为沅、湘,不专以清,必达于海。玉为珪、璋,不专以好,必荐于郊庙。”[7]卷二十九肯定《诗》、《骚》华质两备的特性。叶适在为“永嘉四灵”之一徐玑作的《徐灵渊墓志铭》中也说:“盖《风》、《骚》之至精也，近世乃连篇累牍，汗漫而无禁，岂能名家哉?”[8]卷二十一

更是将《诗》、《骚》并列为诗歌极致。但终归未能脱出以经说骚、借经以提高屈原和楚辞地位的苑囿,这正是道学家们所坚守的底线,也是他们倡言“道统”和“文统”的需要。

比较全面地对屈原人格精神进行改造和提升,以符合儒学正统和适应时势需要的人还是洪兴祖和朱熹。洪兴祖在注完《离骚章句》后援引司马迁《屈原列传》中那段著名的赞辞来表达自己的观点:“太史公作传,以为其文约,其辞微,其志絜,其行廉,其称文小而其指极大,举类迩而见义远。其志絜,故其称物芳。其行廉,故死而不容自疏。濯淖污泥之中,蝉蜕于浊秽之中,以浮游尘埃之外,推其志也,虽与日月争光可也……”[1]50斥责班固、颜之推对屈原言行的指责“无异妾妇儿童之见”[1]50,并且进一步对屈原的死节行为评论道:“屈原其不可去乎? 有比干以任责,微子去之可也。楚无人也,原去则国从而亡。故身虽被放逐,犹徘徊而不忍去……乐天知命,有忧之大者,屈原之忧,忧国也。其乐,乐天也。《离骚》二十五篇,多忧世之语……屈子之事,盖圣贤之变者,使遇孔子,当与三仁同称雄。”[1]50—51如前文所论,生当两宋之交的洪兴祖一生宣道儒学,他完全站在“君臣大义”的儒家道德高度对屈原的出处、死节行为进行了巧妙的改塑,表彰屈原“忠正”“爱君”的精神,从而将屈原的愤怼乃至狂狷也纳入了儒家“忠君”、“忧国”的正道。

朱熹则是从理学“诚”意的角度出发,认为屈原“其志行虽或过于中庸而不可为法,然皆出于忠君爱国之诚心。”可有助于“天性民彝之善”,“而增夫三纲五典之重”。[2]2程朱理学思想的理论源自儒家经典,同时吸收了佛、道学术的思维方式,在哲学层面上使传统儒学成为一门思辨性的哲学。所谓“理”的内涵,从政治哲学层面上看,就是对君权、王权的

绝对肯定,而对“正心诚意”、“天理良心”的强调是宋代理学家的共识。二程认为“父子君臣,天下之定理,无所逃于天地之间。”[9]卷五朱熹说:“万物皆有此理,理皆同出一辙,但所居之位不同则其理之用不一,如为君须仁,为臣须敬,为子须孝,为父须慈。”[10]卷十八“总天地万物之理便是太极……事事物物皆有个极,是道理极致……如君之仁、臣之敬便是极。”[10]卷九十四可见,理是无所不包的,“理”是宋代理学家心目中政治、法律、道德、文艺的总原则。正是由于朱熹对屈子精神“忠君爱国”的解读和对屈原之心本“诚”的推论,使他不再有班固、颜之推式的指责,而是包容了屈原志行中那些不合“中庸”的细节,只着重肯定其至仁至诚的“忠君爱国”之“大节”,并将它提升到“三纲五典”、天理、人性的高度。也正是由于这个原因,朱熹不满于前人的楚辞研究只重名物训诂,不重义理阐释和精神提炼的偏向,使得他在潜心儒家经学的同时,花时间著述了《楚辞集注》、《楚辞后语》,直接引周敦颐、二程、邵雍等人的“无极”、“太极”理论来解读屈原和楚辞,最终将楚辞研究也纳入了他一生所极力宣导的“道学”轨道,完成了宋人对屈骚精神的重塑和升华。留下了宋人在楚辞接受史上最具宋代特色的一笔。其后,“忠君爱国”成了屈骚精神中最鲜艳夺目的一面旗帜。每当国难当头、民族矛盾尖锐的时候,国人们便会高扬起这面旗帜,使之成为一种抗敌护国的力量,其泽润及今日。

三

但是道学家毕竟不是宋代文人的全部,何况程朱理学在朱熹生前还曾一度被斥为“伪学”,遭到禁黜。许多文人敬仰的是屈原追求理想“九死不悔”的执著抗争精神,以及出淤泥而不染的高洁人格,并把这两点当作自己处穷时期的楷模和励志的动力。

两宋时期虽然文官当政,但北宋党争不断,守成与革新之论贯穿始终;南宋国运多舛,主战主降之争此消彼长。一批文人政坛得志的同时,必然伴随着另一批文人的仕途失意。而且,谁也不敢保证今天的平章宰辅,明日不会成为迁客骚人。从范仲淹到欧阳修,从苏轼到辛弃疾,都有过这样的经历。大批文人亲历了尽忠遭谗、怀才不遇的痛苦感受,或者目睹了亲友同僚无端遭贬、直言获罪的情况。这都使得他们将目光投掷到与自身命运及现实政治相仿佛,同样“信而见疑,忠而被谤”的古贤屈原身上。借屈原之酒浇自家之愁,以屈原之志励己之志,以屈原之行勉己之行。在这方面,杨万里《天问天对解》比较突出。例如在对《天问》“天命反侧,何罚何佑?齐桓九合,卒然身杀。”和《天对》“天邈以蒙,人厶以离。胡克合厥道,而诘彼尤违。桓号其大,任属以傲。幸良以九合,逮孽而坏。”进行解释时,杨氏说:“天远而幽,人小而散,何可以合天人而论之,又众而责其罚佑之不常哉?齐桓之事,皆自取尔,天何与焉?挟其大以号令天下,而忽于属令之人,故幸而得良臣,则能九合之功,及不幸而遭嬖孽小人则坏矣,皆人事,非天命也。”[11]卷九十五很显然,杨氏借对屈原《天问》和柳宗元《天对》的重新解释,表达了他不畏天命和事在人为的思想,体现了杨氏对屈原执著于理想的崇敬之情。至于吴仁杰《离骚草木疏》和谢翱《芳草谱》更是发挥前人"善鸟香草,以譬忠贞。恶禽臭物,以比谗佞"[1]2的主旨,并有感于现实而作。类似的情况在宋代文学作品中很常见。像范仲淹《岳阳楼记》,欧阳修《梅圣俞诗集序》、《醉翁亭记》,苏轼《屈原塔》诗、《屈原庙赋》、《答谢民师书》,晁补之《续离骚序》、《变离骚序》,洪兴祖《楚辞补注》的多篇小序和注文,朱熹《楚辞集注》序文和注文,钱杲之《离骚集传》注文;辛弃疾《摸鱼儿·更能消几番风雨》、《喜迁莺·警臣赋芙蓉词见寿,用韵为诗》等词;以及陆游、王十朋、陈傅良、楼钥等人的大量咏屈诗篇,张戒《岁寒堂诗话》、严羽《沧浪诗话》等等,都或多或少地体现了这种精神意趣和价值取向。而其中范仲淹的"先天下之忧而忧,后天下之乐而乐。"(《岳阳楼记》)欧阳修"内有忧思感愤之郁积,其兴于怨刺,以叹羁臣寡妇之所叹,而写人情之难言,盖愈穷而后工。"(《梅圣俞诗集序》)苏轼"违国去俗死而不顾兮,岂不足以勉于后世?"(《屈原庙赋》)陆游"挥毫当得江山助,不到潇湘岂有诗?"(《偶读旧稿有感》)都是影响后世的人生感悟和艺术箴言。而这一切都具有超越生死、突破君臣之间一己之恩怨的长久性社会价值。

至于在宋末国亡之际,江万里、贾纯孝等人相继投水殉国,陆秀夫抱着帝昺跳进大海。这些人的殉国殉君方式会很自然地让人想起屈原的沉江。他们是从行动上践行了屈原的节行品性。而这种文人气节的延伸,则往往会在民族矛盾异常尖锐之时、国家命运处在生死存亡之际,迸发出超乎寻常的影响力量。

从某种意义上讲,屈原的悲剧主要是君主专制制度下的悲剧。君主专制的特点是君主拥有无限的权力,君主的意志就是法律,君主可以仅凭自己的感情好恶对任何人行宠施暴,不需要任何理由。其结果是其他人意愿的消磨和扭曲,使人不成其为人,人臣时时有"伴君如伴虎"的心理恐慌。德国著名人本主义哲学家弗罗姆在讨论分析这种强权专制时说:"在极权主义的环境中,最主要的犯罪行为就是反对权威的统治。所以,反叛是'极大的犯罪',而服从则是极大的德行……既然尊重权威就不允许他对权威所制订的戒律产生任何的怀疑。当然,权威也许会对他下达的命令和戒律、作出的奖惩加以解释,也许不作任何说明。但无论如何,有一点必须肯定,他从不给别人以怀疑或批判的权力。"[12]191而屈原是个不遵守规则的例外,他试图对君王的权威进行冲击,而又时时不忘永葆志行高洁的品性。这种"对自我与社会的双重固持"[13]12,在君主专制的背景下,只能换来君王的镇压、打击,乃至奸佞小人的造谣、诽谤、诬蔑、陷害。这种政治体制在中国古代社会的长久存在,又造就了一批又一批的失志贤人。因而,屈原精神的终极价值是"以他的固持……以他的死……以他的生命来实现他对自己的精神承诺。"表达了他"对自我与社会能够契合的精神渴望。"[13]12因此,屈原的精神际遇就具有了范式的意义。不管是在宋代还是别的朝代,失志文人们在屈原的身上发现了自己,又将自己对现实的不满转换为对屈原的哀悼,通过对屈原的肯定来实现对自身存在意义的肯定,进而找到个人生存的理由。

总之,宋人对屈原的接受,在政治上强调"正统",在哲学上力主"道统",在文学上倡言"文统"。而最能与前贤后人相融相通的是宋代文人感到在精神心态上与屈原志行的契合。也正是对这种精神契合的追求,使得时至今日的许多文人还在解读楚辞、接受屈原。因而,屈骚精神及其载体楚辞也就具有了永恒的价值。

参考文献

[1]洪兴祖:《楚辞补注》,中华书局,1983 年。

[2]朱熹:《楚辞集注》,上海古籍出版社,1979 年。

[3]李觏:《李觏集》,中华书局,1981 年。

[4]阮元:《十三经注疏:礼记正义》,中华书局缩印本,1980 年。

[5]张九成:《孟子传》,上海书店影印《四部丛刊》初编本,1985 年。

[6]魏了翁:《鹤山集》,上海书店影印《四部丛刊》初编本,1985 年。

[7]晁补之:《雞肋集》,上海书店影印《四部丛刊》初编本,1985 年。

[8]叶适:《水心集》,上海古籍出版社影印文渊阁《四库全书》本,1987 年。

[9]程颐、程颢:《二程遗书》,上海古籍出版社影印文渊阁《四库全书》本,1987 年。

[10]朱熹:《朱子语类》,上海古籍出版社影印文渊阁《四库全书》本,1987 年。

[11]杨万里:《诚斋集》,上海书店影印《四部丛刊》初编本,1985 年。

[12]弗罗姆:《寻找自我》,陈学明译,工人出版社,1988 年。

[13]王德华:《屈骚精神及其文化背景研究》,中华书局,2004 年。

论楚骚传统与词之审美特质

天津师范大学文学院　曹庆鸿

《诗》、《骚》精神是诗学传统。随着词学之诗化,也慢慢成为词学重要内容。不过这个过程也像词之诗化一样,是一个由不自觉到自觉的发展过程。因为,在宋代虽然词在创作上开始有意识的继承楚骚传统,但词学观念上还不可能把楚骚精神与游戏之作的小词联系起来,其更多关注的是词之诗化、雅化的问题。所以,虽然偶尔有以楚骚为背景的词评,但还只是随感式的评论,还没有提到理论高度。如刘克庄在评刘叔安词时说"借花卉以发骚人墨客之豪,托闺怨以寓放臣逐子之感"①就是如此。到了清代以楚骚评词形成气候,而且很多批评家都注意到词与楚骚的关系。如朱彝尊、张惠言等,其中陈廷焯更是把"骚怨"精神提到与词之审美境界相关的高度,从而在理论上大张旗鼓的推诸"风骚",使楚骚成为词学研究领域中一个重要的审美概念。可以说,清代的词学批评,主要是围绕词之如何表现出"风雅骚辩",探讨词之本质与境界,以提高词之品格的。

本文试图从以下三方面来谈"楚骚"对词学之影响。(一)美人香草之寄托与词"幽微要眇"之审美特质;(二)反复缠绵与词"盘旋唱叹"之美;(三)骚怨之情与词之"顿措"的表现方式。

一、香草美人之表达与词之幽微要眇的审美特质

汉王逸《楚辞章句》说:

> 《离骚》之文,依《诗》取兴,引类譬喻。故善鸟香草,以配忠贞;恶禽臭物,以比谗佞;灵修美人,以媲于君;宓妃佚女,以譬贤臣;虬龙鸾凤,以托君子;飘风云霓,以为小人。②

概括了《离骚》重要的表达方式,即"香草喻"和"美人喻"。屈原作品中,以香花美草

① (宋)刘克庄《跋刘叔安感秋八词》,施蛰存《词籍序跋萃编》,中国社会科学出版社,1994年12月,第296页。

② 洪兴祖:《楚辞补注》,中华书局,1983年,第2页。

作服饰,象征自己对才德的追求。因此,在被谗遭疏的境况下,屈原说"进不入以离忧兮,退将复修吾初服"。"初服"即品德修养,"修吾初服",即加强我的品德修养。屈原以自己服饰的奇特,象征着自己的特立独行和遗世独立的风范。如诗中所云:"謇吾法夫前修兮,非世俗之所服。虽不周于今之人兮,愿衣彭咸之遗则。"因此,"美人香草",既是一种表现方式,也成为象征才德的文化语码,在诗词中令人产生联想。如清代的张惠言在解说温庭筠的词《菩萨蛮》其一"小山重迭金明灭"时①,曾说其"照花前后镜,花面交相映"等句,有"《离骚》初服之意"。这是比较早的为提高词之意境而把词附会于《离骚》来解读的例证。其实,温庭筠的《菩萨蛮》不过是一首描写美女梳妆之词而已,描写了一个女子在闺房中起床、梳妆、画眉、照镜、着装的一个过程。李若冰《栩庄漫记》中云:

> 统观全词意,谀之则为盛年独处,顾影自怜;抑之则侈陈服饰,搔首弄姿。初服之意,蒙所不解。②

一个梳妆打扮的过程,在张惠言的眼里,变成了一首具有屈原怀才不遇的言志之词,所谓的"《离骚》初服之意"。造成这种解释之原因,固然有着张惠言的牵强附会,但如果没有屈原香花美草和《离骚》"初服"的影响,也就不可能有张惠言"《离骚》初服"的解说。

《离骚》香草美人手法对后世影响之大是公认的,但主要在诗歌领域。所谓"比兴美刺"及"温柔敦厚"之诗教,即要求借助于自然景物委婉曲折地来表达作者之志意。而词本为娱乐之作,尤其在晚唐五代时期,尚属于歌词之词,如《花间集》所云:

> 镂玉雕琼,拟化工而迥巧。裁花剪叶,夺春艳以争鲜。是以唱云谣则金母词清,挹霞醴则穆王心醉,名高白雪,声声自合鸾歌。响遏青云,字字遍谐凤律……则有绮艳筵公子,绣幌佳人,递叶叶之花笺,文抽丽锦举纤纤之玉指,拍按香檀,不无清绝之辞,用助娇娆之态。③

词是宴会上演唱的歌词。吴熊和先生也说:

> 唐五代一些词集,像《云谣集杂曲子》、《尊前集》、《家晏集》、《遏云集》,实

① 全词:小山重迭金明灭,鬓云欲度香腮雪,懒起画蛾眉,弄妆梳洗迟。照花前后镜,花面交相映,新贴绣罗襦,双双金鹧鸪。

② 李若冰:《花间集评注》,河北教育出版社,1999年1月,第12页。

③ 李冰若:《花间集评注》,河北教育出版社,1999年1月,首页。

为坊间唱体,编选目的在于应歌。就是《花间集》,据欧阳炯序,其意亦在选词以备唱,即以应歌为主,存词还在其次。[①]

可见,最初的词是为“应歌”的,都是“空中语”,全无言志之意。

词中寄托的出现,应该是苏轼把词由女子之词变为男子之词,而成为如诗一样抒情言志工具之后的事情。“士当以天下为重”,自然有很多的志意要委婉地表现于词作之中。但由于词更注重于声律与表达上的曲折,甚至把“曲”定性为词之内在特质。所谓“长短句命名曰曲,取其曲尽人情,惟婉转妩媚为善。”[②]或云“盖曲者曲也,故当以委曲为体。”[③]“曲尽人情”与“委曲为体”的要求,使诗学中“美刺”的手法,香草美人的描写方式,渐成为词学中重要的表现方式。如苏轼的《贺新郎》“乳燕飞华屋”,便是委曲温婉地传达他内心“幽约怨悱”之情的寄托之作。

乳燕飞华屋。悄无人、桐阴转午,晚凉新浴。手弄生绡白团扇,扇手一时似玉。渐困倚、孤眠清熟。帘外谁来推绣户,枉教人、梦断瑶台曲。又却是,风敲竹。

石榴半吐红巾蹙。待浮花浪蕊都尽,伴君幽独。秾艳一枝细看取,芳心千重似束。又恐被、秋风惊绿。若待得君来向此,花前对酒不忍触。共粉泪,两簌簌。

词中美人的“思君不得”、“梦断瑶台”的孤独,“芳心千重”的坚贞。“浮花浪蕊”轻浮,继承了《离骚》美人香草、飘风云霓的书写方式。其美人香草的志意,忠君爱国的寓托,通过幽闺女子之孤独与盼望写了出来。宋胡仔以为“东坡此词,冠绝古今,托意高远”[④]项安氏《项氏家说》卷八亦说:

苏公“乳燕飞华屋”之句,兴寄最深,有《离骚经》之遗法,盖以兴君臣遇合之难,一篇之中,殆不止三致意焉。[⑤]

---

① 吴熊和:《唐宋词调的演变》,《吴熊和词学论集》,杭州大学出版社,1999 年 4 月,第 1 页。

② 王炎:《双溪诗余自序》,施蛰存:《词籍序跋萃编》,第 302 页。

③ 陈模云:“盖曲者曲也,故当以委曲为体。然徒狃与风情婉娈,则亦不足以启人意。”其意在于肯定词中内容品格之重要。然而,他却也首肯了词之体式的委曲婉转。本文取其意。参邓广铭:《稼轩词编年笺注附录二·论稼轩词》,上海古籍出版社,1998 年,第 598 页。

④ 《古今词话》,《词话丛编》第一册,第 28 页。

⑤ 《唐宋词会评》两宋卷,第一册,第465 页。

由于词体所具有的审美特质与诗歌不同,因此它更注重于表达上的曲折,尤其是发展到慢词长调后。所谓的"句欲敏,字欲捷,长篇须曲折三致意,而气自流贯乃得。"①即要求词在表达上要曲折盘旋,而不是直接的抒发。如辛弃疾的《摸鱼儿》"更能消几番风雨"。

更能消、几番风雨,匆匆春又归去。惜春长怕花开早,何况落红无数。春且住,见说道、天涯芳草无归路。怨春不语。算只有殷勤,画檐蛛网,尽日惹飞絮。

长门事,准拟佳期又误。蛾眉曾有人妒。千金纵买相如赋,脉脉此情谁诉?君莫舞,君不见、玉环飞燕皆尘土! 闲愁最苦。休去倚危栏,斜阳正在,烟柳断肠处。

词的上片,借助于自然之风雨、花开花落,寄托了他现实中的众多不得已!你看,尽管他那么的珍惜,那么的怕失去,那么的小心翼翼,但春天留下这无数落红,还是无情的去了。"怨春不语",春要去,人又如之何呢?!留春不住,只是无奈,但那画檐下的蜘蛛,还一天到晚的编织着蛛网,粘惹那杨柳飞絮,它是要留住春天吗?它能留住吗?

下片更是以美人为喻,寓托自己现实的失意。"蛾眉曾有人妒",直接承继了屈原的"众女嫉余之蛾眉"之意。"蛾眉"喻有才德之人。所以,你纵然有万般才德,不被任用,却又如何呢?"闲愁",实指作者心中无可排遣的郁闷之情,是指把"栏杆拍遍,无人会"的痛苦。所以,他不能再去"倚危栏"、看斜阳了,那更是让人柔肠寸断的时刻。

可见,整首词都是通过落花风雨,美人香草的暗喻,迂回曲折地表达了现实之不如意,内心之不得已。而其"蛾眉曾有人妒","脉脉此情谁诉?"等,与屈原的"怨灵修之浩荡兮,终不察夫民心"、"众女嫉余之蛾眉兮,谣诼谓余以善淫"及"国人莫我知兮"等语,其情怀是何等的相似。朱彝尊说:"善言词者,假闺房儿女子之言,通之于《离骚》变雅之义。此尤不得志于时者所宜寄情焉耳"。② 辛弃疾词就寄托了这份骚怨之情。

司马迁说"其文小,其辞微,""其称文小而其指极大,举类迩而见义远"。所以,屈原这种美人香草的象征与寓托之表现手法,极符合中国人传统之思维模式③因此很快就被后世文人所接受,并成为一种文学传统,影响至词作与词学理论。其香草美人的表达方

① (清)王又华《古今词论》引朱承爵《存余堂诗话》语,《词话丛编》第一册,第603页。

② 《陈纬云红盐词序》、《曝书亭集》卷四十,第323页。

③ 从孔子作《春秋》的"微言大义",到司马迁的"互见法";从汉儒说《诗》,至清代的考据学派的出现,无不在证实着中国人"含蓄""委婉"之性格中的"求实"精神。

式,对词之创作产生了重大影响。

二、忠爱缠绵与词"盘旋唱叹"之美

如果说诗学中的"风雅"是指诗歌创作原则的话,那么,《离骚》的影响更在于它忠君爱国、"九死不悔"的精神气质上。其"幽约怨悱"及"一篇之中三致志焉"的抒情方式,使《离骚》具有了忠爱缠绵的思想感情。

"思君不得",这是屈原作品的悲剧情结。他对美人的求而不得及"忠而被谤"的遭遇,使缠绵的感情中又多了一份悲伤与哀怨。《湘君》的"望夫君兮未来,吹参差兮谁思"及《山鬼》"风飒飒兮木萧萧,思公子兮徒离忧。"和《少司命》:"望美人兮未来,临风怳兮浩歌。"这些充满了怨慕情调的作品所表现出的幽微要眇之情,正是词中所要求的盘旋唱叹的精神气质。

《离骚》是屈原政治失意后心中愁苦幽思感情的抒发,是首政治诗。司马迁说屈原"存君兴国而欲反覆之,一篇之中三致意焉。"反复缠绵"、"三致意焉"的抒情方式,就是诗歌中"一唱三叹"和"低回婉转"的表达方式。所以,其精神特质正与词摇曳多姿之情态和深曲婉约之词风相符合。所谓"一转一深,一深一妙,此骚人三昧。"[①]唯其如此,才显现出其审美特质。毛先舒论词时曾说:

> (词之)长调如娇女步春,旁去扶持,独行芳径,徙倚而前,一步一态,一态一变,虽有强力健足,无所用之。[②]

词比诗更要求表达上的曲折。所谓"长短句命名曰曲,取其曲尽人情"[③]"曲尽人情耳"即要求词这种文体,不仅有参差之句式,更要求有声调美和感情上的摇曳之态。且感情上的"曲折"、情调上的婉约缠绵,似乎更重要。刘熙载《艺概》说:

> 顿挫莫善于《离骚》,自一篇以至一章,及一两句,皆有之,此传所谓"反复致意"者。[④]

词也要求具有这种顿挫姿态。即如王国维所说的"要眇宜修",叶嘉莹先生所说的

① (清)刘熙载著《艺概·词曲概》,1978年2月,第114页。
② 引自(清)王又华《古今词论》,《词话丛编》,第一册,第609页。
③ 施蛰存:《词籍序跋萃编》,北京:中国社会科学出版社,1994年12月,第302页。
④ (清)刘熙载著:《艺概·赋概》,1978年12月,第89页。

“幽微婉转”。所以,欲说还咽、反复缠绵的表现方式,正是词中所要求的顿挫之态。这一点清代一些词学家已有所认识。陈廷焯便极为看重词作中的忠爱缠绵之感情。所谓“词贵缠绵,贵忠爱,贵沉郁”(卷一·三七),这是陈廷焯品评词作之标准。如在评周美成《菩萨蛮》(银河婉转三千曲)时[①],说其“哀怨之深,亦忠爱之至”(卷一·五三);又说“南宋词人,感时伤事,缠绵温厚者无过碧山”;“王碧山词,品最高,味最厚,意境最深,力量最重;感时伤世之言,而出以缠绵忠爱,诗中之曹子建、杜子美也。”(卷二·四一)王碧山是常州词派推崇的作家之一。张惠言《词选》就曾说:“碧山咏物诸篇,并有君国之忧。”[②]周济更是赞叹:“碧山胸次恬淡,故黍离麦秀之感,只以唱叹出之,无剑拔弩张习气。”[③]“唱叹出之”,即是陈廷焯所说之“缠绵”。“黍离麦秀之感”,即是家国之思,“无剑拔弩张习气”,是温柔敦厚。所以,王碧山所具有之品质,正是常州词派所要求的寄托深厚,是陈廷焯的“忠爱缠绵”。

王碧山(沂孙)是南宋后期的一位词人,他经历了国破家亡。所以,他的词多以咏物的形式,寄托自己的故国之思,亡国之痛。试看他的《齐天乐》(咏蝉):

> 一襟余恨宫魂断,年年翠阴庭树。乍咽凉柯,还移暗叶,重把离愁深诉。西窗过雨。怪瑶佩流空,玉筝调柱。镜暗妆残,为谁娇鬓尚如许?
>
> 铜仙铅泪似洗,叹移盘去远,难贮零露。病翼惊秋,枯形阅世,消得斜阳几度?余音更苦。甚独抱清商,顿成凄楚。谩想薰风,柳丝千万缕。

名为咏蝉,实为寄意家国之恨。上片用齐王后化蝉的典故,写出了其“宫魂”的一腔怨恨与凄凉。其“乍咽”“还移”的悲鸣、“镜暗妆残”的凄楚、“为谁娇鬓尚如许”的执著与不甘,真是写尽了哀蝉之心魂的“缠绵”。

下片则借“铜仙铅泪”之典故,暗喻亡国之事。此处借用金铜仙人的故事:据说汉武帝立了一个很高的铜柱,上面有一个铜仙人用手托着盘子接露水,然后用这露水调成长生不死之药。后来,汉朝灭亡了,曹魏的时候,仙人被移走了。李贺《金铜仙人辞汉歌》有“忆君清泪如铅水”诗句。说金铜仙人被迁移时流下了悲哀的泪水,那是亡国之泪啊!王沂孙的蝉和金铜仙人结合着来写,其中所寄托的感慨是可想而知的。“叹移盘去远”,国家灭亡了,逝去的永远唤不回来了。朝代的改变,随着人们内心中惨痛的泪水,消失在历

---

① 周邦彦《菩萨蛮》:银河婉转三千曲,浴凫飞鹭澄波绿。何处是归舟?夕阳江上楼。天憎梅浪发,故下封枝雪。深院卷帘看,应怜江上寒。

② 张惠言:《词选》卷二,第66页。

③ 周济《宋四家词选序论》,程千帆主编《清人选评词集三种》,第206页。

史的长河中。阅遍人世苍凉的哀蝉也随着季节的改换,(或许是朝代的更换)在悲苦中走向生命的尽头。消磨残生的是对那曾经拥有过的美好的怀念。

这是王沂孙词中所表达的内心感慨。周济《宋四家词选》评曰:“此家国之恨。”①陈廷焯《白雨斋词话》说他“字字凄断,却浑雅不激烈。”(卷二·五三)叶嘉莹先生说它“层层转折,寄托了深远的悲慨。”②陈廷焯更是在《白雨斋词话》中说:“咏蝉诸篇,低回深婉,托讽于有意无意之间,可谓精于比义。”其凄婉缠绵的忠爱之情,是陈廷焯所称赞的。

“忠爱”是人之内在修养与品性;“缠绵”是人之性情的外在表现。陈廷焯认为,只有将这“忠爱”之情,反复“缠绵”地表现在作品中,才会既有情感的充沛,又具有词之“要眇”的特质,也不失儒家“温柔敦厚”之旨。陈廷焯说

> 凡交情之冷淡,身世之飘零,皆可于一草一木发之。而发之又必若隐若现,欲露不露,反复缠绵,终不许一语道破。匪独体格之高,亦见性情之厚。③

可见,把楚骚之忠爱缠绵的思想感情与“比兴美刺”艺术观念联系起来,既强调了内容上的道德伦理化,也注意到了艺术上的曲折。

当然,伴随着屈原忠爱缠绵的思想感情是他遗世独立的精神品格和“九死不悔”、“固执择善”的执著精神。他说自己:“宁溘死以流亡兮,余不忍为此态也!”“指九天以为正兮,夫唯灵修之故也,”“虽体解吾犹未变兮,岂余心之可惩!”从精神气质上对后代文人产生了极大的影响。所以,楚骚以来“反复缠绵”的骚怨传统,对后世的影响既有艺术上的,也有情感上的,更有精神气质方面的。

有比兴就多了一份感发,有寄托就多了一份曲折。感发中带有的婉转之姿,就是上乘之作。胡寅说苏轼词“一洗绮罗香泽之态,摆脱绸缪婉转之度”,是从境界上赞扬苏词的。可是如果我们从词体特征上考察,就会发现,后世人批评苏轼词是诗,却正是因为他很多词中缺少了“绸缪婉转之度”,即顿措之姿态的缘故。夏敬观说:

> 东坡词如春花散空,不着迹象,使柳枝歌之,正如天风海涛之曲,中多幽咽怨断之音,此其上乘也。若夫激昂排宕、不可一世之概,陈无已所谓:“如教坊雷大使之舞,虽极天下之工,要非本色。”此其第二乘也。④

---

① 周济《宋四家词选》,程千帆主编《清人选评词集三种》,第279页。
② 叶嘉莹师:《唐宋词十七讲》,第十七讲,第411页。
③ 《白雨斋词话足本校注》,上册,(卷一·一〇),第10页。
④ 龙榆生编选:《唐宋名家词选》,中华书局,第131页。

词切忌所发为“激昂排宕、不可一世之概”，而是要如夏氏所云“幽咽怨断之音”，继而表现出的幽微要眇之情。如苏轼的《八声甘州》（寄参寥子）

> 有情风万里卷潮来，无情送潮归。问钱塘江上，西兴浦口，几度斜晖？不用思量今古，俯仰昔人非。谁似东坡老，白首忘机。　记取西湖西畔，正春山好处，空翠烟霏。算诗人相得，如我与君稀。约它年、东还海道，愿谢公雅志莫相违。西州路，不应回首，为我沾衣。

天风海涛之中，写出了他的政治上的忧患与悲哀。你看他有着那么多的感慨，那么多的不如意，都在顿措之感发中委蛇而出。所以，这“有情”“无情”、潮起潮落，只是自然之风、自然之潮吗？它又多么像人世间的政海风波啊！而在这钱塘江上，西兴浦口，潮起潮落中，曾经记录了多少的兴衰成败？“不用思量”，因为古今的变迁，人事的代谢，就是如此。所以，只上片这四十几字，就表达出如此曲折的感情。

下片则是通过谢安、羊昙的典故，①委婉曲折地表达出自己的身世之慨。“西州路，不应回首，为我沾衣。”超然中有一种悲慨。其天风海涛之悲慨中，有着那么多不可言说的“幽约怨断之音”。司马迁《史记·屈原传》说：

> 屈平既嫉之，虽放流，眷顾楚国，系心怀王，不忘欲反，冀幸君之一悟，俗之一改也。其存君兴国而欲反复之，一篇之中三致志焉。然终无可奈何……②

“反复致意”中的“无可奈何”，必然有着忠爱缠绵的悲哀，词作中多了一份“幽约怨悱”之情的同时，也多了一份美感。

三、骚怨之情与词之“顿措”的表现方式

词之初期，本是自在的，不受任何道德束缚的一种文体。因此，文人们在写作时，尽管潜意识中，仍有一份道德修养的功夫，但词毕竟是“空中语”，不用受道德伦理等理性的束缚，是表现歌舞酒宴之娱乐的小词。然而，当它诗化而长调后，却更宜于表达幽怨之情

---

① 《晋书·谢安传》：谢安虽然出任宰相，但一直有退隐会稽东山的志意。然“东山之志，始末不渝，每行于颜色。”他出镇广陵时，“造泛海之装，欲须经略粗定，自江道还东，雅志未就，遂遇疾笃。”其病危还京时，“自以本志不遂，深自慨失。”所以，他终于没有如愿。后来，他的外甥羊昙发誓不过西门。但一次醉中过西门，想起往事，悲痛不已。于是便恸哭而去。（唐）房玄龄等传《晋书》，第七册，中华书局，1998 年 3 月，第 2076 - 2077 页。

② （汉）司马迁著：《史记》，第八册，第 2485 页。

了。这其中的原因,首先应该是词体形式的原因,如上文所引毛先舒论长调时所云。所以,词要有姿态、有顿措,因此更宜于表达幽约怨断之音。清代朱彝尊在《陈纬云红盐词序》云:

> 词虽为小技,昔之通儒巨公,往往为之。盖有诗所难言者,委曲倚之于声,其辞愈微而其旨益远。善言词者,假闺房儿女子之言,通之于《离骚》变雅之义。此尤不得志于时者所宜寄情焉耳。①

此段文字有两点值得我们注意:一是所云"盖有诗所难言者,委曲倚之于声"。认为难以言说的感情,通过词来委婉曲折地表达;一是所谓"善言词者,假闺房儿女子之言,通之于《离骚》变雅之义"。实际与上句意思相通,不过一是概括,一个具体。"假闺房儿女子之言",就是"香草美人"的表现方式;"难言者",便指词要表达的实质性内容。

叶嘉莹先生在《十七讲· 辛弃疾上》中,分析辛弃疾词《水龙吟·过南剑双溪楼》词时,②为了使读者更深的理解辛弃疾词中所盘旋的感情,对词中的每一字、每一句都进行了解说和阐发,并于解说中展示了词之于微言的魅力与美感。

> 辛词这一句(人言此地,夜深长见,斗牛光焰)是把一句话断开来说的,"人言此地",这个句子没有完成,这就使他的词增加了一份力量,读者没办法停下来。他的气,他的文气,他的语气是连贯下来的。"举头西北浮云,倚天万里须长剑。人言此地,夜深长见,斗牛光焰",这是辛弃疾的写法。他内心的沉重,内心的盘旋,内心的郁结都借着这种断续的语气和这种连贯的气势表现出来了。"

妙哉!此言!不仅为我们展示了辛词之"盘旋激荡"委婉顿挫之姿态,更使我们从中体会到:原来,这"微言"竟是作者之词心!是"贤人君子幽约怨悱不能自言之情"!张惠言在《词选》中,也表达了极为相似的观点:

> 《传》曰:意内言外谓之词。其缘情造端,兴于微言,以相感动。极命风谣里巷男女哀乐以道贤人君子幽约怨悱不能自言之情。低回要眇,以喻其致。盖诗

---

① 《陈纬云红盐词序》、《曝书亭集》卷四十,第323页。

② 辛弃疾《水龙吟·过南剑双溪楼》:举头西北浮云,倚天万里须长剑。人言此地,夜深长见,斗牛光焰。我觉山高,潭空水冷,月明星淡。待燃犀下看,凭栏却怕,风雷怒,鱼龙惨。峡束苍江对起,过危楼,欲飞还敛。元龙老矣!不妨高卧,冰壶凉簟。千古兴亡,百年悲笑,一时登览。问何人又卸,片帆沙岸,系斜阳缆?

之比兴，变风之义，骚人之歌，则近之矣。①

所谓“贤人君子幽约怨悱不能自言之情”，似乎是朱彝尊“诗所难言者”的又一版本，即词表达的是“幽约怨悱”的“不能自言之情”，如此才与“骚人之歌近之”。所以，它适合于“不得志于时者”寄情焉耳。

当然，这种悲剧色彩的产生与儒家道德意识有着极为密切的联系。现实中不得志的贤人君子们，表达自己愤懑不满的感情的时候，遵循儒家“温柔敦厚”之诗教，是“怨而不怒”的。所以，他们在表达内心痛苦的时候，既不能太激烈，又要讲究表达方式。而这种经过理智与道德约束后的不得已之情，正是感情内敛后的一种曲折。词这种体式正好满足了这种情感表达的要求。

由此，我们也可以得出一个结论：词一旦与道德、伦理相联系，介入诗教的范围，便更宜于表达具有悲剧色彩的情感。这种感情色彩一旦表现于词中，就具有了吞吐顿挫、缠绵悱恻的楚骚精神之美。

叶嘉莹先生曾说：词之诗化后，在创作中仍保留了词之“由《花间》词所形成的、以富于深微幽隐的言外之意蕴为美的”、以“低回要眇”为词之美学特质的“期待视野和衡量标准”②。如果按照我们上述所探讨的问题的结论，就会发现，诗化之后词的“深微幽隐”之美学特质的深化，正是“楚骚”精神，是《离骚》中表现出的“低回要眇”、忠爱缠绵的屈子精神所致。词中具有了这份骚怨之情，就多了一份深厚，也多了一份曲折幽怨的不得已，和为某一追求或理想执著献身的精神。如周邦彦的《解连环》：

怨怀无托，嗟情人断绝，信音辽邈。信妙手能解连环，似风散雨收，雾轻云薄。燕子楼空，暗尘锁一床弦索。想移根换叶，尽是旧时手种红药。 汀洲渐生杜若。料舟移岸曲，人在天角。漫记得当日音书，把闲语闲言，待总烧却。水驿春回，望寄我、江南梅萼。拼今生、对花对酒，为伊泪落。

作者以铺排勾勒之笔，写出了一种相思和对感情的执著。“怨怀无托”是他面对着“音信辽邈”恋人感情的无所着落；“燕子楼空”“暗尘锁”“旧时手种红药”，是表现他对感情落空后的不甘心所付出的努力、挣扎。所以，词中写出了作者面对着曾拥有的一切，曾发生的一切，和早已“似风散雨收”的一切的不甘心。因此，他还在不断的寻求，心存着期盼。幻想着也许在水渌春回的某一天，曾经爱过他的女子还会寄书于他。全词一路写

① (清)张惠言：《词选》，中华书局，1957年8月，第7页。

② 参叶嘉莹师《从艳词发展之历史看朱彝尊爱情词之美学特质》，《清词丛论》，第36页。

来,感情曲折顿挫。最后是这无托的怨怀,不仅没有使他警醒,收敛了相思,反而使他为了这份理想中的爱,要拼却一生的等待。所以,抛开其道德层面而只以对感情的执著来看,也可谓"九死无悔"之表述了。

像这类虽写爱情主题,在传统观念中不能与忠君爱国题材相提并论,但爱情毕竟是人生的一大主题,对爱情的用情态度,也可以反映出一个人的品德修养。况且,人性中的很多东西都是相通的。其为某一理想或追求而执著不肯放弃,甚或不惜以生命代价换取的感情投入,岂不暗合了屈骚"九死未悔"之精神气质,而具有了"忠爱缠绵"的精神品质吗?

所以,从本质上说,词更宜于表达"求而不得"的幽约怨悱之情。如朱彝尊的《消息·度雁门关》,便是借咏史而抒发他对人事的感慨与无奈的:

> 千里重关,凭谁踏遍,雁衔芦处?乱水滹沱,层霄冰雪,鸟道连勾注。画角吹愁,黄沙拂面,犹有行人来去。问长途、斜阳瘦马,又穿入,离亭树。　猿臂将军,鸦儿节度,尽说英雄难据。窃国真王,论功醉尉,世事都如许!有限春衣,无多山店,酹酒徒成虚语!垂杨老,东风不管,雨丝烟絮。

古道行人,沧桑世界,记录了一个落拓不名之士的多少悲哀。朱彝尊,一个文人学士,面对这苍茫多变之世界,又能如何?!"有限春衣,无多山店,酹酒徒成虚语!"杜甫说"朝回日日典春衣,每日江头尽醉归。"(《曲江二首》)而朱彝尊却连春衣都典当不起;况且就是有春衣典卖,在这荒凉的雁门关,又何处沽酒,让他宣泄心中之郁愤呢?所以,他所做的,只是面对着无情风雨,空自垂叹这人生之无常与无奈了。

可见,虽是一首吊古之词,却写尽了人世的悲凉。世事的真与假、对与错,该如何评说?!不管你有多少的"婉转低回",又有多少的"幽约怨悱"之情,都只管面对着无情之风雨!"五更疏欲断,一树碧无情"。(李商隐《蝉》)人世的无奈,历史的沧桑,身世的感慨,除了去面对,去承受,难道有什么可以改变的吗?朱彝尊内心的盘郁之气,只有化做这怨而不怒的悲凉。竟连杜甫的"何用浮名绊此身"之语都没有。所以,在他的词中,我们体会出了他的"辞微旨远"之幽情,"通之于《离骚》变雅之义"的抒发。

综上可见,楚骚中香草美人的表现手法,九死不悔的执著精神,反复缠绵的表现方式,正与词之"曲尽人意"的文体特质相暗合。而幽约怨悱之情感委曲倚之于声后,更具有了吞吐顿措、缠绵悱恻的楚骚精神之美。

宋词之“言情”与屈骚精神

包头师范学院文学院　李春丽

清代沈祥龙说:“屈宋之作亦曰词,香草美人,惊采绝艳,后世倚声家所由祖也。故词不得楚骚之意,非淫靡即粗浅。”(《论词随笔》)认为词从本质上就是和楚骚一脉相承,得楚骚之意方为本色上乘。这样的论断可能有些言过其实,但我们从言情这个角度看,宋词大量的花草意象、幽独的美人意象、执著无悔的情感追求与屈骚“香草美人”的抒情模式和“九死未悔”的情感品质相契合。深入剖析其中的内涵,可以更深刻地认识词体深刻的文化传承和美学内蕴。

花草意象

伤花惜春是宋词抒情的一个主题。古人认为,人、禽兽、花木为天地间三种活的生物。老庄思想中的“万物与我齐一”论,表现出他们对万物如人皆有灵气的观念。《孔子家语》:“芝兰生于深谷,不以无人而不芳,君子修德之道,不为困穷而改节。”人德与花德相沟通。

文学史上,真正将“花草比德”落实到文学创作上并取得成绩的是屈原。司马迁在《史记·屈原列传》中称屈原“其志洁,故其称物芳”。屈子《离骚》中繁复使用各种香草:江离、辟芷、秋兰、木根、薜荔、菌桂、蕙茝等作为修饰,都是作为品德追求的象征。当然屈原最钟情的是荷:“制芰荷以为衣兮,集芙蓉以为裳。”以荷花莲叶来制作自己的衣和裳,衣和裳是人之基本的服装,要说在整个的服饰来讲,是必不可少,也是极其主要的。就像是画图的底色,在这样一个基础上才有进一步润色的可能,所以“比德”最基本的香草是芰荷,是芙蓉。荷之高洁,原本是无可比拟的,以莲制衣、以荷为裳凸显了本质的清出淤泥的“内美”。因而比之于其他香草,占有更为突出的地位。

在宋词的花草使用排行榜中,芰荷、菊、荷花、兰花、蕙、芙蓉、薜荔……这些花草都排在前列。就写荷者如“菡萏香消翠叶残”(李璟《摊破浣溪沙》),“绣面芙蓉一笑开”(李清照《浣溪沙》),“荷气吹凉到枕边”(周紫芝《鹧鸪天》),“四面垂杨十里荷”(贺铸《浣溪沙》),“水面清圆,一一风荷举”(周邦彦《苏幕遮》),“绿萍涨断莲舟路”(贺铸《踏莎行》),“秋晓上莲峰”(陆游《好事近》),“素藕抽条未放莲”(张先《定风波》),等等,无不显示出对荷的喜爱和赞美之情,荷之有德显而易见,而且这种香草比德在宋词中被继承并发扬光大了。

宋词的象征物亦有杨花、孤鸿、莲、梅、蔷薇、柳、玉兰、桂花种种,同样用来做各种修饰。宋人女子喜花妆,词中提及很多:"呵手试梅妆"(黄庭坚《诉衷情》),"更巧试,杏妆梅鬓"(周密《东风第一枝·早春词》),"露浥莲妆"(周密《瑞鹤仙》),梅妆杏妆莲妆,韵味各具。屈原"饮木兰之坠露","餐秋菊之落英",菊于香草之中又独标幽洁之意。宋代文人承此衣钵,咏菊篇什异彩纷呈,就李易安笔下的菊花:"琼肌"、"清芬酝借"、"渐秋阑,雪清玉瘦",其中寄托自不必言说,便做"黄花",亦往往是词人心态和命运的象征或载体,不仅比德更比人生了。

宋词中,寄托词人人格理想最普遍,而且情感体验最深的是"梅"。自林逋"疏影横斜水清浅,暗香浮动月黄昏"之"神品"出现,宋人于词中更是不吝笔墨。李清照咏梅词:"红酥肯放琼苞碎,探着南枝开遍未? 不知酝借几多香,但见包藏无限意"(《玉楼春》)尽现梅花神韵。苏轼在《西江月》(玉骨那愁瘴雾)借咏梅悼念他的侍妾王朝云,称赞其如梅花般的"玉骨""冰肌"和"素面常嫌粉涴,洗妆不褪唇红"的出尘风度,特别是具有"高情已逐晓云空,不与梨花同梦"的高洁品格,亦梅亦人。姜白石更以《暗香》《疏影》写尽梅花情事。其中竹外疏花、入席冷香、无言相忆都表现了一种幽独情态和幽思情怀,而"篱角黄昏,无言自倚修竹","想佩环、月夜归来,化作此花幽独"则寄寓一种高洁、幽独的理想。陆游《卜算子·咏梅》"驿外断桥边,寂寞开无主。已是黄昏独自愁,更着风和雨。无意苦争春,一任群芳妒。零落成泥碾作尘,只有香如故。"以梅来寄寓一种品格:甘于寂寞,历经风雨,不变的是操守,是精神,是品格,是"香如故"! 花中有品,花中有德。

幽独的"美人"意象

"美人"意象作为具有独特意义的意象最早是出现在屈原的作品中。屈原在《离骚》中感叹"初既与余成言兮,后悔遁而有他";"曰黄昏以为期兮,羌中道而改路";"众女嫉余之蛾眉兮,谣诼谓余以善淫。"以痴情女子的怨艾表现君臣关系。君臣关系正是封建男女的地位关系,"帝王是男,占有主动地位,臣子是女,处于被动地位。因此,当屈原把士变成一个痴情女子的时候,一种复杂丰富的情感模式产生了。"[①]痴情女子成为了士大夫的代言人,这样的代言,使词里男女的幽怨相思有了更丰富的内涵。

如欧阳修《蝶恋花》:"几日行云何处去,忘了归来,不道春将暮。百草千花寒食路,香车系在谁家树。泪眼倚楼频独语,双燕来时,陌上相逢否。撩乱春愁如柳絮,依依梦里无

① 吴惠娟:《唐宋词审美观照》,学林出版社,1998年,第165页。

寻处。”词写相思别怨,其中的痴情女子深情而幽怨。俞陛云评曰:“起笔托想空灵,欲问伊人踪迹,如行云之在天际。春光已暮,而留滞忘归,况当寒食佳辰,柳天花草,香车所驻,从何处追寻!”①它言的是女子之情,但情感特质从骨子里面是男子赋予的,如果把抒情主人公看作是“痴情女子的士”,那么其幽怨隐微之情就颇合屈骚之意了。

当然,并不是所有的相思别怨都可以这样解读,宋词中作为代言的“美人”往往是自甘寂寞的幽独“美人”。如贺铸的《踏莎行》:“杨柳回塘,鸳鸯别浦。绿萍涨断莲舟路。断无蜂蝶慕幽香,红衣脱尽芳心苦。返照迎潮,行云带雨。依依似与骚人语。当年不肯嫁东风,无端却被秋风误。”此首词表面在咏荷花、言相思。舍去荷花之形捕捉神理,我们不难体味到其中有一个幽独芳洁的女子形象。莲舟路断,蜂蝶不慕,荷花“红衣脱尽”自开自落,上片写尽“幽独”之意。下片“返照迎潮,行云带雨,依依似与骚人语。当年不肯嫁东风,无端却被秋风误”则是借荷之幽独叹美人迟暮。缪钺说贺铸词“深得楚骚遗韵”,并说“这首词是咏荷花而借以自喻其孤芳自守的美人迟暮之感。”②

王灼《碧鸡漫志》曾说:“前辈云:《离骚》寂寞千年后,《戚氏》凄凉一曲终。《戚氏》,柳所作也。柳何敢知世间有《离骚》,惟贺方回、周美成时时得之。”也正是看到了贺铸词中的“骚人”况味。贺铸《青玉案》:“锦瑟华年谁与度?月桥花院,琐窗朱户,只有春知处。”同样也大有《离骚》“美人迟暮”之感。

幽独的美人在辛弃疾的词中成为了一种高洁品格的象征。他的《青玉案·元夕》:“东风夜放花千树,更吹落,星如雨。宝马雕车香满路。凤箫声动,玉壶光转,一夜鱼龙舞。蛾儿雪柳黄金缕,笑语盈盈暗香去。众里寻他千百度,蓦然回首,那人却在灯火阑珊处。”灯火阑珊中的美人寄托着词人高洁的情怀。正如吴熊和《唐宋词精选》所言:“这不是自伤幽独,而是显示了一种高洁的品性。”正是在这清冷幽独中,显示出一种高洁脱俗的人格追求。

执著无悔的情感

屈原在《离骚》中表达了执著无悔的追求:“亦余心之所善兮,虽九死其犹未悔。”“虽体解吾犹未变兮,岂余心之可惩?”屈原将一生的热情都付与了理想,哪怕是付出生命的代价。而词在言情方面,尽管主人公身份各异,处境不同,但在感情品质上往往真挚缠绵无怨无悔。清代沈祥龙《论词随笔》:“词之言情,贵得其真。”况周颐也说:“真字是词骨。”在抒情方面,宋词与楚骚一样体现出执著无悔特点。

如柳永《凤栖梧》“拟把疏狂图一醉,对酒当歌,强乐还无味。衣带渐宽终不悔,为伊

① 俞陛云:《唐五代两宋词选释》,上海古籍出版社,1985 年,第 164 页。

② 叶嘉莹:《缪钺》,《灵谿词说》,上海古籍出版社,1987 年,第 238 页。

消得人憔悴。”写为所爱的人相思憔悴而无怨无悔的情感,其无悔的“深情”与屈骚的“痴情”在美学品格上是等值的。再如“天涯地角有穷时,只有相思无尽处。”(晏殊《玉楼春》)“衾凤冷,枕鸳孤。愁肠待酒舒。梦魂纵有也成虚,那堪和梦无。”(晏几道《阮郎归》)“黛蛾长敛。任是春风吹不展。困倚危楼,过尽飞鸿字字愁。”(秦观《减字木兰花》)“便做春江都是泪,流不尽,许多愁。”(秦观《江城子》)“日日花前常病酒,不辞镜里朱颜瘦”(冯延巳《鹊踏枝》)“若有知音见采,不辞遍唱阳春。”(晏殊《山亭柳·赠歌者》)“妾拟将身嫁与,一生休。纵被无情弃,不能休。”(韦庄《思帝乡》)或相思,或哀愁,或怅惘,或失意,或寻觅,无论是怎样的情感内容,全部表现了一种真挚缠绵、执著无悔的感情品质。

再如周邦彦《解连环》:“怨怀无托。嗟情人断绝,信音辽邈。纵妙手、能解连环,似风散雨收,雾轻云薄。燕子楼空,暗尘锁、一床弦索。想移根换叶,尽是旧时,手种红药。汀洲渐生杜若。料舟依岸曲,人在天角。漫记得、当日音书,把闲语闲言,待总烧却。水驿春回,望寄我、江南梅萼。拼今生、对花对酒、为伊泪落。”

词写分别之后主人公对“信音辽邈”的情人既怨且盼的复杂感情。对“燕子楼空”“一床弦索”叹佳人不再;想园中草木更替,年复一年,牵旧时情肠;料“人在天角”音书烧却,惹愁怨千般;层层推进展现抒情主人公的一腔“怨怀”。这腔怨怀如俞平伯所说:“如抽茧,如剥蕉,回环往复,一注于此……”[①]然而这怨怀最终归结到一个期待、一个梦想、一种执著的追求:“水驿春回,望寄我、江南梅萼。拼今生、对花对酒、为伊泪落。”全词反复缠绵,辗转铺叙中感情始终牵系着一个中心,直到甘愿为此拼却今生。其执著无悔的感情品质与屈骚一脉相承。

在词学史上,以骚体美学解读词之意蕴影响最大的是清代的常州词派。常州词派的开山祖师张惠言解读温庭筠《菩萨蛮》(小山重迭金明灭)时说:“‘照花’四句,《离骚》初服之意。”对欧阳修的《蝶恋花》(庭院深深)和苏轼《卜算子》(缺月挂疏桐)都从寄托之意解读。王国维在《人间词话》里对张惠言这种解词的方式大发感叹:“固哉,皋文之为词也。飞卿《菩萨蛮》、永叔《蝶恋花》、子瞻《卜算子》,皆兴到之作,有何命意?皆被皋文深文罗织。”然而王国维评:“南唐中主词:‘菡萏香销翠叶残,西风愁起绿波间。’大有众芳芜秽,美人迟暮之感。”显然,也是用骚体美学进行解读的。因此赞同也好,反对也罢,至少说明词文本具有骚体美学意味的召唤结构,对此进行研究有助于我们更深刻地认识词体深刻的文化传承和美学内蕴。

---

① 俞平伯:《论诗词曲杂著》,上海古籍出版社,1983年,第642页。

中国屈原学会第五届理事会

（含2007年9月中国屈原学会第十二次会员代表大会23日第一次会员代表大会选举及25日第二次会员代表大会增补名单）

（91人，以姓氏笔画顺序排列）：

力　之　于浴贤　方　铭　毛　庆　毛炳汉　牛贵琥　王开元　王长华
王洲明　王晓平　王德华　叶志衡　石川三佐男　刘冬颖　刘生良
刘　刚　刘树胜　刘毓庆　华　锋　吕培成　朴永焕　毕庶春　江林昌
汤漳平　许志刚　冷卫国　吴万钟　吴广义　吴广平　张玉声　张庆利
张宏洪　张学松　张树国　张崇琛　张　强　李大明　李中华　李　诚
李金坤　李金善　李道和　杜道明　邵炳军　陈书良　陈怡良　陈桐生
周建忠　周明初　周秉高　林家骊　金荣权　姚小鸥　赵敏俐　赵逵夫
徐文武　徐志啸　徐耀明　殷光熹　郭　丹　郭全芝　郭建勋　郭　杰
崔富章　常　森　曹庆鸿　梅桐生　章必功　萧东海　黄凤显　黄灵庚
黄金明　黄崇浩　黄震云　傅道彬　曾亚兰　董运庭　蒋　方　蒋南华
韩高年　鲁瑞菁　詹福瑞　廖　群　熊良智　蔡靖泉　潘啸龙　戴锡琦

禹经安（湖南溆浦县屈原学会）　郑之问（湖北秭归县屈原学会）
侯文汉（湖南汉寿县屈原学会）　刘石林（湖南汨罗屈原学会）
程本兴（湖北宜城宋玉研究会）

中国屈原学会第五届理事会常务理事会

（含2007年9月中国屈原学会第五届理事会23日第一次会议

选举及24日第二次会议增补名单）

（36人，以姓氏笔画顺序排列）：

方　铭　毛　庆　王德华　石川三佐男　刘　刚　刘毓庆　吕培成
朴永焕　汤漳平　张宏洪　张崇琛　李大明　李　诚　陈书良　陈怡良
周建忠　周秉高　林家骊　姚小鸥　赵敏俐　赵逵夫　徐志啸　殷光熹
郭　丹　郭建勋　郭　杰　崔富章　章必功　黄凤显　黄灵庚　黄崇浩
黄震云　蒋南华　詹福瑞　蔡靖泉　潘啸龙

中国屈原学会第五届理事会会长秘书长

（2007年9月24日中国屈原学会第五届理事会

第二次会议表决通过）

顾　　问：季羡林　饶宗颐　聂石樵　冈村繁　郭维森　夏传才
名誉会长：崔富章　毛　庆　赵逵夫　章必功　蒋南华　殷光熹
常务副会长：方　铭
副 会 长：潘啸龙　周建忠　李　诚　徐志啸　汤漳平　赵敏俐
姚小鸥　郭建勋　郭　杰　黄灵庚　林家骊　周秉高
张崇琛

2009年11月深圳中国屈原学会第十三届年会增补蔡靖泉为副会长

秘 书 长：方　铭(兼)
副秘书长：蔡靖泉　黄震云　刘　刚　王德华
法人代表：方　铭